D0700290

NO LONGER PROPERTY OF
SEATTLE PUBLIC LIBRARY

RECEIVED
JUL   2012
SOUTH PARK

NO LONGER PROPERTY OF
SEATTLE PUBLIC LIBRARY

La herencia de la Rosa Blanca

La herencia de la Rosa Blanca

Raquel Rodrein

Rocaeditorial

© Raquel Rodrein, 2012

Primera edición: febrero de 2012

© de la foto de portada: La editorial reconoce al autor o propietario de la imagen
su titularidad de los derechos de reproducción y su derecho a percibir los royalties
que pudieran corresponderle.

© de esta edición: Roca Editorial de Libros, S. L.
Av. Marquès de l'Argentera, 17, pral.
08003 Barcelona
info@rocaeditorial.com
www.rocaeditorial.com

Impreso por Rodesa
Villatuertal (Navarra)

ISBN: 978-84-9918-428-4
Depósito legal: NA. 3.609-2011

Todos los derechos reservados. Quedan rigurosamente prohibidas,
sin la autorización escrita de los titulares del copyright, bajo
las sanciones establecidas en las leyes, la reproducción total o parcial
de esta obra por cualquier medio o procedimiento, comprendidos
la reprografía y el tratamiento informático, y la distribución
de ejemplares de ella mediante alquiler o préstamos públicos.

A mis padres y a mis hermanas, a la familia y los amigos, los grandes pilares de mi vida porque sin su apoyo incondicional jamás habría logrado alcanzar mi más preciado sueño.

A mi mayor fuente de inspiración. Gracias por demostrarme que con esfuerzo y constancia el proyecto más inimaginable puede convertirse en algo factible.

A mis lectores porque son ellos los que nos animan a seguir en esta gratificante tarea.

Prólogo

Nueva York, 25 de octubre de 1977

$\mathcal{U}$n súbito golpe de viento gélido obligó a Ben O'Connor a tambalearse hacia un lado, pero su padre volvió a agarrarle la mano para que no perdiera el equilibrio.

—Vaya, parece que no hemos elegido el día más adecuado para subir al Circle Line —se quejó Patrick mientras su hijo alzaba el rostro hacia él con semblante abstraído—. Si lo deseas podemos regresar.

Ben se deshizo de la poderosa mano que lo sujetaba y se escabulló en dirección al pequeño mirador situado a estribor del ferry haciendo caso omiso a la propuesta de su padre, quien se limitó a seguir sus pasos mientras sacudía la cabeza en un risueño gesto.

Se detuvo unos segundos para contemplarlo desde aquel ángulo. En apenas dos meses cumpliría doce años y ya superaba en altura a muchos chicos de su edad. Tenía el cabello oscuro como su madre y alborotado a causa de aquel maldito temporal, pero había heredado los mismos ojos azules de tres generaciones de O'Connor.

Una familia de turistas franceses se agolpó a su alrededor para enfocar los objetivos de sus cámaras hacia Liberty Island y Ben siguió con la vista a una niña de cabello castaño y vivos ojos vestida con un abrigo muy *chic*, que debía de ser varios años menor que él. La niña se cruzó con su mirada y sonrió tímidamente mientras se refugiaba en los brazos de su padre, que reclamaba su atención. Ben volvió la cabeza mostrando una divertida mueca. Sabía que su padre había presenciado la escena y le hizo una seña con la mano para que se acercara. Patrick se colocó a su lado percibiendo la emoción que exhibían los ojos de su primogénito. No sabía si por estar aproximándose a Ellis Island o por la elocuente mirada de aquella pequeña visitante.

Se había preguntado muchas veces cuál habría sido la expresión dibujada en los rostros de Aiden Benjamin O'Connor y Sally Dogherty cuando en 1907 se vieron obligados a buscar fortuna en la tierra prometida embarcando desde Cobh Harbour en el *Lusitania*. ¿Cómo se habrían sentido ellos y muchos otros antes que ellos tras viajar durante semanas hacinados en aquellas inmundas bodegas en unas condiciones completamente deplorables? En la mayoría de las ocasiones embarcaban sanos, pero llegaban a puerto aquejados de todo tipo de patologías provocadas por la dureza de su periplo para cruzar el océano Atlántico. Desafortunadamente algunos incluso perecían en el intento.

—¿Sabes que los buques atracaban en los muelles de la zona Este del río Hudson? —reseñó Ben muy seguro de sí mismo—. Además, los pasajeros de segunda clase desembarcaban y después de pasar el control de aduanas eran libres de entrar en Estados Unidos.

—Creo que los de tercera clase no corrían la misma suerte —añadió Patrick contagiado por el espíritu historiador de su hijo, mientras le atusaba distraído el indomable cabello.

—¿Qué pasaba con ellos? —le preguntó Ben con mirada inquieta, a la vez que observaba cómo aquel turista ponía en posición a toda su familia para fotografiarlos. Su mirada se volvió a fijar en aquella niña que parecía recién salida de una edición infantil de la revista *Vogue*.

—Si lo desean puedo hacerles una foto a todos juntos, así usted también saldrá en ella —interrumpió Patrick dirigiéndose al padre de familia.

—¡Oh, sí! Claro. ¡Muchas gracias! Es usted muy amable —le dijo aquel hombre de fuerte acento entregándole la cámara.

Ben se apartó a un lado y observó cómo su padre disparaba un par de fotos a los cuatro miembros de aquella familia. La madre susurró algo al oído de su marido.

—Eh, muchacho ¿quieres hacerte una foto con nosotros? —preguntó de pronto el francés elevando el tono de voz. Desvió la mirada hacía su padre—. ¿Son ustedes de Nueva York?

—Sí. Vivimos aquí —respondió Patrick.

—Sería bonito tener un recuerdo de un chico neoyorquino.

—Pues claro. ¿Qué te parece? —le preguntó Patrick guiñándole un ojo a Ben. En ese instante se sintió atravesado por la mirada fulminante de su hijo—. Vamos, no seas tímido. —Le asestó un par de fraternales palmaditas en la espalda, gesto que sabía que detestaba.

Terminó colocándose sonrojado entre la «niña *Vogue*» y su hermano mayor. Ni siquiera se atrevió a mirarla porque intuyó que se había dado cuenta de que estaba a punto de sufrir un ataque. En cuanto oyó el disparo del flash se separó del grupo. Su padre se acercó hasta ellos para devolverles la cámara mientras les deseaba una feliz estancia en la ciudad y regresó a la zona de cubierta en la que le esperaba su hijo.

—Y bien... —murmuró Patrick con una reveladora sonrisa.

—Ni se te ocurra hacer comentarios, ¿vale?

—Vamos... —Patrick no pudo evitar reírse—. Ten un poco de sentido del humor. Estabas deseando acercarte a ella.

—Eso no es cierto. Es solo una niña pequeña y me has hecho parecer un imbécil.

—A ti lo que te molesta es que ella tiene una foto tuya y tú sin embargo...

—Jo, papá... déjalo ya ¿vale?

—Solo bromeaba... bueno... creo que estábamos hablando de la suerte que corrían los pasajeros de tercera clase, ¿no?

Ben asintió con la cabeza sin mirarlo.

—¿Qué les pasaba cuando llegaban aquí? —preguntó con mirada ausente.

Patrick sabía que había vuelto a captar su atención.

—Pues eran transportados en ferry o en barcazas desde el muelle hasta Ellis Island. Allí eran sometidos a toda clase de controles legales y a los exámenes médicos pertinentes. Si los papeles estaban en regla y gozaban de una salud razonable, el proceso de inspección podía llegar a durar de tres a cinco horas.

—¿Y qué les sucedía a los que no pasaban esos controles?

—Eran retenidos en Ellis Island, pero era un porcentaje muy bajo y generalmente era debido a enfermedades contagiosas que podían poner en grave peligro la salud pública. Se dice que un médico podía llegar a diagnosticar con solo echar un vistazo al inmigrante. Había que ser rápido y tener buen ojo, teniendo en cuenta que entre 1898 y 1954 más de doce millones de pasajeros llegaron a este país a través del puerto de Nueva York.

—¿Qué crees que dirían tus abuelos si te vieran ahora? —Los ojos de Ben eran pura euforia.

—Mucho me temo que no habrían estado de acuerdo en muchas cosas.

—Lo dices porque has sido el único que se ha apartado del negocio familiar para ser médico. Eres como la oveja negra ¿no? —dijo esbozando una traviesa sonrisa.

11

—¿Sabes que para ser un niño de tan solo once años empiezas a resultar demasiado listillo e incluso impertinente?

—En diciembre cumplo doce —corrigió.

—¿Lo ves? Precisamente, a eso me refería.

Ben sonrió.

—¿Todavía piensas que el abuelo no te ha perdonado lo de ser médico?

—Hijo, tu abuelo no me ha perdonado muchas cosas.

—¿Como cuáles?

—Son cosas de adultos. Algún día lo entenderás.

—¿Cómo lo voy a entender si nunca me lo cuentas?

—Hay un momento para todo, Ben, y no creo que este sea el más adecuado.

—Siempre el mismo rollo —protestó soltando un bufido—. Todos me tratáis como si fuera idiota y soy el mayor.

—Me parece a mí que nos estamos desviando del tema. ¿No estábamos hablando de tus bisabuelos?

Patrick buscó un punto de apoyo para colocar los codos y así rehuir la mirada acusatoria e interrogante de su hijo. Ben se quedó mirando su imponente, grácil y atlética figura durante unos segundos.

—Estoy seguro de que ambos estarían orgullosos de ver en lo que se ha convertido su pequeña imprenta del Lower East Side.

Ben suspiró y guardó silencio. Sabía, por la mirada taciturna de su padre, que el tema estaba zanjado.

Kansas, 13 de diciembre de 1977

*P*ermaneció paralizado en la oscuridad. Únicamente oía el sonido de su propia respiración. Había aprendido a controlar el ritmo de sus latidos. Tenía que hacerlo si no quería sufrir un colapso. Un nuevo grito de dolor pareció salir de las mismas entrañas de su madre. Se tapó los oídos presionándolos con toda la fuerza de la que fue capaz, mientras flexionaba las rodillas y escondía su cabeza entre ellas. Él había regresado. Mamá siempre lo dejaba regresar. Era diferente. No era como los padres de los demás chicos de la escuela. Recordaba la fiesta de cumpleaños de Tim. Despistado, después de haber salido del cuarto de baño, se había dirigido por error a otro pasillo que daba al ala más privada de aquella enorme casa. Oyó unas risas ahogadas y sorprendió a los padres de Tim haciendo cosas que lo hicieron enmudecer de la vergüenza. Permaneció con los pies clavados en el suelo sin saber cómo reaccionar.

13

—Vaya… parece que alguien se ha perdido —se lamentó Clayton Jones con una sonrisa burlona mientras se volvía a abotonar la camisa y se levantaba.

—Yo… lo siento… no… —Peter a duras penas consiguió articular palabra.

—No pasa nada, cariño —le tranquilizó la señora Jones cubriéndose nuevamente con su blusa al verlo intimidado y aterrorizado junto a la puerta—. Te dije que cerraras la puerta —le increpó a su marido entre risas, en un tono más suave y con una traviesa sonrisa.

Peter cerró los ojos y comenzó a temblar. Una mano acarició su cabello con delicadeza.

—Peter… hijo… ¿va todo bien? —le preguntó Clayton.

El niño abrió los ojos. Los Jones le miraban estupefactos.

—No has hecho nada malo —le alivió Meryl acariciándole el mentón con voz serena— y nosotros tampoco. Es normal entre dos personas mayores que se quieren. Algún día tú también lo harás al igual que tus padres.

Peter asintió sin estar convencido. La vez que había interrumpido a sus padres haciendo lo mismo su madre no sonreía. En sus ojos se dibujaba la angustia y el sobresalto. Y su padre no le había acariciado el cabello con el afecto mostrado por el señor Jones. Aquella mano lo había abofeteado hasta hacerlo caer al suelo. Cuando su madre había salido en su busca para protegerlo, él la había lanzado de nuevo sobre la cama como si de una muñeca de trapo se tratase. Cerraba la puerta y comenzaba la pesadilla. Cuando todo acababa su madre iba a su habitación y lo abrazaba hasta que se quedaba dormido en sus brazos.

No, su padre no era como los demás. No quería a mamá como Clayton quería a Meryl. Eso era lo único que Peter alcanzaba a entender. A los pocos días de haber cumplido diez años se enfrentó por primera a vez a la situación.

—¿Por qué no le abandonas?

Su madre se acercó a él.

—Eres lo que más quiero en la vida, Peter. Si le abandono te apartará de mí ¿es eso lo que quieres?

—No, quiero que él se vaya. No puede obligarme a ir con él. Soy mayor y puedo decidir.

—No se trata de quién puede decidir. Se trata de quién tiene el poder.

Peter agachó la cabeza. No dijo nada. Se dio media vuelta y salió del salón. Su madre lo siguió hasta el vestíbulo mientras se ponía el anorak y se colgaba la mochila a la espalda.

—Espera… tienes razón. Ya es hora de decidir.

El chico lanzó una mirada interrogante y colmada de esperanza a su madre.

—Hoy no irás a la escuela porque estás enfermo, ¿de acuerdo? Y ahora acompáñame a tu habitación. Tengo algo que enseñarte.

Él la siguió. Aquella mañana su madre le confesó su plan de emergencia. Cuando finalizó su exposición, Peter le hizo la pregunta.

—¿Crees que soy como él?

—No, Peter. Nunca serás como él. No podrías serlo bajo ningún concepto.

Esa respuesta le bastó.

«Pase lo que pase, ni se te ocurra salir ¿Me oyes? Pase lo que pase. No debes temer porque nada me va a suceder, te lo prometo.» Las órdenes de su madre resonaban en sus oídos. Estaba metido en aquel espacio reducido que ella había construido con sus propias manos aprovechando el hueco existente tras la pared del armario de su habitación. Apartó la mano de sus oídos. Aquel silencio lo aterrorizó. Pasos que se acercaban. Los de su padre. Podría reconocer esos pasos a cientos de kilómetros de distancia.

—¡Peter! —gritó enfurecido—. ¡Sé qué estás aquí, de modo que sal ahora mismo!

—No… no está aquí… ya te he dicho que no está aquí —oyó decir a su madre en apenas un gemido.

—¡Maldita zorra! ¡Cállate!

Esta vez fue un golpe seco seguido de un desgarrador lamento. Peter apretó los dientes hastiado e impotente ante la imposibilidad de socorrer a su madre. Trató de controlar de nuevo el ritmo de su respiración.

Se estaba acelerando, notaba que comenzaba a hiperventilar y aquello no era buena señal. Respiró lenta y profundamente el poco oxígeno que se filtraba a través de la pequeña rejilla de ventilación.

Los pasos se aproximaron. Las puertas del armario se deslizaron. Iba a encontrarlo. Maldita sea, todo iba a acabar. Cerró los ojos con fuerza. Sintió que perdía el control sobre sí mismo. Oscuridad absoluta. Silencio absoluto.

Cuando volvió a abrirlos reparó en cómo alguien había conseguido entrar en su escondrijo. Unos potentes brazos lo sujetaron. Alcanzó a vislumbrar un rostro que desconocía.

—Tranquilo muchacho. Todo ha acabado. Estás a salvo.

Lo tendieron sobre una superficie firme y sólida. Sintió que se movía. Oía voces aceleradas que no lograba entender. Todo le daba vueltas. Le pusieron algo frío sobre el pecho. Después percibió sobre su rostro un objeto.

—Respira, Peter. Vamos, muchacho.

Era una máscara de oxígeno.

—Mamá… —murmuró a través de la mascarilla.

Abrió los ojos. Más luces. Fue consciente de cómo lo metían en una ambulancia. Notaba que se ahogaba. Tenía la visión distorsionada. No podía ver con claridad el rostro de quien le hablaba.

—Tu madre está bien. Vais a poneros bien. Los dos vais a po-

15

neros bien —le dijo una consoladora voz femenina que le acariciaba la cabeza con gesto maternal.

Nadie habló de él. Quizás había desaparecido. Quizá los años de desolación y la agonía soportados por su madre no habían sido en vano.

Nueva York, 13 de diciembre de 1977

*P*asada la medianoche, Julia O'Connor corría despavorida y aterrorizada hacia la habitación de su hijo Ben en el momento en que escuchó aquellos atronadores gritos de socorro. En mitad del pasillo su carrera fue interceptada por Andrew y Erin.

—Andrew, cariño, lleva a tu hermana a la cama y que Margaret no la deje salir.

Andrew obedeció preocupado. Iba a decir algo, pero su madre ya estaba entrando en la habitación de su hermano. Pese a las órdenes recibidas, Margaret había vuelto a salir al rellano espantada por las voces mientras sujetaba a Erin de la mano.

Julia retiró el edredón de un manotazo y tomó a su hijo con fuerza.

—Sssssh, tranquilo, tranquilo —le decía una y otra vez mientras le acariciaba el cabello—. Solo ha sido una pesadilla. Mamá está aquí contigo. No pasa nada, cielo. No pasa nada. Vamos, respira, respira. Así, así. ¿Lo ves?

Su respiración comenzó a hacerse más regular y notó cómo sus temblores disminuían.

—Ya ha pasado.

—No quiero morir —murmuró Ben O'Connor sofocado.

Julia no pudo evitar sentir un escalofriante estremecimiento ante aquellas palabras. Trató de recomponerse abrazándolo con más fuerza.

—No ha sido más que una pesadilla, Ben. A todos nos ha ocurrido alguna vez.

—Ellos lo decían. Decían «se nos va».

—¿Ellos? —Julia lo separó con suavidad para observar su acongojado rostro. Retiró el flequillo de su transpirada frente.

—Los médicos —le dijo inclinándose y mirándola con aquellos ojos azules que luchaban por no derramar una lágrima—. Lo decían una y otra vez. Yo me estaba mareando porque no podía respirar.

—Cariño, era solo un sueño —le volvió a decir su madre, sobrecogida por aquellas extrañas confesiones de un niño que estaba empezando a dejar de serlo y que ese mismo día acababa de cumplir doce años.

—No era un sueño, mamá. Era real.

Volvió a temblar en sus brazos.

—Oh, cariño. Olvídalo. Ha sido una pesadilla que mañana habrá pasado a la historia. Todos hemos pasado por algo así alguna vez. Con frecuencia la mente nos juega malas pasadas y es difícil obtener una respuesta a todo aquello que soñamos.

—Papá debería saber las respuestas ¿no? Por algo es médico.

—Tu padre trata de curar otras cosas, no la mente.

—¿Por qué puede curar a otros y no a mí?

Andrew apareció en el umbral de la puerta.

—¿Ben está enfermo? —preguntó.

Julia extendió la mano que le quedaba libre para indicar a Andrew que se acercara. Detrás le siguieron Erin y Margaret.

—Pero ¿qué tontería es esa? Tu hermano es el chico más sano de todo el estado de Nueva York.

—Entonces ¿por qué gritaba? —preguntó Margaret sentándose al lado de su madre al borde de la cama.

—He tenido una pesadilla, ¿acaso tú nunca has tenido malos sueños? —aclaró Ben, repentinamente enojado y avergonzado, separándose del abrazo de su madre.

—Algo perfectamente normal —añadió Julia—. No siempre se tienen felices sueños… Bueno, creo que ya podemos volver a la cama. Ha sido un día muy largo —dijo Julia a medida que se levantaba y depositaba un beso sobre la cabeza de su hijo Ben.

—Mañana no hay que madrugar. ¿No podemos esperar a que llegue papá?

—Llegará tarde y lo sabes.

—Pero es que no voy a poder dormir —insistió.

—Podrás.

—Por favor, mamá.

—Yo tampoco tengo ganas de dormir —dijo Andrew.

—Ni yo —añadió Margaret.

—Yo tampoco —dijo Erin.

—Vaya, cuatro contra uno. Mucho me temo que tengo las de

perder si no me pliego a vuestros deseos —apuntó Julia con una pícara sonrisa.

Era una postal verlos a todos allí sonriendo, a la espera de la decisión de su madre.

—¿Y bien? —continuó Julia—. ¿Cuáles son vuestros planes?

—¿Por qué no sacamos los adornos de Navidad y empezamos a decorar el árbol?

—Eso siempre lo hacemos con papá.

—¿Qué más da? —dijo Ben.

—Así le daremos una sorpresa cuando llegue —añadió Andrew.

—¿Y si se enfada porque no lo hemos esperado? —dijo Margaret con rostro preocupado.

—No se enfadará. Llegará tan cansado que le va a encantar que ya le hayamos quitado de en medio el engorro del árbol —respondió Ben.

Julia sabía que lo que había dicho su hijo era una verdad como un templo. De un tiempo a esta parte Patrick andaba más ocupado que nunca. A su recién estrenado puesto de jefe de cirugía del Monte Sinaí, ahora se sumaba la apertura de una clínica en Long Island. Para hacer frente a semejante inversión había tenido que deshacerse de un número elevado de acciones de O'Connor Group INC, aunque como socio mayoritario seguía ostentando la vicepresidencia del consejo. Su absoluta entrega a este nuevo proyecto había provocado un empeoramiento en la ya deteriorada salud de su padre desde hacía varios meses. Edward Philip O'Connor, el implacable magnate del mundo de la comunicación audiovisual y escrita de la Costa Este estadounidense estaba comenzando a marchitarse.

19

Nueva York, Hospital Monte Sinaí,
madrugada del 14 de diciembre de 1977

*P*atrick tomó aire y lo expulsó lentamente cuando escuchó que lo llamaban por megafonía. Con gesto desganado regresó al ascensor. La doctora Boyle le esperaba con el auricular en la mano. La mirada que le dedicó Patrick le indicó claramente lo fastidiado que estaba por haberle hecho regresar solo para atender una llamada telefónica.

—Lo siento de veras, pero me da la sensación de que este caso te puede interesar —le dijo bajando el tono de voz y tapando con la mano el receptor.

Patrick asintió y entró en su despacho. Tomó el auricular en la mano cuando Boyle le pasó la llamada.

—Doctor O'Connor al habla.

—¿Patrick O'Connor? —La voz al otro lado de la línea le sorprendió por su debilidad. Se trataba de una mujer.

—Sí, soy yo. ¿En qué puedo ayudarle?

—Necesito su ayuda —logró decir a duras penas. Tuvo la sensación de que no hablaba su mismo idioma.

—¿Desde dónde llama?

—Desde un teléfono público.

Era extranjera. De eso estaba seguro.

—Eso no me aclara mucho las cosas.

—Escuche, no me queda mucho tiempo. Si él se entera de que me estoy poniendo en contacto con usted, no sé de lo que sería capaz.

Seguía sin poder identificar su procedencia.

—¿Él? ¿Quién es él?

—Mi exmarido.

—¿Podría identificarse si no es mucha molestia?

Hubo un nuevo silencio al otro lado de la línea y Patrick comenzó a perder la paciencia.

—Escuche, me ha dicho que necesita mi ayuda, pero me temo que no estoy aquí para solventar sus problemas conyugales. Hace varias horas se ha celebrado el cumpleaños de mi hijo mayor y ni siquiera he podido soplar las velas de su tarta porque llevo encerrado entre estas paredes más de veinticuatro horas. Son casi las dos de la madrugada y estaba a punto de regresar a casa para estar con mi familia, cuando su llamada urgente me ha retenido de nuevo, de modo que se lo ruego, no me haga perder el tiempo.

—Tengo un hijo de la edad de Ben que hace tan solo un par de horas ha estado a punto de morir. —Su voz sonó desesperada.

Patrick notó un sudor frío. Esa voz le era muy familiar. ¿Dónde la había oído antes?

—¿Cómo sabe…? ¿Quién demonios es usted?

—No puedo decirle mi nombre.

—Entonces, ¿cómo pretende que le ayude?

—He estado casada con Dieter Steiner —dijo finalmente después de otro prolongado silencio.

Patrick creyó que le faltaba el aire.

—¿Dieter Steiner?

—Sí, aunque nadie lo conoce por ese nombre. Si supiera que le he hablado a usted de su verdadera identidad mis días estarían contados.

Patrick notó un sudor frío y se llevó la mano a la frente en un gesto inconsciente. Estaba tratando de recordar, pero su mente tropezaba con un muro que le impedía ir más allá.

—Si su hijo está enfermo y quiere traerle a este hospital estaré encantado de estudiar su caso. Ahora si me disculpa, tengo otros asuntos que atender.

—Él ha vivido obsesionado con la familia O'Connor. Nada le detendrá. No parará hasta hacerle pagar a su padre por lo que le hizo —le interrumpió.

—¿Mi padre? ¿De qué está hablando?

—No lo sabe, ¿verdad?

—Mire, si no me dice su nombre, no voy a tener ningún inconveniente en llamar a la policía. Terminarán rastreando esta llamada, descubrirán de dónde procede y…

—Y no servirá de nada —le interrumpió ella nuevamente. Patrick guardó silencio porque sabía que tenía razón—. Entonces es cierto que no lo sabe.

—Maldita sea, ¿qué es lo tengo que saber? ¿Qué tiene que ver mi padre con todo esto? —Se dio cuenta de que estaba elevando el tono de voz y temió que pudieran estar escuchando la conversación al otro lado de la puerta.

—Edward Philip O'Connor fue el responsable de la muerte de Hans y Hilda Steiner.

—¿Qué? Usted debe estar loca. Hilda Steiner murió a consecuencia de un accidente de tráfico. Su marido no pudo soportarlo y…

—Él lo presenció todo —interrumpió aquella lejana voz.

—¿Y a qué espera entonces para acusarlo? —preguntó después de un dilatado mutismo.

—Un emblemático, consolidado y ejemplar hombre de negocios de avanzada edad y salud algo delicada, pilar de la comunidad irlandesa de Manhattan que da trabajo a centenares de personas. ¿Quién iba a creer en la teoría de la simple *vendetta*?

—¿*Vendetta*? —Patrick tuvo que sentarse porque sintió que se le empezaba a nublar la vista. Un sudor frío le recorrió la espina dorsal.

—¿Qué es lo que le ha contado su padre sobre la muerte de su madre? ¿Le ha contado lo que hizo Hans Steiner?

Se produjo un largo silencio interrumpido solamente por la respiración de Patrick, que se volvió angustiosa y entrecortada.

—¿Qué pretende con todo esto? ¿Cuál es el auténtico motivo de esta llamada?

—Dieter Steiner es una bomba de relojería. No baje la guardia, señor O'Connor.

—¿De qué habla? ¿A qué espera para denunciarlo?

—No puedo hacerlo. Si lo hiciese perdería a mi hijo.

—¿Y qué quiere que haga yo?

—Preste atención Patrick. Si mi pequeño y yo estamos a salvo usted también lo estará, y voy a luchar para que así sea. Y por lo que más quiera, cuide de Ben.

Acto seguido oyó un *clic*. Había cortado la comunicación. Se le heló la sangre con aquellas últimas palabras de esa voz que habría jurado haber escuchado con anterioridad. Colgó el auricular con manos temblorosas y trató de recomponerse antes de marcar el número de Alan Gallagher.

Permaneció dentro de su vehículo durante varios minutos con las últimas palabras de aquella conocida voz aún resonando en sus oídos. Trató de deshacerse de la aterradora sensación que lo inundaba desviando sus macabras cavilaciones hacia la imagen de su esposa, aquella excepcional mujer que su padre nunca llegó a aprobar, aunque eso no significara que no la hubiese terminado aceptando con reticencia. Patrick tuvo la mala fortuna de haber nacido una tarde de primeros de septiembre de 1939, justo cuando la Luftwaffe bombardeaba las ciudades polacas de Cracovia, Varsovia y Lodz, y por tanto comenzaba oficialmente la Segunda Guerra Mundial. Se había preguntado innumerables veces cómo habrían sido sus vidas si su madre hubiese vivido lo suficiente para verlo crecer. Sin embargo, no tuvo tiempo de hacerlo. La había perdido en la guerra cuando él acababa de cumplir cuatro años. Su padre se había ocupado de mantener vivos en su mente los borrosos recuerdos que le quedaban de ella, como también se ocupó de no hacerle olvidar quién había sido la persona que había cavado su tumba. Su padre consideró descabellada la mera idea de volver a contraer matrimonio y Patrick se vio obligado a crecer a la sombra de un hombre insensible, solitario y entregado exclusivamente a levantar un imperio cuyos cimientos ya habían empezado a asentar sus abuelos. Patrick sabía que su padre había vivido cegado por la sed de venganza, esperando encontrarse cara a cara con el hombre que acabó con sus ilusiones un gélido diecinueve de diciembre de 1943. Era hora de hacer las preguntas que nunca se atrevió a hacer. Ahora no se trataba de Edward O'Connor. Ahora se trataba de él, de su esposa y de sus hijos. Tenía una familia a la que proteger. No estaba dispuesto a seguir arrastrando las sombras de un pasado que había eclipsado su infancia y parte de su juventud.

23

Dejó el vehículo aparcado frente a la residencia de su padre en Park Avenue. Pese a la hora, sabía que estaría despierto. Edward O'Connor llevaba muchos años sin poder lograr un sueño placentero. Patrick recordaba cómo pasaba noche tras noche en vela, una imagen que lo acompañaba desde que tenía uso de razón. Imaginaba que en algún momento del día sus párpados terminaban cediendo, porque de no ser así, bien sabe Dios que no habría sobrevivido. Aquella noche sí lo necesitaba despierto. Más le valía estarlo porque no pensaba salir de allí hasta que le confesara toda la verdad. Por dura y cruda que fuese, quería saberla.

Lo que nunca habría imaginado es que su padre tuviese que remontarse a los nostálgicos recuerdos de un pasado que aún seguía añorando pese a las mil y una peripecias y contingencias por las que se había visto obligado a pasar.

—Sí, Patrick, por inconcebible e insólito que te parezca, el día que tus abuelos franqueaban la entrada de Ellis Island se empezaba a escribir la historia de la que formas parte —le aclaró Edward tratando de enmascarar con una paternal sonrisa la desazón que lo consumía.

Capítulo uno

Cobh Harbour, Queenstown, Condado de Cork, Irlanda
6 de octubre de 1907

*B*ridget O'Connor aguardaba expectante e inquieta entre la condensada fila de pasajeros que soportaba las bajas temperaturas de aquella helada mañana a la espera de embarcar en el *Lusitania*. Agarraba con fuerza la mano de su madre. Las miradas aparentemente tranquilizadoras que le lanzaba no hacían más que delatar la desolación y los recelos que la turbaban ante la perspectiva de abandonar su tierra natal, sabiendo desde lo más profundo de su corazón que con toda probabilidad jamás regresaría. Desvió la vista hacia su hermano menor, Edward, que contemplaba fascinado, a la vez que atolondrado, las dimensiones del enorme buque que se alzaba ante él.

Bridget comprendía a su madre. La noche anterior habían celebrado el *American Wake*, la fiesta que se hacía la noche previa a la partida hacia la tierra prometida. Lo poco que poseían lo ponían en común con objeto de despedirse de la madre patria. Reían, cantaban y bebían como si fuese la última vez que iban a hacerlo. Y quizá lo hacían con razón. Bridget no había podido evitar escuchar las conversaciones de los adultos sobre las historias de otros compatriotas y más de un comentario la había sobrecogido.

—Hace décadas los barcos solo partían en primavera y en verano para prevenir las peligrosas consecuencias de las temperaturas y el temporal —oyó decir a James Callaghan.

—Eso era antes —corregía su padre muy convencido de sus palabras—; las travesías duraban de cinco a seis semanas. El *Lusitania* ha alcanzado el puerto de Nueva York en menos de una semana en su primer viaje inaugural. Estamos en el siglo XX.

—Estaremos expuestos —le decía su madre a su padre en voz baja semanas atrás, creyendo que nadie les oía tras las paredes de su humilde casa de piedra—. Anthony hablaba de los «barcos ataúd».

—Por Dios, Sally… deja de hacer caso a esos rumores. Afortunadamente las cosas han cambiado.

—¿Rumores? Así lo describía el *Irish Times*. ¿Sabes la de personas que han perecido en las travesías? Solo los que viajan en primera o segunda clase se libran de las condiciones ínfimas de ventilación y salubridad. Los que viajamos en las bodegas no corremos esa suerte, estaremos hacinados. Un solo caso de tifus o tuberculosis puede expandirse como una llama de fuego. Aquí pasamos hambre y necesidad, pero lo último que necesitan nuestros hijos es arriesgar sus vidas antes de alcanzar sus destinos.

—Todo va a salir bien. No va a suceder nada de todo eso —le persuadía Aiden—. Es cierto que los primeros compatriotas valientes que se atrevieron a la aventura de este peligroso periplo pasaban por unas penurias terribles y que algunos no llegaban a ver el ansiado puerto de Nueva York.

—Aiden, el precio de los pasajes ha subido para frenar las oleadas descontroladas de pasajeros. Cuando las autoridades portuarias han tomado esas decisiones tiene que deberse a alguna razón de peso que desconocemos. Los buques llevan consigo más de lo que pueden soportar y por eso suceden las cosas que oímos.

—Aun así, la gente continúa jugándose la vida.

—¿Y por el hecho de que otros se la jueguen nosotros tenemos que hacer lo mismo? —le reprochó Sally enojada.

—¿Acaso aquí no nos la jugamos? Permanecer aquí sería como ir muriendo un poco cada día. No he trabajado a destajo en los muelles para que ahora nos echemos atrás.

—Me aterra el hecho de pensar que alguno de nosotros no llegue a su destino.

—Escúchame, en estos últimos cuarenta años muchos lo han conseguido, y aunque otros hayan perecido en el intento, no estoy dispuesto a quedarme aquí viendo pasar los años sin poder ver un mísero rayo de esperanza en el horizonte. Aquí no tenemos futuro. Amo a mi tierra, y pese a las carencias y penurias por las que me he visto obligado a pasar, me desgarra el alma el hecho de separarme de todo lo que he conocido desde mi niñez, pero hay que dejarse de sentimentalismos. Quiero que nuestros hijos crezcan en un lugar mejor, quiero hacer algo grande por ellos. Quiero que el apellido O'Connor sea motivo de orgullo para las generaciones venideras y nadie va a detenerme hasta conseguirlo. Pero para cumplir el sueño americano te necesito a mi lado. Sin ti no puedo hacerlo, Sally.

Bridget escuchó el frágil llanto de su madre y por las palabras que salieron de sus labios, supo que su padre la estaba consolando entre sus brazos.

—Lo haré, por supuesto que lo haré —accedió finalmente Sally entre sollozos que fueron calmados por los besos de Aiden.

La luz del candil se apagó y minutos después, en el silencio de la noche, Bridget trató de agudizar el oído y sonrió para sí con una picarona mueca mientras imaginaba a sus padres en el secreto de su intimidad. Se abrazó a su hermano pequeño en aquel estrecho camastro para olvidarse de sus extremidades entumecidas por el infernal frío más propio del invierno que de la estación otoñal que ya había comenzado. Cerró los ojos dejándose llevar por la secreta emoción que la embargaba.

Su sueño estaba a punto de comenzar. Por fin partían hacia América.

La gélida brisa hizo volar los cabellos de Sally a medida que el *Lusitania* se alejaba del puerto. Una débil lágrima se deslizó lentamente por su mejilla mientras Aiden la contemplaba en silencio. La tristeza también lo inundó a él pese a que trataba de disimularlo. Miles de pensamientos afloraban en las mentes de ambos. ¿Cómo sería el viaje hasta el esperado destino? ¿Qué les aguardaba a su llegada al puerto de Nueva York? ¿Celebrarían la fiesta de Saint Patrick en el nuevo mundo?

La decisión de cruzar el Atlántico en busca de una mejor vida había sido fruto no solo de las pésimas condiciones de vida y trabajo que les rodeaban, sino de las cartas que Mitchell Dogherty, el hermano de Sally, había estado enviando desde su partida hacía ya más de dos años. Los Dogherty habían logrado cierta estabilidad, si bien seguían habitando en una diminuta vivienda del número 32 de Moron Street compuesta de un salón, un baño compartido en el pasillo y una habitación que habían convertido en dos, gracias al habilidoso Mitchell. Ellen trabajaba en una tahona regentada por un italiano, mientras dos manzanas más abajo su esposo se las ingeniaba para compaginar su oficio de carpintero con otros trabajos; uno de ellos, el ensanchamiento del muelle 14, el más grande hasta aquel momento del puerto de Nueva York, para dar servicio a la poderosa naviera *American Line*. Las pocas horas que le quedaban libres las repartía entre su familia, a la que pronto se sumaría un segundo miembro, y varios turnos en una fábrica de papel del bajo Manhattan.

Aunque sus comienzos estaban siendo dificultosos, al menos contaban con ingresos suficientes para comprar ropa y alimentos. Joseph asistía a una buena escuela católica y todos los domingos aprovechaban para encontrarse con otros irlandeses después de haber salido de la iglesia.

El hecho de tener un techo donde resguardarse a su llegada, hasta que encontraran un trabajo, era lo que les había impulsado a ahorrar lo suficiente como para adquirir los pasajes. Por esa razón Aiden había trabajado días y noches sin descanso en cualquier cosa que diera un respiro a su maltrecha economía. Como no querían abusar de la hospitalidad de sus parientes, se desprendieron de las escasas cosas de valor que tenían para poder aportar algo a la economía familiar. Si por cosas de valor se podía entender un sillón de madera tallada, una raída alfombra, algunos platos de cerámica, pequeños cuadros y otros enseres. Lo único que llevaban consigo al nuevo mundo era un viejo retrato de un desconocido antepasado y un camafeo de oro labrado y marfil.

Solo cuando Queenstown había desaparecido de su vista, Sally se encontró con el celeste brillante de los ojos de Aiden. Bridget nunca había visto semejante tristeza en los rostros de sus progenitores. Para Edward, que solo tenía cuatro años, aquello era lo más parecido a una aventura. Aún no era consciente de que ese momento, de una manera u otra, marcaría un antes y un después en el resto de sus vidas. Bridget se agarró con fuerza al fornido brazo de su padre mientras que Edward la imitaba tomando la mano de su madre. Con las miradas puestas en el inmenso océano, a los O'Connor ahora solo les quedaba un largo periplo hasta vislumbrar en la lejanía el contorno de aquella nueva ciudad que era el punto de partida para una promesa de esperanza.

Isla de Ellis, Puerto de Nueva York,
11 de octubre de 1907

*T*uvieron que alargar el tiempo de espera para que los pasajeros de segunda y tercera clase desembarcaran. Bridget no perdía detalle de todos los que desalojaban el buque junto a ellos. La mayoría de los recién llegados, al igual que su familia, traían la totalidad de sus pertenencias en una maleta o en una manta que hacía las veces de enorme saco. Pocos pensaban en regresar a sus países de origen. Los rostros de los recién llegados reflejaban el miedo a lo desconocido y la ilusión por una vida mejor mientras eran conducidos a un enorme edificio.

—¿Dónde nos llevan? —preguntó Edward a su madre, que caminaba pesadamente entre el gentío que se agolpaba a su alrededor.

—Vamos a la Oficina de Registro —respondió con voz opaca su madre.

Aiden no dejaba de observar a su mujer. Estaba preocupado porque Sally parecía fatigada y ojerosa.

—Deja que lleve esa maleta —se ofreció.

—Puedo con ella, no te preocupes. Tú llevas todo el peso.

—Puedo hacerlo, Sally. —Se detuvo un instante llevando las palmas de sus manos hasta sus frías mejillas mientras la miraba fijamente a los ojos—. Escúchame, no quiero que parezcas cansada. Ahora nos harán un examen médico rápido y nos revisarán todos los documentos que aportamos con el pasaje. Tenemos que certificar que somos quienes somos. Supongo que después nos harán algunas preguntas y tendremos que rellenar algunos formularios, pero debéis estar tranquilos. Cientos de miles de personas han pasado ya por esto. Será coser y cantar.

—¿Y si no pasamos el examen médico? Hemos pasado casi una semana en bodegas poco ventiladas, con escasas provisiones de alimentos y viendo sucumbir a otros pasajeros gravemente indispuestos. ¿Y si hemos contraído algo? No hemos tomado un baño en condiciones… ¿y si no logramos…?

Aiden no la dejó continuar, depositó su equipaje en el suelo y tomó el rostro de Sally entre sus manos ante la mirada atenta de sus hijos.

—Todo va a salir bien, mi amor. A Dios gracias estamos sanos. Los médicos de este lugar estarán más que habituados a ver pasar gente en peores condiciones. —Después dirigió sus vivos ojos azules hacía sus hijos—. No quiero que penséis en este momento como algo desagradable. Para aquellos que han pasado por este lugar se ha marcado la división entre su pasado y un futuro incierto, de modo que deseo que vuestro paso por Ellis Island quede grabado en vuestras retinas y en vuestras memorias como una experiencia que siempre llevaréis con vosotros. Lo necesitaréis. Necesitaréis volver al punto de partida para comprender todo lo que habremos conseguido después de haber dado este paso.

Dio un efusivo beso a Sally y volvió a coger las maletas.

—En marcha —les instó a todos iluminándolos con una sonrisa pese a estar con el alma en vilo.

30

Cuando traspasaban las puertas que les conducían a aquella inmensa y ruidosa sala desbordada de interminables filas de hombres, mujeres y niños que anhelaban los mismos sueños que ellos, Aiden Benjamin O'Connor no imaginaba hasta qué punto su paso por Ellis Island iba a ser determinante en las vidas de varias generaciones de su familia.

Múnich, 14 de abril de 1965

Su padre nunca le había perdonado el hecho de que con todas las mujeres que había sobre la faz de la tierra, y sobre todo en el estado de Nueva York, tuviera que haberse cruzado precisamente con la hija del hombre que había arruinado su existencia. Pero Patrick sabía que si hubiese vivido varias vidas habría vuelto a caer en las redes de Julia una y otra vez. Cuando aquel lluvioso día de abril la descubrió tras la barra de la cervecería Hofbräu sintió que el mundo se paralizaba bajo sus pies. No se trataba de la típica alemana que había visto por las calles de la ciudad. Tenía el cabello lacio, oscuro y recogido en una coleta que permitía contemplar en toda su amplitud aquel bonito rostro de nariz pecosa, piel lechosa aunque ligeramente sonrosada por al trajín al que estaba sometida y preciosos ojos almendrados de color miel. Con aquel atuendo típicamente bávaro de la Edad Media que llevaban todas las camareras del lugar, ella trataba de pasar desapercibida agachando la cabeza y evitando en todo momento el cruce de miradas con la clientela. Y lo conseguía, pero con Patrick sus intentos fueron en vano. El primer contacto visual se produjo cuando se acercó a su mesa con objeto de hacer la comanda de aquel grupo de turistas sedientos y hambrientos. Después de dos jarras de cerveza, Patrick abandonó a sus ruidosos compañeros de viaje y fue a sentarse en un taburete frente a la barra.

—Si me hubieras hecho una seña me habría acercado para tomar nota. No tenías que levantarte —le dijo ella en un inglés increíblemente aceptable mientras colocaba varias jarras limpias sobre una bandeja antes de volver a llenarlas.

—No me importa. Me apetecía estirar las piernas. ¿Podrías ponerme otra?

—¿La misma?

—Sí, por favor.

Patrick se fijó en cómo desviaba los ojos durante una fracción de segundo hacia la mesa en la que se hallaban sentados sus amigos, y él la imitó. Ambos se fijaron en que todos habían vuelto sus cabezas hacia la barra.

—¿Cuál ha sido la apuesta? —preguntó ella con media sonrisa en los labios mientras llenaba la última jarra de su anterior pedido.

—¿Cómo dices?

—La apuesta. Supongo que tu objetivo al acercarte aquí ha sido algún tipo de apuesta con tus amigos. —Depositó la jarra sobre la bandeja y le dio la espalda mientras tecleaba en la caja registradora.

—¿Qué? No, por Dios. No.

Sintió que la cara le cambiaba de color. Supo que estaba haciendo el ridículo de forma espantosa. Observó cómo ponía la cuenta sobre la bandeja y levantaba la mano llamando a un compañero.

—Bien… te voy a servir la tuya. —Esta vez le miró directamente a los ojos y Patrick creyó que se resbalaba del taburete. No pudo pronunciar palabra y esperó a que le sirviera su cerveza. Su compañero se acercó para llevarse la bandeja y cruzaron varias frases que, obviamente, él no comprendió. Tenía la ligera impresión de que habían hablado de él a juzgar por las sonrisas poco disimuladas de ambos. Cuando aquel chico desapareció, Patrick buscó la mirada de ella mientras bebía unos sorbos de su jarra.

—La cocina cierra dentro de diez minutos y no vuelve a abrir hasta las seis y media. Te lo digo por si deseas pedir algo más.

—No, gracias. Creo que he comido salchichas de Núremberg y repollo para una temporada.

—De acuerdo —añadió con una leve sonrisa sin levantar la vista de la nueva remesa de jarras que tenía al otro lado de la barra.

—¿Puedo preguntarte tu nombre?

—Puedes hacerlo, pero eso no significa que te lo vaya a decir.

—*Touché* —confesó bebiendo de nuevo para disfrazar el nudo que se le acababa de hacer en la garganta.

Cuando tuvo las jarras alineadas y listas para servir, le hizo otra seña al mismo compañero que se acercó rápidamente. Patrick imaginó que lo invitaría amablemente a levantarse de allí para hacerle regresar a su mesa. Sin embargo, se limitaron a cruzar varias palabras, que no entendió, pero que le tranquilizaron.

—Hablas muy bien mi idioma, ¿dónde lo has aprendido? —Fue

la única estupidez que se le ocurrió preguntar para no marcharse de allí. Por un instante pensó que iba a decirle que no era asunto suyo, pero no lo hizo. Desvió sus ojos momentáneamente hacia él.

—En Irlanda —respondió.

—¡Increíble! —exclamó Patrick dejando escapar una sincera risa de satisfacción que no pasó inadvertida para aquella preciosidad bávara.

—¿Qué tiene de increíble?

—Mi apellido es O'Connor y mi nombre es Patrick. Creo que no se puede ser más irlandés.

—Creía que eras norteamericano.

—Y lo soy. Mi padre es irlandés. Mis abuelos y mi padre llegaron a América a principios de siglo. Me siento tremendamente orgulloso de mis raíces.

—Vaya... sorprendente...

Patrick arqueó una ceja sin saber con certeza a qué se refería con aquella afirmación.

—¿No me crees?

—¿Y por qué no iba a hacerlo? —preguntó mientras llenaba una nueva jarra.

—Quizá porque sigues pensando en que estoy sentado aquí frente a ti solo por una supuesta y estúpida apuesta.

—Si así fuese ya te habría mandado de regreso a tu mesa hace un buen rato.

—Escucha, solo pretendía charlar contigo. Me has parecido preciosa y no quería marcharme de aquí sin tener la oportunidad de conocerte. Si te he molestado, te pido disculpas —dijo haciendo ademán de levantarse.

—Y ahora que me has conocido has cambiado de opinión. Te parezco irreverente e insoportable.

—No, no he pensado nada de eso —le aclaró confundido sin moverse de su asiento.

—¿No vas a preguntarme lo que me ha dicho Günter?

—¿Quién es Günter?

—Mi compañero.

—Prefiero no saberlo, gracias —le respondió soltando la jarra de un golpe sobre la barra después de haber bebido varios tragos seguidos.

—La primera vez que se ha acercado se ha reído de la situación.

—Vaya... ¿y eso cómo me lo debo tomar? He de suponer que te has visto en esta situación en más de una ocasión.

33

—No he querido decir eso. Él sabe que solo hablo lo estrictamente necesario con la clientela... y ha querido asegurarse de que no me estabas molestando.

—¿Y te estoy molestando?

—En absoluto —respondió dándole la espalda para coger su libreta de anotaciones y arrancar una hoja que depositó sobre la superficie de la barra al lado de su jarra. Extrajo un bolígrafo del bolsillo de su delantal y acto seguido se dispuso a seguir llenando recipientes de cerveza. Patrick no supo cómo actuar. ¿Acaso estaba esperando a que moviera ficha?

—¿Y la segunda vez? —preguntó de repente, arrepintiéndose de inmediato de su decisión tan poco acertada.

—¿Qué segunda vez? —Ella no levantó la vista del grifo. Era evidente que se estaba haciendo la interesante.

—La segunda vez que Günter se ha acercado. ¿Qué te ha dicho?

—Quería saber si estaba interesada en ti.

Patrick sintió que la tercera jarra de cerveza comenzaba a producir sus efectos.

—¿Y tú qué le has dicho? Vale, retiro la pregunta. No estás obligada a responderla.

Julia terminó de llenar su pedido y regresó a la caja registradora. Nuevamente se volvió hacia él. ¿A qué jugaba? Estaba empezando a volverle loco.

—Mi nombre es Julia. Julia Steiner —le dijo con una preciosa sonrisa tendiéndole la mano. Cuando Patrick la estrechó entre la suya no pensó en la coincidencia de su apellido. Su mente estaba ocupada en lograr que sus dedos no le temblaran después de aquel maravilloso contacto.

—Es un placer, Julia —dijo con la boca seca pese a todo lo que había bebido.

Julia retiró su mano.

—Lo siento, pero mi turno de barra ha terminado y tengo que regresar a las mesas.

—Está bien... en ese caso volveré con mis amigos —fue lo único que dijo.

Cuando se levantó del taburete y puso los pies en el suelo fue consciente de su estado. No supo cómo llegó hasta su mesa. A partir de aquel instante no perdió detalle de los movimientos de Julia por todo el local, haciendo caso omiso a las carcajadas provocadas por los chistes de Marc. Permanecieron allí una hora más, en la que Patrick había conseguido establecer varios contactos visuales con

Julia que a punto estuvieron de acabar con la poca templanza que le quedaba. Entre el calor del lugar, lo que había bebido, el humo y el factor Julia empezó a pensar en lo que no quería pensar. Se imaginaba apretándose contra aquellos ropajes en el almacén, besándola y acariciándola hasta hacer que se derritiera en sus manos para después tomarla hasta que no quedara nada de ella. Cogió su gabardina y la colocó encima para cubrir los efectos de aquellos pensamientos que iban a acabar con él, y cerró los ojos unos segundos en un intento de lograr que la sangre reanudara su viaje de regreso al cerebro.

Súbitamente se produjo un inexplicable silencio en la mesa que le hizo despertar. Allí estaba, como caída del cielo y vestida de calle. Pantalón oscuro, botas altas, gabardina y un enorme bolso del que colgaba una liviana bufanda de cuadros escoceses.

—Puedes encontrarme en esta dirección —le dijo mostrándole un papel. Era el mismo trozo de hoja que había arrancado cuando estaba frente a ella en la barra—. Bayerische Staatsbibliothek, 16 Ludwig Straße. Salgo de clase mañana a las doce y media. Podemos quedar para comer algo y así aprovechar para responder a tu pregunta.

—¿Qué pregunta? —logró decir Patrick, aún impresionado por la sorpresa.

—La de qué es lo que le he dicho a Günter cuando se ha acercado la segunda vez.

Patrick solo fue capaz de esbozar una sonrisa.

—Que os divirtáis —dijo dirigiendo su mirada sonriente a todos los presentes.

Se quedaron tan pasmados que reaccionaron tarde para responder.

—Muchas gracias —gritaron al unísono como auténticos fantoches mientras sus miradas iban de Julia a Patrick y viceversa.

—Te veo mañana, Patrick. Y sé puntual —añadió con un gesto que le hizo estremecerse.

—Allí estaré, Julia.

Cuando la vio desaparecer por una de las puertas que llevaban a la salida, sostuvo el papel entre sus manos y lo dobló con cuidado.

—Te veo mañana, Patrick... y sé puntual —imitó Nick. Los demás lo acompañaron con una estridente carcajada.

—Sois una manada de capullos —murmuró sacudiendo la cabeza mientras también él se reía fugazmente.

—Un brindis —dijo Neil levantando su jarra.

Todos lo imitaron y Patrick se vio obligado a hacerlo.

—Por el gran O'Connor, que no lleva aquí ni cuarenta y ocho horas y mañana se va a beneficiar a una alemana que está para mojar pan.

—Oh, vamos —protestó Patrick volviendo a depositar su jarra encima de la mesa—. No vais a madurar nunca.

—¿Madurar? Mira quién habla —farfulló Marc entre risas.

—Ahora un brindis y este va en serio —dijo Patrick levantando su jarra—, y al que se ría, juro que se la derramo encima.

Todos aguardaron expectantes a que se pronunciara.

—Por Julia O'Connor, futura esposa y madre de mis hijos.

Marc, Neil y Nick habrían soltado la mayor risotada de la historia de no ser porque palabras como aquellas jamás habían sonado tan convincentes en los labios de alguien como Patrick. No sabía esa pecosilla bávara lo que le esperaba.

Pasaban cinco minutos de la hora a la que habían quedado cuando la divisó bajando la larga escalinata de la Biblioteca Nacional con aquella balaustrada rodeada de bellas esculturas de Homero, Aristóteles e Hipócrates. Creyó que le faltaba el aire. La noche anterior no había dormido pensando en el encuentro de ese día. Se había cambiado de ropa en tres ocasiones, aunque finalmente había optado por unos pantalones oscuros, jersey, camisa y una americana de pana. A juzgar por la expresión de sus ojos a medida que se acercaba, había elegido el atuendo correcto.

—Hola —le dijo—. Siento llegar tarde.

—Han sido solo cinco minutos. He podido soportarlo —mintió. Había llegado con media hora de antelación y se había dedicado a pasear por los alrededores de la Ludwig Maximilians Universität.

—A decir verdad, pensé que no aparecerías.

—¿De veras? Ahora entiendo tu retraso. Has mandado a alguna amiga espía para cerciorarte de que me había presentado.

Se le escapó una risa sincera.

—Ahora soy yo la que debe decir *touché*.

—Entonces estamos en paz.

—Estamos en paz. —Desvió sus ojos y los fijó en una pareja que había sentada al pie de las escaleras—. ¿Tienes hambre? —le preguntó volviendo a fijar sus preciosos ojos en él.

—La verdad es que he desayunado un poco tarde, pero si te apetece puedo acompañarte a tomar algo.

—Yo tampoco tengo mucho apetito. Antes de que aparezcan más nubes, podríamos aprovechar este pequeño resquicio de sol para pasear por el Englisher Garten.

—Me parece muy buena idea.

Los dos reanudaron la marcha hasta que torcieron por la Schönfeldstraße para adentrarse en el pulmón de Múnich. Estuvieron caminando por los jardines durante más de una hora, aunque Patrick habría jurado que solo habían pasado diez minutos. Julia era la menor de tres hermanos y pronto cumpliría los veintidós años. Sus padres vivían en Augsburgo, una preciosa localidad a unos sesenta kilómetros de Múnich. Solo le faltaba un año para licenciarse en Derecho. Había estado estudiando un año completo en Irlanda, de ahí su buen conocimiento del idioma. Había sido la opción más barata teniendo en cuenta sus posibilidades económicas. También allí había estado sirviendo cervezas para pagarse las clases mientras que una encantadora familia le proporcionaba comida y alojamiento a cambio de sus servicios como *au pair*. Esa era la única información de carácter personal que le había facilitado. Disponía de algunas ayudas gracias a las becas y, aunque sus padres le echaban una mano en la medida de lo posible, a ella no le había quedado más remedio que arrimar el hombro. Para ella Baviera era una zona privilegiada de Alemania. Tuvo suerte de librarse del empobrecimiento de la posguerra gracias a la gran riqueza agrícola de la zona. Múnich estaba disfrutando de un nuevo resurgimiento gracias a la mano de obra procedente de otros países. Eso sumado al hecho de que sería futura sede de unos Juegos Olímpicos había hecho que se abriera aún más al resto del mundo.

Cuando Patrick tuvo que confesarle que había estudiado en Yale, ella comenzó a acribillarlo con los típicos estereotipos. Chico rico más cerca de los treinta que de los veinte, con cierto síndrome de muchacho que se niega a crecer, atuendos caros y que se permitía el lujo de recorrer Europa haciendo una parada en su profesión para enriquecer su ego.

—Vale —dijo levantando las manos en señal de derrota con una atractiva sonrisa. Habían tomado el metro hasta Marien Platz y desde allí habían continuado caminando hasta el Viktualienmarkt. Aprovechando que todavía no se había puesto a llover tomaron asiento en la esquina que quedaba al aire libre de la mesa alargada de aquella pequeña caseta que servía deliciosos bocadillos, por supuesto, de salchicha—. Me rindo ante esa brutal dialéctica de futura picapleitos.

—¿Vas a decirme de una vez a qué se dedica tu familia? —preguntó después de haberse reído de su comentario.

—¿Por qué quieres saberlo? Ya te he dicho que en Yale disfruté de una beca casi completa. Fui un estudiante ejemplar. El número diez de mi promoción —dijo arrellanándose en la silla con una sugestiva sonrisa—. En mi país se le da una oportunidad a todo aquel que la merece.

—Tu aspecto me dice que no eres un chico que viva de las becas.

—Ya no vivo de eso. Vivo de mi trabajo.

—Un trabajo que te da para tomarte casi un mes de vacaciones recorriendo Europa.

—¿Estás pasando el día conmigo porque piensas que soy un acaudalado joven de la Costa Este?

—No soy de esa clase, señor O'Connor.

—Lo sé. Retiro el comentario. Eso sí, lo de señor O'Connor suena exagerado. Puedes dirigirte a mí como Patrick.

Logró arrancarle una sonrisa.

—¿Puedo hacerte una pregunta? —continuó aprovechando aquel acercamiento que comenzaba a prosperar.

—Claro.

—¿Qué te hizo aceptar ayer... mi propuesta?

—¿Propuesta? Pero si fui yo quien te propuso quedar hoy a la salida de la Biblioteca —protestó ella entre risas.

—Sí... ya; bueno, ya me entiendes, pero fui yo quien tomó la iniciativa de acercarme a ti.

Empezaron a caer varias gotas sobre la mesa. Miraron al cielo, estaba empezando a llover. Patrick imaginó que ella le animaría a levantarse para buscar refugio, pero volvió a centrar sus ojos en él.

—Me pareciste un fenómeno digno de estudio. La verdad, no sé. El caso es que conseguiste captar mi atención y por una vez en mi vida quise escapar de mi recta racionalidad para probar ese lado insensato y absurdo de la vida.

—¿Me consideras como el asunto absurdo del día?

—¡No! No es eso lo que quería decir.

A ninguno de los dos pareció afectarle el hecho de que la lluvia hubiera comenzado a arreciar.

—Lo que quería decir es que... a pesar de que lo más probable es que no te vuelva a ver jamás en mi vida, decidí arriesgarme. Porque... he de reconocer que... me gustas.

Patrick no supo durante cuánto tiempo le estuvo sosteniendo la mirada. Las gotas de agua comenzaban a nublarle la vista y a empaparle el cabello. Sin pensarlo, la tomó de la mano y la levantó de su asiento. Tiró de ella y ambos corrieron juntos bajo la lluvia hasta que, extenuados, buscaron refugio bajo los soportales que iban desde Isartor hasta la entrada de Marien Platz. Julia se reclinó sobre una fría columna de piedra, la misma sobre la que Patrick apoyó su mano. Trató de tomar aire, pero su corazón iba a cien por hora y no solo por la fugaz huida del aguacero, sino por la cercanía del atractivo rostro de ese *yankee* irlandés.

—Si no te beso ahora mismo creo que perderé el conocimiento y a juzgar por tu tamaño no me parece que estés en condiciones de rescatarme de una estúpida caída —le dijo con voz ahogada acompañada de una arrebatadora sonrisa.

—Soy más fuerte de lo que piensas —aclaró Julia tratando de aparentar una calma de la que carecía.

—De eso no tengo la menor duda, pero aun así, no deberías correr el riesgo —añadió con un sugestivo gesto.

Julia se sintió desarmada a la vez que protegida por aquellas palabras. No logró decir nada y aquel silencio proporcionó a Patrick la respuesta que necesitaba, así que la mano que le quedaba libre fue a posarse sobre la sonrojada mejilla de Julia. El primer contacto fue un simple roce de labios. Antes de que se produjera el segundo, Patrick deslizó su mano hacia el fular que rodeaba el cuello de ella, retirándolo con sigilo. Julia sintió el contacto de los dedos sobre su piel. Fue como una descarga de mil voltios esparcidos por cada una de las células de su cuerpo. Acto seguido aquella mano atrapó su nuca y con un simple movimiento volvió a acercar su rostro al de él. El segundo contacto nada tuvo que ver con el primero. Patrick sació su sed bebiendo de aquellos suculentos labios que aprisionaron los suyos reteniéndolos, embaucándolos, hasta llegar a un estado de tal fusión que ambos tuvieron que separarse durante unos breves segundos para poder respirar.

—¿Dónde está tu hotel? —preguntó Julia tratando de recobrar el sentido aunque no estaba muy segura de querer hacerlo.

A Patrick le sorprendió aquella inesperada pregunta en los labios de una chica como ella. No es que la hubiera considerado una beata, ni mucho menos, pero en sus predicciones de aquel día no entraba el plan de llevársela a la cama.

—Torbräu, en Im Tal, frente a Isartor. Estamos a tan solo unos metros —logró responder.

—Vamos entonces. —Julia tiró de la solapa de su chaqueta y volvió a besarlo.

39

—Oye, ¿no crees que vamos demasiado deprisa? —Patrick no podía creer que estuvieran saliendo aquellas palabras de su boca y Julia fue consciente de ello.

—¿No es eso lo que quieres?

—¡No! —mintió—. Quiero decir… sí. Sí, claro que quiero, pero… —Se apartó de ella y alzó las manos en el aire. Retiró parte de su desordenado flequillo del rostro para tratar de serenarse.

—Pero ¿qué?

—Julia… nos conocimos ayer.

—¿Y?

Patrick sacudió la cabeza. ¿Qué demonios estaba haciendo? El día anterior había construido en su mente mil y una escenas pecaminosas con ella y ahora que la tenía en bandeja se estaba haciendo pasar por el hombre tradicional y conservador que jamás había sido.

—¿No soy lo suficientemente apetecible para ti? —Su rostro se mostró serio.

—En absoluto. Eres… eres lo más maravilloso que se ha cruzado en mi vida en mucho tiempo.

—Entonces no veo cuál es el problema. Te marchas dentro de dos días, de modo que podríamos aprovecharlos en vez de estar aquí perdiendo el tiempo.

Algo le decía a Patrick que la chica que tenía ante sus ojos en este momento nada tenía que ver con la que había estado charlando horas antes. ¿Qué estaba ocurriendo? Algo no le cuadraba.

—¿Quieres acostarte conmigo porque sabes que me marcho dentro de dos días?

—No he querido decir eso…

—Pues yo creo que sí.

Julia bajó la vista hacia el suelo adoquinado.

—No lo he hecho nunca —dijo en un tono casi inaudible.

—No te entiendo ¿qué es lo que no has hecho nunca? —preguntó Patrick aturdido.

—Esto…

—¿Te refieres a lo de proponer sexo rápido a un tipo al que acabas de conocer?

—No hables así —le recriminó ella con expresión compungida—. Haces que parezca degradante.

—Perdóname. Retiro lo que he dicho.

—Nunca me he acostado con nadie.

Patrick tardó en reaccionar y se quedó con la boca abierta. La cerró cuando se percató de lo que implicaba todo aquello. Allí estaba frente a aquel prototipo de mujer que era todo lo contrario a lo que estaba habituado. Una mujer con las ideas claras, tan claras que en menos de veinticuatro horas había decidido entregar su mayor dádiva a un desconocido que vivía a miles de kilómetros de ella.

—¿Podría preguntarte por qué soy yo el elegido?

—Porque eres condenadamente apuesto y eso es motivo más que suficiente para meterme en la cama contigo sin que me abrumen las angustias y los prejuicios sobre algo que desconozco en la práctica.

—Vaya... así que soy tu conejillo de indias. ¿Quieres utilizarme para librarte de ese tabú de una vez por todas? ¿Es esa la única razón por la que quieres acostarte conmigo?

—Sabiendo que te marchas dentro de dos días al menos tendré la seguridad de que no existirá tiempo material para enamorarme de ti.

Patrick permaneció callado. Aquella frase había sonado tan concluyente e irrevocable que no pudo rebatirla. Se limitó a tomarla de la mano mientras comenzaba a caminar en dirección a su hotel. Cuando atravesaron las puertas del ascensor y se detuvieron frente a la puerta de su habitación Julia lo miró a los ojos. Antes de introducir la llave en la cerradura Patrick la abrazó y la besó con tal ternura que ella no creyó poder continuar con aquello ni un minuto más. Había fallado estrepitosamente en su pronóstico porque sabía que no necesitaría dos días para enamorarse de alguien como Patrick.

41

—¿Puedo hacerte una pregunta? —le dijo él después de separarse de sus labios.

Julia asintió.

—¿Vas a confesarme lo que le dijiste ayer a Günter?

Julia le sonrió sin soltarse de los brazos que la rodeaban.

—Yo que tú preferiría no saberlo.

—Me estás asustando —le confesó con expresión poco relajada.

—Lo sabrás en el momento adecuado. —Le volvió a besar y Patrick le dedicó una mirada llena de incógnitas.

—¿Y cuál va a ser ese momento? No tenemos mucho tiempo.

—Lo tenemos, Patrick. Deja que el destino siga su curso.

Mientras Patrick la liberaba para abrir la puerta ella recordó la surrealista conversación con Günter. Cuando entre risas y bromas le había confesado que ese turista sería el hombre con el que contraería matrimonio, jamás pensó en la posibilidad de que esa misma tarde concebiría al primero de sus cuatro hijos.

Y

Estaba tendida boca arriba en la cama, aún vestida, con Patrick encima. Él la besó en la frente, la nariz y las mejillas antes de entregarse a sus labios.

—No creo que esto sea buena idea —le dijo en un leve murmullo apartándose.

Julia lo agarró del cuello buscando de nuevo el anhelado beso y Patrick se olvidó de sus propósitos durante unos instantes mientras notaba como aquel delicado cuerpo se aferraba al suyo. Deslizó las manos bajo su suéter y comenzó a acariciarla cuando percibió su voraz deseo. Acalorada por el placer que estaba experimentando, ella dejó escapar un débil gemido. Después lo detuvo y rodó hacia el otro lado de la cama. Con manos temblorosas se desnudó y volvió a tomar asiento al borde de la cama dándole la espalda a Patrick. Lentamente se volvió hacia él buscando una respuesta en sus ojos.

—Dime lo que sientes —logró decir Julia.

—No tienes ni idea de cuánto te deseo…

—Entonces, ¿a qué esperas? —Julia volvió a tumbarse de espaldas y Patrick se tendió sobre ella, todavía vestido. Posó la palma de su mano sobre su terso vientre desnudo y notó un leve temblor. La retiró temiendo su rechazo, pero ella lo tomó por la muñeca.

—Quiero que estés segura, Julia.

—Quiero hacerlo. Confío en ti.

Patrick se desnudó y Julia pensó que era aún más hermoso e imponente de lo que había imaginado. Tragó saliva cuando regresó a la cama junto a ella y la acogió entre su tersa musculatura. La boca de Patrick saboreó cada centímetro de su cuerpo al tiempo que sus manos se ocupaban de relajarla esperando el instante preciso que llegó más pronto de lo que imaginaba. Cuando ella sintió aquel momentáneo dolor, abrió los ojos desconcertada.

—¿Ya ha ocurrido? —logró preguntar.

Patrick asintió mirándola con dulzura a los ojos.

—En este instante estoy dentro de ti —le dijo con voz ronca—. ¿Te he hecho daño?

—Estoy bien —murmuró con los ojos cerrados, mojándose los labios, mientras percibía como salía de ella con suavidad y aquella sensación de extraña plenitud la abandonaba—. No, no lo hagas. Quiero… quiero sentirte.

Patrick se doblegó a sus deseos y la besó con una exquisita ternura mientras volvía a fundirse en ella. Sus movimientos fueron suaves, tan suaves que Julia pensó que terminaría retirándose de nuevo, pero no fue así. Lo hizo lentamente, tomándose el tiempo necesario para que su cuerpo se amoldara al de ella, luchando contra sí mismo para no perder las riendas en tan arriesgado proceso. Julia elevó sus caderas de forma inconsciente, pero Patrick la calmó reteniéndola en sus brazos.

—Sshh, tranquila. No tengas tanta prisa. Estoy tratando de ir despacio —le dijo con una alentadora sonrisa que a Julia le hizo perder la razón.

—¿He hecho algo mal? —preguntó confundida.

—Lo estás haciendo fenomenal —le respondió con una seductora voz mientras se volvía a introducir en ella con un movimiento que cortó la respiración a Julia—. Si vamos despacio experimentarás más placer.

Patrick se concentró en darle lo que necesitaba y lo consiguió cuando la sintió estremecerse bajo su cuerpo mientras se aferraba a su cuello. Julia no tuvo tiempo de recuperar el sentido cuando sintió a Patrick estallar dentro de ella. Él se retiró con lentitud dejándose caer a un lado. Julia rodó sobre su cuerpo para salir de la cama, pero sus piernas no le respondieron así que tuvo que volver a sentarse. Patrick se deslizó sobre las sábanas y tiró de ella para colocarla a su lado.

—Espero no haber sido demasiado brusco. —Le acarició el cabello con ternura y la besó en la húmeda frente—. ¿Estás bien?

Julia asintió bajando los ojos, sofocada y encendida.

—No he utilizado nada, Julia —dijo él con rostro preocupado.

—No creo que tengas tanta puntería.

—La próxima vez tomaremos precauciones.

—No será necesario. No habrá próxima vez.

Patrick no supo qué decir. Nunca se había visto en una situación parecida. Prefirió morderse la lengua y no perder la serenidad. No quería decir nada de lo que después pudiera arrepentirse. Julia fue consciente de ello porque, de repente, cambió su inexplicable y altivo talante.

—Lo siento. No pretendía que sonara tan desagradable —le dijo con una mirada algo más sosegada. Con un rápido movimiento se escabulló de la cama—. Me voy a dar una ducha. ¿Qué te parece si vamos a cenar a un sitio que seguramente no conoces? Pasado mañana te marchas y aún quedan algunos sitios de la ciudad que te quiero mostrar. —Se acercó a la cama y se inclinó para besarlo—. ¿No dices nada?

—Me parece bien —respondió observando su sublime desnudez y sintiéndose como un ridículo bufón. De repente sintió que los papeles se habían intercambiado. Se preguntó quién era el profesor y quién la discípula.

—A propósito... no sé cómo será con el resto, pero contigo ha sido francamente bueno.

Y sin más desapareció tras la puerta del baño.

44

Capítulo dos

*L*os buenos propósitos de Julia habían quedado en el olvido. Había pasado las dos últimas noches con él y Patrick la poseyó de mil y una manera posibles, que jamás habría imaginado ni en la más tentadora de sus fantasías. En esta ocasión habían tomado precauciones. Quiso hacer planes. Pensaba en todas la posibilidades mientras oía correr el agua de la ducha que debería haber estado compartiendo con Julia en vez de estar rompiéndose la cabeza para encontrar una solución a aquella locura que ambos habían comenzado. Se apoyó sobre el marco de la ventana entreabierta para fumarse un cigarrillo. Dentro de ocho horas su avión despegaría del Aeropuerto Franz Josef Strauss con destino a Nueva York. Consideró sus opciones: quedarse en Múnich y buscar un trabajo pese a su nulo conocimiento del alemán o bien convencer a la mujer que le había hecho perder la cabeza de la noche a la mañana para que se trasladara con él a Estados Unidos. Julia lo había tachado de loco cuando había escuchado sus propuestas. ¿Sería cierto eso de que se estaba precipitando? ¿Tendría razón Julia al decirle que todo aquello no había sido más que una aventura que ambos recordarían de vez en cuando con el paso del tiempo con media sonrisa en los labios? Ella había insistido en que era lo mejor, pero ¿cómo demonios iba a saber ella lo que era mejor para ambos? Podría seguir estudiando en Nueva York o en cualquier otro lugar y él estaría encantado de acompañarla. Vivirían juntos y volarían a Alemania siempre que ella quisiera para visitar a la familia. Si era tan fácil, ¿por qué se lo estaba poniendo tan difícil?

Se giró para apagar el cigarro sobre el cenicero de la mesa auxiliar que había bajo la ventana, pero un error de cálculo en sus movimientos le hizo perder el equilibrio; lo que provocó un tambaleo

45

de la mesa con la consiguiente caída de la silla sobre la moqueta. Parte del contenido del bolso de Julia quedó esparcido por el suelo y Patrick se afanó en recogerlo todo para volver a meterlo en su lugar. De su cartera sobresalía la esquina algo desgastada de lo que parecía una fotografía. La curiosidad lo atrapó y antes de extraerla dirigió su mirada hacia la puerta del cuarto de baño para asegurarse de que Julia seguía bajo el chorro de agua de la ducha.

La imagen mostraba a un hombre y una mujer de rasgos claramente germánicos junto a un niño y una niña. Todos sonreían felices ante al objetivo de la cámara. Tras ellos aparecía el inconfundible paisaje de la costa amalfitana. No supo si se trataba de Positano o de Sorrento. Era evidente que la pequeña de la fotografía era Julia. Sostenía con firmeza la mano del que imaginó sería su progenitor porque era su vivo retrato. El rostro de ese hombre le causó un repentino malestar. ¿Por qué? Tuvo una extraña sensación de la que no logró deshacerse. La madre, sin embargo, descansaba su mano sobre el que supuso debía de ser su hermano. Un momento, juraría haberle oído decir que era la menor de tres hermanos. En aquella imagen solo aparecía junto a uno de ellos. ¿Dónde estaba el otro? Por otro lado, la historia de que procedía de una familia de clase trabajadora no le cuadraba mucho con aquellos atuendos caros que mostraban en la fotografía. Miró el reverso.

Papa, Mama, Dieter und Julia
Sommer 1950

Se sintió terriblemente mal por lo que estaba a punto de hacer, pero no pudo evitarlo. Abrió su cartera para volver a introducir la fotografía en su lugar y mientras lo hacía desvió la vista hacia su documento de identidad. Nacida en Berlín el 25 de mayo de 1944. Una dirección impronunciable en la localidad de Augsburgo. Nada significativo. Un carné plastificado con el emblema de la Ludwig Maximiliams Universität donde también constaba su nombre, aunque con un domicilio en Múnich, que debía de ser el apartamento que compartía con otras dos estudiantes. Era el mismo lugar al que había ido a recogerla la tarde anterior.

Abrió la parte del billetero para encontrarse con algunos marcos y con recibos de algunas compras, tickets de metro o autobús, anotaciones y algún que otro viejo papel doblado. Desdobló uno de ellos y descubrió fastidiado que era tan solo una carta escrita a mano que contenía otras dos pequeñas fotos. Julia con un aspecto completamente diferente y semblante incluso triste, ataviada con un vestuario mucho más humilde al lado de otros dos chicos mayores que ella y otro matrimonio. También miró el reverso.

Für meine liebe Julia von Deiner Mutti Helga

En aquella imagen no aparecía el adolescente que le acompañaba en la otra. Esa imagen guardaba más relación con los datos que Julia le había facilitado de su familia. Sin embargo no guardaba ni el más mínimo parecido con ninguno de ellos. *Mutti* significaba «mami». En ambas imágenes se hacía referencia a la figura materna, pero estaba claro que ni una mujer ni la otra tenían nada que ver. Volvió a echar otro vistazo a la foto de la costa amalfitana. Se apresuró a guardarlo todo en su monedero cuando oyó la puerta del cuarto de baño. Maldijo en silencio su mala suerte. Le había pillado con las manos en la masa.

—¿Qué estás haciendo? —le preguntó con una mezcla de terror y hostilidad en la mirada que hicieron temblar a Patrick. Ni siquiera le había dado tiempo a meter el monedero en el bolso. ¿Cómo podía haberse despistado de aquella manera?

—No es lo que piensas. —Se resbaló de la silla y varias cosas se esparcieron. Estaba metiéndolo todo dentro—. Sabía que no había sonado muy convincente.

Julia le arrebató el bolso y el monedero. Patrick observó cómo lo abría y volvía a inspeccionar su contenido.

—¿Eh? ¿Por quién me has tomado? —El tono de Patrick fue de evidente disgusto—. ¿Piensas que te he robado?

—¿Quién te crees que eres para andar fisgoneando en mis cosas? Si quieres saber algo solo tienes que preguntarlo. —Estaba muy alterada y aunque Patrick se sentía culpable por lo que había hecho no entendía aquella desmesurada reacción por su parte.

—¿Y qué es lo que se supone que tengo que saber?

Julia fue consciente de la estupidez que acababa de decir y no supo cómo desviar la atención sin levantar recelos ante la inexcusable curiosidad de Patrick.

—Lo siento. Siento haber desconfiado de ti —se disculpó volviéndose hacia él.

—Sabes que puedes confiar en mí. Sé que te resultará difícil, pero deseo que lo hagas. Necesito que lo hagas.

Patrick franqueó la distancia que los separaba y la rodeó con sus brazos. Julia no se resistió cuando sintió la sólida textura de su

47

cuerpo todavía desnudo contra el suyo. Suspiró, y Patrick la besó con infinita delicadeza. Después ella se apartó para recoger el resto de su ropa. Comenzó a vestirse dándole la espalda.

—¿Sucede algo, Julia?

Se produjo un breve silencio que a Patrick le pareció una tortura.

—Debo marcharme —le dijo mientras cogía su gabardina y su bolso—. Tengo que trabajar.

—Pero… creía que habías cambiado el turno con tu compañera.

—Es mejor así, Patrick. No estoy preparada para esto.

—¿Qué quieres decir? ¿Para qué no estás preparada?

—No me lo pongas más difícil.

—Tú eres quien lo pone difícil.

—No digas eso.

—No quiero que te marches —le dijo con semblante serio.

—Tengo que hacerlo. —Llevó una mano hacia su mejilla—. Te recuperarás. Dentro de unas semanas me recordarás como a una más de la lista y esto pasará a ser una anécdota más en tu vida.

—Te equivocas. Sabes tan bien como yo que no es así. No puedes llamar a esto una simple aventura.

—Conocerás a una buena chica de Radcliff y te convertirás en un prometedor cirujano.

—El tiempo terminará dándome la razón y te lo voy a demostrar. Volveré a por ti y te sacaré de Múnich a rastras si es necesario.

Julia le dedicó una melancólica sonrisa mientras se ponía la gabardina.

—Eres un buen chico, Patrick. —Le dio un fugaz beso en la mejilla—. Y un gran maestro. No me equivoqué contigo.

—Esto no es justo —protestó Patrick agarrándola por el hombro y obligándola a girarse hacia él.

—Lo sé, pero así es la vida.

Patrick la envolvió entre sus brazos. Julia sintió sus besos sobre su cabello aún mojado.

—¿Podré escribirte o llamarte mientras trato de encontrar la manera de hacerte cambiar de opinión?

Él sintió la sonrisa de sus labios contra su torso desnudo.

—Puedes hacerlo. Ya sabes mi dirección —le respondió separándose de él—. No te enfades si no te acompaño al aeropuerto. Prefiero recordarte así, tal y como estás ahora.

—¿En ropa interior? —Esbozó una triste sonrisa—. Menudo recuerdo.

—¿Qué mejor forma?

Patrick volvió a besarla con una clara efusividad mezclada con cierto matiz de desesperación.

—Debo irme, Patrick.

—Volveré a por ti.

Julia puso la mano sobre el picaporte y lo giró. No dijo nada. Abrió la puerta y desapareció tras ella. Patrick no pudo ver la angustia en el rostro de Julia como tampoco las débiles lágrimas que se deslizaban por sus ojos a medida que avanzaba hasta el ascensor. Julia tampoco pudo ver cómo Patrick se dirigía desolado hacia la ventana y descubría de nuevo, debajo de la mesa aquella vieja foto tomada en Positano, en agosto de 1950. Patrick juraría que la había vuelto a introducir en su lugar, pero no había sido así. Permaneció apoyado sobre la pared contemplando aquella imagen y logrando deshacerse de esa sombría sensación de *déjà vu*.

Cuando Julia atravesó las puertas del Hotel Torbräu se detuvo para tomar aire. Quiso cruzar hasta Isartor y siguió caminando hacia el río. Aceleró el paso y comenzó a correr. Corrió hasta sentir cómo su corazón le golpeaba violentamente el pecho. Los ojos le ardían y por un momento creyó que el oxígeno había dejado de llegar a sus pulmones. No le habría importado lo más mínimo desfallecer allí mismo y en aquel instante. Fijó la vista en el caudal de agua durante varios minutos tratando de mantener la mente en blanco, pero no pudo.

—Has tomado la decisión correcta.

La escalofriante voz de su hermano le hizo estremecer. No se molestó en volverse hacia él. Detestaba su mera presencia. Jamás imaginó que terminaría renegando de su propia sangre, pero hacía demasiado tiempo que el Dieter que ella conocía había desaparecido para dar paso a un ser frío, calculador y ruin, que solo actuaba movido por la ciega obsesión de una irracional venganza basada en la descabellada teoría de que la muerte de sus padres había sido provocada.

—No era necesario que me siguieras. He cumplido con mi palabra.

—No me quedaré tranquilo hasta que lo vea facturando su equipaje.

—¿Por qué has tenido que aparecer precisamente en este momento de mi vida? Desapareciste hace años sin dar explicación alguna. Me dejaste sola y ahora te presentas creyendo que tienes derechos sobre mí —le reprendió inalterable volviéndose hacia él y mirándolo con rostro inexpresivo.

—Tenías a tu preciosa familia de tercera clase.

—Ni te atrevas —dijo levantando la mano enfurecida, pero él la detuvo sujetando con fuerza su muñeca. Acto seguido, la liberó.

—Tiraste el dinero de papá y mamá por la borda. Ese dinero era para pagar la Universidad y tú vas y lo empleas en la compra de una casa para esos fracasados.

—Esos que tú llamas fracasados me dieron un hogar y me quisieron como a una hija. He recibido amor, apoyo y continua comprensión. Algo que tú no me has dado jamás. ¿Me gustaría saber lo que has hecho tú con el mismo dinero?

—Te sorprendería saber en lo que me he convertido.

—¿En qué? ¿En un sádico que se presenta en mi apartamento después de casi nueve años y obliga a su hermana a dejar al hombre del que se ha enamorado porque piensa que su padre fue el responsable de la muerte de los míos?

—No, Julia. Me he convertido en un hombre poderoso. Lo suficientemente poderoso como para haber investigado hasta la saciedad la vida y milagros del gran magnate Edward O'Connor. Lo suficientemente poderoso como para saber lo que tenía planeado con el objetivo de vengarse de la muerte de su esposa y llevar pruebas de ello a los tribunales internacionales. Una muerte de la que culpaba a nuestro padre. Lo suficientemente poderoso como para haber obtenido pruebas fehacientes de tus encuentros con el hijo de ese cerdo *yankee* irlandés al que te has follado como una vulgar fulana.

Esta vez Dieter recibió una monumental bofetada de manos de su hermana. Había adquirido carácter con el paso de los años. De eso no le cabía duda. Le dedicó una sonrisa mordaz que hizo que a Julia se le revolviese el estómago. Se preguntaba qué medios había utilizado para seguirla y prefería no saberlo. Sabía lo que haría con esas fotos si no cedía a sus deseos. Terminaría poniéndolas en el mismísimo tablón de anuncios de la facultad. Eso acabaría con su reputación y aunque sabía que con el paso del tiempo la gente se terminaba olvidando de esas historias no podría soportar ver la de decepción en la familia que se lo había entregado todo y que era tremendamente respetada y querida en Augsburgo.

—Olvida el pasado. No eres tú el único que perdió a papá y mamá. Yo he conseguido superarlo y tú deberías hacer lo mismo.

—Ese desgraciado cambió el curso de nuestras vidas con sus actos.

—Papá estuvo en la guerra y quizá también sus actos cambiaron la vida de muchas personas. Nosotros no sabemos lo que sucedió. Si es verdad que tienes esas pruebas ¿a qué esperas entonces para hacer justicia?

—Edward O'Connor no tiene mucho que perder salvo un vasto imperio que no despierta mi interés. Prefiero centrarme en la figura de Patrick, su hijo. El hijo que lo tiene todo tal y como yo lo tuve una vez. La diferencia estriba en que a mí, de la noche a la mañana me lo arrebataron. Quiero que él sienta lo mismo que yo sentí, y algún día sucederá. Me encargaré de que así sea.

—Él nada tiene que ver con la muerte de nuestros padres. No ha hecho nada. Si llego a enterarme de que le haces daño, te juro que moveré cielo y tierra para encontrarte y hacértelo pagar, aunque sea lo último que haga en mi vida.

—Para entonces quizá sea demasiado tarde.

—¿Qué quieres decir?

—Mantente alejada de Patrick O'Connor.

—¿Me estás volviendo a amenazar?

—Hazme caso. Solo te traerá problemas.

—Soy lo suficiente mayor y madura como para resolver los problemas que me busco. No necesito a nadie.

—Me gusta esa frase. «No necesito a nadie.» Yo tampoco necesito a nadie. Si continúas con esa creencia todo te irá bien. Buena suerte, Julia.

Dio media vuelta y prosiguió su camino en dirección contraria a la que había venido. Julia comenzó a temblar mientras varias gotas de sudor frío resbalaban por su espalda. Tuvo que buscar apoyo sobre el muro de piedra que daba al río. Arqueó su espalda llevándose la mano hacia el estómago y vomitó el desayuno que había compartido hacía apenas unas horas junto a Patrick.

51

Nueva York, 9 de diciembre de 1965

Patrick bajó de un taxi en Lexington Avenue. Una helada ráfaga de viento le azotó el rostro y tuvo que protegerse del frío invernal alzando la solapa de su abrigo a la altura de las orejas. Consultó la hora. Como era habitual en él llegaba tarde a la cita para almorzar que tenía con su padre y que ya había pospuesto en dos ocasiones a causa de sus inacabables y perpetuas guardias.

Cruzó a paso acelerado las puertas giratorias del restaurante. No tuvo que anunciarse. El encargado sabía de sobra quién era, así que después de la bienvenida de cortesía y de haberle entregado su abrigo lo acompañó hasta la mesa que su padre ocupaba siempre que frecuentaba aquel establecimiento, probablemente el más prohibitivo e idolatrado de todo Manhattan.

Le hizo una señal cuando lo vio aparecer. La mirada encrespada de su progenitor le indicó claramente que no aprobaba su atuendo. De acuerdo, parecía recién salido de una portada de un disco de los Beatles, pero acababa de salir del hospital y no le había dado tiempo a pasar por casa. Sin embargo él estaba perfecto, sus sienes plateadas engominadas con esmero, vestido con traje, camisa, corbata y zapatos fabricados a medida en una tienda de New Bond Street de Londres. El muro le impidió ver los rostros de las personas que lo acompañaban en la mesa. Blasfemó en silencio porque lo que menos le apetecía en aquellos instantes era un maldito almuerzo de negocios. Tenía algo muy importante que comunicarle y no le parecía oportuno hacerlo delante de dos desconocidos.

—Siento llegar tarde —se disculpó mientras miraba fugazmente a aquella espectacular rubia y al que supuso debía ser su padre por el indudable parecido.

—Tan apurado como siempre —murmuró Edward con una contenida sonrisa que pretendía excusar el retraso de su hijo delante de sus invitados—. Por mucho que se lo diga no hay forma de hacerle bajar el ritmo. La medicina le está robando la mitad de su vida.

Patrick se mordió la lengua. Habría soltado una de las suyas de no ser por la visita inesperada.

—Nathan Burns y su hija Christine Burns —anunció su padre haciendo hincapié en el evidente hecho de que Christine continuaba llevando el apellido familiar y por lo tanto, estaba disponible.

Nathan se levantó de su asiento mientras Patrick les tendía la mano. Después de varios minutos de absurdas frases sobre el brutal descenso de las temperaturas que había provocado la primera nevada sobre la ciudad, Wall Street y el menú, el camarero les sirvió los primeros entrantes. Durante unos instantes desconectó del hilo de la conversación para centrarse en lo que realmente le preocupaba. Hacía casi tres meses que no recibía noticias de Julia. Ni una sola carta, ni una llamada a pesar de todos los mensajes que había dejado en la secretaría de su facultad rogándole que se pusiera en contacto con él. Estaba aterrorizado ante la idea de que le hubiera sucedido algo o que simplemente hubiera desaparecido sin dejar huella porque había encontrado al hombre de su vida y él había pasado a formar parte de la historia. Las últimas letras que le había escrito estaban exentas de contenido sentimental. Estaba muy atareada con el trabajo, los exámenes y el despacho en el que había empezado a realizar sus prácticas desde hacía cuatro meses. No era típico de ella aquella reacción o ¿quizá sí? Le había estado dando vueltas al asunto día y noche. La única forma de poner fin a las dudas que lo estaban acosando era viajando a Múnich. Una de las razones de su retraso para la ineludible cita de su padre había sido precisamente su paso por las oficinas de Lufthansa para retirar su billete de avión. Tenía que arriesgarse. Si aquello había terminado tenía que oírlo de sus labios. Después de su regreso a Nueva York había rezado para que se cumplieran las predicciones de Julia. Quería olvidarse de ella, pero no lo había logrado. Esperaba sus cartas como el niño que se levanta de la cama el día de Navidad esperando ver sus regalos bajo el árbol. Había salido con otras chicas, pero no se centraba en ellas.

—... por Europa, ¿no es cierto? —preguntó Edward.

De repente se hizo el silencio y los tres lo miraron. Era evidente que no los había estado escuchando.

—Yo acabo de regresar de Londres —dijo Christine.

—Tengo entendido que tú estuviste viajando por Europa hace unos meses —añadió Nathan.

53

—En efecto —dijo Patrick.

—¿Alguna preferencia? Mi hija adora París.

—¿Y quién no? Es una ciudad grandiosa aunque sin duda para mí el primer lugar lo ocupa Irlanda. Algún día obtendrá la gloria que merece —dijo Patrick mirando a su padre que le hizo un gesto de complicidad—. Me sorprendió gratamente la ciudad de Múnich. Creo que todavía tenemos muchos prejuicios sobre aquel país debido a la guerra, pero hay gente maravillosa en Alemania. Solo conozco el sur de Baviera y he de decir que la gran mayoría es gente risueña y luchadora que se avergüenza de su pasado, pero que mira con esperanza al futuro. —Bebió un sorbo de vino y miró de soslayo a su padre. Ese gesto de complicidad había desaparecido.

—Vaya… pues habrá que visitar Múnich —dijo Christine.

—Te aseguro que merece la pena. Además, sirven la mejor cerveza del mundo.

—Todos los días descubro algo sobre mi hijo. Nunca deja de sorprenderme —añadió Edward con ojos sonrientes pero con el rostro serio.

—Pues me marcho a Múnich dentro de cuatro días. Voy a visitar a una amiga —Dejó caer la bomba y esperó la reacción de su padre. Ya no había vuelta atrás—. ¿A que te he vuelto a sorprender?

El camarero le salvó de aquel aprieto. Se acercó a la mesa y educadamente se dirigió a él.

—Siento molestarle, señor O'Connor. Tiene una llamada del hospital.

Su padre le lanzó una mirada recelosa. Patrick sabía que le estaba dando el día, pero se lo tenía merecido después de la encerrona a la que lo había sometido.

—Si me disculpan —dijo a medida que se levantaba mirando a los tres comensales.

Se levantó de su asiento y desapareció de la sala. Mientras dirigía sus pasos hacia el teléfono respiró hondo. Sabía lo que le esperaba cuando regresara a la mesa y tuviera que enfrentarse a solas con su padre. Estaba seguro de que los Burns tardarían poco tiempo en abandonar el restaurante.

Patrick continuó el almuerzo en compañía de los Burns. La joven Christine abandonó el restaurante antes de lo previsto porque tenía que acudir a una cita y su padre la acompañó. Edward pagó la cuenta y esperó a que el camarero retirara el importe. Comenzó la ceremonia de encendido de un puro habano sin mirar a su hijo, que lo observaba esperando a que se pronunciara sobre su genial idea de marcharse a Alemania en unos días.

Expulsó el humo de aquella primera e intensa calada. Bebió un sorbo del coñac y se arrellanó en su asiento preparado para el ataque. Lo miró directamente a los ojos antes de hablar.

—¿Quién es ella?

—Ve al grano, papá.

—Creo que más directo no se puede ser.

—Ya te lo he dicho. Es alemana y residente en Múnich.

—Ya veo... —Volvió a beber un trago de su copa y la depositó suavemente sobre la mesa—. Así que... una amiga alemana.

—De sobra sabes que me marcho a Múnich porque la considero algo más que una amiga.

—¿Cuántos días estuviste en Múnich? ¿Tres? ¿Cuatro a lo sumo?

—Cuatro, pero fue el segundo día cuando tuve la inmensa fortuna de cruzarme con ella.

—Vaya... y yo que pensaba que la afortunada era ella —esbozó una sonrisa irónica.

—Si vas a continuar por ese camino creo que no tenemos nada más que hablar —aclaró haciendo ademán de levantarse.

—Por favor, siéntate y hablemos de esto como personas civilizadas —le rogó Edward suavizando el tono, pero manteniendo la misma mirada glacial e imperturbable.

Afortunadamente había pocas mesas ocupadas y aquel gesto no había hecho apuntar las cabezas en su dirección. Patrick suspiró y obedeció de mala gana.

—Vamos, Patrick. Sé lo suficiente hombre para reconocer que solo se trata de un capricho.

—No. No lo es. ¿Te has parado a pensar por un instante que quizá mis puntos de vista respecto a determinados temas difieren bastante de los tuyos? —No esperó a que su padre le diese una respuesta—. Escúchame con atención porque solo te lo diré una vez. Me bastaron tres días para enamorarme de ella y sí, regresé a Nueva York pensando que probablemente sería un capricho pasajero. Resulta irónico que en el momento de decirnos adiós ella utilizara precisamente las mismas palabras que tú y lo peor de todo es que terminé creyéndola.

—¿Te dijo eso? ¿Te dijo que vuestra aventurilla no era más que un capricho pasajero?

—Sí, así es —reconoció repentinamente melancólico—. He tratado de poner tierra de por medio durante todos estos meses pero no he logrado olvidarme de ella.

Edward regresó a su puro y su copa.

—No has aprendido nada ¿verdad?

Patrick resopló malhumorado. Ya lo estaba viendo venir.

—¿Qué es lo tengo que aprender, papá? Santo Dios, tengo mi trabajo. Un trabajo que tú detestas pero que es mi vida. Tengo veintiséis años y me he enamorado tal y como tú hiciste una vez. Tal y como lo hace todo el mundo ¿Acaso yo no tengo derecho? ¿Hasta cuándo he de estar a tu sombra?

Su padre permaneció callado unos instantes rehuyendo su mirada.

—No quiero que te equivoques. No quiero que sufras. ¿Tan difícil te resulta entender el hecho de que un padre no quiera ver sufrir a su hijo? —dijo finalmente.

Patrick sacudió la cabeza con gesto de incredulidad.

—¿Sufrir? ¿Quién está hablando de sufrir? Yo estoy hablando de ser feliz. El hecho de que tú hayas sido un hombre desgraciado que no ha querido rehacer su vida no tiene por qué afectarme. No me obligues a seguir tu camino porque no estoy dispuesto a hacerlo.

—¿Cómo te atreves? —murmuró apretando los labios en un intento de sofocar la ira que lo estaba consumiendo.

Patrick se levantó bruscamente de su asiento al tiempo que extraía su cartera del bolsillo para sacar algunos dólares. No advirtió cómo aquella antigua foto de la costa amalfitana que lo había acompañado desde su partida de Múnich se deslizaba entre ellos.

—No estoy dispuesto a aguantar esto ni un minuto más. Cóbrate mi parte —dijo arrojando los billetes sobre la mesa con desdén.

La secuencia transcurrió en pocos segundos. El reverso de la fotografía con aquellas palabras escritas en alemán y la rápida reacción de Patrick para devolverla a su lugar sin contar con la aún más rápida reacción de su padre al arrebatársela de la mano y descubrir aquella imagen.

—¿Qué demonios…? —La expresión de su rostro no podía haber sido más espeluznante.

—Es una foto antigua de ella.

—Julia. Julia Steiner. ¿Es ese su nombre? —preguntó su padre dedicándole una escalofriante mirada.

No recordaba haberle dicho el nombre aunque podría haberlo visto escrito en el reverso. De lo que estaba seguro era del hecho de que el apellido no se lo había mencionado.

—Sí. Julia Steiner, aunque en poco tiempo se convertirá en la señora O'Connor. De eso puedes estar seguro —le arrebató la fotografía de las manos, se la guardó en la cartera y se volvió para marcharse.

Jamás olvidaría las palabras que su padre pronunció a sus espaldas.

—Por encima de mi cadáver, Patrick Alexander O'Connor. Antes muerto que ver mezclada mi sangre con la de la hija del asesino nazi que acabó con la vida de tu madre.

Nueva York, 14 de diciembre de 1977

*E*ra casi mediodía cuando Julia golpeaba con suavidad la puerta del despacho de su marido y la abría. Observó cómo Patrick apilaba todos los folios que tenía sobre la mesa y abría el cajón que quedaba a su derecha para guardarlos. Después lo cerró con llave.

—Perdona… no sabía que estabas ocupado —le dijo con intención de darse la vuelta y marcharse.

—No… ya he acabado. Solo estaba echándole un vistazo al orden del día de la próxima reunión del Consejo —mintió.

Julia prefirió no entrar en polémica. Fuera lo que fuese lo que estaba leyendo en el momento en que había entrado allí, estaba claro que no deseaba que fuese de su conocimiento. Se acercó por detrás rodeándolo con sus brazos y lo besó en la sien.

—¿Cómo está tu padre? —le preguntó sabiendo que esa misma mañana había salido muy temprano para visitarlo en su residencia de Park Avenue, cosa que le sorprendió bastante.

—Mejor de lo que esperaba —le respondió girando el sillón con una opaca mirada. Tomó a su esposa por la cintura y la sentó sobre sus rodillas—. ¿Dónde están los niños?

Aquel cambio de tema de conversación significaba que se avecinaba algún nuevo conflicto, así que Julia se planteó el dilema de siempre: continuar como si no hubiera visto esa sombra de preocupación en sus ojos o seguir tanteando el terreno hasta descubrir qué demonios le sucedía. Optó por ambas cosas.

—Se han marchado con los Butler a jugar un partido al parque. Están en buenas manos y tardarán un buen rato en volver —le dijo acariciándole el cabello con una leve pero invitadora sonrisa. Esperó alguna reacción, pero no sucedió así—. ¿Va todo bien? Sé que tuviste una jornada dura. Llevas demasiado peso sobre tu espalda últimamente y deberías bajar el ritmo.

—Todo va bien, cariño. —La tomó del cuello y la inclinó hacia él para besarla—. Si todos estáis bien, yo estaré bien.

—Deberíamos marcharnos de vacaciones. Los niños te necesitan y yo te necesito.

—Lo sé, pero este no es el momento.

—Nunca es el momento.

—Julia, no me apetece discutir.

—No estamos discutiendo.

—Pero terminaremos haciéndolo y lo sabes.

—Anoche apenas pronunciaste palabra, sobre todo después de haberte contado lo de la pesadilla de Ben. Te conozco, Patrick, y no hay que ser muy inteligente para saber que me estás ocultando algo. ¿Qué te sucedió ayer en el hospital? ¿A qué se ha debido esa repentina escapada de esta mañana para visitar a tu padre? ¿Hay algo que deba saber?

Patrick agachó la cabeza y después volvió a levantar la vista hacia ella. Hizo un movimiento para levantarse y Julia se apartó. Patrick no dijo nada y se limitó a apoyar sus manos sobre una de las baldas de las estanterías de la biblioteca dejando descansar el peso de su cuerpo sobre ellas. Estaba tenso.

—Necesito pensar —fue lo único que dijo.

Julia lo siguió, lo atrapó por la cintura y reclinó su mejilla sobre su fornida espalda. Se mantuvo en esa posición durante unos minutos.

—Deja de pensar y relájate.

Después le rodeó las costillas con sus brazos y comenzó a acariciarle el torso a través del tejido de su camisa. Cuando logró desabrochar a ciegas varios botones, continuó con su tarea sobre la exquisita rigidez de su abdomen. A los pocos segundos se separó de él deshaciéndose de su sudadera y le levantó parte de la camisa para dejar su espalda al descubierto, cubriéndola con el suave roce de su piel desnuda y la humedad de sus besos.

—Te quiero —musitó ella contra la sólida y rígida línea de su columna mientras sus hábiles manos buscaban el camino de descenso.

Julia oyó su respiración irregular. Patrick no tardó en responder y cambió de posición apoyándola a ella contra la estantería con todo el peso de su cuerpo. Llevó una mano hasta la cinturilla de su pantalón deportivo para acabar lo que ella había comenzado.

59

Minutos después los dos yacían tendidos, medio desnudos y exhaustos sobre aquel centenario sofá.

—Patrick… mi vida… —susurró ella contra su cuello.

—He ido demasiado deprisa… siento haber sido tan brusco… Cuando te necesito de esta manera no soy capaz de… —se disculpó con voz ahogada.

—Ha sido increíble —le dijo ella.

Julia lo atrajo de nuevo hacia su boca para besarlo. Patrick tomó una de sus manos entre la suya y le besó las yemas de los dedos mirándola fijamente a los ojos.

—Ahora comprendo a mi padre.

El rostro de Julia era una interrogación. Iba a abrir la boca para decir algo, pero Patrick le impuso silencio deslizando el pulgar sobre sus labios.

—Si alguien tratara de apartarme de ti o de los niños… nunca pensé que diría esto, pero —cerró los ojos y volvió a abrirlos— sería capaz de matar.

—¿A qué viene eso? Nadie va a apartarnos de ti.

—Pero si alguien lo hiciera… Dios… —murmuró desesperado estrechándola de nuevo entre sus brazos— no quiero ni pensarlo.

—Patrick, ¿vas a contarme lo que sucede?

Patrick cambió de posición y permaneció sentado llevándose las manos hacia su rostro. Durante breves segundos guardó silencio. Después lo dijo.

—Ayer recibí una llamada de una mujer. No quiso identificarse por temor a las represalias de su exmarido.

—¿Y? —Julia se preguntaba adónde quería llegar.

—Su exmarido es Dieter Steiner, tu hermano.

—Entonces, ¿todo era cierto? —Julia estaba paralizada y aún aturdida por las confesiones de Patrick.

—¿A qué te refieres?

—No creí en la teoría de mi hermano… y sin embargo… Oh, Dios mío… todos estos años…

Se puso en pie dándole la espalda para vestirse. En aquel momento crucial de su vida no sabía qué decir, ni cómo actuar. No sabía si gritar, llorar o sencillamente salir de allí blasfemando en silencio sobre el abominable Edward Philip O'Connor.

—Tú hermano está loco. Tú misma me lo has repetido hasta la saciedad durante todos estos años. Intentó apartarte de mí, por si no lo recuerdas. Ha sido un insensato y un irresponsable. Era carne de calabozo. Lo que me extraña es que esté vivo y no haya terminado tirado en una cuneta ¿Qué clase de hermano se olvida de la única familia que le queda sobre la faz de la tierra?

—No tenía otra opción.

—¡Oh, vamos! No me vengas con esas —criticó malhumorado levantándose del sofá y recogiendo su ropa interior del suelo—. Le ofreciste ayuda. Incluso yo te animé a hacerlo.

—Él no era tan fuerte como yo. Yo te tenía a ti. Él no tenía a nadie.

—Eso no es excusa. Uno se tiene siempre a uno mismo y todos podemos elegir. El problema de los perdedores es que nunca reconocen que el ganador tiene más agallas que ellos.

—No todos corren la misma suerte que tú.

—¿Me estás diciendo que por el hecho de haber nacido en el seno de una familia acomodada soy más afortunado? —le preguntó comenzando a perder la paciencia mientras se abotonaba la camisa.

—¿Acaso no es así?

—No. Maldita sea, no lo es. No todo es tan bonito como parece, Julia. Y tú deberías saberlo mejor que nadie.

—Gracias por recordarme lo que soy. Creía que eso era tarea de tu padre.

—Por una vez deberías ponerte en su lugar.

—¿En su lugar? Claro. Lo entiendo. Debe ser muy duro ver cómo el heredero de una de las mayores fortunas de la Costa Este decide dedicar la mayor parte de su tiempo a salvar vidas en vez de dedicarlo al fructífero negocio familiar. Y por si no fuera suficiente contrae matrimonio con una estudiante de Derecho de poca monta que para llegar a fin de mes ha tenido que servir cervezas en un bar y que para colmo resulta ser hija de alguien a quien odia. Ya me he puesto en su lugar… y… uff… demonios, sí que es duro.

—A mi padre jamás le ha importado nada de eso y lo sabes. No seas injusta. Él es hijo de inmigrantes.

—¿Tengo que recordarte que no asistió a nuestra boda?

Los ojos de Julia ya expresaban cierto grado de furia.

—No sabes sus razones. Tú no sabes nada. No solo tú has tenido una pérdida traumática. Yo perdí a mi madre cuando tenía cuatro años. Por el amor de Dios, tú ni siquiera habías nacido.

—Murió en la guerra y… —apretó los dientes en un intento vano de guardar silencio, pero no lo hizo— y por mucho que te cueste creerlo mi padre no tuvo nada que ver.

61

—¿Y eso lo hace menos doloroso? ¿Estás justificando lo que hizo? Que yo sepa no estabas allí para verlo.

Julia se quedó callada. Sabía que no existía réplica a esa pregunta.

—¿Y tú cómo... cómo puedes calificar de pérdida traumática la muerte de mis padres? —Fue lo único que se le ocurrió decir en un estado total de indignación que estaba a punto de hacerla estallar.

Patrick jamás pensó que llegaría el día en el que tendría que confesarle la verdadera causa de la aversión de su padre hacia su persona, pero no podía soportar seguir escuchando aquellas acusaciones sin sentido. Se había jurado a sí mismo que jamás abriría las heridas, que no viviría bajo la duda de aquella parte de la historia que su padre le había confesado años atrás. Pero después de la llamada de la pasada noche esas dudas se habían desvanecido para dar paso a una angustiosa realidad.

—Tu padre acabó con la vida de mi madre, Julia. Esa es la única razón por la que mi padre nunca te ha aceptado. Eres el recuerdo vivo de la catástrofe y la devastación de lo que ha sido su existencia desde el día en que perdió a su esposa.

—No pudo salvarla. Había otras personas que necesitaban de su atención y que tenían más posibilidades de salir con vida. Tú eres médico, por el amor de Dios. Debes saberlo mejor que nadie. Si estás en un hospital de campaña y te llegan cientos de heridos de un reciente bombardeo ¿cómo reaccionarías?

—La mató, Julia. —El rostro de Patrick se mostró impasible.

—Tenía que tomar una decisión. Tenía que salvar a los que tenían más posibilidades.

—¿Fue eso lo que te dijo tu hermano? No creo que tu padre os detallara mucho sobre su vida antes de huir de Alemania.

—Es la verdad, Patrick. El problema de tu padre es que no ha admitido el error que supuso dejar que tu madre se uniera a la Resistencia. ¿Por qué tus padres se tuvieron que meter en una guerra que no iba con ellos?

—Gracias a gente como mi padre y mi madre se puso fin a la locura de Hitler.

—Mi padre también salvó muchas vidas —le dijo rehuyendo su mirada. Tuvo miedo de ver la mezcla de tristeza y rencor que emanaban de los ojos de su marido.

—Te equivocas. —El tono de su voz fue glacial. Se mantuvo erguido e imperturbable pese a estar ardiendo por dentro después del revelador testimonio de su padre la pasada madrugada. Amaba a su esposa y lo que menos deseaba en aquellos instantes era hacerle daño destapando la verdadera personalidad de su progenitor, pero tenía que acabar con aquel suplicio de una vez por todas si querían continuar con sus vidas—. Edward O'Connor removió cielo y tierra durante muchos años para desenmascarar a Hans Steiner. Sabes que tiene poder para eso y para mucho más. Cuando tuvo pruebas suficientes para llevarlo a los tribunales internacionales por genocidio y otros crímenes contra la humanidad, consideró que era mejor aplicar la Ley del Talión.

—Pero ¿qué…?

Julia se quedó con la boca abierta. Gesticuló con sus labios para decir algo, pero no consiguió hacerlo.

—No era el héroe que tú creías, Julia. Mi padre no pudo soportar ver cómo había salido inmune de todas las atrocidades que había cometido. Y sí, cuando descubrió cómo se había instalado felizmente con su adorable esposa nazi en un hermoso pueblo de la Toscana que aún seguía resurgiendo de los estragos de la guerra, no pudo resignarse.

El rostro de Julia reflejaba una agonía difícil de describir.

—Mi padre pasó años trazando un meticuloso plan. Tenía estudiado cada movimiento, pero no contó con una serie de factores que paradójicamente le facilitaron su tarea aún más de lo que había previsto —continuó Patrick consumido por una mezcla de ira contenida y un implacable dolor.

Patrick esperó a que Julia atara cabos, pero parecía no querer hacerlo, o al menos esa era la impresión que le estaba causando.

—¿Quieres decir que…? Oh, Dios mío…

Lo había entendido.

—Sí, solo quería hacer desaparecer a tu madre. Quería hacerle pasar por todo el infierno por el que había pasado él.

—Pero sabía que tenía hijos…

—Mi madre también y a tu padre no le importó dejarla morir.

—¿Dejarla morir? ¿De qué estás hablando? Mi padre era un hombre de reputación intachable… era médico ¿qué hay del juramento hipocrático? —preguntó tratando de ocultar su indignación pese a la incuestionable sospecha que se cernía sobre ella en aquel preciso instante. Habría deseado estar frente a Dieter para retorcerle el cuello con sus propias manos.

—Era un infiltrado al servicio del Reich —le respondió con un tono de voz neutro.

Julia se llevó las manos a la boca. No quería dejar escapar el de-

63

moledor lamento que luchaba por salir de los más profundos entresijos de su vapuleada alma.

Patrick dejó de deambular por la estancia y se detuvo mirándola con una frialdad que hizo temblar a Julia. Tomó aire y después comenzó a expulsarlo lentamente tratando de encontrar una vía de calma mientras eludía los aterrados y aún incrédulos ojos de su esposa.

—Mi madre no murió como consecuencia de aquel bombardeo —confesó sin levantar la vista—. Su nombre de soltera era Erin Elisabeth Lévy.

Un devastador silencio se instaló entre ambos mientras Julia alcanzaba a comprender lo que implicaba la sola mención de ese apellido. Patrick sopesó las palabras que danzaban desordenadas en su mente en busca de una frase coherente.

—Nunca supe que... —comenzó a decir ella, pero el sonido de su acalorada voz quedó amortiguado por un débil sollozo. Se giró dándole la espalda a su marido, tratando de controlar las leves sacudidas que le provocaban aquellos silenciosos llantos contenidos.

Patrick no tardó en acercarse rodeándola con sus brazos desde atrás. La sintió tensa pero poco a poco esa tensión se fue disipando hasta notar como ella echaba la cabeza hacia atrás buscando su apoyo y abandonando su lucha.

—Solo conociendo la historia de mi madre serás capaz de entender a un hombre como Edward O'Connor —le susurró Patrick al oído al tiempo que sus labios borraban las lágrimas que resbalaban a raudales por sus mejillas.

—Quiero saber lo que sucedió —anunció Julia con voz entrecortada después de otro tedioso silencio.

—El pasado podría provocarte daños irreparables —le avisó Patrick con voz suave.

Julia se giró sobre sí misma sin deshacerse de aquellos brazos que la protegían de algo que aún no alcanzaba a entender. Alzó la cabeza en busca de sus celestes ojos que la observaban minuciosamente.

—¿Recuerdas tus palabras en Múnich cuando nació Ben?

Patrick guardó silencio mientras retiraba de su rostro un mechón humedecido por las lágrimas.

—Dijiste que conocías la historia y que pese a todo no estabas dispuesto a arrastrarla contigo.

—Esto es diferente, cariño. La verdad es un arma de doble filo. Puede hacernos más fuertes o puede destrozarnos y te aseguro que si sucede lo segundo, si toda esta sinrazón me aparta de ti o de nuestros hijos no creo que pueda resistirlo porque te quiero más de lo que puedo soportar.

—La verdad nos hará libres —le dijo ella.

—Te equivocas. El ser humano siempre ha sido y será esclavo de sus palabras y sus acciones y nosotros no somos la excepción.

—Quiero saberlo, Patrick —insistió con voz firme pero con ojos temerosos.

Patrick estaba dispuesto a ceder a sus exigencias cuando oyeron unos pasos que se acercaban apresuradamente por el pasillo. La puerta se abrió de golpe. Tras ella apareció Margaret con el rostro descompuesto y pisándole los talones, la pequeña Erin. Julia se deshizo de los brazos de su esposo.

—¿Qué es lo que...? —comenzó a decir.

—Ben... se ha caído de las gradas. Los padres de Harry lo llevan al hospital —logró decir Margaret—. Andrew va con ellos.

Capítulo tres

$\mathcal{E}$than Conrad, jefe de Traumatología del Hospital Monte Sinaí y compañero de promoción de Patrick en la Yale School of Medicine, salió al encuentro de los Butler y los O'Connor, después de haberlos mantenido a la espera de noticias durante casi una hora. Patrick no trató de evitar la impotencia y la ansiedad reflejadas en su rostro. Parecía estar crispado y al borde del colapso.

—Está perfectamente. Brazo derecho escayolado, algunas magulladuras superficiales y hombro izquierdo dislocado, pero ha resistido como un campeón cuando se lo hemos vuelto a recolocar. Está aún un poco mareado por la sedación, así que le vendrá bien descansar. Prefiero que se quede esta noche para vigilarlo, si no te importa —aconsejó mirando atentamente a Patrick—. Lo digo por el golpe en la cabeza. Ha respondido bien al reconocimiento y las placas no mostraban nada fuera de lo normal, pero me quedaré más tranquilo cuando pasen las primeras cuarenta y ocho horas. Después, si desconfías de mí, tú te encargas de hacerle todas las pruebas que estimes pertinentes. —Le dedicó una reanimadora sonrisa mientras le golpeaba amigablemente el hombro.

—Gracias a Dios —susurró Karen Butler mientras su marido Bryan apretaba cariñosamente el brazo de Julia.

—Gracias, Ethan —dijo Patrick tratando de mostrar algo de templanza—. Cuando he llegado aquí y me habían dicho que había ingresado inconsciente… Dios mío… no sabes…

—Lo sé. Ser el padre del paciente es bien diferente.

Patrick asintió y miró a Julia. Sintió cómo enlazaba su mano entre la suya y la estrechaba con fuerza.

—Menos mal que ese hombre estaba allí cuando sucedió —añadió Karen—. Lo salvó de una caída que podía haber sido mucho peor y ni siquiera nos ha dado tiempo a preguntarle su nombre. Se esfumó sin que pudiéramos darle las gracias.

Julia notó como Patrick aflojaba su mano. Le miró y reparó en su semblante descompuesto.

—El servicio de vigilancia estaba verificando la zona en ese instante. Habríamos tenido que esperar a una ambulancia de no ser porque ellos pasaban por allí y... por Dios... no tenéis ni idea de lo mal que nos sentimos en este momento. Nos despistamos y.... —continuó Bryan—... ya sabes... es difícil controlarlo todo en un lugar como el campo Heckscher y más aún en un domingo soleado como el de hoy. Cuando nos dimos cuenta de que estaba subiendo por la tela metálica en vez de utilizar las gradas ya era demasiado tarde.

—Le podría haber sucedido a cualquiera, Bryan. Una travesura imperdonable por parte de Ben, pero gracias a Dios que estabais allí. Habría sido mucho más complicado si hubieran estado solos —le tranquilizó Julia.

—¿Quién era ese hombre? —preguntó de repente Patrick en un tono de voz alarmante que provocó que todos volviesen la cabeza en su dirección.

Julia le dedicó una mirada interrogante. ¿Qué demonios le sucedía?

—¿Qué hombre? —preguntó Bryan.

—El que estaba cerca de Ben cuando sufrió la caída.

—No nos dio tiempo a preguntarle nada, pero Andrew y Harry dicen que ya lo habían visto en otras ocasiones. Paseando o sentado en alguno de los bancos de los alrededores.

—¿Cómo era?

—Patrick, no creo que sea necesario... —intervino Julia temiendo adónde pudiera conducir aquello.

—¿Recuerdas su aspecto? —interrumpió secamente.

—Bueno, creo que llevaba una gorra, gafas de sol y una cazadora oscura. Ahora que lo pienso, sería difícil reconocerlo con el rostro descubierto.

Tendría que hablar con Andrew. Su sexto sentido le dijo a Patrick que la próxima vez que aquel individuo paseara por Central Park, probablemente lo haría con un atuendo completamente diferente.

Pasados unos minutos y después de despedirse habiendo insistido en permanecer en el hospital con ellos hasta tener nuevas noticias, los Butler regresaron a casa. Acto seguido, Julia y Patrick dirigieron sus pasos hacia la sala de observación en la que Ben se encontraba plácidamente dormido. No cruzaron palabra entre ellos y fue Julia quien tuvo que romper con aquella incomprensible situación que estaba comenzando a exasperarla.

—¿A qué ha venido ese pequeño interrogatorio de detective aficionado que acabas de hacerle a Bryan? —le preguntó mientras observaba cómo introducía unas monedas en una máquina expendedora de café.

Patrick esperó varios segundos a que aquel artilugio expulsara el líquido sobre el vaso de papel. Después tomó asiento en uno de los taburetes alineados junto a la pared. Bebió varios sorbos de la infusión en silencio. Julia se sentó a su lado y miró a su marido con expresión recelosa esperando una respuesta. De repente, Patrick atrapó su mano entre la suya dedicándole una mirada mezclada de turbación y ternura.

—No logro olvidar las últimas palabras de esa mujer al teléfono —le confesó con voz ahogada.

—Me estás asustando. ¿Qué te dijo?

—Me dijo que si su hijo y ella estaban a salvo, yo también lo estaría. «Y por lo que más quiera, cuide de Ben.» Eso fue lo que me dijo antes de cortar la comunicación.

Cuando comprendió el alcance de aquellas palabras, la mano de Julia comenzó a temblar. Patrick trató de amortiguar aquel estremecimiento sujetándola con firmeza.

—Ben corre peligro. ¿Es eso lo que me estás diciendo?

Patrick bebió lo que quedaba en el vaso y lo arrojó a la papelera.

—Quisiera pensar lo contrario, pero desgraciadamente ese comentario no puede inducir a otra conclusión.

—Dios mío…:

Patrick sacudió la cabeza desalentado.

—Todo esto me está superando —confesó nervioso.

—Si esto supone una amenaza, tenemos que ponerlo en conocimiento de la policía.

—Esa mujer no me estaba amenazando. Se limitaba a prevenirnos sobre las posibles acciones de tu hermano. Tenías que haberla escuchado, Julia. Su voz sonaba tan desesperada.

—Si es verdad que ese niño y su madre corren peligro, ella misma debería denunciarlo. No entiendo como Dieter podría ser capaz de hacerle daño a su propio hijo.

—Quiso hacerte daño a ti hace tiempo y ¿te extraña que incluso sea capaz de hacerle daño a alguien que lleva su propia sangre?

—Supongo que es una forma de hacerle daño a la madre cuando todo se vuelve en su contra. —Se produjo un alarmante silencio—. Ese hombre…. el que estaba presente cuando Ben ha sufrido el accidente. ¿De veras piensas que puede tratarse de…? Dios santo, Patrick, no puede ser cierto. Esto no nos puede estar sucediendo.

—No podemos acudir a la policía. Esta mañana he estado hablando con Alan Gallagher.

Alan Gallagher, irlandés criado en Brooklyn, era un agente retirado del FBI, diez años mayor que Patrick. Fue la persona en la que Edward O'Connor había depositado años atrás la peliaguda tarea de investigar a Hans Steiner y seguir el rastro de su familia. Samuel Gallagher, novelista y dramaturgo irlandés y padre de Alan había llegado a Nueva York en busca de unas mejores condiciones de vida. Alan accedió a ayudar a Edward por la deuda que siempre tendría con la familia O'Connor. Fue aquel enigmático irlandés quien les dio un techo bajo el que cobijarse y un trabajo con el que poder ganarse la vida honradamente. La literatura nunca llegó a pagar las facturas. Eso era algo que le agradecería eternamente. Lo que tardaría en aceptar era el hecho de que si ese hombre no se hubiese cruzado en su camino, su padre quizás aún estaría vivo. Nunca entendió aquellas reuniones clandestinas, aquellas ausencias inesperadas durante semanas en las que su madre aguardaba expectante su regreso. Samuel Gallagher siempre había sido un defensor de causas perdidas y, pese a las ironías de una vida plagada de continuos obstáculos y dificultades, seguía creyendo en el ser humano como ente capaz de llevar la esencia de la libertad hasta sus últimas consecuencias. Por aquel entonces Alan no era más que un adolescente. Tendría que dejar pasar muchos años para alcanzar a comprender que gracias a las agallas de gente como su padre y Edward O'Connor se pudo frenar el avance de Hitler.

Alan nunca supo de las intenciones de Edward al encargarle aquella misión aunque ello no significaba que tuviera sus sospechas. Siempre le dejó claro que le ayudaría a seguir su huella, pero ahí finalizaba su actuación. Lo que se derivase de aquellas investigaciones formaba parte de la historia de aquel compatriota que había entrado en sus vidas haciendo de ellas algo mejor. Por aquel entonces, Alan ya llevaba un par de años en la agencia y nunca imaginó que un hombre como Edward terminaría por convertirse en su mentor. Tardó varios años en conocer la verdadera esencia del gran magnate y no se llegaba a explicar cómo un hombre semejante podía guardar en su interior tanta melancolía y hostilidad acompañadas de aquella animadversión hacia un pasado que no había podido dejar atrás. Trató de ponerse en su piel y cuando lo hacía, su nivel de censura disminuía considerablemente para centrarse en apoyarlo siempre que lo necesitaba. Cuando pasó a ser la mano derecha del jefe del Departamento de personas desaparecidas, Edward aprovechó la ocasión que le brindaban los extraordinarios contactos de Alan para revelarle los secretos de sus atormentadas memorias. Fue Alan quien dio con el paradero de Hans Steiner. Una vez cumplido aquel encargo, él mismo prolongó la investigación del caso sin que Edward hubiese tenido conocimiento de ello. No le sorprendió la noticia de la muerte del matrimonio Steiner. Jamás hizo preguntas.

—¿Alan? ¿Has estado hablando de esto con Alan antes de hablarlo conmigo? No puedo creerlo —protestó Julia levantándose de su asiento.

—Prefería tener cierta información antes de dar palos de ciego. No lo he hecho con intención de mantenerte al margen, te lo aseguro. Y por supuesto, no le he expuesto la totalidad de la situación.

Julia no dijo nada.

—Alan es la mejor opción —prosiguió Patrick—. Está retirado, pero sigue teniendo los contactos que se necesitan en casos como este.

—No quiero que se nos vaya de las manos, Patrick. ¿Y si nos estamos precipitando? No quiero que los niños descubran lo que ocurre.

—Tengo que tratar de rastrear esa llamada y Alan puede hacerlo sin que trascienda. Tenemos que confiar en él.

—¿Y qué crees que vas a conseguir con eso? No sé, pero me da la impresión de que sabes algo y prefieres no contarlo.

Patrick también se levantó de su asiento y se apoyó sobre el lateral de la máquina expendedora. Se metió las manos en los bolsillos y la miró fijamente a los ojos antes de decirle lo que venía presintiendo desde el instante mismo en que aquella mujer pronunció su nombre al otro lado de la línea telefónica.

—Quizá consiga confirmar mis sospechas.

—No te entiendo —le dijo Julia con expresión confundida acercándose a él.

—Estoy seguro de que conozco a esa mujer. Esa voz…. no logro sacarla de mi cabeza. Quizá necesitemos la ayuda de Alan para unir las piezas que nos lleven a descubrir de quién se trata.

—¿Y qué va a suceder cuando se unan la piezas? ¿Y si nos estamos dejando llevar por una alarma injustificada?

—La llamada de la exmujer de Dieter distaba mucho de ser algo injustificado —le respondió con semblante serio.

—Lo sé... lo sé... es que no sé qué pensar de todo esto. Estoy... aterrada de pensar en la mera posibilidad de... —No pudo continuar. No quería volver a recordar las espeluznantes palabras intimidatorias de su hermano a orillas del río Isar aquel terrible día en que dejó marchar a Patrick—. No puedo creer que sea capaz de hacerlo.

—¿Hacer qué?

—Después de todos estos años pensé que había desistido de sus amenazas. Incluso llegué... llegué a desear su muerte para poder dormir tranquila. ¿Te lo puedes creer? He llegado a desear la muerte de mi hermano.

—¿De qué estás hablando? —le preguntó Patrick, alertado, sujetándola por los hombros.

—Al no haber dado señales de vida pensé que se habría olvidado de su ultimátum.

—¿Ultimátum? Julia, por Dios, ¿qué es lo que sabes?

Julia volvió a tomar asiento y cubrió su rostro con manos temblorosas. Patrick se reclinó y tomó esas mismas manos entre las suyas tratando de calmar aquel súbito ataque de nervios.

—Quiero que confíes en mí y siento decirte esto, cariño, pero si descubro que tu hermano está tramando algo para poner en peligro la vida de nuestros hijos, no dudes que haré todo lo que esté en mi mano para hacerle pagar por ello. Lo que hizo mi padre se quedará en una simple anécdota, de eso no te quepa duda, aunque sea lo último que haga. Solo necesito saber que vas a estar conmigo en esto pase lo que pase —le rogó con implorantes ojos, pero con voz firme.

Julia asintió en silencio y acto seguido le recitó frase por frase la espeluznante conversación de aquel imborrable 17 de abril de 1965 frente al río Isar. Patrick esperó pacientemente a que le relatase el desagradable suceso. Acto seguido la acogió en sus brazos para calmar sus sollozos. Después se apartó de ella y le sujetó la cara con ambas manos al tiempo que hacía desaparecer el resto de sus lágrimas. La miró intensamente mientras los más recónditos entresijos de su conciencia batallaban para tomar la decisión final.

—Creo que ha llegado el momento.

Julia alzó la vista, perpleja. Permaneció a la espera con ojos interrogantes.

—¿El momento?

—El momento de que sepas la verdad.

Nueva York, 16 de febrero de 1953

*L*a monumental tormenta de nieve que había cubierto de un manto blanco la mayor parte de la Costa Este desde el norte de Virginia hasta Boston había convertido a Nueva York en una bella postal. La gélida temperatura de aquella mañana no había impedido a Edward O'Connor acudir a una cita ineludible, una cita que había prorrogado durante demasiado tiempo. Salió de su domicilio de Park Avenue dispuesto a despejar la mente. Tenía tiempo de pensar hasta llegar a su destino.

—Buenos días, señor O'Connor. ¿Desea que le pida un taxi? —se ofreció el atento conserje.

—No es necesario, Piero. Necesito caminar.

—Que tenga un buen día, señor. Tenga cuidado con el hielo de las aceras.

—Gracias. Prestaré atención —musitó Edward con semblante serio pero con ojos agradecidos.

Después de más de una hora caminando vislumbró a lo lejos la alta figura del joven Alan Gallagher que le esperaba de pie junto a un banco en la explanada del East River. Le hizo un gesto con la cabeza para hacerle saber que le había visto. Aplastó la colilla de su cigarrillo contra el pavimento cubierto de una generosa capa de nieve y extendió su mano para saludar al amigo, mentor y protector de su padre.

—Espero que no te haya causado mucha molestia el haberte citado en este lugar.

—Me venía bien caminar un poco.

—Un largo paseo, ¿te importa que continuemos caminando? Si nos detenemos corremos el riesgo de congelarnos.

—Buena idea.

Ambos comenzaron a caminar en silencio. Alan extrajo del bolsillo de su abrigo la cajetilla de tabaco y encendió otro cigarrillo.

—¿Cuándo dejarás los malos hábitos? —le reprendió Edward.

—En mi profesión es difícil hacerlo —respondió esbozando una sonrisa agridulce.

—¿Qué tal está Jacqueline?

—Bien... supongo.

—¿Supones?

—Es complicado, Edward. Mis problemas conyugales no tienen cabida en lo que hemos venido a tratar.

—No hay nada tan importante como la familia.

—¿A qué te refieres?

—Tienes la oportunidad de crear una junto a tu esposa y para eso tendrás que pasar más tiempo en tu casa.

—Es curioso que seas tú quien me de ese consejo. ¿Le dices lo mismo a Patrick?

—Patrick es un caso perdido.

—¿Perdido? ¿Por qué? ¿Porque pese a su juventud ya tiene claro que no desea seguir tus pasos o porque no está dispuesto a vivir bajo la sombra de un hombre que no ha querido olvidar?

—La palabra olvido no existe en mi vocabulario —le recordó.

Continuaron caminando en silencio durante unos minutos, cada uno de ellos inmerso en sus propias reflexiones.

—Antes de pasarte el informe que me has pedido quiero que me prometas algo —le dijo deteniéndose.

Varios transeúntes pasaron por su lado. Esperaron a que estuviesen lo suficientemente lejos.

—Adelante —dijo Edward.

—Te ruego que mantengas a tu hijo fuera de toda esta pesadilla. Yo tuve la desgracia de saber cómo murió mi padre. No deseo que Patrick pase por lo mismo y menos aún que tenga conocimiento de lo que tú y yo nos traemos entre manos. Sabes tan bien como yo que él jamás aprobaría tu conducta.

—¿Y tú, Alan? ¿La apruebas?

—No soy quién para responder a algo así. No es lo mismo. Yo perdí a mi padre pero tú perdiste a tu esposa y al hijo que llevaba en sus entrañas. Son sentimientos diferentes. No puedo juzgarte por tu odio porque quizá yo habría actuado como tú.

—¿Cómo has logrado dar con él?

—Un contacto del FBI, un viejo amigo de Múnich.

—¿Múnich? —preguntó Edward abriendo los ojos de par en par.

Alan asintió.

—¿Has logrado localizar a…?

—Siento no poder facilitarte su nombre pero un trato es un trato —le interrumpió Alan—. El pacto de silencio en este caso es primordial. Si no es así no pienso seguir adelante con el plan.

Edward reanudó el paso, pensativo. Alan le siguió.

—¿Dónde está?

—Vive en un pueblo de la Toscana desde hace cinco años. Está casado con Hilda Klein, quince años más joven que él y tiene dos hijos. Dieter de catorce años y Julia de nueve.

—Jamás lo habría imaginado casado. Menos aún con dos hijos —maldijo trazando en sus labios una fina línea.

—Te sorprendería la de monstruos sanguinarios que viven vidas aparentemente respetables y envidiables.

—¿Sigue ejerciendo?

—No, está retirado aunque regenta un pequeño consultorio médico, pero no atiende personalmente a ningún paciente. Su esposa es quien se encarga.

—¿Ella es médico?

—Puede parecerte increíble pero así es.

—¿Por qué habría de parecerme increíble?

—Juzga por ti mismo cuando veas las fotografías.

—Explícate.

—Hans la sacó de un burdel de Berlín. Una desalmada, sagaz y bella prostituta que vendía sus favores a cambio de pasar información. Hans se encaprichó con ella, la moldeó a su antojo o yo diría más bien… que ella se dejó moldear porque se seguía tirando a otros altos mandos de la Gestapo sin que su protector lo supiese. Ropa cara, perfumes y fiestas entre lo más destacado de la alta sociedad berlinesa que apoyaba al Fürher. Poner un chuletón delante de un león hambriento es un arma de doble filo, sobre todo cuando no tienes nada que llevarte a la boca y tienes un hijo al que alimentar.

—Un momento ¿quieres decir que el niño no es hijo de Hans?

Alan negó con la cabeza mientras aplastaba la colilla de su segundo cigarrillo sobre el asfalto nevado.

—No creo que ni ella misma supiese quien era el padre del chiquillo, pero al fin y al cabo a quién le importa. Consiguió lo que quería. Una posición respetable, una carrera costeada por su despiadado marido y un apellido para sus hijos.

—No entiendo cómo se puede elegir una profesión como la de médico después de haber matado sin piedad.

75

Edward cerró los ojos un breve instante en un gesto de aparente abstracción. Alan supo que estaba fracasando en el intento de mantener a raya sus tormentosos recuerdos y lo comprendió.

—No te dejes amedrentar por su aspecto cuando la veas. Hilda es tan alimaña como el cerdo con el que se sigue acostando por dinero. De todas formas no te será fácil conseguir el efecto contrario. Estás en mejor forma que su marido.

—¿Él... él la ama? —se atrevió a preguntar. Si esa sabandija no sentía por su esposa lo mismo que había sentido él por Erin, entonces de nada servirían sus propósitos.

—Estaría dispuesto a matar por ella. —Alan esperó hallar una respuesta en los fríos ojos azules de Edward pero no percibió nada salvo una sombra de hostilidad disfrazada de aparente desidia—. Ya lo ha hecho con anterioridad, de modo que ándate con ojo —prosiguió—. Es condenadamente listo y pese a que ese personaje que vamos a utilizar como tu identidad es el golpe perfecto, tendrás que hacerlo rápido porque no tardará en atar cabos.

—Para cuando lo haga estaré a miles de kilómetros. Sería un grave error por su parte luchar contra alguien que no tiene nada que perder.

A Alan le inquietaron aquellas palabras pero se mantuvo firme en su intención de no interferir más de lo necesario.

—¿Cuándo deseas dar el siguiente paso? —preguntó.

—Seré yo quien se ponga en contacto contigo.

Alan entreabrió la solapa del abrigo y extrajo un pequeño sobre.

—Aquí está todo lo que necesitas saber.

Edward agarró el sobre con su mano enguantada y sin siquiera mirarlo, lo dobló y lo guardó a buen recaudo.

—¿Qué vas a decirle a Patrick? Te vas a ausentar durante más de un mes.

—Se va de vacaciones a Francia con la familia de su amigo Bryan. Descuida, esta tan emocionado con la idea de perderme de vista que ni siquiera ha preguntado cuándo voy a regresar.

—¿Y si sucede algo? No es que piense que... a ver cómo te lo explico...

—Descuida, Patrick sabrá dónde me alojo si eso es lo que te preocupa. Lo dejaré bien aleccionado en cuanto a las instrucciones a seguir para contactar conmigo, pero le he dejado claro que solo lo haga si se trata de algo importante... ya sabes, quiero que se sienta libre durante esas semanas para recapacitar. Yo me marcho y él se marcha.

—No seas tan duro con él. Te necesita, eres lo único que tiene.

—Lo sé.

Acto seguido extendió la mano hacia Alan a quien había considerado como un hijo aunque no siempre lo hubiese mostrado abiertamente. Aquella mano se quedó suspendida en el aire porque Edward cambió de opinión. En lugar de darle la mano desplegó sus brazos, indeciso. Al principio el abrazo fue tenue, pero tardó poco en afianzarse y ambos agradecieron en silencio ese gesto. Sin pronunciar palabra se apartó de él pero la expresión de sus ojos no pasó desapercibida para Alan. Después se marchó de allí sin echar la vista atrás.

Cortona, La Toscana, julio de 1953

*O*bservó su imagen en el espejo. Los vestigios de su canosa barba habían añadido a su mirada incuestionablemente insensible cierto carácter compasivo y quizás hasta un matiz de afecto e indulgencia. Sus largos paseos matinales y sus *café latte* bajo el sol de una terraza de la Piazza della Repubblica terminaron por conseguir la apariencia deseada. La de un atractivo soltero cercano a los cincuenta y que solo buscaba un merecido descanso en una pequeña localidad del sur de la Toscana. Llevaba alojado una semana en un pequeño y modesto hostal de la Via Nazionale. Sus intentos de pasar desapercibido fueron en vano sobre todo en lo que se refería a la población femenina de Cortona. Pronto se corrió la voz de que un productor hollywoodiense andaba por el pueblo localizando exteriores para su próximo rodaje. Había tomado la precaución de presentar un pasaporte falso para registrarse en el hotel. Alan Gallagher no había dejado nada al azar.

Estaba sentado en el Café de Salvatore cuando la vio descender con soltura las escalinatas del ayuntamiento. Se detuvo en el puesto de venta de periódicos tal como hacía todos los días. Charló escasos minutos con el joven vendedor que parecía no escatimar en sonrisas corteses e incluso suspicaces. Las instantáneas que Alan le había proporcionado no le hacían justicia. Era alta, esbelta y sobre todo alemana. Se preguntó qué podía haber visto aquella joven belleza germana en un hombre como Hans Steiner a quien el paso del tiempo parecía no haberle sentado bien a juzgar por su aspecto. Los años o quizá, solo quizá, el remordimiento le había hecho perder aquel aspecto de hombre embaucador y seductor del que había hecho uso para delatar y traicionar.

Alan tenía razón. No debía dejarse influir por su aspecto. Deseaba que ella fuese la despiadada espía sin escrúpulos que se había vendido por un puñado de marcos y un par de vestidos caros mientras otras mujeres no sabían cómo salir del horror en el que estaban inmersas. Por sus funestos actos y por los de aquel con quien compartía el lecho muchos de los suyos habían perdido la vida. Necesitaba tener eso muy claro en su mente. Solo así su lista de argumentos para llevar a cabo lo que tenía planeado desde hacía años equilibraría la balanza a su favor.

Había llegado el momento de actuar y centró todos sus sentidos en el papel que tendría que desempeñar a continuación, el papel para el que se había preparado durante los últimos dos años. Le hizo una seña al camarero para pedirle la cuenta y se levantó de su asiento. Se apoyó sobre la superficie de la mesa fingiendo un repentino mareo. Con este movimiento la endeble mesa se tambaleó dejando caer la taza y el plato. El simple ruido de la porcelana al estrellarse contra el suelo adoquinado fue suficiente para captar la atención no solo del camarero sino de los lugareños que deambulaban por los alrededores. Acto seguido se llevó la mano al pecho simulando lo que a ojos de cualquiera podría ser el amago de un infarto. Ese rictus de ficticia dolencia fue suficiente para que Hilda Steiner girase el rostro en su dirección. Edward se dejó caer trabajosamente sobre la silla.

—*Signore, stai bene?* —El camarero se acercó a él con rostro preocupado.

—No... no puedo... respirar —logró decir Edward a punto de sufrir el perfecto colapso a ojos de todos los que empezaban a acercarse hacia él. Por el rabillo del ojo entrevió a Hilda corriendo hacia su mesa.

Fin del primer acto.

Edward se encontraba sentado sobre la camilla de su consultorio dándole la espalda a Hilda Steiner que prestaba atención a los sonidos de su corazón a través del fonendo.

—Respire otra vez... y ahora suelte todo el aire lentamente.

Edward obedeció.

—Parece estar usted en buena forma ¿Puedo preguntarle la edad?

—Pronto cumpliré cincuenta.

Hilda continuó auscultándolo sin hacer comentarios al respecto, pero él sabía que se había quedado sin palabras. Edward tenía la cer-

79

teza de que en ese momento estaba comparando mentalmente sus hercúleas formas con las del asesino con quien compartía el lecho.

—Respire una vez más —le indicó.

—Habla usted muy bien mi idioma —le dijo.

—Si habla no podré examinar el ritmo de su respiración adecuadamente —le reprendió con dulzura en su voz.

—Lo siento, lo siento.

Edward no tardó en simular un repentino ataque de tos.

—Me veo obligada a decirle que debe dejar de fumar, señor Stevenson. Puede vestirse. Hemos acabado.

Edward se puso en pie demorándose en la tarea de abotonarse la camisa. Quería intimidarla mostrándole su perfecto, atlético y bronceado abdomen.

—Lo hice hace tiempo —mintió.

—¿De veras? Le he visto sentado en la plaza fumando más de un pitillo.

Había reparado en su presencia. Su intención de no pasar desapercibido había dado su fruto.

—Veo que no es fácil guardar un secreto —le dijo mirándola fijamente a los ojos con meditada y estudiada sonrisa de galán al tiempo que introducía el penúltimo botón de su camisa de lino en su correspondiente ojal. Fue en ese lugar donde los ojos de la alemana se detuvieron una fracción de segundo, en aquel fino vello que asomaba entre aquellos pectorales dignos de una escultura griega.

Hilda se vio obligada a apartar sus ojos del atractivo norteamericano. Se volvió dándole la espalda mientras trasladaba instrumental médico de un lugar a otro de la sala. Edward esbozaba una sonrisa de satisfacción.

—Es un pueblo pequeño. Es normal que las noticias vuelen.

—Vine buscando un poco de intimidad y ya ve con lo que me he encontrado —se quejó arqueando una ceja en un gesto conscientemente sugerente.

—Esto es Italia, señor Stevenson.

—Puede llamarme William.

El sonido de la puerta salvó a la doctora de otra mirada indiscreta. Tras ella apareció una joven vestida con un pulcro uniforme de enfermera.

—La señora Corelli ha llegado antes de tiempo a su cita.

—Estaré con ella en un par de minutos, Giovanna.

—No le robaré más tiempo —añadió Edward mientras la enfermera desaparecía cerrando la puerta. Atrapó su sombrero con una mano mientras que la que le quedaba libre la extendía hacia ella en señal de cortés despedida. Hilda respondió a su leve reverencia—. Me ha salvado usted la vida.

—No he hecho nada que no hubiese hecho cualquiera en mi misma situación. Además, ha sufrido usted un desmayo quizá debido a las altas temperaturas. Llevamos así varios días.

Edward se llevó la mano al bolsillo de su americana.

—No, por favor. No es necesario.

—Pero… me siento en deuda con usted.

—Limítese a seguir mi consejo de dejar de fumar y estaremos en paz. ¿Lo hará?

—Lo intentaré —le respondió mientras posaba su mano sobre el picaporte—. Pero solo porque ha sido usted quien me lo ha pedido.

Dicho aquello inclinó la cabeza, se puso el sombrero y salió de allí.

Fin del segundo acto.

Reemplazó sus cafés rutinarios en la Piazza Signorelli o en la Della Repubblica para descubrir otros lugares de la localidad. Supo que la señora de Hans Steiner se había interesado por él en el Café La Posta. Dispuesto a continuar con su estudiado plan se encargó de visitar un concesionario de automóviles de lujo en las cercanías de la ciudad de Florencia. Se agenció un Alfa Romeo 1900 en régimen de alquiler durante un par de semanas. No se podía esperar menos de un próspero productor de cine californiano. Se aseguró de que el deportivo tuviese un buen seguro porque en pocos días no sería más que un amasijo de chatarra. Se detuvo frente a la mediterránea morada de los Steiner, digna de ser punto de referencia en su «próximo rodaje». La casa ofrecía unas vistas espléndidas del Val de Chiana.

Permaneció más de quince minutos tras una espesa arboleda que lo ocultaba de las miradas indiscretas de los habitantes de la casa. Miró distraídamente su reloj. Faltaban cinco minutos para las diez. Hans no tardaría en salir de allí acompañado de sus dos vástagos para acudir a la elitista escuela de tenis en la que tomaban clases de dos horas cada sábado. Vio pasar un Fiat 500 que le era familiar. Cuando habían transcurrido otros quince minutos arrancó y salió a la carretera. Redujo la marcha antes de girar en medio de la calzada, pero se vio obligado a detenerse al observar como un joven cuyo rostro no le dio tiempo a ver le adelantaba a toda velocidad conduciendo una Vespa. Curiosamente iba en la misma dirección que él tenía prevista. Edward observó que se dirigía directo a la casa de los Steiner.

El joven descendió de la moto y Edward reconoció inmediatamente su rostro. Se trataba del agraciado adulador del kiosco de prensa. Llamó a la puerta, esperando impaciente a que se abriese. Vigilante, nervioso, como si temiese que alguien estuviese al acecho. Edward supo que estaba protegido al haber retrocedido para ocultarse nuevamente entre el espesor del bosque. Hilda apareció en el umbral y el vendedor de periódicos entró cerrando la puerta tras él.

Una malévola sonrisa afloró en el rostro de Edward. Parecía ser que el señor Steiner no estaba a la altura de las circunstancias.

Cambio del tercer acto.

Postergó su visita hasta que pasada una hora el joven galán italiano abandonaba la residencia de su amante.

Descendió del vehículo con gesto despreocupado, tratando de templar su ánimo aunque por dentro la sangre le estuviese hirviendo después de haber presenciado una escena que no esperaba. Había sido testigo día tras día de como aquel malnacido y su supuesta respetable esposa llevaban vidas de ciudadanos de impecable trayectoria. ¿Cómo habían logrado salir inmunes de todas las barbaridades que habían llevado a cabo durante la guerra? ¿Cómo habían logrado huir de Alemania dejando atrás un pasado tenebroso por el que tendrían que haber respondido tal como habían hecho otros de su mismo rango y calaña? Lo peor de todo era que no solo Steiner lo había conseguido. Había muchos otros que también lo habían hecho. No se olvidaba de esos otros alemanes que no habían apoyado esa aberración y habían logrado escapar a diferentes puntos del globo, la mayoría de ellos, víctimas en busca de un futuro mejor lejos de sus hogares de los que ya no quedaba nada salvo escombros.

Lo peor de una guerra y de sus consecuencias es la delgada línea existente entre las víctimas y aquellos que se hacen pasar por ellas para no responder de la gravedad de sus actos.

Hans Steiner había salido victorioso pero su juego no había sido limpio. Había asumido como verdad la mayor de las farsas posibles y cuando eso sucede, cuando toda una vida se fundamenta en un engaño, no existe cimiento que pueda sostener semejante peso de responsabilidad. Tarde o temprano se produce un desliz, una indiscreción, un desacertado comentario, una visita inesperada o el más simple de los descuidos.

Instalarse en una pequeña localidad de la Toscana era sin duda un arma de doble filo. Un lugar como Cortona podía ser ideal para perderse pero no para huir de unos recuerdos que lo perseguirían siempre fuese donde fuese. Ahí estaba el fatal error. Hans Steiner había subestimado el poder de la sabia intervención del caprichoso destino. Creía que los demás eran como él, que podrían comenzar de nuevo, pero allí estaba para recordarle que no se puede dar la espalda al pasado.

Se puso las gafas para cubrirse del cargante sol que le daba de lleno en el rostro aunque en su fuero interno supiese que esa táctica no era más que una excusa para evitar el escrutinio de la mirada de aquella mujer. Permaneció de pie frente a la fachada de la coqueta construcción de piedra. Varias bicicletas estaban apiladas contra la verja. Supuso que era el medio de locomoción adecuado para moverse por las angostas callejuelas de Cortona. Comenzó a deambular por los alrededores de la casa a sabiendas de que estaba siendo observado por Hilda. Contó hasta diez. El tiempo que imaginó que tardaría en asomar su cabellera rubia tras la robusta puerta de roble.

Edward se acercó unos pasos como para cerciorarse de que, efectivamente, se trataba de ella.

—¿Señor Stevenson? —preguntó incrédula dejándose ver en la entrada.

—¿Señora Steiner? —Se deshizo de su sombrero y de sus gafas de sol para reanudar su interpretación. Su expresión de sorpresa y desconcierto no podía haber sido más real—. No sabía qué…

—¿A qué debo su visita? —interrumpió tratando de disimular una repentina desconfianza provocada quizá no por su presencia sino por la posibilidad de que hubiese visto salir de allí a Vicenzo.

—Oh, no. ¿No pensará que…? Verá… conducía por los alrededores. Si las noticias vuelan tal como usted me confesó hace varios días ya estará al tanto de que una de las razones de mi estancia en la Toscana es la búsqueda de exteriores para el próximo proyecto cinematográfico en el que estoy inmerso.

—Sí. Eso tengo entendido.

—Pues bien, el caso es que su casa y estas espectaculares vistas del valle son exactamente lo que estaba buscando. Vive usted en un lugar incomparable.

83

Hilda guardó silencio durante unos segundos. Edward sabía que estaba meditando sus palabras.

—No pretendía ser inoportuno. Ha sido una extraordinaria coincidencia el hecho de que me haya detenido precisamente en esta casa. Siento si le he...

—No. No es ninguna molestia —le interrumpió.

—Hace mucho calor, no se quede usted ahí. ¿Puedo ofrecerle algún refresco? —Estaba tensa, muy tensa.

Estuvo a punto de darle una negativa por respuesta pero la tentación era demasiado fuerte para dejarla escapar.

—Será la segunda vez que me sienta en deuda con usted si acepto su oferta. —Se llevó la mano al ala de su sombrero al tiempo que se inclinaba a modo de saludo.

—No quiero que se sienta en deuda conmigo, señor Stevenson.

«Te equivocas», pensó Edward mientras la seguía hasta el interior. Pronto sería ella quien estaría en deuda con él.

Fin del tercer acto. El cuarto estaba a punto de comenzar y tendría que planear su representación sobre la marcha.

84

—Un lugar privilegiado sin lugar a dudas —apuntó Edward después de dar un sorbo a la limonada que Hilda le había servido—. Las vistas del valle son impresionantes. Debió irle muy buen a su esposo en Alemania para haberse permitido todo esto.

La alarma se dibujó en el rostro de la esquiva mujer.

—El apellido Steiner no es muy italiano —añadió.

—Muchos alemanes se han instalado aquí después de la guerra —le explicó como si su visita no fuera intencionada.

—Y a juzgar por lo que veo no abandonaron su tierra con una mano delante y otra detrás. La ruina de unos siempre ayuda a que otros se enriquezcan. Eso es lo desolador de una guerra.

—Hemos trabajado duro para obtener lo que tenemos —le aclaró ella tratando de ocultar su disgusto ante la insolente afirmación.

«Desde luego, trabajar para el Fürher debió ser duro», pensó Edward.

Se puso en pie para apoyarse sobre la barandilla del porche. Hizo un esfuerzo sobrehumano para calmar su ira, gesto que ella interpretó de otra manera.

—¿Se encuentra bien?

Edward asintió con una mirada afligida.

—Pues no lo parece.

—Este lugar me trae recuerdos. Eso es todo.

—¿Ha estado aquí con anterioridad? —preguntó con curiosidad.

—No quiero aburrirle con viejas historias —dijo Edward mientras se volvía nuevamente hacia donde ella estaba sentada mientras tomaba un nuevo trago de la refrescante bebida.

—No tengo nada que hacer. Tengo tiempo para escucharle.

—No quisiera abusar de su hospitalidad.

—La hospitalidad es el pan de cada día en este lugar.

—¿Y qué hay de su marido?

Captó un extraño brillo en sus ojos.

—No le entiendo—preguntó arrellanándose inconscientemente en su silla, lo que le indicó que le había entendido perfectamente.

—¿Cree usted que será de su agrado encontrarla aquí charlando con un forastero?

—Usted no es un forastero. Es un paciente.

—¿Suele traer a sus pacientes a casa?

—Ha sido usted quien pasaba por aquí ¿recuerda?

—En Cortona todo se sabe.

No se había alterado en absoluto. Había mordido el anzuelo. Sabía el juego que él se traía entre manos y aun así ella siguió adelante. Le gustaba el riesgo, de eso no cabía duda.

—¿Qué está tratando de decirme, señor Stevenson?

Edward caminó de un lado al otro del porche, con las manos metidas en los bolsillos, con una pose cuidadosamente estudiada. Se detuvo nuevamente frente a ella clavándole sus azules ojos.

—Una mujer hermosa como usted… no hay que ser muy inteligente para hacerse las mismas preguntas que se hace la mayor parte de la población de este lugar.

Ella no dijo nada. No movió un solo músculo.

—¿Ha estado usted indagando sobre mi familia?

—No me he visto en la necesidad —le respondió dibujando una sonrisa sugerente en sus labios—. Me ha bastado con ver las miradas de aquellos que se cruzan a su paso. Es inevitable dejarse llevar por los comentarios.

Esta vez un resquicio de alarma afloró en sus pupilas.

—Señor Stevenson… —comenzó a decir al tiempo que se ponía en pie.

—Llámeme William, por favor.

—William, no quiero que me malinterprete, pero…

Edward dio un par de pasos hacia ella.

—No hago caso a las habladurías —le interrumpió deteniéndose a una distancia no demasiado prudencial—. Me ha bastado con verla acompañada de su esposo para saber lo que se esconde bajo esa apariencia de familia respetable, envidiable y perfecta. Nada es lo que parece ¿me equivoco?

La enorme figura del norteamericano se cernió sobre ella, envolviéndola en una poderosa sombra que cubrió por completo el sol radiante que hasta ese momento había caldeado su rostro.

—¿Qué ha venido a buscar a Cortona?

Hilda siguió el movimiento de esos febriles ojos que recorrieron sus labios y la curva de su cuello para después quedar estancados en la sinuosa curva de su escote que se exhibía entre los pliegues de su liviano vestido veraniego. Edward sabía que su cercanía la estaba excitando hasta unos límites insospechados. Se sintió cruelmente mezquino pero no pensaba echarse atrás.

—No se trata de lo que he venido a buscar sino más bien de lo que he encontrado.

Le sostuvo la mirada durante escasos segundos antes de darse la vuelta, coger su sombrero que se hallaba en el extremo de la mesa y salir de allí sin darle lugar a réplica.

Tomó aire mientras atravesaba el vestíbulo hacia la puerta de salida. Percibió un sonido al otro lado, el de un motor. Cuando salió al exterior Hans Steiner descendía del vehículo acompañado de sus hijos, Dieter y Julia. Dieter se adelantó para contemplar el Alfa Romeo descapotable de cerca mientras su padre miraba en dirección al lugar en el que Edward se hallaba. Rápidamente se colocó las gafas de sol al tiempo que se dirigía hacia los Steiner controlando el cúmulo de sentimientos encontrados que lo invadían. Mantuvo la poca sangre fría que le quedaba cuando estuvo a menos de un paso de distancia de aquel tirano. Se inclinó ligeramente.

—Señor Steiner —tendió su mano mientras Hans alzaba la mirada en dirección a su casa, preguntándose con toda certeza quién era aquel tipo y qué hacía allí en su ausencia—. Soy William Stevenson, de Los Ángeles. No he podido evitar detenerme en este lugar en el que usted y su encantadora esposa tienen la fortuna de residir. Es justo el enclave que estaba buscando para mi próxima película.

Agradeció en silencio que él no pudiese ver lo que expresaban sus ojos en aquel instante. Fue extremadamente difícil controlar el ritmo acelerado de los latidos de su corazón. Allí estaba sujetando aquella mano asesina, la mano que había ejecutado a su preciosa Erin. La mano que había segado tantas otras vidas. Si sufría un desmayo, en esta ocasión no se trataría de una farsa. Se sirvió de la protección que los cristales oscuros de sus gafas de sol le ofrecían para explorar todos y cada uno de los rasgos de aquel indeseable. La frialdad de sus ojos grises no había mermado. Su mirada no mostró signo alguno de reconocimiento pero la expresión trazada en su rostro acusaba cierto desconcierto que no se molestó en ocultar. En tan solo unos segundos ese desconcierto pasó a transformarse en una abierta desconfianza.

Afortunadamente se interpuso la inocencia de la benjamina de la familia.

—¿Vive usted en Hollywood?

—Así es, pequeña —asintió Edward con una templada sonrisa.

Dieter corrió a grandes zancadas hacia ellos.

—¿Es suyo ese coche?

—Sí ¿te apetece dar una vuelta?

Hans permaneció impertérrito mientras su hijo le suplicaba con la mirada.

—Otro día. Entrad en casa —ordenó.

—Pero si aún… —comenzó a decir Dieter si bien le bastó con mirar a los ojos a su padre para cambiar de opinión y cerrar la boca.

Ambos obedecieron y, cabizbajos, se encaminaron hacia la entrada en la que Hilda acababa de hacer acto de presencia. Abrazó a sus hijos y los hizo entrar, no sin antes lanzar una mirada a su marido y a aquel misterioso hombre de insondable mirada que la estaba cortejando de una forma descaradamente atrevida.

—Disculpe si he sido demasiado… —se excusó Edward.

—No tiene que disculparse —le interrumpió Hans.

—Desearía agradecerle de alguna manera la atención que su esposa tuvo conmigo la semana pasada. Sufrí un desmayo en la plaza y se encargó de que me trasladasen enseguida a su consultorio.

—No se vea obligado, señor Stevenson. Espero que su estancia en Cortona sea agradable y siento decirle que tendrá que buscarse otro enclave para su proyecto. Soy muy celoso de mi intimidad y no me parece buena idea ver cámaras y personas ajenas a mi familia merodeando por este lugar.

—Lo siento… no pretendía causarle una impresión equivocada —logró decir manteniendo la calma.

—Lo sé. Yo tampoco quiero causarle una impresión equivocada. Estaré encantado de ponerle en contacto con algún agente inmobiliario que puede mostrarle otras villas de estas características e incluso mejores.

—Muy amable de su parte.

—Su esposa sabe donde me hospedo —arrojó aquella frase en su cara con todo el desapego e indiferencia que le fue posible. Pese a que Hans casi no pestañeó, la impotencia ante lo que semejante comentario podía implicar no le hizo bajar la guardia. Edward simuló ruborizarse ante el erróneo mensaje expresamente enviado—. Disculpe, señor Steiner. No me malinterprete. Su esposa sabe dónde me hospedo porque fue la pregunta obligada el día del suceso en la plaza, por si tenía algún familiar con el que hubiese que ponerse en contacto. Disculpe mi imprudencia. Hágame llegar la proposición de ese agente inmobiliario del que me ha hablado.

Se inclinó levemente a modo de saludo y emprendió su camino con paso firme hacia su deportivo. Subió y arrancó levantando una estela de polvo y gravilla antes de salir a la estrecha carretera. Por el espejo retrovisor vislumbró la figura de aquel estúpido déspota que se creía dueño y señor de aquella mujerzuela que se estaba tirando a media región de la Toscana. Solo cuando se había alejado varios kilómetros fue capaz de recobrar la serenidad.

No tendría que esperar mucho para volver a provocar un encuentro con Hilda. Imaginaba el efecto que su visita y sus ofensivas palabras habrían suscitado en Hans. Sabía con toda seguridad que en un par de días Hilda estaría más que predispuesta a colaborar.

Fin del cuarto acto.

Capítulo cuatro

Hilda ofreció una taza de café a su esposo. Durante el almuerzo los chicos no habían dejado de hablar del hombre de Hollywood, como le llamaba Julia, o el hombre del deportivo rojo como le llamaba Dieter. Hans no había mencionado nada con respecto a la breve conversación que ambos habían mantenido. Hilda sabía que estaba esperando el momento de quedarse a solas con ella para sacar el tema a colación, pero tuvo que posponerlo porque Paolo Siccore y su esposa se presentaron sin previo aviso acompañados por sus hijos, compañeros de escuela de Julia y Dieter.

Faltaban diez minutos para las nueve cuando la inesperada visita se marchó después de haber compartido un suculento piscolabis elaborado por la esposa del acaudalado alemán. Hilda subió las escaleras mientras Hans la seguía en silencio hacia su dormitorio. Cerró la puerta sigilosamente y se colocó tras ella para contemplarla a través del espejo mientras se deshacía del valioso collar de perlas que le había regalado por su sexto aniversario de bodas. Al ver que no daba con el cierre fue Hans quien se ofreció a ayudarla. Hilda sintió que su mirada la traspasaba y cerró los ojos para huir de ella. Aquellas robustas manos se deslizaron por su garganta y desde allí emprendieron su camino hasta los hombros apartando la tela que le impedía saborear su piel. Hilda se movió.

—Estoy agotada, cariño. Necesito darme una ducha —se dio la vuelta para posar un fugaz beso sobre sus labios—. Después seré toda tuya.

—De un tiempo a esta parte pareces ser más de ese pueblo perdido que de tu marido.

—Oh vamos, no digas bobadas —se quejó con una perezosa

sonrisa mientras se escabullía de sus brazos, pero la sujetó de nuevo frente a él.

—¿Qué venía buscando ese *yankee*?

—¿Qué *yankee*?

—No te hagas la despistada conmigo.

—Hans, por favor. Otra vez no.

—No me han gustado nada sus formas.

—¿En qué te basas para hacer esa apreciación?

—Sabes muy bien a lo que me refiero. No soy partidario de dejar entrar en nuestra casa a cualquier tipo por muy productor de cine que sea y por mucho Alfa Romeo último modelo que conduzca.

—Es un paciente, por el amor de Dios.

—No tiene aspecto de estar muy enfermo. Yo diría más bien que se mantiene en excelente forma. Vamos, cielo. ¿No me negarás que el americano no te ha hecho suspirar? Hasta Rita había oído hablar de él.

—Por supuesto que habrá oído hablar de él. No todos los días se pasea por el pueblo un cineasta de ese calibre.

—De ese calibre... o sea que a ti también te ha encandilado.

—Basta, Hans. El señor Stevenson es un caballero que solo quería agradecerme personalmente la atención que tuvimos con él en el consultorio. Deja de juzgar a todo aquel que me mira.

—No soporto que nadie te desee.

—Pues has elegido el lugar equivocado porque una mujer como yo no puede pasar desapercibida en Italia. Llevamos aquí demasiado tiempo para que no te hayas acostumbrado a ello.

—No me acostumbro a la posibilidad de perderte. ¿Sabes lo que pasaría si te pierdo? ¿verdad? ¿Sabes que sin ti no soy nada? ¿Y que tú y los niños sin mí no sois nada?

—Deja de decir eso. Sabes que soy tuya.

—Dilo —le ordenó mientras sus manos se introducían bajo el vestido y reptaban por sus muslos. Aplastó su boca contra la suya al tiempo que la alzaba agarrándola por las nalgas.

—Sssí —murmuró ella contra sus exigentes labios.

—¿Sí qué?

—Soy tuya —atrapó su boca. Sabía que con ese gesto Hans se olvidaría del maldito *yankee* cuyos arrebatadores ojos no había logrado borrar de su mente—. Soy tuya. Soy tuya —repitió más para sí misma que para el hombre que la desnudaba.

Hans tenía razón. El uno sin el otro no eran nada. Demasiados secretos, demasiado pasado del que huir sin no pagar un precio. A veces se olvidaba de ello pero su esposo siempre estaba ahí, al acecho, para recordárselo.

Eran las tres de la tarde. Las empinadas callejuelas de Cortona tan concurridas en un día corriente parecían desiertas. Sus habitantes se refugiaban en sus casas a la espera de que el ardiente sol diese alguna tregua. A esa hora Hilda se desplazaba en bicicleta hasta su consulta aprovechando el silencio que ofrecía la hora de ese aparente remanso de paz.

Había salido con la excusa de traer una pomada del consultorio. Dieter parecía haber sufrido algún tipo de erupción en la piel, probablemente a causa de alguna reacción a algún alimento que aún desconocían. Hilda se había ofrecido a salir a buscar un remedio para aliviar a Dieter la picazón pese a la oposición de Hans que alegaba que era muy temprano para salir a enfrentarse con las malditas temperaturas de aquel verano que comenzaba a ser un infierno.

Tuvo que frenar en seco en el cruce con la Via Berrettini cuando justo en la esquina de la Via Santucci, donde se hallaba su consultorio, aparecía un tipo al que a punto estuvo de atropellar. El freno de la bicicleta no respondió como esperaba en aquella bajada pronunciada, por lo que perdió el control y fue a parar al suelo. Comenzó a maldecir en alemán, cerrando los ojos por el repentino dolor de sus codos desnudos raspando el asfalto. Cuando los abrió se encontró con una estampa que no esperaba. Allí estaba William Stevenson tendiéndole la mano para ayudarla a ponerse en pie mientras la desnudaba con los ojos.

—No sabe cómo lo siento. Paseaba distraído y no presté atención.

Hilda no pudo pronunciar palabra. Aún no había reaccionado ante tan accidentado encuentro, de modo que él se encargó de hacerlo. Dejó de mirarla para centrarse en sus brazos.

—Vaya… cómo he podido ser tan… mire lo que le he hecho —se inculpó mientras sus manos palpaban aquella superficie de piel que se había dañado y de la que empezaban a salir pequeñas gotitas de sangre. Sus ojos azules la recorrieron de arriba abajo hasta detenerse en sus pies semidesnudos calzados con unas veraniegas sandalias—. Su tobillo… está sangrando.

—No se preocupe, es superficial. Debí haber pulsado el timbrecillo para avisar de que venía. Estaba en un cruce, pero no imaginaba que hubiese alguien paseando a esta hora con este calor. —Se llevó el dorso de la mano a la frente para secar el brillo de su transpiración.

—Yo tampoco imaginaba verla a usted por aquí —le confesó mostrándole una mirada insinuante.

Hilda trató de hacer llegar la sangre a su cerebro. ¿Qué le estaba sucediendo con ese tipo? Vicenzo era más joven que ella y disfrutaba haciendo de maestra para aquel jovencito semental. Otros hombres de la región solo le habían dado aquello que su marido no quería o no se atrevía a darle. Pero las sensaciones encontradas que el americano había generado en ella desde aquella mañana que se cruzó con él en el café de Salvatore, era algo que no había experimentado jamás. No se había podido quitar de la cabeza aquella voz, esa boca madura, la cautivadora sonrisa, el rostro de firmes rasgos, sus arrebatadores ojos azules. Todo acompañado de una soberbia estampa. A ella le gustaba el riesgo y William Stevenson había comenzado un juego muy arriesgado la mañana anterior, allí en su casa, sin importarle que su marido hubiese podido aparecer en cualquier momento. Se dio cuenta de que aún no había pronunciado palabra y él continuaba mirándola con una intensidad que le hizo flaquear las piernas.

—Entremos en su consultorio. Deje que en esta ocasión sea yo quien cure esas heridas —le aconsejó mientras deslizaba suavemente su pulgar sobre la magulladura.

Hans se aseguró de que sus hijos estuvieran fuera de la vista para dirigirse al teléfono. Marcó varias cifras y aguardó a que la centralita le diera línea. Después esperó pacientemente a que la persona al otro lado respondiese a su llamada.

—Giancarlo, soy Hans Steiner.

—Hans, *amico, come vai?*

—Todo va bien pese al maldito calor. Siento molestarte a esta hora, pero me he visto obligado a esperar a que estuviese todo despejado.

—¿Qué puedo hacer por ti?

—Supongo que estarás al tanto de la última ilustre visita que hemos recibido en Cortona.

—¿Estamos hablando del productor *yankee*? Ten cuidado. Tu esposa podría entrar dentro de sus preferencias.

—De eso no me cabe duda.

—¿Quieres que lo vigile?

A Dieter no le gustó nada aquella pregunta. ¿Acaso aquel desgraciado pensaba que había que espiar a William Stevenson y por ende a su esposa?

—¿Qué insinúas?

—¿Qué es lo que quieres que haga? —le preguntó Giancarlo consciente de su imprudente desliz.

—Hay algo que no me gusta.

—Eso nos pasa a todos los que vivimos aquí. Es un partido difícil de ganar, pero no te dejes amilanar. Ese tipo está de paso.

—Me inquieta su forma de actuar. Estoy seguro de que no le importaría tirarse a mi mujer, pero hay algo más que me preocupa. ¿Tu primo Enzo continúa viviendo en California?

—Así es.

—Quiero saber a qué se dedica en realidad William Stevenson. Pagaré lo que sea necesario pero quiero esa información lo más rápido posible.

Hans depositó el auricular en su lugar. Había cometido el error de dejar la puerta entreabierta y no se dio cuenta de que su hijo Dieter lo había escuchado todo.

93

Hilda estaba sentada sobre la camilla de su consultorio mientras se esforzaba por mantenerse tranquila observando como William curaba con delicadeza la herida de su brazo. Después de extender un apósito en el lugar dañado alzó la vista hacia ella.

—¿Nerviosa? —preguntó curvando su boca en una parca sonrisa.

—¿Por qué habría de estarlo?

—Supongo que será extraño estar «al otro lado». Ya me entiende… como paciente. A eso me refiero.

—Es una situación embarazosa, eso es todo —explicó mirando hacia otro lado mientras lo veía sentarse en un taburete y le alzaba la pierna con naturalidad para apoyar el pie sobre su muslo.

Hilda respiró hondo.

—Deberíamos empezar a tutearnos ¿no te parece? —le preguntó mientras le masajeaba el tobillo.

Hilda dio un respingo.

—¿Te duele?

—Solo un poco —logró decir aunque no era dolor lo que sentía sino un hormigueo incesante que estaba a punto de acabar con ella.

—No parece que tengas nada fracturado… Dios, menudo torpe

estoy hecho. Has estado a punto de matarte por mi culpa —reconoció mientras pasaba un algodón empapado en alcohol para desinfectar la herida. Esta vez Hilda reprimió un grito ante el agudo escozor. Observó a William que seguía ensimismado en su tarea.

—Tienes unos hijos muy guapos —dijo de pronto sin levantar la vista de su herida que se afanaba en dejar completamente limpia—.Tu marido estará orgulloso de la familia que le has dado.

Hilda no dijo nada. Al ver que él tampoco lo hacía se arriesgó a hacerle la pregunta que Edward sabía que terminaría haciéndole.

—¿Y tú? ¿Estás casado?

—Me acabo de divorciar por segunda vez.

—Lo siento.

Él alzó la vista hacia ella y soltó una carcajada.

—No, no lo sientas. Mi mujer me pilló en la cama con su mejor amiga.

Hilda se sintió como una estúpida. Él era como todos. Edward fue consciente de su cambio de expresión. Colocó un par de nuevos apósitos en la herida del tobillo y la miró con rostro serio a los ojos.

—Listo.

Hilda apartó la pierna de su muslo con aparente indiferencia. Iba a ponerse en pie cuando él se le adelantó levantándose de golpe y situándose frente a ella.

—Retiro lo que he dicho antes. He de suponer que ha sido el típico comentario de un cerdo machista. Si te sirve de consuelo, te diré que se ha quedado con la mayor parte de mis bienes. Se lo merece después de lo que le hice. Después quise recuperarla. No te das cuenta de lo que sientes por una persona hasta que te la apartan de tu lado. Supe que la quería más de lo que estaba dispuesto a admitir pero no fui capaz de demostrárselo, al menos no de la forma en la que ella hubiese querido.

—¿Y la primera?

—Lo dejamos de mutuo acuerdo. No estábamos tan enamorados como creíamos.

—¿Y ahora?

Edward avanzó unos centímetros de manera que sus piernas rozaban las de ella. Esa proximidad acompañada de un silencio demasiado largo le hizo admitir que el juego había comenzado de nuevo y que ella involuntariamente acababa de mover ficha. Edward estiró los brazos sobre la camilla dejando caer el peso de los mismos sobre sus manos. Se inclinó un poco más hasta sentir el aliento de ella sobre su rostro. Hilda volvió su rostro a un lado, rehuyendo aquella mirada peligrosa que la escrutaba sin piedad. Cuando sintió sobre su mentón los dedos que con tanta sutileza la habían curado minutos antes fue consciente de que aquello se le iba a ir de las manos si no ponía freno de inmediato.

—Ahora quisiera besarte —le respondió él cubriendo la mínima distancia que los separaba.

Hilda cerró los ojos. Solo un leve roce de sus labios. Volvió a abrirlos y a juzgar por la mirada del americano, supo que tardaría menos de dos segundos en obtener jaque mate.

—Disculpa, me he explicado mal. Quería decir que voy a besarte.

Y sin más preámbulos abrió la boca sobre la de ella. Hilda no dudó en recibirlo, pero permaneció en el mismo lugar, quieta, sin mover ni un solo músculo de su cuerpo salvo los de su cara. Tenía que terminar con esa insensatez. Había algo en él, algo que lo diferenciaba del resto. Edward se detuvo como si le hubiese leído el pensamiento, sin embargo un rápido movimiento de su rodilla sirvió para que ella separase las piernas lo suficiente. Posó sus manos alrededor de sus nalgas y la atrajo hacia él.

Su interpretación estaba a punto de alcanzar el momento cumbre. Tomó la mano de Hilda entre la suya y se llevó las yemas de sus dedos hasta sus labios.

—No haré nada que no quieras, pero te lo advierto: si seguimos adelante no me hago responsable de mis actos —le dijo con voz entrecortada.

Hilda le lanzó una mirada cargada de recelo.

—Esto no es buena idea —consiguió decir ella tratando de controlar la sangre que corría con fuerza por sus venas.

Edward acarició con sus nudillos su acalorada mejilla.

—Lo sé. Sé que no es buena idea haberme enamorado de una mujer casada, pero no he podido evitarlo, Hilda. Lo he intentado. De veras que lo he intentado.

Hilda enmudeció. No esperaba aquella declaración.

—Es una locura, William. Quiero a mi marido.

—Si así fuese ya me habrías puesto de patitas en la calle.

—Tú no lo entiendes.

—Te entiendo, Hilda. Te entiendo perfectamente, pero ahora mismo lo que menos me apetece es hablar del señor Steiner —le recriminó depositando un dedo en sus labios. Antes de que hablara volvió a centrarse en su boca. El beso comenzó siendo tímido pero en el instante mismo en que ella enlazó sus manos alrededor de su cuello pasó a convertirse en un beso resuelto y difícil de domar. Hilda estaba dispuesta a consumar el juego. No pensó en las consecuencias. No quería pensar en nada más que en aquel cuerpo que se le ofrecía como nunca antes nadie se le había ofrecido.

«Perdóname, Erin», pensó Edward.

Dieter se mantuvo firme pese a la advertencia de su padre. Era el cumpleaños de su amigo Enrico Siccore y se veía obligado a escoltar hasta su casa en mitad de la fiesta a esa insoportable amiga de su hermana con nombre de río.

—Mamá vendrá a por ti a la hora acordada. Yo no podré venir porque tengo una cita importante.

Dieter se preguntó si esa cita tenía que ver con la conversación telefónica que su padre había mantenido hacía varios días y que él no debería haber escuchado.

—Y por la cuenta que os trae a ti y a tu hermana, más os vale dejar a Loira en casa sana y salva. Si no lo haces, te puedes ir olvidando de las vacaciones con los padres de Mauro.

—Está bien —gruñó Dieter descendiendo del vehículo.

Hans dejó a su hijo en la Via Dardano y arrancó en dirección a la Piazza Signorelli, pero antes de girar, justo en el cruce con Via Gmaffei se topó con el comisario que caminaba en sentido contrario. Dieter observó cómo el hombre se inclinaba sobre la ventanilla abierta del vehículo para charlar con su padre y acto seguido entró en el edificio donde habitaban los Siccore, un piso con una gran terraza que ocupaba la totalidad de la tercera y última planta. Enrico salió a su encuentro y advirtió una extraña expresión en el rostro de su amigo.

—Has llegado pronto.

—Lo sé. Es que mi padre tenía que hacer un recado.

—¿Sucede algo? —preguntó Enrico siguiendo la mirada de su amigo que la tenía puesta en el vehículo de su padre que aún estaba detenido a unos escasos metros.

—¿Tienes tu moto en el garaje? —le preguntó de repente.

—Claro, ¿dónde iba a estar si no?

—La necesito.

—¿Estás loco? No tienes permiso de conducir.

—Pero tú sí —miró de nuevo al comisario que continuaba en la misma posición.

—Necesito que sigas a ese vehículo.

—¿Quieres que siga a tu padre?

—Si, verás… es que —comenzó a inventar sobre la marcha—. Es que creo que se trae algo entre manos para mi próximo cumpleaños y quiero saber qué es. Quiere darme una sorpresa y sé que mi madre no va a soltar prenda.

—¿Y no es mejor así?

—¿Me vas a ayudar sí o no?

—Está bien, pero no tenemos más de treinta minutos. Empezarán a llegar los invitados y mis padres se preguntarán dónde demonios estamos.

—Llegaremos a tiempo. Vamos, saca la moto.

—Pero nos va a reconocer si vamos tras él.

—Conducirás tú y yo iré detrás. Ponte ese ridículo casco que nunca utilizas.

Enrico sería unos años mayor que él pero a veces parecía imbécil —pensó Dieter.

Justo cuando su amigo salía con la moto del garaje, el comisario se erguía y daba un golpe en el capó del Fiat como signo de despedida. Su padre se puso en marcha y lo mismo hicieron ellos.

—Solo quiero saber hacia dónde se dirige. Mantente a distancia y párate cuando yo te lo diga.

Enrico obedeció preguntándose que se traería entre manos su amigo. Dieter montado atrás lo utilizaba como cobertuta y la Vespa enfiló la Via Nazionale siguiendo el camino de Hans Steiner.

Enrico conducía a una distancia prudencial, lo suficientemente cerca como para no perderlo de vista y lo bastante lejos como para que no se percatase de su presencia. El vehículo continuó por la Via Casali haciendo un rápido giro hacia la Via Zefferini. Cuando en la esquina viró nuevamente hacia la derecha Enrico paró en seco la motocicleta al ver que el vehículo del padre de Dieter reducía la velocidad. Dieter descendió de un salto de la parte trasera y caminó unos metros en dirección a la Via Ianelli. Su padre se había detenido justo a la entrada de la angosta calle frente a una bonita aunque destartalada casona que con toda seguridad había vivido tiempos mejores. Lo vio bajar del vehículo y caminar unos pasos cuesta arriba cuando un hombre de baja estatura y prominente vientre salió a recibirle desde una de las maltrechas puertas de entrada.

—Me quedaré aquí —dijo Dieter.

—Tú estás mal de la cabeza. Oye, no es por nada pero ese tipo no tiene pinta de organizar fiestas de cumpleaños.

—No te preocupes por mí. Márchate. Regresaré caminando.

—De eso nada.

—Te prometo que llegaré a tiempo. Por favor, vete —insistió.

Enrico accedió de mala gana.

—Me preguntarán dónde estás. Mi padre te ha visto llegar.

—Ya te inventarás lo que sea.

Desde luego que lo inventaría. Era un especialista en sacar de aprietos a Dieter. No sería la primera vez ni seguramente la última.

—Esta vez no pienso cubrirte.

Puso en marcha la Vespa y desapareció por la esquina.

Edward se desplomó sobre el cuerpo medio desnudo y aún convulso de Hilda después de verse arrastrado a una culminación que había acabado de forma implacable con el férreo control que se había impuesto a sí mismo desde el día en que aquella bella pero abominable mujer a la que odiaba con cada fibra de su ser, se había entregado a él dejando de lado las peligrosas secuelas de tan arriesgado pasatiempo.

Hilda pasó los brazos alrededor de su cuello antes de separarse de él obsequiándole con un hambriento beso. Agradeció la brisa que recorrió su inflamada piel cuando se apoyó dejándose caer sobre el respaldo del asiento delantero del descapotable. Se sentía viva mientras se volvía a abrochar los botones de su vestido ante los ávidos de ojos de Edward. Sin embargo no era avidez lo que había en esos ojos. Su corazón estaba frío como el hielo, pese a que su piel brillante demostrase precisamente el efecto contrario. Después de una semana de encuentros clandestinos en aquel perdido paraje fuera de toda mirada indiscreta, se preguntaba hasta cuándo podría aguantar semejante vejación de sus sentimientos. Aquella mujer se había prostituido durante la guerra. Se había vendido a aquellos desalmados asesinos y la odiaba por ello pero ¿acaso no estaba él también prostituyéndose? Estaba haciéndole el amor a una nazi. Deseó gritar de frustración. Habría deseado tener a Erin a su lado solo una vez más. Tan solo una vez más para oírle decir que lo que estaba haciendo era lo correcto, que tenía que vengar la muerte de todos y cada uno de los que perdieron la vida a causa de Steiner. En este instante supo que la representación tenía que llegar a su fin.

Él también terminó de vestirse y volvió a ocupar su posición original. Alzó el brazo en el aire para que Hilda se acercase a él. Ella le dedicó una sonrisa llena de luz y se refugió al abrigo de su cuerpo. Edward volvió a sentir una punzada de remordimiento porque esa luz se convertiría en oscuridad profunda dentro de muy pocas horas.

—Te quiero. Huyamos de aquí. Los dos. Ahora —dijo al fin.

Sintió que Hilda cambiaba de postura y se erguía para mirarlo directamente a los ojos en busca de una respuesta a la insensatez que acababa de decir.

—No me mires así. Sé lo que he dicho y lo mantengo.

—No sabes lo estás diciendo. No tienes ni idea.

—Me he enamorado de ti, maldita sea y te quiero conmigo. ¿No quieres lo mismo? ¿No se trata de eso? ¿De que estemos juntos?

Hilda pasó una mano por su mejilla y él atrapó su muñeca.

—Dime que sí. Solo tienes que decir sí y bajaré ahora mismo a hacer una llamada para comprar los billetes.

—Mi marido me quiere, William. No puedo hacerle algo así. ¿Y qué hay de mis hijos? Tengo una familia. No puedo hacerlo.

—Recuperaremos a tus hijos. Una mujer como tú encerrada en este pueblo perdido. Necesitas ver mundo y yo puedo ofrecerte la posibilidad.

—William, por favor. No me hagas esto.

—Estás enterrada aquí en vida. Tus hijos se harán mayores, y entonces ¿qué harás? Dime, ¿qué harás?

—No me presiones, por favor —le rogó deshaciéndose de su mano.

—¿A qué tienes miedo? ¿Tienes miedo a dejarle?

—No sigas por ese camino —le recriminó, enfadada, abriendo la puerta del vehículo y bajando de él. Se apoyó sobre el capó dándole la espalda.

Edward sonrió para sí. Sabía que se estaba haciendo la dura. Le importaban un cuerno sus hijos y por si eso fuera poco vendería nuevamente su alma al mismísimo diablo si ello le garantizase que su marido desaparecía del mapa. Le dejó meditar todas y cada una de las palabras que había pronunciado.

—¿Cómo sé que esto no es más que una aventura para ti? —le preguntó sin mirarle.

—No lo es. Nunca lo ha sido. ¿Y qué hay de mí? ¿He sido yo otra aventura? ¿Quieres que lo que hemos compartido durante esta semana se quede en otra mera aventura? Sería una pena porque ya me estaba planteando pasar el resto de mi vida contigo.

Edward no pudo ver la expresión de su rostro después de haberle escuchado pero sabía que había dado en el blanco y no se equivocó. Ella se volvió hacia él mostrándole aquellos ojos llenos de dudas. Volvió a subir al vehículo. Edward no dijo nada. Tenía la absoluta certeza de que Hilda Steiner estaba a punto de tomar una decisión que le costaría la vida.

—¿Cómo vamos a hacerlo? —preguntó finalmente.

Dieter aguardaba agazapado bajo el hueco de la escalera del sombrío vestíbulo del edificio donde vivía el individuo al que su padre había ido a visitar. Había aprovechado el despiste de un vecino que acababa de entrar y que no se había preocupado de cerrar la puerta. Al descubrir que había quedado entornada y tras asegurarse de que no había ni un alma por los alrededores se coló en el interior. Al principio solo llegaban a él los ruidos de otros vecinos. Tuvo que aguzar el oído para lograr escuchar retazos de la conversación que su padre mantenía al otro lado de la endeble puerta.

—Créeme. No sé quién es ese tipo ni qué ha venido a hacer aquí. Lo único que sé es que efectivamente existe un William Stevenson que vive en Los Ángeles y que es productor. Es más, la descripción que me ha dado mi hermano encaja con la de este individuo.

—Pero...

—Puede que se trate del mismo aunque lo dudo.

—¿Qué te hace dudar?

—Tengo entendido que ese mismo productor ha sufrido un percance en una embarcación de recreo durante sus vacaciones en la Riviera y está hospitalizado en una clínica de Antibes.

—¿No hay posibilidad de que existan dos productores con ese mismo nombre? California está llena de ellos —preguntó Hans aun sabiendo que tanta coincidencia de datos no podía ser algo fortuito.

—Podría ser salvo por un pequeño detalle.

—¿Qué detalle?

Giancarlo guardó silencio y se dirigió hacia la destartalada nevera para sacar una cerveza.

—¿Te apetece algo de beber?

—No estoy para refrescos.

—Como quieras —le respondió mientras abría la botella con deliberada parsimonia.

Hans estaba empezando a perder la paciencia.

—Hace unas horas que he estado en el hotel en el que se aloja el americano. Hice algunas preguntas al conserje pero se negó a hablar. Ya me entiende... tuve que... rebuscar en mis bolsillos.

Hans lo entendió perfectamente. Extrajo su cartera del bolsillo de su pantalón y lanzó varios billetes de cien liras sobre la mesa.

—¿Es eso suficiente o tienes que seguir rebuscando?

Giancarlo bebió un par de tragos seguidos, cogió el dinero y se lo guardó en el bolsillo de su raída camisa.

—¿Qué preguntas le hiciste?

—Lo normal. Si recibía llamadas, visitas…

—¿Y?

—Dependía del turno que tuviese. Hay días en los que no lo ha visto entrar ni salir.

—¿He hecho alguna llamada desde allí?

—Ninguna. Sin embargo alguien le ha llamado justo antes de que yo apareciese por allí. Era una conferencia internacional.

—¿Quién era?

—El conserje dice que no dio su nombre. Parecía una voz joven, pero el conserje reparó en algo extraño.

—¿Qué?

—Pidió que le pasaran directamente con el número de habitación. Cuando el conserje dijo que lo sentía pero que el señor Stevenson no se encontraba disponible el joven dijo que debía de tratarse de un error y que seguramente le habían pasado con la habitación incorrecta. El conserje le dijo que el señor Stevenson era el único extranjero que se alojaba en ese hotel. La voz del otro lado de la línea insistió en que él no conocía a ningún señor Stevenson. Dio otro nombre con objeto de aclarar el malentendido, pero no sirvió de nada.

—¿Qué nombre?

—¿Le suena de algo Edward O'Connor?

Dieter no escuchó nada más. Se llevó un susto de muerte cuando durante ese repentino silencio oyó el *clic* de un picaporte. Su padre abrió la puerta con tal brío que casi arrancó de cuajo las ya maltrechas bisagras. Salió de allí como alma que se lleva el diablo. Dieter se atrincheró aún más en su escondite para ocultarse no solo de su padre mientras lo veía abandonar el lúgubre vestíbulo, sino del hombre con el que se había citado. Trató de templar sus nervios. Recuperó el aliento al tiempo que oía el rugido del motor del vehículo de su padre al arrancar y alejarse. Esperó unos minutos a que el hombre permaneciese dentro de su domicilio y se puso en pie. Estiró las articulaciones un par de veces con objeto de que la sangre le volviese a circular con normalidad. Abrió la puerta del edificio con sigilo, asomó la cabeza por el hueco y vio a una pareja que subía la cuesta. Tras asegurarse de que no había nadie en la otra dirección huyó calle abajo con toda la celeridad que le permitieron sus temblorosas piernas.

Dieter se detuvo para tomar aire descansando sobre el muro de una vivienda situada a pocos metros de la Via Santucci. Agradeció el aire fresco que se acababa de levantar. Miró al cielo y observó que comenzaba a cubrirse de espesas nubes grisáceas. Reconoció la bicicleta de su madre apoyada contra la verja de la entrada de la clínica. Estaba convencido de que esa tarde no abría la consulta. Oyó pasos apresurados al otro lado de la calle, pasos que resonaban sobre el pavimento empedrado del pasaje. Oyó las risas apagadas de una mujer, un timbre de voz que le era tremendamente familiar. Desde el lugar en el que se hallaba podía observar sin ser visto. Donde terminaba el pasadizo para salir al callejón abierto pudo distinguir claramente a las dos figuras que se acercaban caminando prácticamente pegados al muro para resguardarse de cualquier mirada indiscreta. Dieter creyó que se le paralizaba el corazón cuando descubrió a su madre acompañada del americano. Antes de doblar la esquina, el americano inspeccionó los alrededores para cerciorarse de que no venía nadie en ninguna dirección. Unos niños aparecieron correteando y esperaron a que desapareciesen por la Via Berrettini. El americano hizo un gesto a su madre y esta salió a paso ligero para coger su bicicleta, sin embargo pareció vacilar y regresó sobre sus pasos para echarse a los brazos de aquel individuo. El cineasta, en un arrebato de apasionada osadía, la agarró con firmeza por la cintura apretándola contra él de manera indecente, mientras la besaba con lujuria. Acto seguido su madre se apartó tratando de recuperar el aliento y regresó nuevamente hasta el lugar donde estaba aparcada su bicicleta. La silueta del americano se perdió en la penumbra del lóbrego túnel. Dieter sospechó que se avecinaba el desastre. Cuando recuperó la calma puso rumbo a la casa de Enrico. En esta ocasión no echó a correr, entre otras cosas, porque su cerebro daba órdenes que su cuerpo era incapaz de cumplir.

—*Buona sera, signore* Stevenson —le saludó Mauro, el conserje, cuando hacía su entrada en el recibidor del hotel.
—*Buona sera* —respondió Edward al tiempo que se acercaba al modesto mostrador de recepción. No se molestó en decir el número de habitación para que le entregara la llave. Tratándose de un hotel

de pocas habitaciones estaba seguro de que lo tenían más que controlado. El muchacho se la entregó revelando una desmesurada sonrisa.

—*Grazie* —respondió al tiempo que se encaminaba hacia las escaleras.

—*Signore*, disculpe. Tiene un *messaggio* telefónico.

Edward se volvió.

—¿Un mensaje? —preguntó tratando de aparentar normalidad.

—Sí, un joven. No se identificó. Parecía confundido con su nombre.

Edward sabía que solo podía tratarse de Patrick. Una sensación de vértigo se apoderó de él. ¿Le habría sucedido algo? Le había dejado claro que solo debía ponerse en contacto en caso de urgencia. ¿Qué demonios había querido decir el conserje con eso de que parecía confundido con su nombre? Se temió lo peor, pero procuró serenarse. Tenía que actuar con rapidez.

—¿Dejó algún mensaje?

—No, *signore*.

—De acuerdo. Gracias —reanudó su camino hacia las escaleras, pero cambió de opinión y se dirigió una vez más al mostrador con rostro amable—. Por cierto, ya me olvidaba ¿podría prepararme la cuenta de la última semana?

—¿Se marcha?

—He de visitar a unos viejos amigos de Siena.

—Siena… no olvide visitar su catedral. La más *bella* de Italia.

—Eso tengo entendido, seguiré su consejo —añadió Edward percatándose de que algo anormal estaba sucediendo. Ese joven se estaba comportando de forma inusual. Su sexto sentido le avisó de que algo tramaba.

—Ahora mismo le hago la cuenta, *signore*.

El recepcionista le dio la espalda mientras se ponía manos a la obra. A Edward se le hizo eterna la espera pero logró contener con éxito la angustiosa inquietud que lo devoraba.

—Aquí tiene —dijo al fin.

Edward sacó de su cartera un sustancioso fajo de liras y comenzó a contar. Cuando alcanzó la suma establecida y aun así siguió depositando billetes sobre la superficie del mostrador, alzó la vista para observar la expresión dibujada en los ojos del mozalbete.

—*Signore*… creo que… —comenzó a decir.

—Por los servicios prestados —le aclaró con un rápido guiño.

Edward supo que el chaval había captado la indirecta. Servicios prestados equivalía a discreción, una discreción que sabía no respetaría si alguien mejoraba su oferta. Sabía que si alguien preguntaba por él, cedería ante otro pequeño chantaje facilitando la información errónea que él le acababa de proporcionar de forma deliberada. Si la persona que imaginaba estaba tras sus pasos y se le ocurría la insensata idea de seguir su rastro hasta Siena, él ya estaría en un tren con destino a Roma para coger un vuelo y desaparecer de allí para siempre.

—*Grazie mille, signore.*

Edward se encaminó hacia las escaleras a paso tranquilo sabiendo que estaba siendo observado aunque por dentro quisiese echar a correr para huir de allí cuanto antes para ponerse en contacto con Patrick. Las cosas no estaban saliendo como había previsto. El plan era que Hilda se encontrase con él después de medianoche, aprovechando la partida mensual de póker que su marido celebraba con varios amigos. El Alfa Romeo le esperaba escondido entre la espesa maleza del bosque situado a pocos metros de su residencia. Después de haberse despedido de ella ante los ojos de su hijo al que vislumbró desde la esquina cuando ya era demasiado tarde, supo que tenía que actuar con rapidez. Se preguntaba qué diablos hacía aquel estúpido mocoso merodeando por aquellas callejuelas. Lo había subestimado y el mero hecho de pensar que podía haber estado siguiendo sus pasos durante los últimos días le puso los pelos de punta. Se había dirigido precipitadamente hasta la comisaría de policía para denunciar el robo de su vehículo que estaba en régimen de alquiler. Dado que había utilizado un pasaporte falso tanto para la operación de alquiler como para la denuncia, sabía que tarde o temprano la policía comenzaría a atar cabos, más aún cuando el vehículo, ya limpio de todo vestigio de huellas, se despeñara por aquellas pronunciadas pendientes en mitad de una noche que afortunadamente amenazaba con tormenta lo que haría más creíble la hipótesis del accidente por un fallo en el mecanismo de frenada. Si Hans lo descubría no se tardaría en dictar una orden de búsqueda y captura del fugitivo norteamericano. Si todo salía como esperaba, él ya estaría volando rumbo a Nueva York desde Roma donde a su llegada hacía varias semanas se había registrado en un apartamento de la Via del Corso y del que entregaría las llaves a su propietario una vez estuviese allí bajo su verdadera identidad y con el aspecto por el que se le conocía en su auténtico pasaporte.

Le quedaba algo más por hacer. Depositó su maleta sobre la cama y la abrió. Dejó a un lado un par de camisas y encontró lo que buscaba. Una pequeña Olivetti último modelo que había comprado al contado en una tienda de Florencia y que le serviría para completar la última pieza de su cavilado plan. En caso de que nada saliese como tenía previsto, la carta que estaba a punto de redactar se encargaría de alcanzar el objetivo. De una funda de plástico extrajo un par de cuartillas y un sobre que había sustraído del consultorio el día de su primer encuentro sexual con Hilda aprovechando un momento de descuido. Utilizó unos guantes de usar y tirar para meter la cuartilla en el rodillo y comenzó a escribir.

Capítulo cinco

—¿*S*e puede saber de qué va todo esto? —le preguntó Enrico sujetando a Dieter por el codo y llevándoselo a un lugar apartado de la concurrida terraza de su casa.

—He llegado a tiempo ¿no?

—Estás blanco como la pared. ¿Qué ha sucedido?

—No ha sucedido nada. Vengo corriendo y me he mareado un poco, eso es todo. La verdad, no me siento muy bien. Creo que debería marcharme.

—De eso nada. Tienes que llevar a Loira a su casa ¿recuerdas?

—Mierda —masculló—, lo había olvidado.

—Eh, vamos… tranquilo, amigo. Vamos a beber algo antes de que nos tengamos que meter dentro porque me parece que va a caer una gran tormenta. Mira, allí está Mónica, la que te hace ojitos cada vez que apareces.

Dieter lo siguió, si bien en ese momento lo que menos le apetecía era hablar de chicas.

Hans dejó el vehículo aparcado en un hueco libre de la Piazza Signorelli. Desde allí salió a la Piazza della Repubblica para adentrarse en la Via Nazionale. Se detuvo frente al hotel en el que se alojaba el supuesto William Stevenson e hizo acopio de toda la moderación y discreción de la que fue capaz.

—¿Podría ponerme en comunicación con el señor William Stevenson? —preguntó sin siquiera dar las buenas tardes.

Mauro se preguntó qué demonios sucedía con aquel huésped por el que de la noche a la mañana tanta gente se molestaba en preguntar.

—Me temo que no va a ser posible. El señor Stevenson ha abandonado el hotel hace poco menos de una hora.

—¿Que ha abandonado el hotel?

—Sí, señor. Liquidó la cuenta y se marchó.

Hans procedió con cautela. Giancarlo podía haber coaccionado al joven recepcionista para tener acceso a determinada información de carácter reservado, pero todo el mundo conocía los trapicheos de Giancarlo en muchos kilómetros a la redonda y no le convenía en absoluto ser relacionado con él. Supo que tenía que hacer lo imposible para no parecer enojado ni alterado ante la noticia de la repentina marcha del americano.

—Vaya... menuda decepción. Quería agradecerle personalmente las atenciones que ha tenido con mi familia durante su estancia en Cortona. Habíamos quedado en que pasaría por aquí para invitarlo a cenar a mi casa antes de su partida. Me preocupa que le haya sucedido algo para que se haya marchado sin avisarnos. Es tan impropio de él. ¿Tiene usted alguna idea de lo que puede haberle empujado a tan inesperada partida?

—Lo siento, señor —respondió Mauro dispuesto a sacar provecho de la situación una vez más. Nunca venía mal una inyección de fondos a su lastimosa economía. Agradecía haber hecho doble turno porque de no ser así no habría tenido la oportunidad de agenciarse una sustanciosa cantidad.

—Le estaría enormemente agradecido si pudiera facilitarme algún dato. Me inquieta su actitud. Un familiar está tratando de contactar con él.

Mauro disimuló su malestar. Recordó la llamada del joven americano que había telefoneado hacía varias horas.

—Señor, insisto en que no estoy autorizado para darle esa información.

Hans cambió de táctica. Miró de un lado a otro y se acercó unos centímetros al recepcionista adoptando una posición de complicidad.

—Escúcheme, es vital que me diga su paradero. El señor Stevenson corre peligro. Sé que alguien de sospechosa reputación ha estado indagando sobre los movimientos de mi amigo.

Hans supo que había logrado el efecto buscado a juzgar por el frágil parpadeo de su contertulio.

—Señor, no creo que sea apropiado...

—Le ruego que haga una excepción —le interrumpió Hans—. Yo también le estaré agradecido por su discreción.

Mauro vaciló. Aquello se estaba poniendo feo. ¿Y si se estaba metiendo en algo ilícito?

—No quiero problemas.

Hans vio que el asunto se le iba de las manos.

—Le aseguro que no tendrá problemas. No los tendrá si coopera.

La expresión que se dibujó en el rostro del recepcionista no tranquilizó en absoluto a Hans. Se dio cuenta que iba de mal en peor.

—¿Quiere que recaiga sobre su conciencia?

—No le entiendo.

—Ya le he dicho que su huésped podría correr peligro. Confíe en mí.

—¿Por qué tendría que confiar en usted?

Hans echó mano de su cartera. Tenía que poner fin a aquella conversación que no le conducía a nada. Depositó setecientas liras encima del mostrador.

—Estoy seguro de que esto le hará confiar.

Pietro guardó silencio. Deslizó los billetes en su bolsillo y tragó saliva antes de pronunciarse.

—El señor Stevenson salía en un tren hacia Siena.

—Gracias.

—Jamás he hablado con usted —le aclaró Mauro.

Hans asintió con la cabeza y salió de allí sin decir ni una palabra más.

—¿Sucede algo? —preguntó Hilda observando a su hijo por el espejo retrovisor. No había estado muy comunicativo desde que había subido al vehículo en la casa de los Siccore—. No me parece que te hayas divertido mucho.

—Ha estado con la cara larga durante toda la fiesta —reveló Julia ante lo cual su hermano le lanzó una mirada reprobadora.

—¿Qué ha pasado, Dieter?

—Nada. No tengo que darte explicaciones —le respondió sin molestarse en ocultar su fastidio.

—¿Algún problema con Loira? —preguntó Hilda sabiendo que la amiga de Julia no era del agrado de Dieter.

Julia negó con la cabeza rehuyendo los inquisidores ojos de su hermano. Hilda lo dejó pasar. No le apetecía iniciar una discusión, no en aquel momento en el que tenía que mantener su mente fría como el hielo ante los cambios que se podrían producir en su vida en pocas horas.

Bajó del coche. Dieter pasó por su lado visiblemente malhumorado. Hilda se acercó a él con intención de calmar su malestar.

—Dieter... —comenzó a decir tratando de posar una mano sobre su hombro; sin embargo su hijo rechazó su contacto.

—No me toques. Déjame en paz —masculló alejándose en dirección a la casa.

—Cada día que pasa es más idiota —añadió Julia al ver la confusión y el desconcierto que dominaban su rostro.

Hilda permaneció en pie apoyada sobre el vehículo. No supo si lo que le erizó el vello fue la súbita brisa o el odio grabado en los ojos de Dieter. Sintió varias gotas de agua deslizarse sobre sus brazos. Alzó la vista al cielo para descubrir el despiadado gris de las nubes que lo envolvían. Se preguntó si aquello no era un preludio de la fatalidad ante el disparate que estaba a punto de cometer. Dieter y Julia le perdonarían. Le perdonarían cuando supiesen del verdadero pasado de su idolatrado padre. Un padre que había matado decenas de personas, algunas de ellas con su sanguinaria y cruel colaboración. Era una carga con la que creyó poder seguir adelante. Con el paso de los años se había despreciado a sí misma por todas las atrocidades a las que había contribuido, pero aprendió a vivir con ello. Siempre había creído que con la protección de Hans le bastaría, que a su modo también la amaba por todo lo que le había dado, pero hacía tiempo que la balanza se había decantado. Ella buscaba otro tipo de amor en otros hombres cuando lo único que ellos querían era disfrutar de su cuerpo. Había algo en Hans que los mantenía a raya. Nadie lo había desafiado jamás. Nadie salvo William, el hombre por el que estaba dispuesta a dejarlo todo de la noche a la mañana, el hombre que estaba dispuesto a enfrentarse a las peores consecuencias. Julia y Dieter lo entenderían cuando regresase para buscarlos. El paso que iba a dar terminaría por demostrar que había tomado la decisión correcta.

La suave llovizna comenzó a arreciar. Respiró hondo y comenzó a caminar. Ni siquiera fue consciente de que su hijo la había estado observando tras la ventana del vestíbulo.

Un autobús le había llevado hasta la estación Camucia-Cortona. Agradeció que hubiese comenzado a llover porque aquel brusco cambio de las condiciones meteorológicas había resultado

109

ser la excusa perfecta para viajar prácticamente solo. Los viajeros de las localidades vecinas aprovecharían las franjas horarias más tardías del recorrido para acudir a sus destinos. Antes de entrar en la estación buscó un buzón de correos. Se aseguró de que nadie miraba en su dirección y con un rápido movimiento deslizó el contenido de la funda de plástico en la ranura. Era la carta que poco antes había escrito en la habitación del hotel y que iba dirigida a la Comisaría de Policía de Arezzo.

Para su sorpresa la estación estaba prácticamente desierta, de modo que no tuvo que esperar demasiado para comprar un billete de ida y vuelta a Siena, billete que no utilizaría. Acto seguido buscó los aseos y se encerró en ellos aprovechándose de la escasez de público en las inmediaciones. Atrancó la puerta con su maleta y tardó un tiempo récord en deshacerse de su barba y recortarse el cabello. Metió la cabeza bajo el grifo y tras pasarse el peine para aplacar la ya disminuida mata de pelo contempló el resultado en el desvencijado espejo. Volvía a ser Edward O'Connor. En dos zancadas se plantó delante de la puerta para dejar el camino libre no fuese que a alguien se le ocurriese entrar en ese preciso instante. Abrió su maleta, sacó una camisa oscura y se encerró en el aseo para cambiarse.

Justo cuando abría la puerta para salir entraba un anciano acompañado de su hijo. Edward hizo una leve inclinación mientras se ponía su sombrero a modo de saludo al tiempo que se hacía a un lado sujetando la puerta y dándoles paso. Minutos después estaba frente a la misma ventanilla para comprar el billete que le llevaría a su verdadero destino. Tragó saliva esperando no descubrir ningún signo de reconocimiento por parte de la misma persona que le había atendido minutos antes. No pareció encontrar nada salvo la curiosidad y ese instante de fascinación que su aspecto habitual provocaba en todo tipo de gente. Era algo a lo que estaba acostumbrado.

Preguntó al expendedor de billetes dónde podía hacer una llamada. Le indicó el lugar donde había un servicio de centralita que resultó tener tan solo dos cabinas y ambas estaban ocupadas. Una mujer de mediana edad atendía el servicio. Una vez que le había facilitado los datos del destinatario de la llamada se sentó a esperar. Una de las cabinas quedó libre y la telefonista le hizo una seña para que accediese al interior. Esperó impaciente a que le diesen línea con Niza.

—Hotel Negresco, *bon soir*.

—Quisiera dejar un mensaje para los señores Butler.

—Su nombre, por favor.

—Edward O'Connor.

—*Attendez, s'il vous plaît.*

No tardó más de veinte segundos en oír la voz de Diane Butler.

—¿Edward?

—Diane. Siento no haber podido contactar con vosotros antes.

—¿Dónde estás? Patrick estaba muy nervioso porque no podía localizarte.

—Salgo en un tren hacia Roma dentro de veinte minutos —prefirió no darle demasiados detalles—. Con suerte mañana estaré en Londres hacia el mediodía. No tengo claro aún si volaré desde Londres o desde Shannon hasta Nueva York. ¿Dónde está Patrick? ¿Va todo bien?

—Sí. Todo va bien. Nosotros también regresamos mañana. Peter ha vuelto a hacer de las suyas y tiene la pierna escayolada, de modo que no podemos hacer mucho más aquí. Bryan y Patrick se están divirtiendo. Tu hijo te llamaba solo para comunicarte que regresábamos con antelación. No quería que te preocupases en el caso de que telefoneases al hotel durante estos días y te dijesen que nos habíamos marchado.

—¿Está él ahí?

—No. Se ha ido con Bryan a pasar el resto del día fuera. Han conocido a unas chicas que se alojan en el hotel... y ya sabes, querrán despedirse.

Edward reprimió una sonrisa imaginando a su hijo rompiendo corazones más allá de sus fronteras.

—Diles que aprovechen el tiempo que les queda.

—Se lo haré saber. Nos vemos en Nueva York. ¿Quieres que le diga algo a Patrick?

Edward vaciló antes de hablar.

—Dile... dile que le he echado de menos. Estoy seguro de que le habrían gustado mucho todos los lugares que he visitado.

Diane sonrió al otro lado de la línea. Casi cuatro semanas de separación entre padre e hijo quizás habían servido para que se produjese un acercamiento.

—Y yo estoy segura de que le hará muy feliz acompañarte algún día.

Edward trató de mantener a raya sus emociones.

—Cuida de él hasta que regrese a Nueva York.

—Sabe cuidar bien de sí mismo. Es un O'Connor. Buen viaje, Edward.

—Hasta pronto, Diane.

111

Υ

Salió al exterior. Necesitaba respirar el aire húmedo que desprendía la incesante lluvia. Consultó su reloj y supo que tenía tiempo de sobra para fumarse un cigarrillo. El tren apareció con diez minutos de retraso. Localizó su vagón y buscó su compartimento privado de primera clase. Se lo podía permitir y tratándose de un trayecto de varias horas no le apetecía entablar conversación con nadie. Necesitaba estar solo. Solo quería dormir. No quería pensar en la cadena de acontecimientos que se iba a desatar de un momento a otro en esa singular villa de la Toscana.

Hilda echó el pestillo de su dormitorio, pero cambió de opinión. El comportamiento de Dieter ya estaba siendo sospechoso como para añadir más leña al fuego. La lluvia no había cesado y se preguntó cómo iba a salir de allí en plena noche. ¿Estaría Edward haciéndose la misma pregunta que ella? Iba provista de un par de linternas, pero aun así la perspectiva de caminar campo a través con aquel aguacero era lo que menos habría imaginado después de una semana saturada de altas temperaturas. Sacó una pequeña maleta para meter lo estrictamente necesario. Estaba tan ensimismada en sus pensamientos mientras realizaba aquella tarea que no fue consciente de que Hans había llegado a casa. Salió al pasillo y tras cerciorarse de que el ruido que venía de abajo era de los chicos salió con la maleta. Cuando estaba a mitad de camino del dormitorio de invitados oyó la voz de Hans. Centró su atención en ese hecho y se apresuró a meter la maleta en aquella habitación cuando la puerta del baño se abrió de repente. Dieter salía de ella al tiempo que su madre arrastraba su secreto debajo de la cama. A juzgar por su esfuerzo al arrastrarla no debía estar vacía. Dieter se precipitó por el pasillo hacia las escaleras. Una vez abajo se encontró a su padre que se dirigía a grandes zancadas hacia la pequeña biblioteca. Andaba de un lado a otro con cara de pocos amigos mientras daba profundas caladas a un cigarrillo.

—¿Qué ocurre? —preguntó Hans al ver a Dieter plantado frente a él junto al umbral de la puerta con una lúgubre expresión en su rostro.

—¿Mamá va a dejarnos?

Hans se detuvo.

—¿Cómo dices?

—¿Mamá va a dejarnos?

—¿De qué demonios hablas?

—Ese hombre... —Dieter comenzó a tartamudear. De repente se arrepintió de su decisión. Aquello no era asunto suyo, sin embargo una fuerza imbatible lo empujó a contarlo.

—¿Qué hombre? ¿De qué hablas?

Su padre había pasado de su habitual indiferencia a centrar todos y cada uno de sus sentidos en las palabras que acababa de pronunciar su hijo.

—El... el americano —logró decir Dieter.

Hans miró por encima del hombro de su hijo. Cerró la puerta con sigilo, apretando con tal fuerza el picaporte que creyó que terminaría deshaciéndose en sus manos. Apretó los puños, tomó aire y se encaminó a pasos lentos hacia la mesa. Se apoyó sobre ella mientras prendía una cerilla para volver a encenderse un cigarrillo. Una nube de humo inundó la estancia.

—Cuéntame todo lo que sabes —ordenó Hans.

—¿A qué hora es la partida? —preguntó Hilda mientras retiraba algunos platos de la mesa. Evitó todo contacto visual con Hans. A veces estaba convencida de que le leía el pensamiento y tenía mucho que perder si esa noche lo conseguía. La cena había transcurrido con total normalidad salvando la tendencia de Dieter a evitar participar en la banal conversación mantenida por su padre. No tardó en levantarse de la mesa aduciendo que no tenía hambre. Subió a encerrarse en su habitación y Julia lo imitó. A Hilda no le apetecía en absoluto quedarse a solas con su marido, de modo que pese a los nervios que la devoraban se esforzó por actuar con naturalidad.

—Oh vaya, lo olvidé ¡Qué cabeza la mía! Vittorio se ha visto obligado a anularla.

Hilda agradeció en ese instante estar de espaldas a él encaminándose hacia la cocina. Procuró enderezarse para que no le flaqueasen las piernas. La noticia de la anulación de la partida lo cambiaba todo. Tenía que pensar y rápido.

—Me alegra oírte decir eso. No me apetece que andes por ahí en una noche como esta —le oyó decir Hans mientras la veía desaparecer por la cocina.

Hilda dejó los platos dentro del fregadero al tiempo que su mente trabajaba a máxima velocidad. Abrió un armario y sacó una botella de bourbon. No se molestó en coger un vaso. Bebió directamente de la botella varios tragos que le quemaron la garganta.

—Me has leído el pensamiento… ¿por qué no me preparas una copa?

Hans la sorprendió por detrás rodeándola por la cintura. Sintió sus labios sobre la curva de su cuello y sus lascivas manos deslizándose hacia sus pechos. Hilda respiró entrecortadamente, gesto que Hans interpretó erróneamente pensando que su mujer estaba respondiendo a sus lujuriosas caricias. Hilda supo que tenía que aprovechar el momento. Se giró sobre sí misma y le echó los brazos al cuello mientras él le levantaba la falda. Hans no dudo en dedicarle una mirada cargada de recelo. Si esa noche tenía pensado encontrarse con ese maldito *yankee,* no se iba a salir con la suya.

—¿Por qué no me esperas arriba? Yo te llevaré esa copa —le propuso ella con una peligrosa sonrisa mientras arrastraba una de sus manos por su ancho pecho hasta llegar más allá de la cinturilla de sus pantalones.

Hans trató de controlarse y cedió a sus deseos. Hilda sabía que si su esposo tenía una mínima sospecha de sus intenciones ella acababa de destruirlas con aquel simple gesto.

—No tardes —le ordenó él con voz ronca al tiempo que apartaba su mano.

Solo cuando Hilda estuvo segura de que había abandonado la estancia, empezó a temblarle el pulso. Trató de recuperar la calma. Llenó dos vasos con una generosa cantidad de bourbon. Después rebuscó entre varios cajones hasta que dio con lo que buscaba. Vertió unas gotas de un líquido incoloro sobre uno de ellos y lo removió con la ayuda de una cucharilla. Después vació el resto en el fregadero y lo escondió nuevamente en otro lugar. Tomó aire y se encaminó hacia las escaleras.

La casa estaba en completo silencio. Lo único que se oía era el sonido de la incesante lluvia. El reloj de la mesilla marcaba las once de la noche. Hans dormía como un niño. Tan solo se había bebido la mitad de la copa que le había servido y aun así no había tardado en cerrar los ojos tras haberse saciado de ella con la familiar aspereza que lo caracterizaba. No quería bajar la guardia, pero tenía que salir de allí cuanto antes. Escapó sigilosamente de la cama procurando hacer el menor ruido posible. Hans no había movido un músculo y su respiración parecía tranquila y acompasada, de modo que no vaciló en su propósito y salió al pasillo. Las puertas de las habitaciones de Dieter y Julia se mantenían cerradas. Habría dado lo que fuese por entrar y abrazarlos, pero sabía que regresaría pronto para hacerlo. No tenía ni un minuto que perder.

Anduvo descalza por las escaleras y cruzó el salón de puntillas con la maleta a cuestas para dejarla junto a la puerta de salida de la cocina. Se puso una gabardina y se cubrió la cabeza con un sombrero para resguardarse de la lluvia mientras recorría la distancia que la llevaría junto al vehículo de William. Volvió sobre sus pasos hacia el salón. No se atrevió a encender ninguna luz por temor a despertar a los niños y a Hans así que optó por utilizar una de las linternas. Abrió con cuidado el cajón del *bureau* donde solían guardar los pasaportes. Una sensación de náusea la inundó cuando fue consciente de que el suyo se había evaporado, lo que carecía de lógica porque lo había comprobado personalmente la tarde anterior. ¿Cómo es que había desaparecido? Cuando comenzó a imaginar la respuesta alguien había encendido la luz del salón. Hans estaba al pie de las escaleras, completamente despierto y relajado, sujetando en su mano derecha el objeto de su búsqueda.

—¿Era esto lo que no encontrabas?

115

Edward consultó su reloj. Pasaban veinticinco minutos de las once de la noche. El cielo de Roma estaba despejado cuando abandonaba la estación Termini en busca de un taxi que le condujese al apartamento de la Via del Corso. No quiso pensar en Hilda, pero era inevitable no hacerlo. El mero hecho de imaginarse lo que podría estar sucediendo en ese mismo instante en Cortona le hizo estremecer. No quiso cuestionarse la indiscutible inmoralidad de sus actos al haberse tomado la justicia por su mano porque sabía que se había condenado para toda la eternidad. Se retractó de sus pensamientos. Su condena la originó Steiner al haberle arrebatado no solo a la esposa y madre de su hijo, sino también a tantos otros que habían luchado por una causa justa. Pese a todo, pese a su firme convicción de que se había visto obligado a tomar la única vía posible, no pudo eludir la desazón que lo agarrotaba. La venganza no le reconfortaría, no acabaría con el dolor de la pérdida por una razón muy sencilla: Erin jamás volvería.

ϒ

Hilda quiso morir en aquel instante. No pudo abrir la boca, quizá porque no tenía nada que añadir. Hans sacudía en el aire su pasaporte mostrándole una sonrisa que habría helado el mismísimo desierto. Descendió un escalón más y se acercó a ella dando pasos cortos y deliberadamente lentos. Lanzó el pasaporte sobre la mesa.

—Adelante. Todo tuyo.

—¿Lo sabías?

—Pensabas hacerlo. Pensabas abandonar a tus hijos. Pensabas abandonarme a mí, a la única persona que te sacó de las cloacas.

—Estaba dispuesta a regresar a por ellos para darles lo que tú jamás has podido darles.

—Les he dado mucho más que tú. Mucho más de lo que jamás nadie podrá darles.

—Nunca les abandonaría.

—Pero sí a mí.

—Tú no me amas de la forma que una mujer desea ser amada.

Hans estalló en una carcajada. Hilda se sobrecogió retrocediendo unos pasos mientras sus ojos se centraban en la planta de arriba. Temía que los chicos despertasen. No quería que presenciaran aquella escena.

—¿De veras te crees en la posición de ser amada por alguien que no sea yo?

—Te quise una vez, Hans.

—Te equivocas. Yo fui quien te quise. Yo fui quien lo hizo todo por ti. Sabes que no tenías nada que ofrecer. Te ofrecí un techo, te lo di todo —le recordó.

—¿Y solo por esa razón tengo que seguir enterrada de por vida en este lugar?

—De modo que se trata de eso. No tienes bastante con todo esto. Nunca tienes bastante.

Hilda se enfrentó a su despiadada mirada. Tenía que poner punto y final a aquel disparate.

—Ya no te amo, Hans —le dijo finalmente.

Hans no se movió, no pestañeó, guardó silencio. Un silencio que Hilda, por primera vez en su vida, no sabía cómo interpretar.

—Él no es quien tú piensas. Te ha engañado.

—Acéptalo, Hans. No vas a conseguir hacerme cambiar de opinión —le hizo saber tratando de ganar terreno. Guardó el pasaporte en el bolsillo de su gabardina y se encaminó con paso firme hacia la cocina.

116

—No te servirá de nada. Él ya no está. Ahórrate el esfuerzo. Se ha marchado.

Hilda se detuvo.

—¿De qué hablas? —preguntó sin moverse.

—Ve y compruébalo tú misma. Estaré aquí cuando regreses. Te guste o no este es tu lugar. No tienes ni tendrás una oferta mejor.

Hilda se giró hacia él clavándole los ojos como dos espadas afiladas.

—Si le has hecho algo, te juro que…

—Se ha largado de Cortona.

—Mientes.

—Ahora eres tú quien tiene que aceptarlo. No vuelvas hasta que no hayas asimilado que te han vuelto a utilizar.

Sin añadir nada más se giró sobre sus talones y subió las escaleras. Lo siguió con la vista y descubrió a Dieter al otro lado de la barandilla. Hans lo sujetó por los hombros y lo obligó a regresar a su dormitorio.

Hilda creyó que moría por dentro. No podía creer las crueles palabras de Hans. Se negaba a creer que lo que había compartido con William no había sido más que una farsa. Corrió hasta la cocina, agarró su maleta, sacó las llaves del coche de un cajón, abrió la puerta y salió a fundirse en la tenebrosa oscuridad de la noche. No pensaba perder tiempo. Si Hans había descubierto su plan de huida de nada servía caminar bajo la lluvia para buscar el vehículo de William. Conduciría su vehículo. Nada la detendría. No haría caso de las falsas acusaciones de Hans.

117

Mientras Edward trataba de conciliar el sueño en Roma, Hilda conducía sin rumbo fijo, desalentada y destrozada tras haber descubierto el mayor engaño de su vida. Se detuvo a pocos metros de su casa. Lloró postrada sobre el volante hasta que ya no le quedaron lágrimas. Se lo tenía merecido. Todo lo que le sucedía era el resultado de sus actos en el pasado. Jamás podría ser feliz. Hans había andado sobrado de razones para haberle dedicado aquellas crueles palabras. Estaba destinada a estar junto a él porque nadie la querría. Nadie vería más allá de un cuerpo y una cara bonita porque todo aquel que quisiese ver más allá solo tropezaría con una mujer desprovista de alma. Hans le había dicho que no regresase hasta haber asimilado que la habían vuelto a utilizar. El problema radicaba en que esta vez no podría asimilarlo. No regresaría jamás. Giró bruscamente en dirección al monte pisando con fuerza el acelerador. Lloraba de impotencia mientras el agua de la maldita lluvia seguía azotando sin piedad la luna delantera. Incrementó la velocidad aun sabiendo que debía frenar ante las curvas cada vez más pronunciadas de la arriesgada y angosta carretera. A cada frenada el subidón de adrenalina le hacía bajar la guardia. Las ruedas chirriaban sobre el asfalto mojado.

—Julia, Dieter. Espero que sepáis perdonarme.

Pisó a fondo el acelerador en la siguiente curva. El vacío de su alma halló el compañero perfecto en el vacío de la noche.

La lluvia de la noche anterior había dado paso a un claro amanecer. La descarga de agua barrió la atmósfera de impurezas haciendo del cielo un lugar perfectamente azul, limpio y despejado. Hans no había logrado pegar ojo esperando a que Hilda regresase. Durante los pocos minutos en los que consiguió cerrar los ojos creyó haber oído ruidos en el piso de abajo. Seguramente se trataría de ella, que como era de esperar regresaba a su guarida, despechada y herida ante el abandono del miserable O'Connor, ese cobarde que se creía el salvador del mundo cuando ni siquiera fue capaz de salvar a los suyos. Ese cobarde que había creído que podía arrebatarle a Hilda y que había huido como un gallina en el instante en que su estúpido plan de venganza se le iba de las manos.

Abrió los ojos de par en par. ¿Estaba soñando despierto? Escuchó varios golpes que procedían del exterior de la casa. Aguzó el oído para descubrir que estaban aporreando la puerta con fuerza. Dejaron de hacerlo cuando alguien acudió a la llamada. Hans se levantó y abrió una de las ventanas dejando que el olor a hierba y tierra mojada impregnase la estancia. Oyó pasos que subían precipitadamente por las escaleras. Dieter entró sin llamar.

—Dos hombres preguntan por ti. Son policías.

—¿La policía? —preguntó desconcertado.

Julia también hizo su entrada en ese instante.

—¿Dónde está mamá? No está en el cuarto de invitados —añadió.

Hans los miró a ambos sin saber qué decir.

—La policía quiere hablar contigo. Esperando abajo —insistió Dieter con una expresión que no daba lugar a buenos presagios.

—Hijo, ve a preparar el desayuno. Diles que bajo enseguida. Voy a vestirme.

Ambos chicos permanecieron en el umbral de la puerta con semblantes preocupados.

—Vamos, moveos. Largo de aquí —gruñó Hans empujándolos hacia la salida y cerrando la puerta.

Los policías, que habían tomado asiento en uno de los sofás del salón, se pusieron en pie en el momento en que divisaron la imponente figura de Hans bajando las escaleras.

—Señor Steiner —pronunciaron ambos al unísono.

El de menor estatura extendió su mano mientras con la otra sujetaba su sombrero oficial.

—Soy el sargento Polti. Él es mi compañero, el inspector Martelli.

—¿Qué puedo hacer por ustedes? —preguntó Hans al tiempo que correspondía al saludo de los agentes.

—Quisiéramos hablar con usted —dijo el inspector con una expresión que Hans se vio incapaz de descifrar.

—Adelante —se ofreció Hans.

—En privado —reiteró el policía desviando sus ojos momentáneamente hacia algún lugar detrás de Hans. Este se volvió para ver a sus hijos asomados por el hueco de la puerta de la cocina.

—Pueden hacerlo delante de ellos. Son mis hijos, no unos extraños.

—No creo que sea buena idea —aconsejó el sargento Polti.

—Está bien. Acompáñenme —les indicó Hans encaminándose hacia la biblioteca.

Los agentes le siguieron. Hans se hizo a un lado para dejarles entrar y cerró la puerta no sin antes fijarse en las miradas interrogantes y asustadas de sus hijos.

—Tomen asiento, por favor.

Así lo hicieron los agentes. El inspector Martelli fue quien tomó la palabra.

—¿Dónde está su esposa, señor Steiner?

—No está aquí.

—Lo sabemos. Su hijo me lo ha dicho cuando hemos entrado. Lo que nos extraña es que no haya denunciado su desaparición.

—¿Desaparición? —preguntó con una clara expresión de estupefacción.

—Si no ha pasado la noche en su casa, esa es la hipótesis más probable, ¿no lo cree así?

119

—No es la primera vez que pasa la noche fuera —le aclaró.

—¿Qué quiere decir con que no es la primera vez que pasa la noche fuera?

—Mire, agente. Mi esposa y yo discutimos, pero regresará. Siempre lo hace.

Ambos agentes intercambiaron miradas.

—¿Ha pasado usted aquí la noche? —preguntó Polti.

—Por supuesto, ¿dónde iba a pasarla si no? ¿Qué es lo que…? Un momento, ¿qué está sucediendo aquí?

Polti lanzó una mirada de recelo a su compañero. El alemán parecía genuinamente aturdido. O eso o era un redomado mentiroso.

—Siento comunicarle que su esposa ha sido encontrada hace apenas una hora. Su vehículo se precipitó por un barranco en la salida de una curva muy pronunciada en lo alto del monte. Una caída mortal.

Hans permaneció petrificado con la mirada en suspenso puesta en los policías. Tomó asiento porque se percató de que las piernas no le respondían. Su gesto impertérrito comenzó a disiparse para transformarse en pura agonía. Su rostro se desfiguró hasta el punto de no poder ocultar el terror que le producía el hecho de pensar en todas y cada una de las probabilidades de que Edward O'Connor estuviese detrás de la cadena de acontecimientos que habían desembocado en la muerte de su esposa.

Se cubrió el rostro con ambas manos mientras apoyaba los codos sobre sus rodillas. En pocos minutos la soberbia frialdad que lo distinguía se esfumó dando paso a un rostro cuyos rasgos aparecían claramente desdibujados por el terrible golpe de infortunio que acababa de recibir. Los agentes no se dejaron intimidar por su reacción, no lo harían hasta que tuviesen los cabos bien atados.

—Creo que no es el momento más adecuado para continuar con el interrogatorio. Aunque es evidente que la identidad de la persona fallecida es la de su esposa, le agradeceríamos que nos acompañara al depósito para identificar el cadáver —anunció Polti no muy convencido de la imagen de hombre despedazado por el dolor. Ese tipo nunca le había gustado.

Hans alzó la vista para clavar sus glaciales ojos en sus visitantes.

—¿Interrogatorio? ¿Me está diciendo que soy sospechoso?

—Señor Steiner, permítame aclararle que es el procedimiento habitual. En casos como este es de lógica comenzar haciendo las preguntas en el domicilio de la fallecida. Los parientes más cercanos son siempre los primeros en ser interrogados —le explicó el inspector Martelli.

—De acuerdo —dijo finalmente sabiendo que no tenía elección. Se puso en pie nuevamente y los agentes lo imitaron.

—Una profesora de la escuela ha accedido a atender a sus hijos mientras usted nos acompaña al depósito y a la comisaría —dijo Polti.

—No pienso dejar a mis hijos en manos de una desconocida.

Los agentes hicieron caso omiso a su comentario. Se acercaron a la puerta para salir al exterior.

—Le esperaremos fuera mientras charla con ellos. Tómese el tiempo que necesite —le aconsejó Martelli.

Ambos salieron de la biblioteca. Hans no supo cuánto tiempo permaneció ausente, ajeno a la siniestra realidad que lo envolvía. Fue la voz de su hija Julia la que le despertó del estado de abstracción en el que se hallaba sumido.

—¿Dónde está mamá? —preguntó con los ojos de alguien que huele la tragedia.

La miró sin saber qué respuesta proporcionarle. Dieter apareció tras ella, con las mismas preguntas reflejadas en esos ojos que no expresaban más que rencor.

—Mamá nunca regresará. Ha sufrido un grave accidente —respondió sabiendo de antemano que el hecho de adornar la realidad con palabras sin sentido no disminuiría el dolor y la rabia.

121

Julia reprimió las lágrimas. No podría llorar delante de su padre. Llorar era signo de debilidad y de cobardía. Buscó consuelo en los ojos de su hermano pero este ni siquiera se dignó mirarla. Julia salió corriendo de allí sollozando.

—Julia, ven aquí.

Hans fue tras ella. La alcanzó y la abrazó consolándola. Nunca había consolado a nadie y no supo cómo reaccionar ante aquella desbordada exposición de la pena contenida por la pequeña.

—Ha sido él, ¿verdad? Ha sido todo por culpa del americano —sentenció Dieter.

Hans se había equivocado. No era hacia él a quien apuntaba esa mirada de odio. Dieter odiaba a ese desgraciado tanto o más que él.

—Nadie debe saber lo que me contaste, Dieter —decretó sin contemplaciones.

Hans supo que si se destapaba la relación de Hilda con William Stevenson, tarde o temprano todo saldría a la luz. Contaba con pocas vías de salida salvo el silencio. Tenía que pensar en todo lo que se le venía encima en aquel momento. Más tarde buscaría la manera de abandonar aquel lugar en el que pensó que jamás lo encontrarían. Había subestimado a aquel malnacido. En aquel momento no pudo pensar, solo deseó encontrarse en el mismísimo infierno con ese abominable sujeto.

—Pero él ha sido quien... —se quejó Dieter.

—Nadie ¿me oyes? —le interrumpió mostrándole un dedo amenazador—. Nadie debe saberlo jamás.

Hans se centró en Julia que se aferraba a él emitiendo débiles sollozos de desconsuelo.

—Vamos, cariño. Te prepararé un chocolate caliente. No llores. Mamá no querría verte llorar —le dijo con voz suave tratando de confortarla.

Dieter había captado el mensaje. No dijo nada. Se dio media vuelta y atravesó el salón en dirección a las escaleras.

Hans lo detuvo. No le convenía mostrarse tan duro con él. En ese instante estaba perdido y la hostilidad que anidaba en su interior podía tener consecuencias irreparables.

—Vamos, Dieter. Ven con tu hermana.

—Quiero estar solo.

—No lo pongas más difícil. No es momento para estar solo. Tenemos que estar unidos.

Dieter accedió, pero no pronunció palabra durante todo el desayuno. Julia se mantuvo ocupada devorando un bizcocho tras otro para evitar un reguero de lágrimas.

Llamaron a la puerta. Hans se puso en pie y cruzó el salón para abrir. El inspector Martelli venía acompañado de una mujer menuda de mediana edad.

—Marina Belucci —se presentó ella misma extendiéndole la mano—. Soy la profesora de Dieter.

—Adelante —le dijo Hans apartándose a un lado para dejarla pasar.

—El agente Polti nos espera en el coche.

—Un minuto, por favor.

Hans volvió a entrar en la cocina.

—La señora Belucci ya está aquí. Salid a saludarla. Os irá bien hablar con ella, y recordad lo que os he dicho —dijo clavando los ojos en Dieter.

Minutos después la policía de Cortona conducía a Hans Steiner a identificar a su esposa en el depósito y posteriormente tomarle declaración en comisaría.

Cementerio de la Misericordia, Cortona

*F*ue un concurrido funeral al que había acudido la mayor parte de la población de Cortona y de los alrededores. Hans estaba convencido de que la mayoría de los allí presentes no habían venido al cementerio para presentarle sus respetos sino más bien para observar en primera persona la reacción del singular alemán ante el sepelio de su esposa después de la brusca e inesperada forma en la que había perdido la vida.

Los Siccore se encargaron de sacar a sus hijos de allí en el momento en el que el sacerdote puso fin a la lúgubre ceremonia. Hans observó por el rabillo del ojo al inspector Martelli y al sargento Polti mientras rostros conocidos y no tan conocidos desfilaban frente a él para ofrecerle sus condolencias. Un vehículo oficial se detuvo a la entrada y de él descendió el comisario Lagana. Pudo apreciar desde la distancia su semblante adusto y reservado que nada tenía que ver con el que mostraba hacía tan solo tres días cuando ambos se cruzaron en las inmediaciones de la Piazza Signorelli.

Los agentes se unieron al comisario y el trío miró en su dirección. Lagana susurró algo al oído de Martelli, el cual asintió con la cabeza y le hizo un gesto a su compañero. Acto seguido se apartó de ellos y comenzó a caminar hacia donde Hans se encontraba, quien en ningún momento perdió de vista a los policías. Su sexto sentido le avisó de que no habían venido a curiosear. No le quitaban ojo y esperaban pacientemente a que se pusiera fin a aquel cortejo de mirones. Estaban vigilando.

Cuando Lagana se detuvo a un par de metros de él presintió que algo grave sucedía. Buscó con la mirada a los Siccore. Por un momento pensó que los chicos podían haber hecho una de las suyas, pero no fue así.

—Si me disculpan —le dijo al que creyó reconocer como profesor de la escuela de Julia y algunos asistentes que aún quedaban por los alrededores.

El pequeño grupo se dispersó mientras Hans se acercaba al comisario.

—No sé si sería correcto darte el pésame —le dijo pasándole el brazo por el hombro en gesto de complicidad como si ambos estuviesen compartiendo el dolor de la pérdida.

Hans se movió incómodo pero la mano de Lagana presionó con fuerza su hombro.

—Sigue caminando conmigo —le dijo en voz baja—. Demasiada gente. No me parecía adecuado proceder a una detención delante de media provincia de Arezzo y menos aún delante de tus hijos.

—¿De qué…?

—Mejor no digas nada. Ya sabes que cualquier cosa que digas puede ser utilizada en tu contra en un juicio.

—¿Juicio? ¿Se puede saber qué…?

—Sube al coche, por favor —le ordenó empleando un tono de voz neutro.

Lagana lo acompañó no sin antes hacer una señal al vehículo del sargento Polti que les seguía de escolta.

—Mal día para regresar a comisaría —apuntó Martelli a través del espejo retrovisor.

—¿Quieres explicarme qué demonios está sucediendo aquí? —preguntó Hans a Lagana claramente alterado.

—La investigación ha tomado un rumbo inesperado.

—¿Investigación? Creía haber dejado claro que…

—Tenemos en nuestro poder una carta —le interrumpió el comisario.

Hans no pudo evitar removerse nervioso en su asiento; sin embargo su rostro evidenció una total ausencia de temor ante lo que se avecinaba.

—¿Una carta?

—Una carta que fue remitida desde el puesto de correos de la estación Camucia-Cortona el día de su muerte. Una carta que deja abiertas muchas otras vías en lo que se refiere a las causas de ese accidente mortal.

Lagana supo que esta vez sí que le había pillado por sorpresa. Lo que no podría haber averiguado en cien años era quién estaba detrás de todo aquello. Solo Hans podía mostrarle la verdad y si lo hacía tenía mucho más que perder.

—Yo no lo hice, Giovanni.

—Tendremos tiempo para discutir tu culpabilidad. La presunción de inocencia también existe en este país —le respondió llevándose una mano a su bolsillo. Extrajo un plástico que guardaba la carta recibida en Comisaría esa misma mañana. Se la entregó.

—Está escrita a máquina, maldita sea. Eso reduce un tanto por ciento muy elevado las posibilidades de que sea ella quien la haya escrito y en cuanto a esa firma, cualquiera podría haberla falsificado.

—Limítate a leerla —le ordenó.

Hans tragó saliva y obedeció.

Nada es lo que parece. Creí que el paso del tiempo intensificaría el grado de olvido, sin embargo lo que a simple vista parece perfecto no lo es. Me paso los minutos, las horas, los días, tratando de ser feliz y preguntándome al mismo tiempo si tengo derecho a serlo porque por mucho empeño que ponga en ello nunca lo consigo. Y siempre llego a la misma conclusión. Llevo el mal en mí al igual que tú, Hans, incluso a veces me aterroriza ver ese inexplicable vacío en los ojos de Dieter. Tan solo Julia ha parecido librarse de las atrocidades que han quedado grabadas en nuestras retinas para recordarnos la depravación y el horror del que fuimos partícipes como meros espectadores de un circo. No es posible olvidar. Huimos de Alemania creyendo que podríamos estar a salvo de nuestro siniestro pasado pero ni en el lugar más paradisíaco y recóndito del universo se puede eludir la responsabilidad de tanta muerte sobre nuestras espaldas. Hans, no puedo seguir encerrada en este particular mundo que tú has creado arrastrando conmigo unos recuerdos de los que jamás creí poder avergonzarme y que ahora no me dejan estar en paz conmigo misma. No puedes seguir reteniéndome y obligándome a guardar silencio sobre algo que sigue corrompiendo mis ya corruptas entrañas. Has querido hacerme creer que soy como tú durante todos estos años y quizá tuvieses razón, pero se acabó, Hans.

Quien a hierro mata, a hierro muere.

HILDA KLEIN STEINER

Hans disimuló vagamente un leve temblor de su muñeca cuando devolvió la carta a Lagana. No dudaba de la identidad de la persona que tecleó aquellas palabras llenas de resentimiento y solo por esa razón a Hans en ese instante una oleada de odio lo devoró,

125

añorando más que nunca los tiempos del Führer. Habría vendido su alma por volver a aquellos años en los que se le respetaba, en los que se le temía. Se habría vendido al mismísimo diablo por regresar al día en que Edward O'Connor perdió a su zorra judía. Habría hecho las cosas de otra manera. La habría matado delante de él una y otra vez. No. No se arrepentía como sabía que Hilda se había llegado a arrepentir. Si tantos estúpidos idealistas como él no hubiesen intervenido en el proceso de creación de la nueva Alemania, él y muchos otros como él no estarían recluidos lejos de la gran nación que su patria habría podido llegar a ser.

—Esta carta es una estupidez —le replicó con soberbio talante—. Puedo explicarlo.

—Por supuesto que lo explicarás porque vamos a tomarte declaración. Si quieres que un abogado esté presente podrás llamarlo en cuanto lleguemos a la jefatura. En cuanto a tus hijos, los Siccore están al tanto y se quedarán con ellos mientras tratamos de esclarecer todo esto.

—Te repito que yo no he tenido nada que ver en la muerte de mi esposa. Esto es claramente una nota de suicidio.

—¿De veras? Creí haberte oído decir que esa carta podría haberla escrito cualquiera.

—Y lo sigo manteniendo.

—Hans, la verdad terminará saliendo a la luz. Sea lo que sea lo que hiciste en tu pasado eso es algo que los tribunales tendrán que decidir. Yo solo estoy cumpliendo con mi deber.

—¿Mi pasado? ¿Qué tiene que ver mi pasado con el accidente de mi esposa? —preguntó empezando a perder la calma.

Lagana sabía que el alemán se estaba viendo rodeado por un círculo de fuego que cada vez se avivaba más.

—No nos gusta que en nuestro pueblo se haya instalado un criminal de guerra.

Hans no se movió. El agente Martelli no perdía detalle de la conversación. El vehículo se detuvo frente a la entrada principal de la comisaría.

—Quiero hablar con mis hijos —exigió Steiner sin mostrar alteración.

—Tendrás tiempo de hacerlo cuando acabemos con lo que hemos venido a hacer aquí.

—No. Primero tengo que hablar con ellos. Después responderé a vuestras preguntas.

Martelli no pronunció palabra. Lagana se lo pensó durante unos segundos. Estaba hastiado con aquel caso y el mero hecho de haber descubierto esa nueva cara de Steiner lo estaba enervando. Tenía que controlarse si no quería provocar un problema mayor.

—Está bien —dijo al tiempo que hacía una seña a su compañero a través del espejo retrovisor.

Martelli abrió la puerta y se bajó del vehículo para acercarse a Polti que lo seguía. Hans observó como ambos se decían algo y asentían al unísono. Martelli regresó y se puso nuevamente al volante.

—Polti se encargará de llevarlos a su casa. Esperaremos a que hable con ellos y nosotros regresaremos a Comisaría. Le he dicho que pida refuerzos.

Steiner asintió sin aparentar alarma e inquietud tras el último comentario del agente.

—Adelante entonces —concluyó Lagana con cara de pocos amigos no fiándose de la arrogante e indiferente actitud del alemán.

Aún no había llegado el agente Polti con sus hijos, pero sí los refuerzos. Hans entró en su casa seguido por Lagana.

—Le agradecería que respetase un poco mi intimidad. Si no lo hace por mí, hágalo por mis hijos que deben estar a punto de llegar.

—Lo siento, pero mucho me temo que alguien tendrá que quedarse aquí dentro. Es el protocolo.

—No me voy a escapar si es eso lo que está pensando.

—En este instante le aseguro que no sé qué pensar.

Hans le lanzó una mirada hermética y Lagana le siguió hasta una habitación que resultó ser una acogedora estancia llena de estanterías repletas de libros. Ambos volvieron la cabeza a la vez cuando desde el interior avistaron un nuevo vehículo oficial del que bajaron sus hijos acompañados de la señora Siccore y de la señora Belucci, la profesora que les atendió el día en el que tuvo lugar el desafortunado accidente.

—Dígales que les espero aquí. Quisiera estar solo unos minutos antes de…

—De acuerdo —accedió Lagana pensando no en él sino en esas dos criaturas que ya estaban pagando los pecados de sus progenitores. Se marchó de allí, pero una vez más la altiva voz de Steiner lo retuvo.

—Una cosa más.

Lagana se mostró impaciente.

127

—Si algo me sucediese prométame que mis hijos regresarán a Alemania.

El comisario no pudo ocultar su sorpresa ante semejante petición.

—No adelante acontecimientos.

—Prométalo —insistió Hans sin cambiar un ápice su dura expresión.

—Hablaremos de eso en otro momento —le respondió saliendo de allí y cerrando la puerta tras él.

Todo sucedió en el transcurso de un minuto escaso. El *clic* de un cerrojo tras aquella puerta, Dieter y Julia Steiner traspasando el umbral de la bella residencia mediterránea que pisarían por última vez, la súbita alarma dibujada en los ojos de Lagana al comprender las intenciones de Steiner ante el deseo de quedarse solo y encerrado en aquella habitación, sus últimas palabras pronunciadas que en ese instante adquirirían el más espeluznante de los sentidos, y para finalizar el estallido de un disparo que retumbó como un perverso eco contra las paredes de toda la casa.

Lagana corrió hacia la puerta y no dudó en asestar un balazo a la cerradura para entrar. Hans yacía sentado frente a la mesa con el cuerpo inerte sobre su superficie. Un charco de sangre rodeaba parte de su rostro y su cráneo parcialmente destrozados por la detonación. Un apocalíptico grito escapó de las entrañas de Dieter, quien se había zafado de los brazos de uno de los agentes de refuerzo para correr en auxilio de su padre. Martelli consiguió apartarlo de la tétrica escena con la ayuda de Lagana. Afortunadamente la profesora y la señora Siccore reaccionaron con rapidez sacando a Julia de allí inmediatamente.

El comisario abrazó a Dieter con fuerza tratando de aplacar su ataque de rabia ante lo que acababa de presenciar. Recordó la última frase de la carta de Hilda. Quien a hierro mata, a hierro muere.

Capítulo seis

*H*elga Khol se inclinó sobre el adormilado rostro de su hija para palparle la frente. Julia abrió los ojos.

—No tengo fiebre, mamá. Deja de preocuparte porque solo ha sido un pequeño mareo. La doctora me ha dicho que todo marcha perfectamente. Está cuidando de mí como si fuese su hermana pequeña.

—¿Me pregunto qué querrá a cambio? —preguntó contemplando cada detalle de aquella habitación que su hija no podía pagar.

—No seas mal pensada. Tuve suerte de que se cruzara en mi camino. Si no hubiera sufrido aquel leve mareo a la salida del metro no habría tenido la oportunidad de conocer a Claudia.

—Perdóname Julia, pero no me fío de ella y menos aún de ese socio del que siempre habla, pero al que jamás hemos visto ni sabemos su nombre.

—Lees demasiadas novelas policiacas —le dijo tomándola de la mano esbozando una sonrisa—. Se supone que su socio es quien ha puesto el dinero para montar esta clínica y ella ha aportado sus conocimientos.

—Es que es tan fría y tan parca en palabras. No parece italiana. Los italianos son expresivos, gesticulan, hablan desde el alma. Sin embargo esta mujer parece desprovista de ella.

—Ese carácter es lo que le ha hecho llegar tan lejos. Tiene mucho mérito haber llegado de otro país y haber tenido la valentía suficiente para salir adelante al mismo tiempo que se estudia una carrera como la de medicina. Deberías admirarla en vez de desconfiar de ella.

—No sé. Esa historia de que fue madre soltera y que tuvo que dar a su hijo en adopción porque no podía hacer frente a semejante responsabilidad… no me parece muy creíble.

129

—¿Y no te has parado a pensar que quizá sea precisamente ese hecho de su vida pasada el que la está llevando a profundizar más en mi caso? Posiblemente quiera hacer por mí lo que no pudo hacer en su momento por su hijo.

—No pretendo hacerte cambiar de opinión. Solo sé que esto es una clínica privada que no te puedes permitir. Me parece fantástico que estés recibiendo la mejor de las atenciones, pero no quiero que esa mujer se aproveche de tu juventud y de tu delicada situación para...

—¿Para qué? —Julia ya sabía adónde quería llegar—. ¿Crees que va a pedirme que le entregue a mi bebé a cambio de todos estos cuidados gratuitos?

—No sería la primera vez que ocurre.

—Yo también pensé en ello.

—¿Y?

—Le dejé bien claro que quería seguir adelante con el embarazo. Deseo esto más que nada en el mundo y jamás me desharía de él por muy precaria que llegara a ser mi situación.

—Me alegro de que le hayas dejado eso claro. Pensemos que hace todo esto con la única finalidad de que algún día le devuelvas el favor no cobrándole honorarios por tus servicios como abogada.

Julia sonrió.

—Lo haré encantada.

—Deberías descansar, cariño. No te viene bien continuar con este ritmo; no en tu estado. Por lo menos haz caso a la doctora y continúa aquí hasta que des a luz.

Julia tomó la mano de su madre adoptiva entre las suyas en un gesto afectuoso y tranquilizador.

—Me faltan aún casi cinco semanas para salir de cuentas. No estoy enferma. Solo estoy embarazada. Tú también has pasado por esto y tenías aún más cargas que yo.

—Tu situación nada tiene que ver con la mía. Yo tenía a tu padre al lado. Tú, sin embargo, lo estás haciendo sola. Sé que te lo he dicho muchas veces, pero deberías reconsiderarlo.

—No estoy sola. Os tengo a vosotros y siento haceros pasar por esto. Jamás... jamás imaginé que sucedería, pero me habéis inculcado la importancia de hacer frente a las consecuencias de nuestros actos y tengo que seguir adelante.

—¿Por qué no has contestado a sus cartas? Ni siquiera has llegado a abrirlas.

Julia guardó silencio mientras se llevaba las manos hacia su abultado vientre.

—Hija, no quiero presionarte, pero puede que no estés tomando la decisión más correcta. Debes pensar en tu bebé.

—¿Crees que no lo hago? Quiero lo mejor para él.

—¿Y cómo sabes que esto es lo mejor? Vas a criarlo sola cuando quizá tienes la posibilidad de hacerlo al lado de su padre. Tiene derecho a saberlo.

—No quiero forzar las cosas. Es un hombre con un prometedor futuro y no quiero que se sienta obligado. Una vez me dijo que me sacaría a rastras de Múnich si era necesario y sé que lo hará. Si no lo hace, entonces tendré que aceptar que me he equivocado y asumiré las consecuencias.

—Pensará que te has olvidado de él. Si no contestas a sus cartas, ¿cómo crees que va a reaccionar?

—Es por esa razón por la que no he contestado a ninguna durante dos meses. Quiero que reaccione.

—Sigues creyendo en tus presentimientos, ¿no es eso?

Julia asintió.

—Con Patrick tuve el mismo presentimiento que contigo y con papá cuando os vi por primera vez en el orfanato. Y es evidente que no me he equivocado.

Helga se inclinó sobre ella para abrazarla.

—Eres el mayor regalo que hemos podido recibir. No lo olvides nunca.

—No lo olvido, mamá. No podría olvidarlo.

131

La doctora Claudia Valeri pulsó el botón de apagado del receptor de radio de su despacho con vistas a la Karl Platz. Estaba conectado a un diminuto emisor de largo alcance colocado junto a la rejilla del sistema de ventilación de la habitación de su paciente Julia Steiner Khol. Se levantó de su asiento y deambuló por la estancia deliberando en silencio sobre la necesidad de pasar a la próxima fase del plan que tendría que poner en marcha. Respiró hondo antes de abrir el cajón en el que guardaba bajo llave el cuaderno donde apuntaba las combinaciones de la caja fuerte. Por orden expresa de Roger Thorn debían ser reemplazadas cada cuarenta y ocho horas. Hizo los cálculos pertinentes para sustituir la numeración exacta y dirigió sus pasos hacia la reproducción de Picasso, *Intimité*, que se hallaba colgada en la pared. Siempre que contemplaba aquella pintura se preguntaba si Roger la había elegido expresamente para no hacerle olvidar su objetivo. Tiró suavemente de la palanca oculta y es-

peró a que la imagen se deslizara ante sus ojos. Procedió al protoco-
lario rito y extrajo un minúsculo bote de cristal que depositó cuidadosamente sobre la mesa. Después repitió el proceso a la inversa y
regresó a la mesa. Marcó el número privado de Roger en su residencia de Garmish. No tardó mucho tiempo en responder.

—¿Algún problema?

—Helga debería agradecer los cuidados que está recibiendo su
hija. —Se percató del error que acababa de cometer—. Perdón, quería decir Julia.

—¿Y?

—Tengo la sensación de que ya ha comenzado a desconfiar de
nuestros buenos propósitos. Creo que ve esta clínica como algo siniestro.

—¿Acaso no lo es?

—Roger, no bromees con esto. Es un asunto delicado.

—Un asunto que nos va a proporcionar una sustanciosa cantidad y que de camino saciará la mayor de tus aspiraciones.

—Hay otros medios.

—Pero este es el más rápido. Lo hago por ti.

—No es así y lo sabes. Lo haces para satisfacer tu maldito ego.

—Tu ego es mucho mayor que el mío, cariño. No trates de hacerme creer que tu alma está comenzando a reblandecerse. Tú tuviste la idea y yo te he proporcionado los medios para llevarla a
cabo.

—Su estado está muy avanzado. No sé si estamos arriesgando
demasiado. Ya tiene que empezar a notarlo, es algo que no se puede
ocultar.

—¿Ves esto como un riesgo? Llevo toda mi vida esperando el
momento adecuado y es curioso que haya tenido que ser alguien
que lleva mi sangre quien me lo haya puesto en bandeja. La vida es
tan extraordinariamente justa —dijo con un tono excesivamente
mordaz.

—No has respondido a mi pregunta.

—Te vuelvo a repetir que he sopesado todos y cada uno de los
riesgos. Sencillamente mataremos dos pájaros de un tiro.

Se produjo un desagradable silencio.

—Vamos, nena. Relájate —le dijo con aquella voz que le hacía
perder su capacidad de raciocinio—. Dentro de unas horas estaré de
vuelta. Cenaremos, descorcharemos una botella de vino y en la
cama haré que te olvides de todo.

Sabía que sería así. Estaba completamente a su merced y no ha-

bía forma de deshacerse de esa rendición total a la que estaba sub-
yugada. Con Roger siempre se sentía esclavizada y conquistada a la
vez que liberada. Era algo que escapaba a la comprensión, pero ahí
ocurría. Y no estaba dispuesta a apartarlo de su vida pese a que en
ocasiones la poca coherencia de la que aún disponía le indicara precisamente lo contrario.

—Inyecta la dosis esta misma noche.

Nuevamente otro silencio seguido de una respiración agitada.

—Lo harás —repitió Roger secamente.

—Lo haré —obedeció Claudia.

Roger Thorn cortó la comunicación y la mano de Claudia tembló al depositar el receptor en su lugar. Cogió el pequeño frasco de
cristal y lo introdujo diligentemente en el bolsillo de su bata de in-
maculado color blanco. Respiró hondo y acto seguido salió de su
despacho cerrando la puerta con llave. Mantuvo la mirada fija en el
suelo mientras deslizaba sus pasos por el largo corredor. Se detuvo
frente a una ventana y divisó a Helga Kohl dirigiéndose hacia la
zona del aparcamiento. Como si hubiera percibido su presencia,
la madre de Julia elevó su rostro desviando la mirada hacia la
misma ventana. Claudia levantó la mano en señal de saludo mostrando una perfecta y relajada sonrisa. Sin embargo Helga se limitó
a hacer una breve inclinación de cabeza acompañada de un gesto similar aunque medianamente forzado. Cuando se aseguró de que
había traspasado las vallas de seguridad continuó caminando hasta
el ascensor súbitamente convencida de que el cumplimiento de su
misión no podía demorar ni un solo minuto más. Si lo hacía, sabía
que daría marcha atrás y para entonces desearía estar lejos de Roger
si no quería sufrir las consecuencias.

Apartó esos malos pensamientos de su mente. Roger la amaba,
quizá de una forma que nadie alcanzaría a entender, pero lo cierto es
que ella lo necesitaba como jamás había necesitado a nadie, incluso
siendo consciente de la humillación a la que la sometía en muchas
ocasiones. La lucha del bien contra el mal volvía a hacer acto de presencia y nuevamente se sintió obligada a analizar la situación. Tenía
a su lado a un hombre increíblemente atractivo que le hacía sentirse
una diosa en la cama, que le había dado la posición social que siempre había buscado, que le había dado la oportunidad de ejercer su
profesión poniéndola al frente de una de las mejores clínicas de investigación de fertilidad de Baviera y que ahora iba a cumplir su
sueño de convertirla en madre pese a su ausencia de útero. Era consciente de que todo ello llevaba implícito el pago de un alto precio. Se

había convertido en el instrumento que Roger requería para llevar a cabo operaciones que estaban dentro de los límites de la ilegalidad, pero aquellos actos estaban más que justificados. Mientras las dos partes estuviesen de acuerdo ¿qué había de malo en ello? Claudia sabía que él podría sustituirla en cualquier momento y como siempre le aterrorizaba el mero hecho de pensar que sus amenazas de abandonarla pudieran llegar a consumarse. Lo había tolerado todo porque Roger Thorn nunca aceptaba una negativa. No. No podría echarse a atrás. La hija de Helga Khol era joven y podría tener más hijos, de modo que tendría que seguir adelante con el plan trazado. Si no lo hacía solo Dios sabe las secuelas que aquello tendría no solo sobre ella, sino también sobre aquella dulce criatura llamada Julia.

Una preciosa sonrisa se dibujó en el rostro de Julia cuando la doctora Valeri entró en su habitación. Era casi medianoche.

—Creía que ya te habías marchado a casa. Es muy tarde —le dijo Julia mientras observaba agradecida el amable gesto de Claudia que traía consigo una pequeña bandeja con un tazón humeante y varias galletas.

134

—Solo quería asegurarme de que todo iba bien antes de irme. —Depositó la bandeja con cuidado sobre la mesa auxiliar que había a la izquierda de la cama y se inclinó sobre ella para recolocarle los almohadones bajo la espalda.

—Gracias, no tenías que haberte molestado —añadió señalando con los ojos la taza de leche caliente.

—No es ninguna molestia. Sonja lo había preparado y yo he aprovechado la visita para traértelo. No olvides tomártelo. Dormirás como un angelito.

—Eso espero porque este diablillo o diablilla no ha parado de dar patadas desde que mi madre se marchó. A veces tengo la sensación de que se ha multiplicado por tres.

—Debes estar preparada porque en cualquier momento puede suceder —añadió Claudia eludiendo su mirada.

—Lo estoy, Claudia. Estoy deseando verle la carita. Me siento muy feliz aunque reconozco que también algo asustada.

—No debes preocuparte. Lo harás muy bien, ya lo verás.

—Nos visitarás cuando estemos en casa, ¿verdad?

Claudia guardó silencio rehuyendo la mirada de Julia.

—¿Sucede algo?

—No. Todo está bien. Es solo que….

—¿Qué?

Claudia odiaba lo que estaba a punto de hacer pero sabía que no le quedaba otra salida.

—Me marcho de Múnich.

—¿Te marchas? ¿Por qué? ¿Dónde vas?

—Tengo una oferta de empleo muy interesante que no puedo dejar escapar.

—¿No estás a gusto aquí?

—No se trata de eso. A veces son otras razones las que te llevan a dar un giro a tu vida. Regreso a Italia —mintió.

—Eso es maravilloso. No sabes cuánto me alegro. Entonces no estarás tan lejos e incluso si puedo permitírmelo, iré a visitarte con mi bebé.

—Eso sería fantástico. Te escribiré para saber cómo te va todo.

Deseaba huir de allí tan rápido como sus pies se lo permitieran. Se detestaba a sí misma por lo que estaba haciendo, pero pronto tendría a su pequeño en sus brazos. No debía pensar en otra cosa. Iba a convertirse en la madre de un bebé que llevaba en sus venas la sangre de Roger. ¿Acaso existía regalo mejor que ese? Ya se lo estaba imaginando. Ella junto con Roger y su retoño viviendo en un lugar lleno de encanto, rodeados de naturaleza y de los mayores lujos. Y habría más niños. Roger le había jurado que aquello solo sería el principio. Una intensa sensación de placentera excitación la invadió y se olvidó inmediatamente de su sentimiento de culpa.

—Estarás aquí para asistir el parto ¿verdad?

—No estoy muy segura, pero puedes estar tranquila porque te dejo en muy buenas manos. Trataré de aguantar aquí hasta que des a luz, que como ya te he dicho, podría ser en cualquier momento. Siendo primeriza podrías darnos alguna sorpresa.

—A decir verdad estoy teniendo bastantes molestias desde hace un par de horas. He sentido algún retortijón, pero no se ha vuelto a repetir. Espero que no haya sido una contracción.

—Descuida. Cuando tengas una contracción sabrás reconocerla —le aclaró esbozando una tímida sonrisa—. Bien, he de marcharme. He dado orden de que me llamen a casa si sucediera algo —le informó al tiempo que se levantaba sabiendo que dentro de varias horas recibiría esa llamada.

—Eso me tranquiliza —le dijo.

Claudia observó que giraba la mesa auxiliar hacia ella y tomaba el tazón de leche caliente en sus manos. Bebió unos sorbos ante la atenta mirada de su ginecóloga.

135

—Descansa, Julia.

—Tú también, Claudia. Gracias por todo.

La doctora Valeri giró el picaporte y salió silenciosamente de la habitación.

«Yo soy quien debe darte las gracias», pensó.

Clínica Mailerhaus, Múnich,
13 de diciembre de 1965, 4.00 h

Julia notó que su bebé volvía a patear de nuevo. Sin duda estaba siendo una noche muy larga. Las patadas se multiplicaron convirtiéndose en un movimiento brusco. Habría jurado que estaba cambiando de posición. No. No podía ser. Encendió la luz de la lámpara que había al lado de la cama tratando de calmarse y miró el reloj de la pared. Las cuatro de la mañana. Pronto amanecería. Abrió el cajón de la mesita para sacar el libro *Sentido y sensibilidad* de Jane Austen y retomó su lectura por donde la había dejado. No transcurrió más de una hora cuando volvió a sentir una extraña presión, como si la criatura se estuviera moviendo hacia abajo. Cerró el libro y miró hacia la ventana. Varios copos de nieve comenzaron a deslizarse sobre los cristales. Aún estaba oscuro, pero la claridad no tardaría en hacer acto de presencia. Decidió levantarse para ir al baño. En el mismo instante en que se puso en pie una punzada le atizó el bajo vientre. Caminó torpemente y logró alcanzar el lavabo con dificultad. Solo al ver su imagen reflejada en el espejo fue cuando descubrió la mancha pardusca que se dibujaba en su entrepierna.

—Dios mío…

Una nueva punzada la hizo retorcerse de dolor y tuvo que agarrarse a la cisterna para no perder el equilibrio. Salió aterrorizada de la habitación y pulsó el interruptor de ayuda. Un frío sudor le recorrió la espalda mientras sentía que la mirada se le nublaba y sus piernas flaqueaban. No tuvo tiempo de alcanzar la cama porque se desplomó sobre el suelo.

Aeropuerto Franz Josef Strauss,
13 de diciembre de 1965, 4.00 h

*P*atrick Alexander O'Connor sorteaba la salida de la terminal del aeropuerto después de un vuelo de casi once horas incluyendo una escala en Berlín. Maldijo el mal tiempo y se preguntó por qué no se habría enamorado de una chica de Hawai. Hacía aún más frío que en Nueva York y para colmo había empezado a nevar. Se dirigió hasta la parada de taxis tirando de su pequeña maleta.

—*Guten Tag* —saludó Patrick en su escueto alemán mientras subía al robusto Volkswagen.

—*Guten Tag* —respondió el taxista.

—*Die Adresse ist 3 Schafgarbenstraße, Augsburg* —logró decir aunque a juzgar por la expresión del taxista solo pareció entender la palabra *Augsburg*.

El hombre se giró hacia él extrañado. Augsburgo estaba a más de sesenta kilómetros de Múnich. Ese trayecto le iba a costar una fortuna.

—*Augsburg? Augsburg ist 40 Minutes. Ist weit.*

—*Ja* —respondió Patrick sabiendo de sobra que estaba lejos mientras se llevaba la mano a la cartera y sacaba un suculento fajo de billetes de diez marcos que acababa de canjear en una oficina de cambio del aeropuerto.

—*Ok, kein Problem.*

—*Danke.* —Patrick supo que el fajo de marcos había sido suficiente para dejar de hacer preguntas.

Sabía que llegaría a una hora intempestiva pero permanecería en la puerta de su domicilio a la espera de que algún miembro de su familia hiciese acto de presencia. En la última carta que le había enviado hacía tres meses le hablaba de que había regresado a casa de sus padres por motivos que no le había querido comentar. Así que trasladarse hasta Augsburgo en vez de hacerlo hasta su hotel había sido la opción más acertada. Estando en aquel lugar sería más fácil proponerle matrimonio. Quizá sus padres la hicieran entrar en razón.

Múnich, 8 Rosenheimer Straße,
13 de diciembre de 1965, 4.50 h

*E*l sonido del teléfono le hizo abrir los ojos. Miró el reloj de la mesilla y resopló perezosamente. ¿Cómo diablos se había quedado dormida? Las copas de champán y sus extremidades entumecidas le recordaron las libidinosas prácticas de hacía tan solo unas horas. Descolgó el auricular mientras se deshacía del poderoso brazo de Roger sobre su vientre desnudo.

—Sí, dígame.

—Doctora Valeri, soy Sonja.

—¿La habéis pasado ya a observación?

Sintió la fuerza de la boca de Roger sobre su tibia piel.

—Me he visto obligada a llamar a la comadrona.

—¿Müller? Pero ¿qué demonios?…Te dije que…

Roger se detuvo y la miró pálido.

—Pulsó el interruptor de ayuda y cuando entré a la habitación se había desmayado. Ha sufrido una hemorragia y… —continuó Sonja aterrorizada.

—Deberías haberme llamado a mí directamente —interrumpió Claudia—. No había ninguna guardia prevista para esta noche precisamente porque yo estaba disponible en cualquier momento. Eran órdenes estrictas. Lo dejé bien claro.

—Lo siento doctora, pero…

—No hay peros que valgan. Mantenla en observación y que nadie traspase esa puerta ¿entendido?

—Así será, doctora Valeri, pero apresúrese porque tememos que haya riesgo de sufrimiento fetal.

—Que Müller se encargue de comunicárselo a los padres. Y diles que yo voy de camino —ordenó aterrorizada pero tratando de mantener la poca sangre fría que le quedaba.

Colgó el auricular y salió de la cama haciendo caso omiso de los desenfrenados gritos de Roger.

Augsburgo, 3 Schafgarbenstraße,
13 de diciembre de 1965, 4.55 h

Ludwig Kohl se había levantado antes de tiempo porque aquella glacial mañana del 13 de diciembre regresaba a Núremberg después de haber pasado varios días de vacaciones con sus padres. Descolgó el auricular al segundo timbrazo con objeto de no despertar a nadie, pero lo que escuchó al otro lado de la línea le obligó a hacer justamente lo contrario.

A las 5.05 Patrick bajaba del taxi que le había trasladado hasta el domicilio de los Khol sito en la localidad bávara de Augsburgo. Era una modesta pero coqueta casa de dos plantas. Dirigió sus pasos vacilantes hacia la puerta de entrada en la que la nieve había empezado a cuajar. Había luces encendidas y conforme se acercaba pudo observar un ajetreo inusual tras las cortinas de las ventanas. Cuando estuvo frente a la puerta principal escuchó voces inquietas y pasos agitados. Se sintió fuera de lugar y habría regresado a Múnich de no ser porque en el instante en que meditaba su decisión, la puerta se abrió de par en par y un joven que debía de ser de su misma edad a punto estuvo de chocar de bruces con él. Soltó una serie de palabras que no entendió. Cuando bajó la vista y advirtió su maleta le dirigió una mirada escéptica. Una señora de mediana edad que supuso debía de ser la madre de Julia apareció tras él en compañía de un hombre que a juzgar por el parecido con el joven seguramente era el padre. Ambos iban perfectamente equipados para salir a enfrentarse con las bajas temperaturas.

Padre y madre intercambiaron miradas. ¿Lo habían reconocido? ¿Les había contado Julia lo sucedido durante los últimos ocho meses?

—¿Patrick? —preguntó la mujer con un fuerte acento.

Patrick asintió tragando saliva.

—Helga —le dijo adelantándose y extendiendo la mano en señal de presentación. Su rostro era la viva expresión del mayor de los asombros.

—Es un placer —dijo Patrick respondiendo al saludo.

Helga habló atropelladamente con su hijo quien se encargó amablemente de traducírselo a Patrick.

—Julia está en el hospital —dijo.

Patrick agradeció en silencio el mero hecho de escuchar varias palabras seguidas en su idioma.

—¿Hospital?

La madre cerró la puerta principal y continuó hablando con su marido mientras este daba indicaciones a su hijo. Todos se encaminaron hacia el Volvo que se hallaba aparcado delante de la casa.

—Pero ¿qué sucede? —preguntó Patrick mientras los seguía.

—Eres médico ¿no? —preguntó el joven al tiempo que introducía la llave en la puerta delantera de su vehículo.

—Sí.

—Entonces quizá puedas servirnos de ayuda.

—¿Qué le sucede a Julia?

143

—Está de parto. La cosa se ha complicado. Así que reza para que cuando lleguemos tu hijo esté a salvo.

Patrick permaneció callado tratando de asimilar lo que acababa de escuchar de los labios de aquel desconocido. No logró pronunciar palabra, de modo que el hermano de Julia lo hizo por él.

—Puedes meter la maleta ahí detrás. Ah… lo siento. Me había olvidado de presentarme. Yo soy Ludwig, el hermano de Julia —le aclaró tendiéndole la mano y golpeándole amistosamente el hombro.

Clínica Mailerhaus, Múnich,
13 de diciembre de 1965, 5.40 h

Julia se sumió en un estado de inconsciencia después de haber dejado escapar un grito que pareció salirle de las mismísimas entrañas. Cuando pasados unos minutos abrió los ojos observó que Claudia le ponía una inyección intravenosa. Se sentía tan mal que no tuvo fuerzas para preguntar nada.

—Me duele mucho —susurró con una mueca de indescriptible dolor.

—Vamos… tienes que empujar.

El rostro de la doctora había cambiado radicalmente de expresión. Sus suaves facciones se habían tornado en amargos y duros rasgos. Julia se preguntó si todo no era más que consecuencia de su visión distorsionada. No podía enfocar con claridad por mucho empeño que pusiese en ello.

—Mi bebé… está bien ¿verdad? —logró preguntar atemorizada.

El aciago silencio de Claudia le dio la respuesta que no quería escuchar. Julia se llevó las manos irreflexivamente a su todavía abultado vientre invadida por un repentino y sombrío presentimiento cuando se percató de que estaba a solas en aquella sala sin ventanas. En ese preciso instante el lugar se le antojaba terriblemente siniestro.

Habían conducido de forma extremadamente temeraria hacia aquel lugar mientras Ludwig le exponía las sospechas de su madre basadas en las ambiguas intenciones de la huidiza y solitaria doctora Valeri. Sin embargo cuando traspasaron las puertas de la clínica, a simple vista nada inducía a pensar que algo se maquinaba tras aquellos muros. Todo parecía seguir el ritmo normal de unas instalaciones de esas características, al menos a juicio de Patrick. Teniendo en cuenta la hora y la gélida temperatura del exterior se respiraba un ambiente sosegado. Se acercaron al mostrador de recepción. Evidentemente fue Ludwig quien tomó la palabra.

—Venimos a ver a una paciente que ha ingresado aquí esta mañana —anunció.

—¿Podría facilitarme el hombre de la paciente? —preguntó la joven cuyo distintivo plastificado que pendía del bolsillo de su bata blanca la identificaba como Sonja Volkens.

—Julia Khol —respondió Helga tratando de aparentar calma.

Sonja se levantó y dándoles la espalda se dispuso a abrir el libro de registros con una deliberada lentitud que puso en alerta a Patrick.

—¿Algún problema? —inquirió Ludwig.

—No aparece en el libro de registro. Aguarde un minuto. Haré otra comprobación —les respondió sin apenas mirarlos mientras se alejaba unos pasos para hacer una llamada telefónica.

Todos se lanzaron suspicaces miradas, pero no se atrevieron a pronunciar palabra. Esperaron a que la obediente enfermera pusiera fin a la escueta conversación que no lograron captar. Se acercó nuevamente hacia el mostrador.

—Efectivamente, ha ingresado esta mañana una paciente con ese nombre.

—Queremos verla —insistió.

—Me temo que eso no va a ser posible. Está en la sala de partos. ¿Son ustedes parientes?

—Así es —respondió Frank, el padre de Julia, tratando de mantener la compostura.

—En ese caso tendrán que rellenar este formulario hasta…

—Escúcheme bien, señorita. —Ludwig estaba empezando a perder la paciencia—. No pienso firmar ningún formulario. Mi hermana ha ingresado aquí esta mañana y hace más de una hora hemos recibido una llamada avisando de que acababa de sufrir un desmayo y estaba en observación a la espera de dar a la luz en cualquier momento. Solo queremos saber cómo está.

—Ya se lo he dicho. Está dando a luz. Es un parto complicado y la doctora no aconseja la entrada en este preciso instante.

—Soy el padre y soy médico —intervino Patrick acudiendo a su limitado conocimiento de la lengua germana.

—Ya le ha oído señorita… Volkens —le advirtió Ludwig.

145

Sonja fue consciente de que la situación se le iba de las manos y procedió al protocolo de emergencia, no sin antes pulsar un timbre oculto a los ojos de los entrometidos visitantes.

—No puedo abandonar mi puesto pero el celador les acompañará hasta la sala para informales de cómo va todo.

En ese instante un tipo que en circunstancias normales habría tenido aspecto de auténtico celador apareció por el pasillo adyacente. Su semblante supuestamente honrado no les hizo bajar la guardia.

—Acompáñenme, por favor —les dijo educadamente.

Tras lanzarse una par de miradas recelosas todos se dispusieron a hacer lo sugerido por la enfermera, pero Ludwig se detuvo.

—Vosotros mejor esperáis aquí —aconsejó a sus padres.

—De eso nada —insistió Frank.

—No nos van a dejar entrar a todos. En casos como estos el padre es el único que tiene prioridad.

Ambos accedieron de mala gana y tomaron asiento en una sala separada de la zona de recepción por una mampara de cristal. Un hombre y una mujer aguardaban sentados en el mismo lugar lo que tranquilizó a los Khol. Patrick y Ludwig siguieron al celador hasta el ascensor. Bajaron un piso y continuaron a través de un pasillo de paredes inmaculadamente blancas con puertas cerradas a cal y canto donde ambos se toparon con personal médico. Hasta ahí todo demostraba una normalidad que rayaba en la absoluta perfección, algo que a Patrick le dio mala espina.

El celador aminoró el paso hasta detenerse frente a una puerta de la que en ese instante salía un hombre, que pese a su indumentaria médica, no ofrecía ninguna confianza.

—Son familiares de Julia Khol —anunció el celador que les hizo un gesto con la cabeza a modo de despedida mientras desaparecía por otro pasillo.

Ludwig no se amilanó. Siendo policía estaba más que acostumbrado a tratar con esa clase de individuos.

—Soy Ludwig Khol, hermano de Julia Khol, que como sabrá en este momento está de parto. Sabemos que es un parto con dificultades. El caballero que me acompaña es el padre de la criatura, el doctor O'Connor —expuso con total normalidad.

—Lo siento, no estoy autorizado a dejar paso a nadie. La doctora Valeri está a cargo de la situación y todo está bajo control —explicó imperturbable.

—No puede negar la entrada al padre y lo sabe.

—Lo siento, señor —repitió mirando a Patrick que deducía lo que sucedía aunque no se enteraba de nada.

—En ese caso me veré obligado a comunicar esto a mis superiores —respondió Ludwig exasperado extrayendo su placa del bolsillo de su anorak.

El tipo se llevó la mano de forma inconsciente hacia su costado, pero inmediatamente la retiró.

—Ni se le ocurra —le advirtió Ludwig ante la mirada atónita de Patrick al contemplar aturdido cómo ya había desenfundado su arma reglamentaria y apuntaba directamente a la cabeza de aquel hombre.

Un ahogado grito traspasó las puertas de la sala contigua. El grito de una mujer. El terror se dibujó en la mirada de Ludwig pero fue Patrick quien sorprendentemente lo hizo reaccionar. Ludwig zarandeó al matón para obligarlo a caminar en dirección a la sala de partos. Le puso la punta de la pistola sobre la sien.

—Abre la puerta si no quieres que te vuele la cabeza aquí mismo —ordenó.

—Tengo órdenes estrictas.

—Sus órdenes me importan una mierda. Mi hermana está ahí dentro y le juro que si no abre esta puerta ahora mismo me aseguraré de que salga de aquí con los pies por delante.

—No será capaz.

—No me ponga a prueba.

Ludwig no le dio otra oportunidad y le golpeó con la culata. Cayó fulminado al suelo. Patrick no logró reaccionar.

—Tranquilo… solo se despertará con un terrible dolor de cabeza. No me lo he cargado.

Acto seguido voló la cerradura y ambos entraron a trompicones en la sala. La doctora Valeri había depositado un bebé en los brazos de otra enfermera que lo envolvía un una toalla. Julia yacía aún en postura de alumbramiento con la cabeza ladeada y los brazos caídos a ambos lados de la camilla.

—¿A qué viene todo esto? —preguntó Valeri con un manifiesto grado de indignación—. ¿Qué formas son estas de entrar en una sala de partos?

La enfermera que resultó ser la matrona estaba petrificada con los pies clavados en el suelo.

—Yo no llamaría a esto precisamente una sala de partos. No conozco ninguna en cuya puerta haya una persona armada que niegue la entrada al padre y tío de la criatura.

147

—Está usted en una clínica privada y ese individuo al que usted califica de persona armada es un guardia de seguridad perfectamente capacitado para ejercer sus funciones dentro de este recinto incluyendo dentro de las mismas el empleo de la fuerza si fuese necesario.

—Eso está por ver, doctora.

—Tendré mucho gusto en mostrarle la documentación que le acredita para el uso del arma reglamentaria si es eso lo que le preocupa —aclaró como si le hubiese leído el pensamiento.

—Va a tener que dar muchas explicaciones a la policía sobre lo que ha sucedido aquí esta noche.

No había sorpresa ni miedo en el rostro de la ginecóloga. No parecía que corriera sangre por la venas de aquella mujer.

—¿Y qué es lo que ha sucedido aquí esta noche? He atendido un parto de urgencia que venía con problemas y lo menos adecuado en casos como este es la presencia de un familiar en la sala de partos. No conozco a ningún policía que haya detenido a alguien en el ejercicio de las funciones propias de su cargo. De eso puede estar seguro.

Patrick había hecho caso omiso a la conversación que ambos habían estado manteniendo porque era evidente que no se estaba enterando de nada. Pese a su muy escaso conocimiento del alemán detectó un extraño acento en aquella mujer. Nada más entrar se había ido directo hasta la camilla en la que se encontraba Julia. Le tomó el pulso y lo tenía muy débil. Echó un vistazo al monitor. Le levantó los párpados para contemplar sus pupilas. Miró a Ludwig que observaba apesadumbrado toda la escena al tiempo que asimilaba y analizaba las palabras de la altiva ginecóloga. Sabía que no había réplica a lo que había dicho. Fuera lo que fuese lo que sucedía tras aquellas paredes tendría que ser investigado y no podría llevarse a cabo dicha investigación sin la orden de un juez. Para ello tenía que producirse un delito y allí no había caso. Al menos, todavía no. Se habían intercambiado los papeles. Después de haber cruzado aquella puerta era Patrick quien como médico ostentaba el control de la situación.

—Julia, soy yo Patrick. Estoy aquí contigo —le apretó con fuerza la mano—. Todo va a salir bien. Vamos a sacarte de aquí.

Julia entornó los párpados con lentitud tratando de enfocar su vista pero no lo logró.

—Mi… bebé… —fue lo único que llegó a decir.

—No te preocupes —dijo mirando a Ludwig para tranquilizarlo—. Está estable, pero será mejor que la traslademos a otro lugar.

—Está en un hospital —aclaró desafiante la doctora ante la sorpresa de Patrick—. ¿En que otro sitio podría estar mejor?

—Se me ocurren unos cuantos —se enfrentó Ludwig mientras se situaba al lado de Patrick. Acarició suavemente el rostro agotado de su hermana adoptiva.

—¿El bebé está bien? —preguntó Patrick consciente de la situación y súbitamente sobrecogido mientras se acercaba a la matrona que se mantenía impertérrita. Lanzó una fugaz mirada a la doctora, como si con ese gesto tuviese que pedir permiso para entregar la criatura a su padre. Claudia Valeri le dirigió una mirada de aprobación.

—Es un niño —logró decir Patrick en apenas un susurro al tiempo que descubría a aquel diminuto ser que acababa de cambiar el rumbo de su existencia. Las palabras de Ludwig lo despertaron de aquel estado de confusión en el que se hallaba sumido.

—Quiero que haga las gestiones pertinentes para trasladar a mi hermana al Schawbing —le ordenó sin vacilaciones.

—No es recomendable, señor Khol. Ha perdido mucha sangre y está muy débil. Debería esperar hasta que…

—Será el doctor O'Connor quien lo decida —le interrumpió encarándose con ella.

Mientras Patrick se acercaba nuevamente a la camilla de Julia para volver a tomarle el pulso mientras observaba atentamente el monitor, la doctora Valeri descolgaba el auricular de un teléfono instalado en la pared para dar instrucciones a la persona que había al otro lado de la línea. Ludwig fue el único que reparó en el terrorífico temblor de la mano de la ginecóloga mientras sujetaba el receptor.

149

Capítulo siete

*E*l matrimonio Khol se encargó de organizar el traslado de Julia y su bebé al Hospital Schwabing de Múnich por petición expresa de Patrick y habiendo sido obligado por la dirección de la Clínica Mailerhaus a la firma de su salida librándolos así de cualquier tipo de responsabilidad ante dicha decisión. Faltaban poco más de veinte minutos para el mediodía cuando Patrick volvía a entrar en la habitación de Julia. Ludwig solicitó dos días más de permiso en su trabajo para atender un asunto que le preocupaba. Todo lo sucedido en la clínica le llevó a confirmar que sus sospechas no estaban del todo infundadas. Movería algunas fichas para efectuar investigaciones por su cuenta y riesgo relativas a Claudia Valeri. Friedrich Khol, hermano menor de Ludwig, había viajado desde Stuttgart en el momento en el que fue informado de la situación.

Frank y Helga habían salido para tomar un café animados por Patrick mientras él se quedaba al lado de Julia esperando a que reaccionara a la medicación. No se había movido de aquel lugar desde hacía más de cuarenta y ocho horas. Los padres de Julia le habían insistido una y otra vez en la necesidad de que se tomara un descanso. Temían que se desplomara en cualquier momento después de todas las terribles situaciones a las que se había visto obligado a hacer frente. Patrick los tranquilizó informándoles de que en su profesión estaba más que habituado a pasar noches en vela. Julia había perdido mucha sangre durante el parto y le habían efectuado una rápida transfusión para paliar los efectos de una grave anemia.

Parpadeó varias veces hasta conseguir abrir los ojos con normalidad. Patrick se acercó a ella inmediatamente en cuanto la oyó moverse bajo las sábanas.

—¿Cómo te encuentras? —Le depositó un suave beso en la frente al tiempo que le retiraba parte del cabello hacia atrás.

—Estoy muy cansada —logró decir a duras penas con mirada triste y perdida.

—Mañana dejarán de alimentarte por vía intravenosa y podrás tomar comida auténtica. Eso hará que mejores. Ya lo verás —la animó con otro beso.

Julia permaneció en silencio mirándolo fijamente a los ojos. Patrick sabía que estaba tratando de aguantar las lágrimas pero fracasó en su intento.

—Mi vida —murmuró apesadumbrado pasándole un brazo por detrás de su espalda. La acomodó en su regazo meciéndola mientras que con la otra mano acariciaba su cabello.

—No voy a poder hacerlo… —lloraba desconsolada contra su pecho—. No soy una buena madre… no estoy preparada, Patrick.

—Sabrás hacerlo, cariño —musitó contra su pelo—. Lo haremos… juntos —le insistió separándola de su abrazo para mirarla directamente a los ojos.

—Me siento responsable —comenzó a decir aturdida y con cierta sombra de culpabilidad— por… por no haberte hecho partícipe de todo esto. ¿Cómo he podido ser tan egoísta?

—¿Egoísta? Mi amor, pero si eres la mujer más generosa y sacrificada que jamás he conocido —le convenció tomando su rostro entre sus manos.

151

—¿Cómo puedes decir eso después de todo lo que ha sucedido? He sido una insensata. ¿Cómo no he podido darme cuenta de lo que tramaba esa mujer?

—No hablemos de eso ahora —le interrumpió—. Estoy aquí contigo y no me pienso ir a ninguna parte. Eso es lo único que importa.

Una enfermera entró en la habitación empujando una minúscula cuna y dedicándoles una franca sonrisa. Patrick abrió los ojos de par en par porque estaba convencido de que el bebé necesitaría estar en la incubadora. Se levantó deshaciéndose con lentitud del abrazo de Julia.

—Ya lo llaman «el niño milagro» —le dijo amablemente en su idioma—. Sus constantes vitales están perfectas. Su hijo está completamente sano y pese a haberse adelantado cuatro semanas no necesita de la asistencia de una incubadora. Puede hacerlo todo por sí solo. Es todo un campeón.

Patrick sintió un pequeño pellizco en el estómago mientras miraba a Julia y se acercaba al pequeño lecho. La enfermera lo envolvió en la mantita y lo tomó en sus brazos ante la atenta mirada del padre.

—¿Puedo? —preguntó extendiendo sus brazos.

—Por supuesto —respondió la enfermera depositándolo suavemente en su regazo ante la mirada fascinada de Julia.

A Patrick lo invadió una extraña emoción que se tradujo en un ligero temblor de labios. Había regresado a Alemania con la sola intención de proponer algo serio a aquella joven que ocho meses atrás le había cautivado de una forma que jamás habría imaginado y que ahora le observaba desde la cama de aquella habitación con una gratificante expresión. Ahora tenía en sus manos la vida de una parte de él que parecía querer aferrarse a sus brazos. Alzó su diminuta y perfectamente formada manita para agarrar el pulgar de la mano izquierda de su padre que lo contemplaba atónito. Abrió los ojos, de un ligero azul grisáceo. Instintivamente Patrick agachó la cabeza para besarle la frente a su primogénito.

—Es guapo, ¿verdad? —logró decir con voz ahogada.

—Lo es —afirmó la enfermera mientras le entregaba un biberón con leche artificial.

—¿Sabré hacerlo?

—Pues claro.

Patrick se acomodó al lado de Julia mientras acercaba la tetina de goma a su boquita y observaba cómo la atrapaba para comenzar a tragar con una facilidad asombrosa.

—¿Lo ve?

Patrick alzó la vista y le sonrió. Después miró con intensidad a Julia que le observaba con ojos brillantes.

—Vaya... pues sí que tiene hambre —sintió la mano de Julia acariciando suavemente su brazo al tiempo que posaba la que le quedaba libre sobre el fino cabello de su hijo.

—Eso es muy buena señal. Llámenos cuando esté listo.

—De acuerdo —respondió Patrick sin apartar la vista del biberón.

La enfermera abandonó la habitación y Patrick desvió sus ojos momentáneamente hacia Julia. Se inclinó levemente para depositar un dulce beso en sus labios.

Julia estuvo nuevamente a punto de echarse a llorar pero Patrick lo impidió depositando a su hijo en sus brazos. Cuando el bebé fue consciente de que había sido apartado de su sustento comenzó a llorar, pero sus sollozos fueron acallados por la rápida reacción de su madre que acercó nuevamente la jugosa tetina a sus hambrientos labios. Las leves lágrimas de sus ojos se mezclaron con una triste sonrisa que a Patrick le rompió el alma. No apartó la vista de su pequeño durante unos breves instantes.

—Se parece a ti —dijo finalmente con cierto temblor en la voz.

—Creo que deberíamos ir pensando en un nombre ¿no te parece? —Patrick acarició la cabecita de su retoño—. ¿Habías pensado en alguno en particular?

—Te dejo a ti la elección.

—¿Estás segura? Pensaba que las mamás tenían derechos adquiridos al respecto.

Julia asintió con la cabeza aún impresionada por su forma madura y responsable de comportarse pese a todo lo que había sucedido. ¿Cómo había podido ser tan insensata? Había estado a punto de dejar escapar a un hombre que había hecho frente a su compromiso sin hacer preguntas ni reproches.

—Mi abuelo paterno se llamaba Aiden Benjamin y el materno John Matthews. ¿Qué tal John Benjamin?

—Me gusta —le dijo.

—John Benjamin O'Connor. Vas a dejar huella en todo aquel que se cruce en tu camino —pronunció satisfecho contemplando a su hijo con evidente orgullo. Después clavó sus azules ojos en Julia—. ¿Te casarás conmigo?

John Benjamin terminó su biberón y Julia lo colocó cautelosamente sobre su hombro para que expulsara el aire sobrante. Tardó poco en hacerlo y Patrick se inclinó sobre ella con una graciosa mueca en los labios.

153

—Déjame a mí —se ofreció tomándolo de nuevo en sus brazos para llevarlo a su cuna. Depositó nuevamente un cariñoso beso en la manita que sujetaba su dedo anular. Mientras lo arropaba Julia sintió una extraña mezcla de dicha y angustia.

—No quiero… —comenzó a decir—. No quiero que te sientas obligado a nada —le confesó.

Patrick sacudió la cabeza incrédulo.

—¿Obligado? ¿Crees que he volado durante horas para verte solo por obligación? ¿No te has parado a pensar que quizá la razón de mi estancia en Múnich se deba a tu incomprensible decisión de haber dejado de contestar a mis cartas o al simple hecho de que no has devuelto ni una sola de mis llamadas desde los últimos tres meses? ¿Acaso pensabas pasar por todo esto tú sola? Desde luego he de reconocer que has estado a punto de conseguirlo.

—No quise hacerlo con esa intención, créeme. No quería causarte problemas.

—¿Creías que saldría huyendo en el momento en el que me enterara de que te había dejado embarazada?

—No serías la primera persona que lo hace.

—¿Y qué te hacía pensar que yo era como los demás?

—Jamás lo pensé.

Patrick frunció el ceño con expresión confusa.

—Me limité a esperar a que cumplieras la promesa que me hiciste antes de marcharte —prosiguió ella—. Dijiste que me sacarías a rastras de Múnich si era necesario.

—¿Vas a dejar que cumpla mi promesa?

—No sabes nada de mí, Patrick.

—Sé todo lo que tengo que saber —se volvió a sentar a su lado al borde de la cama.

—No estés tan seguro —murmuró rehuyendo su mirada.

Patrick le sujetó el mentón obligándola a volver su rostro hacia él.

—Lo sé, Julia. Lo sé todo y ni tú ni yo tenemos la culpa de lo que sucedió en el pasado.

Julia se quedó callada. ¿Cómo había logrado unir las piezas? ¿Qué es lo que sabía?

—¿Cómo…? —comenzó a decir. No pudo continuar.

—Sé quién era tu verdadero padre —confesó finalmente Patrick—. Y tú ya sabrás quién es el mío. Conozco la historia y no estoy dispuesto a arrastrarla conmigo.

Julia asintió preocupada. Prefirió no hablarle de su hermano Dieter.

—¿Estás seguro de lo que dices?

Patrick prefirió no mencionarle las últimas palabras de Edward O'Connor días antes de su partida a Múnich.

—Lo estoy. Nada ni nadie me hará cambiar de opinión. Te pienso llevar conmigo a Nueva York y te voy a convertir en mi esposa. Empezaremos de cero y te aseguro que todo va a ser diferente a partir de ahora. ¿Qué me dices? ¿Aceptas mi propuesta?

Julia alargó su mano y acarició la mejilla de aquel irresistible e idealista médico que había cambiado su vida de la noche a la mañana. Lo miró con aquellos ojos color miel llenos de lágrimas sin verter. Después apartó su vista de él pero Patrick volvió a inclinar su rostro hacia el suyo. Sin más preámbulos la estrechó contra su pecho firmemente con objeto de detener aquellas desoladas emociones que luchaban por abrirse paso.

Patrick le pasó la mano por detrás de la cabeza y se separó lo suficiente para poder contemplarla unos instantes. Julia se sintió atrapada una vez más por la intensidad de sus cautivadores ojos que contrastaban con aquel rostro atractivamente bronceado y aquel cabello oscuro. Patrick apoyó su frente sobre la de ella sin perder el contacto visual.

—Aún no has respondido a mi pregunta —pronunció con voz queda a tan solo un centímetro de sus labios.

Julia franqueó esa mínima distancia buscando su boca. El beso fue cálido, largo y sosegado.

Patrick obtuvo la respuesta que necesitaba.

155

Múnich, 24 de diciembre de 1965

Ludwig golpeó la puerta del despacho del inspector de policía Karl Dreinmann aquella mañana en vísperas de Navidad. Lo había telefoneado desde la comisaría de policía de Núremberg en la que prestaba sus servicios para pedirle encarecidamente que lo recibiera a su llegada a Múnich porque tenía un importante asunto entre manos que no podía esperar. Karl maldijo entre risas a quien había sido su antiguo alumno de la academia porque ese día tenía pensado regresar a una hora prudente a casa con objeto de pasar la Nochebuena con su familia. Después de haber estado dos años cumpliendo con su deber en una noche como aquella, contaba los días para poder pasar la Navidad tal y como hacían el resto de los mortales.

—Adelante —gritó Karl desde el otro lado de la puerta.

Ludwig entró en la desorganizada estancia. El lugar se le quedaba pequeño a aquel enorme gigante de casi dos metros de estatura. Tenía las ventanas abiertas y la temperatura del lugar no resultó ser nada agradable. Fijó la mirada en el cenicero lleno de colillas y comprendió de inmediato la razón de aquella medida de ventilación.

—Nunca dejarás ese vicio —protestó Ludwig entre risas mientras observaba cómo Karl dirigía una mirada un tanto escéptica a la caja que su viejo amigo traía consigo.

—Mira quién habla —aclaró arrebatándole de las manos el embalaje de madera que guardaba aquella preciada botella de whisky.

—Quince años —apuntó Ludwig.

—No dejaremos que envejezca ni uno más —le dijo soltando una gran carcajada palmeándole el hombro. Se dirigió hacia su destartalada mesa para abrir un cajón y sacar un par de vasos.

—Pero, Karl... si estás de servicio —objetó.

—Maldito cabrón. Estoy de vacaciones, me has hecho levantar

el trasero de mi cómoda cama para un asunto de máxima urgencia y ¿ahora me vas a prohibir tomarme una copa después de lo que me has obligado a hacer?

Ludwig sacudió la cabeza sonriendo y sabiendo que no había escapatoria accedió a sus deseos.

—Bien, en ese caso te acompañaré.

Después de tres cigarrillos y de haber servido dos veces los vasos con una modesta cantidad de Macallan, Karl leyó detenidamente el informe elaborado por su amigo en relación a las sospechas que se cernían sobre la Clínica Mailerhaus. Durante breves segundos guardó silencio mientras se atusaba distraídamente su poblada barba pelirroja.

—Tu teoría no es descabellada... —dijo finalmente.

—¿Pero?

—Es una clínica financiada solo y exclusivamente con fondos privados. No existe ninguna ayuda pública así que mucho me temo que será muy difícil meter mano en el asunto. No es tan fácil.

—¿Qué quieres decir con eso de que no es tan fácil? ¿Acaso ya ha sucedido algo parecido y vuestros intentos han fracasado?

—Más o menos —confesó Karl.

—¿Cuándo? —preguntó Ludwig súbitamente alerta.

—Hace casi un año, pero no pudimos hacer nada. Un par de casos parecidos. En el primero la denunciante terminó retirando los cargos así que el caso se fue al garete.

—¿Qué ocurrió?

—Un caso parecido al de tu hermana. La diferencia estribaba en que la joven en cuestión había decidido entregar a su hijo en adopción. En Mailerhaus le dijeron que la ayudarían a tramitar todo el papeleo con los organismos sociales correspondientes.

—¿Y?

—La joven se arrepintió. Al ser menor de edad necesitaba el consentimiento de sus progenitores o tutores y estos se negaron a que entregara al niño.

—Estaban en su pleno derecho, ¿no?

—Legalmente sí, pero hay jurisprudencia al respecto y en algunos casos se ha dictado sentencia a favor de la voluntad de la madre pese a no haber alcanzado la mayoría de edad en el momento de la entrega de su bebé.

—¿Entonces?

—El caso es que la joven en cuestión nunca quiso entregar a su hijo. Le prometieron una compensación económica que se entregaría al llegar el sexto mes de embarazo y fue ahí cuando renunció a su bebé sin que sus padres tuvieran conocimiento de la oferta.

Karl se quedó pensativo durante unos instantes.

—Continúa, por favor.

—Cuando estaba a punto de rebasar el séptimo mes de embarazo sin haber recibido la totalidad de la cantidad acordada comenzaron a aparecer las dudas. La clínica no había cumplido su parte y por lo tanto ella no estaba dispuesta a cumplir la suya. Así que dejó de acudir a los controles rutinarios que hasta ese momento habían tenido lugar bajo la supervisión de la doctora Claudia Valeri. Fue entonces cuando empezaron el acoso y las llamadas anónimas.

—¿Estás de broma?

—Eso es lo que ella decía.

—¿Qué quieres decir con eso de «eso es lo que ella decía»?

—Puso la denuncia, pero al haber retirado los cargos en tan solo cuarenta y ocho horas todo el mundo pensó que se trataba de la típica artimaña de una chica promiscua que quería sacarle partido a un embarazo no deseado.

—Así que se archivó el caso.

Karl asintió con la cabeza.

—Antes de hacerlo procedimos a una orden de registro y siento decirte que pese al carácter frío y siniestro de la clínica no se encontraron indicios de delito. Todos sus permisos y licencias están en regla. No pusieron ningún obstáculo a la breve investigación que se llevó a cabo. El personal que presta sus servicios está perfectamente capacitado para desempeñar todas las funciones propias del personal de un hospital.

—En otras palabras, están limpios.

—Como una patena, Ludwig. Como una maldita y jodida patena.

—¿Qué ha sido de la chica? ¿Llegó a tener el bebé?

—Los padres no quieren hablar del tema.

—¿A qué te refieres?

Antes de responder, Karl se llevó el vaso a los labios y vació el resto del contenido.

—Bueno… te podría decir que tal niño ya no existe porque la madre abortó.

—¿Provocado?

—Depende de cómo se mire.

—Ve al grano, Karl.

—Sufrió un atropello que le produjo una caída casi mortal y ya te puedes imaginar las consecuencias.

—Perdió el bebé.

Karl negó con la cabeza mientras encendía otro cigarrillo.

—Los bebés —matizó—. Traía gemelos.

Ludwig abrió la boca cuando se dio cuenta de lo que aquello podía llegar a implicar, pero no hizo caso a ese mal presentimiento que repentinamente lo inundó. Trató de apartar aquel absurdo pensamiento de su cabeza.

—Y el conductor se dio a la fuga —añadió Ludwig.

—Bingo.

—¿Qué hay del otro caso?

—También se trataba de una embarazada de gemelos.

—¿Y?

—No llegaron a nacer. Complicación en el séptimo mes de embarazo. Hubo que practicar un aborto.

—¿La madre sufrió algún tipo de amenaza, o de trato favorecido, a cambio de entregar a los niños?

—Se sometió a interrogatorio tanto a la ginecóloga que certificó ambos abortos como a la madre de las malogradas criaturas y lamento decirte que tenemos las manos atadas.

—¿Qué hacen con los restos? ¿La madre no exigió verlos?

—Les ofrecen firmar un documento en el que se comprometen a donarlos a la ciencia. Ya sabes que no hay nada ilegal en eso.

—Y pese a todo esto ¿me dices que no podéis iniciar una investigación?

—Son pruebas meramente circunstanciales, Ludwig. Pese a todo puedes estar tranquilo porque los seguimos de cerca.

—Pero no es suficiente. Maldita sea, tienes dos casos de dos madres solteras jóvenes con escasos medios y con embarazos múltiples. Aquí se cuece algo, Karl.

—Te recuerdo que en tu caso, tu hermana tiene la suerte de conservar a su hijo gracias a tu rápida intervención. Afortunadamente Julia se encuentra sana y salva en casa junto a su pequeño. Ella ni ha sufrido acoso, ni llamadas anónimas ni nada parecido, ¿me equivoco?

—A decir verdad, no.

—Entonces deja de preocuparte —le animó haciendo ademán de levantarse mientras depositaba el resto de su cigarrillo aún encendido sobre un cenicero.

Ludwig supo que ya lo había entretenido más de la cuenta así que él hizo lo mismo.

—Siento haberte molestado con esto.

—No ha sido ninguna molestia y lo sabes —aclaró rodeando la mesa y alzando la mano para golpearle amigablemente el hombro—. Han sido momentos angustiosos, lo sé. Si esa gente esconde algo no van a ser tan estúpidos como para echarlo todo a perder por un simple caso como el de tu hermana.

—No sé qué pensar.

—Olvídate de todo durante unos días.

—Lo intentaré pero ya sabes que cuando me mosquea algo...

—Y que lo digas... pero descuida que estaremos alerta.

—Eso espero... si me entero de que esa doctora Valeri le pone las manos encima a otra desvalida madre juro que... —murmuró apretando la mandíbula.

—Yo que tú no me preocuparía por Valeri. Estoy convencido de que ella no es más que una pieza del tablero. Hay una cabeza pensante detrás de todo esto y es ahí donde desgraciadamente nos topamos con un callejón sin salida. Nos encargaremos de que no vuelva a suceder nada parecido —le calmó posando nuevamente una tranquilizadora mano sobre su hombro. Extendió la que le quedaba libre y Ludwig se la estrechó.

—Feliz Navidad —le dijo a medida que se volvía hacia la salida.

—Feliz Navidad, Ludwig y gracias por esa botella a la que ya le quedan pocas horas de vida. A propósito, ¿qué nombre le habéis puesto al chaval?

Se detuvo a medio camino.

—John Benjamin. John Benjamin O'Connor.

—¿Irlandés?

—Sus abuelos. Él procede de Nueva York. Hijo de un acaudalado hombre de negocios de la Costa Este. Ayer se casaron en el consulado americano para agilizar el visado y después de Año Nuevo se marcha con él de regreso a Estados Unidos.

—Vaya... no sabía nada de eso.

—Ya ves.

—Mientras ella sea feliz.

—Está radiante y él la quiere. Eso es lo único que importa —dijo con semblante triste pero convencido.

—Te duele tenerla lejos, ¿verdad?

—Claro que me duele. Aquí la protegíamos de la locura de Dieter pero ahora que se marcha... tan lejos.

—Será su marido quien la protegerá.

—Espero que así sea.

Ludwig agarró con firmeza el picaporte pero antes de abrir la puerta se volvió una vez más hacia su viejo amigo Karl.

—Vigila Mailerhaus. Algo me dice que Dieter está detrás de todo esto y te juro que si algún día descubro que es así, seré yo quien acabe con él.

Dicho aquello desapareció por donde había venido sin volver la vista atrás. Karl permaneció pensativo y en silencio.

«O'Connor —pensó—. Acaudalado hombre de negocios de la Costa Este». «Irlandés».

Descolgó el teléfono y marcó un número. Esperó impaciente a que la voz al otro lado de la línea le respondiera.

—Necesito que localices a Alan Gallagher, Nueva York. FBI, Departamento de personas desaparecidas. Y tráeme el expediente del caso Mailerhaus.

Maldijo en silencio al bueno de Ludwig. Como de costumbre llegaría tarde para la cena. El hecho de que fuese Nochebuena era un simple detalle que no debía tener en cuenta.

161

Diez días después, Karl junto con otros cinco policías armados hasta las cejas irrumpían en las instalaciones de Mailerhaus. El guardia de seguridad que había al otro lado de la puerta principal a punto estuvo de sufrir un infarto ante la inesperada estampida. No supo quiénes de los allí presentes se quedaron más impresionados. La entrada no era como la recordaba del anterior registro. Estaba todo el espacio diáfano, lleno de andamios, botes de pintura y plásticos por el suelo.

—¿Qué diablos...? —comenzó a increpar el guardia.

—Las preguntas las hago yo —interrumpió Karl con fiereza en la mirada—. ¿Dónde demonios está todo el mundo? ¿Qué ha pasado aquí?

—La clínica ha cerrado, señor. Están de reformas. La Volkswagen se ha quedado con las instalaciones.

Nueva York, Navidad de 1975

*L*a pista de patinaje del Rockefeller Center registraba un lleno absoluto aquella tarde víspera de Nochebuena. Las bajas temperaturas no habían supuesto impedimento alguno para que los neoyorquinos se lanzaran a las calles para realizar las últimas compras navideñas. Patrick había accedido a los deseos de Ben, Andrew y la traviesa Margaret. Finalmente se había puesto los patines y se había aventurado con ellos a deslizarse sobre la abarrotada pista. Pese a que Julia había insistido en acompañarlos terminó haciendo caso a su marido y permaneció tras la barrera contemplando como los cuatro reían hasta desfallecer. Estando en su sexto mes de embarazo prefería no arriesgarse a una estúpida caída que podría tener consecuencias. Obedeció de mala gana su consejo y pensó que Dios era justo cuando vio resbalar a Patrick sobre la helada superficie. No pudo evitar estallar en una carcajada.

Patrick se levantó para reanudar la carrera pero se detuvo cuando pasó por su lado exhausto con una reveladora sonrisa en el rostro. De un impulso alcanzó la valla protectora para plantarle un beso en los labios.

—Has tardado poco rato en vengarte, pequeña bruja —le susurró al oído entre risas.

Julia rio abiertamente mientras lo veía alejarse de nuevo de la mano de Ben y Andrew que estaban disfrutando de lo lindo. Margaret se agarraba con fuerza a la rodilla de su padre temiendo un final semejante al de minutos antes. Media hora después regresaban caminando por la concurrida e iluminada Quinta Avenida en dirección al oeste de la calle 57, donde habitaban desde hacía cinco años. No fueron conscientes de la existencia de un Lincoln de color azul oscuro que se hallaba aparcado frente a Bergdof & Goodman. Tras los cristales ahumados del vehículo se escondía Edward O'Connor. Descubrió a su hijo al otro lado de la acera paseando de la mano de sus pequeños y aquella mujer que lo había apartado de él de la noche a la mañana.

Jamás habría imaginado que pese a sus amenazas de privarlo de las beneficiosas participaciones de la O'Connor Group INC hubiera seguido adelante con su propósito. Dolido en lo más profundo de su alma por la imperdonable traición a la que lo había sometido, no solo lo había relegado definitivamente del negocio familiar. También hizo lo posible para cerrarle las puertas del Monte Sinaí. Y lo consiguió debido a la retirada de donaciones que anualmente hacía a ese hospital. Pero no consiguió que renunciara. Cuando se enteró de la noticia de que estaba dispuesto a marcharse a Vietnam durante seis meses con la Cruz Roja creyó que el mundo se le venía encima. No podría soportar una nueva pérdida por otro maldito conflicto bélico en el que aquel país no tendría que haberse metido. Movió los hilos necesarios para que le denegaran la solicitud. Estaba convencido de que Julia habría alabado aquella egoísta pero eficiente actuación por su parte.

Era tan condenadamente bueno en su trabajo que la mitad de los hospitales del estado de Nueva York se disputaron sus servicios. Con apenas treinta y seis años ostentaba la jefatura de neurocirugía del Hospital Saint Vincent al tiempo que participaba en un proyecto de investigación iniciado a instancias de la Universidad de Columbia. Era un condenado e inteligente cabezota del que estaba orgulloso. Sí, demonios. Estaba muy orgulloso de él. Había alcanzado sus objetivos sin su ayuda y eso lo hacía aún más grande como hijo, como hombre e incluso como marido. Observó a sus tres pequeños. Sus nietos. Ben zarandeaba la manga del abrigo de su padre quien parecía escuchar atentamente todo aquello que le contaba. Estaba muy alto para su edad y era una perfecta mezcla de sus progenitores. Julia, con su incipiente vientre abultado y con ayuda de Andrew, empujaba el carrito de Margaret que observaba extasiada las luces de la ciudad. En aquel instante Patrick pasó el brazo que le quedaba libre alrededor de los hombros de su esposa y la apretó cariñosamente contra él mientras se inclinaba para depositar un ardiente beso en sus labios. Edward sintió un pequeño pellizco en el estómago. Si Erin estuviera viva... si hubiese podido ver con sus propios ojos el magnífico hombre que ambos habían creado. Sintió una pena infinita. Había estado tentado tantas veces de dar el paso a una reconciliación, pero Julia lo ataba de nuevo al inevitable re-

163

cuerdo de la trágica pérdida de la mujer que lo había sido todo en su vida. ¿Cómo habría reaccionado él si su padre le hubiera impedido estar con la mujer que amaba?

Apartó la mirada de la acera y desvió sus ojos hacia los regalos apilados al lado de su asiento. Llevaba seis años haciendo lo mismo. Terminaba entregándoselos a la beneficencia porque Patrick siempre se los devolvía con la misma nota:

NO NECESITAN LOS REGALOS DE SU ABUELO.
NECESITAN A SU ABUELO, EL ÚNICO QUE TIENEN

—Tom, por favor, desvíese hasta la calle 57 —decidió finalmente.

Patrick detuvo su paso a pocos metros de su residencia cuando advirtió la presencia de un vehículo que le era muy familiar aparcado frente a la entrada del edificio. La puerta trasera se abrió y tras ella apareció la inconfundible y aristocrática figura de su padre. Sujetaba con ambas manos varias bolsas de Fao Schwarz. ¿Qué pretendía?

—¿Sucede algo, cariño? —preguntó Julia aturdida cuando fue consciente de su radical cambio de expresión. Notó que apretaba su mano con fuerza mientras fijaba la vista en el otro lado de la calle. Ella lo imitó y descubrió la causa de su repentino malestar.

—¿Qué pasa, papá? —preguntó Ben ansioso como siempre por saber.

—Nada, hijo, no pasa nada —respondió sin mirarlo—. Será mejor que vayas subiendo con mamá. Yo tengo que hacer aún un par de recados. —La expresión de sus ojos se tornó oscura.

—Patrick, por favor. —Julia le dirigió una mirada suplicante.

—Deja que yo me ocupe.

Julia lo sujetó con fuerza del brazo.

—Es Navidad, Patrick —le dijo en voz baja para que los niños no le oyeran—. Está solo.

—Él se lo ha buscado.

—Ya es hora de que lo habléis. No tiene sentido seguir así. Alguno de los dos tiene que dar el paso.

—¿Cómo puedes defenderlo después de lo que nos ha hecho? —le preguntó en voz baja pero utilizando un tono claramente irritado.

164

—No lo defiendo, pero es tu padre y para bien o para mal es lo único que te queda. Yo, a diferencia de ti, no tengo nada.

—Me tienes a mí.

—¿Qué pasa, mami? —Andrew tiraba de la manga del abrigo de su madre. Intuyó que algo no iba bien.

—Lo sé, mi vida. —Julia envolvió la mano enguantada de Andrew en la suya para tranquilizarlo, pero sin apartar la vista de Patrick—. Lo sé, pero hazlo por ellos y por ti mismo. Lo que te ha hecho no tiene perdón, pero deja que redima su culpa. Quiere conocer a sus nietos. No quiero que en el futuro termines lamentando la decisión de haberle negado esa posibilidad.

—¿Y qué quieres que haga?

—Yo iré subiendo con los niños. Habla lo que tengas que hablar. Sé que nunca llegará a aceptarme del todo y respeto su decisión aunque no la comparta. Suéltale todo lo que llevas dentro y termina de una vez con todo esto. Y… dile que se quede a cenar. Nuestros hijos estarán encantados con la idea de ver que Santa Claus ha llegado con un día de antelación.

Después de diez años aquella había sido la primera Navidad que Edward O'Connor había pasado en compañía de la única familia que le quedaba en el mundo. Cuando traspasó la puerta del acogedor hogar que su hijo había creado junto a aquella chiquilla alemana convertida en toda una mujer y que desconocía las atrocidades que su padre había llevado a cabo en el pasado, supo que tenía que comenzar a dar los primeros pasos para cerrar aquel capítulo. Sabía que no podría olvidar jamás porque ella estaría ahí siempre para recordarle su desgracia, pero daría el paso por su hijo, que era el regalo más preciado que Erin le había dejado.

Se sorprendió cuando al cruzar el umbral del salón sus nietos corrieron hasta sus brazos gritando la palabra «abuelo». Pese al daño que había causado a su hijo, se había encargado de contarles la historia del abuelo aventurero que viajaba sin cesar por todo el mundo y que algún día regresaría para contarles viejas leyendas sobre los países que había visitado. A juzgar por sus rostros perplejos debieron llevarse una desilusión porque probablemente habrían imaginado a un anciano disfrazado de Lawrence de Arabia.

Julia se apartó a un lado para contemplar cómo sus pequeños abrían los regalos que su abuelo había «encargado» a Santa Claus. Tuvo que abandonar el salón para que nadie viera la expresión de sus ojos. También advirtió que Ben no le quitó la vista de encima a aquella nueva visita durante un buen rato. Seguro que su mente estaba trabajando en un largo cuestionario de preguntas con las que captar su atención.

—Julia —oyó la voz queda de Edward a sus espaldas.

Julia se volvió hacia él.

—Santa Claus también dejó algo para ti —le anunció mostrándole una pequeña cajita envuelta en un bello papel envejecido.

No supo cómo reaccionar. Buscó con la mirada a Patrick quizá queriendo encontrar su beneplácito.

—No era necesario —intervino Patrick tratando de suavizar la leve tensión existente.

—No puedo devolverlo, ¿verdad, chicos?

—¿Qué es? —preguntó Ben con curiosidad.

—Ábrelo, mami. ¡Ábrelo! —gritó Andrew desenfrenado.

Edward se lo entregó y Julia tomó asiento en el sofá al lado de su marido ante la mirada expectante de los pequeños. Margaret buscó a su padre para sentarse sobre sus rodillas.

—Venga, mami, ábrelo ya —insistió Ben.

Julia deshizo el nudo del lazo de cuerda y retiró cuidadosamente el envoltorio de aquella bonita caja tallada que debía ser una reliquia. A Patrick se le hizo un nudo en la garganta porque la reconoció inmediatamente. También supo lo que contenía. Julia contuvo el aliento cuando sujetó entre sus manos aquella pequeña cruz celta con una diminuta piedra blanquecina que simulaba la forma de una desvencijada rosa incrustada en el centro. La acarició suavemente con las yemas de sus dedos notando una inscripción en el reverso.

—Es preciosa —consiguió decir a duras penas—. Estoy impresionada.

—Aunque somos católicos, la cultura celta forma parte de nuestros ancestros. Irlanda está llena de ellas. Estuvo en poder de Patrick durante mucho tiempo, pero creyó que se había extraviado.

—Estaba convencido de que la había perdido —añadió aún conmocionado. Sabía lo que esa pequeña joya significaba para su padre, algo de un incalculable valor sentimental.

—La recuperé y he considerado que este era el momento más adecuado para devolvértela. Sé que ahora vas a valorarla más que nunca —explicó mirando directamente a los ojos a su hijo.

Patrick rehuyó la mirada de su padre para refugiarse en la de Julia, que a juzgar por el brillo de sus ojos había comprendido el al-

166

cance de ese inesperado gesto por parte de aquel hombre que para ella siempre había sido alguien desconocido y lejano.

—Puedo verla, ¿mamá? —preguntó Ben.

—Claro, ven y cógela tú mismo.

—Te traerá suerte —dijo Ben.

—La suerte hay que buscarla, Ben. Nunca te quedes sentado esperando a que venga en tu busca.

Ben lo miró con una simpática sonrisa preguntándose si había entendido bien el significado de las palabras de su abuelo. Tímidamente devolvió la cruz a las manos de su madre y volvió a sentarse sobre la alfombra junto a su hermano para disfrutar de todos los regalos. Edward lo miró complacido y después desvió sus ojos hacia su hijo que masajeaba dulcemente el abultado vientre de su esposa. Ambos alzaron la vista hacia él.

—Patrick está convencido de que va a ser otra niña —anunció Julia orgullosa.

—Te vendrá bien más compañía femenina —añadió Edward.

—Creo que estará bien eso de otra mujercita en casa para que estos dos mocosos se tranquilicen. Margaret necesitará una compañera de juegos, ¿verdad, Margie? —Patrick achuchó a su pequeña que rio abiertamente ante el sonoro beso que depositó sobre su pecosa naricita.

—¿Tenéis ya pensado un nombre en el caso de que vuestro deseo se cumpla?

—Esta vez elige Julia —aclaró Patrick— aunque me temo que todavía no lo ha decidido.

—Sí. Ya lo tengo decidido —lo miró a él y después a Edward—. Se llamará Erin. Va a ser niña y va a llamarse Erin.

167

Capítulo ocho

Nueva York, septiembre de 1978, Federal Plaza,
cuartel general del FBI

Alan Gallagher se vio obligado a detenerse a cada minuto para saludar a sus antiguos compañeros de departamento. Antes de adentrarse en el despacho de John Carpenter sonrió para sí regocijándose ante las palabras de elogio dedicadas por muchos de ellos. Seguían resonando en su mente como música celestial.

«Maldito cabrón ¿has hecho un pacto con el diablo?» «¿Quién calentará tu cama por las noches para haber logrado tener ese aspecto?» «¿Por qué no se nos ocurrió largarnos de este infierno tal y como hiciste tú?» o «¿Tienes trabajo para mí?» «¿Te ha tocado la lotería y vienes a restregarlo?»

—Adelante —oyó al otro lado de la puerta.

Alan irrumpió con paso decidido y se fundió en un amistoso abrazo con el hombre que le había sustituido en el cargo hacía casi cinco años. John Carpenter emitió un largo silbido.

—Vaya... parece ser que los rumores que corrían por los pasillos eran ciertos. Has alterado al personal femenino de la planta ¿Has sido abducido por los extraterrestres y te han metido en una cápsula del tiempo?

—Eh, vamos, esto solo se debe a la práctica del deporte y el abandono de los malos hábitos —aclaró con unas risas.

Dominique, su secretaria, entró en ese instante con un montón de expedientes entre sus manos. Durante escasos segundos fijó su mirada en aquel atractivo caballero elegantemente ataviado, de sienes levemente plateadas, profundos ojos oscuros y una cautivadora sonrisa.

—El caso Mailerhaus —dijo despertando de su fugaz lapso de desconcierto.

—Gracias, Dominique.

Con una leve inclinación y una tímida sonrisa Dominique desapareció por donde había venido cerrando la puerta.

—¿Lo ves? —insistió John.

—Santo cielo, John. Podría ser su padre —fijó la vista en el tropel de expedientes—. ¿He oído bien? ¿Ha dicho «caso Mailerhaus»?

John asintió con la cabeza y con una seña le indicó que tomara asiento mientras le daba la espalda para llenar dos tazas de café.

—¿Es para eso para lo que me has llamado con tanta urgencia? ¿Creía que ya tenías algo sobre lo que te solicité?

—Y lo tengo. —Depositó ambas tazas encima de la mesa.

—¿Qué tiene que ver el FBI con ese caso?

—¿Recuerdas a Karl Dreinmann?

—Karl… claro que lo recuerdo. ¿Qué ha sido de él?

—Está de baja… una úlcera.

—Era de esperar, yo habría acabado mucho peor si hubiera seguido su ritmo.

—Bien… —Bebió un sorbo del humeante café antes de proseguir—. El caso Mailerhaus fue archivado. Se sometió al personal de la clínica a un dilatado interrogatorio pero nadie soltó prenda. O estaban bien aleccionados o sencillamente no tenían ni la más remota idea de lo que podía estar tramándose tras las paredes de aquel lugar. Claudia Valeri desapareció de la faz de la tierra; ni siquiera con la ayuda de la Interpol logramos seguir su rastro.

—Si mal no recuerdo conseguisteis una orden para la investigación de un tal Roger Thorn que parecía estar detrás de una cuenta numerada en Suiza.

—Exacto. En esa cuenta se efectuaron extraños movimientos que iban destinados a financiar determinados gastos de la clínica, pero la ley no nos permitió ir más allá.

—¿Y la pista de Roger Thorn?

—He ahí la razón de la urgencia de mi llamada.

—¿Habéis dado con él?

—No exactamente. Roger Thorn era un prometedor estudiante de medicina de Milwakee cuya desaparición se denunció el 29 de septiembre de 1964.

—Creo recordar el caso. Su padre se quitó la vida años después si mal no recuerdo.

—Así es. No pudo superarlo.

—¿Por qué habrá familias tan desgraciadas? —masculló resentido.

169

—Estamos aquí para evitar que esas desgracias sucedan, pero no siempre lo conseguimos, Alan. Hacemos todo lo que podemos.

Alan asintió cabizbajo recordando sus interminables y agotadoras jornadas sin lograr una simple pista que le condujera a la resolución del caso de una persona desaparecida. Llevarse un trabajo de esa clase a casa, noche tras noche, había terminado por volverlo loco. Antes de que aquello acabara con él, decidió poner tierra de por medio.

—Lo sé, John. Ahora que estoy fuera de estos muros, me doy cuenta de ello.

—Me alegra oírte decir eso. Bueno… el caso es que el Roger Thorn que parecía estar detrás de la financiación de Mailerhaus es el mismo que desapareció después de salir de una fiesta de su hermandad y que jamás regresó al apartamento que compartía con su hermana en el campus. Hace cuarenta y ocho horas se ha descubierto un cadáver enterrado a las afueras de Connecticut. Una máquina excavadora que realizaba movimientos de tierras en una zona en la que se va a construir un centro comercial ha sido la que se ha topado con el fatídico descubrimiento. Los restos han sido identificados por su hermana esta misma mañana. Ella fue la que denunció su desaparición hace catorce años. No llevaba documentación encima porque esa documentación fue de la que se sirvió su asesino para suplantarlo. El número de la seguridad social de la víctima coincide con el del titular de nacionalidad estadounidense de la cuenta numerada en Suiza que destinaba sus fondos a Mailerhaus.

—¿Y quién demonios es ese tipo? —preguntó claramente alterado.

—Es el exmarido de la mujer cuya llamada querías que rastreara. Ese mal nacido afortunadamente ya está cumpliendo condena en la prisión federal de Leavenworth, Kansas. A sus innumerables delitos ahora habrá que sumarle un nuevo asesinato.

—¿Y quién es esa mujer?

—No puedo darte su nombre porque forma parte del WitSec [1].

—¿Programa de protección de testigos? —No podía creer que aquello estuviera sucediendo.

---

1. Siglas del Witness Security Program. Fue un programa creado por el FBI para proteger la identidad de aquellos cuyo testimonio es esencial para el enjuiciamiento en una causa penal cuando la vida del testigo y su familia están en riesgo.

—Así es.

—¿Declaró contra su marido en el juicio?

—Exmarido —aclaró—. Como consecuencia de una paliza propinada por ese cabrón fue ingresada en el hospital cuando ambos vivían en Topeka bajo identidad falsa. Los servicios sociales se encargaron de darle cobijo a ella y a su hijo cuando lograron que denunciara el maltrato. Pasados unos meses confesó a la asistente social todo lo que aquel hombre le había obligado a hacer y se le ofreció un trato eximiéndole de toda responsabilidad penal a cambio de testificar contra él en el juicio. Al principio se negó porque estaba aterrorizada y convencida de que se encargaría de que la liquidasen incluso estando entre rejas. Con suerte y si este maldito sistema funciona, ese cerdo no tendrá fuerzas para empuñar un arma cuando salga de su celda, si es que alguna vez sale, lo cual dudo bastante.

—De ahí lo del WitSec.

John asintió y Alan se levantó de su asiento meditando en silencio sobre el espeluznante relato que John le acababa de exponer. Si no hubiera sido por la agudeza de Karl Dreinmann que lo puso en alerta aquella Nochebuena de 1965, jamás habría logrado recomponer las piezas de aquel tétrico puzle.

—¿Y qué hay de la verdadera identidad del falso Roger Thorn?

—Conociendo a Karl y siendo amigo personal de la familia O'Connor ya sabrás de quién estoy hablando.

—Dieter Steiner.

—Correcto, pero es información confidencial. Mis labios están sellados. Tú has sacado tus propias conclusiones gracias a la información de la que dispones y que yo desconozco.

—Maldito hijo de... —apretó los dientes furioso—. ¿Hasta cuándo va a durar esta pesadilla?

—¿Vas a contármelo algún día? —preguntó John levantándose y rodeando la mesa hasta ponerse a su altura.

—No puedo hacerlo, John. Es una larga historia.

Mantuvo la vista fija en el suelo. Acto seguido suspiró y lo miró fijamente a los ojos.

—Tengo que encontrar a esa mujer —le suplicó.

—Sabes que no puedo darte esa información. Rodarían cabezas si lo hiciera.

—Ese Steiner es capaz de hacer cualquier locura desde la cárcel. Esa llamada era un aviso, John. Esa mujer... como quiera que se llame en este momento sigue viviendo aterrorizada.

—Está protegida.

—¿De veras? ¿Y hasta cuándo va a estarlo?

—Eso ha sido un golpe bajo…

—Por favor —interrumpió nuevamente Alan—, dame un nombre. Esa mujer y su hijo podrían estar en peligro.

John le dio la espalda para dirigirse hasta las ventanas. Contempló en silencio las vistas que desde allí se divisaban del puente de Brooklyn en aquella despejada mañana.

—Regresa a casa, Gallagher.

—Vais a lamentar esto, John.

—Haz lo que te he dicho, Alan. Regresa a casa —repitió poniendo énfasis en las últimas palabras.

Alan Gallagher iba a replicarle, pero cambió de opinión cuando su subconsciente terminó de captar el mensaje subliminal implícito en aquella frase. Un gesto de alivio se dibujó en su rostro.

—Lo haré.

—Vigilaré todos tus movimientos… de modo que…

—Descuida, prestaré atención. Nunca bajo la guardia.

Y sin más desapareció de aquel despacho con el sombrío presentimiento de que las cosas se iban a complicar de una forma que aún no alcanzaba a entender.

Kilkenny, Irlanda, 30 de octubre de 1978

*E*mma Connolly consultó la hora de su reloj. Tenía aún dos personas por delante en la tienda de ultramarinos O'Keeffe's. Mary, la única cajera que hacía las veces de dependienta, no parecía estar estresada mientras charlaba amigablemente con los clientes a medida que pasaba los productos por la caja registradora. Había salido tarde del trabajo por culpa de un error en el cambio de turno. Tendría que darse prisa si no quería llegar con retraso a la escuela para recoger a Hugh. Se había quedado allí bajo supervisión de uno de los profesores para terminar un trabajo para el Festival de Ciencias. Estaba tan emocionado con la idea de participar en él que Emma no pudo negarle el deseo de pasar la tarde rodeado de sus compañeros, cosa que últimamente le permitía con relativa frecuencia. Le gustase o no ya se acercaba a la adolescencia y no se podía permitir el lujo de negarle salir con sus amigos, acudir al cine, a la bolera e incluso a alguna que otra fiesta en compañía de un grupo de chicas que pugnaban de forma notoria por captar su atención.

Pese a todo le costaba sudores y lágrimas estar apartada de él más tiempo del estrictamente necesario. Desde el instante mismo de su nacimiento había estado a punto de perderlo y esa sensación la había perseguido desde siempre. Había intentado protegerlo de todo el mal que el maldito Dieter descargaba sobre ella y por esa razón se había convertido en una especie de muro que no dejaba lugar al miedo, la cobardía o el sentimiento de culpa. Quería proteger a Hugh de todo eso. Solo pretendía que creciera como un niño normal, pero por las circunstancias que determinaron el comienzo de su aún corta vida sabía que lo seguirían marcando por mucho empeño que ella pusiera en evitarlo.

Enfrentarse a Dieter fue la única forma que encontró para poner punto y final a aquella incoherencia que marcaba cada minuto de cada día de su desoladora y amarga existencia. Cuando huyeron de Alemania para establecerse en Estados Unidos bajo una nueva identidad lo hizo convencida de que estaba haciendo lo correcto. Así lo creía porque amaba a aquel hombre que había puesto aquel bebé en sus manos, un bebé que para él no era más que un sinónimo de venganza. Cuando fue consciente de que su amor por aquel ser indefenso era mucho más fuerte que el que sentía hacia aquel depravado comenzó su descenso hacia el infierno.

Ese infierno quedaba ahora al otro lado del Atlántico. Estaba lejos, pero seguía estando ahí, al acecho, preparado para machacarla en cualquier momento. Jamás olvidaría los momentos previos a su declaración en el juicio. Sufrió un ataque de pánico minutos antes de subir al estrado y cayó fulminada. El juez accedió a tomarle declaración en su despacho frente a una cámara que transmitía las imágenes en directo al jurado.

Sabía que pasar a formar parte del WitSec produciría efectos devastadores en el curso de los acontecimientos. Era el precio que había tenido que pagar. Quizá aquello no fuera más que la penitencia a la que tendría que hacer frente por haber privado a tantas madres de sus hijos y por haber comerciado con muchos otros. De nada habían servido sus años de esfuerzo para cumplir el sueño de convertirse en médico. Comenzar en otro lugar no le supondría esfuerzo alguno dado que era lo que venía haciendo desde que la sombra de Dieter se había cruzado en su camino.

Cuando aceptó aquella arriesgada propuesta jamás temió por su vida porque su vida ya había dejado de tener sentido desde el instante mismo en que dejó de ser una mujer independiente para pasar a convertirse en un ser sumiso arrastrado por la crueldad de un hombre enfermo. Tras su confesión jamás se había puesto en tela de juicio su maternidad en relación a Hugh. Su hijo, el hijo de Julia, era lo único que le ataba a la realidad; la realidad de una nueva vida en una pequeña ciudad del sur de Irlanda.

La adaptación estaba siendo mucho más difícil para ella que para Hugh; llevaba mal haberse visto obligada a dejar a un lado su profesión sin saber si algún día podría volver a ejercer la medicina. Los irlandeses habían resultado ser las personas más cálidas y alegres con las que jamás se había topado. En tan solo cinco meses el vecindario de Rose Inn Street la había acogido con gran hospitalidad y Hugh tenía mucha culpa de ello. Todos lo adoraban y Hugh se hacía querer. Como todo muchacho de su edad al principio se rebeló ante el hecho

174

de tener que cambiar no solo de colegio, de amigos y de barrio sino también de país. Y todo por culpa del desalmado asesino que había sido su padre. Se vio obligado a madurar demasiado pronto. Abandonaron Topeka una soleada mañana de junio y su llegada al aeropuerto de Dublín y posterior viaje en tren hasta Kilkenny estuvo acompañado de una torrencial lluvia. Recordaba la primera frase de Hugh al bajar del avión. «Pero si es verano. ¿Por qué demonios llueve?»

Volvió a la realidad cuando la risueña Mary Flanaghan le obsequió con un elocuente saludo.

—Hola, preciosa. Llevábamos varios días sin verte por aquí y ya nos tenías preocupados. Tanto trabajo... deberías salir más a menudo. Una chica tan guapa como tú merece compañía, verdad, ¿Derrick? —le preguntó a otro cliente que estaba en la cola. Derrick trabajaba en la farmacia colindante a su apartamento.

Emma no se había percatado de la presencia del hombre que esperaba pacientemente detrás de ella, justo delante de Derrick. ¿De dónde había salido? Sin querer echó un rápido vistazo a su cesto de la compra. Varias latas de cerveza, pan de molde, mantequilla, media docena de huevos, leche, embutido y algunos productos de limpieza y aseo personal. Tenía un rostro de facciones muy agradables. ¿Qué demonios? Era terriblemente atractivo. Debió leerle el pensamiento porque sus labios se torcieron en una leve sonrisa que descubrió unos irresistibles hoyuelos en un rostro de mandíbula firme y perfecta.

175

—Verdad, Mary. —El viejo Derrick le guiñó un ojo y Emma tuvo que reír.

—He estado ocupada con el trabajo y con el disfraz de Hugh para la fiesta de Halloween.

—¿Ya lo has terminado?

—Sí. Cuando se lo enseñe se va a volver loco de alegría. Estoy deseando ver su cara.

—Eileen Kennedy da una fiesta en su casa, ¿no es así, señor Gallagher? ¿Continúa usted allí o ya ha encontrado alojamiento?

Emma no podía dar crédito. ¿Acaso aquella mujer sabía la vida de medio Kilkenny?

Alan Gallagher se sintió algo intimidado por la mirada de aquella joven más que por el audaz y atrevido comentario de Mary.

—No. Ayer mismo me trasladé a un pequeño apartamento de la misma zona.

—Eso es estupendo. Lo más probable es que nos encontremos allí todos mañana. Las fiestas de Eileen y Fergus son memorables.

¿Qué dices a eso, Emma? Vendrás, ¿no? —preguntó mirando a Alan Gallagher y no a ella.

Emma no supo qué responder. Inconscientemente desvió la vista hacia el señor Gallagher que se encogió de hombros en un gesto que le agradó.

—Depende de la hora a la que termine Hugh con sus amigos. Lo intentaré.

—«Lo intentaré» —imitó Mary—. ¡Ay, niña! ¿Qué vamos a hacer contigo? Son 24,55.

Emma rebuscó en su monedero y Mary notó que palidecía.

—Vaya… creo que tendré que dejar un par de cosas. Lo siento, Mary. Es que acabo de echar gasolina y no tuve tiempo de retirar efectivo del banco.

—No pasa nada, cariño.

—Yo me encargo, Mary —oyó a sus espaldas. Se volvió hacia el atractivo hombre de sienes canosas—. Si la dama me lo permite, claro.

—No es necesario, gracias. —Emma deseó que le tragara la tierra.

—No me malinterprete, por favor —le rogó Alan viendo que había podido molestarse por el ofrecimiento—. Me lo puede pagar otro día.

—Se lo agradezco, pero no sé cuándo voy a volver a verle.

—Vamos, mujer. El señor Gallagher es de confianza —le animó Mary.

—Kilkenny no es tan grande. Seguro que volvemos a encontrarnos y le prometo que le recordaré lo que me debe —le aclaró con una tranquilizadora sonrisa.

Permaneció unos segundos contemplando su rostro. ¿Quién era aquel tipo? La alarma sonó en su mente. Aquel acento no le cuadraba, sin embargo… «No, Claudia, no puedes sospechar de todos los desconocidos que son amables contigo. No puedes seguir así.»

—De acuerdo. Le dejaré el importe mañana a Eileen Kennedy para que se lo entregue —le dijo tímidamente mientras introducía en su bolsa el resto de la compra.

Derrick, Mary y Alan sonrieron complacientes. Emma se despidió y salió despavorida del local ante la indulgente mirada de Alan.

Emma depositó un sobre cerrado a la atención del señor Gallagher que contenía doce libras en el buzón del Kennedy B&B a la mañana siguiente. Como era de esperar no acudió a la fiesta que ofrecían Fergus y su esposa. A Alan no le sorprendió que no se hubiera presentado. Había reaccionado de la misma forma que reaccionaba toda persona en su misma situación. La había asustado y la había puesto en alerta. Era lógico haber producido ese efecto en ella porque todo sujeto que formara parte de un programa de protección de testigos llevaba consigo la palabra «desconfianza» escrita en la frente y más aún cuando se trataba de un forastero. Pero él no lo era. En Kilkenny fue donde nació y pasó los primeros nueve años de su vida. En los cuarenta años que llevaba viviendo en Estados Unidos había puesto los pies en su ciudad natal en múltiples ocasiones. Su casa, tal y como John Carpenter había dicho. El lugar al que siempre decidía escapar cuando su vida se convertía en un absoluto caos. No hizo falta que dijera nada más. Claudia Valeri vivía en el mismo edificio, ahora restaurado, en el que él había pasado su niñez. Le gustaba el nombre de Emma que había elegido, una forma rotunda de demostrar que había roto con sus orígenes. La había imaginado fría y calculadora, pero durante los días que había venido siguiendo sus movimientos con toda la prudencia de la que fue capaz, descubrió que era una mujer como cualquier otra y de una belleza que encandilaría a cualquier hombre. No entendía cómo alguien así podía haber terminado en las manos de un monstruo como Dieter Steiner. Mostraba siempre una mirada huidiza que se tornaba levemente dulce cuando la gente trataba de acercarse a ella con algún comentario respecto a su hijo, al que solo pudo ver de lejos una mañana cuando su madre lo dejaba a las puertas de la escuela. Iba enfundado en un grueso anorak, gorro de lana y bufanda, así que no pudo ver su rostro. La segunda vez había sido la noche de Halloween cuando entraba en su casa acompañado de unos amigos. Dado que iba disfrazado tampoco pudo verlo con claridad.

Emma trabajaba como contable por las mañanas en las oficinas de una empresa dedicada al ramo de la industria conservera. Por las tardes lo hacía en una librería de High Street. Habían transcurrido ya diez días desde que logró establecer el primer contacto en O'Keeffe's y después de pensárselo mucho decidió pasarse por Byrne's para echar un vistazo a un par de ejemplares que tenía en mente. Todavía no eran las cinco de la tarde y prácticamente ya había oscurecido. Esperó pacientemente a que el semáforo se pusiera en verde para poder cruzar. Mantuvo la vista fija en la fachada del establecimiento y observó que un Ford Scort se detenía justo al lado de la entrada. La puerta del acompañante se abrió y de ella descendió un chaval cuyo rostro le era muy familiar. No podía ser. La mujer que conducía el vehículo esperó a que el chico entrara en la librería y continuó con su camino. Cuando Alan quiso cruzar advirtió que el semáforo volvía a estar en rojo y blasfemó en silencio. Forzó la vista para ver la escena que se desarrollaba dentro de la tienda. Emma posó un beso sobre la frente de aquel chico alto y jugueteó con sus alborotados cabellos mientras le decía algo que debió resultarle gracioso porque su gesto fue el de una escandalosa carcajada. Era su hijo. Semáforo en verde. Cruzó la calle a grandes zancadas completamente alterado. No. No era posible. Se detuvo frente al escaparate para poder ver de cerca al chico. Aquellos ojos, aquel rostro, aquel cabello… Santo Dios…

Se giró sobre sus talones con el corazón latiéndole a cien por hora para que Emma no advirtiera su presencia. La gente pasaba por su lado apartándose al ver su rostro desencajado. La cabeza comenzó a darle vueltas. No podía pensar con claridad. ¿Qué demonios estaba ocurriendo? ¿Qué hacía una réplica exacta del hijo de Patrick O'Connor viviendo en Kilkenny bajo la tutela de una mujer que formaba parte de un programa de protección de testigos? Una mujer por la que estaba empezando a interesarse más allá de las razones que le habían llevado hasta allí. Las temibles respuestas se agolpaban en su mente martilleándole las sienes hasta dejarlo completamente aturdido. Comenzó a caminar sin rumbo hacia St. Kieran's Street y se detuvo en el Kyteler's Inn. Necesitaba un par de copas para que el inexplicable fenómeno que habían presenciado sus ojos se perdiera en una oscura neblina.

No supo cuánto tiempo permaneció sentado frente a la barra cavilando sobre lo que acababa de descubrir. Necesitaba trazar un plan pero estaba tan bloqueado que no era capaz de razonar con coherencia. Era la tercera cerveza que descargaba sobre su vacío estómago y los efectos estaban comenzando a manifestarse. Pagó la cuenta y se dirigió hacia la salida del local deseando entrar en contacto con el gélido exterior para tratar de despejarse. Abrió la puerta y agradeció el brusco cambio de temperatura. Había comenzado a llover con fuerza y no llevaba paraguas así que anduvo a paso rápido girando nuevamente en dirección a High Street. Se detuvo bajo una minúscula marquesina que le impedía resguardarse de la embravecida lluvia y maldijo su mala suerte.

Emma venía conduciendo desde Castle Road cuando en el cruce descubrió a una figura familiar que caminaba apresurada por la acera. Alan interrumpió su paso para colocarse bajo el techado de un edificio con idea de escudarse del aguacero. El semáforo se puso en rojo, así que tuvo que frenar quedando detenida justo a menos de dos metros de distancia de Alan Gallagher. Trató de esquivar su mirada, pero no sirvió de nada porque la había descubierto. Él hizo una leve inclinación de cabeza. Emma no supo cómo reaccionar y levantó la mano tímidamente en señal de saludo. El pobre estaba empapado.

—¿Quién es? —preguntó Hugh.

—Es un amigo de Fergus y Eileen. —No se le ocurrió otra respuesta porque en realidad no sabía nada más de él.

Emma observó cómo Hugh lo miraba descaradamente, quizá porque él estaba haciendo exactamente lo mismo. Desesperada miró el semáforo. Dios… se le estaba haciendo eterno.

—Deja de mirarlo, Hugh.

Por fin se puso en verde y arrancó sin percatarse de cómo Alan la seguía con la mirada.

—Podías haberle dicho que subiera. No llevaba paraguas.

Emma había considerado esa misma posibilidad, una posibilidad que jamás se habría planteado con un desconocido y más aún en sus circunstancias. Jamás podría encontrar explicación a lo que le llevó a desviar su vehículo al lado de la acera y frenar en seco, pero el caso es que lo hizo. Salió fuera sin importarle la tromba de agua que se descargaba sobre su cabeza ante la mirada atónita de Alan.

—¿Puedo acercarle a algún sitio? —le gritó.

Alan se acercó hasta ella con una grata sonrisa. Emma no consiguió apartar la vista de su atractivo rostro. Verlo frente a ella, imponente pero desvalido bajo la lluvia y en aquel estado de aparente abstracción le produjo un extraño cosquilleo en el estómago. Aquel hombre desprendía una sexualidad de la que estaba segura que ni él mismo era consciente. ¿Qué demonios le estaba sucediendo?

—Me haría un gran favor —le respondió con una mezcla de sorpresa y agradecimiento en su rostro.

—En marcha, entonces —le animó Emma esperando no arrepentirse de la decisión tomada.

No hablaron mucho durante el trayecto. Tan solo preguntas superficiales como el hecho de que trabajaba en la librería por las tardes o que Hugh estudiaba en St. Kieran's School. Alan trató de entablar más conversación con Hugh que con ella, cosa que le preocupó y tranquilizó a partes iguales. Hugh le respondía con frases cortas. Era a lo que le tenía acostumbrado pero sabía que estaba sufriendo porque deseaba extenderse más en sus explicaciones. Parecía haber captado en Alan lo mismo que ella había sentido.

—Creí haberle oído decir que era vecino de los Kennedy.

—Y lo fui, pero solo durante cuarenta y ocho horas.

—¿De veras?

—Problemas con el inodoro. A la mañana siguiente me encontré toda la vivienda anegada. Ya ve que los aguaceros no dejan de perseguirme —bromeó riendo con una risueña mueca.

Hugh y ella lo imitaron.

—Me encontraron rápidamente este lugar y la verdad, lo prefiero. Me trae muchos recuerdos de mi niñez —continuó, esta vez con cierta melancolía en sus oscuros ojos—. Es aquí —le indicó levantando el brazo para señalar el edificio que hacía esquina con el cruce de John's Bridge.

Emma se detuvo.

—¿Vivió usted aquí, en Kilkenny? —le preguntó convencida de que era norteamericano.

Alan asintió.

—Acabamos de pasar por ahí. En Ross Inn Street, justo en el edificio que hay junto a la farmacia O'Connell. En el primer piso.

—¿De veras? —Hugh pegó un brinco sobre su asiento—. ¡Nosotros vivimos en ese piso!

Se produjo un breve silencio en el que Hugh parecía haber recordado las pautas establecidas por su madre. Alan trató de mantener la calma pese a que era imposible hacerlo teniendo allí al doble de Ben O'Connor. Quiso desechar de su mente las hipótesis que lo acosaban. Las condiciones en las que vino al mundo el hijo de Patrick, Claudia Valeri, Dieter Steiner, el caso Mailerhaus. Aquello era inacabable. No cesaba de preguntarse cómo iba a hacerle frente.

—Abandoné esa casa cuando tenía nueve años —prosiguió Alan—. He de suponer que ahora está en mucho mejor estado que en el que la dejamos. No había mucho dinero para restaurar edificios por aquel entonces. Me enorgullece que al menos con el mío lo hayan hecho.

Volvió a depositar su mirada en Emma, que lo observaba atentamente.

—Bien. Ha sido un placer, Emma. —Después pasó la mano cariñosamente por el cabello de Hugh alzando el brazo por encima del reposacabezas de su asiento—. Me pasaré esta semana por la escuela para ver la exposición de ciencias ¿qué te parece?

—Me parece genial —respondió buscando la aprobación de su madre.

—Nuevamente le doy las gracias. Me ha salvado usted de un nuevo diluvio.

—No las merece, Alan.

Alan se dispuso a abrir la puerta. La lluvia había disminuido. Tenía ya un pie sobre la acera cuando Emma hizo algo que le dejó desconcertado. Tuvo la impresión de que hasta ella misma estaba sorprendida de su actuación.

—¿Quiere quedarse a cenar con nosotros? —De pronto pareció azorada—. Quiero decir... si no... si no tiene... otros planes, claro —logró decir apabullada y consciente de su inusual comportamiento.

Alan contempló los rostros contrariados de madre e hijo que esperaban su respuesta con palpable inquietud. Volvió a entornar la puerta del Chrysler.

—Estaría encantado, pero si no es mucho pedir prefiero subir a mi apartamento para arreglarme un poco. El chaparrón no me ha dejado con muy buen aspecto.

Emma quiso replicarle diciéndole que su aspecto era arrebatador, pero se abstuvo de hacer semejante comentario.

—Además —prosiguió para no darle tiempo a cambiar de opinión—, compré esta mañana un delicioso pastel de chocolate en Miller's.

Emma sabía que Hugh adoraba los dulces de aquella pastelería.

—Sí, por favor, Alan. No olvide traer el pastel —rogó Hugh.

—Bueno, creo que si vamos a compartir una cena, deberíamos empezar a tutearnos. ¿No os parece?

—Tienes razón —respondió Emma con un gesto al fin relajado.

—No tardaré más de diez minutos —dijo a medida que volvía a salir del vehículo y cerraba la puerta tras él.

Emma arrancó nuevamente para poner rumbo a su domicilio, aquel en el que aquel hombre que acababa de hacer trizas sus esquemas había habitado durante su infancia. Se preguntaba recelosa si debía seguir aquella estela de luz que de golpe y porrazo había invadido su mustia existencia.

Y

Tal y como suponía no había tardado más de diez minutos en volver a aparecer. Un cúmulo de sensaciones se arremolinaron en el pacífico rostro de Alan al traspasar el umbral del que había sido su hogar. Emma trató de imaginarlo cuando era un niño tras las paredes de aquel lugar.

—Menudo cambio —murmuró después de tragarse un desagradable nudo en la garganta mientras echaba un vistazo al pequeño salón que ahora estaba pintado de blanco y con un mobiliario que nada tenía que ver con el que él recordaba.

—Supongo que debe de ser una sensación indescriptible volver a la que ha sido tu casa después de tanto tiempo.

—Pues sí —suspiró—. Nada más y nada menos que cuarenta años.

Emma no podía creer que tuviera aquella edad. Pensó que le sacaba como mucho cinco o seis años a lo sumo. No entendía como podía tener ese aspecto siendo casi catorce años mayor que ella. Alan imaginó lo que estaba pasando por su cabeza y acertó.

—Vaya… tanto tiempo… cualquiera lo diría. Te mantienes en forma.

—Gracias, aunque creo que es más importante mantenerse en forma por dentro —le explicó con una adorable sonrisa.

El pastel de chocolate venía acompañado de una botella de vino. Emma se preguntó cuáles eran sus intenciones.

—No es necesario que la abras. Puedes guardarla para una ocasión especial —le aclaró como si le hubiese leído el pensamiento mientras la seguía hasta la pequeña cocina.

Emma sintió que se ruborizaba. Se giró para evitar que él notara su nerviosismo y aprovechó para abrir un cajón y extraer un sacacorchos. Lo depositó en su mano y sin saber el porqué ese mero roce con sus dedos le produjo nuevamente ese hormigueo.

—Hugh y yo no estamos muy acostumbrados a cenar en compañía, así que creo que la ocasión lo merece —logró decir apartándose de él para continuar con sus quehaceres culinarios.

—Muy bien. En ese caso la llevaré a la mesa y la abriré para que se vaya oxigenando.

Emma agradeció que desapareciera de allí porque pensó que los latidos de su corazón debían estar escuchándolos en el mismo Kentuchy.

—¡Hugh, deja lo que estás haciendo y ayuda al señor Gallagher a poner la mesa!

—¡Ya voy! —gritó Hugh desde su habitación.

Alan asomó la cabeza por el hueco de la puerta de la cocina.

—¿Qué es eso de señor Gallagher? Creía que habíamos llegado a un acuerdo ahí abajo —esbozó una traviesa sonrisa que le hizo parecer un chaval.

Emma tuvo que reír y Alan adoró esa risa que iluminó por primera vez su rostro.

—Deja que yo me ocupe —le dijo mientras retiraba de la encimera los platos y cubiertos que ella había sacado.

Hugh también apareció en la cocina.

—¿Te echo una mano, Alan? —preguntó.

—Coge ese mantel y los vasos. Ah, y también un par de copas para el vino —decía mientras salía de la estancia en dirección al salón.

Hugh y su madre intercambiaron miradas.

—Me gusta —le dijo Hugh en voz baja.

—Dios mío, hacía años que no comía un *risotto* como este. Bueno si te soy sincero, no he probado nada que se le parezca. Estoy lleno —dijo llevándose la mano hacia su costado.

Hugh había acaparado por completo la atención de Alan durante toda la cena. Cada uno a su manera había escondido aquellos secretos que no podían salir a la luz. Hugh mintió diciendo que jamás había estado en Estados Unidos y Alan mintió sobre su actual ocupación. No quería ni pensar en la cara que Emma habría puesto si se hubiese enterado de que era un agente retirado del FBI que había creado su propia empresa de seguridad e investigación y que se encontraba en Kilkenny porque ella era el objeto de su último encargo. Le dijo que era periodista *freelance* y que el motivo de su estancia en Irlanda se debía a que estaba trabajando en su próximo libro.

—Vaya, es interesante. ¿Y de qué va a tratar?

—Tengo una leve idea. Vine aquí precisamente para buscar la inspiración que necesito.

—¿Y la has encontrado? —intervino Hugh.

—Creo que sí —respondió sin mirar a Hugh y clavando sus ojos en Emma.

El silencio volvió a instalarse entre ellos. Emma bajó la vista y echó su silla hacia atrás.

—Hugh, ayúdame a recoger.

—Va a empezar la película —se quejó.

183

Sintió nuevamente los ojos de Alan sobre ella.

—Yo te ayudaré, déjalo que vea su programa favorito. Es viernes y mañana no tendrá que madrugar —le rogó aun sabiendo que no era nadie para entrometerse.

Hugh lo miró agradecido.

—Está bien, pero antes ve a lavarte los dientes.

—Creía que podría repetir más pastel.

—Vas a pillar un empacho. Guarda algo para el desayuno de mañana. Vamos, ¿a qué esperas? Te quiero camino del baño ya.

Hugh buscó apoyo nuevamente en Alan.

—Ya has oído a tu madre —le dijo encogiéndose de hombros.

Emma se giró con media sonrisa en los labios y se fue directa a la cocina. Alan la siguió con el resto de la vajilla.

—Tienes un extraño acento que no logro identificar —dijo Alan mientras secaba con un paño los platos y vasos que ella iba dejando en el escurridor.

—Mi madre era londinense y mi padre austriaco —mintió.

—Menuda mezcla —dijo sabiendo que aquella mezcla era más bien producto del italiano y el alemán. De lo que no cabía duda era de su capacidad innata para aprender idiomas.

—Pasé la mayor parte de mi vida en Hallstaat.

—Bonito lugar donde vivir… y ¿qué hay de tu apellido? Connolly no suena muy austriaco que digamos.

La luz de alarma volvió a parpadear en la mente de Emma, pero consideró que la pregunta era la misma que le había hecho todo el mundo al llegar a Kilkenny. Así que respondió lo mismo que respondía al resto.

—Es mi apellido de casada. Mi marido era irlandés y falleció a consecuencia de un ataque al corazón cuando estaba embarazada de Hugh.

—Lo siento Emma… no sabía que… vaya… lo siento —trató de parecer conmovido y no le resultó complicado lograrlo. El mero hecho de tener que presenciar el calvario por el que aquella mujer estaba pasando al tener que interpretar aquella interminable farsa era motivo más que suficiente para sentirse sobrecogido.

Lo sentía, por supuesto que lo sentía. Sentía que la vida de Emma estuviera basada en una falacia que incluso ella misma había terminado asumiendo como una verdad. Sentía que hubiera tenido que pasar por el estado de sumisión total a un hombre que solo se limitó a utilizarla para después desecharla. Sentía que tuviera que hablar de Hugh como si fuese el ser que había estado dentro de su vientre cuando ella sabía que no había sido así. Cualquier otra persona en su sano juicio la habría detenido por secuestro, un delito federal que en su país la habría puesto a la sombra durante un larguísimo período de tiempo. Pero ¿qué iba a ser de Hugh? ¿Qué iba a ser de ese chiquillo cuando supiera sus verdaderos orígenes? Después de todo Emma le estaba dando una vida digna. Vivían en una ciudad pequeña y segura. Hugh adoraba la escuela, sus amigos, su casa, incluso parecía estar a gusto en esa perpetua soledad en la que su madre continuaba viviendo. A veces los niños son egoístas por naturaleza y quizá Hugh deseaba seguir acaparando toda la atención de su madre. Le sorprendió que pese a todo eso ambos se hubieran mostrado tan tolerantes y accesibles con él.

Habían terminado aquella tarea en silencio.

—Siento haber sacado el tema, Emma. No debí meterme donde no me llaman.

—No te preocupes. Es normal que la gente me haga ese tipo de preguntas. Llegas a acostumbrarte y más en un lugar como Kilkenny.

—No deberías estar sola —se arrepintió de lo que dijo pero en ese instante la vio tan vulnerable que no pudo evitarlo. Solo quería protegerla. Sabía que estaba yendo en la dirección incorrecta pero no soportaba la mera idea de verla en una situación de peligro.

—Estoy bien. Hugh y yo estamos bien así.

—¿Estás segura? ¿Se lo has preguntado alguna vez a Hugh?

Emma extendió sobre la encimera el paño húmedo que Alan había utilizado.

—Estamos bien, Alan. En serio.

Salió de allí sin volver la vista atrás. Alan se quedó pensativo unos instantes y después la siguió hasta el salón.

—¿Te quedarás un rato más? —preguntó Hugh asomando la cabeza desde el sofá.

—Es tarde. Tu madre parece estar cansada.

Emma deseaba tenerle allí pero prefirió no forzar la situación. Era mejor para todos que se marchara. Necesitaba recapacitar acerca de todo lo que le estaba sucediendo.

—¿Volverás otro día? —preguntó Hugh con cierto matiz de esperanza en su voz.

Alan no supo qué responder y miró de soslayo a Emma.

—Sería un placer volver a saborear otro *risotto* como el de hoy.

—Eso está hecho, ¿verdad, mamá?

—Claro que sí —respondió quizás obligada por la situación aunque Alan quiso pensar lo contrario.

Recogió su ropa de abrigo y su paraguas. Se acercó hasta el sofá y alborotó en un gesto cariñoso el cabello de Hugh.

—Sé buen chico y no te acuestes muy tarde.

Hugh se volvió y chocó sus manos con la de él.

—Vuelve pronto ¿vale?

—Volveré —le dijo.

Se dirigió hasta la puerta. Fue Emma quien se la abrió y Alan salió al descansillo.

—Gracias por esta agradable velada. Ahora me siento en la obligación moral de devolverte las doce libras que me dejaste en ese sobre.

—No es necesario —le respondió sonriendo.

—Después de todo lo que habéis hecho hoy por mí, yo diría que sí.

—Ya tendrás la oportunidad de devolverme el favor —no supo porque lo había dicho pero lo había dicho—. Kilkenny no es tan grande como para que no volvamos a encontrarnos y más aún viviendo en la misma calle. Hugh y yo también agradecemos tu compañía.

—Hacía tiempo que no me sentía tan a gusto.

Se acercó a ella con intención de besarla en la mejilla en señal de despedida amistosa pero cambió de opinión.

—Buenas noches, Alan —le dijo retirándose un poco al ser consciente de la proximidad de su cuerpo.

—Buenas noches, Emma —dijo finalmente girándose sobre sus talones hacia las escaleras y sin volver la vista atrás.

Capítulo nueve

$\mathcal{A}$lan Gallagher no dio señales de vida durante dos semanas. Su conflicto interior lo estaba carcomiendo. Necesitaba despejar la mente y la mejor manera de ahuyentar los malos pensamientos era poner tierra de por medio. Temía tropezarse con Emma y no deseaba volver a experimentar esa sensación de carencia que estaba comenzando a quebrantar su sentido de la justicia e incluso de su ética. ¿Qué había de la lealtad a Edward O'Connor y su familia? Terminó optando por alquilar un vehículo y condujo sin rumbo fijo hasta llegar al condado de Galway, concretamente al municipio de Kinvara, popular tanto por su castillo como por su escasa población. Al parecer, el lugar se estaba repoblando con lentitud. Se alojó en un viejo hostal. Allí, frente a su máquina de escribir, trataba una y otra vez de finalizar el informe que tenía que entregarle a Patrick O'Connor. Echó un vistazo a la papelera inundada de bolas de papel. No lograba eliminar de su cabeza las imágenes de Emma y Hugh. Por primera vez en su vida no encontraba ninguna vía de escape porque en esta ocasión no existía un segundo plan al que poder agarrarse. Varias noches de insomnio le habían llevado a la misma conclusión. De él dependía el curso de la vida de muchas personas. Había demasiada gente implicada y por mucho que le costara aceptarlo tendría que comenzar a establecer prioridades. La primera era Emma y Hugh, la segunda los O'Connor y la tercera aunque la más importante de todas: Dieter Steiner. Dieter era la maldita piedra angular que había provocado toda aquella cadena de acontecimientos. Solo existía una forma de acabar con aquello. Tenía que hacerlo desaparecer.

Υ

Aquel helado viernes de primeros de diciembre Emma aparcó su vehículo frente a la escuela para esperar a Hugh a la salida de clase. Habían transcurrido más de tres semanas desde que Alan se fue y no había recibido noticia alguna. Rezaba para no cruzárselo en la calle aunque su otro yo le indicara un pensamiento contrario. Trató de acallar los enmarañados sentimientos que aquel hombre con aspecto de protector había conseguido despertar en ella, pero no lo había logrado. Había oído comentarios en la tienda O'Keeffe's o en la farmacia O'Connell y en otros comercios colindantes acerca de su marcha. Nadie sabía dónde se encontraba, aunque el avispado Derrick Kilkullen le aseguró que no había salido del país. Alan Gallagher siempre se despedía antes de regresar a Nueva York, y por esa razón sabía que no podía andar muy lejos. Emma estaba convencida de que quizá no había encontrado la inspiración que realmente buscaba y había optado por regresar. Lo distinguió entre el pelotón de niños que se arremolinaban en la salida y sintió que el alma se le iba hasta los pies cuando reconoció una figura familiar que charlaba animadamente junto a Hugh. Por todos los santos ¿qué demonios estaba haciendo allí? Alan se reía de algún comentario que su hijo le acababa de hacer. El hombre alzó la vista, vislumbró el desvencijado Chrysler al otro lado de la calle y levantó la mano en señal de saludo. Y ella salió del coche y se apoyó sobre la puerta, mientras los veía cruzar la calle. La mirada que él le dedicó cuando estuvo frente a ella fue difícil de interpretar.

—Alan vino a ver la exposición de ciencias —le informó Hugh con una desmesurada sonrisa en su rostro.

Emma trató de mantener la calma.

—Hola Alan —logró decir.

—¿Qué tal, Emma? Me alegro mucho de volver a verte.

—Creía que habías regresado a Nueva York.

—No acostumbro a marcharme sin despedirme. He estado un par de semanas en la zona de Galway.

—¿Trabajo?

Asintió con la cabeza a medida que apartaba sus ojos de ella para fijarlos en Hugh.

—Tu chico es un dechado de virtudes. Me ha dejado impresionado con su trabajo y con su perfecta lección de anatomía. Espero que algún día sea médico porque de no ser así sería un talento desperdiciado. «Como su padre» —estuvo a punto de decir.

Hugh sonrió complacido.

—Es buen estudiante aunque de un tiempo a esta parte se está poniendo muy irreverente.

Hugh frunció el ceño disgustado. El mismo gesto de Ben y Alan quiso salir huyendo de allí.

—Es la edad, Emma. No seas tan dura con él —dijo tratando de templar los ánimos.

—Ya lo has oído, mamá. Hazle caso.

—Eres un granuja ¿lo sabías? —Emma lo zarandeó por los hombros y Hugh terminó fundiéndose en los brazos de su madre. Cuando fue consciente de lo fuerte que lo agarraba y de que estaba frente a las puertas de su colegio, donde todos sus colegas de clase lo observaban, se deshizo de su abrazo.

—¡Para ya, mamá! No seas tan empalagosa —farfulló con desgana.

Emma se apartó de él con una mueca de melancolía.

—El día que una chica te besuquee frente a estas puertas, ¿le dirás lo mismo que a tu madre? —preguntó Alan en tono jocoso para poner un poco de humor a la escena.

Hugh agachó la cabeza con una tímida risa y Emma agradeció con sus ojos a Alan aquel audaz comentario. Tenía muy buena mano con los chiquillos. Se preguntaba dónde había adquirido esa habilidad.

189

—¿A qué hora entras a trabajar en Byrne's? —le preguntó volviendo a centrar toda su atención en ella.

—Hoy he cambiado el turno a Stella.

—Creía que tenías los sábados libres.

—Y los sigo teniendo. Es que mañana se casa su prima que vive en Dublín, así que ella me cubre esta tarde y yo haré lo mismo por ella.

—Eso quiere decir que no tienes excusa.

—¿Excusa?

—Para negarme una invitación para cenar en Murphy's.

—Quedamos en que me llevarías a casa de Ted —interrumpió Hugh—. Steve y Angie también van a ir.

—Cielos, lo había olvidado —recordó mirando a Alan que parecía sospechar de aquella oportuna intervención de Hugh.

Emma le leyó el pensamiento.

—Alan no quiero que pienses que…

—No he pensado nada —le aseguró con una sugestiva sonrisa—. Llevaremos a Hugh a casa de Ted, te llevo a cenar y después vamos a recogerlo. ¿Te parece un buen plan?

—A mí me parece perfecto —respondió Hugh en lugar de su madre.

Emma no podía creerlo. No le incomodaba el hecho de que Alan quisiera cenar a solas con ella. En cierto modo se sentía halagada y su fuero interior clamaba por ser objeto de su atención durante unas horas. Por otra parte, conocía el restaurante de Neil Murphy y sabía que en aquel lugar estaría a salvo de cualquier eventualidad. Pese a todo seguía temiendo dónde podía desembocar aquello. De repente volvió a sentirse arrastrada por el temor y trató de evitarlo pero su mirada de recelo no pasó desapercibida para Alan.

—Confía en mí, Emma —le dijo con una voz llena de afecto. Y Emma lo hizo. Confió en él.

—Creo que es el momento de que empecemos a hablar un poco más sobre ti —le preguntó Emma cuando llegaron a los postres. Parecía que las dos copas de aquel excelente vino elegido por Alan estaban provocando milagrosos efectos en ella a juzgar por la inquieta mirada de su insondable compañero de mesa.

—¿Qué es lo que quieres saber? Creo que ya te lo he contado todo.

—¿No has considerado nunca la posibilidad de volver a casarte?

A Alan le sorprendió aquella pregunta. Se había limitado a decirle que era divorciado, lo cual era cierto.

—Creo que con dos matrimonios fallidos es más que suficiente. No tengo necesidad de añadir un nuevo fracaso a mi lista.

—¿Dos? Vaya... —murmuró—. Creía que...

—El primero para mí no cuenta —le interrumpió—. Tenía veinte años. Un desliz con una antigua novia del instituto. La dejé embarazada. Nos casamos deprisa y corriendo, pero a los cinco meses perdió el niño. Sin niño de por medio ya no era una obligación estar con ella así que la dejé.

—¿No la querías?

—A decir verdad, no. Solo pretendía cazarme y eso es algo que no soporto en las mujeres.

—¿Eras un buen partido?

—¿Bromeas? —le dedicó una triste sonrisa—. Tenía veinte años y estaba en la universidad. No tenía mucho que ofrecer salvo un trabajo en el negocio familiar y... bueno... un físico de escándalo. —Esta vez rio abiertamente mostrando una vanidosa mirada—. Pero bueno... —apartó la vista de ella y la centró en su postre—, de todo eso hace ya mucho tiempo. Ya nada es como antes.

Emma pensó que su físico seguía siendo de escándalo. Trató de imaginar cómo sería bajo aquellas ropas y se enfadó consigo misma por plantearse semejantes cuestiones.

—¿Y qué hay del… del segundo fracaso? —se atrevió a preguntar tratando de alejar aquellos pensamientos de su mente.

—Fue ella quien me dejó.

—Vaya, lo siento.

—Yo también lo sentí, pero supongo que me lo tenía merecido. Le dedicaba más tiempo a mi trabajo que a ella y terminé pagando las consecuencias.

—¿Te dio a elegir?

—Ni siquiera me dio esa opción. Le prometí muchas veces que iba a cambiar. Sencillamente se cansó de esperar y la comprendí.

—Es una pena.

—Lo tengo superado. Hace casi catorce años de eso. Ella se volvió a casar con un senador de Florida y tuvieron dos hijos. Es muy feliz y me alegro de que así sea.

—Catorce años es mucho tiempo sin haber vuelto a… —Emma guardó silencio. Se dio cuenta de que estaba adentrándose en terreno peligroso. Debía cerrar la boca y no ahondar más en el asunto, sin embargo no quería hacerlo. Deseaba descubrir más cosas sobre él.

191

—¿A enamorarme? —concluyó él.

Emma asintió.

—No tengo edad para eso. Creo que me he ganado el derecho a hacer lo que me plazca sin tener que implicarme; además ya no tengo las mismas energías de antes para soportar un nuevo fracaso.

—¿Y quién te dice que vayas a fracasar?

—Dicen que no hay dos sin tres.

—Y también que a la tercera va la vencida.

Emma fue consciente del erróneo mensaje que podría haberle lanzado con aquellas palabras. Él clavó los ojos en ella durante breves segundos y Emma tuvo que desviar la mirada hacia su plato, repentinamente alterada e incluso angustiada.

—No debí haber sacado este tema —le dijo sin mirarlo—. No soy quién para dar consejos a nadie al respecto.

No esperaba lo que ocurrió a continuación. Sintió los dedos de Alan sobre su mentón obligándola a alzar su rostro hacia él. El mero roce la hizo estremecer.

—Mírame —le rogó él con voz ronca.

Emma obedeció. Cuando las yemas de aquellos dedos alcanzaron su labio inferior no pudo evitarlo y se vino abajo. Su boca tembló. Sus ojos brillaron y luchó endiabladamente contra aquellas lágrimas que intentaban desesperadamente abrirse paso.

Alan hizo desaparecer la primera de ellas con su pulgar.

—¿Y qué hay de ti, Emma?

Emma echó la cabeza a un lado sin decir nada y Alan retiró su mano.

—Déjalo estar, Alan.

—¿Por qué tengo la sensación de que quieres huir de mí siempre que estoy contigo?

—A veces solo pretendo huir de mí misma —le dijo abrumada—. De modo que no te lo tomes como algo personal.

—Uno nunca huye de uno mismo.

—¿De veras? —Se limpió el resto de sus lágrimas con el dorso de la mano y alzó la vista hacia él de un modo inciertamente desafiante—. ¿Y qué hace entonces un tipo como tú en un lugar como este si no es para huir de algo?

—¿Es ese tu caso? Una mujer bonita e inteligente como tú viviendo encerrada con sus recuerdos y sus miedos en una ciudad perdida del sur de Irlanda. ¿De qué huyes tú, Emma?

Alan sabía que había estado a punto de cruzar la línea, pero aun así se arriesgó porque no podía tolerar continuar en aquel estado de permanente alerta. Había regresado a Kilkenny con un objetivo que distaba mucho del que ahora tenía frente a él. Antes de conocerla solo había querido desenmascararla pero ahora se hallaba en el mismo callejón sin salida de Emma. Y todo por un estúpido capricho. Sí. Emma había comenzado como un capricho por el maldito morbo que le provocaba. Cuando ese anhelo había pasado a convertirse en obsesión tras sus semanas de destierro en Kinvara se percató de que estaba atrapado por ella. Maldita sea, se había enamorado como un vulgar jovenzuelo y el mero hecho de pensar en el rechazo lo estaba llevando a un estado de crispación total.

—¿Quién eres, Alan Gallagher? ¿Qué quieres de mí? —Su expresión había cambiado. El pánico y la sombra de la sospecha se habían apoderado de sus ojos.

—No quieras saber la respuesta a esa pregunta, Emma.

Hizo una seña al camarero. Se llevó las manos al bolsillo para extraer su cartera. Depositó varios billetes en una esquina de la mesa y se levantó de su silla ante la mirada atónita de Emma.

—Se nos hace tarde y tenemos que recoger a Hugh. Después os llevaré a casa.

Emma obedeció sin rechistar. Alan estaba disgustado. Prefirió no especular sobre las causas de aquella expresión de resentimiento que de forma imprevista se había instalado en la oscuridad de aquellos ojos.

Llegaron antes de tiempo a casa de los Cooper, cosa que no agradó mucho a Hugh porque estaba divirtiéndose de lo lindo con sus amigos. Disgustado, no pronunció palabra de camino a casa. Ni siquiera la presencia de Alan había logrado hacerlo cambiar de actitud. Alan tampoco había hecho mucho por conseguirlo. Emma fijó la vista en sus regias manos que agarraban con fuerza el volante a juzgar por el color blanquecino de sus nudillos. Miró de soslayo su perfil y apreció la tensión alojada en su mandíbula. ¿Por qué había reaccionado así? ¿Qué estaría pasando por su mente en esos instantes? Para su sorpresa apartó la mirada un segundo de la carretera para observarla. Después dejó escapar un suspiro y retiró una mano del volante para depositarla suavemente sobre la de ella siguiendo con la vista puesta en la carretera. No quiso ver la respuesta de aquella muestra de afecto en ella porque temía ver el rechazo en sus ojos. Solo cuando sintió que la mano de ella rodeaba la suya se atrevió a mirarla. No hicieron falta las palabras.

193

A las puertas de su domicilio en Rose Inn Street, Hugh traspasó el pórtico de entrada mientras su madre se volvía para decir adiós a Alan. Aún enfadado, no la esperó y comenzó a subir las escaleras.

—Siento mi reacción de esta noche —le dijo Alan.

—Y yo siento haberte hecho recordar cosas que quizá preferías no recordar.

—Me ha hecho bien hablar de ello. En el fondo te tengo que agradecer que… —Alan no pudo acabar la frase cuando oyó un grito de terror proveniente de la escalera. Era Hugh.

Tanto él como Emma entraron a trompicones para subir los escalones de tres en tres.

—¡Mamáaaaaaaaaaaaaa!

Cuando alcanzaron el rellano de su apartamento se detuvieron en seco. Sobre la puerta de Emma se hallaba una enorme cartulina negra con grandes trazos escritos en pintura roja. De algunas letras goteaba la pintura hacia abajo, lo que transmitía un aterrador mensaje sangriento.

LO SÉ TODO

Bajo la puerta, encima del felpudo, se hallaba una caja negra.

—No me he atrevido a abrirla —dijo Hugh con voz ahogada refugiándose entre los brazos de su madre.

—Has hecho bien, cariño. No te preocupes.

Alan intercambió una mirada interrogante con ella. Se agachó para coger la caja, pero cambio de opinión.

—Por favor, Alan, ten cuidado —le rogó asustada.

Levantó la tapa con la puntera de su zapato y le mostró el contenido. Dentro había una rosa roja marchita envuelta en papel de celofán negro.

—Me gustaría pensar que se trata de una broma, pero Halloween ya pasó —dijo aparentemente tranquilo. No estaba asustado ni nervioso, como si estuviera acostumbrado a controlar la situación—. ¿Tienes idea de quién puede estar detrás de esto? —Se sintió estúpido al hacer semejante pregunta porque sabía de sobra la respuesta.

Emma negó con la cabeza. Alan supo que mentía.

—¿Y tú, Hugh? ¿Algún encontronazo con algún compañero de clase?

—No —musitó apoyado contra el brazo de su madre.

—Bien, llamaremos a la policía. Esto no ha llegado a tu puerta por arte de magia, de modo que debe de haber alguna persona que haya visto entrar a alguien sospechoso ¿Ha sucedido esto con anterioridad?

—No —mintieron al unísono.

—Bien, ¿qué te parece si entramos? No me quedaré tranquilo hasta veros ahí dentro, al menos hasta que la policía llegue. Supongo que interrogarán a los vecinos. Cualquier detalle podría servir.

Emma tardó en reaccionar. Agradeció que Alan estuviera con ella en ese instante pero la mera idea de pensar en las coincidencias activó una vez más su alarma. Después de todo ¿qué era lo que sabía de él? ¿No era curioso que justo en ese momento hubiera tenido lugar otro suceso como el del año anterior?

Observó que Alan extraía los guantes de piel del bolsillo de su abrigo. Se los puso y retiró el tétrico cartel de la puerta. No quería dejar huellas. Había vuelto a utilizar la misma táctica de la caja. Era más avispado de la cuenta o estaba habituado a… Dios mío… ¿cómo podía haber confiado en él? ¿Quién era aquel tipo? ¿Qué sabía sobre ella? ¿Por qué se mostraba tan alterado y al mismo tiempo tan a cargo de la situación? Se volvió a quitar los guantes y los devolvió a su lugar.

—¿Vamos a quedarnos aquí toda la noche o vas abrir esa puerta?

Emma no reaccionó. Sus pies estaban clavados en el suelo al igual que los de Hugh. Alan comprendió.

—Dios mío, Emma. ¿No pensarás que...? —le lanzó una grotesca sonrisa—. ¿Piensas que tengo algo que ver con esto?

—Baja la voz, por favor. Los vecinos van a oírte —le suplicó en voz baja.

—Entonces abre la puerta y deja de mirarme de esa forma. Maldita sea, solo estoy tratando de protegeros. Sería incapaz de haceros daño. —Pareció tan dolido por su reacción que Emma rebuscó las llaves en su bolso y las introdujo torpemente en la cerradura.

—Déjame a mí —se ofreció apartándola—. Yo entraré primero.

Ambos lo esperaron fuera durante unos minutos. Regresó y se hizo a un lado para dejarlos entrar.

—Aparentemente todo está en orden.

Emma dirigió sus pasos hasta el dormitorio de Hugh.

—¿Quieres que pongamos la denuncia ahora o prefieres esperar hasta mañana?

—Acabemos con esto cuanto antes —le respondió aturdida.

Alan marcó el número de comisaría. Pidió que le pusieran con el inspector MacKellan y aprovechó que se encontraba solo en el salón para pedirle un pacto de silencio en cuanto a su pasado como agente del FBI delante de la denunciante. En diez minutos el agente Shepherd estaba llamando a la puerta. Fue Alan quien se encargó de abrir porque Emma había ido en busca de Hugh para lograr tranquilizarlo.

—¿Cómo va todo, Gallagher? —le preguntó Martin Shepherd a medida que entraba.

Alan le tendió la mano. Cuando Emma apareció en el salón, el agente y Alan intercambiaron miradas. Shepherd se preguntó qué relación tenía con aquella belleza.

—Soy el agente Martin Shepherd, señora Connolly —se presentó dándole la mano.

—Es un placer, señor Shepherd. —Emma le indicó que tomara asiento en un sillón.

Alan se sentó al lado de ella en el sofá y eso la reconfortó.

—Bien. Adelante, soy todo oídos —dijo el agente preparado para escuchar y tomar nota en un pequeño cuaderno.

Ambos relataron la totalidad de lo sucedido. Después de formular las preguntas de rigor y de hacer las mismas observaciones que

Alan le había hecho se levantó de su asiento. Emma había mentido sobre las sospechas de la procedencia de aquella broma macabra. ¿Tenía algún enemigo? ¿Qué quería decir la frase de «lo sé todo»? ¿Tenía algún significado? ¿Algún antiguo novio celoso que quiera vengarse? ¿Alguna pelea de su hijo en la escuela? ¿Hay algo que la policía deba saber? ¿Se ha sentido perseguida o amenazada en alguna otra ocasión? ¿Ha recibido llamadas anónimas? A todas había respondido con una mentira tras otra. Creía que el hecho de tener a Alan a su lado iba a ayudarla, pero tuvo la sensación de que su proximidad la estaba trastornando hasta el punto de convencerse de que él no estaba creyendo ni una sola de las respuestas que le estaba proporcionando al agente Shepherd. Alan sabía que estaba mintiendo. ¿Por qué no decía nada?

—Aprovecharé para hacerles algunas preguntas a los vecinos y mantendremos la vigilancia por la zona.

—Le ruego no entre en demasiados detalles con referencia a lo ocurrido. No queremos despertar la alarma en el resto del vecindario —le rogó Emma.

—¿Es posible que envíen a algún agente por los alrededores del colegio? Por lo menos hasta que terminen las clases —añadió Alan.

—Lo intentaremos, señor Gallagher, pero no podemos desplegar esa clase de vigilancia. Esto es una ciudad pequeña y no contamos con todos los medios que quisiéramos. Según las declaraciones de la señora Connolly no hay motivos para creer que haya alguien capaz de hacerle daño. Ha podido tratarse de una broma pesada.

Emma miró a Alan y supo que si hubiese podido habría tumbado de un puñetazo al agente Shepherd.

—De todas formas estaremos alerta. Si tenemos algo nos pondremos en contacto y usted haga lo mismo si descubre algo —le dijo a Alan.

Le entregó una tarjeta y Gallagher se la guardó en el bolsillo.

—Si recuerdan alguna otra cosa ya saben dónde localizarme.

—Gracias, agente.

Alan lo acompañó hasta la puerta. El agente Shepherd se marchó. Se quedaron solos en el salón. En silencio.

—Voy a comprobar cómo está Hugh —le dijo al pasar por su lado sin atreverse a mirarlo.

Alan se le adelantó y le interceptó el paso. Cerró la puerta del salón que comunicaba con las dos habitaciones.

—Hugh debe estar agotado. Deja que descanse.

—Ya has hecho todo lo que tenías que hacer, Alan. No estás

obligado a nada. He aprendido a estar sola. Hugh y yo no te necesitamos. No necesitamos a nadie —le dijo irritada.

—No estoy haciendo nada por obligación.

—Mi vida iba bien hasta que apareciste. Regresa a Nueva York, por favor. Márchate antes de que sea demasiado tarde.

—¿Demasiado tarde para qué?

—Deja que sigamos con nuestra vida. —Su enojo aumentaba.

—No puedo hacer eso.

—Pues deja de jugar al ángel protector con nosotros porque nadie te lo ha pedido. —Las lágrimas de rabia empezaban a asomar en sus cansados ojos.

Alan tuvo que zarandearla por los hombros para hacerla reaccionar.

—Relájate, por el amor de Dios —le suplicó Alan—. Deja de fingir, deja de vivir esta farsa.

El horror se dibujó en su rostro.

—¿De qué estás hablando?

—No he creído ni una palabra de lo que le has dicho al agente Shepherd.

—¿Quién te crees para…? Márchate —le ordenó apretando los dientes enfurecida.

—No pienso dejarte sola. No, sabiendo que corres peligro.

—Ya te he dicho que sé cuidar de mi misma.

—Pues vete acostumbrando a que otra persona lo haga por ti porque no me pienso largar de aquí. Tú eliges dónde paso la noche. ¿En tu cama o en ese sofá?

—Pero ¿quién te crees para…?

—No me hagas perder la paciencia, Emma —le interrumpió.

Emma trató de no parecer conmovida, pero la forma en que le clavaba aquellos ojos y la sujetaba por los hombros también le estaba haciendo perder a ella el poco juicio que le quedaba.

—¿Por qué me haces esto? —preguntó resignada.

—Porque me he enamorado de ti, maldita sea. Y que el cielo me ayude porque bien sabe Dios que estoy pisando terreno minado.

Dicho aquello la rodeó entre sus brazos buscando su boca, pero se quedó apenas a un centímetro de la de ella mientras esperaba su reacción perdido en la confusión de su mirada. Emma no rechazó aquellos potentes brazos que la cobijaban. Había deseado estar en los brazos de aquel hombre desde aquella tarde, víspera de Halloween. Día tras día había luchado sin resultado contra aquel sentimiento. Fuera quien fuese Alan Gallagher había terminado ga-

197

nando la batalla así que enlazó sus manos alrededor de su nuca y tiró de él para acercar sus labios a los suyos. El beso fue apresurado, turbulento e incluso desesperado. De un impulso Alan la levantó del suelo agarrándola por las nalgas. Emma enlazó sus piernas alrededor de su cintura mientras él se las arreglaba como podía para abrir la puerta que llevaba a su habitación. No quería hacer ruido para no despertar a Hugh. La cerró con ayuda del pie sin dejar de besarla. Se detuvieron unos instantes para tomar aire sin perder el contacto visual.

—Lo siento, pero elijo cama —susurró Alan contra sus labios con una sensual sonrisa.

Emma descansó la mitad de su cuerpo sobre aquel abdomen duro como una roca apoyando el mentón sobre su vigoroso pecho. Acariciaba el suave vello mientras una de las manos de él se deslizaba una y otra vez desde sus hombros hasta el lugar en que la espalda perdía su nombre. Con la que le quedaba libre jugueteaba con varios mechones de su cabello. La mano de Emma se detuvo en la cicatriz que cruzaba su costado y se perdía bajo su axila.

—¿Cómo te la hiciste? —le preguntó mientras posaba sus labios sobre la herida.

—Un accidente sin importancia —murmuró.

—Mientes —le dijo con una turbadora sonrisa mientras deslizaba eróticamente sus labios por la cicatriz.

—Quien esté libre de pecado que tire la primera piedra.

Emma volvió a apoyar su mentón sobre aquella perfecta musculatura. Sus ojos oscuros se mostraron sombríos.

—¿Hay algo que quieras contarme, Alan? No eres periodista ¿verdad? —preguntó con miedo a conocer la respuesta.

—No. No lo soy —le respondió clavando su ojos en ella.

—Y tampoco has venido aquí con la finalidad de buscar inspiración para tu próximo libro, ¿me equivoco?

Alan negó con la cabeza mientras notaba que los latidos de su corazón se aceleraban, aunque realmente no supo con certeza si eran los suyos o los de Emma.

—Ahora tendrías que levantarte y marcharte por donde has venido —le dijo con voz firme, pero el lenguaje de su cuerpo mostraba cualquier cosa menos firmeza. Sintió como temblaba encima de él, y tiró de ella con fuerza hacia arriba.

—Suéltame, por favor —protestó.

—Ni hablar. —La cambió de posición con un rápido movimiento y la colocó debajo de él.

Emma estaba atrapada bajo el peso de su cuerpo.

—No me hagas daño, por favor —le rogó con voz ahogada tratando de zafarse de él hincándole los codos en el vientre.

—Escúchame, Emma Connolly, Clarissa MacNamara, Claudia Valeri o cómo diablos te llames —le dijo estirándole los brazos sobre la almohada mientras la inmovilizaba sujetándola por las muñecas. Vio el terror dibujado en sus ojos—. Ni soy periodista ni he venido a Kilkenny para trabajar en mi próximo libro. Soy un agente retirado del FBI y esa cicatriz que hace unos segundos ha estado bajo tu deliciosa boca me la provocó una bala cuando en uno de mis casos me vi inmerso en un tiroteo. Ahora comprenderás la razón por la cual mi segunda mujer me abandonó. Actualmente poseo mi propia agencia de investigación y seguridad privada en Nueva York. He viajado hasta aquí porque logré rastrear la llamada que hiciste a Patrick O'Connor hace un año. Después de una visita a John Carpenter tardé poco en hacer que cuadraran las piezas. No existe ningún señor Conolly al que le estés guardando las ausencias. Sé lo que te obligó a hacer Dieter Steiner, sé que Hugh no es hijo tuyo y sé que formas parte del WitSec, pero no tengo nada que ver con lo sucedido hoy a la puerta de este apartamento. Los dos sabemos quién está detrás de esa broma macabra y te aseguro que me voy a encargar de que no vuelva a hacerlo. El resto de lo que sabes de mí es todo cierto. No te he mentido. Ah, y una cosa más. No pienso hacerte daño por dos razones. Primera: no soy de esa clase. Segunda: te quiero. ¿Te ha quedado claro?

El pecho de Alan subía y bajaba emanando un delicioso calor y Emma, aún bloqueada por el efecto de sus palabras, trató de moverse inconscientemente bajo la exquisita textura de su cuerpo. Aquella leve fricción contra su vello le produjo un gozoso cosquilleo sobre su piel. Alan imitó el movimiento y Emma pudo apreciar la apremiante necesidad que él volvía a tener de ella.

—¿Y qué vas a hacer conmigo? —logró decir todavía conmocionada por su confesión.

—Voy a hacerte el amor otra vez —le susurró al oído al tiempo que deslizaba su boca hasta su garganta rociándola de suaves besos.

199

Salió de ella para rodar hacia el otro lado de la cama. Cerró los ojos durante un instante mientras trataba de recuperar el aliento cubriéndoselos con el dorso de una mano porque quería postergar el momento en el que tendría que enfrentarse a la cara amarga de aquella nueva realidad. En vez de pensar en ella lo hizo en Julia y en Patrick. Ambos eran felices pese a la sombra de duda que se cernía sobre ellos desde aquella maldita llamada que les había puesto de manifiesto que Dieter Steiner seguía controlando sus vidas. Pero de eso ya no tendrían que preocuparse. En poco tiempo la noticia aparecería en algunos diarios del país. Sus dieciocho años al servicio del FBI le habían servido para conocer de primera mano a la mayor escoria humana sobre la faz de la tierra. De algo tenía que haber servido el hecho de haberse infiltrado en una de las bandas más corruptas y peligrosas del país. De algo tuvo que servir aquel balazo que a punto estuvo de acabar con su vida y que sí acabó con su matrimonio. Edward O'Connor había sufrido pero el tiempo le había hecho recapacitar hasta tratar de encontrar cierta paz consigo mismo y con su hijo. Julia no recibía las muestras de cariño que esperaba por parte del padre del hombre al que había consagrado su vida, pero desde aquella Navidad de 1975 Edward había logrado su respeto y el mero hecho de demostrar una descomunal pasión por sus nietos había terminado siendo más que suficiente para Julia. Patrick y Julia se tenían mutuamente. Eran padres de cuatro hijos sanos y maravillosos. Ahora él estaba ante la posibilidad de liquidar todos los asuntos pendientes que le quedaban en Nueva York para comenzar una nueva vida al lado de aquella mujer y el hijo que los O'Connor nunca llegaron a tener en sus brazos.

200

No supo cuánto tiempo había permanecido perdido en aquellos pensamientos hasta que sintió la mano acariciadora de Emma sobre su torso. Alan abrió los ojos para ver como ella buscaba cobijo en su pecho. Desplazó su brazo sobre su abdomen abarcándolo en toda su plenitud mientras que Alan alojaba el suyo tras la curva de su espalda tirando de ella para acomodarla.

—¿Por qué elegiste el nombre de Hugh? —le preguntó tras varios minutos de silencio.

—Fue uno de los nombres que ella barajaba —confesó en voz baja.

—¿Pediste ayuda a Patrick O'Connor?

Notó que se tensaba bajo su brazo.

—No quiero hablar de eso ahora.

—Pues yo sí —le dijo sujetándole del mentón y levantando su rostro hacia él.

—Hugh está bien. No debes preocuparte.

—Puedes contármelo —insistió.

—La noche de… —no pudo continuar y agachó la cabeza huyendo de aquellos ojos que la escrutaban.

Alan le rodeó la cara con ambas manos.

—Puedes hacerlo.

—Sufrió una parada cardiorrespiratoria. Estuvo encerrado en aquel lugar más tiempo del planeado. La tensión… lo que tuvo que soportar por mi culpa.

Alan advirtió que se estremecía nuevamente y la apretó aún más contra él. La besó en la sien.

—Está en buenas manos. Su madre es médico —musitó contra su cabello tratando de mitigar su ansiedad. Sabía que su padre también lo era y quizás estaría en mejores manos si estuviera bajo su tutela, pero no era el momento de pensar en eso. No podría arrancar a aquel chiquillo de las alas protectoras de una mujer que pese a lo que había hecho, velaba por él las veinticuatro horas del día. Pasaron varios minutos y Alan creyó que Emma había logrado encontrar un placentero sueño.

—¿Qué has querido decir con eso de «te aseguro que me voy a encargar de que no vuelva hacerlo»? —preguntó de pronto.

—He querido decir lo que tú has entendido. Estoy a punto de cometer la más maravillosa insensatez de mi vida al haber elegido quedarme a tu lado, y no estoy dispuesto a que nada ni nadie se interpongan en mi camino.

—Alan, él es mucho más poderoso de lo que piensas; no subestimes su capacidad para obtener todo aquello que se proponga. Incluso tras las rejas sería capaz de destruir nuestras vidas.

—¿No te has parado a pensar que quizás es él quien me subestima?

—¿Qué quieres decir?

Alan depositó un dedo acariciador sobre sus labios.

—Confía en mí. No hagas preguntas.

—¿Por qué lo haces? No soy buena persona, deberías denunciarme y…

—¿Has perdido el juicio? —le interrumpió—. Si lo hiciera te perdería y te aseguro que eso no entra dentro de mis planes. No eres mala persona, Emma. Has cometido errores porque has tenido la desgracia de cruzarte en tu vida con un depravado y lo has pagado con creces.

—No me merezco a alguien como tú.

—En eso te doy la razón. Deberías estar al lado de alguien mejor, pero esto es lo que hay, preciosa. Todavía estás a tiempo de buscarte a alguien de tu edad —logró arrancarle una débil sonrisa pese a la innegable tensión del momento.

—Ni hablar. Hoy no te has comportado precisamente como un hombre... maduro —mantuvo la vista fija en él antes de proseguir—. Eres lo mejor que me ha pasado en la vida. Volvería a pasar por todo de nuevo si eso me garantizara que finalmente iba a tenerte.

Alan la miró larga e intensamente y se inclinó para besarla con dulzura.

—Me siento halagado. Gracias.

Volvió a recostarse sobre él. Transcurrieron varios minutos hasta que volvió a tomar la palabra.

—Prométeme que no apartarás a Hugh de nosotros —musitó somnolienta contra su pecho.

No había dicho «apartar a Hugh de mí». Había dicho «de nosotros». Sabía que de aquella decisión podía depender el futuro de aquel muchacho e incluso el de su hermano. Aun así corrió el riesgo porque en aquel instante tenía a su alcance todo lo que podía desear. Se encontraba en Kilkenny, bajo el mismo techo en el que había pasado su infancia y en brazos de una mujer que se la había jugado al meterse en la cama con él aquella noche. En la habitación de al lado dormía plácidamente Hugh a quien adoptaría como hijo suyo. ¿Qué más podía pedirle a la vida?

—Te lo prometo —dijo finalmente.

Unas horas antes, Nueva York, Regis School

Julia observó a Ben a través del ovalado panel de cristal de la puerta del aula. Parecía estar atento a las explicaciones de su profesor de ciencias antes de dar comienzo a su examen. Su tutora, Madelaine Whitman, posó una mano tranquilizadora sobre su hombro y Julia se volvió hacia ella con rostro preocupado.

Había recibido una llamada del centro a media mañana. Durante la hora de entrenamiento en la pista de baloncesto Ben parecía haber sufrido un nuevo ataque de pánico. El partido transcurría con total normalidad cuando de repente se quedó paralizado en medio de la cancha. Después de emitir un grito estruendoso, se fue directo hacia el entrenador y se agarró con fuerza a su brazo. Desmond Graham tuvo que reconocer que se sintió tan bloqueado que ni él mismo había podido reaccionar. Ben se aferraba a él con una fuerza descomunal y temblaba de tal forma, que en un principio no oyó lo que decía. El profesor trató de tranquilizarlo atusándole el cabello en un gesto cariñoso, mientras sus compañeros observaban la escena sin pestañear.

—Vamos, todo el mundo a las duchas —ordenó señalando con los ojos la puerta de salida.

Comenzó el inevitable murmullo, pero nadie se movió de su sitio.

—¿Qué parte de la frase no habéis entendido? —gritó enfadado—. La clase ha terminado. Todo el mundo fuera. ¡Ahora!

Los treinta y cinco escolares comenzaron a moverse formando un gran alboroto.

—¡Todos en fila y en silencio! —gritó de nuevo.

En ese preciso instante notó que Ben aflojaba sus brazos y lo soltaba. Desmond se inclinó levemente hacia él. Observó la expresión sorprendida de su alumno al contemplar cómo sus compañeros abandonaban la cancha.

—¿Qué ha pa... pasado? —logró decir, aún conmocionado como si hubiera despertado de un mal sueño.

—¿Todo va bien O'Connor? —le preguntó Desmond, inquieto.

Ben asintió.

—¿Por qué... por qué se han ido todos?

—Parece ser que en mitad del juego te ha sucedido algo... es como si... como si de repente estuvieses soñando despierto.

Ben agachó la cabeza avergonzado.

—Eh, vamos. No tiene importancia.

—Sí la tiene —insistió Ben sin apartar la vista del suelo.

—Eh, muchacho. Vamos, mírame.

Ben no se movió.

—No tienes de qué avergonzarte.

—Van a pensar que soy un bicho raro... ya ha visto como me miraban —dijo en voz baja sin atreverse aún a levantar la cabeza.

—Pues menudo bicho raro... un bicho raro cuya marca está incluso por encima del mayor marcador del equipo senior. Ya quisieran todos esos ser la mitad de bicho raro que tú.

Desmond logró arrancarle una escueta sonrisa, pero aun así no cambió de posición.

—¿Hay algo que deba saber?

Ben negó con la cabeza.

—¿Va todo bien en casa?

Ben levantó la vista hacia él sorprendido por aquella pregunta.

—Claro. ¿Por qué iba a ir mal?

—¿Quieres que llamemos a tus padres?

—No. No, por favor —rogó súbitamente aterrado.

—Escucha Ben, si hay algo que debamos saber es mejor que lo cuentes ahora. Estamos aquí para ayudarte.

—No necesito ayuda.

—No me malinterpretes, hijo. Lo único que pretendo decirte es que si hay algo que te preocupe... algo que quizá no quieras contar a tus padres... aquí puedes hacerlo.

—No se lo cuente a mis padres, por favor.

—Tenemos que hacerlo, Ben.

—No he hecho nada malo.

—Nadie ha dicho eso. Puede que tengas problemas de alteración del sueño. A mí también me ocurría de pequeño y eso tiene fácil solución si se acude a tiempo a un especialista.

—Ha sido una pesadilla, nada más. Quizá... he soñado despierto.

—Está bien... está bien, pero quiero que sepas que me veo obligado a llamar a tus padres. Son las reglas del centro.

Ben le lanzó una mirada recelosa.

—¿Te ha sucedido esto antes?

—No —mintió.

Desmond le pasó cariñosamente la palma de la mano por la cabeza en un gesto aplacador.

—¿Quieres ir a casa?

—No. Tengo un examen a última hora. No puedo faltar.

—Buen chico —le sonrió—. Anda, ve con tus compañeros.

Ben obedeció y salió corriendo hacia la puerta de salida pero Desmond lo detuvo.

—Eh, O'Connor, ¿qué te parece si echamos unas canastas a la hora del recreo? Tú y yo, de hombre a hombre —le dijo golpeándose el pecho en un risueño gesto con la finalidad de hacerle recuperar la confianza.

Una tímida sonrisa se escapó de los labios de Ben. Sabía que había captado su atención.

—Trato hecho.

Se había vuelto a convertir en el chico inteligente y desenvuelto que siempre había sido. Desmond se quedó allí en silencio meditando sobre su próximo paso. A los pocos minutos abandonó la cancha para ir en busca de Madelaine Whitman.

205

—¿Quiere acompañarme a tomar un café? —le animó la señora Whitman.

—No se moleste. Ya le he hecho perder demasiado tiempo.

—No es ninguna molestia, se lo aseguro. Tengo media hora libre. Saldremos fuera del recinto si eso le hace sentir más cómoda.

Julia comprendió que quería extenderse algo más sobre lo sucedido a Ben.

—Está bien, como quiera.

Caminaron hasta el cruce de la 84 con Madison Avenue y se acomodaron tras las cristaleras de una *patisserie*.

—Es un chico despierto y extremadamente inteligente. De hecho tengo entendido que sus cuatro hijos lo son.

—Son buenos estudiantes. Hemos tenido suerte —anunció Julia orgullosa mientras saboreaba un aromático descafeinado.

Se produjo un incómodo silencio.

—Escuche, señora Whitman…

—Llámeme Maddie.

—Maddie… no quiero ser grosera pero si tiene algo que decir, dígalo, por favor. No se ande con rodeos.

—Me ha dicho que la última vez que le sucedió algo parecido fue hace casi un año, ¿me equivoco?

Julia asintió.

—¿Cómo se sintió Ben después de aquello?

—¿Qué quiere decir?

—¿Cambió su carácter?

—No, ¿por qué iba a hacer algo semejante? —se quejó con expresión desconfiada.

—Solo era una pregunta.

—Lo siento, no pretendía ser desagradable —se disculpó tratando de serenarse.

—Escuche, estoy segura de que usted conoce mejor que nadie a sus hijos, pero a veces los niños no se muestran tal y como son.

—¿Me está diciendo que mi hijo miente?

—No estoy diciendo que le mienta, pero cabe la posibilidad de que le esté ocultando algo.

—¿Qué insinúa?

La señora Whitman sujetó cariñosamente la muñeca de Julia antes de decirle lo que le había comunicado Desmond Graham.

—Cuando el entrenador le ha hablado de la necesidad de contactar con usted para contarle lo sucedido, Ben le ha rogado aterrorizado que no lo haga.

—Pero… —Julia tragó saliva y una expresión de alarma se dibujó en su rostro.

—Solo le estoy diciendo que quizá Ben haya pasado por algo parecido en más de una ocasión y que ni usted ni su marido lo sepan.

—¿Y qué iba a ganar con ocultarlo? Soy su madre, por el amor de Dios.

—Tenga en cuenta que tiene doce años. Ya no es un niño y quizá no quiera dar cuenta de lo que le sucede por temor a sentirse ridiculizado.

Julia agarró con fuerza su taza y bebió el resto del café en un vano intento de apaciguar su estado de ánimo. Inspiró profundamente y después exhaló un largo suspiro mientras clavaba sus ojos en Madelaine Whitman.

—¿Cree usted que mi hijo está sufriendo algún tipo de maltrato? ¿Es eso lo que usted piensa?

—No pienso eso de usted, señora O'Connor, pero el protocolo a seguir en estos casos obliga a hacer la pregunta.

—¿Le ha preguntado eso a mi hijo?

—El señor Graham lo ha hecho.

—Bien... ¿y cuál ha sido su respuesta? —inquirió empezando a perder la paciencia.

—No se preocupe. Según él todo va bien. Incluso se ha enfadado con su profesor cuando se lo ha cuestionado.

«Ese es mi Ben», pensó Julia.

—Entonces no veo cuál es el problema —le lanzó una mirada defensiva.

—Solo tratamos de ayudar. En ningún momento hemos sospechado nada raro. Desmond se ha quedado casi petrificado ante la mirada estremecedora de Ben. Temblaba bajo sus brazos como si hubiera presenciado algo terrible. Traten de hablar con él de esto, por favor. Intenten descubrir lo que le sucede.

Julia quiso salir de allí corriendo.

—Me está diciendo que Ben necesita... —no fue capaz de terminar la frase.

Madelaine asintió y de su bolso extrajo una tarjeta de visita. Julia la tomó con nerviosismo entre sus manos.

LINETTE E. VAUGH
Psicoanalista
54 West Street - S.23
New York

—Es una buena psicóloga.

—¿No cree que está exagerando?

—Ben está teniendo visiones, visiones que vive tan intensamente que cree que le están sucediendo en tiempo real —le confesó finalmente al recordar la inquietante conversación mantenida con Desmond Graham.

Julia quiso rebatir aquella barbaridad pero prefirió guardar silencio. Todavía temblaba al recordar los gritos de terror procedentes de su habitación la noche de su doceavo cumpleaños. «No quiero morir» —le había dicho atemorizado aferrándose a sus brazos. ¿Ha-

207

bía vuelto a pasar por lo mismo y ella no lo sabía? ¿Qué demonios le estaba sucediendo a su hijo?

Madelaine Whitman se armó de valor para pronunciar las palabras contra las que Julia O'Connor combatía en silencio.

—Ben necesita ayuda profesional.

Capítulo diez

Kilkenny, 25 de enero de 1979

Alan acababa de poner fin a aquella llamada que había recibido de la agencia de viajes cuando Emma entró en el pequeño salón dejando tras de sí un agradable olor a cítricos y lavanda. Se lio una toalla alrededor de la cabeza y después se anudó el albornoz.

—¿Quién era? —le preguntó.

Alan dio varias palmaditas sobre su muslo.

—Ven aquí —le indicó.

Emma le dedicó una sonrisa llena de intenciones y fue a acomodarse en su regazo. Alan la rodeó inmediatamente con su cuerpo y sus brazos.

—¿Con quién hablabas? —le obsequió con un fugaz beso.

—De eso hablaremos después —le aclaró él—. Ahora quisiera proponerte algo.

—¿De qué se trata?

Alan se quedó mirándola unos instantes. Emma reparó en aquellos ojos que desprendían una emoción confusa; mezcla quizá de la angustia y de un contenido entusiasmo. Al ver que no pronunciaba palabra le pasó la mano por la aspereza de su mandíbula sin afeitar.

—Un penique por tus pensamientos —le dijo.

—Te los doy gratis pero con una condición.

—Adelante.

—No acepto interrupciones. Prohibido decir nada hasta que te diga todo lo que tengo que decir.

—Pero...

—¿Lo ves? Ya estás incumpliendo la primera regla —le amonestó con una leve sonrisa.

Emma resopló cruzándose de brazos en un pueril gesto de protesta.

—De acuerdo —accedió cuando sintió que Alan entrelazaba sus dedos con los suyos.

—Me marcho a Dublín mañana temprano porque tengo que coger un vuelo a Nueva York. Debo dejar cerrados algunos de mis asuntos pendientes —observó como Emma le miraba boquiabierta. En respuesta a la pregunta que se había ahogado en su garganta Alan prosiguió—: Esos asuntos pendientes implican el cierre de mi agencia por traspaso, la liquidación de algunas acciones, la firma ante notario de la venta de mi apartamento de Manhattan y todo el papeleo necesario para comenzar a tramitar en la embajada mi residencia permanente en Irlanda, entre otras cosas. Dado que ostento la doble nacionalidad será coser y cantar. —Advirtió una leve oscilación en sus labios. Estaba sufriendo lo indecible por verla en ese estado. Su impaciencia era innegable y saltaba a la vista que aquello la estaba exasperando. Se sintió culpable al estar disfrutando de aquel pequeño juego—. Todo eso no me llevará más de un mes.

De buena gana le habría rogado que le acompañara pero sabía que no lo haría y él en el fondo así lo prefería. Algunos de los «asuntos» que tenía que cerrar no era recomendable que fuesen de dominio público. Esa era una de las razones por las que debía abandonar Estados Unidos de forma definitiva. Una vez que hubiera llevado a cabo lo que tenía en mente debía de poner tierra de por medio sin echar jamás la vista atrás. Debía desaparecer y la única forma de no dejar huella era regresando a Irlanda. Emma sintió que aferraba sus manos entre las suyas con firmeza. Se quedó mirándola con una extraña expresión ¿Qué demonios iba a decirle ahora?

—Te preguntarás de qué voy a vivir. Pues bien, he recibido una oferta para dar clases de Criminología en el Trinity College. Así que mucho me temo que tendremos que trasladarnos a Dublín, pero seguiremos manteniendo este apartamento porque pienso continuar viniendo a Kilkenny. Es más, he conseguido contactar con el arrendador y le he hecho una oferta de compra que está considerando muy seriamente. No sé si este premeditado deseo de reivindicar mis orígenes tiene que ver con la edad o con el simple hecho de que tú hayas entrado en mi vida. Lo cierto es que quiero recuperar el hogar que me vio nacer y quiero hacerlo contigo y con Hugh al que, dicho sea de paso, tengo intención de adoptar antes de que nos casemos o después. Eso lo dejo a tu elección.

Alan no dijo nada más y continuó envolviendo a Emma con una mirada afectuosa, quizá cargada en exceso de promesas y esperanzas. No había lugar a la decepción en aquel instante de su vida en el que se lo estaba jugando todo a una sola carta. Las múltiples emociones que se habían abierto paso en cada rasgo de su hermoso rostro conforme le iba exponiendo el plan que tenía trazado, lo estaban sumiendo en un estado de incertidumbre tal que trató de reprimir su repentina inseguridad. En esos cortos segundos cada una de sus bellas facciones había mostrado el asombro, la calma, el desconcierto, la adoración, el sobresalto, la turbación, el cariño y finalmente la confusión.

—Tienes permiso para hablar —le dijo Alan con una curiosa sonrisa que descubría más de lo que él hubiese deseado.

Emma bajó la vista para contemplar aquellas fuertes manos que aún rodeaban las suyas. Inspiró suavemente y después, con una lentitud que Alan estaba soportando como mejor sabía, fue elevando gradualmente su cabeza ladeándola de forma que él solo podía vislumbrar su perfil.

—Eh... vamos... no tengas miedo a decirme lo que piensas —murmuró con voz sosegada soltando sus manos y llevando una de ellas hacia su mentón—. Cariño, mírame, por favor.

Emma lo hizo. Alan trató de descifrar la huella que sus palabras habían dejado en sus ojos pero fue una tarea imposible. En aquel preciso instante se le antojaban más insondables que nunca.

—Alan... yo... —susurró una vez más rehuyendo su mirada—, Hugh está a punto de llegar y tendríamos que hablar de esto con calma. —Abandonó su regazo y se puso en pie.

—De acuerdo, he captado el mensaje —la imitó.

—Espera, no pienses que...

—No hay nada que pensar —la interrumpió mientras se dirigía hacia el extremo opuesto del salón para coger su abrigo que reposaba sobre una silla. Se lo puso—. Tienes razón. He sido un estúpido al planear todo esto sin haberlo consultado antes contigo. —Se volvió hacia ella para mirarla intensamente—. Pensé que... Olvídalo.

—Alan...

El sonido del teléfono interrumpió la tensión del momento y dejó en suspenso aquel cúmulo de profundas y encontradas emociones. Al ver que Emma no se movía de su lugar fue Alan quien alcanzó el auricular y lo descolgó al tercer timbrazo.

—Dígame. —Varios segundos de silencio—. Soy Alan Gallagher. En efecto, estaba presente el día de los hechos. —Alan permaneció atento a lo que se le decía al otro lado de la línea. Su expresión cambió radicalmente y sus ojos se clavaron de inmediato en Emma, lo que provocó una alarma total en ella.

211

—¿Qué sucede?

Alan le hizo un gesto levantando la mano indicándole que debía esperar a que terminara su conversación. Cuando lo hizo depositó suavemente el auricular en su lugar mientras le sostenía la mirada. Se fue hacia ella y la sujetó con suavidad por los hombros.

—¿Qué ha pasado? —repitió con recelo.

—Era el agente Shepherd. Tienen a un sospechoso.

—Pero... ¿cómo? ¿qu... quién es?

Alan percibió aquel terror que se apoderaba de ella cada vez que algo relacionado con su pasado hacía acto de presencia para perturbar ese resquicio de paz que había terminado encontrando.

—La policía lo encontró merodeando por esta zona la víspera de Año Nuevo. Hacían un pequeño control rutinario. Han seguido sus movimientos durante estas últimas semanas y lo han pillado trapicheando en pequeñas operaciones de contrabando. No suelta prenda. Es evidente que hay alguien que está detrás de todo esto. Él es un simple emisario. Tan solo han logrado hacerle hablar de un viejo almacén abandonado fuera de la ciudad. Tiene antecedentes por extorsión, tráfico ilegal y agresión sexual. —Emma dio un respingo y Alan la tranquilizó llevando sus manos hasta su acongojado rostro—. No tienes de qué preocuparte. Ese tipo va a estar a la sombra una buena temporada. Lo están interrogando y el inspector MacKellan me ha pedido que me persone en comisaría a la mayor brevedad.

—Alan, por favor, no quiero que te impliques en esto. Tengo miedo de...

—Descuida —le interrumpió—, voy a presenciarlo todo a través de un falso espejo, tal y como sucede en las películas. No tengo autoridad para hacer nada más pero mis años en el FBI pueden servir de ayuda a la policía de Kilkenny.

—Tengo que marcharme de aquí. Hugh está en peligro.

—No irás a ninguna parte.

—Esta pesadilla no acabará nunca ¿es que no te has dado cuenta?

—Acabará, Emma. No hay mal que cien años dure ni cuerpo que lo resista. —Acarició el contorno de sus ojos—. Voy a poner fin a esto de una vez por todas. Os protegeré de todo esto. Juro por Dios que voy a hacerlo.

Se oyeron unos pasos tras la puerta del apartamento. Acto seguido el *clic* de la cerradura. Tras el hueco apareció la adorable visión de Hugh que regresaba de la escuela.

—Hola, hijo. Llegas pronto. ¿Qué tal ha ido tu primera clase de francés? —le ayudó con los libros que sujetaba en la mano tratando de disimular el ataque de ansiedad que la inundaba.

—*Très bien* —le respondió con una extensa sonrisa y cambiando la tonalidad de su voz.

—Buen comienzo —añadió Alan.

—¿No cenas con nosotros? —le preguntó Hugh con cierto matiz de decepción en sus ojos al descubrir que llevaba el abrigo puesto.

—Tengo un par de recados que hacer y después tengo que ir a casa a hacer la maleta.

—¿Dónde vas? —El rostro de Hugh palideció y fue en ese preciso instante cuando Emma comprendió el alcance de la milagrosa conexión y la extraordinaria influencia de Alan sobre su hijo.

—Regreso a Nueva York, Hugh. Tengo algunos asuntos que atender allí.

—Pero... —miró a su madre en busca de una respuesta. Aquella secuencia que duró varios segundos a Alan le pareció eterna—. ¿No vas a llevarnos contigo?

Alan pensó que nada le habría gustado más pero sabía que mientras él viviese, aquel chico que inexplicablemente había empezado a considerar como el hijo que nunca tuvo, jamás pondría sus pies en Estados Unidos, al menos mientras él viviese. Emma lo sabía y él lo sabía. Clavó sus ojos en Emma. Supo por la expresión proyectada en sus generosos labios que sus pensamientos acababan de fusionarse con los suyos. Ambos se observaban intuyendo aquella apremiante necesidad de poner punto y final a ese dilema moral al que se enfrentaban. La carga impuesta sobre Alan sería sin lugar a duda mucho mayor que la de ella. Ese hombre había luchado y hasta había estado a punto de perder la vida por el admirable hecho de hacer justicia. Y ahora, después de sus largos años de entrega, ella lo llevaba a cruzar la línea que le hacía traicionarse no solo a sí mismo sino también a la familia que había depositado en él la confianza de su mayor confidencia. ¿Qué otra prueba necesitaba? Apartó la vista para fijarla en Hugh.

—No digas tonterías... ¿cómo va a llevarnos con él? No puedes faltar a clase y yo tengo que trabajar.

Alan no supo cómo interpretar aquello. Iba a tomar la palabra pero fue Hugh quien lo hizo por él.

—Vas a regresar, ¿verdad? Quiero decir... cuando arregles tus asuntos. Vendrás a Kilkenny y te quedarás con nosotros, ¿no?

Alan lanzó una mirada a Emma. Tenía que hacerlo. Tenía que hacerlo ahora o no lo haría nunca. Pasó la palma de su mano sobre la cabeza de Hugh con un paternal gesto.

—Por supuesto que regresaré, muchacho. Regresaré para quedarme.

—¿Para siempre?

Alan no vaciló y asintió con la cabeza mientras buscaba la aceptación en la singular mirada de la mujer que en poco más de dos meses había cambiado el rumbo de su vida. Pellizcó cariñosamente la fría mejilla de Hugh.

—Cuida de tu madre mientras yo estoy fuera. Cuando regrese te relevaré en el cargo y seré yo quien se encargue de cuidar de vosotros.

Hugh no pudo ocultar una sonrisa de satisfacción. Emma lo miró aturdida.

Dicho aquello dio un paso más hacia la puerta de salida y agarró con firmeza el picaporte esperando a que Emma se dignara a mirarlo. Hugh, viendo lo que se avecinaba, huyó de la estancia dejando a los dos adultos solos para que terminaran de resolver su rompecabezas particular.

214

—No hace falta que digas nada —le aclaró Alan—. Tienes todo un mes por delante para meditar acerca de mi propuesta, pero ten en cuenta un pequeño detalle: tomes la decisión que tomes pienso regresar, de modo que eso a lo mejor te da una leve idea de la opción por la que deberías declinarte.

Giró el pestillo y abrió la puerta. Tenía un pie en el descansillo cuando Emma lo sujetó por el brazo y lo detuvo. Con aquel brusco movimiento la toalla que tenía enrollada a la cabeza se deslizó sobre sus hombros dejando caer aquella perfecta cascada de húmedos cabellos.

—Alan... necesito tiempo para asimilar todo esto —declaró con voz ahogada aunque su intención hubiese sido que sonara con mayor firmeza.

Alan guardó silencio. Alzó una mano para deslizarla sobre la tersura de su mejilla pero cambió de opinión y la cerró en un puño dejándola suspendida en el aire.

—Cuida de Hugh, por lo que más quieras —le rogó conteniendo las ganas de lanzarse sobre ella para besarla.

Nuevamente se giró y salió de allí sin decir ni una palabra más.

Comisaría de County Kilkenny
25 de enero de 1979, 22.30 h

*E*l inspector MacKellan entró en la habitación contigua a la sala de interrogatorios. Observó a su antiguo compañero de aventuras y desventuras de la infancia pegado al doble falso cristal con el ceño fruncido. No había existido un solo día desde aquel 4 de febrero de 1938, el mismo día en que Hitler asumía el mando del ejército alemán, en el que lo veía partir cabizbajo y abatido en un tren hacia Galway para comenzar su periplo hacia la tierra prometida, en que no se hubiera repetido a sí mismo que de no ser por aquel hombre él no estaría vivo. Lo había salvado de morir ahogado en el río Nore. Ese suceso los había unido en silencio durante más de cuarenta años como si hubiesen sido hermanos de sangre. Josh MacKellan siempre estaría en deuda con Alan Gallagher por una razón muy sencilla. Le debía la vida. Pese a que los sueños que ambos habían perseguido desde pequeños no tuvieron la suerte de llevarlos a cabo de forma conjunta. Cada uno había buscado su manera de estar al lado de la justicia y, como era habitual, Alan se había jugado el pellejo en muchas más ocasiones que él.

Se percató de que no conseguía apartar la vista de aquel gusano de no más de metro sesenta y cinco, de cabello pajizo, dientes descolocados, producto de más de un altercado, y tez amarillenta llamado Ronnie Moore. Josh sabía que si su amigo hubiese podido habría atravesado ese cristal y lo habría machacado allí mismo.

—Sigue en sus trece —anunció MacKellan aun sabiendo que Alan había presenciado toda la escena desde el otro lado del falso espejo.

—No puedes soltarlo, Josh. Ese tipo sabe algo. No me creo la historia del antiguo novio que quiere darle un susto y que le ha pagado para que lo haga. Dios... es la historia más patética que he escuchado jamás.

—No tenemos pruebas —insistió.

Josh llevaba dándole vueltas al tema mucho tiempo. Debía tener sumo cuidado con las palabras que pudiera pronunciar a partir de aquel momento.

—Esa mujer apareció de la noche a la mañana en esta ciudad. Una mujer demasiado discreta que quiere pasar desapercibida a toda costa, con un leve acento difícil de identificar y con una historia cuidadosamente planteada y estudiada.

Alan puso todos sus sentidos alerta.

—¿Qué estás sugiriendo?

—Puede que sea cierto que algún antiguo novio celoso y enfermizo quiera hacerle la vida imposible, pero ¿para qué tomarse tantas molestias? ¿Qué significaba ese cartel? «Lo sé todo» —le recordó—. Esa rosa roja marchita envuelta en un tétrico papel de celofán negro. Demasiado ceremonioso y estudiado para alguien de la calaña de Moore. Quienquiera que sea sabe algo y ¿qué es lo que sabe? O más bien, ¿qué es lo que le molesta? ¿Quizá el hecho de que te la estás tirando?

Alan ni siquiera parpadeó pero Josh lo conocía demasiado bien y sabía de sobra que no eran precisamente elogios hacia su persona lo que pasaba por su mente en aquel preciso instante.

—O quizá lo que le fastidia es el hecho de que sea precisamente un exagente del FBI que curiosamente trabajaba en «Personas desaparecidas» quien se la está tirando.

—No me hagas perder la paciencia, MacKellan. El hecho de que me esté acostando con ella no tiene nada que ver con esto, de modo que olvídate de esa teoría.

—Eso me dice que tienes información que este departamento desconoce. Información privilegiada. No me equivoco ¿verdad?

Alan registró de un rápido vistazo todos los recovecos de la espartana sala de interrogatorios en busca de cámaras de vigilancia.

—Solo te lo voy a preguntar una vez, Alan —prosiguió el inspector—. ¿Quién es realmente Emma Connolly?

A Alan no le resultó complicado no parecer conmovido ni sorprendido. Estaba más que acostumbrado a mentir como un bellaco y mantener la sangre fría. Si no hubiese sido capaz de hacer algo semejante sus días de agente infiltrado en ciertas operaciones habrían tenido un fin prematuro.

—Escúchame bien —lo señaló con un dedo acusador— porque yo sí que te lo voy a decir una sola vez. Emma Conolly corre peligro y si este departamento no lo hace seré yo mismo quien le ponga las manos encima a ese desgraciado en el momento que lo soltéis y le haré escupir por esa asquerosa boca todo lo que sabe. Así que ahórrame esta tarea, apaga esa estúpida cámara de vigilancia y deja que entre ahí para hacer mi trabajo.

—¿Has perdido la cabeza?

—No, Josh. En mi vida he estado más lúcido que ahora.

—No puedo hacer eso.

—Es más de medianoche. La mitad de tu personal está viendo el partido. La comisaría es una balsa y nadie se va a enterar. Será su palabra contra la tuya. Maldita sea, eres mi amigo —pegó un puñetazo sobre la mesa—. Es la primera vez en toda mi vida que te pido un favor.

—No puedes pedirme que te deje entrar ahí para utilizar tus «infalibles» métodos. Por el amor de Dios, Alan. No tienes jurisdicción.

Alan dudó en silencio durante varios segundos.

—Amo a esa mujer, Josh. Mañana me marcho a Nueva York para cerrar un largo y tedioso capítulo de mi vida. Parte de lo que tengo que solucionar tiene que ver con Emma Connolly. Voy a regresar aquí con ella y con su hijo. Si me dejas entrar ahí, te juro que el día que te jubiles, te lo contaré todo.

—Forma parte de un programa de protección, ¿verdad? Has venido con una misión y no has contado con que no puedes cumplirla porque te has enamorado de ella.

—Josh, me lo debes —le insistió sin responder a su pregunta.

Josh MacKellan lo miró fijamente a los ojos. Era la primera vez que se lo recordaba después de casi cuarenta años. Acto seguido salió de la habitación y lo perdió de vista. Desvió la mirada hacia la sala de interrogatorios y vio cómo se abría la puerta. El parásito de Moore lo miró pero no abrió la boca. Josh arrastró una silla y se subió en ella. Tiró de un cable de conexión y la luz roja dejó de parpadear. Ronnie Moore debió de imaginar lo que venía a continuación porque la expresión de aquel nauseabundo cretino pasó a convertirse en la del desesperado cobarde que en realidad era. MacKellan desapareció de la sala y segundos después volvió a abrir la puerta de la habitación en la que se hallaba Alan esperándolo.

—Tienes cinco minutos escasos. Es el tiempo que tardarán en darse cuenta de que la cámara no funciona debidamente. Ni un segundo más.

217

Nueva York, Central Park West, 24 de febrero de 1979

*P*atrick tomaba una taza de café antes de partir hacia el hospital mientras echaba un vistazo al periódico y escuchaba a Julia decirle a los niños que llegaban tarde.

—Termínate el desayuno, Erin —la apremió viendo que se estaba entreteniendo más de la cuenta con aquel libro de dibujos que estaba coloreando.

—No quiero más —protestó.

—María se va a enfadar contigo si no te lo comes todo.

—Uff, estoy llena.

Patrick dejó el periódico a un lado y se encargó de hacerle comer el resto de la apetitosa tostada.

—Venga, Erin. No seas cabezota. Hacemos un trato, yo me tomo un trocito y tú el resto.

—La mitad —negoció la avispada Erin.

—No, un trocito —dijo partiendo un pedazo y llevándoselo a la boca—. Mmmmmmmmm... pero si está buenísimo.

Julia entró en ese instante y lo pilló con la boca llena.

—Comiéndote el desayuno de tu hija... es lo que me faltaba por ver —le reprendió con una sonrisa.

Erin soltó una malvada risita.

—Quiero ese plato vacío ahora mismo —le ordenó Patrick.

—Mamá, necesito que me firmes la autorización para el zoo —gritó Andrew mientras entraba en la cocina.

Sonó el timbre de la puerta.

—¿Puedes hacerlo tú, Patrick? María ¿abres tú?

—Sí, señora —respondió mientras salía de la cocina.

—¿Cuándo vas al zoo? —preguntó Patrick.

—Este viernes.

—Tráeme papel y bolígrafo.

—Aquí tienes —lo depositó encima de la mesa.

Patrick se disponía a escribir la autorización cuando Ben entró en la cocina.

—Papá, María dice que es el cartero. Te trae un telegrama. Tienes que firmar tú.

—¿Un telegrama?

Ben se encogió de hombros.

—Lo siento, cariño, te ha tocado —le dijo a su esposa trasladándole de nuevo la tarea de la autorización.

Se levantó y desapareció de la estancia. Andrew entregó la nota a su madre para que la escribiera. Depositó el papel sobre la página del *New York Post* que Patrick había dejado abierta en la sección de sucesos. Bebió un sorbo de la taza de café inacabada de su marido. Una noticia en la parte superior izquierda de la página captó su atención cuando levantó la taza.

SUICIDIO DE UN REO ALEMÁN
EN UN PENAL DE KANSAS

Dieter Steiner de cuarenta y dos años de edad y nacionalidad alemana —aunque se hizo pasar durante casi una década por ciudadano estadounidense—, cumplía condena en la Prisión Federal de Leavenworth. Entre otros delitos fue acusado de secuestro, suplantación de personalidad, falsificación de documento público, agresión sexual, lesiones, adopción ilegal e intento de homicidio. Se le acusó del asesinato de Roger Thorn, joven estudiante de medicina de Yale, desaparecido el 29 de septiembre de 1964 y del que tomó su identidad.

La mañana del 18 de febrero apareció ahorcado en su celda. Todo apunta al suicidio aunque la investigación sigue en marcha. Más información sobre los hechos en la página…

—¿Pasa algo? —preguntó Andrew preocupado por la súbita palidez que mostraba el rostro de su madre.

Julia dobló el periódico, apartó la taza a un lado y comenzó a escribir sobre la cuartilla en blanco que su hijo le había dado. Le tembló el pulso y trató de calmarse.

—Aquí tienes y ahora date prisa. Se os hace tarde —se levantó llevándose el diario consigo ante la mirada interrogante de Andrew que se preguntaba qué mosca le había picado. Obedeció y salió corriendo de la cocina.

Y

Patrick cerró la puerta y tanteó el papel doblado antes de rasgar la solapa. Lo desdobló un par de veces y encontró un escueto mensaje.

MIRADOR DEL EMPIRE STATE.
HOY A LAS 9.55 A.M.
A.G.

Permaneció breves segundos paralizado, con los pies clavados en el suelo. El característico barullo de los chicos en el pasillo mientras se preparaban para ir al colegio lo despertó. Julia apareció en el vestíbulo con el rostro ensombrecido. Abrió el armario para coger su abrigo y el bolso, rebuscó dentro para cerciorarse de que las llaves del coche estaban en el interior y evitó en todo momento el contacto visual con Patrick mientras se volvía para colocar bien las bufandas de Erin y Margaret.

—Eh, ¿va todo bien? —se interesó Patrick aparentando poseer una calma de la que carecía.

—¿De quién era el telegrama?

—De Alan Gallagher.

Julia clavó los ojos en su marido durante breves segundos.

—Se acabó, Julia. —Patrick supo que con aquellas simples palabras estaba todo dicho.

—¿Alan Gallagher? —preguntó Ben.

—Ben, ¿te importaría ir bajando con tus hermanos? —le dijo Patrick sin apartar los ojos de Julia que en aquel preciso instante parecían indescifrables—. Mamá estará con vosotros en un minuto.

—Vale, pero os he hecho una pregunta, por si no lo habéis oído —protestó Ben—. Me encanta que me ignoréis.

—Cariño, Alan Gallagher es un amigo de tu abuelo. Si haces memoria seguro que lo recuerdas —le aclaró Julia.

—Ah, vale... Alan —murmuró por lo bajo mientras salía por la puerta acompañado de sus hermanos. Después se detuvo y miró a sus padres con cara interrogante—. No le habrá pasado nada a Alan, ¿verdad?

Julia y Patrick se quedaron mirándolo.

—¿Por qué lo preguntas? —indagó Julia.

—Alan nos quiere mucho. Dice que nos protegería siempre. Me preocupa que le pase algo y como os he visto poner esas caras he pensado que...

220

—«¿Nos protegería siempre?» —Patrick no daba crédito.

—Sí. Eso dijo. Alan prometió protegernos a mamá y a mí.

—¿De qué…? —Patrick sacudió la cabeza en un gesto de incredulidad absoluta. No logró articular palabra. Buscó con la mirada a su esposa que estaba petrificada mirando a Ben.

—Cariño, esto no tiene ninguna gracia… —le dijo Julia—. Hace más de un año que no vemos a Alan.

Ben guardó silencio.

—Debes confundirte de persona, hijo —le tranquilizó Patrick.

Ben no dijo nada. Fue consciente de su error. Prefirió dejarlo pasar y si no quería que lo sometieran a una nueva y estúpida sesión con la doctora Vaugh, más le valía olvidarlo.

—Sí… puede que lo haya soñado —le dijo sin mirar atrás y saliendo por la puerta.

Julia trató de disimular su angustia. ¿Estaba ocurriendo otra vez?

—¿Te veo a la hora del almuerzo? —le preguntó a Patrick mientras seguía los pasos de Ben—. He dejado el periódico sobre la mesa de tu despacho, abierto por la primera página de sucesos.

Patrick la detuvo agarrándola por la muñeca. Por su temblor adivinó que fuera lo que fuese lo que le esperaba en la página de sucesos tendría mucho que ver con el telegrama enviado por Alan Gallagher. Eso sumado al inexplicable comentario de Ben le había hecho disparar la alarma.

—¿Estás segura de que puedes coger el coche? Puedo hacerlo yo. Hoy voy con tiempo de sobra.

—No hace falta. Necesito salir a la calle y tomar el aire —se acercó para besarlo de forma fugaz.

—Ven aquí, anda —la rodeó con sus brazos tratando de tranquilizarla.

—Tengo que irme. Nos vemos donde siempre —le dijo con mirada huidiza.

—¿Estás segura de que estás bien? —insistió Patrick reteniéndola.

Julia asintió deshaciéndose de su brazo y se marchó. Patrick se encaminó hacia el dormitorio para terminar de vestirse. Con la cabeza rebosante de pensamientos confusos sobre el mensaje de Alan y las inexplicables palabras de su hijo Ben, salió de casa, no sin antes entrar en su despacho para llevarse el periódico y pasar por la cocina para despedirse de María. Bajó directamente hasta el garaje y se metió en su vehículo. Después de haber leído la página de suce-

221

sos marcada por Julia, sintió una especie de náusea que le obligó a apoyar la frente encima del volante. Esperó pacientemente a que se le pasara aquel escalofriante estremecimiento. Respiró profundamente mientras ponía las llaves en el contacto y arrancaba para poner rumbo al Empire State.

Casi dos horas después se hallaba sentado frente a la mesa de su despacho en el hospital. Acababa de telefonear a Julia para decirle que no le era posible almorzar con ella. Su repentina cita con Alan Gallagher le había llevado más tiempo del deseado. Pese a que el exagente había sido escueto en la exposición de los hechos había sido inevitable que el encuentro se hubiera prolongado. Si bien su conversación se había limitado al desagradable hecho de que Alan había echado mano de sus infames contactos para atajar el problema de raíz, Patrick no pudo evitar haberse sentido despreciable al haberlo contratado para semejante misión.

—No te sientas así. Lo único que hemos hecho es adelantar su final… tarde o temprano iba a suceder. En la cárcel era un hueso duro de roer y se había creado demasiados enemigos. Le hemos hecho un favor no solo a tu familia, sino también a la sociedad e incluso al sistema. Una boca menos que alimentar.

Patrick no se había atrevido a decir nada aunque sabía que andaba sobrado de razones para pensar lo mismo que le acababa de decir Alan.

—No olvides que con su… marcha… yo también he resultado beneficiado.

—¿Vas a contármelo de una vez?

—No, Patrick, no puedo hacerlo.

—¿Qué otra razón te lleva entonces a abandonar el país? Puedes decírmelo. Esto nos ha convertido en uña y carne hasta la muerte, así que ninguno de los dos vamos a correr peligro por el hecho de que nos confesemos ciertas cosas. Lo que has hecho por mí y por familia… Alan, eso es algo que jamás voy a olvidar.

—No lo he hecho solo por ti. El verdadero motivo estaba en mí más que en ti.

—Sé que mi padre y tú…

—No tiene nada que ver con tu padre —aclaró.

«Si tú supieras», pensó Alan.

—Es ella, esa mujer ¿no? Has terminado cayendo en las redes de tu propia misión.

—¿Debería sentirme culpable por ello?

—No soy yo quien tiene que decidir eso.

Alan se llevó la mano al bolsillo interior de su abrigo y extrajo un sobre. Se lo entregó.

—¿Y esto?

—Ábrelo cuando estés lejos de aquí. Y cuando lo hagas cierra esta etapa de tu vida y no vuelvas a mirar atrás. Jamás ¿me oyes, Patrick? Jamás.

—Pero…

—No volverás a verme y por la cuenta que nos trae a ambos mejor que así sea. Y ahora dame un abrazo y vete de aquí. Corre con tu mujer y con esos hijos tan maravillosos con los que Dios os ha bendecido y sed felices. Eso es lo único que os exijo.

Dicho esto abrió los brazos y Patrick lo estrechó con fuerza.

—Dile a tu padre que se cuide, ¿de acuerdo? —le rogó cuando se separó de él—. Y dile también que por fin regreso a casa.

—Lo haré, descuida —asintió Patrick perplejo.

Alan comenzó a caminar en dirección a los ascensores pero se detuvo.

—Ah…una cosa más. Abraza a Ben de mi parte y protégelo porque ese hijo tuyo es un milagro. No lo olvides nunca.

Patrick se quedó allí pasmado con los pies clavados en el suelo y con la boca medio abierta. La cerró cuando recordó las palabras de su hijo aquella misma mañana. Si la pesadilla había acabado, ¿por qué entonces de repente le había invadido la sensación de que algo se le escapaba y que en realidad la pesadilla no había hecho más que comenzar?

223

El sonido del teléfono le hizo salir de sus enredados pensamientos. Atendió la llamada y volvió a centrarse en Alan Gallagher. Había pasado poco más de un año desde que le encomendara aquella ardua tarea y jamás pensó que terminarían haciéndose realidad sus plegarias. Desdobló la hoja escrita de puño y letra de Alan y respiró hondo antes de comenzar a leer.

Estimado amigo,

La misión que me encomendaste me llevó por caminos que ni en el más disparatado de mis sueños habría podido imaginar. Aquella llamada que puso en alerta a toda tu familia fue realizada por la mujer que ocupa mis pensamientos en este preciso instante. Lucho día a día por hacerla renacer de las cenizas en las que se hallaba sumida su vida por culpa de un ser indeseable. El mismo ser indeseable que al igual que su padre ha tratado de arruinar nuestras vidas. Ella ha sido lo suficientemente valiente como para denunciar todos los delitos perpetrados por ese bárbaro en los que incluso ella llegó a ser cómplice a cambio de pasar el resto de su vida bajo un programa de protección de testigos. Pero el bárbaro no se dio por vencido. El hecho de que estuviera tras las rejas de una prisión federal no significaba que estuviera a salvo.

La noche en la que recibiste aquella llamada fue la señal de que el peligro continuaba ahí, al acecho, para todos y cada uno de nosotros. Estuvo a punto de perder a su hijo y el bárbaro había tenido mucho que ver en ello. Se vio obligada a huir nuevamente. Otro país, otra identidad, otra vida sin sentido salvo por ese hijo que era lo único que no le impedía tirar la toalla. Cuando logré hacer que se enfrentara a sus demonios no pude soportar una nueva intromisión de ese calibre en su vida, así que he jurado protegerla a ella y a ese niño que ya considero como mi hijo aunque eso implique mi condena.

Todo ha acabado. Espero haber contestado a tus preguntas aunque como bien sabes es mejor no hacer preguntas cuyas respuestas ya se conocen de antemano. No he cerrado un capítulo de mi vida, Patrick. Ahora comienza mi vida.

No trates de contactar conmigo. Yo seré quien lo haga si fuese necesario.

Abraza a Julia y a los niños de mi parte. Sé feliz.

Tu amigo ALAN

Esa misma noche, después de haberse cerciorado de que sus hijos dormían plácidamente y de que incluso el sueño de Ben parecía tranquilo, Patrick volvió a leer aquella carta a Julia. Ella lloró en sus brazos por el final que había tenido aquel ser despreciable que se hacía llamar su hermano. Ambos supieron a quién pertenecía la voz desesperada de aquella mujer que ahora estaba bajo las alas protectoras de Alan; un hombre que había tomado pocas decisiones en su vida, pero cuando lo había hecho siempre se habían debido a una razón de peso. En efecto, era mejor no hacer preguntas. Le bastaba con saber que todos estaban a salvo. Eso era lo único que le importaba.

Después de haberle hecho el amor a su esposa tratando de mitigar las lágrimas de angustia por el final merecido de Dieter y la inquietud por las sombrías percepciones de su hijo Ben, se levantó del lecho y se fue hasta su despacho cuando se aseguró de que por fin dormía. Indeciso, tomó el auricular entre sus manos y marcó el número de teléfono de su padre. Respondió él mismo al segundo timbrazo. Patrick sabía que se hallaba frente al periódico y frente a otro sobre igual al suyo.

—Se acabó —dijo su padre.

—Se acabó —repitió Patrick mientras fijaba su vista en aquel portarretratos que mostraba una preciosa imagen de sus hijos durante sus últimas vacaciones en Escocia e Irlanda.

La pesadilla había concluido, pero ni Edward ni Patrick serían conscientes del peso emocional que Alan Gallagher soportaría durante el resto de su vida al conocer la existencia de esas dos vidas paralelas separadas tan solo por un océano de mentiras. Pese a su pericia y destreza sabía que no podría mantener el estado de vigilia eternamente. La vida los llevaría a ambos por diferentes caminos que quizá nunca se cruzaran.

No contaba con un factor que ni el más iluminado vidente habría podido prever: Sophie Savigny.

Capítulo once

París, 18 de octubre de 1996

Allí estaba otra vez, sentado en la terraza del Café Hugo de la Place des Vosges, uno de sus lugares preferidos de París. Habían transcurrido apenas dos semanas desde la última vez que lo distinguió apoyado en uno de los bancos de la plaza, ensimismado en sus pensamientos. Ya lo había visto con anterioridad por los alrededores y cada vez que habían cruzado sus fugaces miradas Sophie había sentido algo que aún no había sido capaz de describir con palabras. Notó algo diferente en su aspecto pero por más que lo intentó no logró encontrar ese algo que la inquietaba. Quizá, el cabello. Parecía un poco más largo o puede que simplemente se tratase de la postura que mantenía en aquel preciso instante. Reparó una vez más en sus manos, como para convencerse a sí misma de la absurda teoría de que no habiendo ningún anillo sobre aquellos dedos largos y fuertes, su abanico de posibilidades aumentaría. Estaba completamente ensimismado en la lectura de un libro que por lo que Sophie pudo ver pertenecía al autor galés Ken Follet aunque no logró descifrar el título desde el lugar en el que se encontraba. Lo único que se interponía entre aquel atractivo personaje y ella eran varias mesas ocupadas por otros paseantes o simples turistas. Él alargó el brazo distraídamente hacia su taza sin apartar los ojos de la lectura y en el transcurso de esos cortos segundos Sophie pudo apreciar que llevaba puesta una camiseta azul oscuro con unas grandes letras que le eran muy familiares: *OktoberFest. München.* Menuda coincidencia. Justamente había regresado de Múnich hacía varias semanas para visitar a algunos viejos amigos que conoció durante su estancia en la ciudad gracias a la concesión de una beca Erasmus. Por un momento quiso pensar que se trataba de un alemán. Quizá por el evidente anuncio de su camiseta aunque el cabello castaño y la tez dorada, quizá más acusada por el sorprendente y cálido sol de aquella tarde otoñal, la llevaron a vacilar unos instantes en sus deducciones. Su porte distinguido encajaba a la perfección con aquel aspecto aparentemente despreocupado y desenvuelto de chico que se resiste a utilizar la maquinilla de afeitar, efecto probablemente buscado de forma deliberada. Sus intelectuales y modernas gafas graduadas de diseño le hicieron dudar de su nacionalidad y de su edad. Podría proceder de cualquier lugar del mundo.

Como si le hubiera leído sus pensamientos en aquel preciso instante él levantó la vista de las páginas de su libro y la enfocó en su dirección. Tenía unos ojos tremendamente expresivos, de un precioso e intenso color azul. Ruborizada, Sophie apartó la mirada agradeciendo en silencio el hecho de que el camarero hubiera aparecido en ese momento para traerle la cuenta. Después de abonar el importe se dispuso a guardar en su bolso un par de revistas que traía consigo.

Se levantó de su asiento y sin poder evitarlo ladeó la cabeza para volver a mirarlo fugazmente. Para su sorpresa se percató de que seguía manteniendo sus ojos fijos en los suyos al tiempo que torcía su boca en una súbita sonrisa. Sonrisa que sin saber por qué Sophie le devolvió y sin pensarlo continuó su camino preguntándose si la estaría siguiendo con la mirada. Al torcer la esquina de la Rue du Pas de la Mule pudo comprobar que no se había equivocado. Era increíble la de sensaciones que podía provocar en ella el simple placer de una taza de café en un lugar como París. El rincón más inesperado de aquella majestuosa ciudad era capaz de hacerle olvidar durante horas la discusión mantenida con su último fracaso sentimental. Paul y ella habían estado juntos durante tres años, dos de ellos viviendo bajo el mismo techo. Sophie había decidido poner punto y final a la relación a raíz de una infidelidad que Paul le reconocía una y otra vez como el mayor error de su vida. Después de casi seis meses continuaba llamándola y buscándola, rogándole que volviera con él. Sophie se detestaba a sí misma porque pese a su firme propósito de acabar con aquel sin sentido de una vez por todas, había terminado nuevamente en la cama de aquel encantador de serpientes.

—*Excusez-moi, madame.*—Alguien le rozó el hombro e inmediatamente se volvió hacia aquella voz que le hablaba. «¡Dios mío, era él!»—. *Je crois que vous avez oubliée quelque chose, c'est à vous?* —Sostenía en su mano un ejemplar de *Pariscope.* Instintivamente se llevó las manos al bolsillo delantero de su bolso y advirtió que, efectivamente, lo había olvidado en la mesa del Café Hugo.

—*Oui, c'est à moi. Merci beaucoup* —respondió Sophie dándole las gracias.

—*Je vous en prie* —le dijo él con una amplia sonrisa que iluminaba aquel azul celeste de sus ojos.

Sophie no pudo evitar dirigir la mirada hacia su camiseta y él se dio cuenta de ello.

—*OktoberFest. München* —murmuró ella en perfecto alemán.

—*Sprechen sie Deutsche?* —preguntó él con aparente interés.

Sophie detectó un extraño acento que no logró identificar. De lo que estaba segura era de que no era alemán.

—*Ja* —respondió con una amplia sonrisa.

—*Et français aussi?*

Su acento francés resultó ser algo mejor.

—*Oui, je parle français... et l'anglais... l'espagnol...*

—¿Española? Lo sabía.

Sophie no podía dar crédito. ¡Hablaba español! Con un agradable acento que tampoco fue capaz de distinguir.

—¿Tú también? Quiero decir ¿tú también eres español? ¿Y de Madrid? —preguntó aun sabiendo de antemano que probablemente no lo era.

—Lamento decepcionarte pero soy ciudadano del mundo o al menos eso se deduce de lo que pone en mi partida de nacimiento.

Sophie le sonrió pensativa sin alcanzar a comprender lo que significaba aquel comentario.

—Vaya... y por lo visto has estado en la famosa «fiesta de la cerveza» —apuntó aún aturdida señalando el letrero de su camiseta. Parecía algo mayor de lo que ella pensaba. Era altísimo y debía medir más de 1,85 metros.

—Así es —le respondió sin dar más detalles.

Hacía casi un mes que había regresado de Múnich. ¿Estaría confundida y era allí donde le había parecido verlo por primera vez? Sophie trató de dejar a un lado esa extraña sensación que la invadía.

—Hablas muy bien.

—Bueno —torció su boca en una simpática mueca—. Se hace lo que se puede.

Quiso preguntarle dónde lo había aprendido pero cambió de opinión.

—¿Estás de vacaciones? —le preguntó.

—Trabajo aquí, ¿y tú?

—Bueno, yo vine también por temas de trabajo. Soy traductora e intérprete —le dijo sin querer entrar en detalles.

—Traductora... interesante —dijo arqueando una ceja en un gesto increíblemente seductor.

—La verdad es que tampoco tiene mucho mérito. Soy de padre francés y madre española. El italiano es muy similar al español y al francés, así que solo me he esforzado con el inglés y el alemán.

—Que no es poco y además parece que se te da muy bien —añadió mostrándole una encantadora sonrisa—. Por un momento me ibas a volver loco con tanto idioma. Pensé que eras francesa aunque tu estilo te delata.

Sophie notó como el color de sus mejillas aumentaba inexorablemente de tonalidad.

—¿Cómo debo tomarme ese comentario? —quiso saber.

—Tu ropa y la forma de combinar los complementos. —Observó que sus ojos se desviaban momentáneamente hasta su garganta. Sophie pensó que continuarían su camino hacia el lugar donde todos los hombres sobre la faz de la tierra se perdían. Sin embargo no fue así, lo que le produjo un mayor cosquilleo. El hecho de que esos expresivos ojos se hubiesen detenido en la curva de su cuello adornada por aquella antigua y discreta joya, regalo de su abuela paterna, despertó en ella una extraña sensación que no habría sabido cómo explicar. Instintivamente se llevó la mano a la diminuta cruz al tiempo que él volvía a fijar su mirada en ella.

229

—Soy de los que opina que la mayoría de las mujeres españolas tienen un especial don al respecto. Debo reconocer que se os distingue extraordinariamente del resto —continuó él con otra cautivadora sonrisa que a punto estuvo de hacerle perder el equilibrio.

«Menudo elemento. ¿Se creerá también que las españolas nos creemos todo lo que nos dicen?»

—Vaya, gracias —le dijo tratando de no parecer impresionada.

—Bueno... no quiero entretenerte más de lo necesario. —Le extendió la mano. A ella le pilló por sorpresa aquel gesto y la acogió entre la suya con suavidad—. Suelo venir a este lugar muy a menudo. Espero volver a verte por aquí.

En un delicado gesto él besó los nudillos de su mano.

—Ha sido... un placer —logró decir Sophie aún pasmada por la surrealista situación mientras él se deshacía de su mano, se volvía y dirigía sus pasos hacia el Café Hugo.

Aquella noche mientras salía de la ducha pensaba en el curioso encuentro de aquella tarde. No había podido quitarse de la cabeza la impactante anécdota. Después de su parada en la Place des Vosges tomó el metro hasta la Bastilla para ir a cenar a casa de Jean Luc, un vecino de Gabrièlle y Frédérick. Cuando se lo comentó a Gabrièlle le pareció una escena típica de película y había momentos en los que se preguntaba si aquello no había sido más que producto de su desbordante imaginación.

—Parece ser que te ha dejado impresionada —le dijo riéndose mientras se dirigían a la cocina para cambiar las copas para el vino.

—Tenías que haberlo visto. No hay palabras para describirlo. He tenido una sensación muy extraña.

—Eso se llama «acabo de ver a un tío espectacular».

—No es eso. Bueno… sí. —Tuvo que reírse.

—¿Un *déjà vu*?

—No sé… No es la primera vez que lo veo por la zona. Sin embargo, hay algo que… Lo peor de todo es que ni siquiera sé su nombre ¿Lo puedes creer?

—Él tampoco sabe el tuyo —le recordó Gabrièlle—. Debo suponer que ahora él se estará preguntando lo mismo que tú.

—Por un momento pensé que a lo mejor aprovechaba la ocasión para pedirme que le acompañara a tomar otro café, pero me dejó allí plantada, sin más y esperaba simplemente que nos volviéramos a ver.

—Puede que dejara entrever con esas palabras que no le importaría que algún día te pasaras por aquel café. Seguro que es su plaza favorita de París. Igual que para ti.

—Ya me gustaría, pero no creo que vaya a tener la suerte de volver a encontrármelo. Es que… ha sido… realmente alucinante.

—Todo esto te viene muy bien —le dijo Gabrièlle apretándole el brazo cariñosamente—. Todavía no es tarde para tener un nuevo *affaire étranger* para olvidarte de la experiencia de Paul —le confesó.

—No estoy preparada. Lo de Paul es reciente y todavía…

—Todavía ¿qué? —le interrumpió—. ¿No me irás a decir que sigues aún colgada? Por Dios, Sophie, después de todo lo que te ha hecho.

—En tres años también han sucedido cosas buenas.

—Lo pillaste en *tu* cama con *tu* mejor amiga, por si no lo recuerdas.

—No es mi mejor amiga y tampoco puedo culparla a ella. Quien estaba comprometido era Paul.

—Lo sé, pero tienes que olvidarlo y comenzar a disfrutar otra vez de la vida.

—Lo que menos necesito en este momento es embarcarme en una nueva relación.

—¿Y quién está hablando aquí de una nueva relación? Yo solo hablaba de pasar un buen rato —rio para hacerla olvidar.

—Eres increíble —le dijo sacudiendo la cabeza entre risas.

—La verdad es que no estaría mal tener algo con un tipazo como el que me has descrito. Si no fuera porque estoy felizmente casada, te lo prometo, me cambiaba por ti.

—Ten cuidado con lo que deseas... que se puede hacer realidad —añadió Sophie riendo.

—No seas tonta y pásate por el Café Hugo antes de que desaparezca.

Pasaron varios días en los que gradualmente parecía haberse olvidado del curioso encuentro del fin de semana. Aquel miércoles utilizó su descanso para almorzar con un solo sándwich y una botella de agua aprovechando aquel magnífico sol del mediodía que increíblemente seguía iluminando el cielo parisino. Pensó en tomar el metro para dirigirse a su venerada Place des Vosges, pero precisamente la posibilidad de volver a encontrarse con el guapo forastero le hizo cambiar de opinión. Optó por encaminarse hacia el Parc Monceau.

Tomó asiento en un banco y cerró los ojos durante unos instantes agradeciendo la suave brisa que se acababa de levantar y suspiró dejándose llevar por el placer de estar sentada en aquel lugar incomparable. Pronto se cumplirían cuatro años de su estancia en París, aunque el efecto fuese el de toda una vida. En un principio había llegado a la capital gala con la sola intención de cambiar de aires. Aunque su infancia la había vivido entre Francia y España, era en Madrid donde sus padres habían terminado estableciendo su residencia permanente. Tenía la vaga sensación de que su alma errante y viajera le llevaba a considerar como su hogar cualquier lugar en el que permaneciese más de dos semanas. Después de haberse graduado y haber trabajado varios meses en Madrid decidió probar suerte en su patria paterna. En un principio se había planteado la posibilidad de prepararse para entrar en cualquiera de los organismos oficiales de la CEE, pero la perspectiva de vivir en Bruselas no le atraía demasiado. Había empezado a trabajar en la sede central de Air France de los Campos Elíseos a las tres semanas de su llegada a París. La mayor parte de su familia vivía dispersa entre la Provence,

Montpellier y Mónaco. El único pariente directo que le quedaba en París era su abuelo. Fue su amiga Gabrièlle quien tuvo la gentileza de cederle la segunda planta de un dúplex independiente en el excelente barrio de Neuilly, propiedad de sus padres ya jubilados y que pasaban la mayor parte del año en España. Así que regresó a Madrid para volver con un par de maletas más con el objetivo de alargar su estancia debido a su contrato de trabajo. Un antiguo compañero de la Deutsche Schule de Madrid contactó con ella desde la embajada alemana en París. Curiosamente debían cubrir un puesto no en esa embajada sino en la española. Quedaron impresionados por su currículum y la contrataron. Despertó de sus pensamientos cuando oyó una voz extrañamente familiar a sus espaldas.

—*Vous me permettez une petite photo, mademoiselle?*

Sophie giró la cabeza hacia aquella voz que le hablaba y no pudo dar crédito a lo que vieron sus ojos. Era él. El atractivo forastero de la Place des Vosges. Le sonreía ampliamente mientras enfocaba el objetivo de su cámara hacia ella. Sin esperar a que le diera permiso hizo la foto.

—*Magnifique.*

Vestía tejanos y un fino jersey de color azul. Llevaba una cartera cruzada sobre el torso y advirtió que su cámara era la de un profesional.

—Menuda sorpresa. No esperaba volver a verte —fue lo único que se le ocurrió decir.

Él no dijo nada. No supo cómo reaccionar porque tanta repentina sinceridad le pilló fuera de fuego. Se sentó a su lado manteniendo una distancia prudente pero dedicándole una mirada indescifrable dispuesto a seguirla en su inocente y embaucador juego.

—Dicen que no hay dos sin tres.

Sophie no sabía lo que se proponía. ¿A qué se refería? Parecía inquieto. Se produjo un corto silencio. Corto y embarazoso silencio.

«Dios. No puedo creer que me esté sucediendo esto.»

—¿Vives por aquí cerca? —le preguntó él tratando de romper el hielo.

—Trabajo en la Avenue Marceau. —No supo por qué se lo dijo. ¿Y si se trataba de un psicópata que ahora se dedicaba a perseguirla?—. Suelo aprovechar mi descanso para almorzar aquí. Adoro este lugar, sobre todo en días tan soleados como el de hoy.

—Es difícil elegir un lugar favorito en esta ciudad. Cada rincón reserva algo especial aunque pensaba que tu lugar por antonomasia era la Place des Vosges —se atrevió a decir él.

—Lo es. Es sin duda una de mis plazas preferidas.

Sophie volvió a instalarse en el silencio.

—Yo también adoro ese lugar. De hecho, estoy alojado en un apartamento del Marais. Es curioso ver que tenemos gustos parecidos.

Sophie agachó la cabeza para esquivar su mirada esbozando una leve sonrisa. ¿Qué pretendía? Estaba a punto de rendirse ante sus indiscutibles encantos cuando él dijo algo que la desconcertó por completo.

—Parece que la suerte está de mi parte. Me ha resultado extraño no haberme cruzado contigo durante estos últimos días. Creía que no volvería a verte y sin embargo, aquí estás.

«¿Estás de broma?»

Él debió intuir su repentino malestar.

—Perdona si te parezco insolente. Quizá me he dejado llevar un poco por las emociones. Hasta ahora creía que estas cosas solo sucedían en las películas pero... no sé... han sido demasiadas coincidencias... supongo... bueno la verdad es que... demonios... no sé qué decir.

Esta vez fue él quien esquivó su mirada perpleja.

—¿Adónde quieres llegar? ¿No hablarás en serio con eso de que has esperado encontrarme en la plaza? —preguntó Sophie sintiéndose algo incómoda por aquellos comentarios.

Volvió a levantar la vista hacia ella.

—En mi vida había hablado más en serio —le respondió en tono firme.

«Vaya lince.»

—¿Te han dicho alguna vez que tu táctica es admirable? Después de lo dicho estoy segura de que cualquier chica caería rendida en tus brazos, pero creo que conmigo te has equivocado. No estoy en esa onda —mintió.

No pareció importunarle el hecho de que ella le hubiera plantado cara.

—Imaginaba que reaccionarías así. Si yo estuviese en tu lugar habría pensado exactamente lo mismo, pero te aseguro que en ningún momento he tenido la intención de sorprenderte. No es mi estilo.

—¿Y cuál es tu estilo si se puede saber?

—Buena pregunta. Ni yo mismo lo sé. Solo sé que desde que te vi la primera vez no he dejado de pensar en si todo esto es fruto de la simple causalidad y son señales a las que debo encontrar algún significado.

233

—¿De qué estás...?

—Quiero que veas esto —le dijo interrumpiéndole mientras extraía de su gran cartera de piel un sobre que puso sobre sus manos.

Sophie tanteó el sobre mientras le dirigía una mirada interrogante.

—Puedes abrirlo. No va a comerte —le dijo al apreciar aquella sombra de duda que había aparecido en su ojos.

Sophie no pudo creer lo que tenía ante sí cuando descubrió su contenido. ¡Dios mío! ¡Eran fotos de ella! Se quedó muda. No podía articular palabra. Imágenes de ella mirando un escaparate de Hermès en la Rue Faubourg-Saint Honoré, otra sentada a la orilla del Sena en la Rive Gauche leyendo, saliendo de una tienda de la Rue Turenne, sentada en las escalinatas de la iglesia de la Madelaine, corriendo entre la multitud de la Rue Rivoli para resguardarse de la fuerte tormenta que había caído la semana anterior. La última de todas había sido tomada justo el día antes en el que ambos habían hablado por primera vez. Aparecía discutiendo con Paul frente a una de las múltiples galerías que rodeaban los soportales de la Place des Vosges. Todas estaban reveladas en blanco y negro y eran sin lugar a dudas las fotos más preciosas que nadie le había hecho jamás, pero aquello era una locura que escapaba a toda lógica. El terror se había apoderado de ella y él lo pudo ver en sus ojos. Sophie no era más que una joven soltera viviendo sola en París y acababa de ver cómo un completo desconocido había estado tomando fotos de ella a diestro y siniestro durante toda una semana, así que la comprendió. Debía pensar que era un chalado, pero nada más lejos de la realidad. No había sido esa su intención. Jamás sería capaz de hacerle daño a alguien y mucho menos a una mujer como ella.

—¡Me has estado siguiendo! ¿Desde cuándo? ¡Oh, cielo santo! ¿En qué me estoy metiendo? Debes estar loco. —Se levantó y guardó su libro en el bolso.

—Escúchame Sophie, por favor.

—¿Cómo sabes...? No recuerdo haberte dicho como me llamo.

—Es cierto. No me lo has dicho. Simplemente agudicé mi oído cuando escuché al hombre de las fotos gritar tu nombre —le confesó refiriéndose a Paul—. Oye, esto no es lo que piensas.

—¿Qué no es lo que pienso? Maldita sea, me has estado persiguiendo durante más de una semana y has tomado fotos mías sin mi consentimiento. No me conoces de nada, de modo que podría denunciarte. ¿Y lo del Café Hugo? ¿Fue también casualidad?

—¿Café Hugo? ¿De qué...?

234

—Esto no me puede estar pasando. —Se disponía a marcharse.

—Espera, por favor, aún no he terminado.

—No tengo nada más que escuchar. Ya he tenido suficiente. Querías conocerme... pues bien ya lo has hecho, pero hasta aquí hemos llegado.

Él se interpuso en su camino y advirtió desolado la expresión de aprensión que se dibujó en aquel enfadado rostro de preciosos ojos color miel. Miró en todas direcciones como si quisiera pedir auxilio.

—Por favor te lo ruego, escúchame. Sé que no ha sido un buen comienzo, pero te juro por lo más sagrado que nada de esto ha sido intencionado ni premeditado. Jamás te he seguido.

—Las fotos son bastante explícitas, ¿no crees?

—Lo sé y aunque te parezca imposible, daba la casualidad de que tú estabas allí. —Sophie fue a replicarle cuando él levantó la mano con un gesto suplicante para que le permitiera continuar—. Verás, me dedico a la fotografía como *hobby* y adoro esta ciudad que tanto se vanagloria de su alta costura y de su elegancia cuando en realidad lo que prima últimamente es la vulgaridad, no solo aquí sino en cualquier gran capital del mundo. Pero cuando te vi frente a aquel escaparate de la Rue Faubourg fui consciente de que mis estúpidas estadísticas se habían vuelto a derrumbar.

—Oh vamos, no sigas por ese camino, por favor. —Sophie seguía sin creer una palabra de lo que estaba diciendo y reanudó su marcha.

Él la detuvo nuevamente interceptándole el paso.

—Aún no he acabado. —De pronto sus ojos se ensombrecieron y Sophie se sintió inexplicablemente atraída hacia aquella mirada implorante—. Cuando te vi en esa calle jamás pensé que volvería a encontrarte, pero allí estabas aquel día en Île Saint-Louis. Ni yo mismo podía creerlo. Sentí un deseo irrefrenable de acercarme a ti, pero no me pareció oportuno. Quizá he perdido la práctica en esto de ligar.

«Eso no te lo crees ni borracho.»

—Claro, te pareció más oportuno tomar una foto mía sin mi consentimiento. —Su voz sonó tremendamente irónica—. ¿Y qué hay del resto?

—Cuando te vi en La Madelaine no pude resistir la tentación. El hecho de haberte visto allí por tercera vez y precisamente en aquel lugar me hizo plantearme ciertas cuestiones.

—Sí —prosiguió ella en tono bastante sarcástico—. Pensaste, ¿le hago otra foto ya que estoy aquí?

235

—No. —Esta vez se puso muy serio y en ese instante Sophie fue consciente de lo exageradamente atractivo que era—.Yo soy creyente aunque no practicante. Si entro en alguna iglesia es simplemente por su valor arquitectónico, pero aquel día sentí algo especial. No sé si llamarlo señal. Lo único que tengo claro es que fue una sensación diferente.

—¿No irás a decirme ahora que a partir de ese momento decidiste que te ibas a hacer monje o algo por el estilo?

—No. Nada de eso —le respondió con una débil pero irresistible sonrisa—. No me vas a tomar en serio pero te diré que tuve una especie de premonición.

—¿De veras? ¿Y se puede saber qué fue lo que presentiste? ¿Acaso que me encontrarías al día siguiente corriendo como una loca por la Rue de Rivoli? Podrías habérmelo dicho. Habría tomado la precaución de llevar paraguas.

Él no pudo evitar sonreír. Tenía carácter y eso le gustó. Vaya si le gustó.

—Veo que no me tomas en serio —le dijo con semblante taciturno.

—Lo siento, pero todo esto resulta bastante embarazoso ¿sabes?

—No era mi intención ponerte en esta situación... pero después de haberte perdido de vista en la Rue Rivoli pensé que jamás te volvería a ver.

—Debiste llevarte una gran decepción —comentó Sophie con una mirada algo cínica— porque me volviste a dejar escapar con demasiada facilidad.

—Te equivocas —le dijo mirándola tan fijamente a los ojos que ella tuvo que bajar la cabeza.

«Pero bueno ¿este tipo se está medicando? Esto es una locura.»

Sophie volvió a tropezarse con sus ojos. Había una vocecita interior que le decía que aquello no tenía ni pies ni cabeza, pero su corazón le decía justamente lo contrario. No quería dejarse llevar por las apariencias, pero no lo conocía de nada. Igual hasta estaba casado y solo pretendía echar una canita al aire. Si ese era su objetivo no sabía aquel guaperas con la que se había topado. Volvió a observar sus manos de largos y varoniles dedos para ver si llevaba algún anillo que le indujera a pensar que estaba casado, pero no había nada. En cualquier caso el que no lo llevara no implicaba que no estuviera comprometido. Aquello era un disparate. No podía estar sucediéndole a ella porque bastantes complicaciones tenía ya como para añadir una más a su currículum.

—¿Y bien? —preguntó él despertándola de sus pensamientos.

—Lo siento, pero… —creía que no sería capaz de decirlo pero lo hizo— esto escapa a toda lógica. No estoy acostumbrada a este tipo de situaciones y…

—Perdona si te he intimidado. Te prometo que soy un tipo normal. No era este mi propósito, te lo aseguro como también te aseguro que a mí tampoco me había sucedido algo semejante jamás.

«Vamos, Sophie. Díselo. Esto no puede ser bueno.»

—Sea cual sea tu intención, eso es algo que no me incumbe. Ahora mismo me voy a marchar y espero no volver a verte nunca más. Si se da el caso contrario, no te quepa duda de que no voy a creer que es fruto de la casualidad. No dudaré en llamar a la policía.

—Aquello quizás había sido demasiado duro. En realidad en ningún momento había sido agresivo, ni grosero. Al contrario, pero debía pararle los pies.

Él, sin pronunciar palabra, se dispuso a recoger su cámara fotográfica para meterla en su bolsa de piel. Se la echó al hombro y extendió su mano hacia Sophie en señal de despedida.

—Espero que te vaya bien —le dijo—. Regreso a Nueva York a finales del mes próximo. Estoy alojado en un pequeño apartamento en la primera planta del número 43 de la Rue de Turenne. Si cambias de opinión podrás encontrarme allí o en cualquiera de los cafés de los alrededores. Ha sido un placer haberte conocido aunque el resultado no fuera el esperado. Siento haberte incomodado. De veras que lo siento.

Y girándose se marchó en dirección a la Avenue Hoche dejando a Sophie allí de pie, bloqueada e incapaz de reaccionar ni pronunciar palabra alguna. Una vez más había desaparecido sin haber tenido la oportunidad de conocer su nombre.

Capítulo doce

Como venía siendo ya habitual, llegaba con demora a la conferencia que tenía previsto impartir en la universidad. Había considerado la posibilidad de hacer una llamada a Jean Claude para anularla o aplazarla pero finalmente cambió de opinión. Era un compromiso que tenía con su jefe y no podía dejarlo plantado si quería lograr el anhelado ascenso. Mientras con una mano rebuscaba las llaves del coche en el bolsillo de su americana, con la que le quedaba libre sujetaba los billetes de avión verificando una vez más que estaban correctos. Consultó la hora y maldijo el día de perros que llevaba. Tendría que hacer malabarismos para cruzar medio París con el tráfico existente. Y no solo eso. Después de la conferencia tenía que salir de allí como alma que lleva al diablo hacia el aeropuerto de Orly porque por si no había tenido suficiente, también se había visto involucrado en un compromiso aún más ineludible: tenía que asistir a una reunión de antiguos alumnos del Trinity College de Dublín. Si no fuese porque a su padre le iban a hacer un homenaje habría desistido. Había sido precavido por una vez en la vida y había tomado la sabia decisión de dejar su equipaje guardado en el maletero esa misma mañana antes de salir de casa.

Pulsó el mando a distancia y abrió la puerta trasera de su vehículo para extender su americana encima del asiento trasero. Se aflojó la corbata mientras se dirigía a la puerta delantera cuando por el rabillo del ojo captó una presencia a lo lejos.

Allí estaba de nuevo. No era posible. Se quedó con los pies clavados en el suelo porque no podía creer en tan frecuente e insólita coincidencia. ¿Quién le iba a decir que se iba a cruzar varias veces con ella en una ciudad del tamaño de París? La había visto por primera vez sentada en la terraza de Spatenhaus en la plaza de Max

Joseph de Múnich hacía tan solo un par de semanas. Estaba con un grupo de amigos disfrutando de un suculento almuerzo y de la magnífica temperatura de aquel mediodía en la ciudad. Esa misma noche la volvió a ver en Ratskeller de Marienplatz. Se lo estaba pasando de cine a juzgar por sus risas animadas, probablemente producto del exceso de jarras de cerveza que debía llevar en su cuerpo. No sabía si había hecho turismo en la ciudad. Lo que sí era cierto es que debió haberse recorrido todas las cervecerías de Múnich porque a los dos días se topó con ella en otro bar de la Frauen Platz. La noche de la víspera de su partida hacia Dublín chocó de bruces con ella en la Sparkassenstraße cuando se disponía a entrar en el restaurante Haxnbauer. Él se disculpó al tiempo que en los labios de ella se dibujaba una tímida sonrisa. Él le retuvo la mirada durante un par de segundos devolviéndole el gesto y sujetándole la puerta para que saliera del local.

—*Danke* —le había dicho ella manteniendo aquella luz en su rostro que quedó claramente ensombrecida en cuanto se dio cuenta de que llevaba compañía femenina. Christina comenzó a reírse y tuvo que darle un leve toque en el hombro para que volviera a la realidad.

Cuando la distinguió entre la multitud que aguardaba en la fila de facturación del aeropuerto Josef Strauss creyó que se trataba de una broma. La casualidad volvió a sorprenderle cuando vio reflejado en la pantalla de la línea aérea su lugar de destino. Ambos viajaban a París aunque lo hacían en diferentes compañías aéreas. Ella no había advertido su presencia. Estaba muy entretenida charlando animadamente con sus compañeros de viaje. Acto seguido, cada uno se dirigió hasta su puerta de embarque y no volvió a verla hasta aquel día que saboreaba un café en una terraza de la Place des Vosges. Ella le vio y sin embargo, al menos desde la distancia, no descubrió ningún signo que le indicase que tenía luz verde para acercarse. Vaciló y optó por meterse en su vehículo.

Cada vez que en una parada de metro la gente subía o bajaba, su corazón comenzaba a latir a cien por hora. Parte de sus pensamientos deseaban fervientemente que volviera a aparecer, pero la racionalidad que siempre la caracterizó terminaba interponiéndose. Jamás imaginó que lo que le parecía tan ingenioso o romántico en una película hubiera desatado en ella en la vida real semejante pánico. Seguramente esa pequeña anécdota habría sido maravillosa para más de una aventurera y ella en el fondo lo era, pero no supo enfrentarse a la situación que probablemente a los ojos de otras personas hubiera resultado inaudita e incluso novelesca.

Aunque su parada era Pont de Neuilly descendió en Sablons para hacerle un recado a Gabrièlle. Se encaminó hasta la salida por las escaleras mecánicas que como venía siendo habitual últimamente no estaban en funcionamiento.

Salió de la boca de metro y miró hacia la derecha antes de cruzar. Fue en ese breve instante cuando le pareció distinguirlo a lo lejos saliendo de la agencia Forum Voyages de la Avenida Charles de Gaulle. Su atuendo era completamente diferente. Vestía americana, camisa y corbata. Sintió que le faltaba la respiración mientras contemplaba cómo se encaminaba hacia su vehículo agitando las llaves al tiempo que parecía verificar los datos de los billetes del vuelo que acababa de retirar de la agencia. Pulsó el mando a distancia que desbloqueaba las puertas de un resplandeciente Citroën XM.

Fue en ese preciso intervalo en el que Sophie volvía a fijar sus ojos inconscientemente en la calzada para asegurarse de que no venía ningún otro vehículo en su dirección cuando lo vio. Sophie apartó la vista inmediatamente para después volver a observar cómo cerraba la puerta trasera de su vehículo, abría la delantera y se disponía a meterse en el asiento del conductor. Entonces fue cuando él dirigió también de forma inconsciente sus ojos hacia donde ella se encontraba aún paralizada y confundida por no saber si se trataba efectivamente de la persona que creía. A él pareció pillarle desprevenido el descubrimiento. Permaneció estático frente a la puerta de su vehículo. No hizo absolutamente nada. Actuó como si no la hubiera conocido, como si se tratara de una transeúnte más de la concurrida avenida. Ella se sintió fastidiada, quizá dolida por su indiferencia. Pero ¿qué esperaba después de las elocuentes palabras que le dedicó la última vez que se encontraron?

—Algo pasa con la población masculina de este planeta. Estoy convencida de que no marcha bien —comentaba Gabrièlle mirando de soslayo a Frédérick, su marido.

Cuando le relató a Gabrièlle lo sucedido pudo ver que no sabía si reírse o llorar. Le pareció lo más divertido e inusitado que le habían contado jamás.

—Ten cuidado —añadió Frédérick mirando a su alrededor

mientras saboreaban un *capuccino* en la terraza del Café Hugo—porque puede aparecer por aquí en cualquier momento.

—Ya está bien de bromitas —dijo Sophie con la mirada centrada en los paseantes.

—¡Eh vamos! ¡No niegues que sería de lo más emocionante! —Frédérick no podía parar de reír.

—No creo que se arriesgue a aparecer por este lugar después de lo que le dijiste. ¿Estás segura de que era él a quien viste en la avenida Charles de Gaulle?

—Pues claro. Y no me extraña que optara por meterse en su coche y salir pitando. Después de lo que solté hace unos días debió pensar que era capaz de llamar a la policía.

—¿Y lo habrías hecho si se hubiera encaminado hacia dónde estabas? —preguntó Gabrièlle.

Sophie tardó en responder.

—La verdad. No lo sé.

—De todas formas hay que reconocer que el tipo tampoco era peligroso ni nada por el estilo —matizó Frédérick.

—Yo jamás he dicho que lo fuese, pero el tema de las fotos me pareció tan fuera de lo normal...

—Yo tampoco lo veo tan anormal. En cierto modo te dijo que le gustaba la fotografía y por lo que me cuentas, las fotos eran excelentes. Es una pena porque podías haberle pedido alguna de recuerdo. Al menos es algo para contar a tus nietos el día de mañana, y las fotos serían la prueba fehaciente de esta increíble historia.

Sophie rio abiertamente. Después de todo se habían tomado el incidente con filosofía. Quizás ella había exagerado todo un poco. Era indiscutible que el fascinante desconocido se había mostrado educado y correcto en todo momento. Probablemente otra persona en su misma situación se habría sentido halagada por el hecho de que aquel tipo tan interesante le hubiera tomado unas fotos, preciosas por cierto. Empezaba a sentirse culpable y eso era algo que en aquel momento en Parc Monceau no se le pasó por la cabeza. Quizá si hubiera pensado sus palabras con más detenimiento y objetividad antes de decirlas todo habría terminado de otra manera. Cabía la posibilidad de que aquel hombre cuyo nombre seguía desconociendo fuera, efectivamente, un tipo normal y ella habría desaprovechado una oportunidad en toda regla. Si hubiera tomado un café con él y hubieran charlado de sus respectivos intereses, quizá...

«Deja de darle vueltas al tema. Ya no tiene remedio.»

Y

Habían pasado nueve días desde su último encuentro en Neuilly, días en los que no conseguía concentrarse en el trabajo. Apenas tenía apetito y no lograba dormir más de dos horas seguidas. Para colmo, aquella mañana el despertador no había sonado a la hora y llegaba tarde a las últimas ponencias del seminario de Arquitectura, Arte y Legislación Urbanística a las que estaba asistiendo en la Sorbona y que estaban relacionadas con el M.B.A. en Derecho Medioambiental que estaba estudiando. Afortunadamente solo le quedaban ya dos clases para finalizar. Tenía el tiempo justo para salir de la facultad y dirigirse a su lugar de trabajo. En el metro coincidió con una asistente al curso que curiosamente le había pasado lo mismo que a ella.

—No pasa nada, de todas maneras tengo entendido que las de hoy igual empezaban un poco más tarde porque las daba un sustituto. Por lo visto Versad exponía hoy en el Musée Rodin y le ha pedido a alguien que le sustituya. Yo creo que paso, no sé si voy a entrar y encima tarde —le dijo mientras corrían despavoridas por el patio que había que cruzar para llegar al ala donde se encontraba su aula.

—Pues yo sí voy porque después de lo que estoy desembolsando no me hace gracia quedarme fuera.

—Haces bien, Sophie, pero yo necesito un café, así que nos vemos después.

—Vale, hasta luego. —Sophie se detuvo en seco y tomó un poco de aire. Sujetó con firmeza el picaporte de la puerta del aula y entró rogando pasar desapercibida.

Una vez dentro vislumbró al otro lado de la sala al profesor sustituto de espaldas a ella mostrando unos enormes murales de fotografías. Otro extranjero porque su acento no era francés. Había un sitio libre en la quinta fila pero tuvo que hacer que se levantaran dos alumnos para poder tomar asiento.

—Esperaremos a que la señorita Sophie se acomode para poder continuar.

«¿Cómo demonios sabe mi...?»

Sophie levantó la cabeza y quiso que la tragara la tierra. No por la llamada de atención sino porque quien le estaba hablando desde el atril era nada más y nada menos que el desconocido que le había tomado aquellas fotografías. Aquello NO ERA POSIBLE. En ese momento las más de cien personas asistentes dirigieron al unísono sus miradas hacia ella. No quiso imaginar la cara de imbécil que se le había quedado. Los labios le temblaban, se le quedó la boca seca y le salió una voz de ultratumba.

—Siento haber llegado tarde. Disculpe.

Un débil murmullo comenzó a desatarse y Sophie creyó que iba a desfallecer de la vergüenza de un momento a otro.

—Disculpa aceptada —le contestó con voz firme y hierático gesto—. Como veníamos diciendo, si bien es cierto que esa contaminación del ideal norteamericano del paisaje natural por el desarrollo industrial y tecnológico tuvo su reflejo en la arquitectura y no solamente en la de aquel país, es también innegable que otra visión de América, procedente en este caso de unos ojos europeos, ha tenido una enorme influencia en el panorama arquitectónico y artístico contemporáneo....

Había transcurrido ya una hora sin que él apenas hubiera desviado sus ojos hacia ella.

«... la historia del Arte y de la Arquitectura, considerada como una especialización temática cerrada no tiene razón de ser, en mi opinión. Existen producciones arquitectónicas tal y como existen realizaciones teatrales, literarias o artísticas. Así pues, todo programa docente que abarca los años de la modernidad trata de arte y arquitectura, pero también de urbanismo, literatura, filosofía y estética. Este conglomerado es lo que sin duda ha estado sujeto a las imponentes metamorfosis urbanísticas arquitectónicas de ambientes urbanos de ciudades como Moscú, Londres, París o Nueva York.

Un alumno que estaba justo delante de Sophie levantó su mano derecha.

—Adelante —le dijo mirándola a ella y no al alumno en cuestión.

—¿No considera usted la arquitectura de Manhattan como un ejemplo de la explotación de la congestión?

—En efecto, esa era la idea pero yo creo que ese concepto habría que vincularlo a la hiperdensidad como base para una cultura moderna. De la metamorfosis a la que aludíamos anteriormente hemos de destacar la riqueza de las relaciones entre lo nuevo y lo viejo, en un contexto en el que los signos del pasado conviven con proyecciones, a veces temerarias, hacia el futuro. En esta temeridad radica la a veces arquitectura congestionada a la que usted hace mención.

Consultó su reloj y de nuevo levantó la vista hacia toda la sala.

243

—Creo que nos hemos pasado un poco de la hora. Si no hay ninguna otra cuestión, les volveré a ver el próximo miércoles. Hasta entonces y gracias por su asistencia.

El débil siseo de toda la sala se convirtió en pocos segundos en un clamoroso ruido cuando todo el mundo se dispuso a levantarse para salir. Sophie contempló cómo algunos alumnos y alumnas se dirigían hasta él para hacerle algún tipo de comentario sobre su extensa conferencia. Una atractiva asiática le sonreía de forma alarmante para captar su atención.

Sophie introdujo todo su material en su bolsa de piel y se dispuso a abandonar el aula por la puerta lateral no sin antes volver a echar un vistazo y esta vez no solo él detuvo sus ojos en ella sino que dejó de hablar con la alumna asiática. Sintió una inexplicable inquietud, una especie de hormigueo que la trastornó por completo. Él iba a llamarla para que no se fuera pero las palabras no le salieron de los labios. Sophie observó que se daba la vuelta para decirle algo a la asiática mientras con tangible premura amontonaba los libros y las notas en su cartera. Todos los que había a su alrededor volvieron sus cabezas hacia donde ella estaba preguntándose seguramente y con razón qué clase de relación existía entre ambos. Sophie no se lo pensó dos veces y desapareció por la puerta. Cuando el profesor logró deshacerse de sus alumnos y salió en su busca, ella ya había desaparecido. Al miércoles siguiente por más que rastreó con la mirada entre los asistentes, no la encontró.

Como era de esperar Sophie decidió no asistir a la última conferencia. No se sentía con ánimos para enfrentarse a una sola de sus sugestivas y arrebatadoras miradas porque sabía que si lo hacía, entonces ya estaría definitivamente perdida.

Regresó a su apartamento después de las seis de la tarde. Estaba extenuada, así que se tumbó sobre la cama y se quedó dormida en pocos minutos. Despertó con la impresión de que había dormido toda una noche. Era viernes y pese a que su cuerpo le decía que debía seguir descansando, su mente le animaba a todo lo contrario. Una llamada de teléfono acabó por convencerla. Era Marie, una compañera de la embajada.

—Vamos. Es viernes, no me digas que te vas a quedar en casa —le reprendió.

—Estoy agotada.

—¡Oh, vamos! No me dejes tirada. He quedado con Pierre en un restaurante de la Rue Malar y después podemos tomar una copa por la zona.

—No me apetece correr el riesgo de toparme con Paul.

—Tienes que pasar página, Sophie. Vamos a divertirnos... venga... tengo el presentimiento de que hoy te vas a encontrar con el hombre de tu vida.

—Tú y tus presentimientos —rio Sophie con ganas—. Miedo me das.

—Quedamos a la salida de metro La Tour Moubourg a las ocho y media. Tienes el tiempo justo.

—¿Tengo alternativa?

—Si no quieres que vayamos a sacarte de casa a rastras ya sabes lo que tienes que hacer —la apremió.

—Está bien. Nos vemos allí.

Se dio una ducha rápida para despejarse. Eligió una sencilla indumentaria. El efecto ante el espejo: el deseado. Lo suficientemente elegante como para no pasar desapercibida y lo bastante discreta como para no parecer ansiosa. Perfecto.

La tarde de aquel segundo viernes de noviembre iba como la seda hasta que Paul apareció en O'Brien's, el pub irlandés de la Rue St. Dominique en el que Sophie disfrutaba de una memorable *soirée* con sus amigos después de una copiosa cena regada con varias botellas de vino. El semblante distendido y eufórico desapareció de su rostro en el instante mismo en el que su exnovio puso los pies en el local acompañado por la desvergonzada Claire.

—Tranquila —le dijo Marie por lo bajo agarrándola suavemente del brazo. Pierre y Arnaud se percataron de la embarazosa situación. Martine y Jerôme llegaron risueños a la mesa con nuevas provisiones de bebidas cuando fueron conscientes de la inoportuna presencia de aquellos dos indeseables que habían arruinado la vida de su querida Sophie.

—Pasa de ellos —le aconsejó Jerôme sentándose nuevamente a su lado obligándola a cambiar de posición en el banco de madera con objeto de dar la espalda a la desagradable estampa.

Sophie trató de cerrar los ojos en un vano intento de borrar de su mente la imagen de esos dos traidores. Arrastró hacia ella su copa e hizo un gesto de brindis. Se la acercó a los labios y vació gran parte del contenido encima de él ante la mirada atónita de sus compañeros de mesa. Acto seguido y sin pensárselo se levantó.

—¿Dónde vas? —le preguntó Marie temiéndose lo peor.

—Voy a los aseos. Y dejad de mirarme así porque ya lo tengo superado —mintió.

Se quedaron mirándola en silencio.

—Estoy bien, de veras —insistió con una irónica sonrisa—. Dejad de preocuparos por mí. Ya soy mayorcita.

Dicho aquello desapareció por el pasillo que conducía a la zona de los aseos. Minutos después observaron que se detenía para mirar en dirección al lugar en el que se hallaban Claire y Paul. La expresión que desprendían los ojos de Sophie fue difícil de interpretar. Todos creyeron que estaba a punto de desatarse el caos cuando se produjo algo que los dejó perplejos.

Salió de los aseos dispuesta a dejar zanjado de forma definitiva el escabroso tema de Paul. Los nervios los tenía a flor de piel cuando tuvo que contemplar a aquel impresentable besando a aquella vulgar hipócrita. Trató de calmarse pero la persona que en aquel preciso instante traspasaba la puerta del pub le hizo quedarse allí plantada sin saber cómo reaccionar. Era él. Allí estaba de nuevo, alto, de porte distinguido y resuelto, con aquel fascinante rostro de cautivadores ojos. Entró acompañado de otra pareja. Después desvió la vista hacia Paul que dedicaba nuevas muestras de cariño a aquella pécora a sabiendas de que ella estaba allí presente. Trató de controlar aquel subidón de adrenalina mezclado con un ataque incontrolado de ira. Cerró los ojos pero cuando volvió a abrirlos se encontró con la mirada atónita del guapísimo forastero de Parc Monceau. Se armó de valor y trató de hacer que sus flaqueantes piernas volvieran a responderle. Sin pensárselo dos veces se dirigió con paso firme hacia él ante la mirada asombrada de sus amigos y la desconfiada de Paul y su nueva conquista. Pasó de largo ante todos ellos y se detuvo frente a su atractivo desconocido. No supo por qué lo hizo. Quizás el elevado índice de alcohol que llevaba su sangre contribuyó mucho a ello. El caso es que alargó sus manos hacia su cuello y tiró de él para plantarle un beso en los labios. Si aquello lo pilló desprevenido no se lo demostró porque se separó de ella para mirarla intensamente.

—Vaya… me alegro de volver a verte —le dijo.

—No digas nada —le interrumpió Sophie—. Ahora limítate a besarme como si te fuese la vida en ello —le susurró sin apartar la vista de sus impresionantes ojos.

Un segundo después estaba rodeada por sus brazos y con su

lengua saboreando su boca. En esta ocasión fue Sophie quien se apartó desconcertada. Los labios de él dibujaron una misteriosa sonrisa.

—Pensaba hacerlo de todas formas. No habría esperado a que me lo pidieras —le dijo.

—Sácame de aquí, por favor —le rogó Sophie con voz agitada.

Sophie notó algo diferente. Lo peor de todo es que era la tercera vez que cruzaba unas palabras con ese tipo y cada vez que lo hacía una lucecita intermitente se encendía en su ya derrotado subconsciente. Supo que algo se le escapaba pero hizo caso omiso a esa corazonada y simplemente se dejó llevar.

Él se volvió hacia la pareja que lo acompañaba en la barra, aún impresionados por la escena y les dijo algo que ella no logró entender. Sintió un leve mareo y la cabeza comenzó a darle vueltas. Cuando aquel desconocido enlazó su mano entre la suya agarrándola con firmeza y tiró de ella para sacarla del local, supo que estaba perdida.

El sonido ensordecedor de una ambulancia la despertó de aquel profundo sueño. Abrió los ojos lentamente y la suave luz que entraba a través de aquellos lujosos cortinajes le hizo volver a taparse el rostro perezosamente con la almohada. Aquella almohada... aquel olor. Aquellas cortinas. *¡Dios mío!* Instintivamente se incorporó sobre la cama y miró a su alrededor aterrorizada. ¡Aquella no era su habitación! Estaba en un hotel ¿Pero qué demonios estaba haciendo allí? Se palpó el cuerpo y descubrió que estaba completamente desnuda. Trató de incorporarse pero un terrible dolor de cabeza la sacudió y tuvo que volver a tumbarse. Volvió su cabeza en dirección a la mesilla de noche con intención de averiguar en qué hotel parecía haber pasado la noche. Santo Cielo... había pasado la noche en Le Grand Intercontinental. ¿Cómo demonios había acabado en semejante lugar?

«Vaya, quienquiera que sea, ese tipo ha pagado una fortuna.»

Comenzó a recordar avergonzada su comportamiento de la noche anterior. Su fascinante desconocido que había entrado en O'Brien's, aquella mirada, aquel provocador beso, aquella huida en busca de un taxi, hacia un lugar en el que dar rienda suelta a sus más primitivos instintos. Apartó aquellos pensamientos de su mente y aguzó el oído. Al otro lado de la puerta del baño corría el agua de la ducha. Él continuaba allí. Su mirada hizo un exhaus-

247

tivo examen de la habitación. ¿Dónde demonios estaba su ropa? ¿Y la de él? Hizo un esfuerzo por levantarse tirando de una de las sábanas. Permaneció un par de minutos sentada al borde la cama tratando de encontrar una vía de calma. ¿Qué había sucedido? ¿Había terminado acostándose con aquel tipo? No lograba recordarlo.

El ruido de la puerta del baño la despertó de sus pensamientos. Allí estaba frente a ella con una toalla ceñida a su cintura mostrando un atlético y vigoroso torso que no se atrevía a mirar. Se le quedó la boca seca. Cielo Santo... era una escultura griega. Apartó los ojos para centrarlos en los de él, que se desviaron hacia una parte de su anatomía que asomaba bajo la sábana. Instintivamente ella se la subió hasta la axila.

—Buenos días —le dijo mientras pasaba por su lado dirigiéndose hacia la ventana para terminar de correr las cortinas. La cegadora luz del día invadió la estancia.

—Buenos días —logró decir Sophie.

Él se acercó vacilante hacia la cama manteniendo las distancias.

—¿Te encuentras mejor?

Sophie asintió.

—¿Qué... qué ha ocurrido? ¿Dónde está mi ropa? —preguntó confundida.

Alguien golpeó la puerta de la habitación.

—Justo a tiempo —le dijo encaminándose hacia la puerta mientras una voz al otro lado anunciaba que venía del servicio de lavandería.

Regresó a la estancia con su ropa primorosamente planchada y doblada sobre una percha. En la otra mano llevaba otra con los mismos atuendos que él llevaba la noche anterior.

—¿Servicio de lavandería? —preguntó sorprendida.

—Me vomitaste encima justo al bajar del taxi —le respondió con una leve sonrisa dibujada en sus bonitos ojos—. Te habría llevado a casa pero no logré hacerte decir tu dirección y dado que no llevabas documentación encima consideré que lo más adecuado era traerte a un hotel. No quería arriesgarme a que despertaras en mi apartamento y pensaras que me había aprovechado de tu... situación.

¿Qué estaba sucediendo? ¿Se trataba de su voz? ¿Su acento? ¿Había algo distinto o quizá la diferencia estaba en ella? Sus ojos. La expresión de sus ojos era distinta.

Él depositó todas las prendas sobre una de las banquetas de la lujosa habitación. Le dio la espalda mientras se cubría con una camisa.

«Por favor, ni se te ocurra deshacerte de esa toalla delante de...»

Se deshizo de ella e inmediatamente se cubrió con su prenda interior.

—Dios... —agachó la cabeza, impresionada y al mismo tiempo avergonzada recordando que, en efecto, había olvidado su bolso sobre la mesa antes de dirigirse a los aseos en el O'Brien's—... no sabes cómo lo siento. Me he comportado como una estúpida. —Prefirió no imaginar el estado lamentable en el que habría traspasado las puertas de aquel emblemático hotel.

Él se volvió hacia ella y se acercó a la cama. Se sentó a su lado.

—No le des importancia; a todos nos ha sucedido algo parecido alguna vez —le pasó los nudillos por su mejilla acariciándola. Aquella mano se deslizó hacia el hueco de su garganta y allí fueron a posarse sus labios. Apartó la diminuta alhaja para besarle la línea de su garganta. Se detuvo un instante para mirarla a los ojos y acto seguido enredó sus dedos entre la maraña de su cabello para acercarla hasta él. Se mantuvo a tan solo un centímetro para después fundir su boca en la de ella con una ternura que la hizo temblar. Él fue consciente de ello.

249

—Creo que debería meterme en la ducha... —consiguió decir Sophie azorada apartándose.

—Tranquila —le dijo levantándose—, si está pasando por tu mente lo que yo imagino he de confesarte que no pasó nada... y te aseguro que ambos estábamos más que dispuestos. Fue un suplicio para mí tener que dejarte sola en esa cama, pero no estabas en condiciones.

Sophie juraría haber visto cierta ironía en sus ojos.

—No sabes cómo lo siento... yo... creo que bebí demasiado.

—Sí... eso me temo. —Fue a coger su ropa y se detuvo nuevamente frente a ella—. También he pedido que te traigan algo para el desayuno. Necesitas comer algo.

—Gracias, no era necesario que te tomaras tantas molestias.

—No ha sido ninguna molestia... bien... me vestiré en la sala de al lado si eso te hace sentir más cómoda —dijo cerrando la puerta tras de sí.

Sophie deseó que la tragara la tierra. Se levantó de la cama para entrar en el cuarto de baño. No supo durante cuánto tiempo estuvo bajo el agua caliente intentando olvidar el inexplicable sentimiento que la invadía. Cuando salió de la ducha, despejada y lista para vestirse, se encontró con una extraña nota depositada encima de la bandeja de su desayuno.

CONFÍO EN QUE EL DESTINO VUELVA A ECHARNOS
UNA MANO, VOLVEREMOS A ENCONTRARNOS.

Decepcionada corrió hacia la habitación de al lado para ver si continuaba allí pero no había ni rastro de él. Se había marchado. Una vez más había desaparecido y aún desconocía su nombre.

Bajó al vestíbulo con intención de preguntar por la persona que había reservado aquella suite la noche anterior, pero supo que no podía hacerlo. ¿Cómo reaccionaría el recepcionista al descubrir que había pasado la noche junto a un tipo del que ni siquiera sabía su nombre? Imaginaba las calificaciones que inundarían la mente de aquel individuo si se le hubiese ocurrido semejante idea. Se irguió y con paso firme traspasó las puertas del Le Grand para enfrentarse a una gélida mañana. Habría aceptado de buen grado el taxi que el portero de la entrada le ofreció cortésmente si hubiera llevado dinero encima. Agradeció su costumbre de meter su ticket mensual de metro en el bolsillo de su abrigo así que comenzó a caminar hasta la parada más cercana.

Cuando entró en su apartamento de la avenida Charles de Gaulle, después de pasar por la casa de su vecina de la tercera planta para pedirle su copia de las llaves, se encontró con diez mensajes de Marie, Martine y Arnaud. Descolgó el auricular mientras se descalzaba. Marie contestó al primer timbrazo.

—¿Dónde demonios te habías metido? Hemos estado a punto de llamar a la policía —la reprendió.

—Estoy bien, tranquila —le dijo en tono suave tratando de apaciguarla mientras se dejaba caer en el sofá.

—Como íbamos a estar tranquilos. Te echas a los brazos de un tipo que ninguno conocemos y te largas del bar como si nada. Ibas sin documentación y sin dinero. ¿Cómo se te ocurre?

—No ha pasado nada.

—¿Bromeas? Pasas la noche fuera y ¿no ha ocurrido nada?

—Así es. Al menos eso es lo que dice él.

—¿Quién es él?

—El tipo del que te hablé. El de las fotos. Ni siquiera sé su nombre.

—¿Qué? Pero tú has debido de perder la chaveta, Sophie. ¿Me estás diciendo que has pasado la noche en casa de un desconocido que ha tomado fotografías tuyas sin tu consentimiento y del que no sabes su nombre?

—No he estado en su casa. Me llevó al Intercontinental de la Rue Scribe.

—¿Cómo? ¿Te has ido a la cama con un tipo con pasta y no sabes cómo se llama?

—¿Quieres dejar de sermonearme? Me habría llevado a mi casa a dormir la borrachera de no ser porque estaba tan bebida que no fui capaz de decirle mi dirección. Por razones que desconozco consideró poco apropiado llevarme a la suya, así que optó por detener el taxi en la Rue Scribe. Cuando bajé del vehículo le vomité encima. De modo que, en efecto, he pasado la noche en un hotel de lujo con un tío de lujo que ha dormido en la habitación contigua a la mía porque mi aspecto después de haber vomitado debió ser tan deplorable que prefirió dejarme sola en esa gigantesca cama.

—No hablas en serio. —El tono de Marie pareció endulzarse. Incluso se le escapó una risita incontrolada.

—¿Y por qué habría de mentir?

—El tipo es guapo a morir, desde luego. Tenías que haberle visto la cara a Paul y a Claire. Yo creo que todo el personal femenino del bar habría vendido su alma por estar en tu piel en el instante en que ese imponente ejemplar te ponía las manos encima y volvía a plantarte aquel besazo en la boca.

—Pues yo me siento como una imbécil.

—¿Has vuelto a quedar con él?

Sophie guardó silencio.

—La verdad, no.

—Menudo capullo.

—No... no se trata de eso. Es que... cuando salí de la ducha me encontré con una nota. Había desaparecido.

—Vaya... bueno, a decir verdad, no es la primera vez que te lo encuentras, así que seguro que volverá a aparecer.

—Todo esto es una locura, Marie. Es todo tan extraño... no sé, noté algo diferente en él.

—Pero ha debido ser emocionante, no lo niegues.

—Un momento, a ver si me aclaro. Hace un momento censurabas mi comportamiento y ¿ahora dices que todo esto te resulta emocionante?

—¿Acaso no lo es? ¿No te dijo que vivía por el Marais? ¿A qué

251

esperas para hacerle una visita? Debes terminar aquello que ha comenzado.

—Aquí no ha comenzado nada —le aclaró.

—Mientes, amiga. Ese tipo te ha calado hondo y lo sabes, así que ve a por él antes de que otra más lista que tú se cruce en su camino.

—Tengo miedo, Marie.

—Tú nunca has tenido miedo a nada, Sophie.

—No me has entendido. Tengo miedo porque creo que… nunca creí que diría esto, Marie, pero…

—¿Pero qué?

—Creo que ese desconocido es el hombre de mi vida.

Capítulo trece

*E*n el mismo instante en el que Sophie había entrado en su apartamento de Neuilly, Hugh Gallagher bajaba de un taxi que le había dejado justo enfrente de la terminal de salidas del aeropuerto de Orly. Había cometido la imprudencia de haber dejado apagado su busca durante toda la noche confiando en que no tendría ni una urgencia. Sin embargo se encontró con algo que ni en la peor de sus pesadillas habría podido imaginar. Se encargó de llamar a su padre pero nadie contestaba al teléfono de casa. Marcó el número de su apartamento y a continuación la tecla de consulta de mensajes en el contestador. La enérgica voz de su padre estalló en sus oídos.

«Hugh, ¿dónde demonios estás? Por lo que más quieras, ponte en contacto conmigo en cuanto escuches este mensaje. Tu madre ha sufrido un accidente.»

Cuando se puso al habla con su padre ya era demasiado tarde. Su madre iba de camino a casa después de haber hecho algunas compras en el supermercado cuando se detuvo en William Street, donde un pequeño de tan solo doce años pedía auxilio desde la tercera planta de un edificio en llamas. Pese a que los bomberos ya se encontraban allí tratando de acceder al inmueble, su madre se había detenido para informales de un antiguo acceso que ya no se utilizaba y que estaba situado en la parte trasera del edificio. Aunque los bomberos y la policía le informaron de la imposibilidad de acceder por ese lugar debido al riesgo de derrumbamiento, ella hizo caso omiso y aprovechó un despiste de las fuerzas de seguridad para escabullirse y llegar al estrecho hueco.

Milagrosamente logró acceder a la tercera planta y sacó al niño de aquella trampa mortal. El chiquillo huyó despavorido siguiendo las instrucciones de Emma salvándose de una muerte segura pero su madre no había corrido la misma suerte. Los diez segundos que tardó en deshacerse de su anorak mojado para cubrir al niño del irrespirable y venenoso humo marcaron su destino. El niño, que tanto le había recordado a Hugh cuando tenía su misma edad, salió del edificio con vida mientras que sobre ella se desplomaba una viga del maltrecho tejado. Los bomberos actuaron con toda la diligencia y destreza de la que fueron capaces sacándola inmediatamente de aquel infierno. Mientras la metían en una ambulancia y trataban de luchar para que siguiera con vida, fallecía a su llegada al hospital comarcal de Kilkenny.

Ahora Hugh se dirigía desolado hacia los mostradores de Aer Lingus para retirar el billete del vuelo que en una escasa media hora despegaría con destino a Dublín para asistir al funeral de su madre. Se había olvidado de la mujer que pareció haber desmoronado su esquema de vida después de aquellos sucesivos encuentros fortuitos. Sabía que pese a aquella nota apresurada que le había escrito antes de abandonar precipitadamente el hotel, jamás volverían a encontrarse. Lo había meditado durante su trayecto al aeropuerto. Sabía que su padre pondría el grito en el cielo cuando le comunicara su decisión de abandonar su puesto en el Hospital Americano de Nevilly. No tenía intención de regresar a París. No era consciente de lo equivocado que estaba.

Cinco días después, Sophie descendía en la parada de metro Saint Paul y comenzaba a caminar por Rivoli. En el cruce con la Rue Saint Antoine cambió su dirección para adentrarse en la Rue de Turenne. Subió el resto de la calle hasta toparse con el número 43. Las calles, sus cafés y restaurantes estaban repletos de gente pese a que los termómetros comenzaban a marcar temperaturas más propias del invierno que del suave otoño al que se habían acostumbrado durante los últimos días. Siendo viernes noche, supuso que su «forastero» podía estar en cualquier sitio. Respiró hondo cuando se detuvo ante la enorme puerta de madera maciza de un bonito edificio de cuatro plantas más sus correspondientes áticos. Trató de empujar el enorme pórtico de la planta baja sin éxito. Probó a pulsar el timbre dado que, evidentemente, no conocía el código de entrada y para su sorpresa terminó cediendo. Cuando la puerta se cerró tras ella le invadió un silencio aterrador. La entrada estaba poco iluminada y aunque tenía ascensor, optó por subir por las escaleras hasta la primera planta. El problema radicaba en que no sabía a qué puerta debía llamar. Por un instante se lo pensó mejor. Quiso darse media vuelta y salir de allí corriendo.

«¿Qué demonios estás haciendo? Estás actuando de una forma incoherente e irresponsable.»

Sin embargo no se movió de su lugar. Se quedó paralizada y con el corazón desbocado cuando oyó el chasquido de la cerradura de una de las puertas del rellano ¿Y si era él? Tenía que marcharse de inmediato.

—Hasta luego, os espero allí. —Era una voz varonil y con acento autóctono. Tras la puerta que se abría apareció un joven algo menor que ella que observó cómo desviaba sus ojos en dirección al apartamento vecino—. Hola —le dijo—. ¿Busca a alguien?

El francés se había percatado de que estaba un poco perdida.

—Busco a un amigo que es extranjero. Creo que vive en este edificio, pero quizá me he equivocado.

Por el gesto de aquel chico supo que estaba en el lugar correcto.

—Ah, el americano.

—¿Lo conoce?

De modo que era americano. Le conocía. Era su día de suerte.

—Vive en el apartamento que hay frente al mío pero creo que ya ha regresado a Estados Unidos porque hace varios días que no me cruzo con él. Vuelva mañana y pregunte al conserje.

—Gracias, lo haré.

—Adiós.

El vecino corrió escaleras abajo y Sophie permaneció allí sin saber qué hacer. ¿Había regresado a Estados Unidos? ¿A qué se debía su estancia en París? Quizá se había marchado para celebrar el día de Acción de Gracias que era el último domingo de noviembre o quizás ahora estaba experimentando su táctica con otra chica y ésta había sido más inteligente que ella. Podría dejarle una nota por si regresaba. Pero ¿y si era cierto que no se encontraba allí? Ya era demasiado tarde.

Bajó lentamente las escaleras con la vista fija en el suelo. Se dirigió a la puerta ensimismada en sus pensamientos, abriéndola desde dentro al tiempo que alguien desde fuera también entraba. Todo transcurrió como si de una película a cámara lenta se tratara. Sin poder evitarlo casi chocó de bruces con él, de modo que tuvo que retroceder sobre sus pasos.

Allí estaba asombrado y mirándola fascinado sin pestañear ni saber qué decir. Sophie reparó en la existencia de una *baguette* bajo el brazo mordisqueada por la punta así como una bolsa que dejaba entrever un paquete de tallarines, un bote de *créme fraîche* y una lechuga. Llevaba el cabello algo alborotado quizá porque aún estaba mojado. Volvía a parecer más alto que la última vez. Desprendía un agradable olor a champú. Vestía unos pantalones claros y un abrigo oscuro que curiosamente resaltaba aún más los ojos de aquel fascinante rostro.

—Has llegado en el mejor momento. Iba a prepararme algo de cenar y es mejor preparar para dos que para uno solo. Además —dijo abriendo la bolsa y mostrándole el contenido—, también he comprado una estupenda botella de vino de Cabourg.

Le estaba hablando como si se hubiesen conocido de toda la vida. Estaba abrazándola con la mirada. Fue la sensación más extraña jamás sentida y sin embargo también la más hermosa. Deseaba quedarse allí pero él debió intuir nuevamente su indecisión.

—Vamos… ya que has llegado hasta aquí ¿no te irás a marchar, verdad? —le preguntó mirándola fijamente a los ojos como un niño al que van a abandonar.

—Yo… bueno. —Notó que las palabras no le salían de la boca. Aquel tipo no dejaba de sorprenderla—. Yo solo quería pedirte disculpas por…

—No tienes que hacerlo. Si yo hubiera estado en tu situación probablemente habría reaccionado igual.

—Creo que fui un poco injusta contigo. Después de todo te comportaste como un caballero y…

—No tiene importancia —le insistió—. Olvídalo, pero si te vas a sentir mejor, disculpas aceptadas.

—Creo que será mejor que me marche. No debería estar aquí. No ha sido una buena idea. —Se disponía a salir.

—Se trata solo de una simple cena —le rogó sujetándole el codo con extraordinaria delicadeza—. Charlaremos y olvidaremos todo lo sucedido. Soy de fiar. Es más, si te vas a sentir más segura puedo subir esto al apartamento y podemos cenar en algún restaurante de la zona. ¿Qué te parece?

Se produjo un brevísimo silencio que para él supuso un tormento. Sophie levantó la vista y después la desvió hacia su bolsa del Monoprix. Acto seguido volvió a inclinarse para percibir de nuevo aquellos cautivadores ojos que la estudiaban sin perder detalle alguno.

—La verdad es que tengo un poco de hambre. Y quiero probar algo de esa apetitosa barra de pan antes de que tú acabes con ella. Y el vino… será mejor compartirlo. Para ti solo sería demasiado —le respondió mostrando una sonrisa alentadora.

—Supongo que eso es un sí.

Sophie asintió con la cabeza.

—Partiremos de cero —le dijo ella.

—Me parece una idea excelente. ¿Qué tal si nos presentamos como es debido?

—Mi nombre es Sophie Savigny —le dijo ella extendiendo su mano.

—Yo soy Ben O'Connor. Es un placer conocerte, Sophie.

El apartamento era pequeño pero bien distribuido. El pequeño vestíbulo daba a un acogedor saloncito dividido en dos ambientes para la cocina. A la derecha estaba lo que parecía el baño y a la izquierda había una puerta que supuso debía ser el dormitorio. Pudo ver algunos platos en el fregadero y algún otro pequeño desorden aunque la impresión general era la de alguien hasta cierto punto organizado. Él, como leyéndole el pensamiento, le dijo:

—Ya sé que está un poco desordenado pero he estado fuera prácticamente todo el día y no me ha dado tiempo a mucho —dijo al tiempo que recogía dos camisetas que estaban sobre el sofá, ordenaba algunas revistas, apilaba algunos folletos informativos y volvía a poner en su posición algunos cojines del sofá.

—Eh vamos... estás en tu casa. Tienes derecho a vivir en ella como te plazca. Además es un apartamento acogedor. Me gusta la decoración.

—Me alegro —dijo el dirigiéndose a la pequeña cocina americana—. Este es el tercer año que vengo a este mismo lugar. La propietaria se quedó encantada conmigo la primera vez que vine. Lo hice para pasar casi ocho meses en Europa.

—¿Te tocó la lotería o algo por el estilo? —preguntó Sophie al tiempo que miraba por la ventana desde donde se divisaban algunas terrazas de cafés repletas de gente pese a la temperatura. Ben sacó dos latas de cerveza alemana de la nevera.

—No, en absoluto. Vivo de mi trabajo, pero estuve haciendo algunas cosas extras y gané una sustanciosa cantidad a la que decidí darle un buen provecho —le aclaró con una escueta sonrisa mientras abría una cajita de lo que parecían ser galletitas saladas. Se dirigió hacia ella, que se había sentado en el sofá. Él prefirió el sillón aunque supusiera un gran esfuerzo pero no quería incomodarla con su cercanía.

—Toma, esto es lo más apetecible que tengo para picar —dijo

entregándole la lata de cerveza y ofreciéndole las galletitas—. Oh, perdona ¿quieres un vaso?

—No gracias, así está bien. Spaten... mmm... me gusta la cerveza alemana.

Ben le dedicó una mirada cargada de picaresca cuyo significado Sophie no llegó a captar.

—Yo creo que no hay otra mejor, aunque bueno... si mi padre me oyera me desheredaría. También me declino por la Guinness. Es otra de las muchas joyas de Irlanda.

—¿Eres irlandés?

—Mi familia paterna. Yo nací en Nueva York. ¿Y tú? ¿De qué parte de España?

—Mi familia vive en Madrid.

—Me encanta España. No tenéis nada que ver con el resto del planeta. Creo que lo que os diferencia del resto del mundo es que trabajáis para vivir y no al contrario. Me resulta extraño que hayas terminado viviendo en París. ¿Qué es lo que te ha traído hasta aquí?

—Esa pregunta me la he hecho muchas veces y si te digo la verdad aún no he logrado encontrar un respuesta —le respondió después de haber bebido varios tragos de la refrescante cerveza.

—Eres un espíritu libre.

—No, no lo creo. Las raíces me suelen atar bastante.

—Eso es bueno —le dedicó una franca sonrisa que le gustó.

—Creo que todo ser humano necesita algo a lo que aferrarse.

—Estoy totalmente de acuerdo contigo. —Permaneció callado varios segundos—. A propósito, ¿por qué no asististe a la última conferencia? —preguntó de repente cogiéndola totalmente por sorpresa—. Te pido disculpas... me comporté como un estúpido. Te lo hice pasar mal. Estaba enfadado por todo lo que me dijiste aquel día y... bueno quise hacértelo pagar de alguna forma, pero de veras que lo siento. Me sentí muy mal.

—No tiene importancia, en cierto modo creo que me lo tenía bien merecido.

—No digas eso. La verdad es que no se puede decir que hayamos tenido un buen comienzo.

—Ha sido todo bastante...

—Atípico —concluyó él.

—Sí... yo no podría haberlo descrito de mejor forma.

Se produjo un incómodo silencio que Ben terminó rompiendo. Se levantó para ir nuevamente a la cocina y Sophie aprovechó la ocasión para contemplar detenidamente su excelente complexión corporal bajo aquellos pantalones y aquel suéter.

—¿Quieres otra cerveza?

—No, gracias —le respondió mientras recordaba su imagen en el Intercontinental con la toalla ceñida a su cintura.

Ben regresó a su asiento.

—¿Cuánto tiempo estuviste en París cuando viniste la primera vez? —le preguntó tratando de apartar aquella idílica imagen de su mente.

—En este apartamento estuve dos meses antes de regresar a los Estados Unidos. Me gustó tanto que decidí volver al año siguiente. Pero aquella vez fueron solo dos semanas. —De repente algo se nubló en su mirada—. Tuve que volver por problemas familiares.

—Oh, vaya... lo siento.

—Es ley de vida. Tuve que regresar porque mi abuelo había fallecido. Tenía ochenta y ocho años, así que supongo que ya era su hora —explicó.

—Yo soy una afortunada. Mi abuelo aún vive y está hecho un chaval.

Ben le dedicó una serena sonrisa.

—Sería duro tener que volver a Nueva York después de tanto tiempo viviendo al estilo europeo —añadió Sophie.

—Lo fue. Nueva York es un mundo aparte. Pero también tiene su encanto. ¿Conoces Nueva York?

—Estuve con mis padres y mis hermanos cuando era pequeña. Tengo un leve recuerdo del día que nos estábamos acercando en ferry a Liberty Island, el horrible viento que hacía. No recuerdo mucho más.

—A mí me encantaba hacer ese recorrido con mis padres y mis hermanos. Era algo que hacíamos muy a menudo. Nos contaban fantásticas historias de cómo nuestros antepasados llegaron a la Isla de Ellis.

—Debía ser fascinante.

—Debió serlo, aunque yo no lo describiría precisamente con esas palabras.

Sin saber la razón le vino a la mente la imagen de aquella niña que viajaba con su familia en el Circle Line cuando él tenía once años. Pero, no. No podía ser.

—¿Sucede algo? —preguntó Sophie inquieta por su repentina mirada ausente.

—No es solo que... olvídalo. Es una locura. No es posible.

259

—¿Qué locura? ¿De qué hablas?

—Es que… —Sacudió la cabeza—. Por un momento he pensado que… ¿recuerdas la fecha exacta de tu viaje a Nueva York?

—Creo… que fue en otoño… del año… déjame pensar… 1977, mes de octubre. Si. Fue en octubre. Dios, ¡cómo pasa el tiempo!

—Fue el 25 de octubre de 1977 —afirmó él con una mirada misteriosa.

—¿Qué sucedió el 25 de octubre?

—Ese fue el día en el que subiste al Circle Line.

—¿Y cómo lo sabes si no estabas allí?

—Sí que estaba. Recuerdo perfectamente el abrigo azul marino que llevabas.

Sophie abrió la boca, pero volvió a cerrarla. No consiguió articular palabra.

—¿Cómo sabes…? —logró decir—. No puede ser.

—¿Conservas las fotos de aquel viaje?

—Claro, además creo que tengo algunas en mi apartamento. Hice una recopilación antes de venirme a vivir aquí… espera… no es posible. Tú eres…

Ben asintió con la mirada sonriéndole.

—Sigo conservando esa foto y… la tengo aquí en París. —Sentía la boca seca y bebió de un tirón lo que le quedaba de cerveza.

—También me tienes a mí. Ya lo ves… puede que se trate de una señal.

—Pero… es… es algo sorprendente. —Se llevó las manos a la boca aún conmocionada por aquel descubrimiento. Se levantó y fue a buscar apoyo sobre el marco de la ventana. Le dio la espalda mientras trataba de aplacar sus ánimos tras aquella extraordinaria revelación.

—¿Cómo me has recordado? Ha pasado mucho tiempo —se volvió para mirarlo.

—Eras la niña más bonita que había visto en mi vida. Cosas así nunca se olvidan.

Sophie tragó saliva y volvió a su posición original mientras contemplaba el ir y venir de los transeúntes de la Rue Turenne.

—Durante algún tiempo mi padre y yo te llamábamos la «niña Vogue» —prosiguió Ben—. Se levantó y se acercó hasta ella.

Sophie no se movió.

—Cada cierto tiempo echo un vistazo a esa fotografía y si te soy sincera más de una vez me he preguntado qué habría sido de ti. Me imaginaba historias y me preguntaba en qué clase de hombre te habrías convertido.

Sophie se volvió descansando su espalda sobre el cristal de la ventana, de brazos cruzados. Ben se acercó apoyando su mano sobre la superficie de la pared dejando descansar el peso de su cuerpo sobre la misma.

—¿De veras? ¿Y… sería mucho preguntar cómo me imaginabas?

—A decir verdad, te imaginaba de mil maneras posibles, pero jamás tal y como te estoy viendo ahora. Has cambiado bastante.

Estaba peligrosamente cerca de ella.

—Eso suena a decepción. Siento no haber superado tus expectativas.

—Al contrario. Las has superado con creces.

No habrían existido calificativos suficientes en el diccionario para describir aquella mirada que él le dedicó. Apartó su mano de la pared y la depositó con suavidad sobre su mejilla. Sophie creyó que se derretía ante el roce de sus dedos e instintivamente ladeó su rostro cerrando los ojos en busca del calor de la palma de su mano. Ben hizo lo mismo con la que le quedaba libre y la colocó en su otra mejilla para posicionarla en el ángulo correcto. Sophie volvió a abrir los ojos para encontrarse con su persuasiva y sugerente mirada. Esperó a que diese el siguiente paso; sin embargo no lo hizo. Se limitó a rozar levemente la comisura de sus labios con ambos pulgares y se apartó de ella dejándola allí sumida en un estado de confusión tal que tuvo que recordarse a sí misma que tenía que seguir respirando si no quería sufrir un colapso.

Sophie trató de recomponerse. Observó que Ben se dirigía hasta el fregadero para coger un escurridor. Lo lavó, lo secó y se giró para mirarla nuevamente.

—Parece que la pasta ya está lista. ¿Qué tal si me echas una mano, «*niña Vogue*»? No sé tú, pero yo estoy muerto de hambre. Tú aliñas la ensalada y yo mientras preparo la salsa.

—Trato hecho, «*ojitos azules fulminantes*» —logró decir a duras penas.

La sonrisa que se dibujó en el rostro de Ben iluminó toda la estancia.

«Sophie, ahora sí que estás perdida.»

Mientras se dedicaban a sus quehaceres culinarios charlaron de manera distendida sobre sus respectivas ocupaciones. Ben era arquitecto licenciado por la N.Y.U., Universidad de Nueva York.

Cuando comenzó sus estudios universitarios abandonó su hogar para irse a vivir a un apartamento cercano a Washington Square Park que compartió con otros cuatro estudiantes. Él era el único neoyorquino. El resto procedía de Tokio, Berlín, Amberes y Tel Aviv. Fue sin duda uno de los periodos más fructíferos de su vida. Fue allí donde comenzó su afición a la fotografía por las múltiples galerías dedicadas a este arte que empezaban a florecer en el Soho. Estuvo dos años trabajando en San Francisco y después uno en Philadelphia, sin olvidar los siete meses que pasó en Chile. De ahí su fluido español. Pero seguía echando de menos la gran manzana, así que finalmente optó por quedarse en Manhattan donde llevaba ya alrededor de dos años alternando su trabajo como arquitecto y consultor técnico de otras firmas como aquella en la que prestaba sus servicios en París desde hacía aproximadamente un año.

—Puedes preguntarme la edad —le dijo con una burlona sonrisa levantando la vista de la cazuela en el que removía la salsa de queso junto con la *creme fraîche*.

—Treinta y tres —le dijo.

—Casi. A punto de cumplir dos menos en diciembre, aunque, a decir verdad, me habría gustado que hubieras fallado a la baja —le confesó con mirada traviesa.

Sophie abrió los ojos de par en par, sorprendida de su acierto.

—Bueno, si te soy sincera pensé que pasabas de los treinta y cinco —confesó—. Pareces mayor, pero precisamente ahí radica tu encanto.

Ben frunció el ceño ofreciéndole una expresiva mueca.

—Me da la impresión de que mentir no está entre tus mejores habilidades.

—Te lo digo en serio —le dijo entre risas.

—Espero que *mi edad* no suponga un problema.

Esta vez su encantadora sonrisa no pasó desapercibida.

—Me gustan los hombres mayores.

Ben estalló en una carcajada.

—Tú tampoco tienes aspecto de adolescente.

—Me sacas cinco años… eso es mucha ventaja —le replicó ella con mirada pícara.

—Si sigues con ese tema, te juro que te mando a la cama sin cenar.

—Menudo castigo… —murmuró sonriendo sin mirarlo.

Ben soltó la cuchara de madera con la que removía la salsa y la apartó del fuego. La pilló desprevenida tomándola por la cintura y la apretó contra él. La miró y sin pensarlo acercó los labios hacia los suyos regalándole un sosegado beso mientras la rodeaba con sus brazos de una forma sorprendentemente cálida y firme. Después se apartó de ella bruscamente.

—Lo siento, no he podido evitarlo —le dijo.

—No lo sientas —dijo Sophie llevando su mano hacia su mejilla—. Me ha gustado.

—Menos mal porque me lo has puesto bastante difícil —le dijo tomando su mano y besándole la palma.

—No ha sido un buen comienzo ¿verdad?

—No sé qué decirte. Creo que hemos batido un récord. Acabamos de tener nuestra primera discusión sobre un tema tan absurdo como la edad ¿te lo puedes creer? —Su sonrisa la desarmó.

—Lo mejor de todo esto son las reconciliaciones ¿no te parece? —Esta vez fue Sophie quien le dio un voraz beso.

—Vaya —susurró Ben dejando escapar una risa sobre sus labios—. Creo que discutiré contigo más a menudo.

—Voy a ir poniendo la mesa… no vaya a ser que te arrepientas y cumplas tus amenazas —le dijo Sophie entre risas apartándose de él.

263

La pasta que preparó estaba realmente exquisita. Otro punto más que añadir a una lista que empezaba a ser interminable. No fue consciente del paso del tiempo estando a su lado. Era un excelente conversador y a ella le encantaba escuchar así que sin darse cuenta terminó acomodada en el sofá mientras él trasteaba en la cocina. La ventana del salón permanecía entreabierta para dejar entrar un breve resquicio de aire ya que el calor que se había concentrado en la pequeña estancia a consecuencia de la calefacción comenzaba a ser abrumador. Eso sumado a los efectos de la comida y la botella de vino que se habían bebido entre los dos había creado cierto ambiente de inquietud por unos instantes. Ben había sentido un deseo irrefrenable de atraerla a sus brazos y besarla. Sabía que ella también lo deseaba, pero no quería estropear lo que hasta ese momento había sido una tarde magnífica e irrepetible. Había optado por levantarse con la excusa de fregar una cacerola para que la salsa no se quedara pegada. Sophie lo observaba relajada en aquel confortable sofá mientras colocaba los platos y los vasos en el escurridor. Era alto y de unas proporciones envidiables. Aquellos brazos y aquellas manos. En conjunto resultaba una delicia para cualquier ojo femenino.

«Vamos, debes marcharte. ¿A qué esperas?»
No. No quería irse. Quería quedarse allí.
Cerró los ojos.

Sophie entornó los párpados con lentitud. Se desperezó y su mano chocó con algo que estuvo a punto de caer al suelo. Abrió los ojos de par en par para sujetar la lámpara de la mesa que había justo al lado del sofá en el que se hallaba tumbada. Estaba cubierta con un manta. Divisó otra del mismo refulgente color verde cuidadosamente doblada sobre el reposabrazos opuesto. Apartó la manta a un lado para comprobar que, efectivamente, estaba completamente vestida. Todo estaba increíblemente ordenado pero lo que sin duda captó su atención fue la pequeña mesa situada al lado de la ventana donde la pasada noche habían cenado. Sobre la misma había un precioso mantel de cuadros amarillos, una jarra llena de lo que podría ser zumo de pomelo o algo parecido, dos platos con sus respectivas tazas y cubiertos, tres tarritos de diferentes confituras y unas bonitas servilletas de papel coloreado. El último detalle era un pequeño jarroncito lleno de margaritas blancas. Se sintió desfallecer. Aquella era la típica escena del desayuno de dos personas que acababan de pasar una noche de desenfreno y pasión, pero en su caso no había sido así. Recordó haberse quedado dormida en aquel plácido y enorme sofá. Recordó a Ben inclinado sobre ella diciéndole que era tarde y que si lo deseaba la acompañaría a casa. Ella se negó y él le sonrió mientras tomaba asiento a su lado y la acomodaba sobre su torso.

—… He dicho buenos días —anunció Ben desde el umbral de la puerta. Sophie despertó de sus pensamientos y se quedó fascinada. Llevaba unos tejanos algo desgastados con un precioso suéter de cuello alto y color beige de Ralph Lauren que realzaba aquellos ojos que hoy parecían dos lagos. Y aquel rostro sin afeitar. Estaba irresistible.
«Dios mío. Algo así debería estar prohibido.»
—Hola… buenos días —dijo bajando la mirada tratando de disimular en vano lo que sus ojos habían reflejado cuando lo había visto junto a la puerta.

Ben le dio la espalda mientras rodeaba la barra de la cocina para abrir un armario, sacar un plato y colocar los *croissants* que acababa de comprar.

—¿Has dormido bien? —le preguntó mientras se dirigía a la mesa con dos vasos que acababa de coger del escurridor.

—Sí. Siento haber... —No supo qué decir. Era la segunda vez que se encontraba en la misma situación en menos de una semana y comenzaba a sentirse ridícula.

Ben llenó uno de los vasos con zumo de frutas y se lo entregó a Sophie.

—¿Qué es lo que sientes? —le preguntó él confundido.

—Ya sabes... el haberme quedado dormida —dijo después de haber bebido un sorbo del refrescante líquido—. No quiero que pienses que... Ben... pese a todo lo sucedido... no soy de esa clase... ya me entiendes.

Ben sufrió en silencio por su inocencia. Observaba sus gestos nerviosos. No se atrevía a mirarle a los ojos. Cada vez que lo hacía Ben notaba que no le salían las palabras. Verla allí aturdida con sus dudas y sus pensamientos, la ropa arrugada y el pelo alborotado era demasiado. Ni siquiera ella era consciente del deseo que despertaba. ¡Cómo deseaba abrazarla! ¿Cómo confesarle lo que había sentido la noche anterior? Después de terminar en la cocina se había quedado adormilada en el sofá del salón. Ben detestó tener que despertarla pero tenía que avisarla de que era más de medianoche. La acompañaría en taxi hasta su casa. Pero ella entre sueños había agarrado su brazo diciéndole: «No, quédate aquí conmigo».

265

—Descuida. Sé perfectamente la clase de chica que eres. Parecías sentirte cómoda en ese fantástico sofá —le dijo Ben en tono tranquilizador—. Si supiera que eres como el resto te aseguro que te habría metido en la cama conmigo. De eso puedes estar segura. Pero me parecía poco elegante irme a la cama yo solo, así que opté por pasar la noche a tu lado.

—No estoy acostumbrada a este tipo de situaciones... eso es todo.

—Si te sirve de consuelo... yo tampoco —añadió esbozando una leve sonrisa.

—Me estoy comportando como una tonta ¿no es cierto?

—En absoluto, ha sido un placer tenerte en mis brazos mientras me limitaba a contemplar tu sueño. Deja de comerte la cabeza. Es sábado, el día está despejado y estamos en París. Simplemente déjate llevar. Lo que tenga que pasar pasará.

La forma de mirarla le transmitió una imposible mezcla de paz e intranquilidad.

—¿Tan seguro estás de que va a pasar algo?

—¿Tú qué crees? —le preguntó él con media sonrisa en los labios dando un paso hacia ella.

—He sido yo quien ha preguntado antes. —Sophie le devolvió la misma sonrisa aunque quizás algo más comedida temiendo el rumbo de aquel pequeño juego que ella misma acababa de comenzar.

—No hagas preguntas cuya respuesta sabes de sobra. —Esta vez se acercó peligrosamente de forma que Sophie tuvo que dar un paso atrás pero la parte trasera del sofá le interceptó el paso.

—Pareces muy seguro de ti mismo —le dijo mientras buscaba un punto de apoyo en el sofá. Esta vez pudo notar su aliento a zumo de pomelo sobre su rostro. Sintió que la perforaba con aquellos ojos. ¿Qué pretendía? Se inclinó hacia ella y Sophie cerró los ojos pensando que lo próximo que haría sería besarla pero no fue así. Sintió el roce de sus labios sobre el lóbulo de su oreja cuando le dijo algo que no esperaba en un débil susurro.

—Sabes tan bien como yo que ya es demasiado tarde para detener esto.

Sophie devoró el último *croissant* en menos de un minuto. Ben disfrutaba viéndola comer y reír al mismo tiempo. Era un placer en todos los sentidos contemplar sus gestos, sus ojos. Cada palabra pronunciada por aquellos preciosos labios adquirían en sentido especial. No podía creer en su buena suerte. Tenerla allí a su lado después de todos sus encuentros fortuitos era todo un privilegio.

—¿En qué piensas? —le preguntó de pronto.

—Creo que eres preciosa, «niña Vogue».

—¡Oh, vamos, deja de llamarme así! —protestó Sophie. Después del intenso momento vivido junto al sofá hacia unos instantes prefería no seguirle el juego—. Eso quiere decir que has visto pocas mujeres bonitas en tu vida.

—Eres increíble —le dijo Ben riendo mientras sacudía la cabeza.

—No. Me temo que tú eres el increíble.

—¿De veras? ¿Y qué te hace pensar eso?

—No sé pero ahora mismo estoy tratando de perfilar un poco tu personalidad.

—No sabía que fueras aficionada a la psicología, pero ya que estamos sobre el tema, venga… dime que es lo que ves —le retó mirándola con una persuasiva sonrisa.

—¿De verdad quieres que te diga lo que veo?

—Sí. Adelante. Soy todo oídos.

—Bien. Pues veo al típico americano de familia bien que pudiendo haber estudiado en Yale o Harvard se decidió por la bohemia Universidad de Nueva York solo para llevar la contraria. Apuesto cien francos a que eras una pieza peligrosa. Seguro que las volvías locas en el Instituto.

Ben escondió su rostro entre sus manos en señal de fingida vergüenza ante el comentario.

—Durante tu época universitaria más de una ha tratado de cazarte. Tú, obviamente, no te has dejado. Cuando sabías que te estabas implicando demasiado en una relación salías corriendo. Preferías hacer daño antes de que te lo hicieran. —Sophie observó cómo cambiaba el semblante de su mirada—. En vez de estar pensando en sentar la cabeza como algunos de tus compañeros de promoción, tú te dedicas a perseguir jovencitas por Europa para que así estén lejos de ti y no te compliquen la vida. ¿Me equivoco?

Ben se arrellanó en su silla y la miró fijamente a los ojos.

—Ha llegado mi turno —le dijo sutilmente.

—Dispara —dijo Sophie sonriéndole débilmente temiendo en cierto modo su línea de contraataque.

—Veo a una jovencita de gran coraje, culta, terriblemente encantadora, viajera incansable y vividora de nuevas experiencias. Muy cosmopolita. Quizá puedas parecer algo fría en algunas ocasiones. Tengo la ligera impresión de que has debido querer mucho, pero alguien te ha hecho daño y tienes un miedo terrible a que vuelvan a herirte. No dejas que nadie atraviese esa barrera.

Sophie guardó silencio.

—Quizá tengas razón. —Su mirada se ensombreció.

—No te habrás enfadado, ¿verdad?

—No, en absoluto —le respondió en tono irónico—. Me has llamado mujer fría, pero no me he enfadado.

—Eh vamos… no pretendía ofenderte. Retiro lo de fría. Eres demasiado racional. Esa es la palabra. Racional.

—¿Fría? ¿Racional? ¡Qué más da! ¿Por qué? Porque todavía no me he acostado contigo. ¿Te refieres a eso?

—¿Se puede saber por qué estás tan convencida de que lo único que quiero es llevarte a la cama? —preguntó soltando de repente la taza sobre el plato.

—Vamos, Ben, ¿no pretenderás hacerme creer que toda esta parafernalia tiene como único fin que nos hagamos buenos amigos?

Ben arrastró su silla y se puso en pie algo indignado retirando platos y tazas de la mesa. Después cogió los cubiertos y rodeó la ba-

267

rra de la cocina para soltarlo todo dentro del fregadero. Se volvió y la miró a los ojos bastante disgustado.

—Esto no es ninguna parafernalia. Jamás he necesitado hacer teatro para llevarme a una mujer a la cama. Todas lo han hecho voluntariamente y en menos tiempo del que imaginas.

—¿Estoy tardando demasiado? —Sophie se levantó y se fue hasta donde él estaba con el resto de los utensilios de la mesa del desayuno—. ¿Acaso me estas comparando con tus promiscuas amigas de Manhattan?

Ben comenzó a sacudir la cabeza con incredulidad. No podía creer que estuvieran teniendo aquella conversación. Quitó de un tirón el mantel de la mesa y regresó a la cocina. Lo soltó bruscamente sobre la encimera sin sacudirlo y permaneció frente a Sophie.

—No te estoy comparando con nadie. Maldita sea Sophie, desde que te conocí no he pensado en otra cosa que no sea en cómo lograr un acercamiento contigo. Habría dado cualquier cosa por meterme en la cama contigo. Y tú también. No lo niegues. Lo veo en tus ojos tal y como tú lo ves en los míos. Sabes perfectamente que ambos estábamos en el ambiente adecuado para ello. Pero no pasó nada y no porque yo no quisiera. Te deseaba al igual que tú a mí y sin embargo me bastó con el hecho de saber que estabas aquí. ¿Tan difícil te resulta comprender que a lo mejor también yo tengo miedo?

—¿Miedo? ¿Tú? ¿A qué? —le preguntó Sophie en un tono que denotaba cierto cinismo, con un gesto de incredulidad.

—Miedo a dar un paso en falso. Estuve a punto de hacerlo en Parc Monceau y...

—Siento la forma en la que te traté, pero tenías que entenderlo. No te conocía de nada.

Tampoco lo conocía de nada aquella noche en O'Brien's cuando se lanzó a sus brazos, pero prefirió no sacar el tema a colación y afortunadamente él tampoco lo hizo.

—Ayer a las ocho de la tarde tenías el mismo conocimiento de mí que aquel día. ¿Qué es lo que te hizo cambiar de opinión?

Se produjo un largo e incómodo silencio.

—Ni yo misma lo sé —respondió Sophie.

—Sí que lo sabes. Sabes que sentiste lo mismo que sentí yo. —Avanzó un paso hacia ella.

—¿Y cómo sabes tú lo que yo siento?

—Es algo que no se puede explicar, ¿me equivoco? Está ahí, pero ni tú ni yo podemos controlarlo. Llámalo conexión, destino, incluso puede que sea algo inconcebible, pero ahí está y lo queramos o no, no podemos ignorarlo. Por Dios, nos hemos vuelto a encontrar en una ciudad del tamaño de París en contadas ocasiones y después de más de dos décadas. Esto tiene que significar algo. Me da igual si no me crees pero me estás haciendo sentir cosas que jamás había sentido.

«Ahora alguien debería decir: "Corten".»

Sophie no pudo creer lo que acababa de oír. Se acababa de dar cuenta de que Ben en el fondo tenía toda la razón del mundo. Lo que se suponía que él sentía era exactamente lo mismo que ella. No podía haberlo descrito de una forma más correcta. Era un disparate que le estaba haciendo perder la cordura. Estar allí frente a él le estaba llevando a quebrantar todos y cada uno de los principios en los que ella había basado el comienzo de una relación. Paul había sido el único hombre en su vida hasta ese momento. Se recordó a sí misma que tardó varios meses en acostarse con él y su primera experiencia sexual fue un verdadero desastre. Siempre había estado convencida de que aquella paciente espera por parte de Paul se debía a que la quería. ¡Qué equivocada estaba! Pese a que sus encuentros en la cama habían mejorado con el paso del tiempo una parte de ella siempre supo que existía un gran vacío. Ese vacío que había puesto punto y final a una relación sin pies ni cabeza había dado paso a una inexplicable sensación de plenitud. Sí, estaba saturada de deseo. Aquel hombre le hacía imaginar cosas que jamás habría sido capaz de imaginar. No sabía con certeza adónde iba a llevarles aquella insensatez, pero lo que sí sabía era que había una conexión irracional entre ambos. Esta vez Ben se acercó vacilante hacia ella franqueando la mínima distancia que los separaba.

La acogió de nuevo en sus brazos dándole el beso que ella estaba pidiendo a gritos mientras la rodeaba por la cintura acariciándole la curva de su espalda. La apretó aún más contra él. Sophie tardó poco tiempo en notar la respuesta del cuerpo de él y en un gesto inconsciente echó su cabeza hacia atrás. Ben besó su cuello y deslizó su lengua hasta el hueco de su garganta para después aterrizar nuevamente en su boca.

De repente se apartó de ella para tomar aire.

—Más vale que te des una ducha y salgamos de aquí. Si sigues tan cerca de mí creo que no podré soportarlo. Me estás volviendo loco y te aseguro que a estas alturas no respondo de mis actos.

Quería prolongar el momento. La deseaba, pero prefería esperar. Sophie le respondió con un extraño gesto mezcla de melancolía y júbilo que removió hasta la última célula de su cuerpo.

—Y date prisa si no quieres que te ponga a fregar platos. Hay toallas en el armario azul de la derecha.

Sophie se encerró en el baño tarareando una conocida melodía de Charles Aznavour, «*For me, formidable*».

Ben adoraba esa canción. Vi cómo asomaba la cabeza a través del estrecho hueco de la puerta.

—¿Sí?

—*Tu es vraiment adorable.*

—Gracias, pero echa el cerrojo si no quieres que me meta ahí con la ropa puesta.

270

Capítulo catorce

*P*arís los esperaba. Bajaron desde la Rue Saint Jacques hasta la Rue de Medicis para dirigirse a los jardines de Luxemburgo, donde permanecieron largo rato sentados en un banco, a la sombra de un árbol centenario, conversando sobre sus respectivas vidas. Aprovecharon para visitar la plaza Saint-Sulpice e incluso entraron en la iglesia. Sorprendentemente Ben jamás había entrado allí y tuvo que reconocer que era una auténtica joya arquitectónica. Sophie le informó de que la tradición decía que cuando se entraba por primera vez en algún templo había que pedir tres deseos. Ella pudo contemplar a Ben pensativo mientras miraba hacia el altar.

—¿Qué has pedido? —le preguntó en voz baja.

Ben la miró con una pícara sonrisa.

—A ti te lo voy a decir... —le respondió mientras se levantaba de su asiento y tiraba de su mano para sacarla de allí.

Después tomaron el metro en Odéon y bajaron en el Quai du Louvre para cruzar el Pont Neuf y bordear la Île Saint Louis a través de un largo paseo. Se detuvieron en Chez Berthillon para degustar un delicioso y cremoso helado.

—Reconoce que están para morirse de buenos —le dijo poniendo los ojos en blanco mientras disfrutaba de un barquillo con helado de mango y frutas del bosque—. Estoy convencida de que son los mejores sobre la faz de la tierra.

—Discrepo —le dijo con un divertido gesto mientras avanzaban por la Rue Saint Louis en Île.

—No hay nadie que pueda mejorar esto, te lo aseguro —insistió Sophie plenamente convencida de su afirmación.

—Estos están escandalosamente buenos, pero deja que te lleve a un sitio de Little Italy y sabrás de lo que te estoy hablando.

—¿Me estás proponiendo que vaya a visitarte a Nueva York?

Ben se guardó las ganas de decirle lo que en realidad quería proponerle si no quería verla salir huyendo calle abajo.

—No te lo propongo. Lo doy por hecho. —Dio un sensual lametón a su helado y Sophie apartó la vista con objeto de esconder sus pecaminosos pensamientos.

—La solidez de tu poder de convicción me abruma —le respondió ella avanzando y dejándolo un paso por detrás. Sintió la palma de su mano sobre su hombro obligándola a darse la vuelta y, sin más, le plantó un beso en la boca.

—No deberías poner en tela de juicio mis habilidades, «*niña Vogue*» —replicó con tono risueño y despreocupado.

Acto seguido pasó su brazo alrededor de sus hombros y la apretó cariñosamente contra él mientras reanudaban el paseo. Sophie advirtió las miradas fascinadas de alguna que otra turista o paseante que habían presenciado aquella tierna escena. Una oleada de felicidad la invadía inexplicablemente. Para envidia del mundo se hallaba en París, la ciudad que poseía el título infalible de ser la ciudad más visitada. Para Sophie era algo más que eso. En aquel precioso instante tenía la fortuna de estar bajo el abrazo de un hombre fascinante caminando por las calles de la ciudad más bella del planeta.

272

Eran más de las dos y media cuando decidieron saciar su apetito después de un largo caminar. Volvieron a coger el metro hacia la Bastilla para almorzar en un pequeño restaurante japonés de la Rue la Roquette, del que Sophie parecía ser una asidua a juzgar por el trato dispensado por el personal del pequeño establecimiento. A Ben le fascinó el conocimiento que tenía Sophie de la ciudad y de su historia. Le encantaba escucharla contar múltiples anécdotas de cada rincón, plaza o edificio que pisaban. Su tono de voz cambiaba en el momento en el que pronunciaba alguna palabra en francés, adquiriendo un grado de exquisitez y un encanto que era como música para sus oídos.

Eran aproximadamente las ocho de la tarde cuando ambos estaban frente al número 158 de la avenida Charles de Gaulle en Neuilly.

—Ha sido un día genial. Me lo he pasado divinamente —le dijo Sophie sonriendo.

—Yo también. Tendré que apuntar ese estupendo japonés para la próxima vez.

—Sabía que te gustaría.

—Regreso a Nueva York la semana próxima —logró decir Ben después de un embarazoso silencio y desvió el tema de conversación en otra dirección.

—Ah… vaya… creía que tu contrato en ese estudio iba para largo.

—Puedo quedarme todo el tiempo que quiera, al menos por el momento. Regreso por Acción de Gracias y estaré de vuelta nuevamente la primera semana de diciembre.

—Entonces supongo que volveré a verte. —Se arrepintió de aquella afirmación. ¿Y si él no quería volver a verla?—. Bueno… si te apetece.

—Por dios, Sophie… no quería decir eso… Claro que quiero verte. Es solo que tengo una importante oferta. La posibilidad de montar definitivamente mi propio estudio en Manhattan junto con mi amigo Jeffrey. Él se ha estado encargando de todo el papeleo burocrático y dice que no seguirá adelante si no es conmigo como socio.

—Eso es fantástico, Ben. Deberías estar contento.

—Y lo estoy. Es solo que aún no le he dado una respuesta.

—¿Y a qué esperas para hacerlo? Es una oportunidad que no puedes dejar pasar.

273

Ben se pasó la mano por el pelo en un gesto preocupado. Deseaba confesarle lo que tenía en mente pero no quería estropear el día.

—¿Quieres cenar conmigo en casa? —preguntó Sophie con cierta indecisión en la voz.

—No quiero que te veas obligada a nada, Sophie. No me perdonaría que llegáramos a algo que pudieras lamentar.

—No lo lamentaría.

A Ben le sorprendieron aquellas palabras.

—¿Estás segura de lo que dices?

—Acabo de salir de una relación de la que he acabado muy herida y te mentiría si no reconociera que en este momento mi autoestima está tan baja que quizás eso pueda llevarme a cometer el fatal error de meter a alguien en mi cama. A decir verdad no estoy preparada para ello. —Clavó la vista en el suelo, súbitamente alterada—. Eso es todo.

Ben la encontró en ese instante más desvalida e irresistible que nunca. La tomó por el mentón y elevó su rostro hacia el suyo mientras le dedicaba una mirada paternal.

—No te subestimes y ni se te ocurra pensar que voy a aprovecharme de tu situación para ayudarte a cometer eso que tú consideras un error.

—No pretendía decir que sería un error acostarme contigo...

Deslizó el pulgar hasta su labio inferior y le impuso silencio.

—Lo sé —le sonrió afectuosamente—. Me quedaré contigo esta noche, pero tienes libertad para ponerme de patitas en la calle si consideras que no me comporto debidamente.

—Trato hecho —dijo Sophie dejando escapar una risilla ante el comentario—. Si no te portas bien te mandaré a la cama sin cenar.

Ben se echó a reír.

—Menudo castigo —le dijo.

Se adentraron en aquel precioso ático de la quinta planta. La calefacción les dio la bienvenida y ambos comenzaron a deshacerse de sus capas de ropa para habituarse al delicioso calor de la vivienda. Sin duda Sophie vivía en un lugar privilegiado. La única zona independiente del estudio era el cuarto de baño. El resto del pequeño *loft* abarcaba una coqueta cocina con barra americana que daba a una amplia zona de estar. En la zona baja de la buhardilla, donde el tejado se inclinaba, se hallaba la cama. Las paredes estaban completamente forradas de madera y aunque el mobiliario era de Ikea, Sophie había conseguido darle su toque personal haciendo de aquel lugar un refugio realmente acogedor y digno de salir en una revista.

—Es realmente fantástico —le dijo tras silbar asombrado después de hacer el pequeño examen inicial de su morada.

—Soy una privilegiada al poder vivir en un sitio como este. Mis amigos no cesan de recordármelo.

—A partir de ahora yo también lo haré —añadió dándose la vuelta de nuevo hacia ella.

—Si no te importa voy a ponerme cómoda. Las copas están allí colgadas, como puedes ver. En el armario que hay justo debajo del microondas podrás encontrar las botellas de vino. Elige la que quieras y piensa en lo que vas a cocinar —le dijo con un divertido gesto encerrándose en el cuarto de baño.

—¡Bien... iré descorchando una botella! —Mientras decidía si abrir una de blanco o una de tinto desvió la mirada hacia el correo que se hallaba amontonado sobre la esquina de la barra de la cocina. Abrió un par de cajones hasta dar con un sacacorchos. Finalmente eligió la única de rosado que tenía en el mueble y se dispuso a abrirla mientras recorría con su vista la acogedora estancia. Se preguntó qué le habría sucedido con aquel chico con el que discutía el día en el que le hizo aquellas fotografías. Solo le había comentado que había puesto punto y final a una relación algo tormentosa y prefirió no ahondar más en el tema. Ese tal Paul debía de ser un estúpido al haber dejado escapar a alguien como Sophie. Trató de no pensar en ello y su atención se centró nuevamente en el correo. Reparó en el ribete de uno de los sobres que resaltaba entre los demás dejándole descubrir un logotipo que le era muy familiar: la hoja de laurel que rodeaba un mapamundi.

La curiosidad le pudo y tiró de él. Efectivamente, se trataba de una carta remitida por Naciones Unidas dirigida a Mlle. Sophie Marie Savigny Martín. Lo extrajo para examinar con detalle los datos del remitente.

UNITED NATIONS
Examination and Test Section
Office of Legal Affairs
Suite S 24101
New York, NY 10017

El crujido de la puerta del baño lo sorprendió y volvió a colocar el sobre en su posición original. Sin saber por qué ese simple descubrimiento le estaba haciendo imaginar lo inimaginable. ¿Estaba Sophie haciendo algún tipo de gestión para acceder a un puesto de traductora en la ONU? Aquello podría suponer un posible traslado a Nueva York, ¿no? Se preguntó por qué no le había comentado nada al respecto. Trató de disimular la leve agitación producida por el mero hecho de que su mente se había puesto a trabajar a cien por hora. Tardó en advertir el sencillo vestido floreado de andar por casa que Sophie se había puesto y que dejaba adivinar algunas formas de su cuerpo. Sophie se percató de ello por su mirada y meditó en cuestión de escasos segundos acerca de la posibilidad de regresar al baño para cubrirse con algo más apropiado, pero estar frente a un ejemplar como Ben O'Connor habría subido la temperatura a cualquiera y necesitaba dar a cada poro de su piel un poco de respiro.

—Rosado. Buena idea —dijo ella para romper el hielo.

—Era la única que quedaba. Espero que no te importe.

—Está ahí para bebérsela.

—Perfecto entonces.

—¿Tienes hambre? —Pasó por delante de él para abrir el frigorífico. Miró en el congelador y sacó una pizza congelada.

—Buena idea —le dijo él mientras llenaba las dos copas de vino para luego colocarlas sobre la mesita que se hallaba frente al sofá.

—Yo también voy a ponerme cómodo si no es mucha molestia.

Sophie se volvió hacia él con una dulce sonrisa.

—Como quieras, estás en tu casa.

—Gracias —le dijo mientras se quedaba mirándola nuevamente durante varios segundos cómo trasteaba por la pequeña cocina. Le habría dicho que era así precisamente como se sentía cuando estaba con ella. Se sentía como en casa, pero no lo hizo. Se escabulló hacia el cuarto de baño, que era abuhardillado y con una ducha con el techo acristalado que cortaba la respiración. Ben se preguntó cómo conseguiría detener sus impulsos con semejantes alicientes. Se refrescó el rostro. Realizó un movimiento brusco al levantar la cabeza y mirarse al espejo después de haberse secado con la ayuda de una toalla, cuando una sensación de vértigo descomunal le hizo cerrar los ojos en un intento de recuperar la compostura.

«Dios… ahora no, por favor. Otra vez, no.»

Por un brevísimo instante creyó que el aire no llegaba a sus pulmones y tuvo que agarrarse al borde del lavabo para no perder el equilibrio. Volvió a abrir los ojos pero lo que descubrió frente al espejo fue una imagen borrosa de sí mismo. Los cerró nuevamente al tiempo que trataba de recomponerse. Como pudo se desplazó hasta la claraboya y, tras tantear el cierre con su tembloroso pulso, logró desplegarla. Una gélida ráfaga de viento le azotó el rostro y todos sus sentidos se centraron en lograr que su cerebro atrapara algo de aquel oxígeno impregnado de olor a chimenea, humedad y comida. Absorbió aquella descarga de aire como si le fuera la vida en ello. Pese a que aún mantenía los ojos cerrados, un destello de luz invadió sus retinas. Después una imagen. Un cementerio. Una lápida.

—¿Qué demonios…? —logró decir en un hilo de voz ahogada. Sintió que se descomponía cuando miró sus manos. La derecha sostenía un precioso ramillete de rosas blancas.

—Son tus preferidas. —Se oyó decir a sí mismo mientras se disponía a ponerlas junto a otras flores un poco marchitas que había sobre la fría superficie de mármol, si bien habría jurado que sus labios estaban sellados. La fuerza de la lluvia empapó impunemente su rostro. Abrió los ojos de nuevo para descubrir aterrado que el cielo estaba completamente despejado. Las flores habían desaparecido. Se llevó las manos a la cara para descubrir aterrado que estaba prácticamente seca. Tan solo su frente estaba húmeda pero advirtió inmediatamente que era solo producto de su transpiración. Era un sudor frío y no lluvia lo que ahora sentía sobre su rostro. Se sujetó a la esquina de un pequeño mueble auxiliar que tenía a su lado para dejarse caer al suelo. Apoyó el brazo sobre la tapa del inodoro dejando caer la espalda sobre la fría pared de gres tratando de reanimarse.

De repente escuchó un ligero golpe sobre la puerta del baño y la voz de Sophie.

—¿Va todo bien? —El tono de Sophie parecía preocupado.

Ben había perdido la noción del tiempo. Miró su reloj. Tomó aire antes de hablar.

—Salgo enseguida… —logró decir mientras se cuestionaba si podría levantarse o no. Tenía que hacerlo. No podía permanecer encerrado más tiempo en aquel lugar. Consiguió ponerse en pie. Agradeció en silencio que esa sensación de desvanecimiento hubiera desaparecido. Cerró el ventanuco y volvió a colocarse frente al espejo. Estaba blanco como la pared. Abrió el grifo del agua caliente para que el vapor le devolviera un poco el color. Examinó de un rápido vistazo el lugar para asegurarse de que seguía allí y no en aquel cementerio y sobre aquella lápida. Todo parecía estar en orden. Se atusó el cabello y se pasó la mano por la sombra de una barba incipiente que asomaba a su rostro. No había utilizado la maquinilla de afeitar desde hacía varios días.

277

Se fue hacia la puerta y fijó la vista en su mano a medida que la depositaba sobre el picaporte; esa mano que antes había sostenido con fuerza aquel ramillete de rosas blancas. Advirtió cierto escozor en el dedo anular. La retiró para observar con horror que tenía una pequeña herida que había comenzado a sangrar. Cualquiera diría que se había clavado una espina. Extrajo un pañuelo de papel de la caja de cartón que se hallaba sobre el mueble y se limpió la herida. Lo lanzó a la papelera, respiró hondo y abrió la puerta del baño.

Cuando salió del aseo se descalzó imitando a Sophie y se deshizo del suéter conservando solo la camiseta blanca. La halló acurrucada entre varios enormes cojines sobre el suelo enmoquetado con el mando de la televisión en la mano. Lo miró y le sonrió.

—Creía que te habías quedado encerrado. Ese pestillo se atranca algunas veces.

Ben notó que su semblante cambiaba conforme se dejaba caer a su lado sobre la mullida moqueta.

—¿Te encuentras bien? —le preguntó con gesto preocupado cuando pudo contemplar su palidez de cerca.

—No estoy muy bien del estómago últimamente. —Detestó tener que mentirle—. Algo ha debido sentarme mal.

—Vaya... pues la pizza debe de estar a punto.

—Tranquila, no he perdido el apetito —le dijo mostrándole una amplia sonrisa aunque Sophie habría jurado ver cruzar una sombra por sus azules ojos.

Ella llevó una mano a su mejilla.

—¿De veras que estás bien?

—Pues claro, tonta —le convenció acercándola hacia él y depositando un dulce beso en sus labios.

—Hay cine clásico en la TF1, ¿te apetece ver alguna película? —le preguntó mientras le ofrecía su copa de vino.

Ben solo quería dejar a un lado ese nuevo ataque de pánico que había sufrido en el cuarto de baño. Se centró en ella y prefirió no confesarle lo que le apetecía así que guardó silencio. Bebió un trago de su copa y después se dio la vuelta para depositarla sobre la mesa. Regresó a ella para mirarla a los ojos y Sophie dejó caer el mando de la televisión sobre la moqueta. Ben le pasó la mano por la nuca y acercó su rostro al suyo. La besó, suavemente al principio, temiendo un posible rechazo. Ambos hicieron caso omiso a las palabras pronunciadas antes de subir y Sophie le correspondió entonces con pasión. Se olvidaron de sí mismos dejándose llevar solo y exclusivamente por sus instintos. Ben la tumbó sobre los cojines mientras recorría su cuerpo con sus ávidos dedos.

—Oh, Sophie... Dios mío —susurró contra su piel mientras sus manos tanteaban la redondez de sus pechos a través del tejido de su ligero vestido.

Sophie jadeó al sentir el erótico roce de su lengua contra su piel. Separó inconscientemente sus piernas hacia un lado cegada por las caricias de aquellas expertas manos que masajeaban sus muslos con deleite. Un nuevo destello le nubló la vista a Ben. Gente que no conocía se agolpaba a su alrededor. Sintió nuevamente las inclemencias del tiempo sobre su rostro. Trató de apartar aquella imagen de su mente inclinándose poderosamente sobre el cuerpo de Sophie hasta que, haciendo un esfuerzo supremo, se detuvo, se incorporó y se levantó exhalando un suspiro de disgusto.

—Quizá debería marcharme —dijo con voz ronca, caminando por la estancia, tratando de calmarse después de aquella especie de nueva visión. Le dio la espalda porque necesitaba protegerse de la aprensión que volvía a inundarlo.

Ella mientras tanto, totalmente ajena a lo que le sucedía, se levantó de un impulso, despeinada, agitada, aceptando sus palabras cuando su cuerpo en realidad las negaba.

—¿No te parece que somos terribles? —le preguntó Sophie dejando escapar una risa.

—Somos patéticos. Parecemos dos quinceañeros ardientes —le respondió recuperando la calma mientras se daba la vuelta de nuevo hacia ella.

—Creo que será mejor que eche un vistazo a esa pizza. —Se dirigió hacia la cocina.

—De acuerdo —asintió Ben siguiendo sus pasos.

—Será mejor que me esperes sentado en el sofá —le aconsejó con una sensual sonrisa—, si no quieres que provoquemos un accidente doméstico en este minúsculo espacio.

Ben la rodeó nuevamente con sus brazos desde atrás y apartándole el cabello la volvió a besar en la curva de su cuello. No supo por qué pero necesitaba tenerla cerca. No soportaba estar apartado de ella.

—No tardes demasiado.

Devoraron con rapidez la enorme pizza y la botella de rosado. Sophie terminó recostada sobre Ben viendo *Carta de una desconocida* protagonizada por Joan Fontaine y Louis Jourdan.

—Muy bonita —murmuró él contra su cabello cuando finalizó.

—Y muy triste. —Alzó el rostro para mirarle a los ojos y Ben pudo comprobar que brillaban. Aprovechó la ocasión para besarla.

—Unos pocos segundos pueden cambiar el destino de dos personas.

—El hecho de que algo tan etéreo e intangible como el tiempo sea lo que pueda decidir mi felicidad… es algo que me aterra.

La mirada de Ben se ensombreció súbitamente.

—¿Qué te ocurre?

Ese momentáneo gesto amargo se transformó en una fugaz pero frágil sonrisa. No respondió a su pregunta y se inclinó sobre ella para besarla.

—¿Quieres que me marche? —le preguntó en voz baja sin separarse de sus labios.

Sophie negó con la cabeza.

—¿Estás segura?

Sophie asintió.

Ben le acarició la mejilla con los nudillos mostrándole una

alentadora sonrisa. Con cuidado se levantó y la tomó de la mano para ayudarla a hacer lo mismo. Sophie apagó la televisión con la ayuda del mando y dirigió sus pasos hacia su cama, la que hacía meses había compartido con Paul y que Paul había compartido con alguien más. Retiró el edredón y se deslizó bajo las sábanas. Observó cómo Ben apagaba una lámpara de mesa y dejaba encendida la que se hallaba incrustada en la pared del lado de la cama que Sophie le había dejado libre. Después, sin apartar la vista de ella, se deshizo de su camiseta, de sus tejanos y de sus calcetines quedándose solo en ropa interior. Sophie tragó saliva al volver a contemplar la perfecta simetría de su cuerpo bronceado y atlético. Se dio la vuelta azorada dándole la espalda. A los pocos segundos sintió sus pasos vacilantes hacia la cama y notó el peso de su cuerpo sobre el colchón. Le rodeó la cintura con su brazo y la atrajo suavemente hacia él. Sophie pudo sentir su torso desnudo a través del fino tejido de su vestido. Una mano acariciadora se posó sobre la curva de su cintura y Sophie la envolvió en la suya. No tardó mucho en perderse en un profundo sueño. Sin embargo, Ben no cerró los ojos en toda la noche.

280

El domingo amaneció con el cielo completamente cubierto y la temprana llovizna terminó convirtiéndose en toda una enérgica granizada. Sophie le propuso alquilar algunas películas en versión original y pasar la jornada en casa. No tenía previsto dejarle marchar, así que Ben, aprovechando que había escampado, tomó el metro para ir a su apartamento y regresar a Neuilly con una pequeña bolsa de viaje que contenía varias mudas. Le pareció una idea fantástica el hecho de pasar el fin de semana a su lado y se sintió culpable al desear que estuviera lloviendo todo el día. Por la noche decidieron bajar a cenar *fondue* en el *bistro* que había al lado de casa. Alain, el camarero, dirigió más de una mirada cómplice a Sophie en señal de aprobación de su compañero de mesa.

Cuando regresaron al apartamento fue Ben quien primero se acomodó para ir a dormir. No se había acordado de la carta de la ONU hasta que fue por un vaso de agua a la cocina y advirtió que los sobres que estaban apilados en la esquina de la barra la noche anterior habían desaparecido. Quería sacar el tema a colación pero no le pareció apropiado. ¿Qué le iba a decir? «A propósito, Sophie, ayer estuve fisgoneando entre tu correo personal y había una carta de la ONU? ¿Estás buscando trabajo en Nueva York? Si es así me lo podías haber dicho, ¿no?» Decidió buscar otro momento aunque tampoco podría posponerlo demasiado dadas las circunstancias.

Sophie se metió en el cuarto de baño y tuvo la impresión de que transcurrían horas antes de que volviera a salir. Él la esperó tras haber apagado las luces discretamente, envuelto ya entre las mantas. Oyó el crujido de la puerta del baño. A pesar de la débil luz que provenía de allí, observó lo hermosa que estaba con aquel simpático camisón con dibujos de los Simpsons. Sophie avanzó de puntillas hacia la cama, indecisa. Se quedó quieta, dubitativa hasta que finalmente se acercó con lentitud hacia él.

—Ben —murmuró con una voz casi inaudible—, ¿duermes...?

Entonces Ben la miró a los ojos a través de la luz de la luna que entraba por la ventana.

—No, no duermo «*niña Vogue*» —le susurró en la oscuridad con una sonrisa.

Estaba de todo menos dormido cuando alargó la mano hacia ella y la atrajo hacia sí. Se sentó en la cama junto a él, un poco temerosa dado que ahora ya no parecía existir ninguna barrera entre los dos. Ben se percató de lo que le sucedía. Parecía insegura, aturdida y en un estado de confusión tal que tuvo que tomarla por el rostro suavemente con la finalidad de mitigar sus dudas.

—No haré nada que no desees —le dijo.

Sophie se escurrió bajo el edredón hasta quedar tumbada pero Ben lo retiró en parte y se movió inclinándose sobre ella esperando una invitación que no tardó en llegar. Esta vez fue ella quien alzó su mano para enredar sus dedos entre sus cabellos, que se desviaron hasta su nuca. Ben sintió una descarga de mil voltios con ese simple gesto, y tomó aquella mano del lugar en el que se hallaba para unirla a la suya. Acto seguido, y con un suave movimiento, estiró su poderoso brazo sobre el de ella colocándolo sobre la almohada.

Decidió que iría despacio, así que se mostró paciente y delicado mientras la besaba y la acariciaba con una delicadeza que para Sophie fue una tortura. Sus gemidos le indicaron que debía olvidarse de juegos preliminares para pasar a la acción. Luego bajó las manos por las esbeltas caderas y le subió el camisón. Sophie le facilitó la tarea elevando los brazos. Él se lo quitó, lo arrojó al suelo y su mano buscó el lugar donde se unían aquellas largas piernas. Actuó con una extraordinaria destreza haciendo que Sophie se arqueara contra él, buscando lo que él ya estaba más que dispuesto a darle. Ben se colocó sobre ella cuan largo y corpulento era.

—Siento ser un aguafiestas pero... no me he puesto nada... —le

281

advirtió con una mueca de fastidio pero sin borrar aquella persuasiva sonrisa de sus labios.

—Primer cajón —logró decir Sophie mientras trataba de controlarse. Él alargó el brazo para abrirlo y dio con el ansiado preservativo a la primera. Se apartó unos segundos en los que Sophie prefirió echar la cabeza a un lado, pero no tuvo tiempo de hacerlo porque Ben regresó a su boca depositando un ardiente beso en sus labios. Sin más preámbulos, se introdujo en su cálido interior controlando sus movimientos todo lo que pudo si no quería que aquello acabara antes de lo previsto. Le sorprendió cuando notó cómo elevaba inconscientemente sus caderas. Ben se retiró un poco pero ella protestó con un débil jadeo y él se plegó a su deseos fundiéndose en ella, entregándose, rindiéndose y ofreciéndose como nunca antes se había ofrecido a ninguna otra mujer. Clavó los ojos en los suyos contemplándola sin perder detalle hasta que la sintió estremecerse. Él se tensó tratando de contenerse pero finalmente se liberó dejándose llevar, desplomándose exhausto sobre el calor que emanaba de aquel delicioso cuerpo que se aferraba al suyo.

—Dios mío, jamás imaginé que contigo iba a ser así —le confesó él con voz aún contraída por el deseo al tiempo que la atraía hacia él y le besaba el cuello.

Sophie se sintió algo ruborizada pero feliz de saber que había cumplido sus expectativas. Guardó silencio dedicándole una sugestiva sonrisa y limitándose a admirar sus extraordinarios ojos. Ben le retiró suavemente un mechón de la frente y la envolvió una vez más con aquella poderosa mirada. Posó sus labios en el mismo lugar en el que había estado aquel mechón. Después la arrastró hacia él y a los pocos minutos ambos se perdieron en un apacible y profundo sueño.

Eran las 7.00 de la mañana del lunes. Sophie abrió los ojos y miró el reloj de la mesilla. Se había olvidado de poner el despertador y maldijo su mala memoria. Tenía el tiempo justo para darse una ducha rápida y salir corriendo. La causa de que el despertador no hubiera sonado a su hora se hallaba durmiendo plácidamente a su lado. Permaneció varios segundos contemplando el ritmo de su respiración y su mueca de súbito enfado desapareció para dar paso a una sonrisa de plena satisfacción. Estaba tumbado boca abajo con una mano apoyada bajo la almohada y la otra descansando sobre su cintura. Sería complicado salir del lecho sin moverse y prefería no despertarlo. Apartó con cuidado su mano y observó cómo se movía bajo las sábanas dejando al descubierto aquellos cincelados y protectores brazos en los que se había dormido después de disfrutar de la experiencia sexual más gratificante de su vida. Se escabulló de la cama pero escuchó a Ben mascullar algo contra la almohada.

—Vuelve aquí —protestó con voz perezosa mientras alargaba su brazo hacia ella tratando de retenerla.

—Sssshh... sigue durmiendo. Entro a trabajar a las ocho y media. ¿Y tú?

—Mmmm... a las nueve —musitó intentando abrir los ojos—. No me dejes aquí solo.

Sophie sonrió.

—Vamos, no seas gandul. Levántate y prepárame un café mientras me doy una ducha.

—Mmmmmmmmmm... —fue lo único que dijo.

Sophie se metió en el cuarto de baño.

El chorro de agua a presión terminó despertándola por completo. Aún sentía las pulsaciones de su cuerpo por lo sucedido la pasada noche. Siempre lo había hecho todo con la cabeza muy clara y la más fría determinación del mundo. Mientras durante aquellos días una mitad de ella se esforzaba por concentrarse en no implicarse con Ben, la otra mitad aguardaba agazapada a su contacto, a su mirada, a un simple roce. Todos sus principios se habían desmoronado en tan solo unas horas. Acababa de entregarse en cuerpo y alma a un hombre que acababa de conocer y de cuya vida sabía lo que quería saber. Nada más. Pero no se arrepentía de nada. La esencia que Ben O'Connor había dejado en ella había destruido a su antiguo ser para dar paso a uno nuevo capaz de sentir, de ansiar algo que jamás habría imaginado.

El ruido del agua le impidió escuchar su entrada en el baño. Se llevó un susto de muerte cuando notó la dureza de su cuerpo desnudo contra su espalda. Ben la atrajo dulcemente hacia sí acariciando su terso vientre mojado.

—Buenos días —le susurró con voz ronca al tiempo que le apartaba el cabello y besaba su nuca.

Sophie se volvió hacia él y le dio un beso fugaz.

—Buenos días —le dijo sonriendo.

—Eres una egoísta —se quejó en tono bromista—. ¿No pensabas compartir esta ducha conmigo? —Le besó el cuello y los hombros.

283

—Ben..., tengo que ir a trabajar. A partir de las seis de la tarde seré toda tuya.

Sophie volvió a darle la espalda. Ben alargó el brazo por encima de ella y cerró el grifo. Cogió el bote de gel y esparció una generosa cantidad en sus manos.

—¿Qué te parece si sustituyo a esa esponja? —le preguntó con voz sensual mientras se colocaba detrás de ella y se la arrebataba de las manos dejándola caer sobre el suelo de la ducha.

—Vamos, Ben..., no es momento para juegos. Llego tarde y no quiero coger el metro en hora punta —le rogó entre risas.

—Iremos en taxi —le aclaró con voz cautivadora mientras volvía a ponerla de espaldas a él.

Cuando Sophie experimentó el roce de aquellas hábiles manos enjabonadas sobre todas y cada una de las curvas de su cuerpo, supo que, efectivamente esa mañana llegaría tarde al trabajo.

Irlanda, Kilkenny, noviembre de 1996

$\mathcal{H}$ugh maldijo el sonido del despertador procedente de la habitación de sus padres. Nunca llegaría a comprender por qué demonios su padre seguía levantándose tan temprano si hacía más de dos años que estaba jubilado.

Había tenido un lujurioso sueño con aquella preciosidad de O'Brien's, con la que había pasado una noche en su cama del hotel Le Grand Continental. Se sintió culpable. No quería pensar en ella y pese al fallecimiento de su madre y todos los trágicos acontecimientos por los que se había visto obligado a pasar en los últimos días, no lograba quitársela de la cabeza. Aún estaba impresionado por lo sucedido aquel sábado por la noche. Jamás se había encontrado en una situación parecida y, a juzgar por la expresión dibujada en el rostro de su misteriosa compañera de habitación a la mañana siguiente, ella tampoco. Pasaría mucho tiempo antes de que se olvidara de la forma en que se aferraba a él en el taxi mientras sus ávidas bocas se buscaban una y otra vez sin que les afectara lo más mínimo la presencia del circunspecto conductor, la hermosura de su sonrisa, la coquetería de sus gestos, la sutileza de su mirada o la tersura de su piel cuando la había desnudado con toda la templanza de la que fue capaz reprimiendo sus deseos más primarios. Ahora que lo pensaba fríamente, se preguntaba por qué demonios le había dejado aquella estúpida nota. Debería haber aporreado la puerta del cuarto de baño para hacerle saber que tenía que marcharse precipitadamente por una causa de fuerza mayor. Pero el hecho de que ella hubiera echado el cerrojo desde dentro le hizo vacilar en su propósito y prefirió no forzar la situación. Ahora se arrepentía pero ya era demasiado tarde para hacer cábalas sobre lo que debía o no debía haber hecho. En el instante en el que había garabateado aquel escueto mensaje estaba convencido de que su deseo fructificaría. Ahora ya no estaba tan seguro.

Retiró el grueso edredón acordándose todavía del erótico sueño. Un sueño que le había parecido tan real que si no hubiera sonado el despertador de su padre sabría que habría terminado... Dios, aquello era realmente patético. Parecía un estúpido adolescente frente a una revista *Playboy* encerrado en su cuarto de baño.

Trató de apartar aquellos pensamientos de su mente. Se había acostado muy tarde la noche anterior. La residencia de los Gallagher era un continuo ir y venir de gente de toda la comarca. Dado que había habido muchos amigos y conocidos que no habían podido asistir al funeral debido al carácter inesperado y aún incompresible de todo lo acaecido, el párroco de la catedral de Saint Mary había ofrecido una misa por el alma de Emma Therese Gallagher con objeto de que pudieran rendirle un último homenaje todos aquellos que habían compartido algún momento de sus vidas con aquella querida familia de Kilkenny. Después de la misa se escapó nuevamente al cementerio al caer la tarde. Quería estar solo y apartado de tantas inacabables muestras de condolencia que lo único que estaban consiguiendo era hundirlo aún más en la más absoluta de las tristezas.

Después de haber permanecido largos minutos bajo el chorro de agua caliente de la ducha, se vistió con ropa cómoda y se fue hasta la cocina. Su padre estaba ocupado con el filtro de la cafetera para preparar una nueva remesa de tazas.

—Tiras el dinero comprando tanto filtro. Yo que tú me inyectaría la cafeína directamente en vena. Sería mucho más rentable —le aconsejó mientras abría el frigorífico para sacar una botella de leche.

—Muy gracioso —murmuró Alan con una taciturna sonrisa dándose la vuelta hacia él.

Hugh abrió un armario para coger un tazón y vertió en él una generosa cantidad de leche. Lo metió en el microondas y lo puso en marcha. Lo mismo hizo su padre con la cafetera. El silencio inundó la cocina y durante unos largos minutos solo se oía el incesante gorgoteo del agua deslizándose a través del filtro y fundiéndose con el grano molido. Contempló a su padre que parecía estar perdido nuevamente en sus pensamientos mientras clavaba sus ojos en el paisaje que se extendía tras la ventana. A sus sesenta y siete años conservaba aún esa gallardía, distinción y discreción que siempre le habían caracterizado. Ese aire eternamente joven, enérgico e invencible parecía haberse esfumado de la noche a la mañana.

Echó la vista hacia atrás para evocar la llegada de Alan Gallagher a su vida y la de su madre. Recordaba aquella gélida noche de enero de 1979 cuando le daba la triste noticia de que regresaba a Estados Unidos como si se hubiese tratado del día anterior. Durante el tiempo de ausencia de Alan su madre se había mostrado quisquillosa e irascible pese a que trataba de enmascarar sus sentimientos. Cuando habían transcurrido las dos primeras semanas sin noticias de él, su susceptibilidad dio paso a una innegable melancolía. Más de una noche, cuando se había levantado para ir al cuarto de baño, desvelado, con motivo de sus inquietantes sueños, había escuchado sus amortiguados sollozos contra la almohada.

Tenía perfectamente grabado en su mente aquel último jueves de febrero, cuando él mismo había atendido la llamada telefónica de Alan desde el aeropuerto JFK, comunicándole que tomaría un vuelo de regreso a Dublín. Le hizo cómplice de su llegada rogándole la máxima discreción al respecto. Deseaba darle a Emma una sorpresa y Hugh disfrutó de las horas de espera tratando de disimular la emoción que lo embargaba aunque no le sirvió de mucho porque su madre intuyó que algo estaba tramando. Sus sospechas se disiparon más pronto de lo que pensaba. Jamás olvidaría la expresión dibujada en el rostro de ambos cuando Alan volvió a atravesar el umbral del que había sido el hogar de su infancia. No olvidaría las lágrimas de alegría derramadas por su madre. No olvidaría los abrazos y los besos del hombre que en esos momentos ya consideraba como un padre. No olvidaría el anillo de compromiso que le había comprado en Tiffany's y su proposición inmediata de matrimonio. Tampoco la respuesta afirmativa y sin vacilaciones de su madre. Después de todos aquellos años, Alan Gallagher había demostrado con creces ser un marido ejemplar. Pero si había algo que merecía su total reconocimiento era el hecho más que probado de su indiscutible papel como padre.

Verlo ahora allí sumido en el más profundo de los silencios, enojado con el mundo ante la desoladora perspectiva de la irrevocable ausencia de la mujer que amaba, le produjo una tremenda sensación de vacío. De repente aquel acogedor *cottage* adquirido por su padre hacía apenas siete años y en el que tanta ilusión había puesto, se le antojaba terriblemente sombrío.

—¿Cuándo regresas? —le preguntó sin apartar la vista de la ventana.

—Ya te he dejado claras mis intenciones —le respondió mientras sacaba su tazón del microondas y lo llevaba a la mesa. Tomó asiento a la espera de que su padre se pronunciara.

—Creía que ya habíamos hablado de esto. —Se dio la vuelta lentamente hacia él con expresión seria.

—Efectivamente, ya está más que hablado y más que decidido, así que no veo razón alguna para que sigamos hablando de este tema.

—No te necesito aquí, Hugh. Regresa a París.

—Demasiado tarde. Voy a presentar mi dimisión.

—¿Te has vuelto loco? ¡No voy a consentir que renuncies! —le gritó enfadado.

—Pues lo siento pero la decisión ya está tomada.

Alan abrió la boca pero no salió ningún sonido de ella.

—Antes de que digas nada —prosiguió Hugh—, quiero que sepas que llevo planteándome mucho tiempo un cambio de aires y te juro por lo más sagrado que mi medida no tiene nada que ver con la pérdida de mamá. Así que no te sientas responsable de mi decisión.

—No lo hagas, Hugh —le dijo seriamente—. A tu madre no le gustaría ver que has renunciado.

—No metas a mi madre en esto. Eso es chantaje emocional.

—No pienso tolerarlo. —Soltó la taza en el fregadero—. No voy a tolerar que eches a perder una brillante carrera por una simple cabezonería —le amonestó señalándole con el dedo y dirigiéndose a la puerta de la cocina.

—No me obligues a ponerte entre la espada y la pared, Alan.

Alan se detuvo y se dio la vuelta con semblante interrogante. Siempre se dirigía a él por su nombre de pila cuando se preparaba para lanzarle alguna ofensiva.

—¿De qué hablas?

—O me dejas que venga a trabajar a Dublín o me busco un trabajo bien lejos de aquí. ¿Qué tal Estados Unidos? Legalmente eres mi padre y sabes que tengo la doble nacionalidad así que no voy a tener problemas y más aún habiendo prestado mis servicios durante cinco años en el Hospital Americano de Neuilly.

—No serías capaz de hacer algo semejante. No cuando el cadáver de tu madre aún está caliente, maldita sea.

—Lo haré si no dejas que me quede.

Alan le sostuvo la mirada durante unos instantes.

—¿Me tomo eso por un sí? —preguntó Hugh bebiendo un sorbo de su taza.

Alan no respondió y salió de allí irritado cerrando la puerta con tal furia que a punto estuvieron de caer al suelo unos pequeños cuadros que había colgados en la pared. Hugh supo que había ganado la batalla, pero no la guerra.

Capítulo quince

*E*l último fin de semana previo a la marcha de Ben a Nueva York para Acción de Gracias, Sophie había decidido que era la mejor oportunidad para que sus amigos parisinos lo conocieran. Habían quedado en probar un nuevo restaurante que habían abierto en Grand Boulevards y Gabrièlle insistió en que le acompañara a esa *soirée* porque la curiosidad estaba a punto de acabar con ella. Después de todo lo sucedido con Paul y del apoyo incondicional por su parte hacia su amiga, por lo menos le debía una presentación formal del hombre por el que estaba comenzando a perder la cabeza.

Las imágenes y las sensaciones que en su mente y cuerpo había dejado aquella vibrante ducha de la mañana la acompañaron durante toda la jornada del lunes. No logró concentrarse en el trabajo y cuando regresó a casa más tarde de lo previsto, se encontró a Ben esperándola frente a la puerta de su edificio, con una bolsa de una conocida tienda de *delicatessen* de la Rue de l'Église y con una mochila colgada al hombro. Sophie no pudo disimular la mezcla de sorpresa e inquietud dibujada en sus ojos y él lo advirtió.

—No parece que te hayas alegrado mucho de verme —le dijo con una arrebatadora sonrisa mientras alzaba la mano que le quedaba libre para retirarle parte del cabello que le caía desordenado sobre su rostro.

—No te esperaba —logró decir ella aún impresionada.

—No he dejado de pensar en ti en todo el día. Pensaba llamarte pero he tenido un día de locos.

—Yo también, la verdad. También yo he tenido un día de locos —matizó sin hacer referencia al evidente hecho de que su día de locos se debía precisamente a que no había dejado de pensar en él.

Pese a aquella matización Ben había captado el mensaje, así que se inclinó pasándole la mano por la nuca y la atrajo hacia él depositando un largo y cálido beso en los labios. Se separó de ella y se quedó mirándola unos segundos.

—Me he encargado de la cena —le mostró la bolsa.

—Yo también te he echado de menos —le dijo finalmente.

Ben se quedó en Neuilly durante toda la semana.

La cena en compañía de sus amigos transcurrió amena y divertida tal y como todos esperaban. No dejaron de comentar lo simpático que resultaba el acento francés de Ben. Las mujeres lo miraban de soslayo primero a él y después a ella, preguntándose probablemente por qué había algunas con tanta suerte. Estuvo ocurrente y atento durante toda la velada y no cesó de lanzarle juguetonas miradas cada vez que tenía ocasión. Sophie en aquellos momentos se sentía el centro del universo. Gabrièlle también lo advirtió y deseó que aquello siguiera su curso lo mejor posible porque sabía que si volvían a hacer daño a su amiga, esta vez sería muy difícil que levantara cabeza.

Esa misma noche regresaron al apartamento de Ben. Apenas estaban cruzando el umbral de la puerta, él la elevó de un impulso y la llevó a la cama para desnudarla con impaciencia. Agotada después de haber vuelto a paladear en sus carnes el incesante placer proporcionado por su trepidante neoyorquino, se quedó dormida en sus brazos.

El domingo se levantaron temprano. Ben estaba invitado a pasar el día en casa de unos amigos de Chantilly, un precioso y acogedor pueblo de la campiña francesa que quedaba a unos cuarenta y cinco minutos de París.

A la concurrida reunión acudió una curiosa e interesante mezcla de escritores, pintores, arquitectos, decoradores y fotógrafos. Todos sin excepción habían estado como locos tratando de localizar a Ben. Cuando les puso al corriente de lo que le había sucedido no dudaron en rogarle que invitara a la señorita afortunada. Más de uno estaba haciendo sus apuestas sobre lo que le duraría su nueva adquisición. Se reunieron para almorzar frente a una larga mesa que debía de ser una auténtica reliquia solo por su grosor.

Sophie se encontró fuera de lugar ante tantos variopintos invitados que estaban cerca de los cuarenta aunque afortunadamente no tardó en conectar con algunos de ellos. El día habría sido perfecto de no ser porque Marie Anne estaba allí. Sophie reparó en ella desde el instante mismo de su llegada y tuvo que reconocer que le incomodó su presencia. El problema se presentó cuando se hallaban todos sentados a la mesa. Conversaban sobre temas intrascendentes mientras Marie Anne se comía con los ojos a Ben sin importarle lo más mínimo que ella estuviera delante. Lo peor de todo fue que pocas veces Ben desviaba su mirada para evitarla a ella. Sophie se propuso hacer caso omiso a la situación.

—No te preocupes —le dijo Jamie, el escultor londinense, alejándola de sus pensamientos.

—¿Perdona? —le preguntó Sophie sin saber a qué se refería.

—Ella... —Y miró de soslayo a Marie Anne.

—¿Por qué habría de preocuparme?

—No la estás mirando con muy buenos ojos —añadió riéndose como incitándola a comenzar una sesión de cotilleo—. Desde luego he de reconocer que es bastante descarada.

Sophie se sintió repentinamente fastidiada ante la indiscutible evidencia de su malestar causado por la presencia de aquella mujer. Se limitó a sonreír sin saber qué añadir. Ben, que estaba sentado cerca de ella, le dirigió una mirada interrogante preguntándose probablemente de qué estaba hablando con Jamie. Después le devolvió la sonrisa.

—Es curioso cómo os conocisteis —añadió Jamie.

—Pues sí. Bastante curioso.

—Es un gran tipo.

—¿Hace mucho tiempo que os conocéis?

—Sí, más de cinco años. Su hermana Margaret y yo estuvimos... ya sabes, cuando ella estudiaba Bellas Artes en Roma. Nos vimos en Nueva York un par de veces porque yo exponía en el Soho y casualmente en una de aquellas exposiciones Ben trabajó como fotógrafo ocasional para hacerle un favor a Margie. Hicimos buenas migas. Siempre que viene a Europa solemos reunirnos.

—Eso está bien.

—No sé qué le has hecho —confesó mostrando una misteriosa sonrisa después de beber un trago de su copa de vino—, pero en un par de semanas lo hemos notado muy cambiado.

—¿En qué notas que ha cambiado? —le pregunto Sophie con repentino interés.

—La evidencia es la evidencia. Es un tipo guapo y con pasta que aparece de pronto completamente eclipsado por una joven que nada tiene que ver con sus habituales conquistas.

Sophie se preguntó qué quería decir con el término «habituales». Lanzó una mirada fugaz a Marie Anne y obtuvo la respuesta.

—¿Tiene eso algo de malo? —le preguntó sintiéndose fuera de lugar.

—No en absoluto. Por favor, no me malinterpretes. —Se acercó a ella bajando el tono de voz—. A todos nos has parecido fantástica en todos los aspectos. Hacéis una pareja estupenda y en el fondo estamos deseando que siente la cabeza. A decir verdad, eres mucho mejor que ella. Creo que ha pasado por la cama de muchos de los que están aquí sentados.

Sophie se sintió estúpida. De pronto comprendió.

—Entonces ella y Ben...

Jamie asintió.

—¿Hace mucho tiempo?

—Hace un par de años. Fue cuando Ben se tomó unos meses para dedicarse a viajar por Europa. La conoció en Milán donde ella trabajaba como modelo. Fue una corta historia. Al año siguiente se volvieron a ver aquí en París y ella intentó volver pero Ben parecía que no estaba por la labor. Perdona, pero pensé que lo sabías.

—No... la verdad, no. Aunque viendo las miradas que le lanza, ahora lo entiendo todo —dijo Sophie riéndose y tratando de quitarle importancia al asunto aunque por dentro estuviese hecha una furia.

Jamie también comenzó a reírse.

—Te repito que no tienes de qué preocuparte. A veces es difícil saber lo que se esconde tras la mente del gran Ben O'Connor, pero te garantizo que tú has hecho mella en él. Más de la que él nunca habría imaginado.

Jamie se levantó y le apretó afectuosamente el hombro dedicándole una tranquilizadora sonrisa.

293

Durante el trayecto de regreso a París hacia las cinco de la tarde, apenas se dirigieron la palabra. Sophie sabía que Ben estaba tenso y prefirió no imaginar las razones. Cuando entraron en su apartamento ya no pudo soportarlo más.

—¿Tan fascinado te ha dejado el encuentro con la italiana que no puedes pronunciar palabra? —le preguntó en tono cínico.

Por unas milésimas de segundo Sophie vislumbró el desconcierto en sus ojos y de golpe entendió que Jamie le había puesto al día de alguno de sus escarceos.

—¿A qué viene eso?

—Me podrías haber avisado de que iba a estar sentada a la mesa frente a una de tus conquistas.

—Por favor, Sophie. Creía que estabas por encima de todo eso. No te comportes como una quinceañera celosa —la reprendió él fastidiado mientras se dirigía a la nevera, la abría y sacaba un botellín de agua—. ¿Qué importancia tiene que me haya acostado con ella?

—Yo me estoy acostando contigo, Ben, y te aseguro que para mí tiene mucha importancia. —Sophie estaba terriblemente seria.

—Eso pasó hace dos años. Ahora estoy contigo.

—Tú lo has dicho, «ahora». Quizás el año próximo tengas esta misma discusión con otra quinceañera celosa.

—Eso es un golpe bajo y lo sabes —le dijo muy serio.

—¿Qué es lo que sé? Estoy segura de que todos tus amigos deben de estar apostándose el sueldo del mes para ver cuánto te dura tu nueva adquisición.

—Estás sacando las cosas de contexto, Sophie. Te repito que lo de Marie Anne fue una simple aventura. No fue más que sexo, tanto para ella como para mí.

—Si lo que querías era a alguien que mantuviera caliente tu cama durante tu estancia en París te podrías haber buscado a otra.

—Tú misma lo has dicho. Me podría haber buscado a otra, pero hay un problema.

—¿Qué problema?

—Que no quiero a otra que no seas tú.

—¿Quién me garantiza que voy a volver a verte cuando mañana montes en ese avión y regreses a Nueva York?

—Sabes de sobra que ya es muy tarde para plantearse esa cuestión.

Sophie le dio la espalda.

—Apenas has pronunciado palabra en todo el camino… y no ceso de preguntarme si tus silencios equivalen al hecho de que te estés replanteando todo esto.

Ben llevó sus manos hasta sus hombros acariciándolos con ternura.

—Esto tampoco es fácil para mí. No te lo voy a negar. Yo, al igual que tú, también me siento atrapado por las dudas y al mismo tiempo me asusta pensar que si lo dejamos ahora puede que no volvamos a empezar jamás.

Sophie tembló ligeramente bajo el tacto de sus manos. Él la abrazó y la estrechó contra su cuerpo.

—Sería incapaz de hacerte daño —musitó contra su cabello—. Me importas más de lo que estoy dispuesto a admitir.

Sophie se quedó callada. No se esperaba aquella manifestación de sentimientos. No supo qué decir y él lo intuyó. De modo que antes de que abriese la boca para decir alguna estupidez de la que probablemente luego se arrepentiría, él volvió el rostro de ella y la silenció con un beso. Acto seguido la levantó de un solo impulso en sus brazos para llevarla hasta su dormitorio.

Ben detuvo el Citroën frente a la embajada. Lo devolvería a la sede central del aeropuerto Charles de Gaulle antes de coger su vuelo a Nueva York. Eran las 8.45 de la mañana y había comenzado a llover.

—Siento de veras no poder acompañarte. Me habría gustado tomarme el día libre —le dijo Sophie con rostro taciturno mientras veía cómo las gotas de lluvia se deslizaban por la luna delantera del coche. No había conseguido dormir más de tres horas seguidas durante la pasada noche por culpa de la inexplicable y extraña sensación que la estaba invadiendo. Sabía que estaba irremediablemente colada por aquel hombre y, pese a su intento de evitar que sus sentimientos afloraran ante la inminente despedida, sabía que iba a venirse abajo de un momento a otro.

—Eh, vamos, estaré de vuelta en algo más de una semana —la consoló con una tranquilizadora sonrisa—. Ven aquí, tonta. —Alargó el brazo pasándole la mano por la nuca y la atrajo hacia él.

Sophie se refugió en su abrazo mientras sentía el roce de sus labios contra su cabello. No se movió. Habría vendido su alma por prolongar ese momento, quedarse en esa posición, con la cabeza apoyada contra su pecho, disfrutando de su fragancia, de su respiración, de sus aplacadoras caricias. Con todo el dolor de su alma se separó de él y se incorporó sobre su asiento procurando aparentar una entereza inexistente.

—¿Hay algo que quieras decirme? —le preguntó Ben.

Sophie lo miró sorprendida. ¿Acaso le estaba leyendo el pensamiento? Apartó la vista temiendo que pudiera seguir leyendo a través de sus ojos pero él la tomó por el mentón obligándola a no perder el contacto visual.

—Voy a regresar. Mi asunto pendiente con Jeffrey aún puede esperar.

Sophie abrió los ojos de par en par. En un gesto instintivo aga-

295

chó su rostro, como si de esa manera pudiese ponerse a cubierto después de haber desnudado su alma de aquella manera tan evidente, pero Ben no la soltó y la obligó nuevamente a alzar la vista hacia él. Sophie se armó de valor antes de hablar pero una vez más fue Ben quien lo hizo por ella.

—No tomaré ninguna decisión hasta que tú no lo hagas.

Sophie frunció el ceño. No entendía nada.

—No decidiré nada con respecto al estudio. No hasta que tú te decidas con respecto a tu solicitud de la ONU —prosiguió.

Sophie abrió la boca en un gesto de sorpresa.

—¿Cómo sabes…?

—La primera noche que estuve en tu apartamento. Vi la carta y saqué mis propias conclusiones. He estado esperando a que me dijeras algo al respecto pero al ver que no lo hacías me he adelantado. Lo siento.

—¿Y qué tiene que ver eso con tu decisión de montar tu estudio?

Ben se separó un poco y extendió sus brazos hacia el volante, dirigiendo la vista hacia varios peatones que luchaban por enderezar sus paraguas ante la repentina ventisca que se había levantado.

—En el momento en el que me digas que hay posibilidad, por mínima que sea, de que puedes conseguir ese puesto, entonces daré luz verde a mi proyecto.

—¿Me estás pidiendo que…?

—No te estoy pidiendo nada —le interrumpió volviendo la vista hacia ella—. Solo te estoy diciendo que si tienes pensado ir a trabajar a Nueva York no tiene sentido que continúe aquí en París.

Sophie quiso salir de allí huyendo tan pronto como sus piernas se lo permitieran pero fue consciente de que no podía moverse.

—Tendrás que decirme algo pronto. Corro el riesgo de que me pongan una multa por estar aquí detenido y no solo eso. Llego tarde al aeropuerto. —Se dibujó una divertida mueca en sus labios.

—Aún… —Sophie tragó saliva—… aún no he dado una respuesta.

Los ojos de Ben se abrieron.

—¿Me estás diciendo que tienes el puesto?

Sophie asintió, temerosa a la vez que ilusionada por lo que todo aquello podía implicar en su vida a corto plazo.

—¿Y a qué esperas para decir que aceptas? —Ben la tomó suavemente por los hombros clavándole aquellos ojos azules llenos de esperanza.

—Eché todas las solicitudes imaginables, he pasado por duras pruebas orales y superado los exámenes correspondientes. Nunca imaginé que me aceptarían.

—Es el sueño de cualquier traductor. Trabajar en la ONU. Es lo que quieres, ¿no?

¿Era eso lo que quería? Tenía una vida ya asentada en París, un trabajo que le gustaba, sus amigos, la cercanía de su familia a tan solo algo más de dos horas de vuelo. No podía echarlo todo por la borda porque se hubiera enamorado como una estúpida de aquel dotado arquitecto neoyorquino de sangre irlandesa y alemana. Aquello era una aventura. No podía dar un giro de ciento ochenta grados a su vida solo por un tipo que le hacía sentir como una diosa bajo las sábanas. No cesaba de repetirse a sí misma que era sexo. Excelente sexo, pero sexo al fin y al cabo. Eso no era suficiente.

—Créeme, ahora mismo no tengo ni la menor idea de lo que quiero. —Tenía que marcharse de allí. Tuvo que huir de su mirada si no quería que allí se desatara el mayor de los desastres, así que se apresuró a coger su bolso y se abrochó bien su ropa de abrigo antes de salir a la intemperie—. Hablaremos de esto con más calma a tu regreso y tomaremos la decisión —le dijo con la mano puesta en la manija de la puerta. La que le quedaba libre la llevó hasta su áspera mejilla sin afeitar y se acercó para darle un último beso.

Sin más abrió la puerta y escapó de allí sin darle a Ben lugar a réplica. Sophie rodeó la parte delantera del Citroën para disponerse a cruzar cuando Ben abrió la suya y de un salto puso los pies en la calzada. A Sophie le pilló totalmente desprevenida su repentina bajada del vehículo.

—Francamente, Sophie, no tengo tiempo para juegos —le dijo interceptándole el paso y tomándola del brazo—. Sabes perfectamente que ya has tomado esa decisión. Tu corazón sabe de antemano la respuesta, de modo que si no deseas que esto continúe, dilo ahora; sin resentimientos. Pero si se da el caso contrario, simplemente dime que sí. Ahora.

Sophie no reaccionó. Pese a aquella candidez de sus ojos y la forma en la que la sujetaba del brazo, su voz había sonado hueca, lejana, como si no le perteneciera. Ella permaneció de pie mirándolo a los ojos sin dar crédito a lo que había oído.

—Sí —dijo ella en un hilo de voz apenas audible para Ben.

—¿Sí qué?

—Sí… —Y bajó la vista hacia el suelo y volvió a alzarla hacia él. Dios, aquello no podía estar sucediéndole a ella. ¿Dónde estaba el

297

truco? Estaba a punto de cometer la mayor insensatez de su vida por un tipo con el que había estado no más de diez días. ¿Estaría comenzando a perder el norte? Al diablo con todo. Sí. Lo quería. Quería a aquel hombre. Su tren era él. Había parado en su estación justo en el momento más inadecuado de su vida pero eso era algo que ninguno de los dos había elegido y sin embargo allí estaban, uno frente al otro, esperando encontrar la respuesta a aquella mágica locura que los había unido.

—Sí —repitió—. Sí aceptaré ese trabajo en Nueva York porque quiero que esto continúe.

Ben no tuvo necesidad de decir nada más. La rodeó con sus brazos y la besó larga y apasionadamente sin importarle las miradas de los peatones ni la intempestiva lluvia parisina que caía sobre sus cabezas.

Después de una jornada laboral en la que su efusivo estado de ánimo no había pasado desapercibido para ninguno de sus compañeros de trabajo, decidió telefonear a su amiga Gabrièlle. Ben la había llamado al trabajo en tres ocasiones desde un teléfono público antes de embarcar hasta que logró que se pusiese al aparato.

—¿Qué sucede? —le preguntó preocupada y agobiada por el cúmulo de papeleo que tenía sobre su mesa.

—Nada, solo quería decirte que aún no he embarcado y ya te estoy echando de menos.

No podía encerrarse en casa sin gritar a los cuatro vientos lo que sentía. Necesitaba confesar todo lo sucedido con Ben aquella mañana y sabía que Gabrièlle era lo suficientemente sensata como para darle una opinión realista sobre lo que podía implicar una decisión de ese calibre. Así que después de hacer un par de recados a la salida del trabajo, puso rumbo a casa de Gabrièlle. Consultó la hora en su reloj mientras salía de la boca del metro. Eran casi las siete de la tarde e imaginó que Ben debía de estar aterrizando teniendo en cuenta que su avión había salido con retraso.

—La verdad… no sé cómo tomarme todo esto. Nunca me he visto en una situación parecida —le decía Gabrièlle mientras removía la *fondue* y servía un par de copas de vino blanco.

—Yo tampoco si te sirve de consuelo.

—Siento que Frédérick esté volando y no regrese hasta el jueves. Aunque no lo parezca, muchas veces él ve las cosas desde un prisma más amplio que nosotras.

—Lo sé y cualquiera lo diría sabiendo que se trata de un hombre.

—Ya ves que siempre hay excepciones. —Gabrièlle sonrió y entregó una de las copas a su amiga.

—Dime, ¿cuál fue la primera impresión que te causó Ben? —le preguntó Sophie con gesto aparentemente despreocupado.

—Bueno, a simple vista está claro que es un tipo terriblemente atractivo, que parece tener una química fuera de lo común contigo, es muy simpático, de conversación agradable, profesión interesante y, a juzgar por el rubor de tu piel en estos últimos días, un genio en la cama.

—Ahora vienen los peros —vaticinó Sophie con una leve sonrisa.

—Tal y como te lo acabo de exponer, ese tipo por el que tú y cualquiera, yo incluida, perdería la cabeza, reúne los requisitos necesarios para el *affaire* perfecto.

—¿Crees entonces que esto no es más que una aventura?

—No van por ahí los tiros. —Depositó la copa sobre la encimera y continuó removiendo la *fondue* mientras Sophie esperaba a que se pronunciase.

—Explícate, entonces.

—No pretendo ser aguafiestas pero analiza la situación, Sophie. En realidad no sabes nada de él.

—Sé todo lo que tengo que saber.

—¿Estás segura?

—Un momento, un momento. ¿Estás insinuando que puede estar casado y que yo he sido un desliz en su paso por París? Si fuese así no me habría presentado a todos sus amigos.

—Quizá sus amigos le estén cubriendo las espaldas. Cosas así suceden con demasiada frecuencia. No serías ni la primera ni la última.

—No puedo creer que esté casado. Por Dios Gabrièlle, me ha pedido que acepte ese trabajo para estar con él. No me habría propuesto una idea tan descabellada si estuviera comprometido con otra persona. Él me… él me quiere a su lado.

—Eso no lo pongo en duda, cielo. Pero ahora sé sincera. ¿Habrías aceptado el puesto en la ONU si él no se hubiera cruzado en tu camino?

—Él no tiene nada que ver con esa decisión. Por supuesto que habría aceptado.

—Sophie…

299

—Maldita sea. Sí, tienes razón. He aceptado porque sé que él va a estar allí. ¿Qué tiene de malo?

—No tiene nada de malo. —Gabrièlle apartó la cazuela del fuego. Sophie le alcanzó un par de guantes para llevarla hasta la mesa y la depositó encima del soporte que ya estaba encendido.

—¿Entonces por qué eres tan reacia a mi decisión de marcharme a Nueva York? —le preguntó mientras tomaba asiento frente a ella y le pasaba la bandeja con los taquitos de pan.

—Quiero que fundamentes la decisión de marcharte a Nueva York en algo más que en Ben O'Connor. Sé que cualquier mujer en su sano juicio no se lo pensaría. Ben es un tipo que atrae y no pongo en duda sus sentimientos hacia ti. Fui consciente de cómo te miraba durante la *soirée* de hace dos días, cómo te rozaba la mano, cómo te sonreía, cómo te sorprendía desde atrás pasándote el brazo por tu cintura mientras depositaba esos fugaces besos sobre tu cabello. Tengo que reconocer que ni en los mejores momentos de mi relación con Frédérick he visto esa adoración en los ojos de un hombre pero también advertí que tras esa mirada de hombre enamorado había algo sombrío, triste… y quizá desprovisto de esperanza. No he querido comentarte nada de esto pero ya que has venido a pedirme mi opinión… Lo siento, Sophie, pero tenía que decírtelo. En un principio creí que era una impresión equivocada pero Frédérick también lo notó. Era como si de repente dejara de estar entre nosotros. Como si su mente estuviese en otra parte.

Sophie guardó silencio mientras pinchaba un par de taquitos de pan y los hundía en la deliciosa y cremosa *fondue*. Recordó haber visto esa expresión en más de una ocasión desde que se conocían. Se metió el pan bañado en queso en la boca y bebió un sorbo del vino ante la atenta mirada de su amiga.

—Tendrá sus problemas como todo el mundo. No creo que su vida sea perfecta. La mía no lo es así que no tengo de qué preocuparme.

—Ben O'Connor merece la pena, Sophie. De eso estoy segura. Márchate a Nueva York y acepta el trabajo con el que siempre has soñado. Tus padres estarán orgullosos de ver que lo has conseguido. Si resulta que el hombre de tus sueños vive en la ciudad donde está el trabajo de tus sueños, limítate a seguir las señales que te vaya marcando el camino, pero no te precipites. Saborea este momento, eso es lo único que te pido. —Gabrièlle alzó su copa para brindar con su amiga—. Por el amor y el éxito profesional en la ciudad que nunca duerme —le dijo.

—Por la mejor amiga que jamás he tenido.

300

El intenso momento de exaltación de la amistad fue interrumpido por el sonido del teléfono.

—Debe ser Frédérick. Ya habrá llegado.

—¿Dónde volaba hoy?

—A El Cairo.

Gabrielle arrastró su silla y alcanzó el inalámbrico que se hallaba sobre la encimera. Descolgó pero al no haber respuesta al otro lado lo dejó nuevamente en su lugar.

—Alguien que se ha equivocado —dijo mientras volvía a tomar asiento.

Se produjo un breve silencio mientras ambas maniobraban con las hebras de queso fundido.

—¿Tienes su número fijo? —Gabrièlle supo que la pregunta no era muy acertada pero respiró aliviada al escuchar la respuesta.

—¿Qué número?

—El de su apartamento en Nueva York.

—Claro.

Gabrièlle volvió a ponerse en pie para coger el inalámbrico de la encimera.

—Vamos, llámalo a casa si te vas a sentir más tranquila —la animó viendo la inseguridad de sus ojos.

—¿No te importa?

—Pues claro que no. No seas tonta.

Sophie fue a por su bolso al salón y regresó con una minúscula agenda.

—Tendrías que haber sido más previsora. Podrías haberle dado este número. Puede que te haya llamado a casa cuando ha llegado y habrá visto que no estás allí.

—Tienes razón. No había caído —dijo con semblante distraído mientras marcaba una sucesión de números.

Tardó más de lo habitual en emitir señal. Después de seis timbrazos su inconfundible voz estalló en sus oídos, pero solo se trataba del contestador automático. Sophie cortó la comunicación.

—Era el contestador.

—¿Por qué no le has dejado un mensaje?

—Volveré a intentarlo más tarde —le dijo con una sonrisa encubierta de inquietud.

—Te llamará cuando llegue, ya lo verás. Cruzar Manhattan debe de ser una odisea, así que deja de preocuparte. Seguramente tendrás más de un mensaje esperándote en el contestador de casa. Compruébalo si quieres desde aquí.

Sophie lo hizo pero no tenía ningún mensaje.

—¿Puedo quedarme a dormir? No me apetece mucho entrar en casa sola esta noche.

—Sí que te ha dado fuerte el señor O'Connor —le dijo con una sonrisa para hacerle olvidar el mal trago por el que parecía estar pasando—. Claro que puedes, además me quedaré más tranquila teniéndote aquí. Nos daremos un homenaje con esta botella de vino y abriremos otra si hace falta, como en los viejos tiempos. Y ahora come porque necesitarás fuerzas para esta nueva etapa de tu vida que está a punto de comenzar.

Sophie bebió un trago del excelente vino y atacó nuevamente la mejor *fondue* de toda Francia. Trató de tranquilizarse recordando las amables palabras de Gabrièlle hacia Ben. También se centró en sus últimas palabras antes de embarcar. «Solo quería decirte que aún no he embarcado y ya te estoy echando de menos.»

302

Capítulo dieciséis

*E*l corazón comenzó a latirle estrepitosamente cuando al cruzar el umbral de su apartamento a primera hora de la mañana antes de irse a trabajar, advirtió la parpadeante luz roja del contestador. El primer mensaje era de Marie, el segundo de Claude, el tercero, curiosamente, de una tal Caroline Jordan, secretaria de Philippe Lodder del Office Legal Affairs de la ONU. No prestó atención a su contenido y pasó al siguiente y último mensaje. Se oía un ruido de fondo vacío, como si alguien hubiese estado decidiendo si dejar o no un mensaje de voz. Trató de forzar sus cinco sentidos por si percibía algún sonido humano pero no hubo nada. Permaneció a la espera del *clic* que indicara que la persona al otro lado del hilo telefónico había decidido colgar, pero en vez del *clic* fue el sonido lejano de la sirena de un coche de policía o ambulancia lo que llegó a sus oídos. Después de nuevo el silencio. Pulsó la tecla para pasar el mensaje hasta el final. No quedaba espacio de grabación porque se había agotado el tiempo. No entendía nada. Pulsó el asterisco para devolver la llamada al remitente por si procedía también de Estados Unidos y consultó la hora. No le parecía prudente llamar porque allí era de madrugada. Tomó aire tratando de alejar de su mente ese inexplicable presentimiento que la invadía y se metió en la ducha.

Durante toda la mañana trató de centrarse en su rutina y lo consiguió gracias a la intensa actividad. Ni siquiera tuvo tiempo de tomarse un descanso para almorzar. Lo intentó una vez más después del mediodía desde un teléfono público pero obtuvo el mismo resultado. Supo que se estaba obsesionando pero aquel gesto le parecía muy poco apropiado. Cuando llegó a casa volvió a intentarlo y esta vez la línea estaba ocupada. Esbozó una sonrisa de satisfacción. Al menos eso era señal de que estaba en casa. Diez minutos más tarde marcó de nuevo y el resultado fue el mismo. Se metió en la ducha y antes de prepararse algo para la cena hizo el último intento al tiempo que se desplomaba sobre el sofá, agotada.

—¿Dígame?

Era una voz femenina. Colgó. Quizá se había equivocado. Nerviosa volvió a marcar el número pero cambió de opinión porque quiso hacer una comprobación. Volvió a rebobinar hasta el final el extraño mensaje que no había borrado, pulsó el asterisco y devolvió la llamada.

—¿Dígame?

La misma voz agitada. Voces de fondo algo distorsionadas y difíciles de captar dado el trajín que parecía existir al otro lado de la línea.

—¿Sí? —repitió aquella dulce voz presa aún de una incomprensible agitación.

—¿Quién es? —Era una voz masculina que se oía a espaldas de la mujer que sostenía el auricular. Habría jurado que era la de Ben pero no podía estar segura al cien por cien.

—Alguien que se ha equivocado.

Clic.

Sophie se quedó paralizada mirando al vacío durante varios segundos. Los días con Ben desfilaron por su mente a una velocidad vertiginosa. Sus gestos cómplices, sus miradas cargadas de afecto y sus ojos inundados por la sombra de la duda, sus palabras, sus historias. De repente las hipótesis que barajaba Gabrièlle se hicieron tan patentes que sintió una sensación de náusea terrible. Corrió hacia el cuarto de baño y vomitó lo poco que había comido durante aquel día. Se miró al espejo. Tenía un aspecto horrible. No podía estar sucediéndole aquello. No hacía ni cuarenta y ocho horas que había estado en sus brazos, disfrutando de sus besos y de la promesa de un nuevo futuro al alcance de su mano. Ahora todo parecía comenzar a desmoronarse a su alrededor. ¿Quién diablos era aquella mujer que había contestado al teléfono? ¿Era esa voz masculina que había escuchado de fondo la de él? ¿Qué estaba sucediendo en su apartamento? Y lo que no alcanzaba a entender. ¿A qué se debía ese mensaje vacío de contenido de más de cinco minutos de duración que solo había sido cortado por falta de espacio en la grabadora? Esa llamada se había realizado desde el apartamento de Ben. Acababa de comprobarlo. Había algo que escapaba a su entendimiento y se resistía a darle la razón a Gabrièlle.

Salió del baño y se fue hacia su escritorio. Se maldijo a sí misma por no haber comenzado a manejarse con el tema de Internet pese al ofrecimiento del hermano de Gabrièlle de darle algunas nociones sobre ese fascinante campo que, según él, abriría unas posibilidades infinitas en un futuro inmediato. Sacó la guía telefónica del cajón. No pensaba esperar siete días a que Ben regresara porque ¿y si no regresaba? ¿Y si...?

«Deja de pensar lo peor. Maldita sea. Deja de pensar e investiga.»

Eso fue lo que hizo. Empezó por el estudio de La Défense en el que Ben O'Connor prestaba sus servicios. Buscó MondeLafevre S. A. hasta que apareció. La página mostraba un anuncio a todo color con preciosas imágenes de poderosos edificios de distintas ciudades del mundo. Aquella firma tenía oficinas y colaboradores en ciudades como Barcelona, Londres, Kuala Lumpur, Nueva York, Berlín o Varsovia. Curioseó en algunos otros apartados y se sorprendió al comprobar que no solo se dedicaban a levantar edificios, también habían hecho restauraciones de construcciones emblemáticas e incluso mundialmente conocidas. Buscó la sede parisina para comprobar la dirección exacta. Respiró aliviada al ver que Ben no le había mentido. Buscó el número de contacto y cogió el auricular para marcarlo. Esperaba que el horario de atención al público fuera más amplio.

305

—MondeLafevre, le atiende Corinne, ¿en qué puedo ayudarle?

—Buenas tardes, ¿podría hablar con el señor O'Connor?

—¿De qué departamento?

—Bueno —no supo qué decir—. No sé a qué departamento en concreto pertenece.

—¿Podría decirme el nombre completo?

Supuso que Ben provenía de Benjamin. Cielo Santo, ¿tendría Gabrièlle razón al decirle que no sabía nada de él? Ni siquiera conocía su nombre completo.

—Benjamin O'Connor

—Un momento, por favor.

Sophie esperó a que la aterciopelada voz de la centralita tecleara el nombre.

—¿Se refiere a John Benjamin O'Connor?

—Sí —respondió rezando para que fuese la misma persona.

—¿Podría identificarse, por favor?

Dudó por segundos su respuesta. Se lanzó a una mentira piadosa.

—Llamo de la embajada debido a un problema con su visado —mintió.

—Continúe a la espera, por favor.

Una melódica música de piano la acompañó durante lo que parecieron ser tres interminables minutos.

—Disculpe la tardanza. Lamento comunicarle que el señor O'Connor no se encuentra en su oficina.

«Gracias a Dios. Trabaja allí.»

—¿Podría saber cuándo regresa?

—Aguarde un segundo, por favor.

Nuevamente la música durante otros dos minutos.

—Disculpe la espera. Me informan de que el señor O'Connor no regresa, al menos no a MondeLaFevre. Su prestación de servicios con la filial de París ha finalizado.

Sophie creyó que el suelo se abría bajo sus pies.

—De acuerdo —logró decir—. En ese caso trataremos de contactar con él por otros medios. Le agradezco su atención. Adiós.

Colgó el auricular. Se quedó paralizada mirando al vacío. Su contrato había finalizado y sin embargo se había marchado prometiéndole que regresaba la semana próxima. ¿Para qué regresaba entonces? ¿Regresaba para asegurarse de que ella se marchaba con él? Lo dudaba. Dejó de darle vueltas. Ya daría señales de vida. Quizá se había encontrado con algún problema familiar a su llegada a Nueva York y no había tenido oportunidad de llamarla. Pero si ese fuese el caso, no se tardaba mucho tiempo en efectuar una llamada. Desde luego si todo aquello era una simple táctica para que no le quedara duda de la decisión que debía tomar, el muy desgraciado lo estaba consiguiendo. Si por otro lado llegaba a descubrir que todo aquello no había sido más que una aventura para él, desde luego que se iría a Nueva York. Pero para arrancarle aquellos ojos que no lograba sacar de su mente.

Volvió a descolgar el auricular. Marcó el teléfono de contacto que la secretaria de Philippe Lodder le había dejado en el contestador. Ben tenía razón. La decisión ya estaba más que tomada, así que no existía ninguna razón para demorar más lo inevitable. Pesara a quien le pesara estaba a punto de dar un paso determinante en su vida y nada ni nadie lograrían hacerle cambiar de opinión.

Madrid, 29 de diciembre de 1996

Roberto golpeó suavemente la puerta de la habitación de su hermana menor. No esperó respuesta y entró sin anunciarse. Sophie se hallaba recostada sobre el cabecero con un libro en la mano.

—¿Estás segura de que no te apetece venir? —insistió una vez más.

—No voy a ser buena compañía.

—Te vendrá bien echar unas risas. Todo el mundo está deseando verte antes de que te marches. Cuando estés en Nueva York echarás de menos todo esto, así que más te vale hacerlo ahora.

Roberto se sentó a su lado.

—Saluda a todos de mi parte. Puede que mañana esté de mejor humor. Tengo la cabeza en otra parte, Rob, y no quiero que nadie note nada.

—¿Sigues sin tener noticias?

—Desaparecido en combate.

—¿Estás mosqueada?

—Si te digo que no, no me vas a creer, ¿verdad?

—Afirmativo —respondió Roberto.

—Entonces te diré que no entiendo nada. No quiero pensar, no quiero darle vueltas al asunto, pero es que la duda me está carcomiendo por dentro. Me siento invadida por una sensación extraña.

—Define «sensación extraña».

—¿Y si... y si le hubiera sucedido algo?

Roberto guardó silencio.

—Tú también lo piensas.

—¿Qué pienso?

—Que me ha utilizado, que solo ha sido un *affaire*.

—No quería decírtelo... pero ya que lo preguntas, sí, eso es lo que pienso. Ya ha transcurrido casi un mes. Me encantaría equivocarme y nada me gustaría más que verte gritar de alegría porque el maldito O'Connor ha regresado a tu vida. No creo que te haya utilizado. Estuvo bien mientras duró. Quédate con eso y olvídate de todo lo demás.

—No puedo olvidarlo. —Sus ojos brillaban.

—¿No puedes o no quieres?

—No puedo hacerlo, quiero hacerlo pero no puedo. Jamás pensé que llegaría a este punto. Esto me está superando. —Quiso reprimir las lágrimas pero sabía que iba a ser imposible que no afloraran.

—Si superaste la infidelidad de Paul con la que considerabas tu amiga, te aseguro que podrás superar esto.

—Por favor, Roberto… Las comparaciones son odiosas.

—Cuando se trata de hombres no hay comparaciones. Te lo digo yo que me incluyo en el cupo de los capullos.

Logró arrancarle una triste sonrisa a través de sus incipientes lágrimas.

—Si yo estuviera en tu lugar dejaría todo esto a un lado. Ya sabes, borrón y cuenta nueva. Lo que tenga que pasar pasará. Nueva York puede ser la respuesta a muchas de las dudas que te estás planteando en estos momentos y a la larga pensarás que todo esto tiene un sentido.

Sophie no pudo soportarlo y se echó a llorar. Su hermano mayor la acogió en sus brazos. Ese era el único consuelo que podía darle.

—Llevas demasiados días aquí encerrada. Papá y mamá están empezando a sospechar que algo raro sucede. Estás de vacaciones, estamos en Navidad, la mitad de tus amigos están deseando verte. Deberías estar pletórica de alegría ante la perspectiva de trabajar nada más y nada menos que en Nueva York. Y, sin embargo, te estás dejando ir por una simple aventura con un tipo del que no sabes nada.

Sophie dejó de llorar y se separó del abrazo de su hermano. Se limpió las lágrimas con el dorso de la mano a medida que se levantaba de la cama.

—No ha sido una simple aventura. Ha sido el comienzo de una increíble historia… que tiene que continuar. No puedo dejar esto así.

—¿Y qué piensas hacer?

Sophie se detuvo en el umbral de la puerta y se volvió hacia Roberto.

—Dile a todos que llegaré un poco más tarde. Tienes razón. Debo olvidarlo todo aunque sea solo por esta noche. Ben O'Connor no tiene ni idea de lo que se le avecina.

Horas más tarde volvía a intentarlo aun sabiendo el resultado. Esperó a escuchar su voz en el contestador de su casa. Deseaba que aquella grabación se interrumpiera, que él descolgara el teléfono y le dijera aquellas palabras que necesitaba oír. Pero no fue así. La voz de la cinta seguía hablando.

Entonces lo hizo.

—Ben, soy Sophie. —Su voz sonó débil, rota—. Estoy preocupada por ti. Yo... también quería decirte que te echo de menos.

No pudo decir nada más. Las palabras quedaron relegadas al silencio y sin más colgó el auricular. Se dejó caer sobre la almohada y comenzó a llorar desconsoladamente preguntándose una y otra vez por qué demonios había tenido que entrar en su vida si ahora ya estaba fuera de ella.

Ben traspasaba la puerta del edificio de apartamentos del West Village en el que habitaba en el preciso instante en que Sophie abandonaba su domicilio madrileño junto a sus padres y su hermano para poner rumbo a Granada, donde pasarían el fin de año con el resto de la familia y amigos. Ben se dio la vuelta una vez más para hacerle una seña a su hermana Margie que le observaba con gesto preocupado desde el interior del vehículo.

—¿Estás seguro de que no quieres que te acompañe?

—No es necesario, de veras.

—Llámame si me necesitas ¿de acuerdo? —le insistió aun sabiendo que no lo haría.

—Estaré bien, descuida.

Margie asintió tratando de convencerse de que efectivamente estaría bien aunque bien sabía Dios que no iba a ser así. Le dedicó una compasiva sonrisa, arrancó nuevamente y desapareció calle abajo.

Ben permaneció unos segundos perdido en sus pensamientos ante la puerta de su edificio. Hizo acopio de la poca fuerza moral de la que aún disponía y tomó aire antes de entrar. Parecía que había pasado una eternidad desde que cruzara aquellas puertas la misma tarde de su regreso de París, cuando en realidad solo había transcurrido un mes. Había tratado de recomponer aquella escena una y otra vez pero solo recordaba haber sentido un pequeño mareo cuando bajaba del taxi con su maleta. Tuvo que apoyarse contra un árbol para no perder el equilibrio. Cuando se recuperó, logró llegar hasta la entrada y subió en el ascensor. Una vez dentro de su vivienda marcó el número de Sophie. Mientras lo hacía notaba como la habitación comenzaba a dar vueltas a su alrededor. No pudo continuar marcando porque el receptor resbaló de sus manos. Se dejó caer en el sofá para tratar de recomponerse. Pasados unos segundos se inclinó con dificultad para recoger del suelo el maldito inalámbrico. Marcó de memoria el número del apartamento de Sophie. En el momento en el que saltaba el mensaje de su preciosa voz hablando en francés en el contestador sintió otro espeluznante mareo que le nubló la vista. Eso era lo último que recordaba. Cuarenta y ocho horas después despertaba en la cama de un hospital.

Había tenido mucho tiempo para pensar. Demasiado, quizá. Pese a los rígidos pronósticos de su padre, jefe del departamento de Neurocirugía del hospital Monte Sinaí de la ciudad de Nueva York, seguiría adelante con su propósito. No estaba dispuesto a regresar a aquel lugar. Nunca había sido un hombre de palabra pero después de lo sucedido su perspectiva respecto a ciertas cuestiones que antes consideraba triviales habían pasado a alcanzar una magnitud hasta entonces impensable. Su escala de prioridades había cambiado radicalmente y Sophie había pasado a ocupar el primer puesto de esa escala. Había estado tentado de dejarlo pasar como una aventura más. Sabía que ella sufriría con la decepción y que terminaría olvidándose de él, pero supo que no podía hacerlo. Alguien como ella no merecía tal agravio por su parte. Cuando su padre se había quedado a solas con él en la habitación del hospital tratando de solapar la angustia contenida en sus ojos, fue dolorosamente consciente de que su vida ya no sería la misma. Fue entonces cuando decidió que tenía que poner punto final a su corta pero intensa aventura con Sophie. No era justo hacerle pasar por algo así. Estaba desesperado. No sabía qué hacer para no ceder al impulso de descolgar el teléfono y confesarle cuánto la echaba de menos. Una parte de él luchaba contra ello endiabladamente, si bien la otra parte le inducía a hacer precisamente todo lo contrario.

Huyó del reflejo de su imagen en el espejo del vestíbulo cuando entró en su hogar. La gorra no disimulaba su cabeza casi rapada. Eso sumado a la pérdida de varios kilos, ojeras y una creciente barba, le daban un aspecto siniestro aunque sin perder, según palabras de su encantadora madre, el tremendo atractivo que poseía. Observó la luz centelleante del contestador. Dieciocho mensajes. Supo que habría llamadas de Sophie. Estuvo a punto de borrarlos todos pero finalmente cambió de opinión. Pulsó la tecla para escuchar el último. Se dirigió hacia la ventana del salón cuando la voz de Sophie irrumpía a sus espaldas en la soledad de la estancia. Aquel ligero matiz en sus cuerdas vocales que dejaba traslucir la inquietante incertidumbre que la atormentaba fue como si le estuviese atravesando con una espada. Ben apretó los puños y cerró los ojos para olvidar esa frustrante sensación mientras apoyaba su frente sobre el cristal de la ventana.

Cuando recobró el poco aplomo que le quedaba no se lo pensó y se dio la vuelta para coger el teléfono. Iba a llamarla pero se lo pensó mejor. En vez de marcar su número marcó el de American Airlines.

311

Nueva York, 4 de enero de 1997

*P*atrick O'Connor contemplaba sin ver el ajetreado tráfico de la calle desde la planta del hospital donde su amigo y colega Scott Levin tenía ubicada su consulta. Scott acababa de apagar las pantallas reflectantes donde minutos antes habían estado comentando aquellas radiografías. Patrick le seguía dando la espalda.

—No estoy preparado para esto, Scott. No cuando se trata de mi hijo —le dijo con temblor en la voz sin volverse hacia él.

—No debes pensar en eso ahora. Sabes tan bien como yo que esto no es fiable al cien por cien.

—Habría vendido mi alma por haber escogido otra profesión. Quisiera estar en posesión de esa bendita ceguera que da la ignorancia de lo desconocido. La que no deja ver lo que no quieres ver y en realidad está ahí —añadió, esta vez dándose la vuelta y mirándole directamente a los ojos.

—Eso es algo que desgraciadamente no podemos elegir. Ahora mismo estamos en la mitad de un camino hacia ninguna parte y no sabemos si se va a reproducir o no. En el noventa por ciento de los casos no vuelve a aparecer. La suerte ha estado de vuestra parte. Si los síntomas no hubieran sido tan claros habríamos tardado en dar un diagnóstico y las consecuencias podrían haber sido desastrosas. Gracias a Dios pudimos intervenir a tiempo.

—Él estaba convencido de que esto era el fin. No pude soportar verlo en la cama con esos ojos llenos de vida diciéndome: «No es cierto. Me estáis gastando una broma. Vamos, papá, ya está bien. Tengo muchas cosas que hacer y no puedo estar aquí tumbado perdiendo el tiempo».

—No le reproches esas palabras porque sabes muy bien que en ese aspecto es igual que tú —le animó sonriéndole vagamente.

—Sí. Eso no te lo voy a discutir.

—¿Has intentado volver a hablar con él?

—Ayer regresó a París.

—¿París? Creía que ya había finalizado su contrato.

—Así es, pero me temo que ha regresado por otra causa de fuerza mayor.

—¿Una mujer?

—Eso parece. Está desconocido. No sé qué demonios está pasando por su cabeza. Julia está desesperada. Hemos tratado de impedirle que se marche pero no ha habido manera de hacerle cambiar de opinión. He intentado sacarle más información a Erin, pero ya conoces a mi hija. Si quieres confiarle un secreto ten por seguro que es la persona más acertada.

—Debe ser una joya —dijo Scott tratando de desviar la conversación en torno a la nueva amiga de su hijo.

—La verdad, no tengo ni idea. Pero sigo sin entenderlo. Por Dios, Scott, durante años ha ido de alcoba en alcoba por toda la ciudad. Las mujeres más impresionantes han ido tras él, pero él tiene que dar la nota. ¿Sabes la de veces que he escuchado la frase de «esta es la definitiva»? Todas esas supuestas «mujeres de su vida» pasaban a formar parte de la historia en cuestión de semanas o meses y ahora me viene diciendo que se marcha a París para ir en busca de su última conquista. No debería haber discutido con él. Si le sucediera algo estando tan lejos no me lo perdonaría jamás.

—Debe de ser una chica fantástica, sin duda. Quizá le venga bien estar arropado por una mujer. Creo que va a necesitarlo.

—No es justo para esa chica. Por el amor de Dios, pero ¿qué es lo que pretende?

—Está enamorado, Patrick. Uno no elige de quién se enamora.

—Maldita sea. No tengo nada en contra de esa tal Sophie. Sé como es mi hijo y también sé que cuando ha decidido dar este paso es porque probablemente siente algo diferente.

—¿Entonces por qué no dejas que siga adelante? ¿Acaso tú no lo hiciste? Recuerda que te enfrentaste a tu padre cuando llegaste de tus vacaciones de Europa y le contaste que habías encontrado a la mujer de tu vida sirviendo cervezas en un bar de Múnich. Las historias se repiten y, lo quieras o no, Ben es tu viva imagen.

—Lo sé, pero no puedo dejar de tener ciertas reservas al respecto. Creo que ha elegido el peor momento de su vida para dar ese paso. Hay demasiadas personas implicadas.

—Quizá tenía que pasar por todo esto para que se decidiera a darlo ¿no te parece? Puede que esa joven sea la respuesta a nuestras plegarias. Ella puede hacer que no tire la toalla en caso de…

—Ella no debe saberlo —interrumpió Patrick—. Si lo hiciera, mi hijo jamás me lo perdonaría.

París, 4 de enero de 1997

*L*a tristeza se apoderó de Ben cuando descubrió que Sophie ya había abandonado definitivamente su apartamento de Neuilly. Cuando una vecina lo vio merodeando por los alrededores no dudó en darle la información que él ya sospechaba. Se había marchado a España a pasar las vacaciones de Navidad con su familia y ya no regresaría porque se iba a trabajar a Nueva York. No había forma de contactar con ella. Ben se llevó una agradable sorpresa aunque no pudo negar el sabor agridulce que la noticia de su repentina marcha le había dejado. Ella había cumplido con su palabra. Pese a no haber sabido nada de él desde ese último lunes de noviembre, pese a las continuas llamadas sin respuesta, pese a la voz rota en el mensaje de su contestador, pese a todo, había dado el paso.

Ahora se encontraba metido en un atestado metro camino de su hotel de la Rue Champs du Mars sin saber qué decisión tomar. Su última esperanza se había desvanecido en la embajada. Les estaba vetado dar cualquier tipo de información personal sobre sus trabajadores independientemente de que ya no prestaran sus servicios. Solo sabía que su nombre era Sophie Savigny Martín y que ya no vivía en París. Desconocía la dirección de sus mejores amigos Gabrièlle y Frédérick, los únicos a los que había sido formalmente presentado. Estaba en Madrid con su familia o quizás estaba ya en Nueva York lamentando su precipitada decisión, decisión que prácticamente él le había obligado a tomar. Se preguntaba si el hecho de que nada hubiese salido como tenía previsto era una señal de que debía dejar las cosas tal y como estaban. Lo tenía fácil. Solo tenía que comprar un billete de avión a Madrid, pero ella no estaba allí. ¿Qué iba a decirle? ¿Qué excusas iba a darle? En aquel momento de su vida no tenía nada que ofrecerle, nada salvo una sombría incertidumbre.

Llegó al hotel, agotado y desesperanzado. Ni siquiera se planteó pedir algo de comer al servicio de habitaciones. Para él las oportunidades posiblemente ya estaban agotadas así que con toda la rabia que llevaba dentro se acercó al balcón, corrió las cortinas y abrió la ventana de par en par. Aspiró con fuerza para que el aire húmedo y helado impregnara sus pulmones. No supo cuánto tiempo estuvo allí mirando al vacío con su mente vagando sin rumbo. Se percató de que si continuaba un minuto más en el balcón terminaría congelado.

Cerró la ventana y todavía con la ropa y calzado puestos se dejó caer en la cama. Se centró en la imagen que se desplegaba ante su vista a lo lejos. La tantas veces fotografiada Tour Eiffel bellamente iluminada. París como comienzo y París como fin. Cerró los ojos y se perdió en un doloroso y frustrante sueño.

Nueva York, 4 de enero de 1997

Sophie sorteaba la salida de la terminal del aeropuerto JFK a las seis de la tarde, después de un pequeño desajuste con su pasaporte que a partir de ese momento adquiriría carácter diplomático. Una llamada a la señora Jordan, secretaria de Philippe Lodder, la salvó de una dilatada espera en aduanas. Se preguntaba por qué demonios en todas las películas que había visto a lo largo de su vida aparecían los populares vehículos de color amarillo desde cualquier esquina con el simple gesto de alzar una mano. Cuando consiguió el anhelado taxi y se arrellanó en el asiento trasero, dejó escapar un leve suspiro. El taxista hindú de mediana edad la miró por el espejo retrovisor a la espera de que pronunciara las palabras mágicas.

—Disculpe, Holiday Inn Midtown, calle 57 —anunció Sophie tratando de despertar de su letargo.

—¿Vacaciones?

—Trabajo.

—Vaya… —murmuró—. Entonces bienvenida a la jungla.

Capítulo diecisiete

Nueva York, 14 de julio de 2002

*D*isfrutaba de unas inmejorables vistas desde la planta número 29 del 825 de la Tercera Avenida. Consultó su reloj. Eran más de las siete de la tarde. La Maison de France les había convocado para un pequeño cóctel con motivo de la fiesta nacional y en pocos minutos retransmitirían los desfiles. Era sorprendente lo que provocaba en el ser humano el simple hecho de estar a miles de kilómetros de su patria. Nunca había visto en directo los desfiles mientras residía en París. Sin embargo, por tercer año consecutivo, se había reunido con el personal francófono de su delegación en el mismo lugar para verlo a través de una pantalla gigante. Lo mismo le sucedía el 12 de octubre, Día de la Hispanidad. Se vivía con tal intensidad en las calles neoyorquinas que se olvidaba de que estaba lejos de casa. Había regresado el día anterior de Madrid y todavía sufría los estragos del *jet lag*. Pese a que habría deseado salir disparada hacia su casa, un pequeño pero coqueto apartamento de Brooklyn, Camille le insistió en la necesidad de ser fieles a las tradiciones. Sophie tuvo que reír ante su ridícula excusa para convencerla. Sabía que adoraba estar presente en todo tipo de eventos y estaba segura de que sus intereses iban mucho más allá del sentido patriótico.

Se habían conocido a las pocas semanas de su llegada a Nueva York. Camille procedía de Lyon y venía a ocupar un puesto administrativo en su mismo departamento. Comenzaron compartiendo residencia durante un par de meses hasta que encontraron una vivienda en Battery Park que compartían con otra chica procedente de Filadelfia y que era fotógrafa del *Newsweek*. Cuando Geena decidió irse a vivir con su pareja tres meses más tarde, se plantearon la posibilidad de meter a otra persona para compartir los gastos ya que el alquiler de la zona estaba por las nubes. Pero Camille tomó la decisión de no hacerlo por Sophie. Por aquel entonces, su amiga estaba pasando por un bajísimo momento de moral después de todo lo sucedido con Ben. Cuando le fue imposible seguir ocultando su angustia por más tiempo, se lo confesó todo a Camille. Había sido su ángel de la guarda y si no hubiese sido por ella jamás habría superado una de las pruebas más duras de su vida. Su decisión de marcharse a vivir sola casi le costó un disgusto con ella, pero Camille terminó comprendiendo su postura. Debía dejarla volar para que sus heridas se curaran. Pero justo cuando el paso de los años logró el objetivo y parecía ser que lo había conseguido, la fatalidad obsequió a la ciudad de Nueva York, lugar por antonomasia de cruce de culturas, con un atentado terrorista que cambiaría el curso de la historia de la humanidad.

En aquel momento de su vida al igual que otros muchos ciudadanos de la gran manzana se sintió perdida y sin saber qué rumbo tomar. Dos semanas después de esa terrible fecha, que quedaría marcada para siempre en los calendarios como sinónimo de devastación, logró salir del país. Se vio obligada a solicitar un permiso de un par de meses porque no pudo seguir soportando la presión de su familia. Accedió a los deseos de unos padres que no comprendían la razón por la que su hija se empecinaba en continuar allí, pese a los peligros que ello implicaba y más aún teniendo en cuenta sus circunstancias. Durante el vuelo de regreso a Madrid tuvo mucho tiempo para hacer balance de su vida, tratando de asimilar todo lo sucedido, lo que había ganado y lo que había perdido durante aquellos cinco años. Su familia se cuidó de no imponerle una decisión precipitada porque sabía que si lo hacían, Sophie haría las maletas y se marcharía sin que mediase palabra. Pero no había que ser muy inteligente para descubrir lo que se escondía bajo los silencios de su madre cada vez que estaban frente al televisor donde repetían sin cesar el choque mortal de los aviones de la American Airlines contra el World Trade Center.

No soportó los dos meses y después de tres semanas supo que tenía que regresar. No podía abandonar así como así. Adoraba su trabajo, había llegado a conectar con aquella urbe que todo el mundo tachaba de cosmopolita e impersonal cuando lo que ella había experimentado era justo todo lo contrario. No existía un calificativo intermedio para definir Nueva York. O bien la odiabas o simplemente la amabas, y Sophie ya se había decantado hacía mucho tiempo por la segunda opción. Echaba de menos a sus vecinos, a sus amigos, a sus compañeros de la delegación. Todos y cada uno de

319

ellos habían aportado algo a su vida durante esos años en los que se había visto impulsada a madurar de una forma asombrosa. Todos y cada uno de ellos conocían a alguien directa o indirectamente que había fallecido a consecuencia de los atentados. Era precisamente en aquel momento en que su grano de arena era necesario. Había mucho por hacer y no estaba dispuesta a quedarse al margen. La mañana que les comunicó que regresaba a Nueva York, su padre salió del salón sin pronunciar palabra. Sin embargo André se abrazó a su hija antes de dejarle pasar los controles, que desde el 11 de septiembre eran más exhaustivos que nunca, susurrándole al oído lo orgulloso que estaba de ver a la mujer en la que se había convertido.

Su hermano Roberto viajó para Acción de Gracias y tuvo oportunidad de contemplar con sus propios ojos que Sophie había encontrado su hueco. Pudo comprobar que, efectivamente, estaba rodeada de personas con las que se encontraba como en casa. La gran manzana había demostrado darle algo más que el anhelado puesto de traductora de un organismo como Naciones Unidas. Roberto reconocía que su hermana había logrado echar raíces en un lugar en el que la mayor parte de la población estaba de paso.

Camille le ofreció otra copa de champán, lo que hizo despertar a su amiga de aquel aparente estado de abstracción en el que se encontraba.

—Por lo que veo estás decidida a que alguien me lleve a casa a rastras —se quejó Sophie con una sonrisa dejando a un lado sus profundas reflexiones.

—No sería mala idea. Esto está lleno de tipos impresionantes y alguno te podría acompañar hasta dejarte sana y salva metida en la cama.

Sophie estalló en una carcajada y bebió un sorbo de su copa.

—Me acabo de cruzar con un ejemplar en la puerta de la sala de exposiciones que ni te imaginas —prosiguió Camille—. A propósito, deberíamos echar un vistazo a esa exhibición fotográfica de París cuyos fondos son para las familias de las víctimas del 11-S.

—Estoy agotada. Creo que me termino esta copa y me voy a casa.

—De eso nada. En esta ciudad hay gente que ha perdido mucho más que tú, de modo que sonríe y da gracias a Dios por estar viva. Además, ya te he dicho que la noche promete si todos los que hay en esa exposición son como el que estaba en la puerta. Necesito ir al aseo.

—Te acompaño —decidió al vislumbrar en una esquina a un

tipo que charlaba con un grupo de gente y que no dejaba de mirarla. No deseaba quedarse sola para ser un objetivo fácil.

Ambas se encaminaron para atravesar la sala. A Sophie la invadió la inexplicable e inesperada sensación de que estaba siendo observada. No solo por el tipo de la esquina sino por algunas personas que volvían sus cabezas justo en el momento en el que ella pasaba a poca distancia. Juraría haber escuchado las palabras «es ella» o «yo creo que es la misma». Miró a Camille en busca de una respuesta.

—Menudo repaso te han dado —le dijo riendo—. La verdad es que hoy estás divina. Podría ser tu noche si no fueras tan condenadamente cabezota.

—¿Has oído lo mismo que yo?

—Te habrán confundido con alguien famoso —respondió emocionada mientras pegaba el último trago a su cuarta copa de champán.

Sophie la imitó y ambas las dejaron vacías sobre la bandeja de un camarero que estaba a la entrada. En la sala de exposiciones parecía haber mucha gente así que Camille se detuvo y tiró del brazo de Sophie.

—Espera, vamos a entrar. A ver si encuentro a ese tipazo de ojos azules. Me vas a dar la razón en cuanto lo veas.

Sophie sacudió la cabeza riendo y, sabiendo que no tenía elección, la siguió. En el instante mismo en el que se adentraron en la inmensa blancura de la sala salpicada de bellísimas fotos en blanco y negro de su ciudad, una mezcla de nostalgia y orgullo la inundó. Se perdió tanto en aquellas fascinantes imágenes que no fue consciente de los movimientos de cabeza y comentarios de los asistentes a medida que avanzaba por la hilera de fotografías. Se detuvo cuando contempló una de un edificio que le era muy familiar.

—Mira esta de aquí, Camille. Yo vivía en este edificio —le anunció mientras la buscaba con la mirada. Camille se había adelantado hacia otra pequeña sala. Cuando Sophie la traspasó vio que los pies de su amiga estaban clavados en el suelo con una expresión de asombro difícil de describir. El murmullo de la sala fue bajando de volumen. Entonces lo comprendió. Lo comprendió cuando fijó su vista en la fotografía que estaba frente a Camille. Era una imagen de Sophie observando el escaparate de Hermès en la Rue Faubourg Saint Honoré.

«¡Dios mío! Esa fotografía…»

En un acto reflejo se llevó las manos hacia la boca para no dejar escapar una exclamación. Echó un vistazo a su alrededor para descubrir que aquella sala era una jugosa recopilación de imágenes suyas. Allí estaban expuestas las mismas fotografías que Ben le había mostrado hacía más de cinco años frente a los jardines del Parc Monceau. A esas había que sumar otras que la hicieron enrojecer por el contenido erótico que despertaban. Si bien no aparecía desnuda, sí aparecía dormida enredada bajo unas sábanas que cubrían lo indispensable. En otras aparecía medio despierta con una mueca perezosa pero con una mirada limpia y satisfecha. La mirada propia de una mujer enamorada y correspondida por el hombre que enfocaba el objetivo de la cámara.

—No sabía que en tu tiempo libre te dedicaras a posar como modelo. Dios mío, estás realmente espectacular —le confesó Camille aún impactada por la sorpresa.

Una mujer de mediana edad con aspecto de neoyorquina excéntrica pero elegante se acercó hasta ella.

—El fotógrafo lo ha tenido fácil con usted. Las fotos son bellísimas porque usted es una belleza.

—Gracias —agradeció con voz entrecortada presa del desconcierto mientras luchaba por encontrar una forma de salir de aquel lugar.

Otra voz masculina la detuvo. Era un atractivo caballero de baja estatura y graciosa sonrisa.

—Enhorabuena, señorita… —le tendió la mano.

—Sophie. —Y tragó saliva—. Mi nombre es Sophie.

—Señorita Sophie, Ben sin duda ha contado con una modelo de excepción. Tanta belleza para una buena causa. Esto será un éxito para la Fundación O'Connor.

«¿Una buena causa? ¿Fundación O'Connor?»

—Desde luego —afirmó sin tener la menor idea de lo que estaba hablando—. Si me disculpa.

Se dio la vuelta hacia Camille, que charlaba animadamente con varios desconocidos, evidentemente orgullosa de ser la amiga de la inesperada reina de la velada.

—Sácame de aquí. Ahora —le susurró al oído.

—Un segundo… si me disculpan. —Se volvió hacia ella empleando un tono bajo de voz—. ¿De qué demonios conoces al fotógrafo? Bueno, olvídalo. No quiero saberlo. Ya me lo explicarás todo mañana. Ahora deja que por una noche seamos el centro de atención.

—Te recuerdo que soy yo la que está colgada de esas paredes. No tú. Tengo que salir de aquí antes de que…

—Espera… no… no puede ser. El fotógrafo… —la interrumpió Camille.

—Tú puedes quedarte pero yo me marcho.

—De acuerdo, de acuerdo. —Y accedió de mala gana siguiéndola hacia la sala principal—. Oh, Dios, ¿de verdad quieres que nos marchemos? Allí está el tipo impresionante del que te hablé.

—¿Cuál?

—El que está saludando ahora mismo a la mujer de rojo.

Sophie se tragó un desagradable nudo en la garganta; un nudo que se convirtió en un pellizco que viajó a la velocidad de la luz hasta su estómago. Había contado con la posibilidad de encontrarse con Ben en muchas ocasiones desde que trabajaba en Nueva York. No podía recordar las veces que había estado tentada de buscarlo. Habría sido fácil teniendo en cuenta su profesión, disponiendo de Internet o contratando los servicios de un detective. Pero no quiso hacerlo por una razón muy sencilla. Ya no era la misma persona que él había dejado en París y por mucho que le hubiera costado aceptarlo tenía que seguir con su vida al margen de que una pequeña parte de ella siguiera preguntándose con relativa frecuencia cómo habría sido todo si él hubiera regresado. Afortunadamente había dejado de hacerse esa pregunta hacía bastante tiempo. Ahora que lo tenía a pocos metros, sencillamente ataviado con una camisa blanca y unos tejanos, inexplicablemente más delgado aunque sin haber perdido un ápice de esa extraordinaria complexión corporal, con el cabello más corto, rostro afeitado y cruelmente atractivo pese a una sombra de prematura madurez en el contorno de los ojos, charlando distendidamente y repartiendo sonrisas, supo que tenía que huir de allí tan pronto como sus piernas se lo permitiesen.

—¿Lo ves? Te lo dije. Es para quedarse sin palabras.

Sophie apartó la mirada y se refugió discretamente tras un camarero que se acercaba a un concurrido grupo de gente. El mero hecho de pensar que podía reconocerla la sobrecogió.

—Está hablando con la mujer que se ha quedado prendada de ti.

—Vámonos, por favor —le rogó.

—Espera… ella está mirando hacía aquí. —Camille no le prestaba atención—. Parece que te busca. ¿Qué le habrá dicho esa mujer? A él se le ha cambiado la cara. Santo Dios. Viene hacia aquí. Eso es que quiere conocerte. —Se volvió hacia Sophie, pero había desaparecido—. ¿Dónde demonios…?

323

Miró a su alrededor pero no la encontró. La vio dirigirse a paso rápido hacia la puerta principal de la sala, pero Philippe Lodder se cruzó en su camino. Philippe debió de notar que algo no iba bien cuando advirtió su rostro desencajado. Sophie no prestaba atención a las palabras de su jefe porque sus ojos se centraron en alguien que estaba mucho más allá de donde Camille se encontraba.

El tipazo de ojos azules sorteó el pequeño corrillo que se había formado a su alrededor y pasó al lado de Camille.

—Sophie… —murmuró deteniéndose a solo unos pasos de ella.

Varios de los presentes abandonaron sus conversaciones para observar la escena que se estaba desarrollando ante ellos. La chica de las fotos y el fotógrafo clavándose los ojos y lanzándose mensajes que solo ellos dos podían entender.

Camille miró de un lado a otro preguntándose de qué demonios se conocían. Tardó en darse cuenta el mismo tiempo que tardó Sophie en precipitarse hacia la salida y desaparecer. Ben O'Connor abandonó la sala y corrió tras ella.

324 Sophie caminaba con paso firme y decidido tratando de aparentar calma hacia los ascensores. Cuando fue consciente de que tenía que esperar buscó la puerta que daba a las escaleras, la abrió y se metió dentro. Creyó que había despistado a Ben pero no fue así. Pegó un respingo cuando la puerta se abrió violentamente y él apareció ante ella.

—Sophie… —Alargó el brazo. Su mano quiso alcanzarla pero ella lo esquivó. La mano de él quedó suspendida en el aire.

—Déjame en paz. Ni se te ocurra ponerme las manos encima —le ordenó enfurecida.

—Disculpa, no… no pretendía —se excusó con voz ahogada llevándose una mano hacia la cabeza en un gesto que puso de manifiesto la confusión que lo dominaba—. Por favor, deja que te explique.

—Créeme, no hay nada que explicar —le replicó furiosa.

—Lo siento. Jamás pensé que nuestro reencuentro se iba a producir en estas circunstancias. Esta exposición… Llevo dándole vueltas a la cabeza mucho tiempo. No te voy a negar que pensé que si alguien te veía, sería una forma de que tarde o temprano volviéramos a encontrarnos.

—Me has expuesto ante cientos de personas que pensarán que no soy más que una estúpida a la que te has tirado a cambio de un par de fotos.

—Tus ojos no reflejan nada de eso en las fotografías. Y lo sabes.

Desde luego que lo sabía pero no estaba dispuesta a darle la satisfacción de reconocerlo.

—Me has puesto en evidencia delante de todo el mundo. Conozco formas más discretas de hacer determinadas cosas.

—Si lo hubiese hecho por la vía normal, no habrías querido verme.

—¿Lo has intentado?

Ben negó con la cabeza.

—Temía que me rechazaras —le confesó.

Sophie se quedó callada porque tenía razón. Aunque lo hubiese intentado lo habría hecho en vano. Ben bajó la vista hacia el suelo y tras inspirar profundamente, volvió a fijarla en ella.

—No sé qué decir.

—Eres un especialista en no decir nada. Tus silencios son prueba fehaciente de ello, de modo que puedes marcharte por dónde has venido —le dijo sin apenas mirarlo a la cara y agarrando el picaporte con intención de salir de allí. Él apoyó su mano sobre la puerta interceptándole el paso.

—Sophie, por favor, dame solo un minuto.

Sophie no pudo abandonar la sensación de impotencia que la consumía. Ahora estaba tan cerca de ella que pudo percibir de lleno la extraña lucha que mantenía consigo mismo. La vivacidad de sus ojos ya no era la misma pero ese toque de ternura que le había hecho perder la cabeza hacía tiempo seguía patente. ¿Qué les había sucedido a los dos? ¿Qué había sucedido para que todo hubiese sido tan diferente?

—¿Un minuto? —le ofreció una cínica sonrisa—. Has tenido cinco años, Ben. Cinco largos años. ¿Por qué habría de darte un minuto?

—Porque lo creas o no nunca he dejado de quererte.

—Pues yo, lo creas o no, nunca he dejado de odiarte.

Una sombra cruzó la mirada de Ben. Dio un paso adelante y Sophie retrocedió pero su espalda colisionó contra la pared. Estaba peligrosamente cerca de ella.

—Mientes.

Ella se irguió elevando su mentón con gesto orgulloso y provocador. Sus ojos centelleaban con una furia incontrolada.

—Señal evidente de que no me conoces porque prefiero morir antes que permitirme experimentar un minúsculo sentimiento de apego hacia tu infame persona.

325

Aquellas palabras lo atravesaron con toda la rudeza de una afilada daga, lo que le llevó a dar un paso atrás en un acto reflejo.

—No tienes ni la más mínima idea. Todo lo que he hecho lo he hecho por ti.

Sophie apretó los dientes. Se aguantó las ganas de darle una bofetada. ¿Cómo se atrevía a decirle algo semejante después de todo lo sucedido?

—Te equivocas —le anunció con ojos brillantes al borde de las lágrimas y clavando un dedo acusador sobre su pecho—.Tú eres el que no tiene ni la menor idea, ¿me oyes? Ni la más mínima, remota y jodida idea.

Sin más abrió la puerta y salió de allí. Se tropezó con Camille que venía en su busca.

—Oh, cariño, lo siento —se disculpó—. Jamás habría imaginado que se trataba de él.

Sophie no miró atrás y se metió en el ascensor. La última imagen que vio antes de que las puertas se deslizaran antes su ojos fue a Ben mirándola a poca distancia con tal intensidad que ella tuvo que agachar la cabeza para no sentirse invadida por aquellos ojos que de nuevo la escrutaban con una insoportable añoranza. Aguantó como pudo el trayecto hacia casa en el taxi. Camille quería quedarse con ella pero Sophie se negó. Quería estar sola. Para llorar no necesitaba a nadie.

Después de varias noches en las que no había logrado pegar ojo, se encontró con un nuevo reto al que hacer frente cuando la mañana del viernes llegó a su lugar de trabajo. La noticia se había extendido como la pólvora y las muestras de admiración ante la agradable sorpresa de su breve momento de gloria en la inoportuna exposición de La Maison de la France no cesaron durante aquellos días.

Philippe Lodder la llamó a su despacho y Sophie deseó que se la tragara la tierra. Su estúpido comportamiento de la tarde del 14 de julio podía ponerla en el punto de mira y no tenía necesidad de responder a las posibles indiscretas preguntas que pudiese plantearle su superior.

—Buenos días, Sophie —le dijo mientras se levantaba y le invitaba a que tomara asiento frente a él.

—Siento mi desafortunada reacción del otro día.

Philippe la tranquilizó con una comprensiva sonrisa.

—Ha sido una de las exposiciones fotográficas más bellas a las que he tenido la suerte de acudir en mucho tiempo. No debería avergonzarse.

—No estoy acostumbrada a ser la comidilla de toda la planta.

—Desconocía su relación con la familia O'Connor.

Sophie se removió inquieta en su asiento.

—No tengo ninguna relación con la familia O'Connor. Conocí a Ben O'Connor en París antes de venir a trabajar aquí. No he vuelto a verlo desde entonces.

—No pretendo inmiscuirme en su vida privada. Eso es algo que no me concierne, pero le diré algo. La totalidad de la obra ha sido vendida por una buena causa. La Fundación O'Connor dedica cientos de miles de dólares a la investigación y lucha contra el cáncer.

—¿Fundación O'Connor?

—O'Connor Group Inc., ubicada en la Torre O'Connor de la avenida Lexington, Instituto de Oncología O'Connor en Long Island. ¿No le suena?

—Sí, pero ¿por qué me cuenta todo esto?

Sophie no entendía nada. El sonido del teléfono les interrumpió. Philippe descolgó el auricular.

—Por supuesto. Hágale pasar. Le estábamos esperando.

La puerta del despacho se abrió y tras ella apareció un hombre cuyo rostro le era muy familiar. Era el mismo que la tarde del lunes anterior la había observado en silencio desde una esquina mientras saboreaba una copa de champán. Philippe se levantó de su asiento y se acercó para estrechar calurosamente la mano de aquel joven.

—¿Qué tal, Andrew?

—Siento haberme retrasado.

—No tiene importancia. —Philippe se volvió hacia Sophie—. Te presento a Andrew O'Connor. Consejero delegado de O'Connor Group y presidente de la Fundación O'Connor. Andrew, ella es Sophie Savigny.

Sophie creyó que la tierra se abría bajo sus pies. Ese rostro no solo le era familiar por el hecho de haberlo visto aquella tarde del 14 de julio. Cuando la boca de Andrew O'Connor se perfiló en una amplia sonrisa, supo de quién se trataba. Además de ostentar los cargos que tan orgullosamente había enumerado su jefe, era el hermano del hombre que le había cambiado la vida. Le extendió la mano y Sophie vaciló antes de dársela. Su mente comenzó a trabajar a la velocidad de la luz mientras Andrew le hablaba.

—Es un placer conocerla por fin.

—Puede tutearme —fue lo único que se le ocurrió decir.

La tensión era más que evidente aunque ambos hombres trataran de disimularlo.

—¿Y bien? ¿Hay algo que pueda hacer por usted, señor Lodder? —preguntó Sophie huyendo de la mirada observadora de Andrew O'Connor.

Philippe se aclaró la garganta antes de hablar.

—Bueno, en realidad es el señor O'Connor la razón por la que la he citado hoy aquí. Tenía una propuesta que hacerle y me ha pedido que intermediara para que accediera a escucharlo.

—¿Propuesta?

—Creo que les dejaré solos, así tendrán plena libertad para discutir los términos del acuerdo.

Philippe se encaminó hacia la puerta. Estaba dispuesto a dejarla encerrada en aquel despacho a merced del hermano del hombre por el que sentía la peor de las aversiones imaginables. ¿Qué demonios estaba ocurriendo allí? ¿Qué poder tenían los O'Connor sobre la delegación francesa para entrar allí y pretender hacerle una serie de «propuestas»? No podía tratarse de los mismos O'Connor que ella sospechaba. Una de las familias de más solera y abolengo de Nueva York. Si era así, en menudo embolado se había metido.

Sophie lanzó a Andrew una feroz mirada de recelo.

—No te preocupes. Seré breve y no te robaré mucho tiempo —la tranquilizó Andrew.

—Avisadme cuando hayáis acabado —informó Philippe antes de salir por la puerta.

Se quedaron solos.

—Tomemos asiento —le ofreció Andrew.

—No creo que sea necesario. Me has dicho que ibas a ser breve.

Andrew supo que estaba tensa.

—De acuerdo.

—¿Qué es lo que quieres de mí?

Andrew se metió las manos en los bolsillos y se volvió dándole la espalda mientras se dirigía de forma acompasada hacia los gruesos paneles de vidrio de los ventanales, que le separaban de una caída mortal.

—Antes de todo quiero dejarte claro que no soy emisario de mi hermano. Estoy aquí por decisión propia.

—Si has venido para hablar de ese tema, creo que nuestra conversación ha terminado.

—Si él supiese que he venido aquí, los dos tendríamos serios problemas, te lo aseguro —le aclaró volviéndose de nuevo hacia ella con semblante despreocupado—. He venido a hacerte una propuesta para colaborar en una de nuestras publicaciones. Necesitamos de tus servicios como traductora.

—Hay cientos de traductores en este edificio. Puedes hacerle tu propuesta a cualquier otro. Yo no estoy interesada.

—¿Por qué viniste a trabajar a Nueva York?

—¿Cómo dices?

Ese giro inesperado en el diálogo la cogió por sorpresa.

—Pese a todo, decidiste venir aquí —prosiguió él—. No conozco a muchas mujeres dispuestas a dar ese paso teniendo en cuenta tus circunstancias.

Sophie trató de ocultar su acusada inquietud con una encubierta templanza, pero le sirvió de poco porque su cólera no tardó en hacer acto de presencia.

—Si no sales de aquí ahora mismo comunicándole a mi jefe que no he aceptado tu oferta, llamaré a seguridad.

—Sophie, por favor. —Se acercó a ella levantando la mano en son de paz—. No he venido con ánimo de causarte problemas. —La tonalidad de su voz se tornó flexible y bondadosa—. Respeto tu decisión de no querer ver a mi hermano. Nunca podré confesarte las razones que le llevaron a hacer lo que hizo. Lo que sí que te garantizo es que tú marcaste un antes y un después en su vida. Se marchó a trabajar a Singapur aun sabiendo que tú estabas aquí porque quería poner tierra de por medio. Ha regresado hace tres meses creyendo que su ausencia le había servido para olvidarse de ti pero lamento comunicarte que no ha logrado el objetivo.

—¿Por qué lo hizo? ¿Por qué desapareció sin darme una explicación?

—Sé que la merecías y regresó a París para hacerlo pero ya era demasiado tarde. Tú ya te habías venido a Nueva York.

—Jamás en mi vida me he tropezado con alguien tan cobarde. No se huye de la persona a la que… supuestamente se ama.

—Te equivocas. Mi hermano es el hombre más valiente que he conocido. Aunque te parezca algo salvaje y cruelmente inverosímil, mi hermano te dejó por amor.

Sophie quiso replicarle pero consideró más acertada la postura de guardar silencio. Ese silencio fue interpretado por Andrew como una muestra clara de la lucha interna que ella mantenía. Prefería dejarla allí, al abrigo de sus meditaciones y juicios de valor sobre la franca exposición de los hechos que le había realizado.

329

—La vida es tan efímera, Sophie —prosiguió—. Y nos guarda tantas sorpresas. Hoy estamos aquí riéndonos del mundo, haciendo planes y de repente, zas —chasqueó los dedos—, todo desaparece. Estamos de paso, de modo que cuando se nos plantea una segunda oportunidad, más nos vale aferrarnos a ella, no vaya a ser que el caprichoso destino nos la vuelva a arrebatar.

Introdujo la mano dentro del bolsillo interior de su americana y extrajo una tarjeta de visita.

—Considera la propuesta de la revista y yo que tú no tardaría mucho en decidirme porque nos guste o no, no sabemos el tiempo del que disponemos.

Se marchó.

Años después Sophie comprendería el alcance de aquellas palabras.

Capítulo dieciocho

Dublín, 5 de septiembre de 2002

*H*ugh Gallagher entró en la cocina a toda prisa anudándose la corbata. Amanda se dio la vuelta, soltó su taza de café y bajó del taburete para acercarse a él.

—Déjamelo a mí.

—Gracias, ¿quién fue el erudito que dijo eso de «vísteme despacio que tengo prisa»?

Amanda rio ante el comentario mientras enderezaba el nudo y lo dejaba perfecto.

—Ya está. ¿Lo ves? No es tan difícil.

—¿Qué haría yo sin ti?

Depositó un fugaz beso en sus labios y extendió el brazo por encima de ella para coger su taza. Bebió un par de sorbos y la depositó nuevamente en su lugar.

—Llego tarde —miró de reojo su reloj.

—Cálmate. Todo va a salir bien.

—Siempre que me dices eso surge algún problema, de modo que siento decírtelo pero tus ánimos no me tranquilizan.

—¿Me estás diciendo que soy un poco gafe?

—Yo diría que un poco sí —le respondió con una compasiva sonrisa.

—Pero serás... —Las quejas de Amanda fueron silenciadas con un beso por parte de su marido. Se separó de ella y la observó detenidamente.

—¿Qué?

—No me arrepiento de haber vuelto.

—Hugh, no es necesario que...

—Tenía que decirlo. —Y se llevó una mano hasta su mejilla—. Pese a que todo el mundo opina que segundas partes nunca fueron buenas, tengo la sensación de que esto puede volver a funcionar.

La volvió a besar y se dio la vuelta para encaminarse hasta el vestíbulo. Amanda lo siguió hasta que traspasó el umbral de la puerta. Permaneció apoyada sobre el marco mientras lo contemplaba esperando el ascensor. Las puertas se deslizaron ante él y, antes de desaparecer de su vista, le lanzó una afectuosa sonrisa. Amanda no fue consciente del tiempo que permaneció apoyada sobre la puerta con semblante distraído. El traqueteo del vibrador del móvil sobre la barra de la cocina la despertó de sus pensamientos. Se acercó para cogerlo. El nombre que salía reflejado en la pantalla desdibujó el aparente estado de abstracción en el que había estado sumida segundos antes. Era David. Consideró sus opciones. Cortó la llamada. A los pocos segundos el móvil volvió a vibrar. Un mensaje de texto:

TE NECESITO. AHORA.

Por instinto se dirigió hacia la ventana. Allí estaba con el móvil en una mano y un cigarrillo en la otra, junto a su Harley Davidson, ajeno a los dilemas que a ella le atormentaban. Alzó la cabeza en su dirección. Con aquel movimiento su flequillo le cayó sobre los ojos, esos ojos oscuros e insondables, pero sacudió la cabeza en un gesto que volvió a adulterar el sentido de la fidelidad al que Amanda se aferraba sin resultado. Observó cómo él tecleaba su móvil. Vibró en sus manos. Descolgó:

—Márchate. Ahora mismo —le ordenó.

Pudo ver la rudeza de su expresión al escucharla. Se giró de espaldas a la ventana.

—Por favor, Amanda. No me hagas esto. Necesito verte. Han pasado dos meses.

—No quiero volver a verte. Ya hablamos de esto. Soy una mujer casada.

—Eso no te importaba antes.

—Quiero salvar mi matrimonio.

—Tu matrimonio está acabado. Déjame subir.

—¡Basta!

Puso fin a la llamada. El hecho de imaginarlo atravesando aquella puerta incitándola nuevamente a enardecer sus instintos más primarios, le hizo perder la calma. Pero incluso en este estado había un placer oculto, un deseo cargado de culpabilidad. Podía sentir cómo aumentaba su temperatura corporal. ¿Cómo podía haber llegado a aquella situación? Tenía treinta y seis años y un marido por el que la mitad de sus amigas suspiraban cada vez que tenían ocasión. Un hombre que le había dado una segunda oportunidad pese a haberle traicionado estrepitosamente. Sin embargo ella se había encaprichado de un alumno al que le sacaba catorce años. Ella, la mujer perfecta, con el trabajo perfecto y el esposo perfecto, dejándose arrastrar por la pasión desenfrenada de un jovenzuelo.

Regresó a la ventana. La moto continuaba estacionada en el mismo lugar. No había ni rastro de David. El timbre de la puerta sonó dos veces seguidas. Después una tercera vez.

—Ábreme, Amanda.

Era él. Le dejó pasar antes de que los vecinos pudieran salir al descansillo. Quiso decirle de una vez por todas que aquella aventura se había acabado pero en cuanto sus habilidosas manos reptaron por sus muslos y le levantó el vestido supo que no habría palabras suficientes en el diccionario para lograr encontrar una solución a una causa perdida.

Hugh condujo con aparente despreocupación hasta Elm Park, donde se hallaba emplazado el Saint Vincent's University Hospital. Después de una larga y tediosa lucha de varios meses franqueando mil y un filtros burocráticos, debates y todo tipo de polémicas, por fin había logrado el ansiado acuerdo con la Fundación Hutchkins, entidad sin ánimo de lucro dedicada a ayudar a pacientes a la espera de un trasplante de donantes compatibles vivos, fallecidos o a la espera de que su muerte fuese certificada por la autoridad competente una vez los familiares fuesen informados de la imposibilidad de mantenerlos con vida sin la asistencia de mecanismos artificiales.

Sus años al servicio del Hospital Americano de Neuilly le habían servido para que la Fundación Nacional de Trasplantes mediara con el Mount Sinai Medical Center Foundation y el John Hopkins Medical Center, con objeto de crear un programa pionero de banco de datos de donantes y tejidos entre Europa y América. La Fundación Hutchkins nació con una sola misión: controlar el devastador tráfico ilegal de órganos procedentes de países del tercer mundo, que desafortunadamente era la fuente de ingresos millonarios de muchas nuevas clínicas que habían surgido de la noche a la mañana en muchos lugares del mundo.

Hugh tenía las esperanzas puestas en que en ese ambicioso proyecto terminaran implicándose la totalidad de las naciones. Si bien la ONU dedicaba gran parte de sus esfuerzos a nobles y legítimas campañas contra esa abominable lacra, a la vista estaba la ausencia de resultados y por tanto urgía la imperiosa necesidad de frenar una práctica que ponía en tela de juicio el tan venerado juramento hipocrático, salvando o alargando la vida de un ser humano en detrimento de privar o mermar la de otro en una situación de miseria y escasez, todo aquello a cambio de escandalosas cifras de las que el más débil jamás veía ni una milésima parte.

Sabía que se había creado muchos enemigos ocultos durante el último año. Sin embargo, la satisfacción de saber que quizá podía cambiar algo estando al amparo de poderosas corporaciones, le reconfortaba y apaciguaba a partes iguales.

Respiró tranquilo cuando salió de la sala. Pese a que la reunión se había alargado más de lo previsto, todo había salido a pedir de boca salvando algunos inconvenientes de última hora en la puntualización de ciertos términos del acuerdo con la Fundación Nacional de Trasplantes. Los meses de duro trabajo y las noches de insomnio a las que se sumaba su separación temporal de Amanda por una infidelidad que aún no alcanzaba a comprender, parecían haber quedado en el recuerdo. Es cierto que se habían casado precipitadamente, pero por qué habría de esperar. Amanda procedía de Cardiff y ejercía como profesora de derecho penal en el Trinity College. Su padre fue quien hizo de celestino en una cena en homenaje a sus años de servicio en la célebre institución. Tuvieron un par de citas y a la tercera Amanda se había metido en su cama y en su vida. A los dos meses se había mudado a su pequeño apartamento de Molesworth Street y, sin pensarlo, una mañana se fueron al juzgado para sellar ese compromiso. Habían pasado ya más de tres años desde entonces. Su relación con Amanda despertaba en él un sinfín de emociones disparejas y sentimientos encontrados. Podía hacerle el hombre más feliz del mundo y a los pocos segundos sentirse como un rematado miserable.

Le sonó el móvil. Era ella. Dudó unos segundos y finalmente contestó.

—Espero que sea urgente porque en este momento está usted hablando con el secretario honorario de la Fundación Hutchkins —le apremió en tono bromista.

—Cariño, eso es… es fantástico —logró decir Amanda.

—¿Qué te sucede? ¿Va todo bien?

—Hugh, tu padre ha sufrido un infarto. Va camino del hospital.

A Hugh se le quedó la boca seca. No lograba articular palabra.

—Dios, ¿qué ha pasado? Pero ¿cómo es que no he recibido...? ¿En qué hospital?

—El Saint James.

No dio tiempo a que Amanda dijera nada más. Apagó el móvil y corrió despavorido hacia la salida.

Amanda traspasó las puertas del hospital Saint James en busca de Hugh. Pese a que había telefoneado a su marido durante el trayecto, no había logrado contactar de nuevo con él. Cuando lo vio sentado en aquella sala con el rostro cabizbajo oculto por sus manos imaginó lo peor. Un médico lo acompañaba mientras posaba fraternalmente una mano sobre su hombro.

Amanda se quedó paralizada cuando Hugh se descubrió el rostro. Jamás había visto semejante expresión de dolor en un hombre. Se odió a sí misma por lo que acababa de hacer esa misma mañana. Si pudiese volver atrás, si pudiese rectificar ese egoísmo despiadado que había marcado su vida desde que David se había cruzado en su camino, quizás el padre de Hugh habría logrado llegar con vida al hospital.

Se acercó y se arrodilló frente a él.

—Les dejo solos —dijo el médico.

—Cariño, lo siento. No sabes cómo lo siento —susurró Amanda mientras lo agarraba del brazo con suavidad.

Hugh le dedicó una mirada vacía. Amanda lo rodeó con sus brazos mientras se desplomaba sobre ella.

—Me he quedado solo, Amanda. Completamente solo.

Dos semanas después Hugh salía de una tienda cercana a Grafton Street cuando en ese mismo instante entraba Ally, una joven pelirroja de nariz pecosa y bonita sonrisa que trabajaba como recepcionista y chica de los recados en el Buswell Guesthouse que había frente a su edificio, mientras finalizaba sus estudios de Criminología en el Trinity College. Hugh se detuvo.

—Ally, hola.

—Hola, Hugh. Mi más sentido pésame. Ha debido de ser todo tan precipitado.

335

—Lo ha sido. Aún... aún no logro hacerme a la idea.

—No tuve oportunidad de acercarme a ti en el funeral. Estabas desbordado y...

—Lo sé. Pese a todo recuerdo a todas y cada una de las personas que se acercaron a despedir a mi padre. Te agradezco mucho tu asistencia.

—Amanda estaba tan alterada. Aquella mañana tuve que ayudarle a sacar el coche del aparcamiento.

—Lo sé. Está muy afectada. En cierto modo se siente culpable al no haber estado en casa cuando se produjo la primera llamada. Se repite una y otra vez que si no hubiese salido quizá todo habría sido diferente.

La compasiva expresión de Ally se transformó en una fugaz sombra de duda.

—Entiendo, es normal —titubeó tratando de disimular su breve momento de perplejidad.

—¿Sucede algo? —inquirió Hugh percibiendo la repentina inquietud de Ally.

—No, nada. —Ally esquivó su mirada crítica mostrando una sonrisa forzada y nerviosa, lo que dio motivos a Hugh para indagar.

—¿Estás segura?

—Claro —respondió sin lograr ocultar su indudable malestar.

Ally miró distraídamente su reloj. Iba a decirle a Hugh que tenía que marcharse. No quería meterse donde no la llamaban. Los problemas conyugales de aquel vecino y genial médico que había salvado la vida de su padre no eran de su incumbencia, pero consideraba tan injusto que un tipo tan encantador como él tuviera a su lado a aquella mentirosa compulsiva.

—¿Te parece Bewley's un lugar adecuado?

—¿Bewley's? ¿Para qué? —Ally dio claras muestras de estar algo perdida en aquel juego que ella había comenzado inconscientemente.

—Para tomar un café mientras me cuentas lo que viste aquella mañana.

Además de ser endiabladamente atractivo, demostraba por una vez ser inteligente ante las innegables evidencias.

—Hugh, no soy quién para...

—¿Qué sucedió esa mañana, Ally? —interrumpió Hugh clavando los ojos en ella de modo suplicante.

Ally tardó en responder mientras miraba distraídamente a su alrededor. Después se enfrentó a la mirada del hombre que sabe con certeza que sus escasas esperanzas están a punto de desvanecerse definitivamente.

—Vayamos a tomar ese café —decidió Ally finalmente.

Hugh regresó a casa pasada la medianoche. Amanda estaba sentada en el sofá frente al televisor. Se levantó para acercarse a él. Le echó las manos al cuello y lo besó pero Hugh se apartó inmediatamente y se deshizo de sus manos.

—¿Sucede algo? —Amanda no se movió.

—¿Dónde estabas? —preguntó él con voz queda caminando a paso lento hacia la ventana dándole la espalda.

—¿Cómo dices…?

—¿Dónde estabas cuando mi padre estaba llamando a casa? Sabes lo cabezota que era, que no era amigo de los móviles pese a que le había insistido cientos de veces en que utilizara el que le regalé por su cumpleaños.

Se acercó sigilosamente.

—Lo sé, no estaba en casa… Tuve… tuve que salir a hacer un recado.

—Logró llamar a urgencias mientras intentaba poner en marcha el maldito móvil para contactar conmigo.

Le lanzó una mirada recelosa. Nuevamente dio varios pasos hacia ella.

—¿Y sabes por qué lo hizo? ¿Sabes la razón por la que se decidió finalmente a darle utilidad a ese jodido artilugio que tanto detestaba?

Amanda alzó su mano para acariciar su mejilla pero Hugh la detuvo en el aire sujetándola con fuerza. La expresión de su rostro había pasado del dolor a la rabia desmedida.

—Lo hizo porque tú no respondiste a las dos llamadas que hizo a casa.

—Cariño, tuve que salir unos minutos. No sabes cómo lamento no haber…

—Deja de mentir —le increpó—. Estabas con él.

—Hugh, por favor. Sé que estás afectado pero te aseguro que…

—Estabas con él, ¿verdad? —inquirió apretándole la mano con fuerza.

—Me haces daño, Hugh. Ya te dije que aquello se acabó.

—No saliste de casa en toda la mañana y lo sabes. Él te facilitó el trabajo.

—¿Te dedicas a espiarme? ¿Es eso lo que haces ahora? ¿Me espías?

Le soltó la mano.

—No me ha hecho falta. Ally no te vio salir esa mañana, al menos no a la hora en que mi padre estaba luchando por su vida. Sin embargo, sí que vio entrar a un chico de aspecto siniestro que le preocupó al ver cómo vigilaba nuestra ventana desde la calle.

—¿Cómo se atreve a decir semejante...? Esa desgraciada está colada por ti y haría lo que fuese para meterse en tu cama. ¿Cómo se atreve?

—No, ¿cómo te atreves tú? —le gritó mientras la sujetaba con desdén de los hombros y la zarandeaba enfurecido—. Se trataba de mi padre, ¿me oyes? Mi padre. Estabas follando con ese niñato en mi propia casa mientras mi padre esperaba al otro lado de la línea a que te dignaras a coger el teléfono. Mi padre podría estar vivo, podría estar vivo si tú hubieras atendido esa llamada. —Sus ojos echaban chispas. El odio que desprendían era aterrador—. Falleció de camino al hospital. Fue cuestión de un par de minutos. Un par de minutos y mi padre quizás estaría vivo.

—Era su hora, Hugh. Nadie vive eternamente.

Hugh permaneció en silencio unos segundos, reflexionando su siguiente paso. Su rostro estaba contraído por una implacable ira que a duras penas podía contener. En su mente se dibujó con dolorosa claridad aquella pavorosa noche de diciembre y otras muchas que no deseaba rememorar. No supo la razón pero cuando se vio reflejado fugazmente en el espejo del vestíbulo desenterró al monstruo en que se había convertido aquel que se hacía llamar su padre. Deseó descargar sobre Amanda toda su rabia contenida pero rememoró las palabras de su madre meses antes de la tétrica y malograda noche.

«Nunca serás como él. Bajo ningún concepto podrías serlo.»

Cogió las llaves que estaban sobre la mesa y se encaminó hacia la puerta. Con la mano agarrando con fuerza el picaporte, se dio la vuelta por última vez hacia aquella mujer que en muy poco tiempo le había hecho amar y odiar a partes iguales.

—Pasaré la noche fuera. Cuando mañana regrese no quiero verte aquí. Espero que tu joven semental te acoja.

Amanda no dijo nada. Su rostro se mostraba imperturbable. Hugh abrió la puerta.

—La vida es irónicamente justa, ¿sabes? Nunca pensé que diría esto... pero agradezco que mi padre esté enterrado. Le he ahorrado el disgusto de ver con sus propios ojos cómo me has vuelto a traicionar.

Y sin más cerró la puerta tras él.

A la mañana siguiente Amanda y cualquier otro vestigio de su presencia en aquel lugar habían desaparecido. En ese instante Hugh Gallagher fue consciente de que, efectivamente, estaba completamente solo.

339

Nueva York, 5 de diciembre 2002

Camille dio un café a Sophie mientras se acomodaba en la esquina de su mesa y contemplaba las vistas del East River y Roosevelt Island. Pese a que había amanecido despejado, el cielo de Manhattan comenzaba a teñirse de un mustio grisáceo que anunciaba una inevitable borrasca. Se preguntaba si ese mustio gris seguiría impregnando los ojos de su amiga.

—No puedes continuar así —dijo finalmente Camille.

Sophie bebió un sorbo de su café sin apartar la vista de la pantalla del ordenador.

—¿A qué te refieres?

Camille se aseguró de que estaban a solas. Se levantó y cerró la puerta. Acto seguido cambió de posición la pantalla del ordenador de Sophie para obligarla a prestarle atención.

—¿Se puede saber qué demonios…? —la amonestó.

—¿Qué pasa con Ben O'Connor? No puedes seguir huyendo de él. Los dos estáis en Nueva York. Has perdido una oportunidad de oro desaprovechando la oferta que te hizo Andrew. Tarde o temprano tendrás que hacer frente a todo esto.

—Ya hace tiempo que hice frente a todo esto. Ben solo es historia. Forma parte de mi pasado. ¿Cuántas veces tengo que recordártelo?

—Por el amor de Dios, Sophie. Deja de engañarte a ti misma. Lo quieras o no él ya es parte de tu vida.

—Ni se te ocurra mencionar …

La puerta se abrió. Tras ella apareció Stephen Foster, un nuevo fichaje de la delegación.

—Lo siento. ¿Interrumpo algo? —se disculpó.

—No, Stephen, claro que no —respondió Sophie.

—¿Sigue en pie lo de esta noche?

Camille miró de soslayo a Sophie.

—Claro. Estaré allí a las siete —respondió Sophie con una amplia sonrisa.

—Estupendo.

Stephen se marchó.

—¿Estás de broma? ¿Foster? ¿Has quedado con el caradura de Foster?

Sophie levantó los brazos.

—Pero bueno ¿qué te pasa? Estoy harta de oírte decir que me tengo que divertir, que tengo que salir más a menudo, que tengo que darle una alegría al cuerpo... bla, bla, bla... Y ahora que lo hago me pones pegas. De verdad que no te entiendo.

—Ese tipo se ha beneficiado a media planta y no lleva aquí ni cuatro meses. Es un redomado bribón.

—¿Y qué? No busco nada serio, solo descargar mi libido. ¿No es eso lo que me has dicho que necesito para desquitarme? Además, deja de preocuparte. No es una cita. Es el cumpleaños de su hermana y viene con más gente. Es viernes, será algo informal y no vamos a estar a solas.

—Ya se buscará la manera de estar a solas contigo. Te lo aseguro.

—Sé cuidar de mí.

Camille se puso en pie y se encaminó hasta la salida.

—Más te vale. Después no me vengas con quejas —le aconsejó saliendo por la puerta.

Ben caminaba apresurado resguardándose de la lluvia por Sullivan Street y se desvió en el cruce con Spring acelerando el paso hasta el restaurante Savore porque llegaba con retraso. El local estaba abarrotado, algo frecuente durante todo el año y más aún en aquellas fechas preludio de las fiestas navideñas. Rastreó con la mirada buscando a su hermana Erin que le hizo una seña con la mano cuando lo divisó desde lejos. Tuvo que cruzar todo el local hasta llegar a la mesa en la que se hallaban sus amigos, ya muy animados pese a que aún era temprano. Había transcurrido una hora escasa cuando entre la afluencia de gente Ben descubrió a Sophie frente a la barra en compañía masculina. A juzgar por la forma en la que el tipo se inclinaba para hablar al oído a Sophie, parecía ser algo más que un amigo. Sin embargo, habría jurado que la expresión de Sophie dejaba traslucir cierto fastidio. De repente aquel personaje trató de besarla pero Sophie fue más rápida que él y apartó el rostro. Sin dudarlo un segundo, Ben se levantó de su asiento y cogió su abrigo.

—¿Dónde vas? —preguntó John.

—Vuelvo enseguida. Te lo explicaré después.

Se encaminó hacia la salida trasera ante la mirada atónita de sus amigos y de su hermana. No tardó más de un minuto en volver al local por la entrada principal con el abrigo puesto y el cabello nuevamente mojado dado que el aguacero no había cesado. Se fue directo a la barra en la que Sophie trataba de deshacerse del pelma que tenía al lado. La sorpresa se dibujó en su rostro cuando lo vio acercarse directamente hacia ella.

—Siento haberme retrasado, cariño —le plantó un beso en los labios—. Un camión cisterna ha volcado en Williamsburgh y hemos estado detenidos casi media hora.

Ben no supo quién se había quedado más paralizado, si Sophie o su inoportuno acompañante.

—Disculpa. No me he presentado. —Su rostro se explayó en una amplia sonrisa mientras le tendía su mano—. Soy Ben, el marido de Sophie.

Stephen aceptó su mano y se la soltó rápidamente mientras miraba con recelo a Sophie.

—Soy Stephen. Vaya, no sabía que estabas…

—Stephen, no…

—¿Me he perdido algo, cielo? —le interrumpió Ben—. ¿Este tipo no te habrá estado molestando?

—Eh, tranquilo, amigo. No sabía que estaba comprometida, ¿de acuerdo?

Stephen se apartó de ellos. Sophie no daba crédito a la situación tan incómoda y surrealista que se estaba dando.

—¿Se puede saber qué…?

—¿Has cenado? —le interrumpió él nuevamente.

—No. No tengo hambre.

—Pues yo sí, de modo que vámonos de aquí. Conozco un lugar mucho más tranquilo en la calle Sullivan donde sirven una *musaka* que está de escándalo. —La tomó de la mano y tiró de ella sin darle lugar a réplica. Sophie cogió su abrigo y su bolso del taburete con la mano que le quedaba libre mientras Ben prácticamente la arrastraba hasta la salida.

Y

Estaban sentados frente a frente en aquel pequeño restaurante griego de ambiente acogedor. El camarero acababa de servirles dos cervezas.

—Gracias, Aris —dijo Ben.

Sophie se llevó el vaso a los labios.

—¿Sin brindis? —la interrumpió Ben.

Sophie se detuvo a medio camino mientras Ben la escrutaba con aquellos ojos y aquella media sonrisa.

—¿Y por qué se supone que hemos de brindar? —preguntó en un tono que dejaba traslucir cierta osadía.

—Quizá porque te he salvado de una situación algo incómoda con ese memo de la barra o quizá por el simple hecho de que por fin estamos los dos juntos a punto de compartir lo que podría ser una bonita velada en mi restaurante preferido de TriBeCa. Lo dejo a tu elección.

—Ese memo de la barra es un compañero de trabajo —le explicó.

—Lo cual me induce a pensar que te inclinas por la segunda opción, es decir por el éxito de la operación tras más de dos meses a la búsqueda de esta anhelada cita.

343

—Esto no es una cita —le aclaró soltando de un ligero golpe la cerveza sobre la mesa.

—Lo es, Sophie. Lo creas o no, lo es.

—Me has sacado a rastras del restaurante, por si no te habías dado cuenta.

—¿De veras? —inquirió mostrándole una sonrisa burlona—. Por si no te habías dado cuenta, has tenido la oportunidad de detener a un par de taxis para marcharte a casa. Sin embargo, no lo has hecho.

Sophie guardó silencio. Tenía toda la razón.

—Te lo debes de estar pasando de cine —le recriminó con sarcasmo—. El gran Ben O'Connor, de un atractivo irresistible, que levanta poderosos edificios a lo ancho y largo del país, hijo de una de las familias más ricas del estado y que está acostumbrado a hacer y deshacer a su antojo. Todo esto te divierte ¿verdad? —Esta vez su expresión decidida fue sustituida por otra manifiestamente pusilánime.

Ben supo que se había pasado de la raya. Quería hacerle pagar todas y cada una de sus negativas a verle desde su encuentro del 14 de julio, pero ya era suficiente.

—No. No me divierte en absoluto —le respondió con semblante serio.

—¿Qué quieres de mí?

—Quiero recuperar a la mujer de la que me enamoré en París.

—Esa mujer ya no existe.

—No digas eso.

—Es la verdad.

—¿Qué te impide darme la oportunidad de demostrarte lo mucho que significaste y aún significas para mí?

Sophie sacudió la cabeza con expresión crítica.

—Ya tuviste esa oportunidad y la desaprovechaste.

—En aquel momento no tenía nada que ofrecerte.

—Nunca te pedí nada. Solo quería estar contigo. Cambié mi vida de la noche a la mañana para estar a tu lado.

—Lo sé. Y lo que tú no sabes es que yo cambié la mía porque no podía garantizarte lo que te había prometido.

—Te echaste atrás cuando viste que tu fugaz conquista estaba dispuesta a seguirte. Te asustó el compromiso.

Ben bebió un sorbo de su cerveza. No quería hacer lo que estaba a punto de hacer pero no tenía alternativa.

—No, Sophie. Lo que me asustó en ese momento fue la posibilidad de no envejecer a tu lado.

Sophie lo miró con rostro interrogante.

—¿Qué... qué quieres decir?

Ben se atrevió a cogerle la mano. Sophie no esperaba aquel gesto. Se sorprendió pero no lo rechazó. Esperó a que él se pronunciara.

—Sufrí un colapso en casa justo el día de mi llegada. En París ya había comenzado a notar algunos síntomas pero nunca se me ocurrió pensar que podía tratarse de algo grave.

Sophie no daba crédito a lo que acababa de oír. No consiguió articular palabra. Ben se encargó de hacerlo por ella.

—Me sometieron a una resonancia magnética y me diagnosticaron un tumor cerebral que me extirparon mediante cirugía. No quiero entrar en muchos detalles, pero siendo un tumor de bajo grado y habiendo estado alojado en un lugar fácil de extirpar, las probabilidades de recuperación eran altas si me sometía a radioterapia. Tenía que hacerlo para evitar que las células cancerígenas se diseminaran a otras partes del cerebro. Todo aquello me sobrepasó. Fue un auténtico infierno, Sophie. No podía creer que en el momento más decisivo de mi vida tuviese que enfrentarme a tal fatalidad. Ahora mismo estoy curado pero no hay garantías. No actué egoístamente porque no era en mí en quien pensaba en ese momento. Solo pensaba en ti. Te dejé porque me sentía acabado por no saber el tiempo del que disponía y no era justo hacerte pasar por ello.

Sophie se deshizo lentamente de su mano. Estaba nerviosa, agitada. Estaba reflexionando, eligiendo con precaución las palabras que pugnaban en su interior por salir a flote.

—¿Me dejaste por qué te diagnosticaron un cáncer? ¿Me dejaste porque no sabías el tiempo del que disponías? Mira a tu alrededor. ¿Acaso crees que esa pareja de ahí sabe el tiempo del que dispone? Y aquel camarero, ¿crees que lo sabe? Y aquella mesa del fondo con aquel grupo de amigos que sonríen mientras brindan por la vida. ¿Acaso ellos saben cuándo va a acabar?

Se levantó de su asiento.

—Por favor, Sophie. Tú no lo entiendes. Las cosas se ven desde otra perspectiva cuando se está en la cama de un hospital.

—Y yo te digo que las cosas se ven desde otra perspectiva cuando noche tras noche durante todos estos años te preguntas por qué la persona por la que habrías dado la vida desaparece sin darte ninguna explicación.

Dicho aquello arrastró su silla y se precipitó hacia la salida. El camarero llegaba con dos exquisitos platos de humeante *musaka* en ese preciso instante. Ben sacó la cartera de su bolsillo y depositó varios billetes de diez dólares sobre la mesa.

—Lo siento, Aris.

Ben corrió tras ella.

345

La encontró refugiada bajo los toldos de una librería. La lluvia no cesaba. Cuando lo vio acercarse huyó calle arriba. Ben se adelantó, la agarró del brazo y regresó con ella al mismo lugar.

—Lo siento, Sophie. No sabes cómo lo siento.

Sophie estaba llorando.

—¿Por qué lo hiciste? —Apenas podía contener las lágrimas mezcla de furia y desconsuelo.

—Me equivoqué. Ahora sé que me equivoqué.

—Me habría quedado contigo igualmente. Me habría importado una mierda que te hubiesen diagnosticado el peor cáncer de la historia de la medicina, porque habría velado por ti día y noche. ¿Me oyes?

—No quería hacerte pasar por eso. Si pudiese volver atrás...

Sophie bajó la vista.

—Ya no es posible. Ahora todo es diferente.

—No lo es. Estamos los dos juntos. ¿Qué otra cosa necesitas? Mírame, por favor.

Sophie alzó lentamente la vista hacia él. Cuando se encontró con aquella mirada celeste y suplicante supo que tenía que rendirse. Ben tomó su rostro entre las manos.

—Dame la oportunidad de enmendar mi error. Empezaremos de cero. Trataré de conquistarte de nuevo. Haré… haré lo que me pidas.

—Dame tiempo, ¿de acuerdo? Solo necesito tiempo.

—Me temo que eso es algo de lo que no sé si dispongo al igual que el resto de la humanidad.

Sophie rodeó sus muñecas con las manos. Ben apoyó su frente sobre la de ella.

—Recuerda este momento —musitó a pocos centímetros de sus labios—, recuerda siempre la lluviosa noche de diciembre en la que antes de besarte bajo el toldo de una vieja librería de TriBeCa te dije que te quería más que a mi vida.

Sophie estaba de pie junto a la puerta trasera del taxi, presa de la confusión por todo lo sucedido. El incesante chaparrón había pasado a ser una fina llovizna.

346

—Preferiría acompañarte a casa —le confesó Ben mientras apartaba de su frente un mechón de cabello mojado—, pero respetaré tu decisión. Lo haré cuando estés preparada.

Ben se inclinó para besarla otra vez. Sophie abrió la puerta y subió al taxi.

—¿Puedo verte mañana? —le preguntó apoyándose sobre el cristal entreabierto de la ventanilla.

Sophie vaciló antes de responder.

—Está bien. Tiempo, necesitas tiempo.

—A las doce en Carroll Park, Brooklyn. Tengo algo que enseñarte —le interrumpió con una expresión en los ojos que Ben no logró descifrar.

—Allí estaré —le respondió aliviado ante la posibilidad de verla de nuevo.

Sophie subió la ventanilla.

—Brooklyn, Court Street, esquina con Union —le indicó al conductor.

Ben se apartó y se quedó en la acera contemplando como el vehículo desaparecía calle abajo.

Capítulo diecinueve

*P*asaban veinte minutos de la medianoche cuando Sophie introducía la llave en la cerradura del pequeño hogar que había logrado crear desde que decidió que tenía que dar un paso adelante en su vida. Cuando entró en el pequeño salón, Brenda estaba sentada frente al televisor con un par de libros de economía sobre su regazo.

—¿Qué tal? ¿Cansada? —preguntó Brenda con una serena sonrisa.

—Bastante. Una noche de muchas emociones. Los viernes suelo estar agotada y no estoy acostumbrada a trasnochar.

—No has trasnochado —rio Brenda—. La noche acaba de empezar.

—No para mí —confesó mientras sacaba un sobre de un cajón y se lo entregaba.

—Aquí tienes. Gracias, Brenda.

—Gracias a ti.

Brenda se levantó, apiló los libros y los metió en la mochila.

—¿Te ha dado mucho la lata?

—Se quedó dormido viendo los dibujos después de la cena. Hoy se ha portado como un campeón.

Se puso su abrigo.

—Me alegro de que al menos te haya dejado estudiar.

—Es un niño adorable y tiene mucha suerte de tener una madre como tú.

—Nosotros sí que tenemos suerte de haberte encontrado a ti.

Brenda la abrazó con ternura.

—¿Me necesitas el fin de semana?

—No será necesario. El miércoles llegaré más tarde. ¿Puedes encargarte de ir a buscarlo a la escuela?

—Sí. No tengo clase por la tarde.

—Estupendo. Hasta el miércoles entonces. ¿Te acompaño?

—¿Bromeas? Si estoy aquí al lado. Que tengas buen fin de semana.

—Gracias, tú también.

Brenda se marchó. Sophie echó el cerrojo. Entró en la cocina. Bebió un vaso de agua y se lavó las manos en el fregadero. Desvió sus ojos hacia la superficie del frigorífico, salpicada de fotografías de Alexandre o Alex como todos lo conocían, fruto de la breve pero intensa historia de amor que había cambiado el rumbo de su vida de la noche a la mañana. Se encaminó hacia el dormitorio en el que dormía plácidamente ajeno a los conflictos internos que bullían en el corazón y la mente de su madre. Había nacido en Madrid un caluroso 11 de agosto de 1997.

Descubrió que estaba embarazada a las dos semanas de su llegada a Nueva York. Ni siquiera había buscado apartamento. Continuaba en el Holliday Inn de la calle 57 hasta que Camille la encontró llorando en los servicios de su lugar de trabajo y se la llevó a una cafetería prometiéndole que no saldría de allí hasta que se lo contara todo. Su hermano Roberto se tomó varios días de vacaciones y cogió el primer vuelo más económico que encontró para estar con ella. Sus padres no se habían tomado mal lo del embarazo, lo que no entendían era el hecho de que su hija se negara a que el padre de la criatura se responsabilizara de sus actos. Terminaron cediendo a la decisión de su hija de regresar al caos de Nueva York, sola y con un hijo de tres meses, por supuesto con reticencias. Sophie se vio obligada a madurar de una forma extraordinariamente insólita de la noche a la mañana.

Había sido duro. Muy duro. El trabajo y las personas maravillosas que se habían cruzado en su camino desde su llegada le habían ayudado a mitigar muchas de sus carencias. Era innegable que los recuerdos le pesaban, pero esos días en los que su autoestima estaba más baja de lo normal, se encontraba con aquella sonrisa y aquellos ojos azules llenos de vida al llegar a casa. En este instante todas las energías negativas se quedaban tras la puerta.

Pasó la mano por su mejilla con dulzura y apartó el flequillo de su frente para darle un beso. Permaneció unos minutos oyendo el sonido de su respiración acompasada. Ben O'Connor había cambiado la vida de Sophie haciéndole un regalo tan inesperado como anhelado. Alex sería la prueba que le mostraría si Ben estaba dispuesto a cambiar la suya.

Y

Las inclemencias del tiempo de la tarde anterior habían descargado la atmósfera para dar paso a una preciosa mañana de sábado despejada aunque cuando Ben descendió de su vehículo fue consciente de que la temperatura había bajado ostensiblemente.

La distinguió a varios metros en el extremo opuesto del parque con un precioso abrigo rojo y un simpático gorro de lana del mismo color que dejaba ver parte de la cascada de aquel cabello que adoraba. Charlaba animadamente con una mujer de mediana edad mientras ambas observaban a varios niños que corrían y jugueteaban a su alrededor. Un chiquillo que no debía tener más de cinco años se acercó a Sophie y tiró de su abrigo mientras le decía algo señalando un grupo de chicos mayores que correteaban detrás de un balón. Dedujo que Sophie le dio permiso para acercarse a los chicos y fue en ese instante cuando algo inexplicable sacudió todas y cada una de las células de su cuerpo. No podía ser. Era una locura. Trató de ahuyentar de sus pensamientos ese súbito presentimiento mientras volvía a poner los ojos en la mujer que acompañaba a Sophie. Debió contarle algo muy gracioso porque Sophie se inclinó poniéndose una mano sobre el costado mientras reía descontroladamente. Fue entonces cuando se giró y se cruzó con su mirada. La carcajada se esfumó de su rostro pero eso no la ensombreció porque sus labios volvieron a dibujar una sonrisa tenue, diferente. Una sonrisa que Ben supo iba destinada a él. Comenzó a caminar hacia ella.

Vio que le decía algo a su amiga que miró en su dirección examinándolo de un rápido vistazo mientras daba la mano a ese chaval que por un momento pensó...

«Basta, por Dios. Deja de imaginar lo que no es.»

Sophie dirigió sus pasos hacia él. Ben hizo lo mismo. Estaban frente a frente. No supo qué hacer. Quiso besarla pero en ese instante se sentía como un estúpido adolescente en su primera cita. Finalmente se inclinó si bien Sophie, de forma inconsciente bajó la vista y el beso que iba dirigido a sus labios terminó sellado en su fría mejilla.

—Tan meticuloso como siempre con la hora —apuntó ella.

—Ya ves lo poco que he cambiado.

Sophie se giró nuevamente en la dirección donde se encontraba su vecina vigilando a su hija y a Alex. Tomó asiento en un banco. Ben la imitó.

—¿Vives por aquí cerca? —preguntó.

349

—En Court Street.

Observó a Sophie mirando de nuevo a los pequeños que ahora se entretenían pateando un balón.

—¿Cómo se siente el chico de Manhattan sentado en el banco de un parque de Brooklyn?

—Mis padres vivieron en Brooklyn antes de trasladarse a un pequeño apartamento de la calle 57. Lo de Central Park vino después. Mi padre no lo tuvo tan fácil como crees. Desviarse del camino asignado por un progenitor poderoso no es tarea agradable para ningún hijo.

—Vaya… veo que hay muchas cosas que desconozco de ti.

—Supongo que es algo recíproco… Lo bueno de Brooklyn es que conserva aún lugares emblemáticos en los que pasarse las horas hablando sobre la vida y sus desafíos. ¿Sigue existiendo la chocolatería del viejo Genaro?

Sophie comenzó a reír.

—Adoro ese lugar. No dejas de sorprenderme —le confesó mientras fijaba la vista en Alex. Una sonrisa iluminó el rostro de Sophie y Ben fue perfectamente consciente de ello.

—Veo que los niños se te dan bien.

—Eso parece —afirmó sin apartar los ojos de su hijo.

—Por un momento pensé que… —se detuvo mientras sus ojos examinaban al niño del balón.

Sophie procuró mantener la calma ante las indudables conjeturas que viajaban a velocidad de la luz por la mente de Ben.

—Olvídalo…

—No. Adelante ¿qué es lo que has pensado? —le animó Sophie aunque con cierto temor.

—No sé, pero por un momento te he imaginado siendo la madre de ese niño, el del balón y la verdad —sus labios se curvaron en una curiosa sonrisa— no lo hacías mal.

Sophie se guardó las ganas de hacerle un comentario. Por supuesto que lo hacía bien. Teniendo en cuenta todas sus agravantes lo estaba haciendo muy pero que muy bien.

—¿Has pensado alguna vez en la posibilidad? —se atrevió Sophie.

—¿Posibilidad?

—De tener hijos algún día.

—Sinceramente, nunca me lo he planteado y después de… ya sabes… la verdad es que no me veo en el papel. Ya tengo dos sobrinas, gemelas. Rachel y Katie. El pasado fin de semana celebramos su tercer cumpleaños. Como tío soy un desastre. No quiero ni pensar lo que sería como padre.

—Gemelas… deben ser una monada —comentó Sophie disimulando su estado de nervios ante el peligroso giro que estaba tomando la conversación.

—Sobre todo cuando duermen —le aclaró con una sonrisa que Sophie imitó—. El día que las tuve por primera vez en brazos sentí un pavor desmedido.

—Eso les pasa a muchos. Crees que se van a desintegrar con solo tocarlos pero no son tan frágiles como creemos.

—No era ese tipo de pavor al que me refería —le aclaró envolviéndola con una mirada nostálgica.

Sophie esperó a que revelase sus pensamientos.

—Como te he dicho nunca tuve el sentimiento paternal muy arraigado. Supongo que cuando pude haberlo tenido el destino me tenía reservada una cruel sorpresa.

Sophie no supo qué decir e inconscientemente rodeó su mano con la suya. Ben permaneció en silencio con la vista fija en la suavidad de aquella piel que parecía querer amarrarlo a la vida tal y como la conocía años atrás.

—Tenías razón ayer cuando dijiste que había sido un egoísta.

—No. No lo eres —rectificó Sophie sintiéndose responsable de sus duras declaraciones.

—Lo soy por pensar que es una locura traer hijos a este mundo si no vas a tener la oportunidad de verlos crecer.

Clavó nuevamente sus ojos azules en ella. Sophie sabía que había llegado el momento, pero no había planeado el encuentro de esa manera. ¿Acaso él había intuido algo? En aquel instante lamentó no habérselo comunicado la noche anterior. Las palabras se quedaban atrapadas en su garganta. Luchaban por abrirse paso pero la incertidumbre plasmada en el rostro de Ben parecía ponerle freno. No supo si fue la fatalidad o simplemente un hado de la providencia. El caso es que el repentino gimoteo de Alex le hizo levantarse de un brinco deshaciéndose de la mano de Ben.

Megan y su hija Beth acudieron de inmediato. Sophie, en dos zancadas estaba junto a Alex, quien aprovechó la presencia de su madre para mostrar sus dotes teatrales incrementando la potencia de su llanto.

—Lo siento, Sophie. Me he despistado un segundo hablando por el móvil —se disculpó Megan—. Beth, te dije que no lo dejaras entrar en la cancha de los mayores.

351

—Lo hice mamá, pero…

—No es tu culpa —le aseguró Sophie a Beth para que se tranquilizara—. Beth es una santa al aguantarte ¿sabes? Tienes que obedecerla —reprendió Sophie a Alex—. ¿Cuántas veces te he dicho que tú tienes tu espacio para jugar?

—La madre de Mike nos deja entrar en la cancha —protestó entre gimoteos.

—¿Acaso soy yo la madre de Mike?

Alex agachó la cabeza en un gesto de rendición. Sophie giró la cabeza. Se había olvidado por completo de que Ben estaba allí plantado contemplando la escena que se desarrollaba ante sus ojos. Megan sabía lo que se avecinaba e hizo una seña a su hija para apartarse y dejarles a solas. Ben permanecía en silencio clavado al suelo mientras sus ojos parecían haberse detenido en el tiempo sobre la figura del pequeño. Sophie quiso decir algo convincente, pero no pudo hacerlo.

—Mami, tengo sangre —se quejó Alex reclamando la atención de su madre al sentirse repentinamente observado por un extraño.

De repente Ben se marchó de allí y desapareció tras un pequeño kiosko. Sophie regresó con su hijo que continaba haciendo gala de sus artes escénicas. Hizo una seña tranquilizadora a Megan que la miraba compungida por la tensa situación.

—¿Por qué se ha ido tu amigo? —preguntó Alex mientras su madre sacaba un paquete de kleenex del bolso y le secaba la pequeña magulladura.

La pregunta de su hijo la pilló desprevenida y en un gesto inconsciente le apretó el dedo.

—¡Ay! Duele, mamá, de verdad que me duele —insistió Alex.

—Venga, vayamos a casa a curarte la herida y después a…

—Si tanto te duele el dedo a lo mejor no puedes sujetar esto.

Allí estaba de nuevo Ben con una apetitosa chocolatina Reese's y una bolsa de Doritos, lo cual como era de esperar captó la inmediata atención de Alex que clavó sus ojos llenos de lágrimas de cocodrilo en aquel desconocido. Ben sacudió la cabeza con media sonrisa en sus labios mientras escondía la mano que sujetaba el objeto de deseo de Alex. El chiquillo buscó la ayuda de su madre con una simple mirada. Aquello no tenía gracia.

—Vaya… —se lamentó Sophie—. Parece que tendremos que esperar a que ese malogrado dedo mejore.

Alex lanzó una mirada suspicaz a su madre y acto seguido a aquel tipo que parecía estar encantado siguiéndole el juego. En cuestión de segundos su rostro de enfado cambió por una descomunal sonrisa. La misma sonrisa que había sido inmortalizada en más de una instantánea de la infancia de Ben. Escondió su mano dañada bajo el bolsillo de su anorak y extendió la que le quedaba libre y sana en dirección al simpático amigo de mamá.

Pese a la surrealista situación Ben no pudo evitar el preludio de una risa. Buscó en los ojos de Sophie algún indicio de aprobación pero no lo necesitó. Lo supo. Lo había sabido desde que había puesto lo pies en aquel parque. Tendió las anheladas golosinas a su hijo.

—Alex, las palabras mágicas —le recordó Sophie.

—Gracias, ¿cómo te llamas?

—Me llamo Ben.

—Gracias, Ben —dijo Alex con una amplia sonrisa mientras se disponía a abrir la bolsa de Doritos.

—Acaba de demostrar que es un O'Connor —apuntó Ben con discreción.

—Espera a descubrir el lado Savigny —le aclaró Sophie.

Volvieron a las miradas furtivas. A los silencios llenos de preguntas sin respuestas. A los secretos reproches.

—¿Era esto lo que tenías que enseñarme? —le preguntó mientras extendía la mano y acariciaba la cabeza de Alex a través de su gorro de lana.

Sophie asintió con la cabeza.

—Lo que te he dicho hace unos minutos… si hubiese sabido… —se disculpó.

—No tiene importancia —le aseguró Sophie—. Siento que haya sido de esta manera. Nunca pensé que…

—Eso no es algo que tengamos que discutir ahora —le interrumpió con voz tranquilizadora sin apartar la vista de Alex—. Tenemos muchos lugares emblemáticos en Brooklyn y próximamente en Manhattan para hablar largo y tendido de nuestro principal desafío.

—¿Y cuál es ese desafío?

Ben miró a su hijo que alzó la vista hacia él ofreciéndole una sonrisa inesperada al tiempo que devoraba un dorito tras otro con enérgico entusiasmo. Después derramó el azul de sus ojos sobre ella, la mujer que una vez más lo había desviado del camino equivocado.

—Verle crecer a tu lado —le respondió mientras la tomaba de la mano.

Sophie, indecisa entrelazó sus dedos entre de Ben, a lo que Alex respondió con una traviesa y avispada sonrisa. Ambos comenzaron a caminar ajenos a las benévolas miradas de inevitable admiración de los visitantes del parque. Jóvenes, atractivos y felices. Ninguno de ellos habría sospechado los dilemas y las luchas internas que se desataban en el interior de aquellos rostros aparentemente dichosos que paseaban orgullosos con su hijo. Aquella fría y soleada mañana de diciembre en Carroll Park nadie hubiese imaginado lo que el caprichoso destino tenía reservado a aquella anónima pareja enamorada.

Dublín, 24 de diciembre de 2002

$\mathcal{H}$ugh logró conciliar el sueño unas horas antes de regresar al hospital. No eran más de las siete de la mañana cuando se despertó con un sonido que en principio no identificó. Con los ojos aún cerrados tanteó la superficie de la mesilla de noche para buscar el teléfono pero al llevarse el auricular al oído advirtió que no había nadie al otro lado de la línea.

—Mierda —masculló abriendo los ojos.

No era el sonido del teléfono lo que le había despertado sino el timbre de la puerta. No sabía quién podía ser a aquella hora. Rápidamente se puso algo encima y corrió hacia el vestíbulo, descalzo y con los ojos cargados de sueño, pero la alarma que se disparó en su mente cuando abrió la puerta y vio quién era le hizo espabilarse enseguida. Se trataba de Ally.

—¿Qué ocurre? ¿Tu padre está bien?

—Oh, sí. Está bien. Siento… siento haberte despertado —se disculpó al verlo en ese estado en el umbral.

—Ally, son las siete de la mañana —le hizo un gesto con la mano y Ally entró.

—Lo sé. Es solo que es Navidad y antes de que te marcharas pensé… bueno. Mis padres saben que estas fechas son especiales y se preguntaban si querrías acompañarnos a cenar.

—Escucha, Ally, de verdad que agradezco vuestra invitación pero dentro de un par de horas vuelvo al hospital. Tengo amigos que se han empeñado en que vaya a cenar a su casa pero les he dado la misma respuesta que te estoy danto a ti. Cuando regrese a casa no voy a tener muchas ganas de fiesta porque estaré agotado. Tengo que preparar unas ponencias sobre trasplante para primeros de año y tengo que adelantar el trabajo. Voy a estar bien, de modo que dile a tus padres que no se preocupen.

—Mira, Hugh. Te lo voy a decir para que te relajes. Te agradeceré toda la vida que de madrugada acudieras a casa para atender a mi padre porque de no ser por ti no habría llegado vivo al hospital. Me alegro de que Amanda esté fuera de tu vida porque te mereces a alguien mucho mejor a tu lado. Estoy aquí para lo que necesites porque he encontrado en ti al amigo atractivo, interesante e inteligente que toda chica de mi edad querría tener a su lado. Sé que no soy tu tipo...

—Ally, no...

—Déjame acabar —le corrigió con una sonrisa—. Ni tú tampoco eres el mío. Eres un poco mayor para mí.

—Vaya, gracias —le dijo con una sonrisa, mezcla de timidez, alivio y algo de decepción.

—Bajo ningún concepto voy a permitir que pases esta noche solo. Vienen algunos parientes de Cork. Lo vamos a pasar muy bien, ya lo verás.

Abrió la puerta y salió al descansillo.

—No voy a ser buena compañía —le advirtió con una mueca desenfadada.

—Lo serás. Ya me encargaré de que así sea. ¿A las seis es buena hora?

Hugh se dio por vencido.

—Trataré de llegar a tiempo.

—Así me gusta.

Ally se dirigió a la escalera y Hugh la detuvo.

—¿De veras crees que soy demasiado mayor? Si todavía no he cumplido los cuarenta —se quejó.

Ally se rio.

—Teniendo en cuenta que yo tengo veinticuatro, sí... creo que estás algo mayorcito para mí, doctor Gallagher. Eso sí, si yo tuviese diez años más correrías peligro —añadió bajando las escaleras entre risas.

Hugh soltó una carcajada mientras cerraba la puerta.

Nueva York, diciembre, días antes de Navidad de 2002

Sophie, después de todo lo que había presenciado, supo que probablemente solo tenía en su mente una vaga idea del alcance del patrimonio O'Connor. No significaba que no estuviese preparada para la magnificencia de aquel majestuoso edificio que había ante ella o para la espectacular vivienda de trescientos metros cuadrados con vistas a Central Park. La incertidumbre que la ahogaba en esos momentos eran las insalvables alteraciones que ello produciría no solo en su modo de vida sino también en la de su hijo.

Desde que abandonara aquel reducido y prohibitivo apartamento de Battery Park para instalarse en Brooklyn, su rutina se había reducido a su trabajo, alguna que otra salida con los compañeros de trabajo y al cuidado de Alex. Pese a que Ben en ningún momento había hablado de instalarse con ella en Brooklyn, había dejado entrever sus intenciones en más de una ocasión. Siempre que lo hacía Sophie cambiaba de tema.

—Es absurdo que estés pagando un alquiler. Mi apartamento es lo suficientemente grande para los tres.

Sophie retiró el mantel de la mesa y se dio la vuelta otra vez para ir a la cocina. Ben la siguió.

—Eso no lo pongo en duda. Viendo el de tus padres, puedo imaginarme el tuyo.

—Eh, deja de juzgarme. El hecho de que mis padres tengan pasta no te da derecho a juzgarlos. Nadie les ha regalado nada. Mi familia ha trabajado duro durante generaciones para lograr todo aquello que tú te atreves a despreciar. Dan trabajo a cientos de personas y destinan cantidades desorbitadas a causas benéficas.

—¿Estamos teniendo una discusión?

—Sí. Eso me temo —respondió Ben apoyado contra el marco de la puerta de brazos cruzados.

—Esto no tiene sentido —murmuró pasando por su lado.

Ben la detuvo sujetándola por los hombros con firmeza.

—¿Qué es lo que quieres, Sophie? Mi familia te ha acogido con todo el respeto y el cariño que mereces. No te dejes impresionar por lo que has visto. El dinero no nos hace ni mejores ni peores.

—Presiento que no estoy a la altura.

—Mi madre trabajaba sirviendo cervezas en Múnich porque su familia adoptiva no podía costearle la totalidad de sus estudios.

—Lo sé. Me lo contó. Es una mujer increíble. Alex conectó con ella enseguida.

Ambos, de forma inconsciente, desviaron sus ojos hacia Alex que estaba coloreando unos dibujos en un cuaderno, completamente ajeno a las desavenencias de su madre y aquel desconocido que llevaba más de una semana entrando en casa.

—Entonces no veo cuál es el problema —dijo volviendo a centrar su atención en ella—. No puedo ser el eterno visitante que se queda a dormir en casa. Tenemos que dar el paso y no lo hago solo por Alex. Lo hago por ti. Quiero estar contigo.

—Tengo miedo de que no salga bien. Si vuelvo a perderte te juro que…

Ben la acogió en sus brazos con ímpetu. Fue un acto reflejo. No quería que viera cómo se le atravesaba un nudo en la garganta mientras la abrazaba.

—No digas eso. Ni se te ocurra pensarlo.

Afortunadamente, la noche de su estreno en la residencia de los O'Connor transcurrió con total normalidad hasta que Ben se retiró unos minutos con su padre a la biblioteca. Observó que en todo momento hacían esfuerzos admirables por hacer que tanto ella como Alex se sintiesen como en su propia casa aunque todos sabían sobradamente que el esfuerzo no daría sus frutos en un solo día. Sophie reparó en la inquietud reflejada en sus ojos. Era fácil adivinar que él, a su manera, también estaba padeciendo los efectos de la adaptación a aquella nueva situación. Pero fue en aquel momento cuando Sophie empezó a preguntarse si era realmente solo su adaptación lo que le preocupaba. No supo la razón pero su sexto sentido la intentaba prevenir sobre algo que escapaba a su entendimiento y lo peor de todo es que no lograba descifrar de qué se trataba. Julia y ella se habían quedado a solas mientras saboreaban juntas una copa después de la cena. Alex se había quedado completamente dormido

en el sofá con la cabeza apoyada en su regazo. Charlaban relajada-
mente sobre su pasado en Múnich, ciudad que Sophie veneraba,
cuando de repente oyeron un fuerte estruendo que interrumpió la
apacible conversación que ambas estaban teniendo.

—¿Qué ha sido eso? —A Julia no le dio tiempo a reaccionar. En
cuestión de segundos volvieron a oír el mismo ruido y esta vez agu-
zaron el oído. Alguien había salido de algún lugar de la casa dando
un portazo tras de sí. Se oyeron pasos y murmullos agitados. Daba la
sensación de que Ben estaba teniendo unas palabras con su padre. Julia hubiese deseado ser tragada por la tierra en aquellos instantes. Jamás imaginó que Patrick elegiría aquel día para sacar de nuevo el
tema. Había quedado claro que no hablarían de ello hasta que Ben lo
decidiera, pero era evidente que aquel acuerdo no había servido de
mucho. Observó cómo Sophie la examinaba con ojos interrogantes
mientras seguían escuchando retazos de la conversación que padre e
hijo mantenían al final del corredor.

—¿Es esa tu manera de hacer frente a un problema? Maldita
sea, no puedes abandonar. Ahora hay otras personas implicadas.

—No puedes obligarme. Soy responsable de mis propias decisiones —oyó decir a Ben.

Sophie no podía creer lo que estaba oyendo. ¿A qué problema se
suponía que debía hacer frente Ben? ¿A quién se suponía que estaba
implicando? Mientras se hacía aquellas preguntas Julia ya se había
disculpado, levantado de su asiento y desaparecido del salón. Esta
vez fue su carismática voz la que se oyó.

—Creo que ya hemos tenido suficiente por hoy, Patrick. Ha sido
un día de fuertes emociones para todos.

Después de aquello, unos pasos, el cierre de varias puertas y un
lúgubre silencio. Sophie contempló el sueño inquieto de Alex, que
se removió colocando la cabeza sobre sus rodillas. Se sintió en ese
instante más desarraigada que nunca. Apenas llevaba seis horas en
esa casa y ya había descubierto cosas de aquella familia que eran
propias de una novela de ficción más que de una realidad. Se preguntaba si la causa de aquella discusión había sido ella. Aguzó el
oído pero descubrió pasados unos minutos que no se percibía ningún movimiento. ¿Dónde estaba Ben? ¿Por qué demonios la había
dejado sola en aquellos momentos?

Con cuidado de no despertar a Alex se levantó, dejándolo acu-
rrucado entre los cojines del sofá.

—Mamá, ¿adónde vas? —musitó entreabriendo los ojos un segundo para volver a cerrarlos.

—Sshhhh, duerme, cariño. Vuelvo enseguida —le susurró al oído dándole un beso.

Salió al pasillo. Notó una corriente de aire frío que parecía proceder de la sala situada frente a la biblioteca. Se encaminó hacia allí. Las cortinas se movían debido a que el ventanal que daba a la terraza estaba entreabierto. Se acercó sigilosamente y observó a Ben apoyado sobre la balaustrada dándole la espalda. Percibió su presencia e inmediatamente se volvió hacia ella. Sophie tendría grabada esa imagen en su mente durante mucho tiempo. La belleza de Central Park, los preciosos rascacielos iluminados al fondo, la noche clara y estrellada, aquella helada brisa. Y sobre todo Ben volviéndose hacia ella, con los ojos inexplicablemente brillantes y sonriéndole como si nada hubiera sucedido. Lo vería llorar dos veces en su vida y aquella noche fue la primera vez.

—Supongo que tendrás muchas cosas que explicar y no sabrás cómo empezar —demandó Sophie.

La tenue sonrisa de Ben se desvaneció. Apartó sus ojos de ella volviendo a su posición original.

—¿No tienes nada que decir? —insistió.

—Lamento que hayas tenido que presenciar esta absurda escena —respondió Ben sin mirarla—. Mi padre y yo tenemos algunas diferencias respecto a ciertos temas.

—Y por lo visto yo soy uno de ellos.

Esta vez Ben si se dio la vuelta hacia ella.

—Tú no tienes nada que ver con esto. Quiero que quede claro.

—¿Me estás diciendo que hay ciertas parcelas de tu vida a las que no voy a tener acceso?

Ben sacudió la cabeza.

—No me malinterpretes, por favor —le rogó.

—¿Por qué de repente tengo la sensación de que me estás ocultando algo?

—¿Qué insinúas? —le preguntó con semblante serio.

—Quiero la verdad sobre lo que acabo de presenciar.

Se hizo otra vez el silencio y Ben la tomó por los hombros con suavidad.

—Escúchame, probablemente tengas que ver algunas escenas de este tipo. Pero son cosas entre mi padre y yo. No te lleves una impresión equivocada. Te repito que nuestras diferencias son sobre asuntos que no tienen nada que ver contigo. Créeme.

—Permíteme el beneficio de la duda —concluyó Sophie mirándolo a los ojos. Se apartó de sus brazos y salió de la terraza.

—Sophie, por favor...

—Me voy a casa. ¿Sería mucho pedir que llamaras a un taxi?

Cuando salió al pasillo se tropezó con Julia.

—Cariño, siento que hayas tenido que... Son pequeñas rencillas entre padre e hijo. No te lo tomes como algo personal —se disculpó con una maternal sonrisa.

Julia observó la mirada suplicante de su hijo. Después apretó afectuosamente el brazo de Sophie.

—Debo marcharme. Se hace tarde y Alex está cansado. No te preocupes, Julia. Mañana será otro día.

—Pero pensé que os quedabais. Hay espacio de sobra. —Y miró confundida a ambos.

—Es mejor que Alex se despierte mañana en casa. Demasiados cambios para él en pocos días.

Julia no supo qué decir. No quería interferir.

—No eres una invitada. Sabes que este será también vuestro hogar a partir de ahora.

Sophie no pudo reprimir un gesto de sincera gratitud ante aquellas palabras.

—Gracias, Julia. No tengo palabras para agradeceros vuestra cálida acogida y vuestra hospitalidad.

Julia la abrazó.

—Va a ser fantástico ver a un nuevo O'Connor correteando por esta casa —le dijo mientras la sostenía en sus brazos con maternal ternura.

—Lo será —le aseguró Sophie apartándose de ella.

Julia volvió a centrar su mirada en Ben.

—Mejor os dejo solos. Buenas noches, que descanséis.

Julia desapareció por el pasillo.

—Os llevaré a casa —dijo Ben.

—Ya te he dicho que...

—Sophie, te lo ruego, no me lo pongas más difícil.

Sophie salió sigilosamente de la habitación de Alex. Pese a su intención de haber regresado sola, Ben se había negado y no contento con haberles conducido hasta casa había logrado encandilarla con la excusa de solucionarle el incesante goteo del grifo del fregadero que su casero aún no se había dignado arreglar.

No supo si se estaba haciendo el dormido. Lo cierto es que lo parecía. Permaneció contemplándolo unos instantes. Allí estaba medio tendido en el sofá con la cabeza ladeada hacia un lado, con el *National Geographic* entreabierto en su regazo, cuan largo era, con una pierna flexionada y la otra dejada caer sobre la alfombra. Se acercó y se inclinó para quitarle los zapatos. Arrastró el sillón y dejó que sus pies descansaran sobre el asiento. Se movió pero no abrió los ojos. Sophie también se deshizo de su calzado y se acomodó a su lado recostándose sobre su torso buscando el calor de su abrazo que no tardó en llegar. Segundos después, notó sus labios sobre su cabello. Se aferró a él. No quiso pensar en nada y cerró los ojos.

Dublín, 24 de diciembre de 2002

Ally se apartó unos segundos de la algarabía generada por sus parientes que habían dado rápida cuenta de una copiosa cena acompañada de unas dosis de bebida de igual medida. Hugh le lanzó una sonrisa desde el hueco de la ventana en la que se hallaba charlando con su primo Vincent, y Ally se acercó.

—Necesitas reponer energías —le apremió Ally arrebatándole la copa de la mano y volviendo a llenarla de un excelente Ribera del Duero traído por su hermano de sus últimas vacaciones en España.

—Vas a acabar conmigo —se quejó Hugh.

—Vincent, ven a ver esto —gritó su esposa Louise reclamando su atención.

Vincent se disculpó dejando a Hugh en compañía de Ally.

—Menos mal que vivo enfrente. Como siga a este ritmo me veo gateando hasta el otro lado de la calle.

Ally rio con ganas mientras extraía un cigarro del paquete de tabaco que estaba encima de una mesita auxiliar.

—¿Me acompañas a la zona de fumadores?

—Claro.

En el vestíbulo cogieron su ropa de abrigo, se la pusieron y salieron fuera. Tomaron asiento en el banco de madera del porche decorado con motivos navideños.

—Me alegro de haber venido —confesó Hugh.

—Ya te lo dije. Con esta panda de desalmados la fiesta está asegurada —dijo Ally con una sonrisa mientras encendía el cigarrillo.

—¿Os reunís todos los años?

—Alguna vez nos hemos permitido trasladarnos nosotros a Cork para estar todos juntos, pero este negocio funciona los 365 días del año y es bastante complicado —le explicó después de la primera calada.

—Comprendo. Aun así eres afortunada. Siempre he envidiado esto. —Se dio la vuelta para contemplar la estancia a través de las ventanas, el barullo, el ambiente familiar alegre y distendido.

—¿Siempre pasabas las Navidades solo con tus padres?

—No siempre. Afortunadamente mis padres eran muy queridos en Kilkenny y siempre había alguna familia que nos acogía o a la que nosotros acogíamos para pasar estas fechas. Creo que lo hacían por mí, para que estuviera con otros chicos de mi edad.

—Me resulta tan insólito eso de que no tengas ni un solo pariente. Nunca conocí a nadie que estuviese...

—... solo en el mundo —concluyó Hugh.

—No pretendía que sonara tan... brusco.

—Tranquila. Es algo que tengo asumido. Fue mucho más duro cuando mi madre y yo estábamos solos.

—¿Quieres decir que Alan no era tu padre biológico? —preguntó asombrada.

—Es mi padre a todos los efectos, biológico o no. El único que ha merecido el honor de ser reconocido como tal.

—¿Nunca te has preguntado...? Disculpa, no quiero meterme donde no me llaman.

364

—Si te refieres a mi padre biológico, sí que lo conocí. Tuve esa mala suerte. Era un tirano. Es una larga historia, Ally. Mi madre y yo tuvimos que huir, cambiar de país, de vida... Declaró contra él en un juicio. Estuvimos bajo el programa de protección de testigos.

Hugh se centró en la mirada perpleja de Ally. Era evidente que no daba crédito a lo que acababa de decirle. Bebió un sorbo de su copa de vino.

—Creo que el alcohol me está haciendo hablar demasiado —añadió.

—¿Estás hablando en serio? —inquirió con gesto de incredulidad.

—Te lo avisé. No iba a ser buena compañía.

—¿Qué... qué fue de él?

—Lo metieron en la cárcel. Tenía un largo listado de delitos federales por los que responder ante la justicia. Espero que se haya podrido entre rejas. Mi madre le hizo jurar a Alan que yo no regresaría jamás a Estados Unidos.

—¿Estados Unidos? ¿Tu madre y tú huisteis de Estados Unidos bajo un programa de protección de testigos y os instalasteis en Irlanda? Entonces, ¿eres estadounidense?

—Eso creo, aunque la partida de nacimiento falsa que consta en el Registro Civil de Kilkenny expedida por el FBI, dice que nací en Connemara el 25 de octubre de 1965. Ni siquiera sé mi verdadera fecha de nacimiento.

—Por los clavos de Cristo, Hugh. Esto da para escribir un libro. Bueno, ni siquiera sabrás si Hugh es tu verdadero nombre.

—Para mí es el verdadero.

—Me parece increíble, de veras.

—Llevaba más de dos décadas sin hablar de ello. No sé por qué demonios lo estoy haciendo contigo.

—Quizá no lo has hecho hasta ahora porque no me habías conocido hasta ahora —le respondió con una sonrisa.

—Toda mi vida ha sido una historia diligente y metódicamente estructurada que mis padres no quisieron desarticular por motivos que desconozco.

—¿Qué quieres decir?

—Mi padre era un asesino que, por razones que jamás entenderé, nos quería muertos a mí y a mi madre.

—Los asesinos y los maltratadores nunca tienen una razón. Si razonaran no serían lo que son. Dios mío, Hugh, debió de ser muy difícil para tu madre volver a confiar en alguien.

—Alan era un exagente del FBI cuando conoció a mi madre. No tardó mucho en averiguar que estábamos dentro del programa, de modo que supo cómo protegernos. Después de casarse con mi madre jamás regresó a Estados Unidos.

—¿Nunca te has hecho preguntas?

—Lo hago desde que tengo uso de razón, pero ni yo mismo sé si quiero encontrar las respuestas. Puede que la verdad sea peor que esta farsa que ya he asumido como realidad. Yo solo quería que mi madre estuviese a salvo de ese canalla y cuando pareció que por fin lo habíamos logrado, construí un muro a mis espaldas para no mirar atrás y para escudarme de los espeluznantes recuerdos del pasado que aún me atormentaban.

Ally guardó silencio mientras decidía si debía hacer o no la siguiente pregunta. Apagó la colilla del cigarrillo sobre el cenicero que había fuera.

—¿Él te maltrataba? —se atrevió finalmente a preguntar.

Hugh asintió con una carga emocional en sus ojos que provocó un tremendo dolor en Ally.

—Mi madre se llevaba la peor parte. Siempre descargó sobre ella el odio desmedido que sentía por mí. A veces pienso que si yo no hubiese existido, quizá mi madre no se habría visto obligada a pasar por ese infierno.

365

Ally no pudo evitarlo y le agarró la mano con ternura. Hugh no la rechazó.

—Tú no tienes la culpa de nada. Eres un hombre formidable, honesto y con principios además de un excelente médico.

—Siempre tuve miedo a ser como él —prosiguió con la mirada perdida.

—No lo eres. No podrías serlo.

Hugh centró la vista en ella.

—Has dicho las mismas palabras de mi madre. La noche que me dijo esas palabras me fui a dormir con la esperanza de que quizás él me odiaba porque yo era hijo de otro hombre a quien mi madre amaba y que por alguna razón que ignoraba ya no estaba con nosotros.

—¿Nunca se lo preguntaste?

—Nunca me atreví a hacerlo.

—¿Y no has considerado esa posibilidad como algo perfectamente factible?

—Cuando Alan apareció en nuestras vidas y fui consciente de cómo se desvivió por nosotros, dejé de plantearme esa posibilidad.

—Comprendo.

Se produjo otro breve silencio.

—Estoy seguro de que ahora el hecho de que yo no tenga parientes conocidos te parecerá una nimiedad si lo comparas con lo que acabo de confesarte.

—Lo siento, Hugh. Nunca te imaginé teniendo una infancia tan dura.

—No sé por qué te lo he contado.

—¿Te arrepientes de haberlo hecho?

—Por supuesto que no —le respondió con una tranquilizadora sonrisa.

—Algún día tenías que hacerlo y me complace que hayas confiado en mí para dar el paso.

Ally comenzó a tiritar de frío.

—Regresemos dentro —se ofreció Hugh mientras se levantaba y la tomaba de la mano para ayudarla—. Gracias por haber dejado que me sincere. Han sido demasiados años aguantando este peso.

—Ya no tendrás que aguantar ni uno más. Es hora de pasar página.

Ally lo agarró del brazo y le arrebató la copa de vino, ya vacía, de las manos.

—Tendremos que reponer fuerzas y brindar por los retos que te impondrás a partir de ahora.

—No es buen momento para imponerme retos. Deja que me tome un respiro.

—¿Un respiro? Doctor Gallagher, para ser tan joven está usted un poco desgastado.

—¿Ya estamos otra vez con lo de la edad? —le replicó con una sonrisa que Ally imitó.

Hugh cruzó nuevamente el umbral para fundirse con el calor del hogar de los Fitzwilliams dispuesto a poner un nuevo rumbo a su vida.

367

Capítulo veinte

Nueva York, 24 de diciembre de 2002

*L*a cena de Navidad transcurrió de forma relajada y sin ningún incidente digno de mención. Era la primera Navidad de su vida que pasaba fuera de su hogar y la primera que Alex pasaba en compañía de toda su familia paterna al completo. A los padres de Sophie se les hizo duro estar tan lejos de ellos dos durante aquellas fechas. Sophie sabía que extrañaban su ausencia y más aún la del pequeño de la casa pero estaban felices de saber que por fin su hija y su nieto estaban junto al hombre que desde el principio tendría que haber estado al lado de ambos.

Sophie había elegido para la ocasión un sencillo vestido negro sin mangas al que solo acompañó como adorno un precioso collar de perlas, regalo de su madre en su trigésimo cumpleaños. Advirtió la mirada de adoración de Ben cuando se sentó frente a él en la mesa. Una vez más, se hizo realmente fascinante estar entre todos ellos descubriendo minuto a minuto algo nuevo e inusitado sobre aquella familia, que a pesar de todo su poder también tenía sus debilidades.

Sophie pensaba en esos detalles mientras los observaba a todos en el salón durante la sobremesa de la cena. Por unos breves instantes no es que se sintiese fuera de lugar pero el hecho de estar allí participando de aquellas escenas tan íntimas le hizo plantearse la pregunta de si lograría encajar en aquel nuevo estilo de vida.

Su mirada se detuvo en Ben que conversaba tranquilamente con su padre frente a la chimenea. Parecían haber puesto punto y final a sus supuestas diferencias, al menos por aquella noche. Mientras, Rachel iba en busca de su tío para asustarlo y esconderse detrás del sillón al tiempo que Alex la imitaba. Robert, el esposo de Margaret, jugueteaba con Katie que correteaba alrededor de todos escondiéndose de su madre y su abuela. Erin estaba sentada en el suelo encima de un enorme cojín mientras Julia despeinaba cariñosamente su cabello. Andrew y su novia Rebecca charlaban animadamente en otra esquina de la estancia.

Una suave caricia en su nuca la despertó de sus pensamientos. No se había percatado de que Ben la había visto allí de pie junto a la ventana perdida en sus meditaciones. La había sorprendido por detrás aprisionándola con sus brazos. Le retiró parte del cabello y depositó un beso detrás de la oreja. Sophie invirtió su posición dándose la vuelta hacia él y echándole las manos al cuello.

—¿En qué pensabas? Por un momento esta noche hemos parecido una familia normal. ¿No te parece?

—Sois una familia normal —reiteró Sophie.

—Gracias. Es un alivio oírte decir eso.

—Tu padre… Cielos, jamás he visto a un hombre tan enamorado de su esposa.

—Bueno, también discuten y mucho aunque no lo parezca.

—Pese a todo se les ve muy compenetrados.

—Va en los genes.

—¿El qué?

—Lo de que cuando un O'Connor se decide por una mujer está con ella hasta el final.

Una sombra fugaz cruzó los ojos de Ben mientras posaba la palma de su mano sobre la mejilla de ella y la deslizaba hasta el cuello. Sophie le sostuvo aquella insondable mirada durante breves instantes.

—¿Y soy yo esa mujer? —se atrevió a preguntar.

Ben rozó el labio superior de ella con el pulgar mientras asentía con la cabeza y se inclinaba para besarla. Ambos se olvidaron de dónde estaban y se entregaron a ese lánguido, suave y anhelado beso.

—Eh, hay menores delante, ¿qué vais a dejar para la noche de bodas? —gritó Margaret en tono bromista.

—¡Y también solteras! —añadió Erin después de una estridente carcajada.

Todos rieron abiertamente ante los comentarios, incluso Sophie, que permaneció con parte de su rostro reclinado sobre el pecho de Ben ocultando su repentino nerviosismo al haber escuchado la palabra «boda».

Alzó la vista en busca de una respuesta, pero Ben fue salvado por su hijo que una vez más reclamaba su atención.

369

Y

Eran más de las dos de la madrugada cuando Ben entraba en su apartamento de la calle MacDougal con Alex dormitando en sus brazos. Esa misma mañana había ayudado a Sophie a empaquetar algunas cosas en Brooklyn. Respetó su deseo de hacer la mudanza gradualmente, de modo que él se había ocupado de pasar por Saks y por Fao Schwart con objeto de dar un toque infantil a la que hasta ese momento había sido la habitación de invitados. Sophie se quedó impresionada al entrar en el que sería su hogar a partir de aquel momento. Creyó que sería un lugar impersonal y minimalista, sin embargo no fue eso lo que se encontró. Cálidos suelos de madera cubiertos por favorecedoras alfombras de vivos colores, suaves y relajantes tonalidades en los tejidos, curiosos muebles de diversos estilos mezclados con una singular maestría que hacían de la vivienda un lugar acogedor y cómodo. Libros, cuadros y, por supuesto, espectaculares fotografías colgadas en cada estancia. Todo acompañado por el improvisado desorden de un lugar que se sabe vivido.

370

Ben entró en el dormitorio de Alex seguido de Sophie, quien una vez más no podía creer que apenas tres semanas antes hubiese estado en su despacho diciéndole a Camille que el mismo hombre que en ese preciso instante tendía a su hijo sobre la cama para ponerle el pijama, ya estaba fuera de su vida. Se quedó observándolo unos instantes viendo cómo lo arropaba y lo besaba en la frente. Ella se acercó para hacer lo mismo. Ambos salieron de la habitación y Ben la condujo hasta el salón donde Sophie se desplomó sobre el sofá, agotada.

—No sé cómo darte las gracias —le confesó mientras recorría con una mirada la confortable estancia.

—No. Soy yo quien tiene que dártelas. Sois el mejor regalo de Navidad que me han hecho en mi vida —le dijo inclinándose para besarla mientras se arrodillaba para quitarle los zapatos de tacón.

—Oh, qué descanso —musitó suspirando e incorporándose para darse un masaje en los doloridos pies.

—Deja. Yo me ocupo —se ofreció Ben entregándose a la tarea de un masaje. Pasó sus manos a través del fino tejido de las medias desde la rodilla hasta la punta del pie flexionando la parte delantera del mismo. Repitió la operación un par de veces viendo como ella comenzaba a relajarse—. ¿Mejor así? —le preguntó con voz sensual.

—Eres un maestro. Deberías dedicarte a esto en vez de construir rascacielos —le dijo ella con una sonrisa marcada de un despreocupado erotismo.

Ben continuó entregado a sus masajes que empezaron a convertirse en potenciales caricias. Esta vez sus manos llegaron a traspasar el tejido del vestido hasta la pantorrilla. Levantó parte del tejido para seguir el contorno de sus nalgas. Notó la respiración entrecortada de Sophie y se detuvo para observarla, como si necesitara de su permiso para continuar.

—No te detengas —le rogó ella en un débil susurro.

Ben le dedicó una cautivadora sonrisa cuando introdujo sus manos bajo el elástico de las medias y tiró de ellas. Se inclinó sobre ella buscando su boca para fundirse en un beso imperioso mientras se deshacía de su camisa. Tardó menos de un segundo en sentir sus hábiles manos en la hebilla de su cinturón y en su cremallera. Ben emitió un sonido gutural apartando esas manos y colocándose donde ella lo esperaba.

Ben volvió a transportarla a una dimensión desconocida, a un vaivén de sensaciones que Sophie jamás imaginó que pudiese existir. Se disolvió en torno a él a los pocos minutos, mientras Ben perdía el control y se veía arrastrado con ella en busca de la unión perfecta. Cayó exhausto encima de sus senos aún cubiertos por el vestido que se hallaba enrollado por encima de su cintura. Sophie enredó los dedos en su cabello y le acarició suavemente la nuca mientras él salía de ella y la volvía a besar.

Ben se puso en pie para terminar de quitarse el pantalón mientras Sophie se deshacía completamente del vestido. Los dos se miraron y se rieron ante la situación. Ben, de un impulso, la elevó en sus brazos y la llevó hasta el dormitorio para tenderla en la cama. Sophie lo contempló fascinada mientras se dirigía hacia el cuarto de baño. Pasaron varios minutos hasta que Ben volvió a salir con una toalla ceñida alrededor de la cintura. La observó tumbada sobre la cama de costado, aún desnuda, nuevamente perdida en sus pensamientos. Ben deseó por un momento ir a por su cámara fotográfica e inmortalizar ese momento, pero no lo hizo.

Dejó caer la toalla al suelo y, desnudo, se deslizó nuevamente con ella bajo las mantas. Sophie se dio la vuelta para mirarlo fijamente a los ojos buscando el calor de su abrazo.

—Sé que después de todo lo sucedido no tengo ningún derecho a decir esto, pero quiero que sepas que lamentaré mientras viva cada minuto de estos años que no he estado a tu lado y prometo que haré todo lo que esté a mi alcance para compensarte —le dijo él.

371

—Lo sé —le respondió Sophie sonriendo muy a su pesar—, pero lo hecho hecho está y de nada sirve anclarse en el pasado porque eso es algo que ya no podemos cambiar.

Ben sabía que no había más que añadir. Llevaba razón al decirle que no podía anclarse en el pasado, pero lo cierto es que tampoco tenía un futuro al que agarrarse. Siguió allí tumbado, frente a ella, contemplándola, hasta que el agotamiento se hizo tan patente que ambos se dejaron vencer por el sueño y se quedaron dormidos.

Nueva York, 14 de abril de 2005

*T*odo comenzó a desmoronarse. El primer síntoma claramente evidente de que algo fuera de lo normal le estaba sucediendo a Ben tuvo lugar el día en que daba un discurso en la cena anual conmemorativa del séptimo aniversario de su estudio. Acababa de recibir un premio como homenaje a los majestuosos edificios y las increíbles restauraciones que había llevado a cabo en la ciudad de Nueva York. Toda su familia había acudido al evento. La gente le aplaudía entusiasmada mientras él agradecía al destino haber nacido en una ciudad como aquella que le había permitido dar rienda suelta a toda su inacabable imaginación. Agradeció a su socio Jeffrey los años de lucha al frente de una firma que, gracias al trabajo de todos sus colaboradores, les había hecho convertirse en los mejores del estado. Pidió perdón a su padre en tono bromista por no haber sido capaz de seguir sus pasos a lo que todo el auditorio respondió con una distendida carcajada. Dio las gracias a su madre por haberle ayudado en el momento en que tomó la decisión de convertirse en arquitecto.

—Pero sería muy egoísta de mi parte no reconocer que los años más fructíferos de mi carrera han tenido lugar curiosamente desde el momento en que me crucé en París con la preciosidad que está sentada al lado de mi padre.

El público sabía de sobra que se refería a su esposa. Sophie sonrió tímidamente mientras todos le aplaudían.

—Jamás habría llegado a la cima si no fuera porque tú has estado a mi lado alentándome en todo momento —le dijo mirándola con adoración desde el atril—. Tú has sido el más grandioso proyecto de mi vida. Hemos pasado por malos momentos que nos han hecho aprender lo afortunados que somos al tenernos el uno al otro. Momentos que me han llevado a tener la certeza de que no podría concebir el resto de mi vida si tú no estás a mi lado para compartir cada minuto. Gracias por el hijo que me has dado porque a través de él me has obligado a sacar lo bueno que hay en mí. Bueno, y he de confesar que, en contadas ocasiones, también lo malo.

Todo el mundo aplaudió con energía mientras Sophie dudaba si reír o llorar.

—Gracias por todo, cariño. Te quiero.

Aquella noche regresaron a casa más tarde de lo habitual. Sophie reparó en el aspecto fatigado y el rostro extenuado de Ben. Alex se había quedado a dormir en la casa de sus abuelos. Había empezado a refrescar a pesar de que ya estaban a finales de abril. Se encaminaron hacia el vehículo. Ben extrajo el mando a distancia de su bolsillo, pero sin querer le resbaló de las manos. Se inclinó a recogerlo de inmediato y cuando se levantó y se dispuso a pulsarlo sintió un gran mareo que le obligó a apoyarse contra la puerta delantera del coche. Sophie lo miró espantada; estaba terriblemente pálido. En un acto reflejo le puso la mano sobre la frente para descubrir un leve sudor frío.

374

No quería parecer alarmada pero llevaba varios meses observando comportamientos muy extraños. No prestaba atención. En ocasiones estaban charlando sobre algún tema y se preguntaba si la estaba escuchando porque a juzgar por su expresión habría jurado que estaba en cualquier lugar menos en la conversación en cuestión. A eso había que sumar los cambios bruscos de humor, la pérdida de apetito seguida por una repentina hambre voraz. Y no solo eso. Últimamente parecía aletargado. Desde que estaban juntos no había forma de meterlo en la cama antes de medianoche. Sin embargo desde hacía unas semanas, rara era la vez que no se lo encontraba dormido sobre el sofá o sobre los planos de la mesa de su despacho. Eran síntomas que no le gustaban nada. La mera idea de pensar que podía tratarse de una recaída la aterrorizaba. Era algo de lo que jamás habían vuelto a hablar. Habían hecho un pacto de silencio sobre el pasado para hacer frente al futuro de una forma categórica sin recelos ni prejuicios. Había estado a punto en más de una ocasión de hablarlo con Patrick o de sincerarse con Erin, que se había convertido en su más fiel confidente, pero no le parecía honesto hacerlo a espaldas de su marido. La única alternativa que le había quedado era hacerle frente preguntándoselo a él directamente, pero siempre lograba salir del paso con respuestas evasivas. Tenía una gran presión de trabajo y el estudio estaba en un momento en el que no podía delegar determinados proyectos en manos de sus empleados. Asunto zanjado.

—Tienes mal aspecto. ¿Estás seguro de que te encuentras bien?

—Ya se lo había preguntado varias veces y él siempre respondía lo mismo.

—Estoy bien. Un poco cansado, quizá. No tienes por qué alarmarte.

—Pues lo siento, pero me da la impresión de que algo va mal.

—Estoy bien, cariño. De acuerdo, puede que haya bebido más de la cuenta. La ocasión lo merecía. Si quieres puedes conducir tú.

—No se trata de quién está en condiciones de conducir. Llevo notándote algo débil las últimas semanas.

Ben sacudió la cabeza con un gesto que daba a entender claramente que no le apetecía discutir.

—Metámonos en el coche de una vez, por favor.

Sophie pulsó el mando, abrió la puerta de mala gana y se sentó en el asiento del conductor. Puso en marcha el vehículo sin decir nada. Bajaron hasta Columbus Circle. Se detuvo frente al semáforo en rojo y volvió a centrar su atención en Ben. Este miraba al vacío y estaba como perdido.

375

—Puede que estés bajo de defensas. No quiero ni pensar que pueda tratarse de algo peor. Mañana iremos al médico. Te niegas a una revisión a fondo pese a los consejos de tu padre. Un mero chequeo rutinario como el que te hiciste hace poco no me da ninguna confianza, de modo que siento decírtelo pero no estoy dispuesta a tolerar esto ni un minuto más —le amonestó.

—Ni hablar —dijo de pronto mirándola con dureza a los ojos—. No me pasa nada. Ha sido un día con demasiadas emociones —trató de suavizar su tono—. Eso es todo.

—No estás bien y lo sabes.

—Me canso con más facilidad. ¿A lo mejor es debido a que nos llevamos unos añitos? Quizá eso puede darte que pensar.

—No juegues con el tema de la edad. Sabes perfectamente que eso no tiene nada que ver. Llevas bastante tiempo así.

—El hecho de que no haya podido hacerte el amor en un par de ocasiones no me convierte en un minusválido.

—Ese comentario ha sido el típico de un cerdo machista. Sabes bien que no lo he dicho por eso, pero demonios, ahora que lo mencionas puede que tengas razón.

—Dios, no puedo creer que estemos teniendo esta conversación.

—Yo no llamaría a esto una conversación.

—Me gustaría tener la fiesta en paz por esta noche. Te repito que estoy agotado.

—Muy astuto. —Lo miró de reojo, enfadada. Advirtió la tensión alojada en su mandíbula—. Una manera muy sutil de zanjar un tema. Has matado dos pájaros de un tiro. Dejas de hablar de lo que no te conviene y eludes tu deber marital.

—Jamás pensé que pudieras llegar a ser tan cínica.

—Me da igual lo que pienses. Si crees que me voy a quedar sentada para esperar y descubrir qué te sucede estás muy equivocado.

Aquella noche Sophie se fue a dormir sola. Después de la discusión que habían mantenido de regreso a casa no lograba conciliar el sueño. Supuso que Ben estaba en su estudio o en el sofá del salón durmiendo su supuesta pequeña borrachera, pero no fue así. El estruendoso ruido de cristal al romperse contra el suelo y un golpe seco fue lo que le hizo levantarse de la cama. Se calzó las zapatillas de inmediato y salió corriendo de la habitación.

—¡Ben! ¿Qué ha sido eso? —Vio que salía luz del estudio y entró allí pero Ben no estaba.

Había un par de lámparas encendidas en el salón pero ni rastro de Ben.

—¿Ben?

Cuando Ben no respondió a su llamada se disparó la alarma en su mente. La luz de la cocina estaba encendida.

—¡¡Ben!!

La escena que presenció no la podría borrar de sus retinas durante el resto de su vida. Ben yacía en el suelo con los restos de un vaso de cristal roto en su mano derecha y el rostro de un blanco ceniciento. Desvió sus ojos hacia un pequeño reguero de sangre que salía de su antebrazo al haber dejado caer el peso de su cuerpo sobre aquellos pequeños cristales.

De las mismas entrañas de Sophie se escapó un angustioso grito de auxilio. Se agachó a su lado sin importarle los cristales.

—¡Ben! ¡Por Dios, cariño, despierta! —le ordenó palmeándole el rostro con intención de reanimarlo pero fue una tarea imposible.

Le tomó el pulso y no sabía si era el estado de nervios en el que se encontraba, pero no se lo localizaba. Alcanzó con el brazo el portátil de la encimera de la cocina que resbaló al suelo provocando un gran estrépito.

—Ben, por el amor de Dios, despierta, mi amor, despierta. ¿Qué te ocurre? Perdona por lo que te he dicho esta noche —le decía entre sollozos mientras intentaba marcar el teléfono de urgencias del hospital.

—Hospital Monte Sinaí, ¿en qué puedo ayudarle?

—Por favor —dijo con la voz fuera de sí—, mi marido… mi marido está mal.

—Cálmese, señora, ¿desde dónde llama? —preguntó una suave voz femenina.

—Por favor, creo que no respira, no tiene pulso. ¡¡Tiene que venir alguien!!

—¿Dónde se encuentra? Serénese, por favor, estamos aquí para ayudarle.

—Por favor manden una ambulancia al 86 de la calle MacDougal. Soy la esposa de Ben O'Connor. ¡Mi marido se muere!

De camino al hospital, en la ambulancia lograron estabilizar a Ben pero continuaba inconsciente. A juzgar por la celeridad de la actuación del personal a la entrada de urgencias, Sophie supo que estaban muy al corriente de la situación. Comenzó a sospechar que todos sabían mucho más de lo que parecía a simple vista. Ella permanecía al lado de Ben sujetándole la mano con fuerza como si de aquella manera fuese más fácil hacer que despertase. Con los nervios aún a flor de piel se acababa de percatar de que no había telefoneado a Patrick ni a Julia. Lo haría cuando llegara al hospital. No estaba dispuesta a dejarlo solo ni un segundo.

Pese a la rapidez de los movimientos de todo el equipo médico, a Sophie le pareció que todo transcurría a cámara lenta.

—El doctor O'Connor ya ha llegado —oyó decir a un hombre de color que habría jurado que se trataba de un jugador de la NBA de no ser porque iba vestido con la indumentaria azul que lo definía como médico. Se acercó hasta ella acompañado de otros médicos y enfermeras—. No podemos perder tiempo.

Sophie creyó por un instante que las paredes de aquella sala trataban de engullirla. Todo comenzó a dar vueltas a su alrededor. Patrick ya estaba allí. No hacía ni un par de horas estaban en Central Park West. Comenzó a hacerse interminables preguntas mientras seguía a todo al personal médico a través del interminable pasillo.

—Señora O'Connor, soy el doctor Levin —le dijo aquel hombre que a su juicio era el encargado de coordinar toda aquella vorágine.

—¿Me puede explicar alguien qué está sucediendo? —preguntó sobrecogida ante tal despliegue de medios.

377

Scott Levin la sujetó afectuosamente de un brazo.

—Cálmese, todo va a salir bien —le dijo.

—¿Que me calme? Mi marido lleva más de una hora inconsciente. Acabo de oírle decir que no pueden perder tiempo. ¿Cómo pretende que me calme?

—Confíe en nosotros. Patrick y Julia la están esperando. —Y eso fue lo único que le respondió.

—Pero… —No logró articular palabra.

—Se trata del hijo de Patrick.

—Lo sé, pero no acierto a entender…

—Todo está bajo control. Se lo aseguro. Y ahora acompáñeme, por favor —le rogó con un amago de reconfortante sonrisa.

Sophie echó la vista atrás y observó desolada con los ojos anegados en lágrimas cómo Ben desaparecía de su vista en aquella camilla tras las puertas del ascensor.

El doctor Levin se detuvo frente a una puerta. Sophie reparó en la existencia de una placa que le anunciaba dónde se encontraba. Era el despacho de Patrick. Pese a que hacía un par de años que había renunciado a su puesto para dedicarse plenamente a la clínica de Long Island, seguía coordinando varios proyectos de investigación del hospital a instancias de un par de universidades como Harvard y Jenkins. Abrió la puerta y con un gesto la dejó pasar. Patrick y Julia se levantaron de inmediato de sus asientos para acercarse a ella.

—Gracias, Scott —dijo Patrick haciéndole un gesto que le indicaba que ellos se hacían cargo de la situación.

—No las merece —le respondió cerrando la puerta tras él.

Sophie se derrumbó en los brazos de Julia y comenzó a llorar desconsoladamente. A continuación fue Patrick quien la acogió tiernamente en sus brazos.

—¿Qué es lo qué está pasando? ¿Por qué nadie me explica nada? —preguntó llorando.

—Todo a su debido tiempo. Temíamos que llegara este día. Sabíamos que tarde o temprano sucedería —le respondió Patrick con voz queda.

—¿De que estáis hablando? —Sophie se limpió las lágrimas con el dorso de la mano, abriendo los ojos de par en par mientras los observaba con un rostro que era la viva expresión de la mayor de las incertidumbres. Julia le ofreció un pañuelo.

—Será mejor que nos sentemos —aconsejó Julia con el rostro contraído por el dolor.

Sophie obedeció al tiempo que Julia tomaba sus manos entre las suyas y se las apretaba cariñosamente.

—Escucha, Sophie —comenzó Patrick—, antes de todo queremos hacerte saber que Ben solo ha querido siempre lo mejor para ti y para su hijo. No le culpes nunca de su postura ante la enfermedad...

—¿Enfermedad? —interrumpió bruscamente—. ¡Qué enfermedad! Ben está curado.

—No, Sophie. No lo está —le explicó Patrick.

—El tumor del que se operó hace ocho años ha vuelto a reproducirse —concluyó Julia.

Sophie apartó la mano de Julia y se levantó dándoles la espalda. Tuvo que apoyarse en la pared para no perder el equilibrio. Julia iba a levantarse para sujetarla pero Patrick la detuvo. Se volvió hacia ellos con una mirada desbordada de sufrimiento y total desolación.

—¿Desde cuándo lo sabéis? ¿Lo sabía él? —preguntó con la mirada rota y perdida.

Ambos asintieron.

—Todo comenzó el año en que os conocisteis —prosiguió Julia. Sophie levantó la vista hacia ella en busca de respuestas—. Antes de que se fuese a trabajar a París empezó a mostrar procupantes síntomas de que algo le sucedía. Patrick insistió en que se hiciera unas pruebas pero él se negó. Se marchó a Francia y te conoció. El día de su regreso la mujer de la limpieza lo encontró inconsciente en el salón, aunque supongo que todo eso ya lo sabes. Dios, no puedo creer que esto esté sucediendo —murmuró Julia destrozada.

Patrick tomó la palabra mientras tomaba la mano de su esposa entre las suyas.

—Ben se sometió a radioterapia después de la extirpación del tumor. Aunque los médicos siempre tratamos de evitar lesiones al sistema nervioso cuando se trata de irradiación, durante el tratamiento anticancerígeno el daño es inevitable. Verás, los síntomas de lesión por la radioterapia pueden aparecer súbita o lentamente o pueden permanecer estacionarios. Incluso pueden aparecer meses o años después. Es lo que se conoce como lesión por irradiación de tipo retardada.

—¿Y cuáles son esos síntomas? —quiso saber imaginando lo peor después del extraño comportamiento de Ben durante los últimos meses.

379

—Los síntomas pueden consistir en pérdida de memoria, cambios de personalidad, percepciones erróneas o marcha inestable, entre muchos otros. Cada organismo es un mundo.

—¿Es eso lo que le sucede a Ben? ¿Está sufriendo los estragos de la irradiación? ¿El tumor es producto de la radioterapia a la que se sometió? —preguntó buscando en los ojos de Patrick un resquicio de esperanza, pero no lo encontró.

—Eso es lo que pensábamos, pero desafortunadamente no es así —intervino Julia.

—Es un tumor recurrente —explicó Patrick—. Se ha vuelto a reproducir después del tratamiento.

—Pero si es el mismo tumor, se puede extirpar, ¿verdad?

—El problema de los tumores recurrentes es que pueden regresar al mismo sitio o bien situarse en otra parte del sistema nervioso. Este es más profundo que el anterior. Se ha infiltrado en el tejido cerebral y por el momento habíamos decidido reducir su tamaño y su masa mediante tratamiento.

—¿Habíamos decidido? —El dolor de los ojos de Sophie se convirtió en un repentino rencor—. ¿Desde cuándo…? —Volvió a ponerse en pie. Sacudía la cabeza mientras recorría el espacio de la estancia de un lado al otro—. No puedo creer que no me haya hablado de esto.

—No quería preocuparte hasta andar sobre seguro. Desgraciadamente los acontecimientos se le han adelantado —añadió Patrick muy a su pesar.

—¿Me estás diciendo entonces que este tumor es maligno? ¿No se puede extirpar?

—Tenemos que someterlo a una nueva resonancia. Si se diagnostica un glioma maligno la operación no es curativa. Solo nos serviría para llegar a un diagnóstico más certero y saber el tipo de tumor al que nos enfrentamos. Reduciríamos su tamaño si fuese necesario para aliviar los síntomas de compresión cerebral.

Sophie no daba crédito a aquella pesadilla. Iba a despertar. Cerraría los ojos, despertaría y Ben estaría allí a su lado, mirándola, abrazándola, cuidándola. Apoyó su espalda sobre aquellas estanterías saturadas de libros, compendios y manuales clínicos. Con dolorosa lentitud se fue deslizando poco a poco hasta quedar sentada en el suelo mientras los ojos se le llenaban nuevamente de lágrimas. Flexionó las rodillas escondiendo su rostro con las manos pero Patrick se inclinó sobre ella tratando de darle consuelo y logró levantarla para conducirla hasta el sofá.

380

—Iré a por una infusión o algo para calmarla —le dijo Patrick a su esposa.

—Buena idea —le respondió agradeciéndole con los ojos todo lo que estaba aguantando. Patrick la besó en la frente con ternura y desapareció de la sala—. Vamos, cariño —le suplicó a Sophie mientras le acariciaba cariñosamente la espalda—. No puedes derrumbarte ahora. Nos va a necesitar a todos más que nunca. Sobre todo a ti. ¿Qué diría si te viera así?

Sophie trató de recomponerse. Julia sintió que aquello la estaba desgarrando por dentro. Al dolor de la enfermedad de su hijo se sumaba ahora el dolor experimentado por aquella mujer que había logrado hacerle vivir los años más llenos y fructíferos de su vida. La expresión de vacío en sus ojos la aterró.

—¿Por qué no me lo ha contado? ¿Por qué ha cargado con ese peso él solo? —preguntó al fin.

—No le culpes de eso, por favor. Nosotros le pedimos que fuese sincero contigo, pero no quería hacerte desgraciada.

—¿Acaso pensaba que no me quedaría con él si lo hacía?

—No sé lo que pasaba por su mente en aquellos momentos, si eso te sirve de consuelo —respondió Julia.

—Lo quiero con toda mi alma, Julia. Haría cualquier cosa por él.

—Lo sé y él probablemente también, pero prefirió hacer como que no sucedía nada cuando en realidad sí que sucedía.

—Debería haber luchado.

—A su manera ha luchado, hija. Estuvo sometiéndose a un tratamiento experimental durante el pasado año, justo después de vuestro segundo aniversario. Él no llegaba tarde a casa por cuestiones de trabajo. Quiso intentarlo. A pesar del revés que sufrió vuestra relación por aquel entonces. Carly Stevens fue quien supervisó todo el tratamiento. Es amiga de Ben desde la infancia.

—Cielo santo, todo lo que ha hecho….

—Lo ha hecho por ti y por vuestro hijo. Me confesó que no quería tener hijos por el temor a no verlos crecer a tu lado pero me gustaría que hubieses visto la expresión de su rostro cuando nos habló de Alex. Diste una nueva perspectiva a su vida.

—Hablas como si ya todo se hubiese acabado —dijo angustiada.

—Por mucho que haya avanzado la medicina y por muy buen neurocirujano que sea Patrick, nadie sabe lo que va a suceder.

—No podré soportarlo, no podré.

—Sí que podrás, tienes que hacerlo. Ten por seguro que a él no le agradaría que tiraras la toalla.

381

—Julia, yo le necesito —murmuró con voz desgarrada por el sufrimiento—. Él me lo ha enseñado todo en la vida. Pero se le olvidó enseñarme a vivir sin él.

Ambas se abrazaron mientras sollozaban. No supo cuánto tiempo había transcurrido hasta que oyeron el *clic* de la puerta. Patrick entró sigilosamente en el despacho con un par de infusiones en sus manos. Se acercó a ellas.

—Esto os hará bien —les dijo—. Lo han subido a Neurología. Ahora mismo está estabilizado. Tranquila, Sophie. Está en manos de Scott Levin.

—¿Qué van a hacerle? —preguntó Sophie, aterrada, imaginándose lo peor.

—Hay que confirmar que el tumor no ha crecido. Tememos que sea invasivo porque eso destruiría directamente células cerebrales. A medida que el tumor crece va comprimiendo partes del cerebro causando inflamación, por esa razón estamos controlando su presión intracraneal. No voy a ganar nada con engañarte. Hasta ahora no hemos andado sobre seguro sobre este extraño caso. Ben ha pasado largas temporadas sin que haya habido ninguna novedad. Solo podemos esperar hasta que podamos intervenir.

—¿Vas a… vas a intervenir tú en la operación?

—Estaré presente en el quirófano, pero será Scott quien le opere. No te preocupes —la tranquilizó posando afectuosamente una mano sobre su hombro—. Está en buenas manos.

Tuvo que llegar ese momento para que Sophie se percatase de lo egoísta que estaba siendo. No se había dado cuenta de que era su hijo el que dentro de unas horas estaría jugándose la vida sobre una mesa de operaciones. Dios, aquello iba en contra de toda ley de la naturaleza. Era ella quien tenía que estar allí dándoles consuelo y no al contrario. Se abrazó con fuerza a Patrick al tiempo que sujetaba con fuerza la mano de Julia. Ambos sabían perfectamente lo que pasaba por su mente en ese preciso instante.

—¿Puedo verle antes de que entre en quirófano?

—Claro que sí. Está un poco desorientado pero ha preguntado por ti, de modo que no le hagas esperar. Va a necesitar de tus fuerzas —le dijo con una sonrisa agridulce.

Sophie empujó la puerta con suavidad. Hizo acopio del poco temple que le quedaba para no transmitir la amarga tristeza que la embargaba. Una enfermera le tapaba la visión. Lo único que alcanzaban a ver sus ojos era la fina aguja de una jeringa siendo extraída del brazo de su marido. La enfermera percibió la presencia de la visita. Se volvió hacia ella mostrándole una cándida sonrisa, la sonrisa que seguramente mostraría a todas las personas que se hallaban en su misma situación, la sonrisa de alguien que sabe lo que se trae entre manos.

—Tienes una visita, Benjamin —anunció mientras se apartaba para que Sophie O'Connor pudiese encontrarse con su marido.

Ben movió la cabeza para mirarla de un modo que Sophie no consiguió interpretar pero aun así se sintió cautivada y seducida por el mero hecho de tenerlo allí frente a ella, luchando por pronunciar las palabras adecuadas. No se movió de su sitio. Los labios comenzaron a temblarle pero se los mordió en un gesto inconsciente para no dejar escapar sus emociones. La enfermera previno el intenso momento que se aproximaba y se encaminó hacia la puerta.

—Estaré fuera por si me necesitan.

—Gracias —respondió Sophie sin apartar lo ojos de Ben.

Se quedaron solos. Ben dio un par de frágiles golpes sobre el colchón indicándole que se acercara. Sophie accedió y tomó asiento a su lado al borde de la cama. Rehuyó la mirada de aquellos ojos azules que la acariciaban. Pese a la palidez de su rostro ojeroso la grandeza de su mirada no había menguado. Sintió el roce de los dedos de él sobre su mano. Sophie la cubrió con la suya aprisionándola con fuerza.

383

—Lo siento —susurró Ben—, siento todo lo que te he dicho de camino a casa, siento no haberte confesado toda la verdad.

Sophie le impuso silencio llevando la mano que le quedaba libre hasta sus resecos labios.

—No vamos a discutir sobre eso ahora. Guarda todas tus fuerzas porque las vas a necesitar cuando salgas de aquí —le reprendió con una sonrisa mezclada de tristeza y comprensión.

El silencio volvió a instalarse entre ellos.

—¿Puedes hacer algo por mí? —le preguntó él con un evidente gesto de cansancio repentino en los ojos que sobrecogió a Sophie.

—Haría cualquier cosa por ti. —Esta vez una lágrima se deslizó involuntariamente por su mejilla.

—Abrázame —le pidió mientras él mismo se encargaba de borrar aquella lágrima.

Sophie lo hizo. Se acomodó junto a él atrayéndolo a su regazo y se mantuvo en esa posición hasta que se quedó dormido.

Más tarde una mano la zarandeaba suavemente. Ella también

había perdido la noción del tiempo. Abrió los ojos. Había amanecido. Vio a Erin, la hermana menor de Ben, frente a ella.

—Sophie, tienen que preparar a Ben —le susurró al oído.

Sophie contempló a su marido que aún dormía a su lado. Con cuidado se apartó de él. Aquel movimiento le hizo entornar los párpados por un segundo, pero volvió a cerrarlos. Parecía tan fatigado que tuvo un mal presentimiento. La nueva enfermera de turno pareció haberle leído el pensamiento.

—Descuide, estará despierto antes de entrar en quirófano —le dijo.

Erin la tranquilizó con una sonrisa.

—Podrás verlo antes de la operación.

Sophie asintió tratando de aplacar ese nudo en su estómago que cada vez adquiría mayores proporciones. Se inclinó una vez más, le atusó el cabello con delicadeza y depositó un beso sobre su frente.

Una vez fuera de la habitación Sophie no pudo evitarlo y se refugió en los brazos de Erin.

—Es mucho más fuerte de lo que creemos, Sophie —la animó—. Y tú debes transmitirle esa misma fuerza. Eres la única que puede hacerlo porque si no lo haces se vendrá abajo y eso no podemos permitirlo, ¿me oyes?

—Lo haré. Haré todo lo que esté en mi mano.

—Estás agotada. Necesitas ir a casa a descansar.

—No me pienso mover de aquí. Estoy bien. ¿Y Alex?

—Alex se quedará en casa todo el tiempo que sea necesario.

—No quiero que note nada fuera de lo normal.

—Tranquila, Alex adora quedarse con los abuelos. María lo llevará a la escuela. Ya sabes como le gusta mimarlo. Para él serán como unas mini vacaciones, pero eso no significa que no te necesite. Sigues siendo su madre. Llevas aquí más de nueve horas. Si sigues a este ritmo terminarás compartiendo habitación con Ben.

—No me moveré de aquí —insistió.

—La operación puede durar horas, Sophie.

—No me importa.

—Debería hacer caso a Erin —oyó que alguien le decía a sus espaldas. Se dio la vuelta para comprobar que se trataba del altísimo doctor Levin.

—Erin, ¿me permites que te robe a tu preciosa cuñada durante el tiempo que puede durar un desayuno?

—Ya has oído al doctor —le instó Erin.

—No tengo apetito —se excusó Sophie, incómoda.

—Lo tendrá cuando se siente frente a un apetitoso bocadillo de jamón ibérico aliñado con aceite de oliva virgen y acompañado de un delicioso café con leche —la animó Levin.

—No hay ningún restaurante español por aquí cerca que yo sepa.

—¿Quiere que se lo demuestre? —le preguntó con una relajada sonrisa que a Sophie le hizo bajar la guardia.

—Ve con él, Sophie. Mientras hablaré con mi padre para que te acomoden, pero antes te llevaré a casa y no hay peros que valgan —le dijo Erin con un tono que no dejaba espacio a la discusión.

—Gracias, Erin.

—No las merece, cariño. Y ahora ve a disfrutar de un desayuno español con Scott. No lo lamentarás.

385

Capítulo veintiuno

*M*inutos después se hallaba sentada frente a la mesa del despacho de Scott Levin con un tazón de café con leche en la mano mientras contemplaba cómo aquel robusto cirujano rociaba de aceite un delicioso pan que acababa de calentar en un minúsculo tostador. Después deslizó la apertura de plástico de un jamón envasado al vacío y esparció varias lonchas sobre el pan. Levin tomó asiento junto a ella.

—*Bon appétit.*

—Mmmmmm... ni en los mejores bares de Madrid —reconoció Sophie después de dar un jugoso mordisco a aquella delicia de su tierra materna.

—No está mal, ¿eh? Si me fuese mal en la medicina está claro que podría dedicarme a esto o bien a encestar balones, aunque bueno... para esto último creo que ya no tengo edad.

Sophie sonrió. Se dio cuenta de que era la primera vez que sus labios dibujaban una sonrisa desde su entrada en el hospital.

—Por la cuenta que nos trae a todos, más nos vale que se dedique a la medicina.

—Creo que ya podemos tutearnos.

—Tienes razón.

Se produjo un breve silencio que Sophie se encargó de romper.

—¿Desde cuándo conoces a Ben? Quiero decir, ¿has seguido desde el principio lo del... tumor?

—No tengas miedo a pronunciar esa palabra. Cuanto antes te familiarices con ello mejor será para todos. La respuesta a tu pregunta es sí. Yo he llevado el caso de Ben con la continua supervisión de Patrick, por supuesto. Fui su residente en el Saint Vincent hace ya casi veinticinco años. Años después me captó para el equipo de este hospital. Para un chico de Queens el hecho de entrar a formar parte del Monte Sinaí teniendo como mentor a alguien como Patrick O'Connor, es un honor.

—Tiene mucha confianza en ti. Eso es indudable.

—No me voy a andar con rodeos, Sophie. El caso de Ben es muy complicado. Supongo que Patrick ya te habrá dado una ligera idea de lo que nos traemos entre manos.

Sophie asintió.

—Ha sido duro para él exponerte todo esto personalmente. No cuenta con la objetividad suficiente.

La alerta se dibujó en el bello rostro de Sophie.

—¿Hay algo que no me ha contado?

—No. Puedes estar tranquila. No ganaríamos nada con engañarte porque eso sería una forma de engañarnos a nosotros mismos, pero para los O'Connor esto es una doble tragedia porque al dolor que sienten como padres hay que sumarle el amor que sienten hacia ti. Para ellos verte de esta manera es desgarrador. Por esa razón aquí tenemos que poner todos un poco de nuestra parte.

—Doctor Levin…

—Llámame Scott —le recordó.

—Scott, ¿qué va a suceder después de la operación? Quiero saber si con esta intervención corre peligro.

—En toda intervención quirúrgica existen riesgos, más aún cuando se trata de un lugar tan delicado como el cerebro del que dependen tantas funciones vitales. Si todo va como esperamos, Ben permanecerá varios días en la Unidad de Reanimación. Eso nos permitirá una mayor vigilancia en las primeras horas porque podrían detectarse complicaciones tempranas que podrían requerir una nueva intervención.

—¡Oh, Dios mío!

—Pero confiemos en que eso no suceda. Una vez trasladaremos a Ben a planta, estaremos a la espera del resultado del tumor extirpado que suele corresponder con el que haremos durante la cirugía. En función de ese resultado nos tendremos que inclinar por una estrategia terapéutica u otra.

—¿Cuál será esa estrategia?

—Teniendo en cuenta que es un tumor recurrente podríamos optar por algún ensayo clínico con nuevos tratamientos.

—¿Quimioterapia?

—El problema de la quimioterapia en estos casos es que, a diferencia del resto del cuerpo, existe una barrera entre la sangre y los

387

tejidos del sistema nervioso central, lo que impide la entrada de muchos medicamentos. Eso implica que un agente quimioterapéutico administrado por vía oral o intravenosa es menos probable que llegue hasta un tumor cerebral que a un tumor en otros órganos.

—¿Entonces...?

—Quiero que estés preparada para cualquier imprevisto.

Sophie se tragó un desagradable nudo en la garganta. Le temblaron los labios. Scott le sujetó afectuosamente la mano.

—Esto parece ser el fin —logró decir.

—Saldrá de la operación, Sophie.

—Pero... después... ¿qué va a suceder después?

—No puedo responderte a eso. Ni yo ni nadie.

Una hora más tarde Sophie agarraba con fuerza la mano de Ben antes de entrar en el quirófano que le separaría de ella durante una larga espera.

—Mientras estés ahí dentro vas a librarte de mí, granuja —le dijo con una sonrisa que le iluminó el rostro—. Más te vale salir en forma porque no sabes la que te espera.

Sophie adoró la risa que se formó en sus labios.

—Bésame —le suplicó él.

Sophie posó sus labios sobre los suyos con delicadeza.

—Bésame de verdad —insistió.

El celador y la enfermera no pudieron dejar escapar unas risas mientras se apartaban de la camilla para que la enamorada pareja diese rienda suelta a sus pasiones.

—No tienes vergüenza, John Benjamin O'Connor.

Ben le pasó la mano por la nuca y la inclinó hacia él para besarla como si se le fuese la vida en ello... como si... como si fuese la última vez que....

«No lo pienses... ni se te ocurra pensarlo.»

—Dios, quiero a esta mujer —musitó contra sus labios antes de soltarla mirando a la enfermera y al celador.

Sophie sintió que se ruborizaba.

—Vamos, O'Connor. Cuanto antes entremos antes saldrás para rematar la faena —bromeó la enfermera para hacer más agradable la tensa situación.

—Ya la has oído —advirtió Sophie.

Una vez más apretó su mano con fuerza antes de dejarle ir. Cuando desapareció tras aquellas puertas se volvió hacia Margaret,

Andrew y Julia que la contemplaban a varios metros. Se encaminó hacia ellos y juntos, en silencio, dirigieron sus pasos hacia el lugar donde esperarían el desenlace.

Sophie dormitaba entre los suaves cojines del sofá de la habitación que tenían reservada a la espera del transcurso de los acontecimientos. Aquel era un privilegio más de ser la hija política de Patrick O'Connor. Julia había permanecido junto a ella pese a la constante insistencia de Andrew y Rebecca de que ambas debían tomarse un descanso. Erin se había ofrecido a ir a buscar a Alex a la escuela. Aquella mañana se había despertado preguntando sin cesar por qué papá y mamá no estaban allí.

Pese a su corta edad, era un niño extraordinariamente avispado sin dejar de perder su dulce inocencia. Dejando aparte las conductas y travesuras propias de un niño de su edad, a Sophie siempre le había parecido curioso cómo nada de lo que le sucedía a su alrededor pasaba inadvertido. Recordaba la fiesta de celebración de su séptimo cumpleaños, a la que habían asistido más de una decena de compañeros de la escuela junto con algunos vecinos del edificio y sus primas Katie y Rachel, a las que veneraba, si bien a veces rivalizaban. Ben cumplió su promesa de tomarse la tarde libre y participó en todos los juegos de los chicos, riendo, aplaudiendo, ovacionando y soplando las velas de la apetitosa tarta. Sophie se recreó en aquellas escenas repitiéndose a sí misma una y otra vez lo afortunada que era teniendo bajo el mismo techo a los dos hombres más importantes de su vida. Cuando los padres de los últimos invitados se habían marchado, el apartamento se convirtió en un remanso de paz. Ben se había ocupado de mandar a Alex a la ducha mientras Erin y ella se encargaban de restablecer un poco el orden en el salón retirando globos, adornos y todo lo que aquel conjunto de diablos había dejado a su paso por el lugar. Después de despedir a Erin, Alex apareció en la cocina con un colorido pijama.

—¿Qué haces que no estás aún en la cama?

—No quiero dormir.

—Eso está por ver, jovencito. La fiesta ya se ha acabado por hoy —le reprendió con una indulgente sonrisa mientras se inclinaba para darle la mano con intención de conducirlo de regreso a su dormitorio—. Vamos, le diremos a papá que es hora de leer un poco.

—No, tú lees conmigo —le replicó con gesto enfadado tirando de la mano de su madre con tal fuerza que Sophie tuvo que detener

389

su paso. Observó algo extraño en aquellos vivos ojos azules. Alex rehuyó la mirada de su madre.

—Creía que preferías que papá lo hiciese.

—Ya no. Quiero que leas tú —insistió sin levantar la vista del suelo.

Sophie sujetó con suavidad su precioso rostro obligándole a mirarla.

—¿Puedo saber por qué has cambiado de opinión?

—Papi se queda dormido.

Sophie se aguantó las ganas de soltar una carcajada. Pero las palabras que su hijo pronunció después le hicieron cambiar el gesto.

—Y siempre está triste. Ya no pone voces divertidas.

—Vaya —logró decir al tiempo que una inexplicable sensación de vértigo se instalaba en su estómago. De modo que su hijo también se había dado cuenta—. Bueno, eso tiene fácil solución. Le diremos a papá que se ponga las pilas y por esta noche será mamá quien ponga las voces divertidas. ¿Trato hecho?

Alex asintió con la cabeza. Sophie lo asió de la mano y lo acompañó hasta su habitación. Lo que ambos se encontraron cuando entraron en la estancia confirmó las quejas de Alex. Allí estaba, tendido al borde de la cama, con una pierna sobre el edredón y la otra flexionada y caída sobre el suelo. Sostenía en sus manos un libro. Tenía los ojos cerrados. La noche del cumpleaños de Alex fue el comienzo del declive pero ella no había querido verlo pese a las innegables evidencias.

Habían transcurrido siete meses desde aquel día, meses en los que su matrimonio había pasado por algunos altibajos. Altibajos causados por el temor de Ben a sincerarse con ella con respecto a su enfermedad, si bien ella había creído que las causas eran otras. Matrimonio, la sola mención de aquella palabra la había sobrecogido hacia unos años. Tras cinco meses de convivencia, que para sorpresa de Sophie habían sido una continua luna de miel, Ben llegó a casa un viernes después del trabajo con una sonrisa desmesurada en el rostro. La pilló sentada en el sofá entretenida con Alex seleccionando películas.

—¿Se puede saber qué te traes entre manos? —le preguntó entre risas mientras Ben la atraía hacia él para besarla sentándola sobre sus rodillas ante la pícara mirada de su hijo.

—¿Puedes tomarte unos días de vacaciones?

—¿Vacaciones?

—Nos vamos a Madrid.

—¿Hay algo de lo que no me he enterado?

—Cierra los ojos.

—Pero ¿qué...?

—Cierra los ojos —insistió con una mirada llena de intenciones.

Sophie obedeció sin dejar de sonreír.

—Mami —oyó decir a Alex que tiraba de su mano.

—¿Puedo abrirlos ya?

—Sí —respondió Ben.

Sophie se encontró con una estampa difícil de olvidar. Alex sujetaba en su mano, ante los atentos ojos de su padre, una diminuta cajita cuyo logotipo le era muy familiar.

—¿Qué significa...? —No logró terminar la frase. Le lanzó una mirada cargada de incógnitas.

—Vamos, Alex. Ábrelo para que mamá lo vea —le indicó Ben.

Alex lo intentó pero tuvo que ser ayudado por su padre. Un precioso anillo de Bulgari apareció en el estuche. Sophie no supo qué decir.

—A mami se le ha comido la lengua el gato —dedicó un guiño a Alex.

Alex rio.

—¿Le ayudamos a ponérselo?

—Síiiii —gritó Alex—. Yo se lo pongo. Dejame a mí.

Alex sacó el anillo de la caja y con la ayuda de su padre deslizó el anillo entre sus dedos mientras clavaba sus ojos en ella.

—Cásate conmigo —le pidió sin más—. Una ceremonia sencilla e íntima en Madrid. Alex, tú y yo y nuestras familias. Bueno, tienes el plazo de una semana para avisar a tus amigos más íntimos.

Sophie contempló el precioso anillo en sus manos. Acto seguido alzó la vista para mirar a Ben que aguardaba una respuesta. Después desvió sus ojos hacia Alex al que sentó a su lado.

—Di algo, mamá —dijo Ben.

—Di algo, mamá —repitió Alex, lo que produjo la risa descontrolada de ambos.

—Esto ha sido una encerrona —dijo Sophie finalmente.

—Eso me temo. Y más te vale no echarte atrás porque ya está todo organizado. Billetes comprados, tu iglesia preferida y tu lugar favorito alejado del mundanal ruido.

—Pero...

—Si tienes alguna queja tendrás que dársela a tu hermano, a tu madre y a Erin que son quienes se han encargado de todo.

—Vaya. Y ¿para cuándo si se puede saber? ¿O eso también va a ser una sorpresa?

—Justo dentro de dos semanas —respondió Ben mostrando una divertida mueca.

Sophie enlazó las manos alrededor de su cuello.

—Veo que no tengo elección —le dijo mientras acariciaba suavemente su nuca con una tentadora sonrisa dibujada en sus labios.

—Afirmativo.

—No necesito nada de esto, y lo sabes. Me basta con tenerte tal y como te tengo ahora.

—Lo sé, pero aun así quiero hacerlo. Quiero hacer las cosas bien.

—Lo estás haciendo muy bien, cariño.

—A veces creo que no hago lo suficiente.

—Lo haces, Ben, lo haces todos los días. Nos cuidas, nos proteges y nos quieres cada minuto. No creo que en ese momento pueda existir mujer más feliz que yo en todo Manhattan. —Acarició su mejilla y Ben atrapó sus dedos para llevarlos a sus labios. Después le pasó la mano por el cuello y la acercó a su boca.

—Mamá, quiero ver *Toy Story* —gritó Alex interrumpiendo el intenso momento.

Sophie rio contra los labios de Ben. Ambos miraron a Alex que sostenía en sus manos el DVD de aquella película que ya había visto una decena de veces.

—Creo que ha elegido la adecuada —susurró mientras pasaba una mano invitadora por sus nalgas. Sophie no pudo evitar dejar escapar una risa traviesa—. No nos va a hacer ni caso durante un buen rato.

—Granuja —murmuró al tiempo que se escabullía de sus brazos y se levantaba para poner el DVD en el reproductor.

Algo había empezado a cambiar después de su segundo aniversario de bodas. En opinión de Sophie, Ben llevaba demasiado peso sobre sus espaldas en lo que a trabajo se refería. Estaba participando en un grandioso proyecto en la ciudad de Filadelfia y llevaba más de un mes viajando allí todas las semanas. Aunque regresaba en el mismo día se le notaba terriblemente agotado y sin muchas ganas de conversar.

Una fría mañana de diciembre entró en la cocina. Era muy temprano. Ni siquiera había llegado Martina, la joven que les ayudaba en casa desde hacía más de dos años. Alex aún dormía. Ben sostenía una taza de café mientras observaba el despertar de la ciudad con su mejilla apoyada sobre el cristal de la ventana. Advirtió su presencia y se volvió hacia ella con un apacible gesto.

—Buenos días, cariño. Siento haberte despertado —dijo, soltando la taza sobre la mesa y dándole un beso—. Es muy temprano. Vuelve a la cama.

—No, prefiero tomar un café contigo antes de que te marches —dijo mientras se servía una taza—. Anoche no te oí llegar. Supongo que sería muy tarde —añadió en un vano intento de que su voz sonara inocente.

—Era más de medianoche. Sé que te llamé diciendo que solo me retrasaría una hora, pero hasta que no encontramos la solución para una de las fachadas no pudimos marcharnos. Roadhouse es un gran cliente. No tuve más remedio que quedarme.

—Entiendo —murmuró Sophie poco convencida de sus palabras.

—De veras que lo siento —se disculpó rodeándola con sus brazos desde atrás—. Pronto terminaré con esto y dejaré el resto en manos de otro, pero tal y como marchan las cosas, me tengo que hacer cargo personalmente de ciertos temas.

—Solo quiero que estés más tiempo en casa, eso es todo —le dijo sin cambiar de posición—. He tratado de adecuar mi horario para pasar con mi marido y con mi hijo las pocas horas libres que tengo al día. Creo que no estoy pidiendo demasiado.

—Lo sé y prometo compensarte. —La besó en la sien afianzándola en su abrazo—. Me tomaré una semana de vacaciones y nos marcharemos bien lejos. Los dos solos. ¿Qué te parece?

—Me conformo con que llegues pronto a casa. Empiezo a sentirme sola.

Ben la volvió hacia sí suavemente situándola frente a él. La sujetó por la mandíbula.

—Trataré de agilizar la agenda de hoy. ¿Quieres que reserve en tu español del Village? Puedes decirle a Martina que se quede con Alex.

—¿Y si cocino yo? Y abrimos una buena botella de vino, como en los viejos tiempos.

—Me parece una idea magnífica. —Se inclinó para besarla. Después bebió lo que le quedaba en su taza y miró de reojo el reloj—. Se me hace tarde.

Salió de la cocina. Sophie lo siguió hasta el vestíbulo. Lo observó en silencio mientras se ponía su ropa de abrigo. Abrió la puerta pero volvió a cerrarla. Tomó a Sophie por la cintura y la atrajo hacia él al tiempo que le daba un sosegado beso.

—Te quiero.

Después se marchó.

Eran cerca de las diez de la noche. Acababa de telefonearle desde el móvil. Se encontraba en un atasco descomunal en la otra punta de Manhattan. La cena continuaba intacta en el horno. Se levantó del sofá y se dirigió hacia la mesa para apagar las velas. Después desconectó el equipo de música y todo permaneció en el más absoluto silencio. Observó todo lo que tenía a su alrededor y sus ojos se detuvieron en el teléfono. Deseaba charlar con su hermano Roberto, con Camille, con Gabrièlle. Quería desahogarse con alguien pero no sabía con quién.

El chasquido de la cerradura de la puerta la despertó de sus pensamientos. Tras ella apareció Ben con el rostro claramente congestionado por el frío. Portaba en sus manos varios portaplanos. Los dejó encima de la mesa del vestíbulo al tiempo que con la mano que le quedaba libre se deshacía de su abrigo y su bufanda. Fue hacia el salón y encontró a Sophie de pie ante él mirándolo con ojos cargados de preguntas y de indiscutibles decepciones. Ben reparó en la mesa que le había preparado. Percibió un cierto olor a cera derretida.

—No sé qué decir. La tarde se me ha complicado más de lo que esperaba. —Y la besó suavemente en los labios—. Siento no haber cumplido con mi palabra —se disculpó mirándola fijamente a los ojos con un terrible sentimiento de culpa.

Sophie se apartó y se encaminó en dirección al pasillo que conducía a su dormitorio.

—La cena está en el horno. A lo mejor tienes que volver a calentarla.

Ben sabía que no tenía derecho a preguntárselo pero lo hizo.

—¿No vas a compartirla conmigo?

—He perdido el apetito.

—Ya te he dicho que lo siento.

Sophie se volvió hacia a él.

—Lo sé. Me voy a dormir. Estoy algo cansada. Yo también he tenido un día complicado en la oficina y Alex no se puede decir que haya colaborado mucho durante la cena y con los deberes.

Ben permaneció de pie en el mismo lugar durante unos segundos. Su mente viajaba a la velocidad de la luz. Huía de esas malditas voces interiores que lo hundían en la más absoluta de las miserias. Cerró los ojos y apretó los labios en un gesto de rotunda impotencia. Se dio media vuelta y, abatido, se encaminó hacia la cocina en busca de aquel plato que con tanta dedicación su esposa le había preparado y que ahora se vería en la obligación de degustar en soledad.

Sophie no fue consciente del tiempo que había transcurrido cuando sintió el peso de Ben sobre el colchón. Notó la proximidad de su cuerpo, el calor que emanaba de cada uno de sus poros. En otras circunstancias se habría removido bajo las sábanas buscando la calidez de sus brazos, el entusiasmo de sus besos, la vehemencia de sus caricias, la viveza de sus ojos y su desatada pasión. Sin embargo, aquella noche era diferente. Ella había impuesto una insalvable barrera de aparente apatía que ni siquiera sabía si iba a ser capaz de controlar. Trató de mantenerse a raya cuando la mano de Ben aterrizó sobre su vientre y reptó hacia sus pechos. Se puso tensa. No se movió. Ben captó el mensaje, se apartó y se tendió de espaldas mirando el techo. Sophie lo oyó suspirar. Segundos después apagaba la luz.

Ben no pudo ver la lágrima que se deslizaba por la mejilla de Sophie. Sophie no pudo ver la expresión del rostro de Ben, viva imagen del implacable dolor que lo estaba mortificando hasta el punto de desear acabar con todo allí y ahora.

395

Dublín, una semana antes, 7 de abril de 2005

*L*os dedos de Hugh tamborileaban distraídamente sobre la superficie de la mesa de su despacho mientras sostenía, en la mano que le quedaba libre, el historial clínico de un paciente recientemente trasplantado de hígado.

El sonido del teléfono le hizo pegar un respingo sobre la silla despertándolo de su total estado de concentración. Descolgó al segundo timbrazo.

—Dígame.

Al otro lado de la línea Arthur Downey, jefe del departamento del Banco de Datos Genéticos ligado a la Fundación Hutchkins, tenía los ojos clavados en la pantalla de su ordenador. Parecían a punto de salírsele de las órbitas. No daba crédito a lo que acababa de descubrir.

—Gallagher. Tienes que subir a ver esto —logró decir sin apartar los ojos de la pantalla.

—Me pillas en mal momento. Tengo ronda con mis residentes en breve.

—Dile a Collins que te cubra. Te garantizo que esto es mucho más importante.

—¿De qué se trata?

—No quiero hablar de esto por teléfono.

El tono que empleó no le dejaba elección.

—De acuerdo. Subo en cinco minutos.

Hugh marcó una serie de cuatro dígitos sobre el teclado que había situado al lado de la puerta. Acto seguido se posicionó frente a una pantalla rectangular que quedaba a la altura de sus ojos para completar el ciclo de reconocimiento. Un pitido le indicaba que el proceso había sido completado satisfactoriamente y accedió a aquellas instalaciones tan celosamente custodiadas.

Saludó cortésmente a parte del personal del departamento que trabajaba afanosamente entre tubos de ensayo, gráficos y estadísticas que él se consideraba incapaz de interpretar sin ayuda. Encaminó sus pasos hacia el despacho de Arthur Downey. Cerró la puerta tras él. Lo encontró reclinado sobre la mesa con un rictus de aparente concentración. Alzó la vista hacia él, inquieto, mientras con un gesto le indicaba que tomara asiento. Hugh así lo hizo.

—¿Y bien? ¿Qué es lo que no puedes decirme por teléfono? —le preguntó al tiempo que miraba su reloj.

Arthur se levantó y se encaminó hacia el panel de cristal que lo separaba de la sala. Cerró las persianas, de forma que quedaron a salvo de las miradas del personal que se hallaba trabajando al otro lado. Después regresó a su asiento.

—Presumo que conoces con detalle el funcionamiento del banco de datos Hutchkins.

Hugh asintió.

—Sabes que no es un programa cualquiera. Manejamos dos tipos de información. La primera se refiere a los perfiles genéticos que definen a cada uno de los donantes y receptores. La segunda se refiere a la información genética referenciada en sus historiales clínicos. En el primer caso, el perfil genético define unívocamente a una persona.

Arthur se detuvo esperando alguna reacción por parte de Hugh pero no sucedió nada.

—También sabrás que los datos del código genético de un donante voluntario de células progenitoras hematopoyéticas no solo se inscriben en el programa Hutchkins sino que pasan directamente a la base informatizada del Registro Internacional de Donantes. Tampoco necesito recordarte que cuando un paciente necesita un trasplante y no dispone de familiar compatible se inicia inmediatamente la búsqueda y que, por supuesto, el acceso a la liberalización de determinada información genética está sujeta a autorización del Centro Nacional de Trasplantes. Esa es una de las finalidades de la fundación de la que eres secretario honorario. Ante todo, garantizar el anonimato de receptores y donantes así como la transparencia absoluta para evitar corrupciones e intereses económicos de principio a fin del proceso.

Esta vez Hugh no pudo evitar removerse en su asiento y eso le dio a Arthur motivos para continuar con su táctica.

397

—¿Me has citado en tu despacho para darme una clase de ética? —le interrumpió.

—No, Hugh. Más bien una clase de programación.

Hugh no pudo disimular su escepticismo.

—¿Sabes para qué sirve un algoritmo de búsqueda? Te lo explicaré. Está diseñado para localizar un elemento con ciertas propiedades o características dentro de una estructura de datos. Es como cuando ubicamos el registro correspondiente de cierto individuo en una base de datos. El programa Hutchkins lo que hace es una búsqueda secuencial. Busca a los candidatos comparándolos con cada uno de los receptores hasta encontrarlo. La existencia de uno o de otro se puede asegurar cuando el candidato es localizado pero al mismo tiempo no podemos asegurar la no existencia del mismo hasta haber analizado a todos y cada uno de los donantes.

—Háblame en cristiano o ve al grano, Downey. Tú eliges.

—Requisito sine qua non para un donante vivo es no padecer ninguna enfermedad susceptible de ser transmitida al receptor. Y más aún: no padecer una enfermedad que pueda poner en riesgo su propia vida. Bueno, en este caso mucho me temo que estaríamos hablando de la tuya.

Un silencio sepulcral inundó la estancia. Hugh se levantó de su asiento y se encaminó hacia el panel de cristal cubierto por las persianas dándole la espalda a Arthur.

—De acuerdo. He falseado mi historial clínico para entrar en el programa —confesó volviéndose nuevamente hacia él—. Para ti no será ético pero lo que no me parece ético es estar al frente de este proyecto sin implicarme al cien por cien.

—Una enfermedad cardiovascular que puede suponer un riesgo sobreañadido de complicaciones durante la operación te aparta inmediatamente de un proceso de selección.

—Estoy curado, Arthur. Mi problema de corazón venía originado por los problemas que había en mi casa. Aquel ataque se produjo por estrés emocional. Desaparecido el problema, desaparecida la enfermedad.

—Lo sé. No se trata de eso.

—Entonces déjate de charlas. Si consideras ilegal mi generoso acto de entrega, toma las medidas que estimes oportunas. No me voy a interponer. Haz lo que tengas que hacer pero no me hagas perder más tiempo —le apremió sujetando con fuerza el picaporte.

—Como te he explicado hace tan solo unos minutos, el programa no asegura la no existencia de un receptor compatible hasta

398

haber analizado a todos y cada uno de los donantes. Lo curioso de Hutchkins es que hace al mismo tiempo una búsqueda secuencial entre los propios donantes. De esa forma, ha descubierto un fallo en un código genético que está inscrito, no sabemos si por error, como donante y al mismo tiempo como receptor. Y nos hemos topado con algo que estoy seguro que estarás interesado en saber.

Hugh apartó la mano del picaporte. El tono empleado por Arthur le hizo ponerse en alerta. No supo por qué pero había algo en la mirada de su compañero que no le tranquilizaba en absoluto.

—Terminemos de una vez con esto.

—Acércate, por favor —le indicó con la mano mientras giraba la pantalla del ordenador en su dirección.

Hugh se quedó mirando aquel gráfico seguido de la inconfundible y colorida secuencia del ADN. Después clavó sus ojos en Arthur en busca de respuestas.

—Si este receptor estuviese en lista de espera y se hubiese puesto en marcha el dispositivo de búsqueda de donante compatible, tú habrías sido el candidato perfecto para un isotrasplante.[2]

La expresión de Hugh cambió radicalmente. Tragó saliva. Miró nuevamente la pantalla como si allí pudiese encontrar una explicación a la descabellada exposición que acababa de hacerle su colega.

—No puede ser. Debe de tratarse de una equivocación —logró decir.

—No es un error. Lo he comprobado una y otra vez y te puedo asegurar que tu código genético y el de este sujeto son exactamente idénticos.

—¿Me estás diciendo que…?

—Te estoy diciendo que ahí fuera tienes un hermano gemelo univitelino.[3] Sí, Hugh. Cuando te mires en un espejo, piensa que lo que ves al otro lado no es solo tu reflejo, sino una extensión de ti mismo.

399

2. Trasplantes que se pueden llevar a cabo exclusivamente en aquellos casos en los que donante y receptor son gemelos idénticos.

3. También llamados gemelos monocigóticos, son gemelos que comparten la misma información genética.

Nueva York, 15 de abril de 2005

*T*odavía le costaba aceptar la desoladora realidad que la envolvía. La angustia de la espera la estaba ahogando en un mar de inacabables dudas y recelos dado el silencio por parte de Patrick. Consideraba cruelmente inverosímil el hecho de que, apenas veinticuatro horas antes, su marido le estuviese dedicando unas preciosas palabras en el atril del auditorio del museo Guggenheim.

La paradójica felicidad que ambos habían logrado alcanzar comenzaba a derrumbarse estrepitosamente. Todo carecía de sentido porque la persona que era su piedra angular luchaba en la mesa de operaciones de uno de los mejores hospitales de la Costa Este.

Sophie salió al pasillo mientras Julia permanecía a la espera en la sala habilitada para ello. En el instante en que lo hacía una puerta batiente, que comunicaba precisamente con el quirófano en el que se hallaba Ben, se abrió de golpe dejando pasar por ella a la titánica figura del doctor Levin. Durante una milésima de segundo sus ojos se cruzaron al tiempo que él se deshacía de la pieza de colorida tela que le cubría la cabeza y retiraba de su cuello la mascarilla protectora desechable. Apartó la vista de ella y aceleró sus pasos hacia el pasillo opuesto dejándola allí con los pies clavados en el suelo y a punto de sufrir un ataque. Patrick apareció tras él revelando con sus ojos que el peor de sus presagios podía llegar a materializarse.

Capítulo veintidós

Londres, 15 de abril de 2005

*P*idió al taxista que le dejase cerca de Westminster. Hugh prefería pasear unos minutos mientras ponía en orden sus pensamientos antes de encontrarse con Ally. Había transcurrido una semana desde la inconcebible e insólita revelación de Arthur Downey. Quiso poner tierra de por medio tras el descubrimiento y así se lo hizo saber a Arthur rogándole encarecidamente la máxima discreción al respecto. Pasó la noche en vela examinando todas y cada una de las contingencias que tal hecho podría provocar en su vida. Una vida que podría resumirse en pocas palabras. Disfrutaba de su profesión, tenía una más que aceptable posición económica, una vida social bastante digna y, a sus casi cuarenta años, un físico que despertaba admiración en toda fémina que se cruzara en su camino. Desde su fracaso matrimonial no había escatimado en conquistas. Se dijo a sí mismo que ya iba siendo hora de comenzar a satisfacer su ego masculino. Y cumplió su objetivo a rajatabla. No quedaba espacio en sus ajetreadas jornadas para entregar su desintegrada alma a nadie más. Estaba bien como estaba. Sin lazos, sin ataduras, sin complicaciones. Había sobrevivido a una existencia marcada por proporciones descompensadas de infortunios, adversidades y paradójicas etapas de bienestar, protección y seguridad. Una existencia marcada por el silencio, por el maldito tabú de un pasado que su subconsciente había querido relegar al olvido. ¿Qué irónica era la vida? Cuando ya tenía asumidos todos esos sinsabores, cuando ya había comenzado a aceptar su lugar en el mundo, el jocoso destino le sorprendía nuevamente con semejante desafío.

Después de un par de noches en vela creyó que había tomado la decisión correcta. Olvidaría todo lo sucedido. Tendría que seguir adelante con su vida por mucho que le pesara. ¿Qué sentido tenía ahora indagar en algo que estaba fuera de su alcance? ¿Y si esa otra parte de él sabía de su existencia y lo había dejado pasar? No. Tenía que dar carpetazo al asunto. Pediría a Arthur que hiciera desaparecer su perfil del programa y todo quedaría en una irónica anécdota cuyas huellas tendrían que ser borradas.

Pero la macabra providencia le jugó una mala pasada una vez más a su cavilada decisión porque una tétrica pesadilla, cuyo contenido no lograba recordar, lo había despertado acelerado y con el corazón golpeándole el pecho, evidente anuncio de que algo inexplicable e incomprensible iba a suceder. A primera de hora de la mañana Arthur le telefoneó para confiarle algo que estaba a punto de cambiar la trayectoria de los acontecimientos. Los datos de aquel donante o receptor desconocido cuyos códigos genéticos eran una réplica de los suyos se habían evaporado. Su otro yo, si es que alguna vez llegó a existir, se había esfumado de la noche a la mañana de la base de datos de la Fundación Hutchkins.

Se detuvo frente al conocido y moderno edificio de veinte pisos, sede de la New Scotland Yard. Además de ser el nombre por el que se conocía a la policía metropolitana de Londres, era el lugar donde Ally prestaba sus servicios desde hacía año y medio, después de haberse graduado en Criminología en el Trinity College. Al período de especialización en la acreditada escuela de formación de agentes de investigación de la NSY, le había seguido un contrato de prueba y aquella singular jovencita había demostrado de forma fehaciente las indudables dotes detectivescas que poseía.

Después de la llamada de Arthur no supo la razón pero le vino a la mente aquella Navidad que pasó en casa de los Fitzwilliams. La familia de Ally había entrado de improviso en su vida de una manera casual y espontánea, lo cual había supuesto un notable apoyo para Hugh después de la situación personal en la que se había visto inmerso tras un segundo desengaño por parte de su esposa y la pérdida de su padre. Recordó sus palabras cuando se sinceró con ella: «¿Nunca te has hecho preguntas?». Cuando le confesó sus sospechas respecto a la supuesta paternidad de aquel salvaje que había hecho de su infancia un infierno, ella misma le había respondido con las mismas palabras de su madre meses antes de la fatídica noche.

¿Y si todo lo sucedido era una advertencia? ¿Y si aquel descubrimiento era la señal que necesitaba para comenzar a buscar las respuestas a esas preguntas que siempre quiso borrar de su memoria? Hurgar en el pasado no le transmitía buenas vibraciones. Toda búsqueda implicaba un riesgo, el riesgo de encontrarse frente a algo que quizá debiera haber continuado en el olvido. Toda búsqueda llevaba implícita una mínima indagación. ¿Quería realmente eso? ¿Quería rastrear en los demonios de su infancia? ¿Y si la revelación tenía que ver precisamente con aquello de lo que su madre huía de forma tan iracunda? ¿De qué quería protegerle su madre realmente? ¿Quería protegerle de los peligros que representaba su villano padre o quería protegerle de algo más?

«Me resulta tan insólito eso de que no tengas ni un solo pariente», le había dicho Ally.

«Te equivocas, Ally. Sí que lo tengo, o al menos eso creo.»

Dejó de darle vueltas al asunto porque en aquel instante supo que Ally Fitzwilliams sería la única que podría guiarle en la investigación que estaba a punto de comenzar. Aún no habían transcurrido cuarenta y ocho horas desde que había decidido seguir adelante con aquel disparatado propósito. Después de telefonear a Ally comunicándole su intención de pasar varios días en Londres, se conectó a Internet para adquirir un billete de avión por el que tuvo que pagar una fortuna pese a ser una compañía *low cost* y posteriormente hizo una reserva para alojarse en el Fraser Place de Kensington.

Ahora se encontraba frente a New Scotland Yard, esperando su encuentro con una joven investigadora irlandesa a la que le sacaba unos añitos y que se suponía que iba a estar dispuesta a ayudarle a encontrar a un supuesto hermano gemelo univitelino, que podía vivir en cualquier lugar del mundo. Contaban con una ventaja. Ya sabían el aspecto que tendría.

Ally permaneció pensativa unos segundos. Desvió sus ojos hacia las cristaleras de la pizzería de Gloucester Road en la que habían acabado saciando su hambre y sed tras un largo paseo. Trató de recomponerse tras escuchar la historia relatada por Hugh y no porque le hubiese sorprendido sino por el subidón de adrenalina que acababa de experimentar. Su mente se había puesto a trabajar a mil por hora. Las preguntas de Hugh se multiplicaban en su cabeza sin darle lugar a un respiro.

—¿Y bien? —preguntó Hugh.

Ally dejó de contemplar a los peatones para centrarse nuevamente en el atractivo rostro de Hugh que la observaba sin perder detalle a la espera de que se pronunciase.

—¿Has considerado la posibilidad de que la causa de desaparición del código genético en la base de datos se deba a que se trata de un receptor o donante que ya no existe?

—¿Te refieres a si él... a si ha fallecido?

—Exacto.

—Sí, he pensado en esa posibilidad.

—¿Y aun así quieres seguir adelante?

—¿Qué me lo impide?

—¿Qué te empuja a hacerlo?

—Ya te lo he dicho. Tú misma me lo has repetido muchas veces. Me estoy limitando a hacer caso a tus instintos.

—Vienes de un programa de protección de testigos, tu padre adoptivo es un exagente del FBI y tu madre te hizo jurar que mientras ambos vivieran no regresarías a Estados Unidos por el peligro que ello implicaba.

—Ellos ya no están.

—¿Y si lo que descubres es aún peor? ¿Y si él es en realidad tu verdadero padre? ¿Y si tu madre solo te pudo salvar a ti?

—¿Salvarme? Ally, te recuerdo que fui yo quien vivió bajo el mismo techo que ese bastardo durante más de una década —le aclaró enojado.

Ally mantuvo la vista fija en su taza de café. Bebió lo que quedaba con meditada lentitud.

—Lo sé. Solo quiero advertirte de las consecuencias.

—Bien. Ya estoy advertido. Y ahora me vas a ayudar ¿sí o no?

—Una vez que entremos en el juego ya no habrá marcha atrás. Cuando lleguemos a un punto, querrás pasar al siguiente. Quiero que estés preparado pero al mismo tiempo no quiero que te obsesiones.

—Explícate.

—Si no logramos el objetivo, si nos encontramos con algo que no me cuadra o que pueda perjudicarte, abandonaremos.

—¿A quién pretendes engañar? —le reprendió Hugh con una irónica sonrisa—. Jamás te quedarías a medias en una investigación y menos aún si la cosa se pone... interesante.

—Hablo en serio, Hugh. O aceptas mis condiciones o no pienso mover un dedo para encontrar a tu «hermano».

Hugh tardó en dar una respuesta. La sonrisa se esfumó de su rostro.

—De acuerdo. Acepto tus condiciones —accedió finalmente.

—Bien. Ahora te invito a una copa en el Beach Blanket Babylone y empezaremos a diseñar la estrategia.

—¿Y cuál va a ser el primer paso?

—Empezaremos por el FBI.

—¿FBI?

—Algo me dice que Alan Gallagher es la pieza clave.

—No va a ser tan fácil. El WitSec no prescribe hasta que desaparecen todos los miembros que están bajo el programa. Yo aún estoy vivo y puede que él también lo esté.

—Si así fuese habrías tenido un seguimiento y un protocolo de actuación para casos de urgencia.

—Das por hecho que «el villano» está fuera de órbita.

—Lo está.

Hugh abrió la boca pero volvió a cerrarla.

—¿Cómo…? No. No es posible. Dime que no has estado investigando a mis espaldas.

—Aproveché los medios que tenía a mi alcance en cuanto entré en el NSY. Llevo más de un año haciendo un seguimiento.

Hugh no cabía en su asombro.

—Deja de mirarme así. No podía quedarme quieta después de lo que me habías confesado. Para mí es un reto, Hugh.

—Se trata de mi vida.

—Tómatelo por el lado positivo. Piensa que ya tenemos mucho trabajo adelantado.

—¿Qué has descubierto?

—Roger Thorn apareció ahorcado en su celda el 24 de enero de 1979 en un penal de Leavenworth, Kansas.

Hugh se tragó un nudo en la garganta que fue directamente hacia su estómago, produciéndole una sensación de opresión que no pasó inadvertida a los ojos de Ally.

—Ya no existes en el programa del WitSec —añadió Ally tratando de aliviar la evidente conmoción que le invadía.

Hugh desvió la vista hacia su taza huyendo del escrutinio de Ally. La sujetó con su mano derecha pero empezó a temblarle de tal manera que tuvo que depositarla nuevamente sobre la mesa.

—¿Qué sucede? —le preguntó Ally con rostro preocupado, agarrándolo suavemente de la muñeca para detener aquel repentino temblor.

Hugh alzó una vez más la vista hacia ella.

—Alan estaba en Estados Unidos por aquellas fechas —logró decir con voz ronca.

Ally no tardó en hacer cuadrar las piezas. El problema residía en que aquel rompecabezas tenía muchas otras piezas que todavía no habían encontrado su hueco. Hugh supo que sabía mucho más de lo que decía.

—Dime lo que sabes.

—No es el momento ni el lugar, Hugh. Vayamos paso a paso.

—Ahora. Quiero saberlo ahora —insistió con adusto semblante.

Un cauteloso silencio se instaló entre ellos.

—Roger Thorn no era su verdadero nombre —prosiguió Ally—. Ese era el nombre de un joven estudiante de medicina de Yale desaparecido en el año 1964 y del que tomó su identidad.

Hugh mantuvo la vista fija en ella. No se pronunció. Ally abrió su bolso y cautelosamente extrajo del mismo una pequeña carpeta que depositó delante de Hugh.

—Dieter Steiner, aparte de haber sido acusado del asesinato de Roger Thorn, llevaba consigo una larga lista de delitos por los que existía una orden de búsqueda y captura desde Alemania. Desafortunadamente, en Estados Unidos se le perdió el rastro. Entre esos delitos figuraba el de adopción ilegal y secuestro.

—¿Alemania? ¿Dieter Steiner? —logró preguntar Hugh pareciendo despertar de ese mal sueño.

—Sí. Ese era su verdadero nombre. En esa carpeta tienes un resumen de su impecable trayectoria delictiva. Eso es todo lo que he podido averiguar por ahora.

—¿Cuándo tenías pensado contarme todo esto?

—No quería hacerlo hasta encontrar algo que pusiese a prueba mi teoría.

—¿Qué teoría?

—La de que no estás solo en el mundo.

Hugh permaneció en silencio unos segundos que a Ally se le hicieron interminables. Por nada del mundo habría querido estar en lugar de Hugh en aquellos momentos.

—Esto va a llevarnos tiempo y dinero.

—Por eso no te preocupes. Mi situación financiera es más que solvente.

—Lo sé. El problema radica en que ninguno de los dos podemos dejar de lado nuestros trabajos de la noche a la mañana para meternos de lleno en esta peculiar aventura.

—¿Quién está hablando de dejar de lado el trabajo?

—No se llega al fondo de un asunto de este calibre desde la

mesa de un despacho. Tendrías que hacer algún que otro viaje. Yo me encargaría de establecer los contactos, pero dado que no sabemos lo que nos vamos a encontrar sería conveniente que comunicases en el hospital que necesitas un tiempo para resolver un antiguo tema familiar. Llámalo vacaciones sin sueldo, baja o un par de meses de excedencia. El caso es que necesitas dedicarte en exclusiva a esto. La experiencia me dice que no es recomendable que estés en un quirófano bajo esta presión.

—Estás empezando a asustarme.

—¿Has estado alguna vez en Alemania? —le preguntó haciéndole olvidar sus repentinos recelos.

—Hace años, de vacaciones con unos amigos en la Oktoberfest de Múnich.

—Fantástico. Yo aún no he tenido el placer de visitar Múnich, de modo que aprovecharé unos días de vacaciones para hacer turismo y charlar con varias personas. A partir de ahí tendrás que continuar por tu cuenta pero bajo mis directrices. Esa es otra de las condiciones. No harás preguntas de las que sabes que no te puedo ofrecer una respuesta. Lo haremos a mi manera.

Hugh guardó silencio. Su mente iba a estallar de un momento a otro.

—Trato hecho. Y ahora vayamos a tomarnos esa copa antes de que lamente la disparatada insensatez de haberme metido en este embolado.

Nueva York, 15 de abril de 2005

Sophie asintió con un templado gesto de cabeza tras la franca exposición de la cruda realidad que Scott Levin le acababa de hacer. Salió al pasillo acompañada por él, pero pese a sus buenas intenciones el camino hacia la UCI se le hizo interminable. Se le había creado un increíble nudo en el estómago, le temblaba el pulso de manera alarmante notando como la ansiedad la arrastraba inexorablemente hacia un profundo agujero. No quería ni pensar en lo que se iba a encontrar. La estancia hacia donde se encaminaba tenía un ancho y grueso panel de cristal que daba directamente a la zona de la UCI. Patrick apareció tras ella y fue él quien pulsó el botón para que la puerta corredera se deslizara ante ellos. La experiencia le decía que no debía dejarla entrar sola. Esperaría a que se acostumbrara a verlo en el estado en que se encontraba. Los dos grandes monitores que había al lado de su cama tapaban toda la visión. Lo primero que Sophie vislumbró fue su mano izquierda sujetada por la mano de una enfermera, desde la parte trasera del monitor que marcaba los movimientos de su encefalograma. Le estaba inyectando por vía intravenosa algún tipo de suero. Se aseguró de que el recipiente estuviera debidamente colocado y volvió a colocar la mano de su marido hacia abajo. Patrick y Scott hicieron una seña a la enfermera y esta salió de la estancia. La visión de Ben con parte de la cabeza vendada le produjo una inevitable sacudida. Se acercó de inmediato al lado derecho de la cama y le sujetó la mano con firmeza llevándosela hacia su mejilla en un gesto reflejo y apretándola fuertemente contra ella mientras unas desoladoras lágrimas resbalaban por su rostro. No fue capaz de pronunciar palabra. Miró a Patrick que estaba a su lado y acto seguido sus ojos se centraron en Scott Levin que la observaba en silencio tras el panel de cristal.

—Te dejaré un rato a solas con él. Estaré fuera por si me necesitas —le dijo Patrick.

Sophie asintió sin dejar de mirar a Ben. A pesar de todo lo ocurrido durante esa dura jornada su rostro inspiraba una fuerza y una paz infinitas. Algo que la calmó e inquietó a partes iguales.

—No puedes dejarme así como así. ¿Me oyes? —le suplicó en un débil susurro—. No es de tu estilo hacer las cosas de esta manera. —Su respiración era constante y el incesante pitido de los monitores se mantenía inalterable—. ¿Por qué has decidido llevar todo este peso tú solo? —Deslizó los dedos por su pálido rostro mientras trataba de buscar la razón de su ceguera ante las innegables señales de que algo no marchaba bien. ¿Cómo podía haber sido tan estúpidamente egoísta?

Habría deseado tanto volver atrás para hacer desaparecer aquella noche de discordia en la que tuvieron aquella desatinada disputa. Si pudiese borrar aquellas palabras tan duras, aquellas palabras que desconocían el tenaz esfuerzo que Ben hacía para que sus vidas no sufriesen alteración alguna pese al coste personal que eso supondría para él.

La noche en que faltó a su promesa de llegar a la hora para pasar una velada tranquila tras semanas de agotador trabajo, lo castigó con indiferencia y frialdad pese a que anhelaba echarse en sus brazos dejando a un lado las absurdas dudas que comenzaban a perturbarla. No había amanecido cuando él se atrevió a intentarlo de nuevo. Sus labios deslizándose con suavidad sobre su hombro desnudo fue lo que la despertó de su sueño intranquilo.

—Lo siento. Siento haberte fallado —susurró él contra la curva de su cuello.

Sophie se apartó con brusquedad retirando las sábanas. Se quedó sentada al borde de la cama dándole la espalda.

—¿Lo siento? ¿Eso es lo único que se te ocurre decir?

La mano de Ben se quedó en suspenso. Derrotado se dejó caer sobre la almohada. Aquel silencio lo estaba destrozando. Sophie no se movió de su lugar así que Ben optó por salir del lecho permaneciendo de pie tras ella desde el otro lado.

—Deseaba más que nada en el mundo que pasáramos esta velada juntos. Y sí, vuelvo a decirte que lo siento. Siento que todo se me esté yendo de las manos a causa del trabajo.

Sophie se puso en pie y se encaminó hacia la ventana. Meditó sus palabras antes de pronunciarlas. Jamás se habría creído capaz de decir algo semejante.

—Empiezo a pensar que hay… que hay algo más. El trabajo es la excusa que te has buscado para no estar en casa.

—¿Qué insinúas? —preguntó Ben alertado rodeando la cama y acercándose a ella.

—De un tiempo a esta parte estás diferente. Pareces ausente. Me da la sensación de que me estás ocultando algo. Dios mío, incluso he llegado a pensar que hay otra mujer.

Ben dio un paso más y la sujetó por los hombros.

—Por Dios, Sophie, ¿pero qué disparate es ese? ¿Cómo… cómo puedes siquiera sugerir algo tan…? ¿Me crees capaz de algo así?

Ben estaba realmente enfadado por aquella acusación y no hizo nada por ocultarlo. No daba crédito a lo que allí se estaba desatando.

—Ya no sé qué pensar.

Ben se llevó las manos a la cabeza en un gesto de impotencia y abandono.

—Esto es absurdo —se quejó.

—Entonces, ¿por qué presiento que ya no es como antes? —insistió Sophie.

—¿Como antes de qué? ¿Como antes de que siguiéramos caminos separados? ¿Como antes de que me dijeras que teníamos un hijo en común? ¿Como antes de que me diagnosticaran un cáncer? ¿Cómo antes de qué, Sophie?

Sophie echaba chispas por los ojos. Ben sabía que se estaba mordiendo la lengua. La conocía demasiado bien como para no darse cuenta de ello. Finalmente decidió salir de allí, pero Ben la detuvo agarrándola por un brazo y haciendo que se volviera hacia él.

—Lo tienes todo, ¿es que no te das cuenta? ¿Qué es lo que quieres?

—Solo te necesito a ti.

—Me tienes, maldita sea.

—No, Ben. Sabes que no te tengo al cien por cien. Lo sabes tan bien como yo y si no estás dispuesto a reconocer el problema entonces no tenemos nada más de que hablar.

Sophie no supo el efecto que habían causado en él aquellas palabras. Se deshizo de sus brazos y entró en el vestidor. Ben la siguió mientras observaba impotente cómo cogía unos tejanos, un suéter y unas deportivas de uno de los estantes.

—Deberías reconsiderar todo lo que estás diciendo. No es justo.

—No me hables de justicia —le replicó ella regresando a la habitación. Se desvistió y sus esbeltas piernas se fundieron con el tejido vaquero en menos de dos segundos. Acto seguido, se puso el suéter y salió de allí mientras Ben lidiaba con el conflicto interior que lo desgarraba por dentro. Desapareció dando un escandaloso portazo. Ben volvió a abrir la puerta y la siguió por el pasillo.

—¿Se puede saber qué haces? —le reprendió.

Sophie continuó caminando descalza por el pasillo. Se sentó en una silla del vestíbulo para calzarse las zapatillas.

—¿Adónde te crees que vas? Son las seis de la mañana.

Abrió el armario del vestíbulo ante la mirada atónita de Ben y sacó un anorak.

—A tomar el aire —respondió—. Si continúo aquí un minuto más creo que voy a explotar.

—No hagas ninguna tontería —le advirtió Ben con semblante serio.

—No tienes por qué preocuparte. Como bien has dicho, lo tengo todo y eso incluye el privilegio de vivir en una zona de Manhattan en la que puedo salir a pasear a la hora que me plazca —concluyó.

Y sin más cerró la puerta.

Ben había confiado en que Sophie recapacitaría sobre su testaruda actitud pero cuando habían transcurrido más de dos horas sin que hubiera dado señales de vida empezó a ponerse nervioso. Habría salido tras ella pero no se atrevía a dejar a Alex solo. La había llamado al móvil y lo tenía desconectado. Después descubrió que estaba apagado sobre la mesa del salón lo que le preocupó aún más porque de esa forma no había manera de localizarla. Sacó a su hijo de la cama, que protestó por la forma precipitada en que su padre lo obligó a vestirse y desayunar.

Telefoneó a Erin. Tuvo una corazonada y supo que si había acudido a alguien sería a ella, dado que Camille estaba de vacaciones en Francia. No quería alarmar al resto de la familia. Bastantes preocupaciones tenían ya como para añadir una más a la lista. Su estado de nervios empezó a empeorar cuando comprobó que el contestador de su hermana no estaba operativo y que no había nadie en casa. Probó varias veces pero el resultado era siempre el mismo. Su móvil emitió el sonido que avisaba de un sms.

En la pantalla apareció el nombre de Erin.

Está aquí. No le digas que te lo he dicho.

Ben respiró aliviado.

Y

Erin tardó en abrirle la puerta a su hermano. Cuando lo hizo se llevó el dedo índice a los labios para obligar a Alex a guardar silencio.

—Ssshh. No hagáis ruido.

Cerró la puerta con sigilo, abrazó a su sobrino al que tomó de la mano y se encaminó hacia el salón seguido por Ben.

—¿Dónde está mamá, tía Erin? —preguntó Alex.

—Mamá está durmiendo —le respondió mientras lo conducía hacia el sofá y buscaba con el mando de televisión un canal que emitiera algo divertido—. Papá y yo volvemos enseguida. —Erin le hizo un gesto a su hermano y pasaron al comedor.

—Quiero verla —insistió Ben mientras su hermana deslizaba las puertas correderas.

—Está bien, pero no la despiertes, por favor —accedió Erin bajando la voz.

Lo acompañó a la habitación. Allí estaba tumbada sobre los coloridos cojines del étnico dormitorio de Erin. Dormía apaciblemente aún con los tejanos puestos, como si unas horas atrás no hubiese sucedido nada entre ellos. A juzgar por el brillo de sus ojos, era evidente que había estado llorando y mucho. Ben apretó los labios en un gesto de impotencia mientras su hermana lo observaba. Volvió a cerrar la puerta y los dos se dirigieron de nuevo al comedor. Erin se aseguró de que Alex seguía entretenido. Ben tomó asiento y se llevó las manos a la cabeza ocultando después su rostro entre ellas.

—¿Y bien? ¿Cuál es tu versión de los hechos? Porque la mía es que me la he encontrado sentada en el portal de este edificio a las ocho de la mañana. Regresaba de casa de Rick. Menos mal que tenía pensado venir hoy para ultimar unos temas de trabajo porque si no todavía estaría ahí abajo esperando a que alguno de los dos apareciera. Para ponerle la guinda al asunto, mi móvil tiene mal la batería y se desconecta cada dos por tres.

Ben comprendió porque no había contestado nadie al teléfono.

—Esto es una locura —fue lo único que logró decir.

—¿Por qué no te enfrentas a la realidad de una vez por todas y se lo cuentas todo?

—No puedo, no podría hacerlo, Erin.

—Tarde o temprano empezará a darse cuenta. Son cosas que no se pueden esconder.

—Ninguna mujer ha hecho por mí lo que ha hecho Sophie. Ya la decepcioné una vez. No, no podría volver a hacerlo —confesó

LA HERENCIA DE LA ROSA BLANCA

atormentado, clavando aquellos devastadores ojos en su hermana pequeña.

—Te aseguro que hoy estaba muy decepcionada. Maldita sea, Ben, está convencida de que te estás acostando con otra.

—Lo sé, también me lo ha dicho.

—¿Y no crees que ya es hora de poner las cartas sobre la mesa?

—Todo va a terminar pronto. Un par de semanas más a la espera de los resultados y todo volverá a la normalidad.

—No creo que aguante más de dos semanas.

—Y ¿por qué no?

—Está dispuesta a pedir una baja y marcharse una temporada con Alex a Madrid.

—¿Qué? No voy a permitirlo.

—No eres nadie para detenerla. Todo esto no se debe a tus continuos viajes a Filadelfia. En estos últimos dos meses te ha visto saliendo del hospital en varias ocasiones con Carly Stevens.

—¿Esta es tu forma de hacer frente a un problema? Si es que a esto se le puede llamar problema, claro —le increpó Ben mientras la seguía a través del pasillo de su apartamento.

Erin se había ofrecido a quedarse con Alex con la finalidad de que ambos tuvieran libertad para sincerarse y solucionar sus desavenencias. Apenas pronunciaron palabra en el trayecto de camino a casa.

—Para ti puede ser una tontería pero no para mí —le hizo saber mientras entraba en la habitación de Alex y comenzaba a poner en orden todo lo que esa mañana había quedado sin hacer debido a su precipitada marcha.

—¿Cuántas veces he de decirte que es hija de unos íntimos amigos de la familia? No hay nada más. Carly Stevens es la que supervisó mi tratamiento hace unos años.

Detestó tener que ocultarle la verdad pero no veía otra salida.

—Quizá si tuviera las manos en su sitio y no fuese tan condenadamente atractiva, estaría más tranquila.

—Empiezas a comportarte como una cría de veinte años. Está claro que no tienes intención de solucionar nada de esto. Si te crees que con coger un avión y marcharte a Madrid vas a lograr algo, estás muy equivocada. El hecho de que huyas no va a cambiar las cosas.

—Eso dice mucho de ti —le replicó encarándose a él mientras cerraba varios cajones de un armario—. Ahora solo me falta saber

413

desde cuándo te estás beneficiando a la supervisora de tu tratamiento.

Se dio la vuelta para salir de la habitación pero Ben se lo impidió. Cerró la puerta y la inmovilizó apoyándola contra ella.

—Basta, Sophie. Ya basta. No me he acostado con Carly Stevens ni con ninguna otra. Mi visita al hospital ha sido para un breve chequeo rutinario.

—Me mentiste —le acusó.

—Jamás te he engañado. No ha ocurrido nada, ¿me oyes? Tú eres la única mujer a la que deseo.

—Me cuesta creerte.

—¿Quieres terminar con esto? ¿Es eso lo que quieres? Porque si es así quiero que me mires a los ojos y quiero oírlo de tus labios. Si esto se está acabando, quiero saberlo.

Sophie echó la cabeza a un lado para evitar su feroz mirada.

—Mírame, Sophie.

Sophie obedeció y Ben rozó su mentón ligeramente para obligarla a mirarle a los ojos.

—Dime lo que sientes, dime lo que estás pensando.

—Abrázame —le rogó ella con ojos brillantes.

Ben se quedó perplejo.

—Cariño, ¿qué te ocurre? ¿Qué…?

—Te he dicho que me abraces. Abrázame y no me sueltes hasta que yo te lo diga.

Ben acató sus órdenes ofreciéndose en su totalidad. Sophie se recostó sobre su pecho aferrándose a él con un inesperado vigor.

—No quiero que acabe. No quiero que esto acabe jamás —musitó ella contra la suave textura de su camiseta.

Las palabras se ahogaban en la garganta de Ben. La estrechó contra él aún con más firmeza y no supo durante cuánto tiempo la mantuvo en esa posición, completamente ensamblada a cada uno de los recovecos de su cuerpo como si fuese un apéndice de él, como si fuese una parte vital sin la que no podría seguir viviendo si se la arrebataran. Esa fue la única forma que tuvo de responderle. No pudo hacer nada más.

El resto de la jornada había transcurrido sin que se produjese ninguna novedad. Eran casi las diez de la noche y Ben no había conseguido despertar del letargo en el que se encontraba. Sophie no se había separado de su lado desde que salió del quirófano y los efectos del agotamiento comenzaban a hacer acto de presencia en su rostro.

—Alex lleva todo el día sin verte. Por favor, Sophie, ve a descansar. Lo necesitas —le insistió Margaret. Andrew acababa de llegar con Julia.

—Debería llamar a mis padres, aún no saben nada —recordó Sophie.

—Ya me he encargado de eso —le dijo Andrew en tono tranquilizador. Sabía que en aquellos momentos no estaba en condiciones de ser la portavoz de lo que le estaba ocurriendo a su marido. Era algo perfectamente comprensible—. Tu madre ha insistido en buscar un vuelo mañana mismo pero le he dicho que no es necesario. No he querido preocuparla más de lo normal, de modo que no se lo he contado todo.

—Has hecho bien. Te lo agradezco, Andrew.

—Vamos, te acercaré a casa —se ofreció Margaret.

—No es necesario. Tomaré un taxi.

—¿Bromeas? —le reprendió Margaret.

—Es recomendable que Alex continúe con nosotros hasta que todo esto se apacigüe un poco —propuso Julia—. ¿Qué te parece?

—Gracias, Julia, es lo mejor en este momento.

Sophie los abrazó a todos antes de marcharse para descansar. Sabía que en menos de dos horas estaría de regreso.

415

Alex dormía profundamente totalmente ajeno a la vorágine que se había desatado a su alrededor. Sophie se inclinó acariciando su suave cabello. Se removió entre las sábanas al sentir el contacto de unos labios en su mejilla, pero no abrió los ojos. Salió de la habitación en silencio y se dirigió a la cocina. No tenía ningún apetito pero sabía que no tenía más remedio que comer algo si no quería caer desfallecida. Después se dio una rápida ducha y el chorro de agua caliente la relajó un poco. Su móvil estaba sonando. Salió disparada del cuarto de baño. Era Patrick.

—¿Qué ocurre? —preguntó Sophie con un claro indicio de pánico en la voz que Patrick advirtió enseguida.

—Tranquila, es solo para decirte que ha despertado y la primera palabra que ha dicho ha sido tu nombre.

Sophie sonrió para sí y dio gracias a Dios en silencio al otro lado de la línea.

—Salgo para allá ahora mismo. Y, por favor, mantenle despierto —le rogó.

—Haré lo que esté en mi mano.

Capítulo veintitrés

Múnich, 23 de abril de 2005

*A*terrizaron en el aeropuerto Franz Joseph Strauss hacia el mediodía en un vuelo de la compañía Air Condor. Se alojaron en el hotel Torbräu, el mismo en el que su padre biológico se había alojado cuarenta años atrás, el mismo en el que había sido concebido, aunque eso era algo que Hugh aún no sabía. Pidieron dos habitaciones individuales. Después de la mirada que le había lanzado Bradley, el novio de Ally, cuando había ido a llevarlos al aeropuerto, prefirió no caer en la tentación.

—No me voy a meter en tu cama, Gallagher —le hizo saber Ally entre risas.

—Lo sé. No eres tú el problema, sino yo.

—¿Me estás tirando los tejos?

—Ally, con la carrera sentimental que llevo a mis espaldas, te aseguro que jamás entro en juegos de seducción. Si hubiese querido algo no te lo habría preguntado. Soy de los que va al grano.

—¡Venga ya! Algo así como aquí te pillo, aquí te mato.

—Exacto —le respondió con una generosa sonrisa.

—Me pregunto qué es lo que me ha impulsado a ayudarte. ¿Por qué me habré metido yo en este berenjenal?

—Por dos razones. Porque te encanta y porque me adoras.

Ally dejó escapar una carcajada.

—¿Cuándo hemos quedado con Karl Dreinmann? —le preguntó aún contagiado por su risa.

—A las seis de la tarde.

—Bien. Tenemos tiempo de hacer algo de turismo, un par de cervezas y después te llevaré a degustar el mejor codillo de todo Múnich.

Dos horas más tarde, cuando traspasaba la puerta del restau-

416

rante Haxnbauer, el recuerdo de aquella preciosidad parisina le vino a la mente con una claridad asombrosa. Una inexplicable sensación le subió por el pecho obligándole a detenerse para tomar el aire. La había borrado de su mente desde aquel viaje precipitado a Dublín para asistir al funeral de su madre. Hacía años que no se había vuelto a preguntar qué había sido de aquella mujer que había despertado sentimientos tan intensos en él durante aquel corto período de tiempo.

—¿Estás bien? —le preguntó Ally con rostro preocupado.

—Sí, estoy bien. Es solo que…

—¿Qué?

—Me acabo de acordar de alguien.

—¿Una mujer? —le preguntó mientras tomaban asiento frente a una mesa que daba a la Sparkkasenstraße.

Hugh asintió.

—Vaya, a juzgar por tu semblante tuvo que dejarte mucha huella. Jamás he visto esa mirada en tus ojos.

—Hay muchas miradas que desconoces —le aclaró.

—Pues te aseguro que la que acabo de ver es la mirada con la que soñaría cualquier mujer.

Hugh guardó silencio. Le incomodaba aquella sensación que lo oprimía. No era algo físico, era algo que no podía explicar. ¿Por qué la había recordado? ¿Por qué precisamente en aquel momento?

—¿Quieres hablar de ello?

—¿Hablar de ello? —preguntó asombrado con una sonrisa forzada—. ¿Por qué iba a querer hacerlo? Han pasado muchos años. No hubo nada entre nosotros, es más, ni siquiera conozco su nombre.

—Bueno, ya que controlas un poco el alemán, haz el favor de pedirme una cerveza y tú mejor te pides dos. A ver si de esa forma te logro sacar algún dato.

Esta vez la carcajada de Hugh fue auténtica.

417

Nueva York, 23 de abril de 2005

—*E*s un nuevo ensayo o tratamiento experimental que se ha estado aplicando en la Anderson con un alto porcentaje de aceptación —le explicó Scott Levin a Ben, que a duras penas se mantenía en pie junto a la ventana de la habitación del hospital debido a la fuerte medicación.

—¿Cuánto tiempo se lleva aplicando?

—Algo más de ocho meses.

—¿Me estás hablando de aceptación del tratamiento o de éxito del tratamiento? Considero que en un plazo tan corto de tiempo, solo podréis valorar la aceptación en términos tales como... A ver, ¿cómo lo diría para que nos entendamos? En términos de ver si el paciente no se va muriendo por las esquinas.

—Ben, en estos momentos es lo más factible.

—Puedes hablar con libertad. Sophie aún no ha llegado.

—Estoy hablando con libertad y mi consejo es que deberías intentarlo.

—No funcionó la última vez.

—Este tumor es diferente.

—Es incluso peor, Scott. A estas alturas deberías tener en cuenta que estás hablando con el hijo de un erudito en la materia.

—¿Qué es lo que pretendes con esa actitud?

—No pretendo nada. Solo quiero la verdad. Quiero que me digas que debido a su peligrosa proximidad al tronco encefálico, que tan esencial es para la vida, es por lo que ha sido prácticamente imposible extirpar la totalidad del tumor. Quiero que me digas que los tumores localizados en esta área tan crítica del cerebro pueden causar efectos tan «agradables» como debilidad, rigidez muscular, problemas con las sensaciones auditivas, con los movimientos faciales e incluso la deglución, por no hablar de la visión doble y falta de coordinación al caminar, cosas que hace tiempo que he empezado a experimentar. Quiero que me digas que por mucho ensayo clínico con nuevos tratamientos que puedan existir, no hay garantías de curación. Quiero que me digas que la única solución posible es olvidarme de todo este infierno y regresar a casa con mi esposa y mi hijo para pasar el tiempo que me queda junto a ellos y no sometido a un infernal tratamiento que con seguridad no conducirá a nada —reclamó hastiado.

Tuvo que tomar aire después de su breve discurso. Tomó asiento en el sillón que había al lado de la cama porque se había mareado. No había advertido la presencia de Sophie junto a la puerta y a juzgar por su adusto semblante debía de haber presenciado la mayor parte de su elocuente alegato.

Scott se puso en pie. Hizo un gesto con la cabeza a Sophie.

—Piensa en ello —le dijo a Ben—. Descansa un poco, no te conviene tanta alteración.

Ben asintió. Scott salió de allí no sin antes dirigirle unas últimas palabras a Sophie.

—No seas muy dura con él.

Se quedaron a solas. En silencio.

—No sé qué decir —se disculpó Ben.

—Ya lo has dicho todo —respondió Sophie acercándose hasta él.

Ben extendió su mano hacia ella.

—Ven conmigo —le suplicó.

Sophie se acomodó en su regazo posando su boca sobre sus resecos labios.

—¿Quieres beber algo? —le preguntó.

Ben negó con la cabeza. Sophie acarició con suavidad aquella parte de su cabeza que estaba vendada. Ben se inclinó para arrancarle un nuevo beso y la recostó sobre su pecho mientras enredaba sus dedos entre sus cabellos.

—¿Puedo hacerte una pregunta? —le preguntó él rasgando aquel largo silencio.

—Claro, dime.

—Si algún poder sobrenatural te brindara la posibilidad de retroceder al momento justo en que cruzamos nuestras miradas por primera vez sabiendo de antemano que sucedería esto, ¿seguirías adelante? ¿cambiarías algo?

Sophie sujetó la mano que se deslizaba ahora sobre su mejilla. Se irguió y lo miró fijamente a los ojos.

419

—No cambiaría ni un solo momento de todos estos años. Ni uno solo.

—Eso no suena a respuesta sincera. —Ben sabía que no todo habían sido rosas desde que decidieron unir sus vidas—. ¿Seguro que no hay ninguno que quieras borrar del mapa?

Sophie trató de cambiar de tema de conversación en dirección contraria a la que proyectaba Ben. Sabía que el hecho de haberle escondido la enfermedad le estaba consumiendo.

—Bueno, sí, creo que hay uno. ¿Recuerdas la primera noche en París?

—¿Cómo iba a olvidarlo? —Se le dibujó una tenue sonrisa en los labios al recordarlo. Sophie estaba consiguiendo el efecto deseado.

—¡Serás desvergonzado! —le dijo Sophie introduciendo su mano por la abertura de la camisa de su pijama y acariciando el vello de su torso—. Tú lo recuerdas porque fue el preludio para conseguir llevarme a la cama al día siguiente pero te aseguro que para mí los momentos previos fueron bastante traumáticos.

—Yo diría todo lo contrario. Fuiste tú quien me invitó a subir. ¿O es que ya no te acuerdas?

—Lo sé. No quería parecer una mojigata. Cuando te echaste encima de mí en aquellos cojines sobre la moqueta... ¡Oh cielos! —exclamó poniendo los ojos en blanco a lo cual Ben respondió con una risa—. Jamás me habían metido mano de aquella forma.

—Te estás quedando conmigo —le dio un beso en el cuello.

—Estoy hablando en serio.

—¿Y qué hay de Paul?

—Paul era un principiante, física y mentalmente. Tú has sido mi mayor y único maestro. Tuve un profesor bastante entrenado. Demasiado, quizá —se quejó en tono burlón.

—Yo no tengo la culpa. Era joven. Si dejas el pabellón bien alto, el resto quiere probar y yo no tenía nada mejor que hacer —le respondió aprovechando la mano que le quedaba libre para introducirla bajo su camiseta.

—Menos mal que te cacé a tiempo, granuja. —Sintió unas terribles cosquillas cuando apreció el tacto de sus manos debajo de su sostén.

Hacía tiempo que no lo veía sonreír de esa forma y se sintió feliz de haberlo conseguido aunque hubiese sido solo durante unos instantes. De repente se volvió otra vez al silencio, a las miradas llenas de preguntas para las que ninguno de los dos tenía respuesta.

—Soy tan afortunado al tenerte —le dijo él con cierto resplandor en los ojos.

Sophie lo volvió a besar larga y apasionadamente. Se apartó de él y se quedó mirándolo durante unos instantes.

—¿Lo ves? Solo por volver a vivir momentos como este merecería la pena retroceder en el tiempo.

Múnich, 23 de abril de 2005

*K*arl Dreinmann se había retirado a la localidad de Oberammergau tras su jubilación. Hugh y Ally habían aprovechado la excelente infraestructura ferroviaria del sur de Baviera para trasladarse en el S-Bahn hacia aquel hermoso lugar enclavado en un paraje de bosques, montañas y bellísimas construcciones de madera que parecían sacados de una postal.

Karl Dreinmann vivía en una de esas casitas en las que Ally habría deseado pasar las fiestas navideñas en compañía de Bradley, sus amigos y su familia. Ambos quedaron sorprendidos del aspecto del anciano. De cabello pelirrojo moteado de canas, barba poblada y enorme estatura, más bien habría dado el perfil de escocés de las tierras altas que de exinspector de policía alemán. Su apretón de manos cuando los recibió a la entrada de su morada cuadró a la perfección con su aspecto.

—Vaya, es un placer tener a una pelirroja bajo mi techo —dijo con un fuerte acento cuando daba la mano a Ally.

Los condujo hasta un agradable salón en el que crepitaba el fuego de la chimenea pese a estar en plena estación primaveral. Karl debía rebasar los ochenta aunque parecía estar en buena forma. Hugh pensó que el bastón del que aparentemente parecía ayudarse era un mero adorno a juzgar por la rapidez de sus movimientos. La estancia era realmente acogedora. Una hilera de marcos de fotografías antiguas ocupaba un tramo de la pared de aquel lugar cargado de recuerdos. Tanto él como Ally no pudieron evitar detenerse para contemplarlas. Solo les dio tiempo a observar detenidamente un par de ellas. En la primera se distinguía la fachada de la Universidad de Múnich con un grupo de alumnos y alumnas sobre la escalinata. La segunda mostraba a un jovenzuelo Karl al lado de una bella jovencita.

—Mi esposa Johanna —anunció Karl uniéndose a ellos con cierta sombra de tristeza en sus ojos—. Falleció la pasada primavera.

—Vaya, lo siento —dijo Ally.

—Era muy guapa —añadió Hugh.

—Lo fue. Hasta el último día.

Una mujer de mediana estatura de cabello encanecido y unos picaruelos ojos oscuros entraba en ese preciso instante en el salón. En sus manos portaba una bandeja con humeantes tazas de lo que parecía a simple vista algún tipo de infusión.

—Mi hermana Frida.

—Es un placer, Frida —saludaron Ally y Hugh al unísono apartándose de las fotografías que habían captado su atención.

—El placer es mío. Lo siento. No hablo muy bien su idioma —consiguió decir mientras depositaba la bandeja sobre la mesa.

—No tenía que haberse molestado —añadió Hugh—. Estamos bien servidos con el codillo, la cerveza y el impronunciable pero apetitoso *Zwetschgenstrudel*.

—Entonces este brebaje os ayudará a la digestión —anunció sonriente Karl.

—Siento no unirme a la reunión, pero tengo cosas que hacer —se disculpó Frida.

—Mentira, se aburre y la comprendo —bromeó Karl.

—Karl, ¿qué van a pensar tus invitados? —le recriminó con una palmadita en la nuca antes de desaparecer con la bandeja vacía.

—¿Y bien? —les preguntó centrando nuevamente su atención en ellos—. ¿Qué puede hacer un anciano policía retirado por un cirujano y una detective de Scotland Yard?

—Bueno —comenzó a decir Hugh—, eso es algo que usted tendrá que ayudarnos a descubrir, señor Dreinmann.

—Llámeme Karl. Un caso de hace más de cuatro décadas. Pensé que estas cosas sucedían en las películas. Ya veo que la realidad supera a la ficción —dijo mientras bebía un sorbo de la infusión.

Hugh lo imitó.

—¿Conoció usted a Alan Gallagher? —le preguntó.

—Así es —respondió con una mirada que reflejaba claramente que comenzaba a poner en marcha la maquinaria de sus recuerdos—. Su padre era un tipo muy peculiar. Llevaba su trabajo hasta unos límites excepcionales lo que le costó su primer matrimonio y hasta casi su propia vida.

Hugh tragó saliva. Nunca supo que su padre había estado casado y menos aún que había puesto en peligro su vida, aunque haber trabajado como agente infiltrado para el FBI era motivo más que suficiente para vivir siempre al filo de lo imposible.

—¿Qué tenía que ver Gallagher con el caso Mailerhaus?

Karl tardó en dar una respuesta. Ally y Hugh intercambiaron miradas.

—Conocí a Alan Gallagher mucho antes del caso Mailerhaus. Llevé a cabo una investigación para él en la posguerra.

—¿Qué investigación?

El anciano alemán se hizo de rogar.

—Me temo, joven, que eso es algo que no estoy en posición de poder revelarle. Creo que estamos aquí en igualdad de condiciones y más sabe el demonio por viejo que por demonio. Ya me entiende.

—No. No le entiendo —respondió Hugh nervioso.

—Usted no ha venido aquí para saber de las andanzas de Alan Gallagher. Busca algo más. Algo que yo no puedo darle sin poner en evidencia a otras personas a las que juré lealtad. Tan solo puedo decirle que gracias a esa investigación logramos encajar algunas piezas que nos llevaron a relacionar a Dieter Steiner, conocido como Roger Thorn, con el caso Mailerhaus.

Karl se levantó ayudado por su bastón. Caminó, esta vez lentamente, hacia una de las ventanas de la estancia. Abrió una caja, extrajo su pipa, se aseguró de que contenía tabaco y la encendió con una cerilla. Regresó a su asiento dejando tras de sí una estela de humo.

—¿Qué es lo que le llevó a relacionar ese caso con la investigación de la que no puede darnos datos? —insistió Ally.

—Vayamos por partes. Veamos... En el año 1965 tuvieron lugar varios sucesos en un siniestro lugar, que bajo la apariencia de una reputada clínica en la que comenzaban a investigarse los primeros vestigios de lo que hoy conocemos como reproducción asistida, se estaban llevando a cabo otras actividades completamente ilegales.

—¿Qué actividades?

—Lo que parecía a simple vista una clínica ginecológica de carácter privado que funcionaba bajo todos los parámetros exigidos por la ley en cuanto a permisos, licencias y personal sanitario con la titulación debida, era la tapadera de una red de adopción ilegal que solo pudo ser probada muchos años después gracias al testimonio de la mujer que había vivido bajo el techo del depravado que comerciaba con seres humanos.

Hugh trató de apartar los malos pensamientos de su mente. Ally le sujetó afectuosamente la mano como gesto de comprensión.

—¿Qué les hizo sospechar que tras los muros de esa clínica se comerciaba con los recién nacidos? —preguntó Ally.

—El hermano de una joven que dio a luz en ese hospital fue quien nos puso en alerta. Era un policía afincado en Núremberg. Había investigado el caso de una adolescente que confesó que le habían ofrecido una cuantiosa suma de dinero, así como la atención médica necesaria durante el embarazo y el posparto, a cambio de dar en adopción a sus gemelos. En el sexto mes la joven se arrepintió de su decisión por la presión de sus padres. Se lo comunicó a la clínica y empezaron a acosarla.

—¿Y no hicieron nada?

—No lo denunció, de modo que no estábamos al tanto.

—¿Cómo lo supieron entonces? —intervino Hugh, repentinamente alertado, después de haber oído la palabra «gemelos».

—Porque esa chiquilla fue atropellada y perdió a los bebés. El vehículo se dio a la fuga.

—¡Dios mío! —exclamó Hugh.

—¿Y no tomaron medidas? —añadió Ally.

—Era la palabra de unos contra otros. Se abrió una investigación. Conseguimos una orden de registro. Hicimos una búsqueda exhaustiva de pruebas pero no se encontró nada anormal. Dieter Steiner lo tenía todo muy bien atado.

—¿Qué fue de la otra joven que dio a luz? —insistió Hugh teniendo una corazonada.

—Tuvo un parto que no tendría que haberse complicado.

—¿Qué quiere decir con que no tendría que haberse complicado?

—La madre de la joven insistió en que horas antes había visitado a su hija y se encontraba en perfecto estado y sin síntomas de contracción alguno.

—¿Era primeriza? —preguntó Ally.

—Sí.

—Pero esas cosas pueden suceder —aclaró Ally.

—La cosa cambia cuando la ginecóloga que atiende a la paciente hace lo imposible para que nadie acceda a la sala de partos. Más aún cuando el hermano de la víctima de la emboscada es un policía que amenaza con pedir refuerzos.

—En ese momento tenían indicios de que algo sucedía, ¿por qué no tomaron las medidas oportunas?

—No podíamos entrar allí sin una orden de registro. Ya lo hicimos una vez y no logramos encontrar indicios que permitieran cerrar la clínica, de modo que en el segundo intento hubo mayor reticencia por parte del juez. Además, el padre de la criatura llegó a tiempo para ver a su bebé. La madre sufrió hemorragias debido a algo que le inyectaron.

—¿Oxitocina?

—No. Independientemente de la oxitocina para adelantar el parto, se le inyectó algún tipo de droga —matizó Dreinmann.

—¿Con qué finalidad? —inquirió Hugh.

—Seguramente con la finalidad de llevarse al bebé aduciendo posteriormente que había fallecido debido a las complicaciones surgidas durante el alumbramiento. Pese a todo, conseguimos la orden pero ya era demasiado tarde.

—¿Demasiado tarde?

—Tardamos solo varios días, el tiempo suficiente para que la cabeza pensante diese la orden de desmantelarlo todo y huir del país.

—Dieter Steiner debió contar con alguien de confianza para llevar a cabo todo este tinglado —observó Ally.

Karl miró a Hugh antes de responder.

—Contaba con Claudia Valeri, su mujer. Ella era la que hacía el seguimiento de las mujeres embarazadas y quien atendía los partos. Generalmente buscaban a la víctima perfecta. Adolescentes sin medios para salir adelante y que querían deshacerse de los bebés por una módica cantidad, o bien otras en la misma situación que pese a su negativa de dar a sus hijos en adopción, las encandilaban prometiéndoles los más óptimos cuidados durante el embarazo. Con estas últimas simulaban la muerte del feto meses antes de dar a luz. Les provocaban un parto prematuro. Como les he dicho antes, no sé qué tipo de drogas les inyectaban pero cuando despertaban ya era demasiado tarde. Sus bebés se habían esfumado. Algunas exigían verlos. Otras no. Siempre tenían a buen recaudo a un par de malogradas criaturas metidas en formol para certificar las muertes. Después sacaban a esos niños del país y eran vendidos a familias adineradas que no preguntaban de dónde procedía el bebé que iban a adoptar. Creían, o al menos querían creer, que todo era un proceso perfectamente legal.

—¿Lograron dar con Claudia Valeri? —preguntó Hugh al tiempo que lo inundaba un extraño presentimiento.

—Claudia Valeri era la esposa de Roger Thorn. Dieter Steiner tenía un doble pasaporte. Asumió la identidad de Roger Thorn precisamente para huir en el momento en el que alguien diese la voz de alarma. Pero para entonces tenía una buena cuenta numerada en Suiza con la que vivir holgadamente durante sus primeros años de asentamiento en tierras estadounidenses. No logramos dar con Claudia Valeri hasta que alguien cuyo nombre era Clarissa MacNamara accedió a declarar contra su marido después de haber estado a punto de perder la vida a manos de ese cerdo. Todo a cambio de exonerarle de los cargos de los que fue cómplice.

—Pero esos delitos prescriben, ¿no? —preguntó Ally tratando de evitar la mirada inquisidora de Hugh.

—En Estados Unidos es un delito federal. Aun así, Clarissa, Claudia o como quiera que se llamase, siguió recibiendo amenazas y cuando supo que no solo ella sino su hijo, al que tengo entendido que protegió contra todo pronóstico, corría peligro, intervino el FBI para meterlos en el WitSec. A partir de ahí no puedo decirle nada más. Como comprenderá, el FBI no va por ahí revelando las identidades de las personas que están bajo este programa de protección.

Hugh sintió que la tierra se abría bajo sus pies. Ally lo miró con los ojos abiertos de par en par conociendo el secreto conflicto interior que lo devoraba.

427

—Si esa mujer lo hubiese denunciado en su momento, se habría ahorrado muchos años de vejación y le habría dado a su hijo la infancia que merecía. Me pregunto por qué hay mujeres que aguantan semejante horror.

—Quizá porque quieren proteger a lo que más quieren —añadió sin mirar a Hugh—. Lo hizo lo mejor que pudo. Se jugó la vida para sacar a su hijo de aquel infierno y lo consiguió aunque eso la hubiese forzado a poner a ambos bajo un programa de protección que no garantizaba nada salvo una nueva identidad.

—Afortunadamente alguien se encargó de quitarlo de en medio.

—¿Piensa usted que mi padre tuvo algo que ver en la muerte de Dieter Steiner? —preguntó Hugh tratando de recuperarse del duro golpe.

—No quiero sacar ninguna conclusión, pero más de cuatro décadas dan para mucho y me he hecho la misma pregunta cientos de veces. Solo puedo decirle que Alan Gallagher fue quien me puso sobre la pista de Dieter Steiner después de un viaje a Kilkenny.

—¿Y qué fue a buscar a Kilkenny?

—Solo me dijo que Dieter ya estaba entre rejas. Meses después aparecía ahorcado en su celda. Fuera lo que fuese lo que encontró en Kilkenny, eso es algo que solo usted podrá saber.

—Yo tampoco estoy en posición de revelarle algunos datos. Al igual que usted debo lealtad a las personas implicadas.

Karl captó el mensaje. Ally aprovechó el tenso instante para volver a un punto sobre el que había comenzado a hacer cábalas con una destilada destreza.

—¿Qué hay de la joven que logró salir de allí con su bebé vivo?

Karl no pudo disimular su malestar. Bebió el resto de la infusión y dio una nueva calada a su pipa. Se puso en pie y comenzó a moverse por la estancia con aparente despreocupación.

Hugh tragó saliva. Ally supo que se estaban acercando a algo.

—¿Qué fue de ella? —Hugh pensó que de un momento a otro iba a estallar. Demasiada información. Demasiada información confusa.

Karl desvió sus ojos hacia Hugh. Existía algo en ese joven que se le escapaba. Había venido allí con la ayuda de una avispada detective que había dado con su paradero no sabía cómo, fundamentando su investigación en la necesidad imperiosa de averiguar todo sobre el macabro pasado de Dieter Steiner. ¿Por qué indagar en algo que no le incumbía? ¿Qué le había contado Alan o más bien qué no le había contado? A no ser que…

—¿Cómo se llamaba? —insistió Hugh.

—Julia Khol —respondió impulsado por una inexplicable fuerza que no pudo controlar. Pese a todo, prosiguió—: Julia Steiner Khol. Kohl es el apellido de su familia adoptiva. Julia quiso mantener los dos apellidos. Adoraba a sus padres adoptivos. Era buena chica. Dieter y Julia eran hermanos huérfanos.

El silencio inundó la estancia de una manera sobrecogedora. Hugh buscó la ayuda de Ally con la mirada. Aquello se estaba complicando cada vez más.

—Al ser menores de edad, pero no lo suficiente como para ser adoptados con facilidad, el estado se hizo cargo de ambos dado que no tenían ni un solo pariente que pudiera ocuparse de ellos. Julia tuvo la fortuna de haberse convertido en la hija de un ejemplar matrimonio de Augsburgo que ya tenía otros dos hijos biológicos. Ella quiso conservar sus apellidos y sus padres adoptivos lo aceptaron de corazón porque sabían que era lo único intocable que le quedaba de sus progenitores. Pese a aquella desgraciada y traumática pérdida a tan temprana edad, Julia creció como cualquier otra niña. Rodeada de cariño y sin grandes lujos, pero con todas sus necesidades cubiertas. Su hermano Dieter, sin embargo, no corrió la misma suerte, pero Julia terminó aceptando que él mismo se la había buscado. Causaba tantos problemas en las casas que lo acogían que terminaban invitándolo amablemente a marcharse de muchas de ellas. En otras ocasiones era él quien huía. Había estado internado en más de un correccional de menores antes de adquirir la mayoría de edad. Cuando lo hizo y logró convencer al juez y al albacea de sus padres de que estaba en plena posesión de sus facultades para comenzar a disponer de su herencia, desapareció.

—¿Habría alguna manera de contactar con algún miembro de esa familia adoptiva? —inquirió Ally saboreando una pequeña victoria.

—Me temo que no es posible. Los padres ya han fallecido. Friedrich murió hace un par de años de un ataque al corazón.

—¿Friedrich era el policía que investigó el caso? —interrumpió.

—No. Ese era Ludwig.

—¿Ludwig Kohl?

—Así es.

—¿Ludwig Khol está vivo? —preguntó Hugh.

—Padece alzhéimer. Está ingresado en una residencia a las afueras de Núremberg.

429

—Ha dicho que Julia y Dieter eran huérfanos. ¿De qué murieron sus padres?

Karl supo que ya no podía proseguir con su relato de los acontecimientos.

—La madre murió en el acto a consecuencia de un accidente de tráfico —concluyó mientras abría el cajón de un mueble y extraía una pequeña libreta de la que arrancaba una hoja—. El padre se suicidó.

Ambos intercambiaron miradas. Observaron a Karl garabatear algo sobre el papel. Volvió a encaminarse hacia ellos.

—Bien. Creo que nuestra reunión ya ha llegado a su fin. Les he dado toda la información que poseo. Alargar esta conversación no conduciría a ninguna parte, se lo aseguro.

Tanto Hugh como Ally se pusieron en pie.

—Hemos venido aquí a buscar soluciones y, aunque agradezco el tiempo que nos ha dedicado, debo decir que me marcho de aquí con muchas más preguntas de las que traía —matizó Hugh.

—Tarde o temprano hallará las respuestas. Tómese su tiempo —le dijo extendiendo la mano para entregarle la nota que había escrito—. Es el nombre de la residencia en la que se encuentra Ludwig Khol.

Hugh y Ally lo siguieron hasta la salida intercambiando miradas interrogantes.

—¿Espera que un hombre que padece alzhéimer nos conduzca hacia lo que buscamos? —Hugh no acertaba a comprender.

—Usted es el único que sabe lo que busca —le respondió deteniéndose junto a la puerta—. Si la casualidad dispone que el día que visiten a Ludwig un momento de lucidez llegue a su maltrecha memoria, entonces es que así estaría escrito.

—¿Qué está intentando decirnos? —Ally no pudo ocultar su malestar por el curso que estaba llevando la conversación.

Karl Dreinmann agarró con fuerza el picaporte.

—Claudia Valeri pagó su penitencia. Recuérdela como la mujer que lo protegió hasta el punto de arriesgar su propia vida.

—¿Cómo sabe que soy el hijo de …?

—Ya se lo dije. Más sabe el demonio por viejo que por demonio.

Abrió la puerta y extendió aquella enorme mano hacia sus invitados. Hugh se despidió de él. Lo mismo hizo Ally.

—Les deseo suerte en sus pesquisas.

Ambos salieron de aquel lugar con la agria sensación de que, efectivamente, el hecho de hurgar en el pasado podría llegar a convertirse en un arma de doble filo.

430

Veinticuatro horas después conducían por la A-9 con destino a Oberasbach, lugar en el que se hallaba la residencia en la que estaba ingresado Ludwig Khol, y que quedaba a unos pocos kilómetros de Núremberg y a un par de horas de Múnich. Habían optado por alquilar un vehículo ya que en esta ocasión la distancia era mayor.

En el transcurso de la cena de la noche anterior, sentados a la mesa de un restaurante frente al teatro de la Ópera de Múnich, no habían cesado de hacer todo tipo de conjeturas, examinando cada indicio, profundizando en cada pista, verificando datos, fechas, lugares. En definitiva, tratando de resolver una trama plagada de intrigas y maquinaciones que no alcanzaban a comprender. Karl Dreinmann sabía más de lo que les había relatado. Eso había quedado patente. Lo que no concebían era la razón que lo impulsaba a adoptar esa postura. ¿Era porque en realidad andaba tan perdido como ellos o era simplemente porque necesitaba proteger a alguien o salvaguardar determinada información?

Por muchos análisis que hubiesen hecho de la situación, a Hugh solo le había quedado clara una cuestión. A sus casi cuarenta años, había descubierto la razón por la que su madre había soportado todos aquellos años de humillación y maltrato. Dieter la había tenido amenazada con contarlo todo, de modo que si él iba a la cárcel, ella también cumpliría condena por haber sido cómplice de sus delitos. Entonces, ¿qué habría sido de él? ¿Quizás habría sido mejor que hubiese terminado en hogares de acogida o en centros estatales? Después de todo, ¿quién se habría atrevido a hacerse cargo de un chaval preadolescente, criado por un padre que lo despreciaba? Habría deseado dar marcha atrás para agradecer a su madre ese gran sacrificio, pero también para preguntarle qué es lo que le había llevado a participar en algo tan funesto como el tráfico de recién nacidos. Ella había sido madre. ¿Es qué no se ponía en la piel de esas otras jóvenes en el momento en el que cometían semejantes atrocidades? ¿Qué le había ofrecido aquel criminal para que ella cediera a sus exigencias?

Otra cuestión que tener en cuenta era el asunto de su padre. ¿Qué buscaba un exagente del FBI en una ciudad como Kilkenny? De acuerdo, Alan era oriundo de la localidad. Podía haber regresado por mero placer pero era demasiada casualidad que, con todas las mujeres que podría haberse encontrado en Kilkenny, hubiera ido a parar precisamente a la casa de su madre, que estaba bajo un programa de protección por la amenaza que suponía el individuo al que había delatado, individuo que meses después aparecería ahorcado en su celda coincidiendo con la presencia de su padre en el país. A simple vista, realidades perfectamente factibles y al mismo tiempo excesivamente complejas.

¿Y qué había de esa joven misteriosa, Julia, la hermana de Dieter? ¿Qué clase de ser depravado era capaz de privar de sus bebés a alguien de su sangre? ¿Qué clase de relación tenía con Julia? Karl le había dicho que ambos eran huérfanos. ¿Era Dieter producto de los errores del sistema? ¿Qué clase de vida habría llevado? ¿Qué instituciones se habían hecho cargo de él? Perder a unos padres a una edad tan complicada y de esa manera tan brutal no debía de ser fácil para nadie. ¿Era esa su forma de protegerse del dolor? ¿Haciendo daño a otros? ¿Era por eso por lo que privaba a otros de su felicidad? ¿Tanto se odiaba a sí mismo? ¿Tanto se despreciaba que estaba enojado con el mundo y lo quería hacer pagar a los demás? ¿Qué era lo que había incitado esa rabia desmedida?

Pero lo que sin duda había provocado en él una indudable alarma era el relato de Dreinmann en relación a la forma de ejecutar los planes de comercio ilegal dentro de la clínica. ¿Por qué Dieter quería arrebatar a su hermana el bebé? ¿Sabía Julia que su hermano estaba tras aquella operación? ¿Qué razones le llevaban a cometer semejante atrocidad? ¿Quería vengarse de su hermana por algo que aún desconocían? ¿Qué existía en el pasado de aquellos dos hermanos? ¿Había que remontarse más atrás? ¿Pero cómo iban a hacerlo? En ese momento iban a ciegas, y pese a que Karl les había concertado una cita con la residencia geriátrica para visitar a Ludwig Khol, dudaba de que aquel enfermo de alzhéimer pudiese aclararles aquel rompecabezas.

Hugh llegó a la conclusión de que aquella búsqueda de su pasado estaba comenzando a convertirse en una tarea si no imposible si condenadamente enredada.

Una achaparrada y regordeta mujer de mediana edad los recibió tras anunciar en el mostrador de recepción la cita que tenían concertada por mediación de Karl Dreinmann, amigo del señor Ludwig Khol. La residencia estaba enclavada en un lugar bastante agradable teniendo en cuenta las incontables historias que podían esconderse tras aquellos muros. Los condujeron a través de un largo pasillo de cristaleras, en el que se iban cruzando con personal del centro y algún que otro anciano, que paseaba deteniéndose a cada paso para contemplar el paisaje que se extendía más allá de su vista.

Ludwig Khol tenía setenta y ocho años. No tenía familia. Nunca contrajo matrimonio pese a varios intentos de algunas mujeres por cazarlo. Algo que tanto Ally como Hugh comprendieron cuando traspasaron las puertas de su habitación. Pese a que estaba sentado en una silla de ruedas, su porte ponía de manifiesto que en sus años de juventud debió de haber sido todo un galán. A Ally le vino a la memoria la imagen de Liam Neeson haciendo el papel de Oskar Schindler. Las malas lenguas decían que siempre estuvo enamorado en secreto de su hermana adoptiva y que por esa razón nunca dio el paso con ninguna otra mujer. Hugh advirtió que en su subconsciente Julia estaba comenzando a convertirse en una obsesión.

La señora Schneider los dejó a solas con Ludwig, no sin antes advertirles de que solo tenían veinte minutos, dado que para la hora del almuerzo la puntualidad se cumplía a rajatabla. Hugh supo por la mirada perdida de aquel huésped que de los veinte minutos ya le estaban sobrando diecinueve.

Comenzaron por presentarse formalmente dándole a conocer a Ludwig sus nombres, apellidos, lugares de residencia y ocupaciones respectivas. Hugh fue quien se encargó de hacerlo utilizando su escaso conocimiento de la lengua germana. Sorprendentemente, el singular huésped les tendió la mano al tiempo que inclinaba levemente la cabeza pero no articuló palabra.

—Se preguntará la razón de nuestra visita —comenzó diciendo Ally.

A juzgar por la ausencia de gestos en su rostro, Ludwig aún no había llegado a hacerse tal pregunta.

—¿Habla nuestro idioma? —le preguntó Ally.

Ludwig desvió su vista hacia la ventana. Se mantuvo en silencio durante un par de minutos que a Hugh se le hicieron eternos.

—Venimos buscando información sobre Julia Steiner, su hermana adoptiva —puntualizó Hugh.

Ally le lanzó una mirada claramente recriminatoria. Estaba claro que no le había agradado que fuese tan directo. Esperaron alguna muestra de interés por parte del anciano pero desafortunadamente no movió ni un solo músculo de su cuerpo.

—Llovía mucho el día que fuimos a Wicklow —dijo de repente con un forzado acento sin apartar los ojos de la ventana.

Ally se acercó posicionando la silla de la habitación justo frente a Ludwig.

—¿Conoce usted Irlanda? —La voz y la postura que utilizó Ally inclinándose suavemente hacia él pudo haber sido la de una nieta dispuesta a escuchar las mil y una historias de su abuelo.

—A la comida le falta sal. Siempre se lo digo a la enfermera. Promete traerme algo de sal pero nunca cumple con su promesa. ¿Por qué se empeñan en que cuidemos de nuestra dieta? ¿Qué sentido tiene mantenernos en esa perpetua agonía si nunca saldremos de aquí? Quiero una cerveza y un par de jugosas pizzas, fumarme un cigarro y echar una partida de póquer.

Hugh y Ally intercambiaron miradas. Ninguno de los dos pudo reprimir una tenue sonrisa.

—¿Ha probado la cerveza Guinness? —preguntó Ally aprovechando aquella repentina vuelta a la realidad.

Ludwig desvió sus vacíos ojos azules hacía ella.

—En Irlanda hay muchos pelirrojos —le dijo—. Usted es pelirroja.

—Eso me temo.

—Pelirroja y guapa —insistió.

433

Ally le dedicó una dulce sonrisa, sonrisa que delató un súbito sobresalto en el rostro de Ludwig, hecho que no pasó inadvertido para Hugh.

—¿Julia era pelirroja? —preguntó Hugh para sorpresa de Ally que se preguntaba qué pretendía.

Ludwig volvió a desviar su cabeza hacia la ventana. El silencio se volvió a apoderar de la estancia. Hugh extrajo la cartera del bolsillo de la americana. No estaba dispuesto a seguir perdiendo más tiempo de modo que sacó una fotografía y se la entregó a Ally.

—¿Recuerda usted a esta mujer? —preguntó Ally viendo que no tenía alternativa después de la mirada inquisitoria de Hugh. Miró de reojo el reloj de la pared y comprendió que no le quedaba mucho tiempo. Tomó la robusta mano de Ludwig con suavidad entre las suyas depositando en ella una antigua fotografía, de las pocas que Hugh conservaba de la época de juventud de su madre.

Ludwig miró a Ally. A Hugh le pareció que aquel anciano todavía no era consciente de que él estaba en la habitación con ellos.

—Mire la foto, por favor —le rogó Ally.

Ludwig obedeció, pero desgraciadamente no dio muestra alguna de reconocimiento. Se la devolvió a Ally revelando con ese leve movimiento un evidente temblor de su muñeca.

—No es Julia —fue lo único que dijo rehuyendo una vez más la mirada decepcionada de Ally.

—Sabemos que no es Julia —intervino Hugh acercándose un par de pasos—. Es Claudia Valeri, mi madre. Tiene que recordarla. Fue usted quien destapó el caso de la clínica Mailerhaus. Fue ella quien atendió el parto de Julia.

Ludwig lo miró directamente a los ojos. Era la primera vez que lo hacía desde que habían entrado allí. Hugh dio un paso más y se arrodilló frente a él.

—Por favor, intente recordar —le suplicó.

—¿Quién es usted? —le preguntó.

—Soy Hugh Gallagher, hijo de Dieter Steiner y de Claudia Valeri, ginecóloga de la clínica Mailerhaus.

—Basta Hugh —le ordenó Ally.

—Mi madre fue cómplice y víctima de todas las atrocidades que cometió el hermano de Julia. Tuvo que soportar la tiranía de ese hombre durante años hasta que logró denunciarlo y meterlo entre rejas —prosiguió Hugh haciendo caso omiso a las palabras de Ally.

—Hugh, por favor —insistió Ally viendo que la cara de Ludwig cambiaba de color de forma drástica.

—Tuvimos que huir a Irlanda bajo un programa de protección porque Dieter seguía ejerciendo su amenazante poder tras las rejas —prosiguió Hugh ignorando a Ally—. ¿Qué sucedió entre Julia y su hermano?

El estado emocional de Ludwig comenzaba a ser preocupante.

—Llame a la enfermera —logró decir rehuyendo los implorantes ojos de Hugh.

La agitación del anciano iba en aumento. La fotografía de Claudia cayó al suelo.

—Cálmese, señor Khol. No tiene de qué preocuparse —le tranquilizó Ally mientras observaba que Hugh recogía la fotografía y la observaba con añoranza.

—Llame a la enfermera. Claudia engañó a Julia. Dieter está muerto. Dieter está muerto.

—Lo sabemos, señor Khol. Ya nadie corre peligro. Todos estamos a salvo.

—Llame a la enfermera —insistió con voz firme pero con rostro desencajado.

—Por favor, señor Khol. No hemos venido con intención de…

La enfermera Schneider irrumpió en la habitación sin anunciarse tras haber escuchado el alboroto desde el pasillo. Cuando presenció aquella escena no tardó en lanzar por la boca una sarta de palabras que no entendieron pero que, a juzgar por su rostro enfadado y por sus aspavientos con las manos, no eran palabras nada agradables.

—La visita ha terminado —dijo recalcando cada una de las palabras con tal eficacia que parecía haberlas pronunciado un nativo.

—Lo siento de veras, señora Schneider. En ningún momento hemos pretendido contrariar al señor Khol —se disculpó Ally.

—Tiempo de visita terminado —reiteró la mujer mientras les señalaba la puerta y se acercaba a Ludwig.

Ludwig agachó la cabeza y dejó que la enfermera se hiciese cargo de la situación. Se puso tras él y empujó la silla para sacarlo de allí. En cuestión de pocos segundos la tensión reflejada en el rostro del octogenario expolicía había desaparecido para dar paso a otro carente de expresión y sentimientos. Hugh y Ally esperaron a que ambos saliesen de la habitación. Cuando se quedaron a solas ninguno de los dos pudo decir nada. Fue Hugh quien finalmente rompió el silencio.

—¿Qué demonios está pasando aquí?

—No lo sé, Hugh. Es la primera vez.

—¿La primera vez?

—La primera vez que no sé qué rumbo tomar en una investigación.

Habían recorrido una distancia de unos quince kilómetros cuando Hugh redujo la velocidad desviando el vehículo hacia la derecha. Se detuvo en el arcén de una forma tan brusca que ambos se vieron impulsados hacia delante como consecuencia de la fuerza de la frenada.

—¿Se puede saber qué haces? —le gritó Ally creyendo que el corazón se le salía disparado del pecho.

Hugh dio un golpe seco sobre el volante con la mano.

—¿Cómo no he pensado en ese detalle? —gruñó fastidiado.

—¿Qué detalle? Por Dios Hugh, hemos acordado que vamos a tomarnos esto con calma. Pasado mañana regresamos a casa y tendremos que ponernos a trabajar con lo que tenemos, pero tenemos que seguir con nuestras vidas. Esto te está obsesionando más de lo que pensaba. Tienes que tomártelo con calma.

—Es una residencia muy cara.

—¿Cómo dices?

—La residencia en la que está Ludwig. Demasiadas atenciones, unas instalaciones inmejorables. Es una residencia privada. No creo que la pensión de un expolicía dé para tanto.

—Puede que tuviese un plan de jubilación o bien alguna propiedad que le hubiese reportado una buena renta después de haberla vendido.

—Hay algo que no me cuadra.

—Eso ya lo sabemos, Hugh. Hay muchas cosas que no cuadran, pero vayamos paso a paso, ¿de acuerdo?

Hugh arrancó, dio un volantazo para dar la vuelta y pisó a fondo el acelerador.

—¿Te has vuelto loco? —le increpó Ally sujetándose al salpicadero.

—Tenemos que regresar. Tengo un presentimiento.

Estaban otra vez frente al mostrador de recepción de la residencia. Debió de haberse producido un cambio de turno porque en esta ocasión les atendió una persona diferente.

—Eso es información confidencial, señor. De dónde provengan

los fondos con los que una persona sufraga su estancia en este centro no es de dominio público.

—Nos hemos informado —Ally se fijó en su placa—, señor Ritter, y sabemos de buena tinta que a este lugar no accede cualquiera. Hay listas de espera.

—¿El señor Ludwig recibe visitas a menudo? —preguntó Hugh.

El joven parpadeó antes de responder.

—Yo no llevo el libro de registro y aunque lo hiciese tampoco estaría autorizado a hacerlo. Tendrían que traer una orden judicial y dudo de que el señor Ludwig sea un fugitivo.

Desde el pasillo vislumbraron la figura del señor Khol que venía caminando a paso lento ayudado de un bastón y de la irritante enfermera. Hugh se apartó del mostrador con intención de acercarse pero la mirada que le lanzó Schneider le obligó a permanecer en su sitio. Esperó pacientemente a que ambos pasaran por su lado. Lo que sucedió en el transcurso de esos pocos segundos marcaría un antes y un después en su vida.

En el instante en el que Ludwig estaba frente al mostrador murmuró algo en voz baja sin apartar los ojos de Hugh. Se detuvo.

—¿Ha dicho algo, señor Khol? —preguntó Schneider fastidiada al haberse visto obligada a detenerse frente a aquellos dos visitantes tan impertinentes.

La mirada de Ludwig se volvió a perder en el infinito.

—Claudia no es Julia. —Volvió a decir—. No es su madre. Él cree que es su madre. No es su madre —repetía como un autómata—. Claudia era estéril.

Schneider captó las miradas atónitas de aquellos dos turistas pero las ignoró ayudando a Ludwig, nuevamente perdido en sus memorias, a reanudar su paso. Ally no podía articular palabra. Hugh sentía que toda su vida desfilaba por sus retinas a una velocidad de vértigo. El recepcionista no acertaba a entender el caos emocional que parecía ensombrecer los rostros de aquellos dos individuos.

—Sácame de aquí, Ally —logró decir Hugh, notando cómo su interior se disgregaba estrepitosamente.

Ally reaccionó lo mejor que pudo y lo acompañó hasta la zona del aparcamiento. Fue ella quien condujo de regreso a Múnich. Durante el trayecto de más de dos horas, Hugh no pronunció palabra. Había entrado en un claro estado de conmoción.

437

Un ruido sordo la despertó. Agudizó el oído. Alguien llamaba a la puerta. Ally abrió los ojos para descubrir una absoluta oscuridad. Logró dar con el interruptor de la mesilla de noche y encendió la luz. El reloj marcaba las 4.30 horas. Un nuevo golpe en la puerta y el susurro de una voz tras ella.

—Soy yo, Hugh.

Ally blasfemó en silencio mientras salía de la cama y se calzaba las zapatillas. Abrió la puerta y Hugh entró a grandes zancadas.

—¿Pero se puede saber qué…?

—Hay que indagar en las vidas de los dos hermanos Steiner. Julia es la clave —le interrumpió mientras cerraba la puerta tras él.

—Son las cuatro de la madrugada, Hugh. ¿No podías haber esperado a mañana para hacerme partícipe de tus cavilaciones nocturnas?

—Hay algo en esa familia que no me cuadra.

—Lo sé, pero creo que no es el momento para discutirlo. Escucha. Comprendo tu alteración por el curso que están tomando los acontecimientos, pero te lo advertí. Esto hay que tomárselo con calma.

—Tenemos que volver a hablar con Karl o con Ludwig.

—Tenemos vetada la entrada en la residencia después de lo sucedido ayer y Karl nos ha denegado una nueva visita. No podemos acampar frente a su casa y esperar a que salga para abordarlo. Ese hombre tiene los contactos necesarios para tacharnos de visita non grata. Tengo una imagen que preservar, Hugh.

—No puedo quedarme de brazos cruzados cuando no hace ni veinticuatro horas que he descubierto que la persona que consideraba mi madre era en realidad estéril.

—Ludwig Khol es un hombre enfermo.

—Sabes tan bien como yo que estaba perfectamente lúcido cuando pronunció esas palabras.

Ally guardó silencio. Hugh se apoyó sobre la mesa que había situada bajo la ventana cruzado de brazos.

—Dijo que Claudia engañó a Julia —prosiguió clavando los ojos en ella—. Karl dijo que el perfil de las víctimas que captaban eran jóvenes y adolescentes en posición económica precaria. Julia no quería dar a su hijo en adopción pero Claudia debió encandilarla prometiéndole los más óptimos cuidados. Mi teoría es que mi madre pretendía quedarse con ese bebé pero algo salió mal. Me he preguntado por qué Dieter quería castigar a su hermana quitándole a su bebé para comerciar con él y he llegado a la conclusión de que no pretendía comerciar. Algo me dice que en este caso solo quería arrebatárselo para ofrecérselo como recompensa a Claudia, la mujer que era la pieza clave del fructuoso negocio que se traía entre manos.

—¿Y por qué precisamente el hijo de su hermana?

—Quizá por venganza, quizá porque Julia tuvo una adolescencia feliz mientras que él fue una víctima del sistema, quizá porque el estéril era él y no mi madre y esa era una forma de asegurarse descendencia con alguien de su sangre, aunque esto último es la teoría menos probable. Si así hubiese sido no me habría desterrado como lo hizo.

—Ludwig dijo que Claudia era quien no podía tener hijos.

—Lo que nos lleva a mi segunda teoría.

Hugh tomó aire antes de proseguir. La expresión de sus ojos le dijo a Ally que la segunda teoría que estaba a punto de exponer era la que ella había manejado desde un principio. Pero había sido paciente porque sabía que la mejor forma de hacer que Hugh aceptase la realidad era permitiendo que él despejase las dudas poco a poco hasta llegar a la verdad.

—Karl dijo que el padre llegó a tiempo para ver vivo a su hijo; lo que supongo que trastocaría los planes de llevárselo.

—Así es.

Ally supo que había llegado el momento.

—Bien. Pues he de suponer que, dadas las circunstancias que rodearon aquel súbito parto provocado y la entrada por la fuerza en aquellas instalaciones por parte de Ludwig, algo debió de suceder allí dentro.

—¿Adónde quieres llegar? —preguntó Ally tratando de ponerse en su lugar.

—Karl dijo que siempre tenían a su disposición cadáveres perfectamente conservados de malogrados bebés.

—Lo siento, pero ahora sí que me he perdido.

—¿Y si Julia había dado a luz a gemelos? ¿Y si cuando su hermano y el padre del bebé forzaron la entrada de la sala de partos ya era demasiado tarde?

Un silencio sobrecogedor se instaló entre ambos durante unos breves segundos.

—Julia pretendía quedarse con ambos bebés pero la justicia divina se le adelantó. Solo pudieron quedarse con uno.

Ally no pronunció palabra. Espero a que Hugh lo hiciese por ella.

439

—Yo soy hijo de Julia. Claudia soportó todos aquellos años de pesadilla porque si destapaba la verdadera identidad de Dieter se descubriría todo y me perdería. Su silencio era una forma de pagar su penitencia por haber sacado de las entrañas de Julia a uno de sus bebés, con el fin de cumplir su deseo egoísta de convertirse en madre de un niño que llevaba la sangre de su depravado marido. No puedo imaginar a mi madre amando a semejante animal.

—Algo me dice que ese animal le dio la oportunidad de convertirse en madre y por esa razón accedió a todo lo que le pedía. Tu madre te quería, Hugh. Lo demostró con creces. Se equivocó pero luchó por darte una vida digna y un padre digno. No puedes negarle eso.

—Yo era hijo de su hermana. ¿Qué era lo que había hecho Julia para que me odiase de esa manera? Por alguna razón que desconocemos la odiaba, pero ¿por qué?

—Eso será algo que a mí me tocará averiguar.

—¿Y cómo vas a hacerlo?

—Indagaré en los orfanatos o centros de acogida en los que estuvo Dieter. Tiene que haber algún registro que podamos seguir.

—¿Y qué vas a adelantar con eso? Ya sabemos que Dieter creció al margen del sistema.

—Creo que habrá que ir más allá.

—¿Más allá de qué?

—Tengo que investigar a los padres biológicos de Dieter y Julia.

—¿Qué sentido tiene indagar en las vidas de los padres a estas alturas?

—Vi la mirada de Karl cuando habló de ellos. ¿Recuerdas cuando Karl dijo que había conocido a Alan a raíz de una investigación que le había encargado?

—¿El caso de la posguerra?

—Exacto. Ya viste que no estaba dispuesto a darnos información sobre ese caso por lealtad a alguien cuyo nombre desconocemos.

—Ve al grano, Ally.

—Ese alguien está relacionado con los Steiner y con el caso que Alan encargó a Karl Dreinmann.

—¿Qué te ha llevado a esa conclusión?

—Mi instinto y tu teoría de la venganza.

Los ojos de Hugh eran pura interrogación.

—Déjame esto a mí, Hugh. Te aseguro que despejaremos las incógnitas de este enrevesado enigma. Ahora vete a descansar.

—No tengo sueño.

—Pero yo sí —le ordenó tirando de la manga de la camisa de su pijama—. Vuelve a tu habitación y trata de dormir un poco.

Hugh se hizo el remolón pero finalmente se puso en pie y dirigió sus pasos hacia la puerta. Con la mano puesta en el picaporte, desvió nuevamente los ojos hacia Ally.

—Eres un ángel —le dijo después de inclinarse y darle un casto beso en la mejilla.

—Este ángel se convertirá en un despiadado demonio si no sales de aquí ahora mismo. Cuando no duermo soy una especie de Mr. Hyde. Te lo advierto.

Hugh esbozó una adorable sonrisa, abrió la puerta y salió de allí.

Capítulo veinticuatro

Nueva York, 23 de junio de 2005

Sophie no le perdía de vista ni un momento. Ben trataba de bromear, pese a las duras circunstancias que los rodeaban, amenazándole con regresar al trabajo si continuaba persiguiéndolo por todos los rincones de la casa. Se habían trasladado a la apacible localidad de Rhinecliff una vez Alex hubo finalizado el curso. La idea surgió a raíz del nuevo tratamiento que iba a intentar Ben. Para llegar a ese punto había tenido que franquear varias barreras. Una de ellas, el trabajo de ambos.

—No puedes seguir con el mismo ritmo de vida. No puedes fingir que todo sigue igual —le recriminó Sophie tres semanas después de haber salido del hospital.

—En el momento en el que vea que no puedo hacer una vida normal, abandono.

—Necesitas estar relajado.

—No, Sophie. Te equivocas, necesito estar ocupado. Si no es así terminaré volviéndome loco —le dijo mientras condimentaba varias rodajas de tomate para una ensalada.

—No sabía que estar al lado de tu mujer y tu hijo fuera tan condenadamente monótono y aburrido —le replicó resentida.

—No he querido decir eso.

—Pensé que querías pasar el tiempo que... —se arrepintió de lo que iba a decir.

—El tiempo que me queda, lo sé —concluyó él.

—Quiero pensar que volveremos a la normalidad. Quiero pensar que todo esto no es más que un sueño, pero lo malo de soñar es que cuando nos despertamos nos encontramos ante la cruda realidad. Tengo miedo a tener esperanza.

Ben dejó la botella de aceite de oliva sobre la mesa y se acercó a ella posando las manos sobre sus hombros.

—He accedido a pasar por otro maldito tratamiento. He accedido a pasar por otro nuevo infierno porque no quiero que pienses que he tirado la toalla, de modo que no quiero ver esa continua angustia disfrazada de aparente valentía en tu rostro. Quiero que lo asumas. Estoy dispuesto a pasar de nuevo por todo precisamente porque quiero mantener un resquicio de esperanza. Así que lo haremos a mi manera, ¿de acuerdo? Fin de la discusión.

Le sonrió como un padre sonríe al hijo al que acaba de dar un breve sermón antes de mandarlo a la cama. La besó fugazmente y se colocó nuevamente frente a los fogones. Removió con la espátula aquella crema de verduras y especias que estaba preparando. Allí estaba, ensimismado en sus tareas culinarias, ataviado con un colorido delantal, con la cabeza semirrapada y una sombra de barba que le infundía un aspecto perversamente atractivo y provocador.

—Esto ya está listo —murmuró Ben para sí al tiempo que apagaba el fuego.

—Si tú no lo haces, lo haré yo —insistió Sophie cambiando de táctica.

—¿Hacer qué? —le preguntó mientras se daba la vuelta para abrir el horno y echar un vistazo al asado de carne.

—Dejaré mi trabajo o me acogeré a una baja por la enfermedad de mi marido.

Ben volvió a cerrar la puerta del horno. Dejó sobre la encimera el paño de cocina que tenía en la mano y se quedó mirándola unos instantes, resignado.

—Debes de estar de broma —le dedicó una sonrisa marcada de ironía.

Sophie se acercó un paso más hasta quedar a una mínima distancia de él. Pensaba utilizar cualquier artimaña para salirse con la suya.

—Y no solo eso. Este fin de semana nos iremos a Rihncliff. Nos llevaremos algunas cosas para ir acomodándonos, y cuando Alex termine su semestre, nos retiramos del mundanal ruido a ese pueblecito encantador y tranquilo durante un par de meses.

—¿Tú? ¿La reina del asfalto viviendo en Rihneliff?

—¿Y por qué no? Estaremos a un par de horas de la ciudad. No será para tanto —insistió cambiando el tono de voz que se tornó meloso. Posó la palma de su mano sobre su torso en un gesto invitador.

—No me vas a engatusar con tus perversas armas de mujer

443

—respondió con semblante serio si bien sus ojos desprendían una pizca de rebelde picardía. Conocía perfectamente el juego que se traía entre manos.

—Podrás dedicarte a cocinar para mí y yo me dedicaré a mantenerte ocupado el resto del tiempo.

—¿Y qué vas a hacer para mantenerme ocupado?

—Haré lo que sea para que no te vuelvas loco. —Su mano se deslizó hacia más abajo pero él la detuvo agarrándola con firmeza.

—Me temo que eso va a ser muy difícil, señora O'Connor. —Y le dedicó una mirada cargada de sensualidad.

—¿De veras? No deberías subestimar a tu esposa, John Benjamin. ¿Por qué sería tan difícil?

Ben reprimió una sonrisa.

—Porque ya me vuelves loco.

Dicho aquello la rodeó con sus brazos besándola, levantándola, meciéndola, acariciándola. Sophie se apartó de aquel delicioso beso dibujando una sugerente mueca en sus labios.

—¿Qué es lo que...? —se quejó él aturdido.

—La salsa... y el asado —respondió ella arrastrando cada palabra en aquellos labios que él acababa de devorar mientras se ponía de puntillas, apoyando el mentón sobre su hombro. Desvió la dirección de sus ojos hacía el horno.

—¿Estás negociando, mala mujer?

—Eso me temo —le anunció separándose de él y saliendo de la cocina contoneando descaradamente sus caderas—. Se dio la vuelta y estiró el brazo sobre el marco de la puerta de la cocina—. Voy a darme un baño caliente. Espero tu respuesta. No tardes demasiado porque el agua se enfría.

Y sin más desapareció de allí. Ben sonrió para sí mientras sacudía la cabeza. Seguía estando atrapado por ella como el primer día, de eso no le cabía duda, de modo que más le valía hacer las cosas a su manera. Apartó del fuego la crema de verduras. Una pequeña convulsión que le sacudió todo el cuerpo le hizo agarrarse con fuerza del extremo de la encimera. Respiró hondo tratando de recuperarse. Apretó los dientes para resistir aquel súbito mareo seguido de una incipiente náusea. Esperó pacientemente a que se le pasara. Solo cuando supo que se sentía capaz dejó apagado el horno y arrastró sus vacilantes pasos hasta el lugar en el que le esperaba la razón de su vida.

444

Finalmente había conseguido su objetivo. Llevaban casi dos meses instalados en Rihnecliff. Saboreaba cada minuto de aquellos días en los que su principal objetivo era gozar de la presencia de los dos grandes amores de su vida. Sophie no decaía en su ánimo. Pese a que una parte de ella sabía que nada volvería a ser igual, no deseaba exteriorizar su estado de permanente alerta ante cualquier síntoma fuera de lo normal. Solo sabía a ciencia cierta que Ben luchaba endiabladamente las veinticuatro horas del día para hacer que sus vidas siguieran el curso normal, si bien ambos sabían que lo excepcional era que sus jornadas fuesen como las de cualquier otra pareja. Para Ben, el simple hecho de amanecer junto a ella cada mañana era como un regalo, como un renacer continuo. Un día más era un simple avance en esa complicada travesía que la vida les había puesto como prueba, pero Ben no dejaba de pensar en que era un posible avance hacia un inevitable final. El tratamiento le había hecho perder algo de peso y aunque se empeñara en disimularlo había empezado a perder la vitalidad que siempre le había caracterizado. Aun así se esforzaba por ejercitar todo aquello que su enfermedad insistía en marchitar.

Fijó un segundo su mirada en el exterior desde el enorme ventanal, que iba del techo al suelo, y desde el que se divisaba parte del río Hudson y toda la belleza de la frondosidad del bosque en el que estaba enclavada aquella milenaria casa de piedra, adquirida por su abuelo Edward y de cuyo proyecto de restauración él mismo se había hecho cargo años atrás. La casa era un continuo ir y venir de amigos y familia. Ben agradecía las visitas pero también agradecía los momentos en los se quedaba a solas con su esposa y su hijo recibiendo todas las atenciones por parte de ambos. Observó a Alex en el jardín mientras jugaba al baloncesto con Billy y Jonas, los hijos de los MacLaren, los nuevos vecinos. Meredith MacLaren charlaba animadamente con Sophie mientras disfrutaban de un refrigerio. Ben aprovechó para echar un vistazo a toda la correspondencia acumulada en su domicilio de Manhattan. Una vez por semana viajaban a la ciudad para su seguimiento en el hospital y pasaban por casa por si había alguna novedad. Separó en montones distintos los cargos del banco de otras cuestiones. Dejó a un lado un sobre que le remitía la Fundación Hutchkins. Hizo otro montón con los sobres para arrojarlos en la papelera pero cuando iba a hacerlo, se detuvo. Al principio lo único que le llamó la atención fue el hecho de que hubiera una bolsa de plástico en aquella papelera. Tanto la chica del servicio como él sabían que la de color azul era solo para papel que después se reci-

445

claría. Pero aquella era una bolsa semitransparente que guardaba lo que parecía el desecho de la caja de un medicamento. Tampoco se habría detenido a mirarlo de no ser porque la caja, que a simple vista parecía vacía, pesaba más de la cuenta. Se sintió culpable por estar fisgoneando en algo tan personal, pero una alarma se disparó en su mente a medida que iba deshaciendo el nudo de la bolsa. Cuando abrió el envoltorio sus sospechas se confirmaron. Se trataba de un test de embarazo, pero no solo eso. Bajo la bolsa se escondía una caja redondeada que reconoció rápidamente. La abrió rezando para que estuviese vacía pero no fue así. En aquel instante sonó el teléfono. Sin pensarlo guardó la caja en el cajón del escritorio y lo cerró bajo llave. Descolgó el auricular allí mismo.

—Hola, mamá.

—¿Cómo estás?

—Todo lo bien que se podría esperar teniendo en cuenta las circunstancias —respondió tratando de recuperar la compostura después de lo que acababa de descubrir.

—¿Sucede algo?

Ben maldijo a su madre en silencio y a todas las mujeres sobre la faz de la tierra. ¿Cómo demonios se las ingeniaban para intuirlo todo?

—No. Todo va bien. Me has pillado en un mal momento. Eso es todo.

—¿Está Sophie ahí contigo?

—No. Está en el jardín con Meredith y los niños.

—Bien, entonces aprovecharé para decirte que sus padres me preguntan qué planes tienes para su cumpleaños.

—Mamá, falta un mes para el cumpleaños de Sophie. Sabes que no me gusta organizar nada con tanta antelación.

—Lo sé, hijo. Lo sé. Pero debes entenderlos. Después de todo lo sucedido quieren venir a veros. Saben lo mal que lo ha pasado su hija. Te aprecian y desean ver a Alex. Están en su derecho. Queríamos celebrar algo aquí en casa.

—Tanta celebración, tanta visita… Tengo la impresión de que todos quieren decirme adiós.

—Ben, por el amor de Dios. Eres una persona querida. Es perfectamente normal que tus amigos quieran pasar un tiempo contigo.

—Está bien, está bien —accedió desviando sus ojos nuevamente hacia el jardín en el que Sophie estaba despidiéndose de Meredith y los chicos. Sophie alzó la cabeza y vio a Ben junto a la ventana. Él le hizo un gesto con la mano—. Pero lo haremos aquí, ¿de acuerdo?

446

—Nosotros nos encargaremos de todo. Dale un beso fuerte a Alex.

—Se lo daré de tu parte.

—Cuídate, cariño.

—Gracias por llamar, mamá. Cuídate tú también. Abraza a papá de mi parte.

—Lo haré.

Depositó el auricular en su lugar. Se quedó mirando el cajón. La voz de Alex le hizo olvidarse por unos segundos de todo aquel asunto.

—Papá, papá —gritó mientras corría hacia él por el salón—. Mañana vamos a pescar.

—¿De veras? —le preguntó mientras le pasaba la mano por el desordenado cabello.

—Voy con el padre de Jonas y Billy.

—Eso es estupendo —le dijo al tiempo que Sophie entraba en la estancia.

—¿Con quién hablabas? —le preguntó.

—Con mi madre.

—¿Van a venir los abuelos? —preguntó Alex.

—Iremos a verlos pronto. Te lo prometo —respondió Ben mientras observaba a Sophie desaparecer por la cocina. Desvió sus ojos hacia el cajón en el que minutos antes acababa de guardar una caja repleta de píldoras anticonceptivas. Se levantó dejando a un lado a su hijo que ya estaba abriendo armarios en busca de algún juego con el que entretenerse.

—Deja de sacar trastos porque vamos a cenar en breve —le ordenó Ben mientras extraía del cajón el motivo de su angustia. Dirigió sus pasos a la cocina. Halló a Sophie colocando en un rústico recipiente los aromáticos limones que Meredith le había traído.

La sorprendió desde atrás tomando una de sus manos entre la suya. Le arrebató uno de los limones.

—Fíjate en el olor. Es asombroso —le dijo ella aspirando el aroma.

Ben devolvió el cítrico a su recipiente.

—¿No hay nada que me quieras contar? —le preguntó al tiempo que depositaba aquella cajita sobre la encimera donde ella pudiese verla. Notó inmediatamente que el cuerpo de ella se tensaba contra el suyo.

—¿Te dedicas a fisgonear ahora en la basura? —le preguntó en un tono evidentemente molesto aunque también desconcertado.

447

—No he fisgoneado. Sencillamente lo arrojaste mezclando papel y plástico.

—Entiendo. Y ¿qué pretendes que te explique? —dijo un poco a la defensiva sin atreverse a darse la vuelta para mirarlo.

—También he visto el otro envoltorio. ¿Sería mucho pedir que me dijeras el resultado del test?

—Negativo. Dio negativo —le respondió propinándole un leve empujón y apartándose de él para transportar el recipiente lleno de limones hacia otro rincón de la cocina.

—¿Estás segura?

—Esa pregunta no es muy sutil —le replicó dándole la espalda.

—¿Conoces una forma mejor de hacerla?

El silencio fue más largo de lo que ambos hubiesen deseado.

—¿Desde cuándo? —preguntó Ben con un deje de enojo.

Sophie se encaró a él.

—¿Desde cuándo qué?

—Por Dios, Sophie. ¿Qué pretendes con todo esto?

Sophie no supo qué responder. Rehuyó aquellos celestes ojos irritados fijando la vista en el suelo.

—Pretendo lo que toda mujer que deja de tomar la píldora.

—No creo que sea el momento más adecuado de nuestras vidas para semejante pretensión.

—¿Y cuándo va a serlo?

—Creía que esto era cosa de dos. Ah, perdona. —Su voz alcanzó un tono exageradamente sarcástico—. No recordaba que dentro de poco puede que yo ya no esté. Lo más probable es que no viva lo suficiente para ver el fruto de tu egoísta decisión.

Sophie se aguantó las ganas de abofetearlo allí mismo.

—Me gustaría saber cómo te las ingenias para hacer que me sienta culpable por cada palabra que digo o por cada decisión que adopto —logró decir tratando de mantener la calma.

—Estamos bien con Alex, ¿por qué razón te empeñas en hacer que parezca que todo sigue como antes?

Sophie quiso medir sus palabras antes de pronunciarlas pero el corazón pudo más que la razón.

—Quizá porque te quiero más de lo que jamás creí poder querer a nadie. Quizá porque hay aún una parte de mí que no soporta la idea de perderte. Quizá porque me aterra el hecho de quedarme sola con el solo recuerdo de Alex. Quiero estar rodeada de voces que me recuerden a ti, sonrisas que me recuerden a ti, besos que me recuerden a ti. Y ¿sabes por qué? Porque no quiero olvidarme de lo afortunada que soy al tenerte. ¿Te parece todo lo que te he dicho suficiente razón?

Ben se tragó un desagradable nudo en la garganta. Permaneció en silencio unos instantes contemplando la belleza del rostro de Sophie, aquel rostro que fracasó en su intento de evitar que la emoción acudiese a sus ojos.

Alex apareció como una flecha en la cocina.

—Papá, tu móvil está sonando —dijo totalmente ajeno a la tensión existente en ese instante entre sus padres.

Ben desvió momentáneamente los ojos hacia su hijo.

—Voy enseguida. Deja que cuelguen. Ya devolveré la llamada.

Alex asintió y salió disparado. Sophie se quedó esperando la respuesta que temía. Ben pasó por su lado, la agarró suavemente por la nuca acercándola hacia él. Ella percibió la suave presión de sus labios sobre su cabello. Acto seguido él depositó la caja en una de sus manos obligándole a cerrarla sobre ella.

—Lo siento, no puedo hacerlo —le oyó decir con voz ronca antes de desaparecer de la cocina.

Sophie tuvo que lidiar una vez más con la impotencia, con la perpetua opresión que se había alojado en su alma. Intentó recomponerse mientras sostenía en su trémula mano el desatinado hallazgo de su marido. Se armó del poco coraje que le quedaba para salir de allí. Deslizó los dedos por el picaporte pero se vino abajo. Aguantó las lágrimas, resistió las ganas de gritar al mundo. Finalmente cerró la puerta para que él no la oyese llorar.

Ben permaneció unos instantes en el salón con la frente apoyada sobre la cristalera que daba al jardín. Le dio la espalda a su hijo. No quería que viese cómo intentaba recuperarse de ese nuevo azote de despiadada realidad que acaba de recibir. Su móvil emitió un nuevo aviso de que alguien le había dejado un mensaje en el buzón de voz. Se acercó al escritorio buscando alguna manera de evadirse. Cogió el teléfono móvil y el correo que había apilado minutos antes para llevárselo al estudio. Pulsó la tecla del buzón y esperó pacientemente a que la operadora le indicase el día y la hora de la llamada. El número no aparecía reflejado en la pantalla. Escuchó una voz que desconocía.

Este mensaje es para John Benjamin O'Connor. No nos conocemos personalmente y lamento comunicarle que no puedo revelarle mi identidad y menos aún el modo por el que he tenido acceso a este número. Si ha recibido un sobre remitido por la Fundación Hutchkins,

449

ábralo. Encontrará un CD cuyo contenido está encriptado. La clave está en el sobre. Su origen. No trate de rastrear esta llamada porque le aseguro que no le conducirá a nada. Decida lo que decida será siempre la decisión correcta. Suerte.

Ben apagó el móvil. Se quedó paralizado durante unos segundos, asimilando el contenido del insólito mensaje. ¿Quién demonios era aquel tipo de acento claramente británico? Separó el sobre de la Fundación Hutchkins del resto y lo tanteó por el centro. En efecto, abrió el sobre y extrajo un CD del envoltorio protector almohadillado. Encendió el portátil. La imagen de Sophie del salvapantallas junto a él volvió a despertarle el amargo recuerdo de lo sucedido hacía pocos minutos en la cocina. Se levantó y se asomó al pasillo para asegurarse de que todo estaba en calma. Sophie debía de estar aún en la cocina recomponiéndose de la dureza de sus palabras pero no había tenido elección. Quería que estuviese preparada para cualquier eventualidad y el hecho de querer cubrir su ausencia con un hijo era algo que sabía que la destrozaría. Cerró la puerta y regresó a su asiento. El lector de CD desplegó una pantalla en la que aparecían dos iconos circulares, uno rojo y otro azul, con un formato de archivo desconocido para él. Desplazó el cursor sobre el azul.

ACCESO DENEGADO.
INTRODUZCA SU CLAVE.

Lo intentó con el segundo obteniendo el mismo resultado. ¿Por qué precisamente la Fundación Hutchkins? ¿Qué tenía que ver la fundación con esa voz tan atípica de acento no precisamente autóctono que le había dejado aquel mensaje digno de una entrega de *Misión imposible*?

Miró una vez más en el interior y reverso del sobre por si encontraba alguna pista que le condujese a la clave. ¿A qué venía ese extremado secretismo? ¿Qué diablos había en ese CD y cuál era la razón de que él hubiese sido elegido como destinatario?

Tecleó su nombre, apellidos, fecha de nacimiento. Nada. Probó cambiando el orden de las letras y los números sin resultado. Empezaba a fallarle el pulso. Volvió a coger el móvil para escuchar una vez más el mensaje. Quizá se le había pasado algo por alto.

—Su origen… —musitó fijando la vista en el recuadro de la pantalla que esperaba ser completado por la contraseña correcta—. La clave está en el sobre —recordó.

Garabateó la palabra «origen» distraídamente varias veces mientras trataba de interpretar su significado. Examinó el anverso del sobre una vez más. Origen. El matasellos, los sellos. Menudo estúpido. Lo tenía delante de sus narices. La procedencia del sobre era la ciudad de Dublín. Tecleó Dublín. Nada.

—Maldita sea —masculló.

Echó un vistazo a los sellos y dibujó un círculo alrededor de ellos. Probó con Irlanda.

CLAVE CORRECTA. NO PODRÁ ABRIR ESTE ICONO
HASTA QUE ABRA Y COMPLETE
EL PROCESO DEL ICONO ROJO.

Probó de nuevo con Irlanda.

BIENVENIDO AL PROGRAMA HUTCHKINS

—Bingo.

La oscuridad de la pantalla se convirtió en un fondo gris perla en el que apareció el logotipo de Hutchkins que ya conocía, con la salvedad de que no se trataba de la fundación en sí sino de un programa, una programa que debía de contener información muy privilegiada a juzgar por el aviso que apareció en parpadeantes letras de color granate.

Ha entrado usted en el banco de perfiles genéticos del Programa Hutchkins.

Todos los datos aquí registrados están protegidos por la Sociedad Internacional de Trasplantes. Si no está autorizado y ha accedido de manera ilegal a este programa, estará infringiendo gravemente la ley.

Pulsó la tecla «intro», temeroso de que al hacerlo una patrulla de federales se apostara ante su puerta. La pantalla comenzó a emitir instrucciones que él siguió al pie de la letra. Comenzó a ponerse nervioso. ¿A qué conducía todo aquello? Una pequeña ventana se abrió en la parte superior derecha de la pantalla. Era un documento de Word que combinaba texto y lo que parecían gráficos y secuencias de ADN. No entendía absolutamente nada. Respiró hondo y se concentró en el contenido del documento. Se le estaba empezando a nublar la vista y no solo por los efectos de la medicación y del estado irremediablemente avanzado de su enfermedad, sino por el

451

sentido que empezaba a cobrar toda aquella parafernalia a medida que iba avanzando en su lectura. Cuando finalizó el proceso del primer icono sintió la boca seca. Alcanzó con esfuerzo el botellín de agua que había en el otro extremo de la mesa y bebió lo que quedaba de un golpe. No imaginaba lo que presenciarían sus cansados ojos una vez pasase el icono pendiente de abrir. Cuando lo hizo tuvo que agarrarse con fuerza al extremo de la mesa para no sufrir un vahído. No era posible. Sencillamente, no era posible.

La puerta del estudio se abrió de repente.

—Papi, mamá dice que la cena ya está lista.

Ben cerró de golpe el ordenador y miró a Alex. Tragó saliva para evitar la náusea que se abría camino hacia su garganta.

—¿Estás bien? —preguntó Alex al contemplar las facciones contraídas de su padre.

Ben carraspeó antes de hablar. Notó su respiración agitada. Todo su cuerpo clamaba por olvidarse de la magnitud del contenido revelado por ese CD enviado por un remitente anónimo. Necesitaba recobrar la calma.

—Voy enseguida —logró decir.

Alex se quedó mirándolo unos instantes. No conocía esa expresión de su padre y no le trajo buenas vibraciones. Ben fue consciente de la duda que pendía sobre los ojos de su hijo, de modo que trató de camuflar su tangible sobresalto mostrando una expresión relajada.

—Tranquilo, todo va bien. Termino lo que estoy haciendo y voy enseguida.

Alex asintió no muy convencido y desapareció por donde había venido. Ben apagó el ordenador, sacó el CD del lector, lo volvió a introducir en el mismo sobre y lo escondió entre las páginas de un ejemplar del *National Geographic* que colocó en la estantería.

Kilkenny, 24 de junio de 2005

*E*l vibrador del móvil lo despertó de su estado de aturdimiento. Hugh no supo cuánto tiempo llevaba detenido frente a la rústica puerta de madera de aquel precioso *cottage* enclavado entre los bellos parajes que rodeaban la pequeña localidad de Wallslough. Los recuerdos se agolpaban en su mente de una forma tristemente emotiva. Sacó el móvil del bolsillo de sus tejanos. El nombre de Ally centelleaba en la pantalla y su corazón comenzó a palpitarle estrepitosamente. Después de los complejos descubrimientos en tierras germanas, decidió de mutuo acuerdo con ella su necesidad de tiempo para recapacitar sobre todos aquellos acontecimientos que habían sacudido su existencia, una vez más de golpe y sin previo aviso. Tras largas semanas de tedioso trabajo e interminables noches sin dormir optó por olvidarse de todo durante un par de días aprovechando la llamada de una inmobiliaria de Kilkenny en relación a una interesante propuesta. Pulsó la tecla de descolgar antes de que el buzón de voz se encargase de responder por él. Respiró hondo, como si ese acto le preparase para escuchar las noticias que Ally tuviese que anunciarle tras más de un mes de silencio acordado hasta finalizar la segunda fase de su investigación.

—¿Dónde estás?

—En Kilkenny.

—¿Ha sucedido algo de lo que yo no esté al corriente?

—Tengo una oferta de una inmobiliaria.

—¿No estarás pensando en vender?

—No. Hay una página web especializada en alquileres de corto período con vistas al turismo rural. Creo que sería una buena idea para mantener los gastos de la casa. Es absurdo tenerla cerrada. En el último año he estado aquí solo un par de veces. Si le puedo sacar algún beneficio creo que no hago daño a nadie.

—¿Y qué hay del apartamento?

—Descuida. No se me ha pasado por la cabeza deshacerme de él. Mi padre recuperó el hogar de su infancia gracias a… a ella.

—¿Eh? ¿Qué es eso de *ella*? Es tu madre. ¿Tengo que recordarte que murió salvándole la vida a otro niño o eso también lo has olvidado?

—Deja de ponerle voz a mi conciencia, Ally. En este momento de mi vida no estoy en condiciones de aguantar lecciones de moralidad.

—Pues deberías aguantarlas.

—¿Y podrías decirme por qué?

—No tienes derecho a juzgarla.

—Siento decirte que yo soy el único que está en posición de hacerlo.

—Aún no sabemos con certeza lo que sucedió. A veces el ser humano es producto de las decisiones que las circunstancias de la vida le obligan a tomar.

—Esas decisiones han provocado que tú y yo estemos discutiendo en este preciso instante.

—Bien, pues no pienso continuar haciéndolo y menos aún por teléfono ¿Regresas a Dublín? —preguntó Ally fastidiada y cambiando el tema de conversación.

—No. Me quedaré aquí el fin de semana.

—Bien, en ese caso, mañana estaré allí antes del mediodía.

—¿Mañana?

—Acabo de llegar de Italia. Bradley y yo nos hemos tomado unos días de vacaciones. Por supuesto, de camino he aprovechado para investigar in situ un asunto muy interesante en relación a tu caso. Cuento con que podré alojarme en alguna de tus dos propiedades.

—¿Qué has averiguado?

—Hablaremos de ello en persona.

—¿Hay algo de lo que…?

—Mañana, Hugh. Descansa.

Ally puso fin a la llamada.

Eran más de la siete de la tarde cuando Carrie Brennan abandonaba la casa de los Gallagher después de haber informado a su propietario de los pormenores de la inscripción del inmueble en su página web.

—Es una vivienda acogedora. Ha debido ser muy feliz aquí.

Hugh trató de no dejarse llevar por los entrañables recuerdos de algún que otro verano en aquel lugar.

—Lo he sido —afirmó plenamente convencido de ello.

—¿Le parece bien que le llame por la mañana para ultimar los detalles del contrato? Dejaremos pendiente lo del inventario hasta que decida lo que va a dejar bajo llave en la buhardilla.

—Por supuesto. Trataré de tener decidido lo del inventario antes de que anochezca.

—No corre prisa. Tómese su tiempo. Ha sido un placer, señor Gallagher.

Hugh extendió la mano.

—El placer ha sido mío.

Observó que Carrie subía al vehículo y desaparecía por la serpenteante carretera. Se volvió hacia la casa y entró en ella dispuesto a dejar apartados bajo su techo a todos y cada uno de sus recuerdos.

455

Su propósito se quedó en eso, en un mero propósito. Estaba amontonando sobre varias cajas parte del menaje y algún que otro artículo de carácter personal, cuando su vista se detuvo en el rincón en el que se apoyaba un viejo reloj de madera. Habría jurado que no funcionaba. Sin embargo, bajo el silencio sepulcral que invadía aquel abigarrado y polvoriento espacio, distinguió un claro tictac que le hizo ponerse en alerta.

Se puso en pie dejando sobre el suelo las dos cajas que sujetaba entre sus brazos. Las agujas marcaban las doce en punto. El segundero se movía. No entendía nada. Buscó la llave para darle cuerda en la carcasa interior pero no la encontró. Cerró la compuerta pero volvió a abrirla. Había visto algo. Una minúscula llave estaba pegada con cinta adhesiva en la base interior, justo en el lugar en el que el mecanismo del reloj desplegaba todo su engranaje. La despegó con cuidado de no estropear la madera y la introdujo en la ranura para verificar que no era la correcta. Miró a su alrededor como si con ese simple gesto alguno de los objetos inanimados de aquella vieja buhardilla fuesen a cobrar vida para revelarle la función de esa llave.

No supo por qué pero sus ojos repararon en diversos cuadros

apilados contra la pared. Uno de ellos mostraba una acuarela que según la anotación en la parte inferior derecha era la Gendarmenmarkt de la ciudad de Berlín. Se acercó y se inclinó para cogerlo. Parecía pesar más de lo que esperaba. Examinó su reverso. Un nombre y una fecha escritos a mano.

REFUGIUM
MARS, 1942

Más abajo, una firma desdibujada por el paso del tiempo.

PASCAL SAVIGNY

Deslizó la mano por la superficie trasera y se topó con algo. Utilizó el extremo de la llave para rasgar las esquinas del grueso papel con cuidado de no rajarlo entero. Buscó una vieja silla para tomar asiento al lado de la ventana por donde entraba más luz. Su respiración comenzó a hacerse más pesada y tomó aire mientras despegaba aquella otra imagen que se escondía tras la acuarela. Era una antigua fotografía que mostraba a cinco hombres sentados frente a una mesa. Tras ellos había tres mujeres de pie junto a otros dos hombres. Examinó los rostros de aquella imagen pero no reconoció a ninguno de ellos aunque no pudo evitar fijar la vista nuevamente en uno de los individuos que estaba de pie. Lo que llamó su atención fue el hecho de que fuese el único que no miraba al objetivo de la cámara. Siguió la dirección de aquel atractivo rostro de fríos ojos para descubrir que los tenía fijos en una de aquellas mujeres que sobresalía de forma alarmante sobre el resto. Era de una belleza clásica, aristocrática, se habría atrevido a decir. Guardaba un gran parecido con la inigualable Grace Kelly. Se preguntó si el tipo era su marido. Sin embargo reparó en otro detalle. La mujer apoyaba su mano sobre el hombro de otro individuo de rasgos muy parecidos a... No. No podía ser. Hugh volvió su rostro hacia un espejo que estaba reclinado contra aquel apolillado aparador. Contempló su reflejo y volvió a centrarse en el rostro de aquel hombre. Dejó a un lado esa extraña sensación que lo invadía. Miró el reverso esperando encontrar alguna información. Arrancó con cuidado el papel que cubría la parte trasera con el objetivo de ver si había algún otro dato. En la esquina superior derecha apareció otro nuevo nombre que no le decía nada.

¥ *ROSEBLANCHE* ¥

Examinó una vez más la llave en busca de respuestas y descubrió una curiosa coincidencia. Los mismos símbolos que acompañaban a la palabra «Roseblanche» estaban grabados en el anverso y reverso de la llave. Estaba claro que esa llave tendría que abrir algo, algo significativo dado su extraño escondrijo, pero ¿qué? Depositó su hallazgo sobre una minúscula mesa decidido a poner patas arriba aquella buhardilla hasta encontrar lo que buscaba, aunque ni él mismo sabía lo que era.

Eran más de las diez de la noche cuando decidió bajar a cenar algo. Había perdido por completo la noción del tiempo y se había dado cuenta de que estaba realmente hambriento. Rebuscó entre los armarios de la cocina. Viendo la poca oferta culinaria que tenía, consideró la posibilidad de coger el coche y trasladarse al pub más cercano, pero la idea no le atrajo demasiado teniendo en cuenta su aspecto desaliñado después de varias horas rebuscando entre trastos polvorientos y abandonados. Lo único apetecible a simple vista eran un par de latas de conserva y un bote de crema de champiñones. Comprobó la fecha de caducidad y suspiró aliviado ante la perspectiva de saborear un plato caliente aunque fuese precocinado. Mientras calentaba en el microondas su improvisado refrigerio, bajó a la bodega en busca de una botella de vino con la que acompañar la soledad de esa atípica noche. Sin haberlo planeado, había destapado algo que le inquietaba hasta el punto de cuestionarse si no debía dar carpetazo al asunto.

Se abrazó a sí mismo frotándose con energía los brazos con objeto de entrar en calor. El cambio de temperatura había sido demasiado brusco. Se decidió por un rioja en homenaje a su padre, que sentía debilidad por España, sus vinos, su historia, su cultura y su excepcional gastronomía. No quedaban muchas botellas de modo que sobre la marcha decidió buscar algo para guardarlas y sacarlas de allí. Rastreó con la mirada la arcaica estancia pero no parecía haber nada que sirviese para su propósito. Tendría que buscar algo en la planta superior, pero decidió esperar al día siguiente porque su estómago comenzaba a emitir ruidos sospechosos.

Se masajeó las sienes mientras ponía en marcha su portátil. Apagó el televisor y apuró los restos de la última copa de vino. Ha-

457

bía entrado en un delicioso estado de pesadez y aturdimiento pero aun así se resistió a cerrar los ojos. Volvió a examinar cuidadosamente la fotografía mientras las luces azuladas de Windows iluminaban su rostro en la semioscuridad del salón. Inspeccionó también la llave cuestionándose el significado de aquel curioso símbolo. Se le ocurrió una idea, una idea absurda quizá, pero era una idea al fin y al cabo. Le vino a la mente una imagen de su padre revisando documentos y viejas fotografías cuando él no era más que un despreocupado adolescente. Lo veía siempre con una enorme lupa que ahora se preguntaba dónde habría ido a parar.

Se levantó con pereza del confortable sofá y se acercó a escudriñar entre las estanterías repletas de centenares de libros. Registró cajones, abrió armarios y, de un rápido vistazo, supervisó cada hueco, lapicero o pequeña caja. Por el rabillo del ojo percibió el extremo de algo que sobresalía de entre una hilera de libros. Se puso de puntillas alargando el brazo para alcanzar su objetivo y allí estaba la ansiada lupa. Con lo que no contaba era con el pequeño incidente que se produciría a continuación. Al atrapar la lente varios tomos que estaban mal colocados se balancearon hasta el punto de terminar cayendo de la estantería. Allí, en ese preciso instante y justo a la altura de sus ojos descubrió una segunda ristra de libros que tenían un denominador común. En todos y cada uno de ellos estaba grabado el mismo signo del reverso de la fotografía y de la llave. Pero no fue eso lo que le encogió el estómago sino el hecho de que el autor de aquellos antiguos ejemplares se llamase Samuel Gallagher y que uno de ellos se titulase precisamente *La Rose Blanche*.

Tras el hueco en el que se escondía aquel libro algo captó su atención, una diminuta caja rectangular de madera. Tanteó los laterales buscando la abertura hasta que dio con ella y se encontró con lo que parecía una condecoración en forma de cruz plateada con un grabado que decía:

CROIX DE LA GUÉRRE
MEDAILLE DE LA RÉSISTANCE

Le dio la vuelta a la medalla para ver el reverso.

SAMUEL GALLAGHER
28 JUILLET 1906 -19 DÉCEMBRE 1943

¿Qué demonios significaba todo aquello?

Capítulo veinticinco

Alguien golpeaba con insistencia la puerta. Apenas podía abrir los ojos y cuando lo hizo tardó unos segundos en ser consciente de dónde se encontraba. Se había quedado completamente dormido en el sofá. Vio su móvil reptando por la mesa mientras el nombre de Ally parpadeaba sobre la pantalla. Logró alcanzarlo y lo apagó. Supuso que era Ally quien seguía aporreando la puerta.

—Ya vooooy —gruñó mientras lograba levantarse y arrastraba sus pies hasta el vestíbulo.

Abrió la puerta y, a juzgar por la expresión de Ally, su aspecto debía de ser todo un desastre. Se llevó las manos al cuello con objeto de darse un ligero masaje para enderezarlo. Seguramente se había quedado dormido adoptando una mala posición.

—¡Vaya pinta! —se quejó Ally cruzando la entrada.

—Gracias —respondió Hugh con ironía mientras se echaba un vistazo. Camisa arrugada y manchada, cabello despeinado y probablemente apestando a alcohol después de haberse bebido él solito aquella botella de vino.

—¿Te has peleado con alguien? —preguntó al observar el inesperado desorden de la estancia. Libros esparcidos por la mesa, una botella de vino vacía, copa, restos de una cena.

—Una noche llena de intensas revelaciones.

Ally fijó la vista en la fotografía que descansaba sobre la cubierta del ordenador portátil. La cogió y la examinó ante la atenta mirada de Hugh.

—¿Dónde has encontrado esto?

—Deja que suba a darme una ducha. Necesito estar despejado para comenzar a encajar todas las piezas de este condenado rompecabezas.

Y

—Me limité a teclear en Google para descubrir que Rose Blanche, la Rosa Blanca, era nada más y nada menos que un movimiento de resistencia antinazi, que nació en la Ludwig Maximiliams Universität de Múnich en el año 1941, a instancias de un profesor de literatura alemán llamado Werner Hirsch y del novelista y dramaturgo irlandés Samuel Gallagher, que deduzco era el padre de Alan y, por lo tanto, mi abuelo. Mi abuelo adoptivo —aclaró Hugh mientras ambos hacían los honores a una suculenta pizza sentados en el porche aprovechando el tan ansiado sol del mediodía después de tantos días de incesante lluvia—. Ambos eran reputados profesores que ejercieron una extraordinaria influencia sobre sus alumnos, algunos de ellos hijos de reconocidas familias estadounidenses que habían abandonado la seguridad de sus hogares para luchar por una causa justa. No sé cómo Samuel, siendo un irlandés supuestamente emigrado a Nueva York, llegó a implicarse en la resistencia.

—Mucho me temo que las redes de la Rosa Blanca se esparcieron más allá de Alemania.

Ally sostenía la fotografía en la mano.

—¿Son todos ellos miembros de ese movimiento de liberación?

—No lo sé, pero algo me dice que sí. Ahora, mira esto. —Hugh movió la pantalla del ordenador hacia ella. Un documento periodístico junto con diversas imágenes de rostros desconocidos.

—¿Alguno de ellos aparece en esta foto?

—Podría ser. Habría que hacer un examen más exhaustivo con el *software* adecuado. Se la he reenviado a un amigo fotógrafo junto con esta otra encontrada en la buhardilla. He tenido suerte de que funcionase el escáner que había en el despacho de mi padre —le informó con la vista puesta en la imagen—. El hombre cuyo nombre aparece en el reverso de la fotografía, Pascal, era un funcionario del cuerpo diplomático en París. Se enfrentó sin éxito con las autoridades nazis para evitar la ejecución de Sarah Neumann, a cuyos hijos adoptó para que pudiesen salir del país.

—Parece ser este de aquí. —Ally señaló a uno de los hombres de la fotografía ayudándose de la lupa.

—Pascal Savigny formaba parte de la red francesa. He investigado más a fondo en la red y por lo visto las actividades de la Rosa Blanca estaban orientadas en principio hacia la información y difusión de ideología antinazi a través de publicaciones clandestinas e incluso de atentados contra kioscos de prensa contrarios a la resistencia. Tras la invasión de la zona libre por los alemanes en 1942, la acción de los grupos francos era atacar los trenes de soldados alemanes o destinados a Alemania, sabotear líneas férreas, destruir fábricas de armas y, por supuesto, cargarse a todos los agentes de la Gestapo posibles. En abril de 1943 detuvieron un convoy que se dirigía a Auschwitz y lograron liberar a casi doscientas personas. De entre ellas, a Sarah Liebermann, quien se unió también a la causa. Después de aquello, la actividad de la Rosa Blanca tuvo que sumergirse aun más en la clandestinidad para poder enfrentarse a una Gestapo cada vez mejor organizada.

—Ahora fíjate en este otro. —Hugh señaló a otro de los hombres de la imagen. Se supone que es Werner Hirsch. Juraría que este individuo es el mismo de esa antigua fotografía que vimos en casa de Dreinmann.

—Yo también juraría que es el mismo.

Los dos se miraron, cada uno valorando el abanico de posibilidades.

—¿Y quién los proveía de fondos para semejante despliegue de acciones? —prosiguió Ally sin pronunciarse.

461

—Los recursos financieros provenían en principio de donativos hechos por personas bien situadas de procedencia desconocida, aunque pronto el grueso de esas cantidades parecía proceder de Estados Unidos.

—Vaya, veo que tu noche atípica de viernes ha dado mucho de sí. ¿Y qué hay del resto de miembros? ¿Tienes más nombres?

—Hay multitud de datos confusos en la red. Nombran a Heinrich Wilgenhof, un acaudalado hombre de negocios alemán afincado en Estados Unidos, alguien con el nombre de Edward P. O'Connor. A juzgar por su apellido irlandés algo me dice que debe de tener relación con Samuel Gallagher. Erin E. Lévy, una joven estudiante de medicina neoyorquina, Gary Owen, periodista inglés, María Schroder, española viuda de un diplomático alemán, huida de los estragos de la Guerra Civil española y acogida por una familia berlinesa que se implicó, con la ayuda de Johanna Lindenholf, en un círculo antinazi. Se dice que en ese círculo se infiltró un nuevo miembro, un atractivo doctor que se hizo pasar por suizo y resultó ser un agente de la Gestapo. El círculo de Lindenholf fue silenciado. Se produjeron detenciones y algunos de ellos lograron huir gracias a los contactos con los británicos y la OSS.

Se produjo un breve silencio. Ally decidió dejar para más adelante la posible identidad de aquel doctor infiltrado.

—¿Qué le sucedió a Samuel Gallagher? —preguntó mientras sus dedos se deslizaban por el grabado de la cruz condecorativa.

—Fue detenido por la Gestapo al bajar de un tren y fue encarcelado en la prisión de Fresnes junto a otros miembros del movimiento de resistencia. Se organizó un comando para liberarlos pero todos fueron capturados. Samuel Gallagher fue deportado al campo de concentración de Mauthausen, donde fue ejecutado junto a otros miembros del círculo de Lindenholf y de la Rosa Blanca el 19 de diciembre de 1943.

—Todo por culpa de ese maldito médico nazi infiltrado —añadió Ally.

Hugh suspiró con lentitud. Alargó el brazo en busca del paquete de tabaco de Ally.

—Lo siento, juré que no volvería a hacerlo... pero necesito uno.

Lo encendió y dio una profunda calada. Tomó nuevamente la cruz en sus manos. Acto seguido, la llave.

462

—Parece que la familia Gallagher tiene una larga historia a sus espaldas. Tendremos que estudiar más a fondo la figura de tu abuelo. Si es cierto que él fue uno de los fundadores de ese movimiento de resistencia, tiene que haber archivos en la biblioteca o en cualquier otro organismo. Podríamos encontrar cosas interesantes. En cuanto a ese tal Pascal Savigny, teniendo en cuenta que formó parte del cuerpo diplomático, estoy segura de que también podremos seguir su pista en París aprovechando tu excelente conocimiento del francés. En cuanto al resto, habrá que ir paso a paso porque son demasiados nombres y probablemente muchos de ellos ya hayan fallecido.

—He enviado un correo electrónico al administrador de la página, un tal Bernard Wilgenhof. Viendo el apellido, podría tratarse de algún familiar directo de Heinrich Wilgenhof. He preferido ocultar mis verdaderas intenciones y me he hecho pasar por escritor que está documentándose sobre el movimiento de resistencia la Rosa Blanca.

—Buena idea.

—¿Y bien? ¿No has venido hasta aquí para hacerme una visita de cortesía. ¿Qué es lo que has averiguado?

—Es una larga historia.

—¿A qué esperas para confesarme lo que ya imagino? —preguntó Hugh después de un largo silencio mirándola directamente a los ojos.

—¿Qué es lo que imaginas?

—Tienes el nombre de ese agente de la Gestapo, ¿me equivoco?

—No deja de sorprenderme tu capacidad para atar cabos imposibles.

—He tenido una excelente maestra.

—Esto no va a ser fácil, Hugh.

—Nada ha sido fácil en mi vida, Ally, de modo que no alargues más de lo necesario esta agonía. Si quiero llegar hasta el final tengo que saberlo.

—Creo que la clave de todo está en Hans Steiner.

—¿Hans Steiner?

—El padre de Dieter.

Hugh se llevó las manos a la cabeza como si con ese gesto pudiese conseguir despejar su mente de tanto exceso de información acumulada.

—Llegué a imaginar algo parecido. Me he preguntado muchas veces a lo largo de mi vida qué era lo que había dentro de Dieter; y ahora lo entiendo. Ser el hijo de un nazi conlleva secuelas graves.

—No te equivoques. A Dieter no lo hizo así el hecho de ser hijo de un nazi. Si así hubiese sido su hermana Julia habría corrido ese mismo riesgo. Ambos tuvieron una infancia feliz en Italia.

—¿Italia?

—Sí. Hans huyó de Alemania con su esposa y sus hijos para refugiarse en un acogedor pueblo de la región toscana.

—¿Es esa la razón por la que has estado allí?

—Así es. Después he logrado contactar con un par de centros en los que Dieter estuvo tras quedarse huérfano. No consiguieron hacerlo cuajar en ninguna de las familias que se ofrecieron a acogerlo temporalmente. Es difícil moldear a un chico de esa edad, más aún si ha perdido a sus padres de una forma tan brusca y traumática.

—¿Has podido contactar con alguna de esas familias?

—No les está permitido dar esos datos. Es información protegida y de carácter reservado, pero sí he contactado con el director del último centro en el que estuvo internado antes de cumplir la mayoría de edad.

—¿Por qué se suicidó su padre?

—Fue un caso muy sonado en Cortona por aquellos años. La

463

madre se despeñó en su coche por un barranco durante una noche de tormenta. Interrogaron al padre, aunque tenía la coartada perfecta porque se supone que pasó aquella noche bajo el mismo techo que sus hijos. El mismo día del funeral la policía recibió una carta que había sido remitida la mañana del día de su muerte. Al parecer en la carta se hacía mención a las atrocidades cometidas por la pareja durante la guerra y al hecho de que no podía seguir viviendo arrastrando tras ella todos esos terribles secretos. Otros dicen que la mujer se suicidó por despecho. Las malas lenguas comentan que era dada a tener escarceos fuera del matrimonio y que esa noche el hombre que con quien pensaba fugarse había cambiado de opinión y se había largado.

—¿Cuál es tu hipótesis?

—Juraría que un poco de ambas. La policía consideró que la investigación había tomado otra perspectiva y comunicaron a Steiner el descubrimiento de esa nota. Había pasado a ser el sospechoso número uno. Las palabras escritas de su esposa lo exponían de una manera contundente. Era un despiadado criminal de guerra, de modo que la posibilidad de que él mismo hubiese provocado la muerte para silenciar sus antecedentes de nazi desalmado se barajó como la teoría más factible. Se procedió a su detención, pero justo antes de que eso sucediese el tipo se pegó un tiro en su misma casa. Dieter lo presenció.

Hugh guardó silencio durante unos segundos.

—¿Cómo terminaron en Alemania?

—Fue la última voluntad del padre justo antes de terminar con su vida. Dieter gritó que su padre no era el responsable. Juró que no cesaría en la búsqueda del americano y que no pararía hasta acabar con su familia tal y como él había hecho con la suya. Eso fue lo que me dijo el director del centro.

—¿El americano?

—No supe a qué se refería hasta que mandé un correo a mi contacto de la comisaría de Cortona para que me informase del cierre de aquel caso y de si se detuvo posteriormente a algún sospechoso. Curiosamente el abuelo del funcionario de jefatura que me ha ayudado en la investigación resultó ser el recepcionista donde se alojó por aquellas fechas un atractivo estadounidense que se hizo pasar por un productor de cine de Los Ángeles llamado William Stevenson.

—¿Se hizo pasar?

—Exacto. Presentó un pasaporte falso para registrarse en el

hotel. El recepcionista confesó a la policía que un par de individuos, entre ellos Steiner, habían estado preguntando por el paradero del americano. El tipo debió olerse algo y se largó de allí justo el día en el que tuvo lugar el supuesto accidente mortal de Hilda Steiner. Días después se encontró en las cercanías de la residencia de los Steiner un Alfa Romeo 1900 cuyo robo había sido denunciado por el falso William Stevenson. En cuanto al otro individuo confesó que Steiner le había contratado para que indagase en la verdadera procedencia del productor. Debido a que aquel hombre era de dudosa reputación en la localidad no se tuvo mucho en cuenta su testimonio. Todo el mundo pensaba que Steiner le había pagado para que hiciese pública esa versión de los hechos, sin embargo juró que el recepcionista del hotel había recibido una llamada muy extraña. Alguien preguntaba por la persona que se hallaba en la habitación del señor Stevenson, pero quien lo hacía insistía en que debía de haber un error porque él preguntaba por Edward O'Connor. El tipo que declaró todo esto juró que jamás olvidaría el rostro desencajado de Hans Steiner cuando le dio aquel nombre. Trataron de seguir el rastro de aquel tipo, pero fue una tarea imposible. El verdadero William Stevenson resultó estar en la Riviera francesa de vacaciones cuando tuvo lugar toda aquella terrible tragedia, de modo que se cerró el caso por falta de pruebas.

465

Hugh se puso en pie, dio un par de pasos y se apoyó de brazos cruzados sobre una columna.

—Está claro que Dieter sabía algo que nosotros no sabemos —le dijo.

—Sí. Eso es evidente.

—Un momento, ¿has dicho Edward O'Connor?

—Sí. Ese es el nombre que ponía en la transcripción de la declaración que me han escaneado.

Hugh regresó a la pantalla del portátil donde se hallaba la fotografía junto al pequeño resumen detallado de los nombres de los hombres y mujeres que formaron parte de la Rosa Blanca. Ambos leyeron en silencio.

—Edward P. O'Connor —pronunciaron ambos al unísono.

—Las iniciales coinciden salvo esa «p» que podría ser un segundo nombre. Dios mío, esto comienza a ser una pesadilla.

El aviso de un nuevo correo electrónico en la bandeja de entrada activó aún más su ya innegable estado de ansiedad. Hugh abrió el correo con la respiración agitada. Era de Clive O'Farrell, el fotógrafo.

—Vaya, parece que mi amigo ya ha estado trabajando sobre la fotografía que le he enviado. Veamos lo que tenemos.

From:Clive@imapictures.com
To:Hugh_Gallagher65@yahoo.co.uk
Subject: RE: URGENT
Date: Sat, 25 Jun 2005 13:49:36 + 0000
Datos adjuntos: Pics.jpg

No sé en qué demonios andas metido. No dejas de sorprenderme. Me debes una, chaval.

CLIVE

Hugh esbozó una sonrisa y deslizó el ratón sobre los archivos adjuntos. Esperaron con impaciencia la descarga de las imágenes. No encontró palabras para calificar el trabajo de Clive cuando las reproducciones redefinidas y restauradas se abrieron paso en la pantalla. Los retoques digitales habían dado una nueva dimensión a la antigua fotografía. Clive había seccionado la imagen de forma magistral mostrando de forma individualizada a cada uno de los personajes, de manera que podían hacer un examen mucho más exhaustivo de cada uno de aquellos desconocidos rostros. Los supuestos integrantes de la Rosa Blanca fueron desfilando ante sus ojos.

—Este parece ser Werner Hirsch —dijo Ally estudiando los rasgos ahora más destacados de la fisionomía de todos y cada uno de aquellos protagonistas que tuvieron un papel fundamental en el curso de la historia.

—Sí. Y este otro creo que es Pascal Savigny.

Hugh continuó haciendo una primera exploración ordinaria hasta que se detuvo más tiempo del necesario desplazando el cursor en una de las imágenes para agrandarla.

—No es posible —susurró Hugh con los ojos clavados en la pantalla.

—La esposa de Dreinmann —añadió Ally en un halo de voz incómodamente sorprendida.

—Es Johanna, sin lugar a dudas. Sin embargo Karl no aparece por ningún lado.

—Quizá aún no se habían conocido aunque lo dudo. Lindenholf debía ser su apellido de soltera. El círculo Lindenholf de Berlín.

Ally observó a Hugh que parecía como hipnotizado frente a la mujer de la pantalla con el ceño fruncido en un aparente gesto de absoluta concentración, como si estuviese tratando de recordar alguna cosa.

—¡Dios mío! —exclamó Hugh tragando saliva.

—¿Qué sucede? —Ally trató de encontrar en la imagen de Johanna algún detalle que le llevara a descubrir lo que pasaba por la mente de Hugh en aquel preciso instante.

—Ese colgante —dijo llevando su dedo hacia el cuello de la esposa de Karl.

—¿Qué pasa con ese colgante? —preguntó Ally alertada ante la expresión que revelaban aquellos ojos celestes. Se acercó con la finalidad de contemplar desde mejor ángulo el collar que adornaba el cuello de Johanna. Parecía una cruz celta con una pieza de color blanco incrustada en el centro.

—Lo he visto antes. He visto antes esa joya en otro lugar.

—¿Puedes ampliarla más? —le pidió Ally.

Hugh lo intentó sin mucho éxito.

—Parece una flor —añadió.

—Una rosa quizá —pensó Hugh en voz alta.

—Una rosa blanca, la Rosa Blanca —concluyó Ally.

Ambos se miraron durante escasos segundos en silencio, con sus mentes trabajando a toda velocidad.

—¿A quién debe lealtad Karl Dreinmann? —le preguntó Hugh.

—Mi sexto sentido me dice que podría tratarse de la misma persona a la que Dieter juró venganza.

—¿Edward O'Connor? —Hugh volvió a centrar su atención en la fotografía original mientras Ally examinaba nuevamente una por una las imágenes seccionadas y digitalizadas por Clive O'Farrell. Se detuvo en el cinéfilo rostro del hombre de innegables ojos claros pese al color sepia de la fotografía. Era el hombre sobre cuyo hombro reposaba la mano de aquella otra bella mujer que era objeto de estudio de Hugh en ese preciso instante.

—Ese colgante creo que también lo lleva ella.

—¿Quién?

—La mujer más bella de la fotografía.

Cada uno estaba sumido en sus propias divagaciones.

—Esos ojos… —susurró Ally.

—¿Qué ojos? —Hugh apartó la vista de su fotografía.

—Mírame, Hugh.

Hugh obedeció al tiempo que reparaba en los indagadores ojos

467

de Ally que parecían haber perdido todo su aplomo al haberse visto invadida por esos dos inigualables océanos que transmitían emociones difíciles de describir. Hugh no supo cómo interpretar la expresión dibujada en su rostro. Cambió de posición para estudiar una vez más la figura del hombre de ojos claros en la pantalla, el hombre con los mismos ojos de Hugh.

—Hay algo en él que... ¡Cielo santo, Hugh! Tus ojos y los de ese individuo; tengo un presentimiento.

Hugh guardó silencio preguntándose cómo iban a lograr recomponer semejante rompecabezas si cada vez que conseguían colocar una pieza aparecían decenas de huecos más que rellenar.

—¿No estarás pensando que puede tratarse de...?

—Vayamos paso por paso —le interrumpió—. Veamos, la esposa de Dreinmann formó parte de un movimiento de resistencia antinazi. Tenemos a un agente infiltrado de la Gestapo que ha resultado ser el padre de Dieter, el demonio que conociste como tu padre durante tu infancia. Por otra parte, una medalla de honor a nombre de Samuel Gallagher que estoy segura que era el padre de Alan y, por lo tanto, tu abuelo... adoptivo. Alan encargó a Karl Dreinmann una investigación en la posguerra y ahora resulta que nos encontramos con un criminal de guerra huido a Italia que se suicida justo en el momento en el que aparece un americano merodeando por los alrededores. Eso sin olvidar el accidente de su esposa y la posterior carta en la que se expone públicamente su pasado nazi.

—¿Crees que ese americano era Alan?

—No. Creo que Edward O'Connor es la pieza clave de todo esto. Alan le ayudó en la investigación del paradero de Hans Steiner y creo que no me equivoco al pensar que Karl fue el último eslabón en ese encargo. Edward se preocupó de que su nombre jamás se relacionase con la investigación de Steiner. En la página web hablan de la detención de un tren por la Gestapo y del posterior traslado de algunos miembros de la organización al campo de Mauthausen donde fueron ejecutados junto a tu abuelo. Tengo la absoluta certeza de que Edward O'Connor no cesó en su empeño de hacer justicia y vengó la muerte de los miembros de la Rosa Blanca que cayeron bajo el mando de Steiner. Estoy convencida que él estaba detrás de todo lo que sucedió en Cortona.

—Karl no suelta prenda y no creo que queden miembros vivos del movimiento.

—Esperaremos a que Wilgenhof se ponga en contacto contigo.

—¿Confías en que podremos sacar algo de él? Quizá sea un pariente que no tiene conocimiento de esa parte de la historia de la que todos parecen haber hecho un pacto de silencio.

—Habrá que intentarlo.

Ambos centraron nuevamente su atención en el rostro de penetrantes ojos e intercambiaron miradas.

—Creo que Dieter Steiner te odiaba porque por tus venas corría la sangre de Edward O'Connor —sentenció Ally.

Rhinecliff, estado de Nueva York, 8 de julio de 2005

Sophie permanecía absorta en sus pensamientos mientras contemplaba las gotas de lluvia deslizándose con suavidad sobre el cristal de la ventana. Sintió las manos de Ben presionando con delicadeza sus hombros.

—¿Estás bien? —le preguntó.

Sophie asintió aunque no pudo evitar que la emoción acudiese a sus ojos.

470

—Es ley de vida, cariño. Creemos que nuestros mayores van a estar ahí para siempre y no somos conscientes de que también ellos tienen que abandonarnos.

—Lo sé, pero aun así es duro de aceptar. Pensaban hacerle un nuevo homenaje en el Elíseo en agradecimiento a su encomiable labor durante los años de la resistencia de la Francia ocupada. ¿Y sabes lo que nos decía?

Ben hizo que se volviera para posicionarla frente a él y la rodeó con sus brazos.

—Soy todo oídos —le respondió liberando aquella lágrima con un beso.

—Decía: «Menuda estupidez. Soy el único que he sobrevivido a todos mis compañeros. No creo que haya nada que celebrar cuando sabes que los que tenían que estar contigo para compartir ese momento ya no están». Un hombre que salvó tantas vidas pese a no estar en el campo de batalla. Un héroe. Y ya ves.

—Creo que aquella generación estaba hecha de otro material. Mi padre siempre lo dice. Es una pena que mi abuelo no haya vivido para conoceros. Seguro que habrían compartido más de una confidencia sobre aquellos años.

—Lo dudo, te aseguro que mi abuelo era un hueso duro de roer cuando se trataba el tema de la guerra. Mantenía un pacto de silencio y creo que lo hacía por respeto a todos los que perdieron la vida. Sentía especial predilección por los irlandeses.

—Me di cuenta de ello el día de nuestra boda. Ahora que hablamos de ello, no recuerdo habértelo contado.

—¿De qué se trata?

—Me dijo que estaba muy orgulloso de ti.

—¿De veras? —Sus ojos color miel brillaron.

—Estaba orgulloso de que alguien apellidado O'Connor hubiese entrado a formar parte de la familia Savigny y que... —Ben vaciló en su intento de mantener a raya sus emociones.

—¿Qué? —preguntó ella expectante.

—Me dijo que ya podía morirse tranquilo porque si hacía honor a mi apellido y a mis orígenes, sabía que te protegería. Me sentí halagado por aquellas palabras y al mismo tiempo debo confesarte que algo sobrecogido porque por un instante no supe si podría estar a la altura de lo que tu abuelo esperaba de mí. Me he preguntado muchas veces si te he amado lo suficiente.

Esta vez Sophie fue incapaz de contener las lágrimas. Al dolor por la pérdida de su abuelo había que sumar la angustia de vivir en primera persona el declive de la salud del hombre por el que habría dado la vida y que ahora tenía la vista fija en ella.

—Me estás dando los mejores años de mi vida. Espero que esa respuesta te baste —le hizo saber Sophie levantando los brazos y enlazando las manos alrededor de su cuello.

—Quiero que regreses a París y le des el último adiós.

—No quiero apartarme de ti.

—Serán solo unos días. Aprovecha para estar con tu familia. Te vendrá bien un cambio de aires.

—No necesito cambiar de aires. Este es mi lugar.

—Lo necesitas. Llevas demasiado tiempo aquí encerrada ocupándote de mí y de Alex. Deja que yo también cuide de ti a mi manera.

Sophie guardó silencio unos segundos. A veces le sorprendían esos repentinos remontes de energía que le hacían olvidar la enfermedad. Sabía que la medicación le estaba provocando muchos altibajos de ese tipo, acentuando esa desmesurada actitud de protección que le mostraba en ocasiones. Los enfermos de tumor cerebral solían sufrir una compleja variedad de múltiples síntomas físicos que con frecuencia iban acompañados de cambios emocionales, cognitivos y sensoriales.

—Te echaré de menos pero podré soportarlo.

—Lo haré, pero solo porque tú me lo pides. Quiero que te quede claro.

—Me ha quedado muy claro. —Y torció los labios en una leve sonrisa. Se inclinó para besarla, suavemente al principio, hasta que ella se olvidó de todos sus temores y su cuerpo buscó respuesta en aquella boca que delineaba la suya con absoluta dedicación. Aquel súbito traslado a otra dimensión se desvaneció cuando Ben se apartó de ella, respirando trabajosamente y con las pupilas dilatadas. Sophie no supo si era por la desenfrenada pasión del momento o porque algo iba mal, el caso es que no supo descifrar lo que pasaba por la mente de su marido. Cuando no quería alarmarla más de lo necesario, esos dos ojos que en condiciones normales se le mostraban como espejos de su alma se transformaban para convertirse en dos oscuros telones de acero.

—¿Estás bien?

—Prepara tus cosas. Te iré comprando los billetes, no vaya a ser que cambies de opinión —le dijo con una sonrisa que no la alivió en absoluto. Se quedó callada contemplando sus fatigados ojos.

—¿Estás seguro? Si te sucediese algo estando tan lejos no me…

—Sshhhh. —Y deslizó un pulgar sobre sus labios imponiéndole silencio—. No me va suceder nada —le insistió.

—Preferiría que te quedases en Nueva York. No me iré si no te quedas en Nueva York. Por favor, estaré mucho más tranquila.

—De acuerdo —accedió Ben sabiendo que no le quedaba alternativa. Si quería convencerla de que debía asistir al funeral de su abuelo, no tendría más remedio que ceder a sus exigencias.

—Busca el vuelo de regreso para el lunes. Ni un día más. Voy a preparar una maleta con lo imprescindible —le oyó decir mientras desaparecía por la escalera.

Ben arrastró sus debilitadas extremidades hacia el sofá notando que no le respondían los pies. Tomó asiento y cerró los ojos unos segundos antes de abrir el ordenador portátil. Comenzó a temblarle el pulso cuando introdujo su clave. Los dedos resbalaron sobre el teclado sin poder presionar una sola letra. Se le nubló la vista y tuvo que echarse hacia atrás sobre el respaldo para tomar aire y expulsarlo lentamente.

Alex entró en el salón en ese instante.

—¿Estás bien, papá? —le preguntó preocupado.

—Sí… sí, estoy bien.

—¿Quieres que llame a mamá?

—No. No es necesario. Ha sido un pequeño mareo. Eso es todo. ¿Qué tal si me echas una mano? ¿Quieres aprender a comprar un billete de avión por Internet? —le preguntó mientras trataba de recuperar el control sobre sí mismo.

Alex cambió su expresión inquieta por una mucho más distendida, aunque no del todo convencida.

—Claro.

—Estupendo. Ven aquí y siéntate a mi lado mientras te voy dando instrucciones.

473

Aeropuerto Internacional de Dublín, 13 de julio de 2005

*L*a azafata de Lufthansa le dio la bienvenida a bordo mientras Hugh echaba un vistazo a la oferta de la prensa del día. Entre el *Hamburger Morgenpost, Der Spiegel* y el *Herald Tribune,* se decidió por el primero y el último. No estaría de más leer un poco de alemán para recordar algunos conceptos ya muy olvidados. Comprobó que su asiento era el que quedaba justo al lado de la ventanilla, cosa que le disgustó bastante porque teniendo en cuenta su altura considerable y que viajaba en turista, siempre prefería el pasillo donde podía estirar las piernas en algún momento durante el vuelo. Sus plegarias fueron escuchadas cuando una joven con aspecto de estudiante le preguntó si no le importaba cambiarle su asiento porque ella prefería su lugar. Hugh asintió sin pensárselo dos veces.

A la espera de que el resto de pasajeros hiciese su entrada en la aeronave, él se acomodó al tiempo que ponía en funcionamiento su mp3. Despegaron con quince minutos de retraso. Tardó poco en cerrar los ojos escuchando las últimas notas de una canción de Goo Goo Dolls.

Se despertó cuando oyó el ajetreado sonido del carrito de bebidas y refrigerios. Desconectó la música y pidió una Coca-Cola y unos cacahuetes mientras se disponía a hojear la prensa del día.

Levantó la vista justo en el momento en el que un hombre que se dirigía a los aseos desviaba sus ojos momentáneamente hacia él con intención de decirle algo, pero vaciló y cambió de opinión pasando de largo. A Hugh lo recorrió una extraña sensación. Estaba tan obsesionado con el mero hecho de pensar en la existencia de un hermano gemelo que se olvidaba de lo más esencial. Si existían parecidos razonables de personas que no llevaban la misma sangre, prefería no imaginar el golpe de efecto que supondría para cualquier persona encontrarse cara a cara con un sujeto que es el doble exacto de alguien a quien conoce. De un tiempo a esta parte siempre pensaba en esa posibilidad y más de una vez había estado a punto de preguntar con quién le confundían, pero finalmente terminaba desechando la idea porque lo que menos le apetecía en aquel momento de su vida era precisamente que lo tomasen por un pirado.

El mismo individuo regresó a su asiento que estaba varias filas por delante de él no sin antes mirarle de reojo. Hugh trató de centrarse en la lectura dejando a un lado esa inexplicable corazonada. Dejó el *Hamburger Morgenpost* a un lado y comenzó a pasar las páginas del *Herald Tribune*. Sus ojos se detuvieron en uno de los titulares de la sección de internacional.

Francia honra a título póstumo al diplomático Pascal René Savigny con la más importante de las condecoraciones francesas: Caballero de la Legión de Honor.

La Legión de Honor se concede a hombres y mujeres de cualquier nacionalidad por méritos extraordinarios realizados dentro del ámbito civil o militar. Durante la ceremonia, el ministro Dominique de Villepin ha leído un discurso al que ha seguido una interpretación coral del *Chant des Partisans*, el himno de la Resistencia. La historia de Savigny, como la de muchos otros héroes silenciosos que lucharon por la paz y la libertad, no emergió hasta principios de los años ochenta a raíz de la correspondencia referente a la guerra que fue recuperada por su hijo André y su hija Sarah.

El diplomático falleció el pasado 8 de julio en su domicilio parisino a los noventa y tres años de edad a consecuencia de una afección cardiaca. Pascal Savigny lideró la red francesa de la Rosa Blanca, un movimiento de liberación creado en el año 1941 en la Universidad de Múnich y en la que participaron hombres y mujeres de diversas nacionalidades para frenar el avance de las tropas alemanas. Savigny salvó centenares de vidas organizando evacuaciones masivas de niños en trenes, muchos de ellos judíos, para librarlos de ser enviados a campos de concentración con la ayuda del antinazi Círculo Lindenholf, con sede en Berlín. Se enfrentó sin éxito a la ejecución de Sarah Liebermann, pero pudo sacar a sus hijos del país, a los que adoptó como propios junto a su esposa María Schroder, española viuda de un embajador alemán en Madrid que también luchó por la causa y con la que contrajo matrimonio en mayo de 1943. Pascal Savigny fue distinguido con la Medalla de la Resistencia en el año 1970 en un acto que tuvo lugar en el Hôtel de Ville y en el que dedicó un emotivo discurso a todos

475

los que habían perecido en aquella dura lucha y a los que el Gobierno galo honró igualmente con la Cruz de la Guerra y la Medalla de la Resistencia a título póstumo.

El acto tuvo lugar en el Elíseo en la mañana del pasado 11 de julio. La condecoración fue recibida por su nieta Sophie Marie Savigny quien viajó desde Nueva York precipitadamente tras recibir la triste noticia. Sin duda un momento muy emotivo para todos sus familiares y amigos más cercanos asistentes al acto, especialmente sus hijos André y Sarah Savigny.

Hugh prefirió pensar que todo era producto de la mera casualidad. No hacía ni una semana que había recibido una contestación al correo electrónico enviado a Bernard Wilgenhof, que resultó ser el hijo de Heinrich Wilgenhof. Le había confesado que solo su apellido fue lo que le impulsó a ponerse en comunicación con él porque, pese a su corta edad, recordaba perfectamente la figura de Samuel Gallagher. La posibilidad de conocer personalmente a su nieto había despertado su curiosidad. Ahora estaba volando con destino a la ciudad de Hamburgo en busca de respuestas pero sobre todo de la apremiante necesidad de ponerle rostro a un pasado del que había sido privado por las fatalidades del destino, fatalidades que tenían raíces en aquel conflicto bélico que tantas vidas había marcado, incluyendo la suya. Examinó con atención las imágenes que acompañaban al breve artículo. Un par de ellas parecían ser de archivo, pero las otras instantáneas se habían tomado en el lugar donde se había celebrado el acto. Fijó sus ojos en un primer plano de la supuesta nieta de Pascal Savigny y creyó que su corazón había dejado de latir cuando reparó en dos detalles que podían dar un giro total a toda su investigación. El primero y el que lo dejó sin aliento fue la sencilla joya que adornaba el esbelto cuello de la nieta de Savigny. Era el mismo colgante que había visto en la mujer de Karl Dreinmann, el mismo que llevaba aquella otra mujer que sujetaba con ternura la mano del hombre de ojos iguales a los suyos. El segundo lo dejó fuera de combate y tuvo que tomar aire cuando reconoció el rostro de la mujer que lucía la cruz celta. Él había deslizado los dedos por las curvas sinuosas de ese cuello. Él había rozado con sus manos aquella cruz con la minúscula rosa blanquecina incrustada en el centro. Él había deseado a aquella mujer con cada fibra de su ser desde el instante mismo en que se cruzó con ella en Múnich y en París. No había logrado olvidarse de ella desde su atípica noche en el hotel Intercontinental, la noche en la que se había enamorado perdidamente de una desconocida. Pensó en el paradójico destino, ese destino al que aquella mañana de noviembre había rogado le echase una mano para volver a encontrarse con ese rostro y esos ojos color miel que le habían robado el pensamiento. Había tardado casi nueve años en conocer su nombre. Sophie.

El taxi le dejó en la Neandertraße, justo frente al hotel Lindner. Había elegido aquel alojamiento por su cercanía a la PeterStraße, lugar donde habitaba el profesor Wilgenhof. Le había citado hacía las seis de la tarde, así que después de registrarse y de subir su escueto equipaje a la habitación, solicitó un plano de la ciudad en recepción y se encaminó hacia la parada de metro de St. Pauli. Bajó en la más cercana al Ayuntamiento. La temperatura era más primaveral que veraniega habida cuenta de que según el calendario ya estaban en plena estación estival. El cielo mostraba algunos claros que fueron despejando el cielo conforme pasaban los minutos. Después de admirar la preciosa fachada neorrenacentista del Rathaus, reanudó su paseo por la concurrida y comercial Mönckebergstraße, denominada por los hamburgueses como «Mö».

477

Dado que su estómago estaba comenzando a hacer ruidos sospechosos se decidió por comer algo en una terraza de las arcadas del Alster desde la que disfrutó de unas inmejorables vistas mientras daba cuenta de un suculento almuerzo regado con una espectacular jarra de cerveza de la región. Calculó la distancia hasta el hotel y viendo que iba sobrado de tiempo, comenzó a caminar para bajar un poco todo lo que había engullido. Después de un buen rato bajo el chorro de agua templada, se vistió y se preparó mentalmente para su cita con el profesor. No sabía por dónde empezar. Tenía pensado un cuestionario de preguntas sobre Samuel Gallagher y Edward O'Connor. Se engañaba a sí mismo. Lo sabía. El caso Savigny había pasado a ocupar el primer lugar en su lista de prioridades.

Nueva York, 13 de julio de 2005

Sophie entreabrió los ojos con dificultad. Había perdido la noción del tiempo y por un instante no supo si se encontraba en París, Rhinecliff o Nueva York. Las luces de la calle que entraban por la ventana entreabierta terminaron por ubicarla en su habitación de Nueva York. Miró el despertador y se sorprendió al descubrir que ya pasaban diez minutos de las seis de la mañana. Había estado durmiendo casi ocho horas seguidas, lo que era toda una hazaña teniendo en cuenta los contratiempos que habían invadido su hasta entonces sosegada existencia. Erin había ido a buscarla al aeropuerto la tarde anterior. Llegó exhausta a casa poco antes de las siete después de tres ajetreados días llenos de emociones que prefería no compartir con Ben. No deseaba compartir el dolor ante la pérdida de un ser querido, ni el sentimiento de frustración que la había devorado durante el funeral ante el mero pensamiento de imaginarle a él en un lugar similar, en un lugar donde nunca podría volver a contemplar sus ojos, ni sentir el tacto de sus manos, ni escuchar su voz, ni saborear su boca, ni aspirar su particular esencia. Cuando abrió la puerta de su domicilio y se encontró frente a frente con Ben en el vestíbulo, dejó la maleta a un lado, arrojó su bolso al suelo y se lanzó a sus brazos reprimiendo las lágrimas. A Ben no le salieron las palabras porque si algo tenía claro es que en un momento semejante el silencio sería su mejor aliado de modo que la estrechó con fuerza, la poca de la que disponía al tiempo que Alex salía de su habitación. Ben le hizo un gesto para que guardase silencio. Alex lo comprendió, comprendió que aquel férreo abrazo de su madre era una forma de amarrar a su padre a la vida. Sophie se apartó un segundo haciendo desaparecer de su rostro la única lágrima que no había podido dejar escapar.

478

—Ven aquí —le rogó a Alex con una triste sonrisa.

Alex se acercó y su madre le pasó el brazo por el hombro. Después se vio rodeado por el protector brazo de su padre. Los tres unidos por una misma sensación difícil de describir.

Ben no lograba o no quería conciliar el sueño. Se levantó haciendo el menor ruido posible para no despertarla. Tampoco se podía decir que ella tuviese un sueño placentero de un tiempo a esta parte, por lo que quiso dejarla descansar. Lo necesitaba incluso más que él. Demasiados golpes en su vida en tan poco tiempo. Era mucho más fuerte de lo que había pensado. De eso no le cabía duda.

Se encerró en su estudio y se sentó frente al escritorio. Había llegado el momento. Tenía que escribir la carta que había estado posponiendo desde aquella tarde en la que recibió la llamada anónima que lo había cambiado todo, llamada que había intentado rastrear sin resultado pese a haber contado con la ayuda de un viejo amigo de Harvard de extraordinaria reputación dentro del entramado mundo de las redes informáticas.

Teniendo en cuenta la enorme dificultad que ya le suponía cualquier actividad que implicase la utilización de sus manos debido a los irregulares temblores y convulsiones que apenas habían conseguido ser frenados por el tratamiento, hizo acopio de su capacidad de superación para escribir de puño y letra aquel último deseo que esperaba cambiase el rumbo de la vida de la mujer a la que había jurado amar y proteger hasta el fin de sus días. Si el perverso destino le había arrebatado la posibilidad de ser fiel a su promesa, era la paradójica realidad la que ahora le había brindado la oportunidad de cumplirla. Y solo conocía un modo de hacerlo.

Como venía siendo su costumbre, Ben se había levantado. Lo peor llegaba siempre al anochecer. Ben trataba de alargar al máximo el momento de meterse en la cama. Es como si tuviera un miedo inexplicable a no despertar. Más de una noche Sophie se había quedado dormida sobre su regazo en el sofá del porche de la casa de Rhinecliff y juntos habían visto el amanecer sobre el río Hudson. En otras ocasiones se levantaba de madrugada para sentarse en el jardín o sencillamente se detenía junto a la puerta del dormitorio de Alex para contemplar su profundo sueño.

Había oído a alguien trastear en la cocina e imaginó que debía de ser él. Oyó como algún objeto aterrizaba en el suelo y eso fue lo que la despertó pero no quiso alarmarse. Solía marearse a causa del tratamiento y era normal que llegara a encontrar difícil el equilibrio en determinados movimientos. Sophie se calzó las zapatillas y salió de la cama. No estaba en la cocina, de modo que se fue directamente al salón suponiendo que habría salido al exterior.

—Cariño, aún es temprano. Vuelve a la cama —le dijo Sophie cuando salió a la terraza. Una brisa cálida la envolvió.

Ben debía de estar ensimismado en sus pensamientos porque no se movió. Sophie se arrodilló frente a él. Tenía los ojos enrojecidos y la mirada perdida. En cuanto percibió el calor por el contacto de la mano de Sophie sobre su pierna, fijó sus dilatadas pupilas en ella.

—Mi vida, ¿ocurre algo? —preguntó con voz hueca.

Ben la miró unos instantes para después agachar la cabeza y cerrar los ojos con fuerza. Apretó sus labios como si de esa manera su agonía fuese a desaparecer. Sophie fue a cogerle la mano con ternura cuando notó que él ocultaba algo bajo los blancos nudillos de sus dedos. Ni siquiera tenía fuerzas ya para estrujar un simple papel. Sophie abrió su mano y desdobló el papel arrugado con cuidado. Unas líneas sin sentido se deslizaban a ambos lados hasta reducirse a lo que parecía el boceto de un edificio junto a varios trazos que ponían de claro manifiesto el estado de desesperación de la persona que los había plasmado allí. Buscó una respuesta en los ojos de Ben, una respuesta que le negó porque aprovechó la ocasión para ponerse en pie con dificultad. Se apoyó contra el muro del balcón dándole la espalda. Todavía no había pronunciado palabra. Sophie centró nuevamente su atención en el papel y de repente comprendió.

—Estoy acabado. Ya ni siquiera soy capaz de crear algo —dijo al fin con voz quebradiza y afligida.

Sophie dejó el papel sobre la mesa de la terraza. Se colocó tras él pasándole los brazos por la cintura y dejando caer la mejilla sobre su espalda.

—No digas eso. Ni en mil años sería capaz de dibujar lo que tú acabas de plasmar en ese papel.

—Quiero dejar el tratamiento —le soltó de sopetón.

En un gesto instintivo Sophie apartó sus manos de él.

—Creo que no quiero hablar de esto. No en este momento.

Ben cambió de posición colocándose frente a ella.

—Esto es un infierno, Sophie.

480

—Ha pasado una semana desde la quimio, es normal que todavía arrastres los efectos. Dentro de un par de días estarás mejor.

—No estaré mejor y lo sabes.

—La supresión brusca de la medicación puede tener efectos contraproducentes.

—No creo que puedan ser peores que los que ya estoy soportando.

—No me hagas pasar por esto. Por favor, no lo hagas.

—¿Es que no lo entiendes? Mis funciones vitales están cada vez más mermadas. Ahora se suma la falta de coordinación en las manos para la escritura, por no hablar de la vista y la coordinación del resto de movimientos de mi cuerpo. No puedo hacer una vida normal. Por el amor de Dios, ni siquiera he sido capaz de hacerte el amor —arrastró aquellas palabras como si cada sílaba supusiese un supremo esfuerzo.

—No necesito que me hagas el amor. Necesito tenerte a mi lado.

—He hablado con Levin.

Sophie no dijo nada. Si era Levin quien le había dado aquella idea, no quiso ni pensar en la fatalidad que se escondería tras aquella decisión. Ben regresó a su asiento pasando por su lado sin mirarla.

—Si entro en fase terminal habrá que definir los términos del tratamiento. En ocasiones es apropiado suspenderlo o poner en marcha nuevas medidas para asegurar el bienestar del paciente.

—¿No crees que estás adelantando acontecimientos? Es evidente tu deterioro pero de ahí a hablar de... Por el amor de Dios, Ben, no me obligues a pronunciar esa palabra.

—Tendrás que pronunciarla tarde o temprano.

Sophie se sentó a su lado.

—Eso no lo sabes. Tienes que seguir adelante. Tienes que obligarte a ejercitar aquello que creas que está debilitándose. No puedes abandonar. Por el amor de Dios, Ben, esto está siendo muy duro. —Las lágrimas comenzaron a resbalar por las mejillas de Sophie—. Estoy tan atemorizada como tú. Me paso las noches y los días tratando de que todo vuelva a la normalidad.

—Jamás volverá a la normalidad —la interrumpió.

—Has sido un hombre que ha luchado con uñas y dientes por todo durante toda tu vida. Has conseguido siempre las metas que te has propuesto, ¿vas a claudicar ahora? ¿Es que no te das cuenta de que eres lo único que tengo en la vida?

—No quiero tener esperanzas —le confesó derrotado.

Sophie sintió que el corazón se le rompía en mil pedazos. Extendió las manos hacia su rostro delineando cada contorno de aquellas agraciadas facciones que le habían robado el aliento desde el primer instante. Ben las agarró en un conato de aparente fortaleza para así evitar los desagradables efectos de su trémulo pulso.

—La esperanza es lo único que mantiene vivo al mundo —fue lo único que pudo decirle.

Después lo estrechó contra su cuerpo arrullándolo en su regazo con ternura mientras ambos sollozaban por dentro y en silencio.

482

Capítulo veintiséis

Hamburgo, 16 de julio de 2005

*L*a réplica de la Peterstraße con sus antiguas mansiones de comerciantes había sido construida a principios de los años setenta. Pese a no ser fieles a las originales era un lugar con encanto, un recinto peatonal rodeado de preciosas casas de ladrillo visto y elegantes ventanas de molduras blancas. Si el efecto buscado era el de transmitir paz y desasosiego, sin duda se había logrado. Bernard Wilgenhof había elegido bien su lugar de residencia.

Pulsó el timbre de una lustrosa puerta de color verde oscuro. Un individuo interesante, de escaso cabello blanco difícil de domar a juzgar por su aspecto alborotado, le abrió la puerta.

—¿Señor Wilgenhof?

A Hugh le pilló por sorpresa su aspecto. Esperaba a un refinado alemán de porte anticuado, de talante circunspecto y dos metros de estatura. Sin embargo sus expectativas dieron un giro de ciento ochenta grados cuando se encontró frente a un hombre que vestía tejanos y una camisa informal, de rostro cordial y estatura media.

Bernard Wilgenhof tardó en reaccionar ante su presencia. Su expresión de asombro quedó grabada en la retina de Hugh, quien se sintió meticulosamente analizado.

—Señor Gallagher —le respondió extendiendo su mano a modo de saludo sin apartar los grisáceos ojos de su visitante—. Adelante.

—Gracias. Puede llamarme Hugh.

—De nada. Puede llamarme Bernd.

Ambos se encontraban en un salón que hacía las veces de despacho y biblioteca. Hugh ocupaba un asiento en un sofá de dos plazas mientras que Bernd lo hacía en un antiguo sillón de piel. Como era de esperar de un hombre de su trayectoria profesional, cualquier rincón de la vivienda estaba provisto de estanterías de todas las formas, tamaños y colores repletas de centenares de libros. Tenía la absoluta certeza de que allí se podría encontrar con auténticas reliquias.

—Le agradezco que me haya recibido así, con tan poca antelación —dijo Hugh.

—Bueno, a decir verdad, el contenido de su correo llegó a inquietarme —le respondió con un perfecto acento y se recordó a sí mismo que aquel individuo había nacido y vivido gran parte de su vida en Estados Unidos—. Debe de tratarse de algo muy importante para haber viajado a Hamburgo con tanta rapidez.

—Mi investigación ha llegado a un punto en el que tengo que llegar hasta el final. Nunca imaginé que para entenderme como lo que soy en la actualidad tendría que remontarme a un pasado tan remoto. Pero aquí estoy, dispuesto a dar con las respuestas a muchas de las preguntas que me he venido planteando a lo largo de mi vida.

—De modo que me mintió. No es escritor sino cirujano —le reprochó el profesor mientras le pasaba el azúcar para el café.

—Siento haber abusado de su buena fe, creí que sería más fácil de esa manera.

484

—Teniendo en cuenta su ascendencia no me resultó extraño. —Y volvió a centrar sus ojos en él, examinándolo de la misma manera que había hecho minutos antes frente a la puerta de su casa—. No se parece usted mucho a su abuelo Samuel y que yo recuerde tampoco a Alan.

De modo que se trataba de eso. Hugh no había pretendido comenzar la exposición de los hechos cuestionando los lazos de sangre con los Gallagher, pero estaba claro que tendría que hacerlo viendo el interés que su aspecto físico había despertado en el señor Wilgenhof.

—Eso… —Hugh carraspeó antes de proseguir— eso tiene fácil explicación. Alan Gallagher no era mi padre biológico. Se casó con mi madre cuando yo era un adolescente, aunque bueno, ella tampoco era mi madre biológica.

Bernard abrió los ojos de par en par. Estuvo a punto de decir algo, pero se abstuvo. Dio un sorbo a su café expreso doble y, tras unos segundos que se hicieron eternos para Hugh, tomó la palabra.

—Antes de empezar con mi tropel de preguntas, creo que debería decirme qué es lo que busca exactamente y qué tiene qué ver *Die Weiße Rose* con usted.

Hugh abrió la carpeta que había traído consigo ante la atenta mirada de Bernd. Extrajo la fotografía que había encontrado en la buhardilla junto con las copias individualizadas de cada uno de los miembros del movimiento así como una pequeña funda de plástico en la que había guardado la llave hallada dentro del viejo reloj, la condecoración de su abuelo y el grueso papel que cubría la parte trasera de la acuarela de Berlín. Lo depositó todo encima de la mesa. Supo que había captado la atención de su contertulio. Bernd dejó a un lado su taza de café y se centró en la fotografía. Hugh observó su leve parpadeo cuando su vista se detuvo en algo o alguien que cambió radicalmente su expresión. Habría jurado ver cierta aprensión en sus ojos, aprensión que se acentuó cuando se demoró en otro de los retratos.

—Vaya, ¿ha sido usted quien ha retocado todas estas imágenes? El trabajo es realmente extraordinario —preguntó mientras hacía uso de sus gafas graduadas y trataba de recuperar la voz.

—No, he contado con la ayuda de un experto en la materia.

—¿La fotografía original la encontró también en su casa?

—Así es, junto con esta llave y esta medalla. La fotografía estaba escondida en el reverso de un cuadro donde aparecía este nombre y esta calle de Berlín.

Bernd leyó el grueso papel.

—Pascal Savigny.

—¿Llegó a conocerle?

Bernd asintió con la cabeza mientras se dejaba llevar por los amargos recuerdos.

—Ha sido uno de los hombres más valientes que he conocido. No he podido asistir a su funeral. Lo he leído en el periódico. Él era el único superviviente del movimiento.

Hugh maldijo su mala suerte. Había desaparecido la única persona que podría haberle dado información fiable.

—Lo sé, yo también me he enterado de la triste noticia. Pensaba trasladarme a París para concertar una cita con él, pero ya ve, parece que el destino no me está ayudando mucho a cumplir con mi objetivo. —Hugh prefirió dejar para más adelante la cuestión de su nieta.

Bernd tomó la llave en su mano y, acto seguido, la medalla de la resistencia.

—No sé qué utilidad tiene esta llave. Nunca he visto nada parecido, pero por los símbolos grabados deduzco que tienen que ver claramente con la Rosa Blanca. Estoy seguro de que no se encontró con esta llave en un lugar visible.

—En efecto, la encontré pegada con cinta adhesiva en el interior de un viejo reloj.

—La base de operaciones de la Rosa Blanca estaba en los sótanos de un club de la Gendarmenmarkt. Puede que esta llave abriese algo.

La llave era el motivo menor de sus preocupaciones en ese momento.

—No he podido evitar observarlo mientras contemplaba las imágenes. ¿Qué es lo que ha visto en ellas?

—Esa fotografía que usted ha encontrado tiene un indudable valor. Siempre supimos que existía pero nadie tenía la prueba.

—¿Sabíamos? ¿La prueba?

—Tengo la impresión de que usted sabe mucho más de lo que cree. ¿Qué le parece si soy yo quien empieza a hacer las preguntas?

—Adelante.

—¿Qué es lo que ha visto en esta fotografía que le ha impulsado a volar hasta aquí pensando que yo puedo resolver su galimatías personal?

Hugh tomó la fotografía original en sus manos. Señaló a la mujer de Dreinmann.

—Esta de aquí es Johanna Lindenholf, ¿no es así?

—¿Cómo lo sabe?

—Hace unos meses estuve en Obberammergau. Allí es donde vive Karl Dreinmann, esposo de Johanna Lindenholf. Tuve tiempo de contemplar algunas fotografías del pasado. Este otro es Werner Hirsch. A continuación, Pascal Savigny. ¿Quiénes son las otras dos mujeres?

—Sarah Liebermann y Erin Elisabeth Lévy —respondió—. Erin es la que se parece a Grace Kelly. Sarah era la madre de los niños que Pascal sacó de Alemania y que adoptó como propios.

—¿Y los hombres? —preguntó Hugh tratando de mantener la calma al descubrir el rostro de la que era la abuela biológica de Sophie Savigny.

—El del extremo izquierdo que está sentado frente a la mesa es Samuel Gallagher y a su derecha está Heinrich, mi padre. El del otro extremo es Gary Owen.

Hugh advirtió que había dejado para el final al hombre en el que veía reflejados sus ojos, aquel sobre cuyo hombro reposaba la mano de aquella belleza de mujer y ese otro que parecía haber inquietado tanto al profesor y que, desde el punto de vista de Hugh, parecía estar fuera de contexto en la fotografía.

—Él es Edward Philip O'Connor, el esposo de Erin Lévy. Edward y mi padre fueron quienes proveían de fondos al movimiento. Samuel Gallagher fue su gancho con la Universidad de Múnich y a partir de ahí comenzó toda la historia.

—¿Y la identidad del que nos queda?

Bernd tragó saliva. Se llevó la taza a los labios para beber el resto del café. La volvió a dejar sobre la mesa, ya vacía, y se enfrentó a la mirada suspicaz de su visitante.

—Algo me dice que está fuera de lugar en esa reunión. Corríjame si me equivoco —añadió Hugh.

—Resulta incomprensible que alguien como usted se haya dado cuenta de ese detalle. Alguien que ha nacido varias décadas después de la tarde en la que se tomó esta fotografía y, sin embargo, ninguno de ellos habría podido imaginarlo.

—Explíquese.

—Teníamos al enemigo comiendo en nuestra misma mesa, bajo nuestro mismo techo y nadie se dio cuenta. Todos descubrieron demasiado tarde que ese falso médico suizo no era más que un agente infiltrado de la Gestapo de la peor estirpe y calaña.

—Hans Steiner.

Bernd centró la vista en él.

—¿Qué le ha contado Karl Dreinmann?

—Nada que usted ya no sepa. Alan le encargó a Karl una investigación en la posguerra. Un encargo de alguien al que al parecer todo el mundo debe lealtad.

—¿Qué tiene que ver usted con Steiner?

—Estuve viviendo bajo el mismo techo que su bastardo durante más de una década. Dieter Steiner obligó a mi madre a hacer cosas terribles, pero eso es otra larga historia y no he venido precisamente a hablar de eso.

—Me temo que si desea que estemos en igualdad de condiciones tendría que ponerme al corriente de esa parte de su vida. Tenga en cuenta que yo era un chaval por aquella época y que por esa razón no podía estar al tanto de todo. Con el paso de los años, y con la escasa información que mi padre me facilitó, es como he conseguido rehacer la crónica de los acontecimientos, pero las páginas de los libros de historia no las escriben los hechos acaecidos sino las personas que los vivieron. La historia ha sabido de la existencia de la Rosa Blanca como de la existencia de muchos otros movimientos de resistencia al nazismo, pero ¿qué hay de esos hombres y mujeres que tomaron parte en tantas heroicas hazañas hasta el punto de jugarse

487

la propia vida? Quiero ponerles nombres, quiero ponerles un rostro y, usted, amigo Gallagher, ha aparecido en la puerta de mi casa para ayudarme en esta ardua tarea. Desde que recibí su correo electrónico y nada más verle, no me ha cabido la más mínima duda de que usted es la ansiada respuesta a mis plegarias.

Hugh consideró las palabras del profesor mientras tenía la vista fija en algún lugar de la estancia. Acto seguido se levantó de su asiento y dirigió sus pasos hasta el hueco de la ventana. Después de unos segundos de silencio en los que Bernard comenzaba a hilvanar sus propias conjeturas, Hugh se armó de valor y comenzó a relatar a aquel desconocido que también se había convertido en la respuesta a sus plegarias, los dramas de su niñez y adolescencia.

—¿Y todo por un descubrimiento fortuito de un error de cálculo de la base de datos de un complicado programa de intercambio de datos genéticos?

Hugh asintió. Bernd se puso en pie y paseó de un lado a otro de la estancia sin pronunciar una sola palabra mientras trataba de asimilar toda la información aportada por el médico irlandés.

—¿No habría sido más fácil contratar a un *hacker* para rastrear la identidad de esa otra persona que ostenta su código genético?

—Soy secretario honorario de una fundación que tiene como objetivo fundamental la protección de esos datos para evitar precisamente la intrusión fraudulenta y el comercio ilegal de órganos.

—¿Y no le resultó extraña la desaparición de ese perfil justo cuando usted lo había descubierto?

—Sí, y, como le he dicho, eso fue lo que me impulsó a comenzar esta investigación.

—¿Qué espera de un anciano profesor como yo?

—Ahora espero mi turno de preguntas para equilibrar de ese modo nuestra igualdad de condiciones.

—¿Qué tal si le sirvo una copa? Creo que la necesita después del supremo esfuerzo que ha realizado al tener que rememorar ciertas parcelas de su vida que cualquiera hubiese querido olvidar.

—No sería mala idea.

—Sírvase usted mismo —le invitó, señalando la puerta de un pequeño armario que parecía un mueble bar—. Hay algunos vasos en la parte de abajo. Yo, mientras, voy a encender el horno para calentar un poco del excelente asado que mi atenta hija Agnes se ha molestado en traer esta mañana.

—No quiero abusar de su hospitalidad.

—Será bueno salir de la rutina y cenar acompañado. Y dicho sea de paso, ya que vamos a compartir una suculenta cena para aliviar los sinsabores del pasado, no estaría de más pasar a la fase de dejarnos de ceremonias y hablarnos de tú a tú —le solicitó, con una mirada en la que asomaba cierto atisbo de paternalismo.

—Tengo la impresión de que me has contado cosas que seguramente jamás has revelado a nadie.

—Afirmativo —respondió Hugh saboreando el último bocado del exquisito manjar preparado por la hija del profesor.

—Debo admitir después de haber tenido conocimiento de tu historia que eres una persona bastante... no sé cómo decirlo para que no te sientas...

—¿Normal? —se adelantó Hugh dibujando en sus labios una liviana sonrisa.

—Bueno, no pretendía que sonase de ese modo.

—Descuida. Yo mismo me he hecho cientos de veces esa pregunta y no he sido capaz de responderla. Supongo que debo dejar en manos de los que me rodean sus propios juicios de valor. Creo que lo bueno y lo malo que hay en mí es producto de lo que he vivido y de lo que mis padres me han inculcado. No sé lo que habría sido de mi... madre y de mí si Alan no hubiese aparecido en nuestras vidas.

—¿Le guardas rencor?

Hugh bebió un sorbo de su copa de vino. Se tomó su tiempo para responder.

—No puedo culparla por lo que hizo. Estoy convencido de que se arrepintió de aquella locura, pero cuando quiso darse cuenta ya era demasiado tarde. Creo que se hizo fuerte a costa de protegerme. Sería injusto atribuirle a ella toda la responsabilidad y de nada serviría condenarla porque ya pagó su condena en vida.

—¿Nunca te habló de si ella tenía alguna familia a la que pudieses acudir?

—Mi madre y Alan se llevaron sus secretos a la tumba.

—Yo estoy aquí para desvelarte algunos de ellos.

Un cauteloso silencio se instaló entre ambos.

—Quiero que me confieses cuál ha sido su primer pensamiento al verme frente al umbral de esta casa —reclamó Hugh ocultando sin resultado su desasosiego.

Bernd centró la vista en su peculiar invitado, examinándolo de

489

nuevo de la misma forma que había hecho horas antes. Abrió la boca pero vaciló y cambió de opinión. Arrastró la silla con parsimonia y se levantó. Hugh lo observaba sin perder detalle. Vio como extraía de su carpeta una de las fotos digitalizadas y la llevaba de regreso a la mesa. Apartó su plato y la depositó frente a él. Hugh volvió a fijarse en la imagen. Acto seguido buscó la mirada del profesor en busca de las palabras que él no se atrevía a pronunciar.

—Edward O'Connor —apuntó Hugh con voz hueca y mirada huidiza.

—Tu abuelo, el hombre al que todos deben lealtad —añadió Bernd.

—Esa lealtad equivale al silencio y al secreto de dos generaciones.

—Así es. Hans Steiner ejecutó a todas las cabezas pensantes de la Rosa Blanca. No necesito entrar en detalles sobre las despiadadas torturas que algunos de ellos tuvieron que soportar antes de encontrar la muerte, que seguro fue un alivio en comparación con las terribles vicisitudes por las que se vieron obligados a pasar. Edward juró vengar no solo la muerte de su esposa y del bebé de seis meses que ella gestaba. Juró venganza en nombre de todos y cada uno de los hombres y mujeres que perdieron la vida a causa de ese degenerado asesino. No iba a esperar a que un consejo de guerra o tribunal penal internacional lo juzgase por crímenes contra la humanidad porque para entonces ya sería demasiado tarde. Alan y Pascal lo ayudaron a no dejar huellas. Karl Dreinmann fue quien se encargó de localizar al objetivo. Edward O'Connor cumplió su cometido.

A Hugh comenzó a temblarle el pulso. Respiró hondo porque sintió que le faltaba el aire y aun así no logró que llegase a sus pulmones. Se puso en pie de un impulso tratando así de recomponerse de esa terrible náusea que lo invadía. Sin embargo, no logró su objetivo porque perdió el equilibrio y tuvo que agarrarse con fuerza al borde de la mesa para no desplomarse.

—Hugh, ¿qué te sucede? Dios mío, siento haber…

Bernd acudió en su ayuda, estremecido al contemplar el cenizo rostro del joven médico al que no tuvo tiempo de socorrer porque cuando quiso hacerlo ya había caído abatido sobre la alfombra.

Estaba soñando. Hugh pensó que debía de tratarse de un sueño. O eso o bien acababa de morir y estaba en el paraíso. Había visto una potente luz que casi lo había cegado. ¿Era esa la luz que todo el mundo decía ver antes de pasar a mejor vida? Cambió de parecer cuando la deslumbrante luminiscencia comenzó a dispersarse para dar paso a unas borrosas sombras que se movían delante de él. Vislumbró entre la nebulosa unos difusos rostros que desconocía. Esas borrosas figuras comenzaron a tomar forma. Todos hablaban pero las voces se perdían en la distancia. ¿Quiénes eran y que hacían en casa del profesor Wilgenhof? Iban ataviados con chalecos de un chirriante color que no lograba interpretar. Cerró los ojos pero una voz femenina le forzó a abrirlos. Dios, en aquellos momentos pensó que, efectivamente, tenía un noventa y nueve por ciento de posibilidades de haber pasado a mejor vida porque lo que estaban presenciando sus ojos solo podría sucederle en el más inverosímil de los sueños. Los brillantes ojos de Sophie estaban fijos en él. Sintió la tersura de su tacto sobre su mano lo que le llevó a querer evaporarse de allí sin desear despertar de ese sueño imposible.

—Mi vida, estás bien. Todo va a salir bien —le dijo ella con voz suave.

Cuando sintió el roce de esos labios sobre los suyos, Hugh creyó desvanecerse en la embriaguez de aquel cándido beso y parpadeó en un acto reflejo para cerciorarse de que todo lo que estaba sucediendo era real.

—Sophie... —musitó.

—Hugh, por Dios, dime que estás bien o llamo a una ambulancia ahora mismo.

Hugh protestó cuando el rostro y la voz de Sophie fueron sustituidos por los de alguien que le era familiar.

—Sophie, no —farfulló aún desorientado—, no te vayas...

—Soy el profesor Wilgenhof.

Hugh abrió los ojos de par en par. Bernd lo miraba alarmado y asustado. Hugh se miró a sí mismo. Estaba tumbado sobre la alfombra. Vio la silla en la que había estado sentado tirada sobre el suelo y su copa de vino derramada sobre el mantel de la mesa. Sintió la boca seca y pastosa. Quiso moverse pero dentro de su cabeza parecía haberse instalado un tiovivo, de modo que se vio obligado a buscar apoyo en el cojín que le servía de almohada.

—¿Qué es lo que...? —Hugh no entendía nada.

Bernd suspiró tranquilo al ver que su invitado recuperaba poco a poco su buen color.

—Santo Cristo, menudo susto me has dado —se quejó Bernd llevándose una mano al pecho con gesto sobrecogido mientras que con la otra apagaba el móvil.

—¿Qué ha sucedido?

—Te has desmayado. Ha sido un minuto interminable. Estaba a punto de llamar a una ambulancia.

—No hace falta. Estoy bien —insistió mientras conseguía ponerse en otra posición. Apoyó la espalda sobre el respaldo trasero del sofá.

—¿Estás seguro? Después de tu esclarecedor relato, te sucede esto y pensé que podía tratarse de...

—Tranquilo, Bernd. No me pasa nada.

—Yo diría que sí que pasa. Tu expresión no me tranquiliza en absoluto —aclaró el profesor mientras iba hacia la mesa y llenaba un vaso de agua. Regresó a su asiento, la base de la escalera auxiliar que servía para alcanzar los estantes más altos de su biblioteca personal.

—Gracias —dijo Hugh después de haber bebido el contenido del vaso de un golpe—. Siento haber causado tanta molestia.

—Y yo siento mi falta de tacto al confesarte tus verdaderos orígenes.

—Tu revelación no ha sido el motivo de mi desvanecimiento. Ya tenía mis sospechas al respecto y tú has sido el cauce para que esa sospecha deje de ser tal para convertirse en un hecho real.

—Era la última pieza de tu peculiar rompecabezas.

—Bueno, mucho me temo que quedan muchas dudas por resolver pero eso es algo que ya debe formar parte de la historia.

—¿Cuál ha sido el motivo entonces?

—No es la primera vez que tengo episodios de este tipo.

—¿Episodios?

—No sé si llamarlo de esa manera es lo adecuado. El caso es que es como si durante el tiempo escaso en el que pierdo el conocimiento estuviese viviendo la vida de otra persona.

Ambos guardaron silencio durante unos segundos. Lo que Hugh no sabía es que la mente de Bernd trabajaba al doble de velocidad que la suya.

—Supongo que has oído hablar de múltiples historias relativas a gemelos univitelinos separados al nacer y que, incluso estando en puntos opuestos del globo, logran establecer una conexión inexplicable en momentos cruciales de sus vidas sin que ninguno de ellos tenga conocimiento de la existencia del otro.

—Lo he oído.

—Hay numerosos estudios al respecto. Se dice que hasta pueden llegar a presentir desde el dolor y la desdicha hasta los estados más hilarantes de felicidad.

Hugh se quedó callado mientras afrontaba las mil y una implicaciones resultantes de aquella teoría que alguna vez se había planteado como algo inconcebible, pero que sin embargo en aquel instante la perspectiva adquiría sin duda unas proporciones inimaginables.

—¿Quién es Sophie? —le preguntó Bernd con el propósito de acabar con el tortuoso silencio.

Hugh abrió los ojos de par en par.

—¿Sophie? ¿Cómo sabes…?

—La has nombrado durante tu… episodio —le aclaró.

Hugh apoyó las palmas de las manos sobre la alfombra para incorporarse. Se puso en pie ante la mirada atenta y preocupada de Bernd que lo imitó.

—Estoy bien, de veras —le aseguró Hugh mientras se dirigía hacia la mesa que había frente al sofá y extraía de ella un recorte de periódico.

Bernd tomó asiento en el sofá y Hugh lo acompañó. Desdobló el papel y se lo entregó.

—Un artículo del *Herald Tribune*. Hace referencia a otro homenaje realizado a Pascal Savigny tras su fallecimiento hace unos días. Échale un vistazo.

Bernd se ayudó de sus lentes para leerlo. Hugh observó cada movimiento de sus facciones y de sus ojos que no pestañeaban.

—Sophie Savigny —murmuró para sí.

Hugh volvió a mostrarle la fotografía de los miembros de la Rosa Blanca.

—Fíjate en la cruz que lleva en el cuello Erin Lévy y ahora vuelve a mirar el fotograma del *Herald Tribune*. Sophie Savigny.

—Llevan la misma cruz —reconoció el profesor.

—¿Le encuentras algún significado? ¿Por qué solo la lleva Erin?

—No lo sé. Solo puedo decirte que Pascal, Alan y Edward fueron las bases del movimiento. Quizá era un pacto de unión entre ambas familias. Un objeto de incalculable valor sentimental que ha pasado a las siguientes generaciones de mujeres. Si consideramos que Sophie es una descendiente biológica de Sarah Liebermann, es normal que esté en su poder teniendo en cuenta que es la única nieta de Savigny. El hecho de que las otras mujeres no lo lleven puesto no significa nada. ¿Por qué ese repentino interés en Sophie Savigny? ¿Es ella la que has nombrado antes? ¿La conoces?

Hugh asintió. Aún no se atrevía a pronunciar en voz alta su descabellada hipótesis.

—Adelante —le animó Bernd como si le hubiese leído el pensa-

493

miento—. Confía en tu sexto sentido. Al fin y al cabo es lo que te ha traído hasta aquí. ¿Qué has visto en esos segundos que a mí se me han hecho eternos cuando has perdido el conocimiento?

—La he visto a ella. La vi por primera vez hace nueve años en Múnich. Me enamoré de ella al instante. Volví a verla en la cola de facturación del aeropuerto. No podía creer en mi buena suerte cuando me di cuenta de que volaba al mismo destino que yo aunque en diferente compañía aérea. Por aquel entonces yo trabajaba en París, en el Hospital Americano de Neuilly. Coincidí con ella en el Marais y estuvimos charlando. Dos desconocidos en una ciudad como París invitaba a algo interesante, de aquello no me cabía duda. La segunda vez que me la encontré estaba de fiesta en un pub irlandés. En aquel momento no lo entendí. Ha tenido que pasar una década para comprender su reacción de aquella noche.

—Explícate.

—Esa noche Sophie había bebido más de la cuenta. Cuando entré en el pub se abalanzó a mis brazos y me besó. Solo habíamos estado charlando unas semanas antes. Ni siquiera sabía su nombre y de repente me vi en un taxi camino de casa dispuesto a pasar una noche que jamás olvidaría.

—¿Y fue así?

—Estaba tan bebida que me vomitó encima al bajar del taxi y la tuve que llevar a un hotel. No llevaba documentación encima y no sabía dónde vivía. No hicimos absolutamente nada. A la mañana siguiente ella no recordaba la mayor parte de lo sucedido y se vio superada por la situación. Se metió en la ducha y en aquel momento recibí una llamada de mi padre en el busca. Mi madre había fallecido, de modo que salí de allí de forma apresurada hacia el aeropuerto. Había pagado una noche en una suite del prohibitivo Intercontinental para terminar acostado y solo en la estancia contigua mientras la mujer que me había robado el pensamiento dormía la borrachera en una cama *king size*.

—¿Volviste a verla?

—Jamás hasta esta mañana en el periódico. Yo no regresé a París. Dejé mi puesto en el hospital y me quedé en Dublín. El resto es historia.

—¿Es la primera vez que forma parte de tus visiones?

Hugh negó con la cabeza.

—En ese caso quizá no sean visiones, más bien serán recuerdos.

—No. Lo que he visto no era un recuerdo —le aclaró firmemente convencido.

—¿Quieres contármelo?

—Estaba en algún lugar, no sé si en una ambulancia o un hospital. Creía que me moría. Oía voces alrededor y, de repente, ahí estaba ella inclinándose sobre mí, agarrando mi mano con fuerza mientras me susurraba palabras de aliento al tiempo que me besaba. —Se levantó mientras se llevaba las manos a la cabeza en un gesto de impotencia—. No me atrevo ni siquiera a pensarlo.

—No tengas miedo de confesar tu teoría.

Se volvió bruscamente hacia el profesor. Estaba alterado.

—¿Y si lo que he presenciado ha sido una especie de premonición? Imagina solo por un momento que he experimentado algo que mi hermano gemelo está sufriendo en este preciso instante. ¿Y si la inexplicable actitud de aquella noche en París por parte de Sophie fue porque me había confundido con mi hermano? ¿Y si mi hermano estaba viviendo también en París por aquel entonces?

—¿Me estás diciendo que Sophie Savigny y tu hermano gemelo podrían ser...?

—¿Qué otra razón puede haber para que ella forme parte de esta especie de trance? —Comenzó a moverse agitado de un extremo a otro de la habitación—. Creo que estoy viviendo algo a tiempo real y sea lo que sea lo que le sucede a mi hermano, tengo la impresión de que Sophie forma parte de ello. —Se detuvo para centrar sus ojos en Bernd—. En el artículo del periódico se decía que había viajado precipitadamente desde Nueva York. Edward O'Connor era un empresario afincado en Nueva York al igual que tu padre. Ellos fueron los que financiaban todas las actividades de la organización. Mi hermano está en Nueva York, ciudad que está en el país que mis padres me prohibieron visitar mientras ellos estuviesen con vida, amparándose en que corría peligro por la posible puesta en libertad de Dieter. Tiene que haber alguna conexión, Bernd.

—No es tan fácil. Los negocios de Edward están tan extendidos que es difícil seguir la pista. Creo que lo dejó todo muy bien atado antes de morir de forma que nadie lograse ahondar en su pasado. El número de acaudalados hombres de negocios del estado de Nueva York de ascendencia irlandesa es muy amplio. Solo puedo decirte que tenía un hijo, Patrick, tu verdadero padre. Según Alan, padre e hijo tuvieron una tormentosa relación durante algunos años. Patrick había decidido desviarse del negocio familiar para dedicarse a la medicina. Esa es la última noticia que tengo.

De nuevo se produjo un silencio cargado de preguntas para las que esta vez sí tenían la respuesta. Hugh se puso en pie, consultó su reloj.

—Es tarde, creo que por hoy hemos tenido suficiente. Ya sé todo lo que tenía que saber.

—¿Estás seguro?

Hugh asintió mientras ponía en orden toda la documentación que había traído consigo y la apilaba nuevamente en su carpeta.

—Me has proporcionado el material que necesito para comenzar mi búsqueda —le dijo.

El profesor se puso en pie colocándose frente a él, dedicándole una mirada de sombras y de dudas.

—¿Y si lo que encuentras no es lo que esperas?

—Tomaré esa decisión llegado el momento. No hay necesidad de adelantar acontecimientos.

—Los O'Connor son poderosos.

Hugh le lanzó una mirada de recelo.

—Mis pretensiones no tienen nada que ver con el tema económico. No pretendo reclamar nada. No es esa la razón de esta investigación —le aclaró Hugh.

—Lo sé, pero aun así puedes encontrarte con muchos muros. Edward siempre vivió en el anonimato y eso es algo que ha traspasado a posteriores generaciones.

—¿Hay algo más que no me has contado?

—Solo sé que la O'Connor Group INC ha terminado convirtiéndose en un conglomerado de empresas pertenecientes al mundo editorial y de la comunicación, ya sabes, prensa, alguna cadena de radio y canales de televisión. Las vidas privadas de sus fundadores son algo que está fuera del alcance de cualquiera. Ni yo mismo he podido ir más allá.

—Solo me interesa Patrick O'Connor, mi padre. Si es verdad que dedicó su vida a la medicina, mucho me temo que la balanza va a estar inclinada a mi favor.

—Espero que así sea.

Hugh se encaminó hacia la puerta de salida. Extendió la mano al profesor.

—¿Estás decidido a seguir adelante? —le preguntó mientras entrelazaba con fuerza su mano derecha entre las suyas.

—Hasta el final. Me guste o no me guste lo que me voy a encontrar, ya no puedo quedarme a medio camino.

—Espero de corazón que encuentres sentido a tu complicado pasado porque eso será lo único que te ayude a enfrentarte al futuro.

—Gracias, Bernard. Jamás pensé que iba a hallar las respuestas en la ciudad de Hamburgo.

—Mis abuelos se instalaron en la *Kleindeutschland*[4]. Si la mañana que los O'Connor ponían sus pies por primera vez en la isla de Ellis no se hubiesen cruzado con el recién enviudado doctor Wilgenhof, no habríamos tenido la oportunidad de conocernos.

La perplejidad en los azules ojos de Hugh no le pasó inadvertida al profesor.

—¿Quieres decir que los Wilgenhof y los O'Connor…?

—Más de un siglo de historia en el que aún existen muchas cosas por contar —añadió—. Ahora importa el presente, ese del que tú formas parte. Yo solo he quedado para escribir los retazos del pasado. Ahora solo quiero que me hagas la promesa de ayudarme a completar estas memorias de las que ambos hemos formado parte.

—Lo haré, profesor. Puedes contar con ello —le dijo Hugh aún abrumado por esa inesperada y estrecha familiaridad forjada en tan solo unas horas.

—No estás solo en el mundo.

—Me alegra saber que puedo contar con alguien.

Bernard Wilgenhof posó su mano amiga sobre el hombro de Hugh, quien no pudo evitar rememorar a su padre y Bernard lo supo.

—Cuídate, Gallagher.

—Tú también, Wilgenhof.

Un breve pero enérgico abrazo puso fin al intenso encuentro lleno de revelaciones que supondría un nuevo capítulo en la vida de Hugh.

497

4. Pequeña Alemania. Nombre con el que se conocía a determinado sector de la población del Lower East Side, Bajo Manhattan, donde se asentó gran parte de la inmigración procedente de Alemania durante la segunda mitad del siglo XIX.

Capítulo veintisiete

Nueva York, 16 de julio de 2005

Su estado general había ido empeorando con el paso de las horas. En ocasiones parecía como ausente. Y solo aquella sonrisa, que trataba de acentuar para disminuir el grado de ansiedad de los que estaban a su alrededor, era lo que mantenía su irrefutable entereza. A esa sensación de frustración que él mismo sufría había que añadir sus temblores en manos y brazos así como la paulatina pérdida de la movilidad en las piernas. Había empezado a utilizar un viejo bastón de su abuelo para desplazarse por el apartamento. Tuvo que ser hospitalizado de urgencia debido a un desmayo. Afortunadamente, Alex no se encontraba presente cuando había sucedido porque estaba celebrando el cumpleaños de un compañero de la escuela. La ambulancia llegó en un tiempo récord aunque para Sophie la espera se hubiese hecho eterna mientras observaba impotente el estado de semiinconsciencia en el que se hallaba Ben. Los médicos de urgencias lograron estabilizarlo de inmediato y al menos de camino al hospital le tranquilizó el hecho de saber que estaba consciente.

Sophie terminó comprendiendo que ese supuesto tratamiento experimental al que Ben se había estado sometiendo estaba teniendo más efectos paliativos que curativos. No dudó en buscar el momento adecuado para tener una charla con el doctor Levin. No le parecía apropiado comentar a Patrick los temores que la devoraban. Bastante tenía con presenciar día tras día el desgaste de su hijo.

—La verdadera finalidad de ese tratamiento es la mejoría de los síntomas que están haciendo sufrir a Ben. Pese al tiempo transcurrido eso no ha sucedido —le dijo.

—¿Eres tú quien le ha metido esa idea en la cabeza?

—¿Qué idea? —preguntó Scott perplejo.

—La de que hay que detener el tratamiento.

—Hay que detenerlo si no existe una expectativa realista de que la situación vaya a cambiar, pero no, en ningún momento le he planteado que lo deje. Lo quieras o no, Sophie, tu marido sabe más de esta enfermedad de lo que piensas.

—Eso no lo pongo en duda. Por eso me duele que todos os empecinéis en provocarle ese mínimo resquicio de esperanza. Él está padeciendo doblemente porque sabe que esto no es más que una táctica para alargar el inevitable final.

—En este momento tenemos que concentrarnos en los síntomas que sean susceptibles de alguna mejoría con tratamientos menos dañinos que la quimioterapia. No tiene sentido seguir castigando su cuerpo sin necesidad.

Sophie guardó silencio mientras asimilaba el alcance de la franca exposición de la situación.

—Me sorprende lo que está aguantando. El caso de Ben se sale de las estadísticas. Es mucho más fuerte de lo que pensábamos —prosiguió observando un breve indicio de luz tras sus ojos.

Cuando Sophie reparó en cómo rehuía su mirada se temió lo peor. Scott se levantó y rodeó la mesa de su despacho. Arrastró una silla y tomó asiento a su lado mientras le sujetaba las manos.

—Escúchame, Sophie. Nos sorprende lo que está aguantando porque en circunstancias normales cualquier otro paciente ya habría entrado en fase terminal —le aclaró con voz pausada.

Scott percibió el temblor de sus dedos bajo su piel. La sostuvo con firmeza para detener esa pequeña sacudida, aunque no sirvió de nada porque Sophie se tambaleó. Pese a ello hizo lo imposible por mantenerse imperturbable.

—Debéis hablar —le rogó Levin.

—¿Qué... qué quieres que haga?

—A veces la aparición de una simple infección en la fase terminal precipita lo inevitable y Ben no quiere que se trate ninguna de las complicaciones que puedan surgir.

—¿Cómo...? No entiendo...

—Llegará un momento en el que se producirán fallos renales o de cualquier otro órgano vital y eso lo haría más vulnerable a otras dolencias. En esos casos, a veces la familia y los médicos acuerdan de antemano que estas no se traten y es normal que se produzca. —Hizo una pausa para comprobar que podía seguir soportando todos y cada uno de los detalles desgarradores que le estaba relatando. No quería ni imaginar cómo aquella mujer lograría levantar cabeza después de todo aquello—. Es normal que se produzca el fallecimiento por estas causas. Incluso administrando antibióticos o sueros a través de una sonda de alimentación, lo único que impediremos es un final rápido, pero al mismo tiempo se prolongaría su agonía unos días más. Deberías aceptar su decisión.

—¿Decisión? —El rostro de Sophie reunía decenas de estados emocionales que en cualquier momento iban a estallar.

—Ben no desea... Por Dios, Sophie, es muy duro decirte esto, pero Ben no quiere morir en la cama de un hospital.

Scott esperó unos segundos afianzando el contacto de sus manos sobre las suyas, como si con tan simple gesto pudiese mermar los devastadores efectos de sus palabras.

—En fase terminal estará dormido la mayor parte del tiempo debido a la progresiva disminución del nivel de conciencia —prosiguió—. En el caso de Ben, la enfermedad puede llegar hasta el final y para entonces su deterioro cerebral podría ser de tal calibre que ya no existiría capacidad pulmonar, lo que llevaría a una parada respiratoria.

—¿Crees que es necesario tanto detalle escabroso? —se quejó hastiada, rendida y con el corazón destrozado.

—Ben no está en condiciones muy óptimas para contarte todo esto. Ha sido él quien me ha pedido que lo haga en su lugar. Siento haber sido tan brusco, pero no gano nada disfrazándote la realidad. Solo quiere que estés preparada para lo que se avecina porque probablemente en un par de días le daremos el alta y ha dejado muy claro que no tiene intención de regresar a este ni a ningún otro hospital.

—Pero...

—Creo que deberías continuar esta conversación con tu marido —le interrumpió al tiempo que se ponía en pie. Sujetó a Sophie por el brazo y la ayudó a levantarse. Estaba aturdida y asustada, procesando aún toda la información recibida—. Lo estás haciendo muy bien. Debes mantener esa entereza porque eso es lo único que Ben necesita para pasar por esto de la forma menos dolorosa posible.

Pero la entereza desapareció. Sophie se derrumbó y Scott Levin solo hizo lo que por desgracia había tenido que hacer otras muchas veces. La consoló hasta que sus sollozos cesaron. Minutos después se marchaba de allí dándole las gracias. Salió al pasillo, dejándose caer, extenuada, sobre la pared, respirando con toda la fuerza que le fue posible. Solo cuando logró recomponer su quebradizo estado de ánimo, fue capaz de afrontar de una vez por todas que, tal y como le había dicho Ben, nada volvería jamás a la normalidad.

Dublín, 25 de agosto de 2005

Arthur Downey esperó pacientemente a que Hugh pusiera fin a su ronda de residentes. Solo cuando ambos estuvieron a salvo de miradas y oídos indiscretos, se dispuso a comenzar su particular interrogatorio.

—Bienvenido a la realidad —le dijo Arthur mientras se sentaba frente a la mesa de su despacho y buscaba alguna respuesta a aquella sombra de inquietud reflejada en los ojos de su compañero.

—Gracias —le respondió Hugh mientras enfocaba la vista en un par de historiales que tenía sobre la mesa.

—¿Alguna novedad?

—¿Por qué habría de haberla?

—Vamos, Hugh. ¿No pretenderás hacerme creer que has estado retirado en una isla paradisíaca meditando sobre la inmortalidad del cangrejo?

Hugh reprimió la risa ante el comentario de Arthur y prosiguió con su tarea haciendo caso omiso a sus indiscretas preguntas.

—¿Has estado indagando sobre lo que imagino?

Hugh levantó la vista de sus papeles.

—Sin ánimo de parecer un desagradable déspota, me temo que no es de tu incumbencia.

—¿Entonces andas sobre la pista de algo?

Hugh trató de no perder la paciencia. Se deshizo de sus gafas y las dejó apartadas a un lado. Lo miró muy seriamente.

—Escúchame, Arthur. Tengo que ponerme al día de mucho trabajo. No han sido unas vacaciones. He solicitado un par de meses sin sueldo, cosa bien distinta. Y sí, he estado investigando sobre tu descubrimiento, un descubrimiento que hasta este momento solo me ha traído quebraderos de cabeza. Estoy cerca de llegar al final pero sea cual sea el resultado de mi investigación, seré yo quien decida si mis hallazgos deben o no ser de dominio público.

—*Touché* —respondió Arthur arrastrando la silla y poniéndose en pie.

—No te lo tomes como algo personal. Si llegado el momento tengo que comunicárselo a alguien, tú serás el primero en saberlo.

—No necesito ese privilegio. No te sientas obligado. Te entiendo porque no debe de ser fácil enfrentarse a algo semejante.

—Ni te lo imaginas. Aun así te lo haré saber. Te doy mi palabra.

Arthur salió de allí. Hugh permaneció perdido en sus pensamientos durante unos segundos. El sonido de aviso de un SMS en el móvil lo devolvió a la realidad. Era Ally. El mensaje decía:

Lo tengo. Fundación O'Connor relacionada con Hutchkins. ¿Te suena? Mira tu correo privado. No lo hagas en el hospital. Hazlo desde casa. Espero tu llamada.

El pulso de Hugh comenzó a acelerarse mientras apilaba todos sus historiales. Abrió un cajón y los introdujo en las carpetas colgantes clasificadas. Cerró bajo llave. Apagó su ordenador y salió apresuradamente de su despacho chocando de bruces con Downey que estaba en el pasillo charlando con Fiona Harris. Pese a su intento de aparentar calma su semblante exaltado dejó preocupados a sus compañeros.

—¿Va todo bien, Gallagher? —preguntó la doctora Harris.

—Cúbreme durante un par de horas, Fiona. Prometo compensarte con la guardia de este fin de semana.

Y sin más corrió hacia el ascensor. Mientras esperaba a que las puertas se deslizaran ante él, no pudo evitar cruzarse con la mirada inquieta de Arthur Downey. Aquella mirada le puso el vello de punta y no supo la razón.

Nueva York, 25 de agosto de 2005

Sophie, adormilada, besó a Ben en la mejilla, pero al hacerlo se dio cuenta de que la tenía húmeda. Abrió los ojos de par en par para contemplarle.

—¿Estás dormido? —le preguntó aun sabiendo que no lo estaba pese a tener los ojos entornados.

Ben negó con la cabeza mientras una nueva lágrima se deslizaba por su mejilla. Sophie lo arropó y cerró el libro que se había quedado entreabierto sobre su regazo.

—¿Por qué no me lees el final? —le pidió Ben en un débil hilo de voz.

—Creía que ya sabías el final. Te lo regalé porque te quejabas de que el ejemplar que tenías se lo habías dejado a algún amigo que nunca te lo devolvió. ¿No era este el libro que leías el día que te conocí? —bromeó mientras borraba aquella lágrima de su mejilla depositando un beso en su lugar.

—No recuerdo... haber estado leyendo el día que...

Sophie volvió a recostarse a su lado.

—Era un libro de Ken Follet, lo recuerdo como si hubiese sido ayer. Estabas allí sentado, en el Café Hugo, leyendo mientras yo te observaba y suspiraba con el mero pensamiento de convertirme por un instante en una de esas páginas que se deslizaban bajo tus dedos.

Ben sonrió confuso mientras ella se llevaba una de sus manos a sus labios.

—¿Café Hugo? —le preguntó—. No recuerdo... haberte visto nunca en... ¿dónde está el Café Hugo?

—Place des Vosges. Nuestro rincón preferido.

—Te vi... muchas veces en esa plaza... pero creía que era en Parc Monceau donde....

Sophie prefirió no continuar con aquello. Ben hacía esfuerzos descomunales por mantener a raya su memoria, pero sabía que a aquellas alturas de la enfermedad su cerebro estaba marchitándose a una velocidad asombrosa.

—En Parc Monceau fue donde me mostraste las fotografías más bellas que jamás he visto.

—No me diste… esa… impresión. —Su sonrisa se mezcló con una leve mueca de dolor.

Sophie lo volvió a besar para ahuyentar su tormento.

—Fui una estúpida al pensar que eras un loco que me perseguía por las calles de París.

—No pensaste mal porque… era cierto. Estaba absolutamente loco por ti.

Sophie apoyó su frente sobre la de él, sintiendo el ritmo irregular de su respiración. Sintió la mano de Ben sobre su nuca.

—… y… lo sigo estando —concluyó antes de fundir sus labios con los suyos.

Sophie se apartó de él y se quedó contemplando el celeste ya apagado de sus ojos durante unos segundos.

—Dejaremos la lectura para más tarde. Estás agotado.

—Prométeme algo —la detuvo agarrando una de sus manos.

—Lo que sea —le dijo acariciándole la sien.

—Me gustaría que te volvieses a enamorar.

—Ben, por favor, no quiero…

—Sshhhh, quiero que lo hagas.

—Ben, solo lograría enamorarme de alguien como tú y no creo que la hazaña se vuelva a repetir, ¿me oyes? De modo que quítate esa idea de la cabeza porque tú has sido, eres y serás el único —concluyó ella convencida aunque con una sombra de desolación en la mirada.

—Imagina por un instante que la hazaña se pudiese… volver a repetir.

—Ben, basta, por favor, no me hagas esto. —Aquello era demasiado.

—Prométeme que lo considerarás —le rogó afianzando el contacto de su mano.

—¿Considerar qué?

—Enamorarte de alguien como yo. Si lo encuentras, dale la oportunidad.

—Ben, jamás encontraré a nadie como tú.

—Lo harás, sé que tarde o temprano, lo harás.

Sophie guardó silencio y volvió a echarse en sus laxos brazos.

—Te quiero —musitó ella contra sus labios.

Se oyó el ruido del cierre de una puerta.

—Debe de ser Alex que ya ha llegado con tu madre. Ahora descansa, mi vida. Vuelvo enseguida —le dijo Sophie con voz suave mientras se apartaba de él con el libro en la mano.

Ben se la sujetó con suavidad.

—¿Puedes decirle a Alex que quiero… verle? —le rogó con una tenue sonrisa aunque con voz cada vez más apagada.

—Claro. —Y se inclinó para besarlo en la frente.

Sophie salió de la habitación dejando la puerta entreabierta. Respiró hondo y salió al encuentro de su hijo.

—Mamá ha dicho que querías verme.

La voz de Alex le despertó de su estado de letargo. Movió la cabeza en su dirección y allí estaba él, junto a la puerta, indeciso. Hacía apenas dos semanas que había cumplido los ocho años y ya había vivido cosas que sus compañeros de escuela solo habían vivido en la ficción. Se había negado a soplar las velas de su tarta porque sabía que su deseo no iba a cumplirse. Pese a los intentos de hacerle pasar una velada agradable todos sabían que tras sus sonrisas se escondía la pesadumbre de un niño que sabe que su padre se está apagando con cada minuto que pasa.

—Acércate y cierra la puerta.

Alex obedeció y se acercó a la cama de su padre.

—Hoy parece que tienes mejor aspecto —le dijo mientras se sentaba a su lado.

—¿Te parece bien que tengamos una conversación… de hombre… a hombre?

—Siempre que me dices que vamos a tener una conversación de hombre a hombre es porque hay problemas.

Ben sonrió.

—Bueno… en ese caso… es un problema que puede tener solución… siempre que lo que vamos a hablar no salga de estas cuatro paredes.

Alex lo miró perplejo. Ben volvió a tomar aire antes de proseguir.

—Quiero que me prometas… una cosa.

Alex permaneció atento.

—Haremos un trato.

505

—¿Un trato?

—Me marcho, Alex… Me queda poco tiempo.

—Papá, por favor, no digas eso, no…

—Alex… —Ben agarró la mano de su hijo—. Voy a estar siempre contigo. Siempre que quieras hablar conmigo estaré dispuesto a escucharte.

—Eso no es posible —se quejó—. ¿Cómo vas a escucharme? ¿Cómo vas a hablar conmigo si ya no vas a estar aquí?

—Estaré de otra manera —extendió su brazo y señaló con el pulgar el lugar donde se hallaba alojado el corazón—. Estaré ahí dentro. Siempre.

Alex rehuyó la mirada de su padre.

—Prométeme que… tratarás de arrancar a tu madre una sonrisa cada día.

—Mamá a veces llora cuando tú no estás delante.

—Lo sé, yo también lo hago… cuando ella no está. Tienes que hacerla sonreír. De ti depende, campeón. No puedes… fallarme.

—No quiero que te mueras —le dijo con voz enfadada y con los ojos brillantes.

—No me voy a morir. Me marcharé a otro lugar… antes que vosotros y lo tendré todo preparado para… para cuando llegue el momento de volver a reunirnos, pero espero que eso sea dentro de… muchos años. Mamá te necesita aquí y tú la necesitas a ella, de modo que tendré que esperar… y mientras espero cuidaré de vosotros. Lo prometo, pero a cambio tú tienes… que hacerla sonreír, tienes que hacer que salga con amigos, que disfrute, que se divierta, que… que viva, e incluso tienes que ayudarla… a que se vuelva a enamorar.

—¿Que le busque novio?

—Sshhh. No debe… enterarse. Ya te he dicho… que lo que hablemos no puede salir de aquí.

—Papá, no puedo hacer eso.

—Lo harás, tarde o temprano alguien se enamorará de tu madre… al igual que hice yo y no quiero que renuncie a volver a ser feliz por mí. Recuerda que hemos hecho un trato.

Sophie se había detenido frente a la puerta de la habitación. Había escuchado parte de la conversación que Ben había mantenido con su hijo. Traía consigo un tazón de caldo caliente para Ben. Pese a sus problemas de deglución, hacía un esfuerzo por ingerir líquidos con ayuda de una simple pajita. Julia la observó desde el extremo del pasillo, detenida junto a la puerta cerrada de la habitación en la que su hijo estaba prácticamente postrado desde hacía más de dos semanas. El tazón temblaba en sus manos. Julia se acercó a ella sigilosamente.

—Hija, ¿qué es lo que…?

—No puedo hacerlo —le dijo mientras depositaba el recipiente en sus manos—. No puedo hacerlo.

Julia se quedó paralizada ante la reacción de Sophie. En ese instante Alex abrió la puerta y salió de la habitación.

—Te he preparado un sándwich. Ve a la cocina.

—Gracias, abuela.

Julia le enderezó la almohada. Besó en la frente a su hijo mientras lo arropaba.

—¿Podrías… ponerme… otra manta? Tengo frío.

Julia intentó aparentar calma ante la petición. Estaban en pleno mes de agosto. Esos repentinos temblores acompañados de una súbita mejoría eran un mal augurio.

—Claro, hijo. Ahora mismo —le respondió cariñosamente mientras desdoblaba un edredón que había situado a los pies de la cama y lo extendía a lo ancho.

—¿Mejor así?

Ben asintió entreabriendo los ojos.

—Descansa, cariño.

Julia se disponía a salir de la habitación cuando la voz rota de su primogénito la detuvo.

—Espero haber sido un buen hijo.

Julia regresó a su lado conmovida y aterrada a la vez por aquella declaración.

—¿Qué te hace pensar que no lo has sido?

—Dile a papá que siento… siento no haber seguido sus pasos.

—Él tampoco siguió los pasos de tu abuelo, de modo que no te sientas culpable. Has sido buen hijo, buen marido y buen padre. Jamás pensé que serías estas dos últimas cosas, pero ya ves que como buen O'Connor nunca has dejado de sorprendernos.

—Prométeme… que cuidarás de Sophie y de Alex.

Julia reprimió las lágrimas. No estaba preparada para aquello. No estaba preparada para que su primogénito le dijese adiós con aquella aparente crudeza.

—No tienes que pedirme algo así. Recuerda que soy tu madre.

Volvió a cerrar los ojos. Tembló.

507

—Sophie... —musitó.

Julia se mordió los labios en un vano intento de no estallar en llanto.

—Sophie está aquí. Tranquilo.

—Sophie... —repitió.

Julia salió al pasillo al tiempo que Sophie entraba en la habitación. Cuando fue consciente de la expresión de dolor dibujada en el rostro de la madre de su marido, supo que el final estaba cada vez más cerca. Julia la tomó de las manos y acto seguido la abrazó.

—Voy a llamarlos a todos. Creo que... —creyó que no podía decirlo— creo que quiere despedirse de ti.

Sophie se apartó de los brazos de Julia y entró en la habitación. Ben presintió su presencia.

—Quédate conmigo. No... no te vayas.

Sophie se tendió a su lado. Posó la palma de su mano sobre su mejilla y la apretó con suavidad.

—Estoy aquí. No pienso irme a ninguna parte.

—Lo siento.

—¿Qué es lo que sientes?

—Siento no haberte... dado el resto de mi vida tal y como... te prometí.

—Me la has dado, mi amor.

Ben abrió sus celestes ojos y Sophie permaneció frente a él, joven y hermosa, pero muy asustada, y lo único que atinó a hacer fue mover la cabeza mientras trataba de reprimir las lágrimas.

—No llores —le rogó él tenuemente— quiero ver tu sonrisa. Es con lo que me quiero quedar... antes de irme. Tu sonrisa... —balbució arrastrando aquellas últimas palabras con una dificultad demoledora.

Sophie asintió con la cabeza, apretando los labios y acto seguido sonriendo aunque por dentro estuviese muriendo con él. Introdujo la mano que le quedaba libre bajo las mantas y entrelazó sus dedos con los de él. Su trémula mano se aferró a la suya.

—Quédate conmigo —volvió a decir luchando sin resultado por mantenerse despierto.

Sophie lo besó. Permaneció tumbada junto a él. No supo cuánto tiempo había transcurrido. Solo sintió que los dedos de Ben ya habían dejado de asir los suyos. Había dejado de temblar. Su acceso de rabia no se disipó sino que pasó a un segundo plano. Deslizó sus labios sobre el rostro tranquilo de Ben. El rictus de sufrimiento había desaparecido. Deseó que las lágrimas volvieran a acudir a sus ojos

ARAM

BEA

xxxxxxxx4034

6/4/2011

Item 00100 ((book)

((book)

34

para que se llevaran toda su pena, pero lo único que ahora le quedaba era el resentimiento y el rencor hacia la injusticia de la pérdida del hombre que aquella lluviosa noche de diciembre le había dicho bajo el toldo de una librería de TriBeCa que la querría más que a su propia vida.

Dublín, 25 de agosto de 2005

Se vio obligado a frenar en seco justo a la entrada de la calle Molesworth. Miró por el espejo retrovisor y agradeció en silencio que no le hubiese seguido ningún vehículo porque podría haber provocado un desastre. Esperó pacientemente a que aquel repentino ataque similar al que había sufrido en casa de Bernard Wilgenhof amortiguase sus efectos. En esta ocasión el episodio se manifestó de forma diferente. El principio de un ligero mareo seguido de unos densos escalofríos que terminaron con una sensación de aparente parálisis que lo llevó a perder el control del volante. Cerró los ojos con fuerza en un intento vano de obtener alguna nueva visión que pudiera explicar aquel fenómeno. No advirtió nada salvo un manto de negra oscuridad. Cuando logró serenarse arrancó el vehículo y puso rumbo a casa.

Se dirigió a la cocina y abrió la nevera. Dudó entre tomar un refresco o una copa. Finalmente optó por lo segundo y decidió darse un homenaje sirviéndose una generosa cantidad de Macallan. Puso en marcha el ordenador de su estudio y mientras cargaba el programa miró a su alrededor tratando de no pensar en lo que acababa de sucederle y en lo que se iba a encontrar cuando abriese el correo.

From: AFitzwilliams1976@gmail.com
To: Hugh_Gallagher65@yahoo.co.uk
Subject: Urg
Date: Sat, 25 Aug 2005 18:53:24 + 0000
Datos adjuntos: Miscelaneus.jpg
Lo has tenido delante de tus narices todo este tiempo. La Fundación

O'Connor que, como ya sabrás, es una de las patrocinadoras del programa Hutchkins ha resultado ser la misma cuyo presidente honorario es un tipo llamado Andrew O'Connor, hijo de Patrick O'Connor, tu padre. Te adjunto algunos artículos del *Times* y de la revista *People*. Tienes cierto parecido con él, pero en ningún caso eso le convierte en tu hermano gemelo. Juzga tú mismo las fotografías. Patrick ostenta la propiedad de dos clínicas oncológicas. Una de ellas en Houston y otra en Long Island y hasta hace unos años ha sido el jefe de neurocirugía del Monte Sinaí. La familia O'Connor destina grandes sumas de dinero a la investigación y lucha contra el cáncer. Parece que también están en trámites de inaugurar un centro hospitalario en Brooklyn para atender los casos de esa gran parte de la población que no puede tener acceso a un tratamiento por falta de medios o de un seguro médico que los cubra. Poco más se sabe de su vida privada. Tienen más hijos, pero hay pocos datos. Ten en cuenta que el apellido O'Connor es muy común en Estados Unidos. Puede que tu hermano ni siquiera resida en Nueva York. Parece ser que existe un tal Ben O'Connor que aparece en un enlace de *The New York Times* relacionado con la Fundación O'Connor. Se trata de una exposición fotográfica que se hizo en La Maison de France hace unos años con objeto de recaudar fondos para las víctimas del 11-S. Al parecer él era el autor de las imágenes expuestas. No sé a qué se dedicará pero sus fotografías son realmente alucinantes. Patrick está casado con una alemana llamada Julia. No necesito decirte de qué Julia estamos hablando. Verás una foto de ambos en un acto del ayuntamiento junto al alcalde Guiliani. Te pareces muchísimo a los dos. Tienes los mismos ojos y la misma mirada de tu padre. La sonrisa es de tu madre.

511

Tómatelo con calma, Hugh. Hemos dado un paso gigantesco, pero tómatelo con calma.

Hugh desplazó el cursor sobre el archivo que contenía las fotografías. No pudo evitar el nudo que se le hizo en la garganta cuando observó por primera vez el aspecto de su madre, la mujer que le había dado la vida y de la que lo habían separado nada más nacer. ¿De modo que era hijo de una alemana? ¿Sería esa la razón por la que disfrutaba tanto de sus viajes a tierras germanas? Había tenido un nexo de unión con aquel país desde el mismo día de su nacimiento y ahora comprendía las razones. Recordó su conversación con el profesor Wilgenhof. ¿Qué opinaría cuando supiese que la historia seguía repitiéndose? Alemanes e irlandeses unidos por el destino desde tiempos inmemoriales. Patrick sonreía en la imagen al lado del alcalde. Era de una estatura considerable, se había atrevido a decir que prácticamente igual a la suya. Se vio reflejado a sí mismo dentro no más de un par de décadas. No le cabía duda de que si algo había heredado de los O'Connor era el mismo color de ojos acompañado de una mirada intensa. Se alegró de haber heredado de su madre esa bella sonrisa.

Continuó el examen de las imágenes hasta que se detuvo en la que mostraba la exposición fotográfica de La Maison de France. Tal y como había apuntado Ally, el autor de la fotografías era Ben O'Connor. Le resultó extraño que no apareciese por ningún lado. Fue entonces cuando el pulso se le aceleró. Varias fotografías de la exposición mostraban la imagen de un rostro y una figura exageradamente familiares. Era ella. Sophie Savigny en París, tal y como la recordaba. En una de ellas paseaba por la Place des Vosges ataviada con la misma ropa que llevaba la tarde que charló con ella por primera vez en el Café Hugo. ¿Qué demonios significaba aquello? ¿Por qué Sophie aparecía cada vez que él buscaba algo relacionado con su hermano? Sabía la respuesta. Por supuesto que la sabía, pero prefería no imaginarla.

Marcó el teléfono de Ally. Respondió al segundo timbrazo. Hugh fue directo al grano.

—Necesito que sigas el rastro de Sophie Savigny.

—¿Sophie Savigny? ¿Quién es Sophie…?

—La nieta de Pascal Savigny —la interrumpió—. Uno de los fundadores del movimiento la Rosa Blanca y posiblemente la pareja de mi hermano gemelo. Es traductora y vivía en París cuando la conocí.

—Un momento, un momento. ¿La conociste?

—Bueno, en realidad la había visto en un restaurante de Múnich semanas antes.

Ally no tardó en atar cabos.

—¿Es la misma de la que me hablaste cuando estábamos en el Haxnbauer?

—La misma.

—¿Y cómo sabes que es la nieta de Savigny?

Hugh le relató el descubrimiento del artículo en el *Herald Tribune* no sin antes ponerle en antecedentes de sus encuentros en la capital gala.

—¿Por qué no me lo habías contado?

—Tenía mis dudas y quería estar seguro antes de dar un paso en falso.

—¿Qué te hace pensar que esa tal Sophie está relacionada con tu hermano?

—Las fotos de la exposición del enlace que me has enviado. La mujer de las imágenes es ella. De eso no tengo ninguna duda.

—Eso no significa nada.

—Vuelve a mirar las fotografías. Su mirada muestra lo que siente por la persona que está tras el objetivo de la cámara. A mí me miraba de la misma forma.

Ally guardó silencio. Hugh sabía que estaba barajando la misma teoría que él.

—Me niego a creer que tu hermano estuvo viviendo en París en la misma época que tú.

—Pues opino que deberíamos empezar a creer en esa posibilidad como la más plausible.

—Ben O'Connor y Sophie Savigny. Creo que sé por dónde empezar a buscar. Tengo una amiga traductora que trabaja en la ONU.

—¿Qué te hace pensar que trabaja en la ONU?

—No lo pienso, pero si vive en Nueva York tendré que meterme en el gremio de traductores antes de estudiar otras vías.

—¿Puedes hacerlo ahora? Llamar a esa amiga que tienes, quiero decir.

—Lo haré. Descuida.

—Llámame al móvil si logras averiguar algo.

—Relájate, Hugh. Sal a tomarte una copa y diviértete. Este asunto está empezando a consumirte. ¿Desde cuándo no echas un polvo?

—No tengo la mente para pensar en alimentar mi libido, Ally, de modo que no te pases.

—Lo siento, lo siento, pero me preocupas.

—Pues no te preocupes. Averigua dónde vive Sophie Savigny y déjame el resto a mí. Si no lo haces será contigo con quien descargue mi libido. Estás avisada.

A Hugh solo le dio tiempo a oír una risotada antes de que Ally pusiera fin a la llamada.

513

Nueva York, 15 de septiembre de 2005

Se había levantado una suave brisa. Un par de fotografías quedaron esparcidas sobre la superficie de la mesa de la terraza. Las volvió a apilar para introducirlas en el álbum. Se detuvo en una de ellas. Una instantánea que se hizo en una preciosa casa de ladrillo visto en el barrio de Beacon Hill de la ciudad de Boston durante el primer fin de semana que pasaron juntos después de haberse reencontrado. No pudo evitar pensar en aquellos años que estuvieron separados, años que ambos perdieron y desperdiciaron. Ahora ya no estaba. Jamás tendría la oportunidad de recuperar el tiempo perdido. Ahora solo podría recordar ese funeral que había quedado grabado a fuego en los corazones de todos. La misa se había celebrado en la iglesia de San Bartolomé, donde Ben había sido bautizado. Asistieron más personas de las que jamás pudieron imaginar. Las decenas de amigos que Ben había ido acumulando a lo largo de su vida y amigos de Sophie de París y Madrid que no habían escatimado en gastos y habían sustituido sus vacaciones por la compra de un billete para volar a Nueva York en cuanto supieron la triste noticia. Importantes personalidades de la vida política y social de Nueva York quisieron acompañar a la familia O'Connor en aquel duro revés de sus vidas.

El esposo de Margaret y Rick, el compañero sentimental de Erin, junto con Scott Levin y Andrew, fueron quienes portaron el féretro hasta el interior la iglesia. Sophie los seguía desolada y desecha, acompañada de Julia, Alex y su madre. Alex no se soltó de su mano durante el tiempo que duró la homilía. Patrick, André, Erin, Margaret y su hermano Roberto les seguían con los rostros cabizbajos.

Erin leyó un emotivo panegírico de su hermano que no pudo terminar porque las lágrimas se ahogaron en su garganta. Una preciosa voz cantó una melodía celta en homenaje a las raíces irlandesas del fallecido. Los asistentes parecían paralizados, conmocionados, compartiendo el dolor de aquella familia que enterraba ese día a su primogénito.

Un centenar de personas los escoltaron hasta el cementerio. Sophie habría deseado que solo hubiese asistido la familia y los más íntimos, pero agradecía que hubiese tanta gente que quisiera dar su último adiós a Ben, hecho que al mismo tiempo hacía su pena aún más difícil de sobrellevar. El alcalde, amigo personal de la familia, se había encargado de enviar una flota de policías para evitar el acceso de la prensa. Si bien los O'Connor siempre se habían mantenido apartados de ese mundo, era preferible no alimentar la probable utilización de semejante tragedia con fines sensacionalistas. Afortunadamente, se había respetado la privacidad de la familia y sus allegados. Sophie no había querido pensar en la desgarradora perspectiva de dejar allí a Ben. Su madre la había consolado diciéndole que al fin y al cabo esa era la finalidad de un cementerio, que era algo simbólico, que Ben continuaría estando a su lado de mil maneras diferentes y tenía razón porque él ya había pasado a formar parte de cada fibra de su ser de modo que no podría tolerar el mero pensamiento de arrancarlo de ella. Se pertenecían, se habían pertenecido desde el primer instante. No quería pensar en la pérdida porque amarlo nunca tuvo nada que ver con pérdidas, al contrario. Le había enseñado una valiosa lección. Levantarse cada mañana y vivir cada día como si fuese el último ¿Qué sería de su vida ahora sin él? Le parecía tan intolerablemente vacía. Había transcurrido tan solo algo más de dos semanas y sin embargo le había parecido toda una vida. Se mantenía activa para llenar los días y las noches, a veces de forma frenética hasta que caía tan rendida que ya no le quedaban fuerzas ni para recordar.

Volvió a centrarse en sus maravillosos trabajos fotográficos. Algún día los expondría. Deseaba que su recuerdo viviera eternamente y sospechaba que nada ni nadie conseguirían llenar ese vacío que le había dejado. Los años que ella le había entregado con tanta pasión ya eran suyos y él se los había llevado consigo. Su vida también pertenecía a Alex. A él se debía en aquel momento. Por él tendría que seguir adelante y amanecer cada día. Sabía que el ciclo de añoranza por Ben no se fragmentaría así como así. Decían que el

515

tiempo lo curaba todo, aunque Sophie sabía con seguridad que ni siquiera el paso de un milenio lograría borrar la huella que Ben había dejado en ella.

Hugh estaba sentado bajo la sombrilla de la terraza de una cafetería que quedaba justo enfrente del domicilio de Sophie. Ocultaba su rostro bajo una gorra de los Chicago Spartans y unas gafas de sol. El corte bohemio de su cabello que había comenzado a dejar algo más largo por simple dejadez, sumado a la ausencia de afeitado de un par de semanas le abasteció del valor suficiente como para arriesgarse a ser reconocido en el barrio donde su hermano había vivido los últimos años de su vida. Se había comprado una guía de la ciudad en español, de modo que a vista de todos los que se movían a su alrededor era uno de los miles de turistas que deambulaban por el West Village en aquellas fechas. Su pulso comenzaba a acelerarse cada vez que alguien se detenía durante un fugaz segundo para observarlo. Comenzó a tranquilizarse cuando descubrió que la causa de aquellas miradas sorprendidas, la mayoría femeninas, se debía a que lo habían confundido con el actor Liam Wallace,[5] detalle en el que nunca había reparado hasta ese momento. Se rio ante la curiosa coincidencia preguntándose por un instante si sería el escocés su verdadero hermano. Apartó ese pensamiento de su mente cuando percibió por el rabillo del ojo un movimiento en la puerta de la casa de ladrillo visto de dos plantas, que había sido objeto de minuciosa vigilancia por su parte desde su llegada a Nueva York. Una mujer de mediana edad y de rostro desconocido, que ya había visto con anterioridad, salía ataviada con ropa deportiva acompañada tirando de un perrito yorkshire. Era la vecina de la planta baja. Sophie y su marido habían ocupado la totalidad de la última planta, que tenía la suerte de contar con una bonita terraza en la azotea que haría las delicias de cualquier neoyorquino. Era allí donde la había visto asomada hacía tan solo unos minutos, mirando al vacío, con la mirada perdida y el rostro aún marcado por las huellas de la amarga aflicción que la envolvía.

Hugh aún no podía creer en lo sucedido. Justo cuando llegó el momento en que la mayor parte de los cabos estaban atados reci-

---

5. Nombre del actor que protagoniza la novela *Tú escribes el final*, que guarda cierto parecido con el actor escocés Gerard Butler.

bió aquel mazazo que lo dejó completamente fuera de juego. ¿Cómo podía ser la vida tan escandalosamente irónica?

Ally había logrado localizar a su amiga la traductora con varios días de retraso dado que se había marchado de vacaciones. Tuvo que esperar a su regreso para confirmar que efectivamente, Sophie Savigny había trabajado en la delegación francófona, pero había dejado su puesto vacante para atender un asunto familiar delicado. El familiar resultó ser su marido, el arquitecto John Benjamin O'Connor, conocido por todos como Ben, y el asunto delicado, un cáncer terminal que había acabado con su vida el mismo día en el que él había estado a punto de provocar un accidente a la entrada de la calle Molesworth. Había mucha información en la red con respecto a las obras desarrolladas por el estudio de Ben pero muy poco en lo relativo a su vida personal. Teniendo en cuenta que estaban en la era de Internet en la que todo ser humano era fácilmente localizable y cuyos datos personales parecían estar al alcance de cualquiera, no parecía haber rastro de aquella familia de rancio abolengo o de lo que los yankis llamaban «old money». Descubrió que su complicada y enrevesada andadura había llegado a su fin cuando tuvo acceso al archivo fotográfico del museo Guggenheim en cuya página web encontró la imagen que ratificaba su teoría. Las fotografías databan del 14 de abril de 2005. Le habría sido muy difícil describir con palabras lo que había experimentado al contemplar aquellas imágenes. Tan solo habían transcurrido cinco meses desde que habían sido tomadas. Eso fue lo que le estremeció hasta lo más profundo. Ben sonreía radiante frente a las cámaras rodeado de lo más selecto de la sociedad neoyorquina mientras sujetaba por la cintura a su esposa Sophie. Irradiaba felicidad aunque Hugh habría jurado ver un destello de preocupación en sus ojos cuando el indiscreto objetivo de la cámara había captado otras instantáneas de las que él probablemente no había sido consciente. El mero hecho de pensar en que todo había sido cuestión de tiempo lo hundió en la más absoluta de las miserias. ¿Habría tenido su hermano los mismos e inexplicables episodios que él había sufrido desde su infancia? Su sexto sentido le dio una respuesta afirmativa. No supo cuánto tiempo permaneció frente a la pantalla del ordenador preguntándose una y otra vez cómo habría sido su vida de haber tenido la oportunidad de crecer bajo el seno de su verdadera familia. ¿Qué sucedería ahora si se presentaba en Nueva York en casa de sus padres o de Sophie? No quería ni pensar en las consecuencias que se

517

derivarían de todo aquello. Estaba frente al mayor dilema de su vida y no sabía a quién acudir. La desesperación y las dudas estaban comenzando a hacer mella en su día a día. Todos sabían que algo sucedía. Amigos, compañeros de trabajo e incluso antiguas conquistas que empezaban a tratarlo guardando las distancias. Tenía que poner punto y final a toda aquella insensatez. Estaba obligado a tomar una decisión, una decisión que no solo alteraría el curso de su vida sino también la de muchos otros. Ally lo tenía muy claro. Tenía que viajar a Nueva York. Tenía que analizar in situ y en primera persona todos y cada uno de los factores de riesgo.

Y eso fue lo que hizo. Llevaba una semana instalado en un hotel del Midtown merodeando por los alrededores de todos los lugares que guardaban relación con los O'Connor. Conforme pasaban los días sus dudas se acentuaban. Esa misma mañana había estado frente a la puerta de la residencia de su hermano fallecido, tentado de llamar y presentarse ante Sophie. Lógicamente cambió de opinión. Sufriría un ataque en el instante mismo en que lo viese en el umbral. Por muy estudiado y aparentemente descuidado que fuese su atuendo, las evidencias eran innegables. Su hermano y él eran dos gotas de agua. Quizá Ben era de complexión más fuerte, efecto que a primera vista no era apreciable en Hugh si bien su condición física era envidiable. Su pequeño disfraz era lo único que le estaba permitiendo moverse con libertad por aquel barrio pero supo que no debía confiarse.

Un vehículo de color oscuro se detuvo en segunda fila. Del asiento del conductor descendió una mujer y del lado del acompañante bajó un niño al tiempo que las puertas traseras se abrían. Hugh a punto estuvo de derramar su taza de café cuando reconoció a aquellas dos personas. Julia y Patrick, sus padres. Observó como ambos subían los peldaños que conducían hasta la entrada principal. Su madre rodeó con un brazo al chiquillo, que casi le llegaba a la altura del hombro, mientras atravesaban la puerta del edificio. No tenía noticias de que su hermano y Sophie hubiesen sido padres de un niño, sin embargo supo que aquel jovencito debía de ser el hijo de ambos. La otra mujer habría jurado que sería otra de sus hermanas. Hugh deseó salir corriendo hacia ellos para terminar de una vez pero supo que no podía hacerlo. No podía interferir en sus vidas de aquella manera, no sin saber el coste personal que ese cambio radical podría suponer para ellos. No tenía ningún derecho a estar allí fisgoneando como un vulgar detective de baja estofa. Ellos no tenían culpa alguna de que su existencia fuese un desastre, y quizás él tampoco, pero aun así y con todo el dolor de su corazón tomó la decisión más dura de su vida. Continuar viviéndola como si toda aquella historia no hubiese sido nada salvo un mal sueño. Al fin y al cabo eso era lo que había estado haciendo desde que tuvo uso de razón. Olvidar.

519

Capítulo veintiocho

París, 2 de febrero de 2007

*D*espués de más de seis meses en la ciudad de la luz, Sophie comenzaba a plantearse serias dudas en relación a un posible regreso a Nueva York. Aquel primer año viviendo bajo la sombra del recuerdo de Ben había sido la prueba más cruel por la que se había visto obligada a pasar. Su pérdida en sí no había dejado de ser un duro revés pero lo que no había logrado superar era esa ausencia que sabía se perpetuaría hasta el fin de sus días. Imaginarse a sí misma levantándose cada mañana bajo el mismo techo en el que tanto habían compartido se convertía en un verdadero suplicio. El silencio, ese maldito e insoportable silencio. Echaba de menos su voz, su incesante tarareo matinal de algún éxito musical que terminaba dándole dolor de cabeza. Ahora vendería su alma por poder escucharlo aunque fuese solo durante unos segundos. Alex hacía esfuerzos descomunales para hacerle la vida agradable y aun así la moral del chiquillo se venía abajo cuando observaba cómo su madre comenzaba a hundirse más y más en aquel pozo que ella misma estaba cavando. Camille le había rogado sin cesar que volviese al trabajo, pero Sophie sabía que aquello sería la excusa perfecta para escapar de una dolorosa realidad durante unas horas. Cuando volviese a casa la realidad seguiría ahí esperándola y nadie podría hacer nada para evitarlo. A los tres meses del entierro había perdido peso de una forma alarmante. Fueron Erin y Margaret quienes se presentaron una tarde en casa dispuestas a tomar cartas en el asunto.

—Maldita sea, tienes un hijo que está llevando el peso de todo esto sin que tú te des cuenta —le decía Margaret.

—Lo hago lo mejor que puedo —le respondió Sophie con voz queda, allí sentada y envuelta en una manta, sin que cambiase un ápice la lúgubre expresión de su rostro.

—Tienes que poner punto y final a esto, ¿me oyes? —le ordenó

Erin arrodillándose frente a ella—. No eres tú la única que ha perdido a Ben. Nosotros también hemos formado parte de esta tragedia, pero ni somos los primeros ni seremos los últimos que tengan que superar la pérdida de un ser querido. La gente pasa por situaciones mucho peores que la tuya todos los días y, sin embargo, siguen adelante. No es propio de ti hacer las cosas de este modo, Sophie. Eres una mujer valiente. Lo demostraste cuando decidiste criar a tu hijo sola en una ciudad como esta. Si fuiste capaz de crear un hogar para Alex eres capaz de sobreponerte a todo esto.

—Lo intento, de veras que lo intento —musitó tragándose las lágrimas.

Margaret se sentó al lado de Sophie y la tomó de las manos con suavidad.

—Lo sabemos. Sabemos que es difícil y tendrás que hacerlo poco a poco. Será un proceso lento pero tienes que hacerlo, Sophie.

—Mírate por Dios, eres una mujer preciosa y fíjate lo que estás haciéndote —añadió Erin—. ¿Crees que a Ben le gustaría verte así?

Sophie negó con la cabeza.

—Entonces hazlo por él. Hazlo por tu hijo y por él. Alex lo está pasando muy mal.

—Lo sé.

—No. No lo sabes, de modo que no sería mala idea que se lo preguntases —le aconsejó.

Las tres se quedaron en silencio.

—Lo siento. He sido una egoísta —se disculpó Sophie.

—De eso nada, mi vida. Si hay algo inexistente en ti, es precisamente el egoísmo —le animó Margaret con un abrazo.

—Bien, ¿qué tal si abrimos un par de cervezas y pedimos una pizza? —propuso Erin antes de que allí se desatase el caos y las tres comenzasen a llorar.

Alex hizo su entrada en el salón en el instante en que la palabra pizza resonaba en sus oídos.

—¿He oído pizza? —preguntó con aquellos expresivos ojos, los mismos de su padre.

Erin se puso en pie y se fue hasta él alborotándole cariñosamente al cabello.

—Tú eliges los ingredientes.

Horas más tarde se detenía junto a la puerta de la habitación de Alex. No había advertido su presencia. Estaba sentado frente al ordenador con los auriculares en los oídos. En el silencio podía oír las notas de la música que estaba escuchando. Se acercó por detrás y se los retiró del oído con suavidad. Alex se removió en su asiento.

—Me has asustado.

—Es tarde. ¿No deberías estar ya en la cama?

—Tengo que terminar esta redacción para mañana.

Sophie alcanzó una silla y la colocó a su lado para sentarse.

—¿Necesitas ayuda?

Alex negó con la cabeza.

—¿Estás bien? Quiero decir… sé que no he estado al cien por cien últimamente y no quiero que pienses que…

Alex dejó de escribir.

—No pasa nada, mamá.

Sophie se dio cuenta de que no había elegido el mejor momento para lograr un acercamiento real con su hijo.

—Está bien. —Se puso en pie y se inclinó para darle un beso en la mejilla.

Cuando traspasaba la puerta, la voz de Alex la retuvo.

—Hice un trato con papá y no lo he cumplido.

Sophie se dio la vuelta hacia él mirándolo con inquietud. Regresó a su asiento.

—¿Un trato? Vaya —se quejó con una mueca—. ¿Y a mí me habéis dejado fuera de ese trato?

—No. Bueno… un poco, sí.

—Puedes contármelo —le animó volviendo a tomar asiento.

—¿Y si se enfada?

—Papá jamás se enfadaría contigo.

Alex comenzó a garabatear distraídamente sobre una hoja en blanco de su cuaderno antes de proseguir.

—Me hizo prometer que te haría sonreír. Una sonrisa cada día. Y no lo he conseguido.

Sophie creyó que el alma se le desgarraba. Extendió el brazo y acarició el cabello de su hijo.

—En ese caso papá se habrá enfadado conmigo puesto que yo he contribuido a que tú no puedas cumplir tu parte del trato —le dijo mostrándole una amplia sonrisa que le salió del corazón.

—Esa ha estado muy bien.

—Mañana prometo darte otra más —le dijo al tiempo que lo atraía hacia ella y lo rodeaba con sus brazos—, y pasado y el otro. Todos los días y si algún día dejo de hacerlo no dudes en darme una reprimenda.

Υ

Después de aquella noche decidió hacer lo imposible para evitar que la pena alojada en su interior aflorase. Lo que empezó a plantearse en los meses siguientes era si quería permanecer el resto de su vida en Nueva York. Allí ya era parte de una familia que había adoptado como propia y se sentía querida. Andrew fue quien, sin saberlo, la había empujado a tomar una decisión que como era de esperar había caído como un jarro de agua fría. La había telefoneado a principios del mes de mayo para darle una noticia. El sello editorial UnitedBooks del que la O'Connor Group era fundadora y accionista mayoritaria se había fusionado con AllianceRochelle, uno de los grupos editoriales más fuertes de Francia. Con motivo de dicho acuerdo, y teniendo en cuenta que se cumplía el trigésimo aniversario de UnitedBooks, tendría lugar una recepción en el hotel Waldorf Astoria. Andrew le había dado un ultimátum. Si no asistía a aquel importante evento, se vería obligado a sacarla a rastras de la casa. Sophie hizo de tripas corazón y accedió a sus deseos. Lo que no se esperaba era la encerrona que su cuñado le tenía preparada. Su esposa Rebecca se había levantado después de los postres para saludar a unos amigos que se hallaban sentados en otra mesa. Fue en ese instante cuando Andrew comenzó con su táctica de ataque.

—¿Cuándo tienes pensado volver al trabajo? —preguntó sin andarse con rodeos.

—No necesito trabajar.

—Ya sé que no lo necesitas, pero te conozco y sé que terminarás mal si no empiezas a replantearte seriamente cómo encauzar tu nueva situación.

Sophie bebió un sorbo de su copa de champán para detener ese nudo que se le había empezado a formar en la garganta.

—Curiosa forma de llamarlo.

Andrew cubrió su mano apretándosela con afecto.

—Disculpa, no pretendía ser tan brusco.

—No importa.

—Tienes que aprender a vivir sin él. Todos tenemos que aprender. Sé que mis padres nunca lo lograrán como yo sé que tampoco lo lograré pero hay que sobrellevarlo y tú también lo harás. Y la única forma de hacerlo es comenzar a imponerte metas que logren apartarte un poco de ese perpetuo desconsuelo en el que te has enclaustrado sin darte cuenta.

—Necesito tiempo, Andrew.

523

—No deberías resguardarte en la excusa de que necesitas tiempo. Es hora de levantarse y empezar a caminar. Y no me equivoco si te digo que la oferta que tengo en mente para ti puede ayudarte a hacerlo.

—Adelante. Soy toda oídos.

—AllianceUnited, que es como se llamará a partir de ahora, ha cambiado su sede en París con motivo de la fusión. Nos trasladamos al barrio de Neuilly justo al lado de las antiguas oficinas del *Herald Tribune*. Necesitamos a alguien con un perfecto conocimiento del idioma para supervisar todo el proceso de reagrupación y reajustes de los sellos editoriales y de prensa.

—No tengo ni idea de cómo funciona el mundo editorial.

—Te acompañará un peso pesado de la sede neoyorquina. Natalie Foley. Aprenderás rápido. Eres condenadamente lista y lo sabes —le dedicó una sonrisa que le provocó un dolor tan agudo que tuvo que controlar sus emociones con un heroico esfuerzo. Le había recordado tanto a Ben—. Además, cuentas con el beneplácito de la junta.

—¿Has hablado de esto con la junta sin habérmelo consultado previamente?

Andrew asintió. Sophie se quedó callada unos instantes sin saber cómo reaccionar ante el desafío planteado por el hermano de su marido.

—No sé si voy a estar preparada para algo así —dijo finalmente.

—Lo estarás y cuando regreses a Nueva York entrarás a formar parte de nuestro equipo.

—Tengo un hijo del que ocuparme. No quiero dejar a Alex solo.

—Serán solo un par de meses. Puede quedarse con sus abuelos.

—No quiero estar apartada de él tanto tiempo.

—Entonces te lo llevas a París. Ten en cuenta que viajarías allí a finales del mes próximo y las vacaciones estivales están a la vuelta de la esquina. A Alex puede venirle bien un cambio de aires y, en cuanto a ti, aparte de hacerme un enorme favor, te lo harás también a ti misma. —Alzó su copa—. Como verás ya no te quedan excusas para darme un no por respuesta.

—Eso parece —dijo Sophie finalmente rendida ante la retórica de su cuñado.

—¿Un brindis?

Sophie elevó su copa.

—Por mi hermano... y por ti.

—¿Por mí?

—Sí. Por ti. Gracias por haberle hecho tan feliz.

Υ

Después de aquellos dos meses en París supo que su lugar estaba allí, el lugar en el que todo había comenzado, donde su vida había dejado de ser la que era hasta que aquel guapo desconocido de apellido irlandés se cruzó con ella en el Marais. En un principio nadie se tomó en serio su decisión de regresar de forma definitiva. Alex fue el primero que no recibió la noticia de buen grado. Pese a que durante su estancia estival en la capital gala, había hecho buenos amigos debido a un curso en el que ella misma le había inscrito, no entendía por qué tenían que vivir tan lejos. Evidentemente sus padres gritaron de alegría al saber que por fin la tendrían mucho más cerca. Para Sophie el hecho de haberse reencontrado con los buenos amigos que había dejado allí años atrás fue lo que le impulsó a plantearse ese nuevo cambio.

Patrick y Julia habían llegado a comprender su postura, si bien al principio mostraron sus reticencias. Después de todo, sus verdaderas raíces estaban al otro lado del Atlántico. No querían ser egoístas y también pensaron en aquella otra parte de la familia que durante los últimos años había estado tan lejos de su hija y su nieto mientras que ellos habían tenido la oportunidad de verlo crecer. La vida seguía. Eran tiempos de cambio. Sophie lo había intentado, había procurado continuar en aquel lugar lleno de recuerdos imborrables, pero el coste personal del día a día se estaba convirtiendo en un peso demasiado grande de soportar. Tenía que hacer un paréntesis, probarse a sí misma la capacidad para ir regenerándose paso a paso de la desazón que le oprimía. Julia y Patrick terminaron aceptando que quisiera volver a empezar en un lugar que no le recordara continuamente que Ben ya no estaría con ella. Sophie fue consciente de que el hecho de querer empezar de nuevo en la ciudad en la que ambos se conocieron podría ser un arma de doble filo pero sabía que, fuese donde fuese, el recuerdo de Ben siempre la acompañaría.

Viajaría a Nueva York a menudo no solo por cuestiones familiares sino también por trabajo. En ningún momento se le había pasado por la cabeza romper los lazos. Jamás podría deshacerse del hogar que había creado al lado de Ben. Eso era algo que había tenido muy claro desde el principio.

La experiencia de AllianceUnited había despertado en ella un interés inusitado por conocer nuevos campos que hasta ese momento creía dormidos. Trabajó a destajo al lado de Natalie Foley, toda una profesional del sector de la que no había dejado de apren-

525

der. Durante los meses previos a su traslado definitivo, Sophie contó con el apoyo de Andrew y Margaret para meterse en el enredado mundo de editorial, prensa y multimedia. Ellos fueron sus principales mentores y, si no hubiese sido por la confianza plena que habían depositado en ella, jamás habría conseguido dar el salto. Quedaría para siempre grabada en sus retinas la expresión de sus rostros el día de su partida con Alex. Un mezcla de alivio al ver que empezaba a desplegar las alas, y al mismo tiempo una infinita tristeza por la repentina separación. Y sobre todo la satisfacción personal de haber dado ese gran paso en tan corto período de tiempo.

Volvía a rememorar aquellos intensos momentos mientras conducía de regreso a casa. Se había instalado en un apartamento de la Rue de Poissoniers. Habría podido instalarse en el piso de su abuelo de la Rue Passy que estaba deshabitado pero eso sería otro recuerdo más que se uniría a todos los que ya llevaba en su corazón. De modo que optó por un lugar nuevo sin salir del barrio de Neuilly con el que ya estaba familiarizada debido a los años que había pasado allí viviendo. Gabrièlle habría preferido que se hubiese buscado algo más cercano a su zona pero comprendió que Neuilly era el lugar perfecto para su amiga. Alex iría a la escuela Sainte Marie que estaba en el bulevar Víctor Hugo y por tanto dentro del área elegida. Por otra parte era en la avenida Charles de Gaulle donde se encontraba la sede de AllianceUnited. Por tanto su elección finalmente había sido la más adecuada.

Acababa de dejar a Alex en el aeropuerto. Tenía una semana de vacaciones y, dado que Patrick y Julia no lo veían desde Acción de Gracias, consideró que lo más conveniente era dejar que disfrutasen de su único nieto durante unos días. Era la primera vez que viajaba solo y a Sophie le aterraba el hecho de pensar que haría un recorrido tan largo sin nadie que le acompañase. Sin embargo la aventura no parecía causar en su hijo el mismo efecto que en ella. Descubrió una mezcla de nervios y emoción en sus ojos ante la perspectiva de volar como un adulto. La agradable azafata de Air France la calmó asegurándole que todo iría bien y que ella misma se encargaría de llevar a su hijo hasta la salida para que se encontrara con sus abuelos. Aun así, Sophie sabía que no respiraría tranquila hasta que Julia la telefonease diciéndole que iban todos juntos camino de casa. Sabía que las compañías aéreas estaban más que acostumbradas a atender a menores que viajaban solos, pero de todos modos la sensación de inquietud no la abandonaba. Dejó su vehículo aparcado en el garaje que tenía alquilado en una calle adyacente a la suya y se encaminó hacia su nuevo hogar dispuesta a enfrentarse a una noche más sin Ben a su lado.

El sábado por la mañana se levantó un poco tarde. Se había mantenido despierta hasta bien pasada la medianoche esperando recibir la llamada de Alex. A la hora estimada el sonido del móvil la hizo saltar del sillón. Patrick, Julia y Erin habían ido a buscarlo al JFK y ya iban de camino a casa. Alex estaba eufórico de alegría y Sophie se alegró de que así fuese aunque lo iba a echar terriblemente de menos. No paraba de decir que era un neoyorquino viviendo en París y Sophie sabía que tenía toda la razón.

Se dio una relajante ducha y desayunó frente al televisor mientras charlaba con su madre para ponerla al día de la última semana y para informarle de que Alex había llegado sano y salvo a Nueva York. No sabía lo que habría hecho si su madre no hubiese estado allí cuando ambos llegaron a París. Su padre se había ocupado de terminar de gestionar todo el papeleo necesario para la doble nacionalidad de Alex. De ese modo tendría mucho más fácil el acceso a una plaza en la escuela que habían elegido. Regresó a Madrid por temas de trabajo pero su madre se había quedado con ellos durante varias semanas mientras se adaptaban a la nueva situación. Ella se había encargado de buscar el colegio de Alex e incluso el apartamento y, en medio de toda la vorágine originada por el repentino traslado, su madre le increpaba diciéndole que si hubiese elegido Madrid todo habría sido mucho más fácil. Y andaba sobrada de razones.

Cuando terminó con la llamada se vistió y bajó a hacer algunas compras de última hora. Esa noche ofrecía una cena informal a Gabrièlle, Frédérick, Jerôme y su esposa Michelle, y una compañera de la editorial, Annie, que era neoyorquina. Tenía los ojos puestos en el vistoso estante con decenas de deliciosos quesos mientras trataba de decidir cuáles llevarse cuando por instinto alzó la vista en dirección a la puerta del establecimiento. En ese preciso instante entraba un hombre alto y apuesto que saludaba a una señora de mediana edad con la que acababa de cruzarse en el umbral. Solo vislumbró su perfil pero cuando se dio la vuelta por completo hacia el lugar donde ella estaba, pudo distinguir con claridad su rostro y su sonrisa mientras despedía amablemente a la señora que con tanto entusiasmo lo había saludado. Creyó que alguien le es-

527

taba gastando una broma cruel y pesada. Aquello no podía ser posible. Estaba soñando. Esos ojos expresivos, llenos de vida que iluminaban toda y cada de sus facciones con un esplendor difícil de describir, ese porte sobrio que al mismo tiempo rayaba en la llaneza, esa sonrisa espontánea, ese empaque natural mezclado con un aire de distinción. Todo en él era el producto de algún hechizo. Notó que le flaqueaban las piernas al tiempo que su vista se nublaba. Se seguía repitiendo a sí misma que aquello era un sueño. Ben ya no estaba con ella y, sin embargo, acababa de verlo entrar en aquella tienda. Su cerebro dejó de mandar órdenes al resto de su cuerpo porque sintió que no le respondía. Lo último que oyó fue una voz en la lejanía. Después, unos pasos apresurados que venían hacia ella. Finalmente, la oscuridad total.

Algo presionaba suavemente su muñeca. Parpadeó varias veces en un intento de abrir los ojos.

—Sophie, despierta Sophie —oyó que decía la voz de Gabrièlle.

Sophie abrió los ojos. Su visión era borrosa pero se fue aclarando poco a poco. Gabrièlle y Frédérick aparecieron en su campo de visión observándola con semblante preocupado. De repente en aquel cuadro se interpuso el apacible y simpático rostro de una enfermera.

—Buenas noches, señora O'Connor. —Le abrió los ojos y se los examinó con un artilugio parecido a una linterna. Acto seguido le tomó el pulso—. Pues parece que todo está bien.

—Nos has dado un gran susto —dijo Gabrièlle.

—¿Dónde... dónde estoy? ¿Qué me ha ocurrido? —preguntó aún algo desorientada.

—Estamos en el Hospital Americano de Neuilly —le respondió la enfermera apaciguándola al ver la súbita alarma dibujada en sus ojos—. Sufrió usted un desmayo en una tienda de la Rue Poissoniers. Puede considerarse afortunada de que en ese momento se encontrara allí el doctor Gallagher. Él fue quien trató de reanimarla pero al ver que no respondía no perdió tiempo y la ha traído directamente hasta aquí.

—El doctor Gallagher... —musitó Sophie intentando recordar. Aquel hombre que había entrado en el establecimiento. ¿Habría sido un sueño o se estaría volviendo loca?

—¿Se encuentra bien? —le preguntó la enfermera al ver la confusión plasmada en su rostro.

—Sí, es solo que no recuerdo con claridad lo que sucedió.

—No se preocupe, es normal que esté aún un poco aturdida. Se le pasará —le dijo mientras la acomodaba sobre la almohada.

—Gracias a ese doctor te tenemos aquí sana y salva —la tranquilizó Gabrièlle apretándole el brazo afectuosamente—. Es una suerte que estuviese allí en ese instante y que encima trabajase en este hospital.

Sophie trató de rememorar la escena de la tienda. Cuando aquel tipo entró en el establecimiento solo estaba ella junto a otras dos mujeres aparte de los dos dependientes.

—Menudo susto —dijo Frédérick—. Menos mal que nos tienes los primeros de la lista en tu móvil.

—¿Qué haría yo sin vosotros? Siento haberos dejado sin cena esta noche. Pensaba cocinar, pero mucho me temo que habrá que cambiar de táctica. ¿Cuándo podré irme? —preguntó Sophie a la enfermera.

—El doctor Gallagher llegará en cualquier momento. Ha dejado órdenes estrictas.

—¿Órdenes estrictas?

—De que nadie firmara su alta salvo él, de modo que no creo que pueda cenar esta noche con sus amigos —le informó con media sonrisa en los labios.

Sophie se sintió incómoda. No dejaba de pensar en la posibilidad de que ese médico fuese el mismo que… No. Habría sido demasiada casualidad.

—No te preocupes —añadió Gabrièlle. Otro día será. Hemos llamado al resto de invitados para que no se presentaran y nos han pedido que te demos un beso muy fuerte. Debes cuidarte más.

La enfermera se disponía a salir de la habitación y le echó un vistazo al reloj. Era una forma de decir a los visitantes que se podían ir marchando.

—Parece que estás en unas manos estupendas. He oído que ese Gallagher es un cirujano muy reconocido —la animó Frédérick en tono de confesión al ver ese extraño desconcierto que no abandonaba su mirada.

Sophie asintió sin importarle mucho aquella revelación. Por muchos reputados médicos que hubiera en el mundo ninguno había sido capaz de salvar a Ben.

—Lo siento… —se disculpó Gabrièlle como si le hubiese leído el pensamiento—. No pretendíamos…

—No tiene importancia —la interrumpió Sophie con una son-

529

risa—. Vamos, es tarde y tendréis que comer algo. ¿Por qué no os marcháis a casa?

—No queremos que estés sola —insistió Gabrièlle.

—Estoy en un hospital, Gabrièlle. Estaré bien, de veras.

—No te vas a salir con la tuya tan fácilmente —añadió Frédérick—. Nos quedaremos en tu antiguo apartamento. Ahora mismo está sin alquilar y los vecinos tienen las llaves. Pasaremos allí la noche y si nos necesitas solo tienes que llamarnos al móvil. ¿Te parece buena idea?

—Sí, es una gran idea. De todos modos, lo más seguro es que no me den el alta hasta mañana. Tendré que pasar aquí la noche. Además, quiero agradecer personalmente a ese tal doctor Gallagher sus atenciones.

Gabrièlle le dio un cariñoso abrazo y lo mismo hizo Frédérick.

—Cuídate.

—Os llamaré mañana para que vengáis a por mí.

—Será un placer —bromeó Frédérick desde el umbral de la puerta—. Descansa.

—Lo intentaré.

Sophie volvió a cerrar los ojos. Lo único que deseaba era perderse en un profundo sueño. Quería volver a soñar que Ben había regresado.

Eran las siete de la tarde cuando Hugh Gallagher llegó al hospital después de haber acordado un cambio de turno de guardia a Hervé Laroche. La razón del cambio se debía a la paciente que había ingresado al mediodía. Sophie Marie Savigny o Sophie O'Connor, como se deducía de su pasaporte francés y de su tarjeta de residencia estadounidense. Aquel inesperado encuentro en la tienda de *delicatessen* lo había pillado completamente fuera de órbita. Desde aquel viaje a Nueva York en el que se vio obligado a tomar una de las decisiones más difíciles de su vida, no había logrado encontrar el arrojo suficiente para hacer frente a la rutina diaria después de semejante experiencia. El coste emocional que había arrastrado consigo a consecuencia del descubrimiento de aquella otra familia de la que nunca formó parte, había sido de un enorme calibre. Ally fue un punto de apoyo durante los meses posteriores pese a la distancia, al igual que lo habían sido sus amigos y compañeros de trabajo. Terminó confesando a Downey que por sus venas corría la sangre de Patrick Alexander O'Connor, una de las principales fuentes de financiación del proyecto que dio lugar a la Fundación Hutchkins. Su colega reaccionó de una forma que no esperaba, como si semejante revelación fuese algo a lo que estaba acostumbrado. Hugh solo le rogó encarecidamente que mantuviese un pacto de silencio al respecto como si de un juramento hipocrático se tratase. Había contactado igualmente con el señor Wilgenhof para ponerle al día de todo lo que había sucedido. Le prometió compartir por escrito todo lo descubierto hasta ese momento y no pudo ocultar su decepción al enterarse de la determinante resolución de Hugh de no interferir. Le prometió seguir en contacto y que dejaría la historia en suspenso hasta que el destino decidiese terminarla.

Ally había contraído matrimonio con Bradley y ambos se habían instalado felices en una acogedora casa de las afueras de Londres, en Ealing. El fin de semana de su boda, Hugh bajaba de un taxi para encaminarse a la iglesia cuando se cruzó con Amanda, que empujaba un carrito de bebé. No supo cómo reaccionar porque jamás había vuelto a pensar en ella desde su reincidente infidelidad. Se había convertido en un especialista en olvidar, en dejar escondidos en los recovecos de su mente todos aquellos hechos que de alguna forma habían marcado su existencia con el infortunio. No hizo nada. Se limitó a mirarla con ojos vacíos, pagó al taxista y se dio la vuelta para cruzar la carretera sin mirar atrás. Durante la recepción de la boda de Ally y Bradley, Hugh conoció a una interesante abogada de Glasgow llamada Gillian MacAdams que trabajaba en Londres. No se anduvieron con preliminares y ambos acabaron compartiendo cama aquella misma noche en una habitación del hotel Wolseley. Sin habérselo propuesto, Gillian resultó ser lo que necesitaba en aquel instante. Una relación sin compromiso y a distancia. Era divertida e inteligente y, aunque sabía de antemano que no era la mujer de su vida, supo disfrutar de los momentos que ambos compartían sin demandar nada más. Dos meses después de que ambos comenzarán a verse con la frecuencia que permitían sus respectivos trabajos y los horarios de los vuelos, Hugh recibió una llamada de Alain Bizet, un antiguo compañero de promoción con quien hizo parte de la residencia en París. Necesitaban cubrir una plaza en cirugía y lo querían a él. De nuevo le ofrecían la posibilidad de regresar al Hospital Americano de Neuilly después de casi una década. No se lo pensó. Aquella oferta había llegado justo en el momento adecuado. No tenía ataduras y Dublín se le estaba empezando a quedar pequeño. Irlanda siempre sería su hogar pero París le ofrecía muchas posibilidades, entre ellas la de comenzar una

531

nueva etapa que le permitiría dejar atrás todos los sinsabores de los últimos años. Al igual que Sophie, él también había elegido París como lugar en el que comenzar de nuevo. No había logrado olvidarse de ella con facilidad. Se preguntaba con frecuencia cómo habría superado el trance de haber perdido a su esposo siendo tan joven y con un hijo al que criar. ¿Habría rehecho su vida? Hugh lo dudaba. Aún mantenía grabado en su mente ese momento en el que la había visto asomada a la terraza de su apartamento, con aquella mirada desolada que le había desgarrado el alma. Sophie había amado a su hermano, de eso no le cabía duda.

Todavía temblaba al rememorar lo que había sucedido hacía tan solo unas horas. No había reparado en su presencia hasta que alguien dejó escapar un grito ahogado de auxilio. Una de las clientas que esperaba ser atendida trataba de sujetar a duras penas a una mujer, que parecía haber sufrido un desvanecimiento, para que no cayera al suelo. Uno de los hombres que atendía el establecimiento salió precipitadamente de detrás del mostrador para ayudar a ambas mujeres al tiempo que Hugh se percataba de lo que sucedía y acudía en su auxilio informándoles de que era médico. Cuando se encontró frente a frente con el rostro cenizo de Sophie creyó que él mismo sería quien de verdad sufriría un colapso. A punto estuvo su corazón de salir disparado de su pecho y tuvo que hacer un titánico esfuerzo para controlar sus emociones que estaban a flor de piel. Al ver que no respondía a sus tácticas de reanimación su estado de nervios aumentó. Tenía el vehículo estacionado en segunda fila con las luces de emergencia puestas de modo que no se lo pensó y los allí presentes le ayudaron a trasladarla al asiento delantero. Comenzó a tranquilizarse cuando la vio parpadear durante un breve segundo. Aun así el pulso lo tenía muy débil. Arrancó y puso rumbo al hospital. Después de haberla ingresado él mismo y de asegurarse de que le hacían los análisis pertinentes desapareció de allí. Tenía que poner en orden sus pensamientos. Lo que le acababa de suceder podría tener consecuencias irreparables y no tenía más remedio que sopesar todos y cada uno de los factores de riesgo lejos de donde ella estaba. El fin de semana lo tenía libre pero aun así sabía que no podría permanecer a la espera mientras en su interior se libraba la mayor de las batallas. Telefoneó a Hervé para proponerle un cambio de guardia y su amigo aceptó encantado. Hugh sabía que le devolvería el favor. Eran gajes del oficio.

No sabía hasta cuándo podría mantenerse apartado de ella. Haber tenido que hacer la ronda de cortesía por su habitación debido a que había sido él quien había firmado su ingreso fue algo para lo que no estaba preparado. Fue como si el tiempo se hubiera detenido. Se vio a sí mismo hablando con ella en aquel café de la Place des Vosges. Tuvo que mantenerse a raya para que los nervios no le traicionasen. Estar ante ella como si de un desconocido se tratase no era nada tentador.

El sonido del pestillo de la puerta de la habitación al abrirse le hizo mover la cabeza. Ante ella apareció el mismo hombre del establecimiento. Había cambiado su indumentaria. Llevaba el uniforme azul y la bata blanca. Cerró los ojos en un intento de apartar esa imagen. No podía ser. ¿Seguía soñando despierta? Los abrió de nuevo y él no había desaparecido. Continuaba allí mirándola en silencio. Aquello escapaba a toda lógica.

—Señora O'Connor, ¿cómo se encuentra? Siento no haber podido venir antes. —Hugh se acercó hasta su cama y se inclinó depositando una de sus manos sobre su frente mientras con la otra le tomaba el pulso. Mientras lo hacía se dijo a sí mismo que era su pulso el que debería ser controlado y no el de ella. Si salía vivo de allí sería un milagro.

Sophie sintió la garganta seca. No podía articular palabra. Instintivamente retiró su mano de la del doctor y le palpó el antebrazo. Tenía que asegurarse de que era de carne y hueso.

—¿Todo va bien? Parece que haya visto a un fantasma. —Hugh se sintió mezquino, pero no tenía elección. Debía actuar con naturalidad, como lo haría con cualquier otro paciente al que supuestamente jamás había visto y menos aún compartido una noche de hotel.

—Tú... —musitó.

Hugh tragó saliva. Sophie tenía los ojos clavados en los suyos de una manera demoledora.

—Eres real... Esto... es una broma, ¿verdad? —Comenzaron a resbalar lágrimas por su rostro.

—¿A qué se refiere? Esto no es ninguna broma. Está usted en el hospital y yo soy el doctor Hugh Gallagher, y casualmente me encontraba en el lugar del suceso cuando usted perdió el conocimiento. ¿Recuerda algo de eso? —le preguntó aparentando una preocupación meramente profesional cuando la razón de su ansiedad adquiría un matiz bien distinto. Empezaba a sentirse ridículo ante tanto formalismo y ni mucho menos estaba consiguiendo re-

533

frenar su irremediable deseo de acogerla en sus brazos y explicarle lo inexplicable. Tendría que dominarse si no quería dar un paso en falso que lo pusiese todo patas arriba.

Sophie asintió sin poder dar aún crédito a lo que sus ojos estaban presenciando.

—Supongo que eso es un sí —asintió él mostrándose aliviado—. Entonces hemos dado un gran paso. Debe tranquilizarse y descansar, ¿de acuerdo? —le dijo apoyando amablemente la mano sobre su hombro.

—De acuerdo —logró decir Sophie a duras penas.

—Bien. Ahora, dígame su nombre. No se preocupe, esto no es un interrogatorio ni nada por el estilo. Encontramos su pasaporte en el bolso que ya le habrá entregado la enfermera. No hemos tenido problema alguno para identificarla ni para llamar a sus parientes o amigos y su seguro cubre de sobra su estancia en el hospital. Todo esto es solo para probar qué tal andamos de memoria.

—Comprendo —consiguió responder Sophie—. Mi nombre es Sophie Marie O'Connor.

—¿Dónde vive? —prosiguió Hugh poniendo a prueba una vez más su templanza.

—En el número 33 de la Rue Poissoniers.

—Ha elegido usted un barrio estupendo para vivir —le dijo Hugh con una leve sonrisa que le transmitía confianza.

—¿Me dará usted el alta pronto? —preguntó de repente.

—Acabo de ver los resultados de su analítica y siento decirle que está algo baja de defensas. Para que nos entendamos, sus depósitos de hierro están al mínimo de su capacidad. Debería cuidarse más si no quiere que una anemia desemboque en algo más desastroso.

—Seguiré su consejo —le respondió.

—Lo ha dicho muy poco convencida. No lo intentará. Lo hará porque yo mismo voy a supervisar su tratamiento.

—¿Tratamiento?

—No se asuste. Me limitaré a recetarle unas pastillas que son un complemento de hierro para los casos de anemia ferropática. Eso con unas buenas dosis de vitamina C y un poco de reposo darán el resultado deseado. Y, para comprobarlo, vendrá a mi consulta dentro de dos semanas. ¿No creerá que se va a deshacer de mí tan fácilmente? —le hizo saber dedicándole una sonrisa que debió desarmarla a juzgar por la expresión de aquellos preciosos ojos color miel. No había podido evitarlo. Nuevamente se recordó a sí mismo que debería andarse con cuidado.

Sophie se había quedado callada contemplándolo. Era como si Ben hubiese regresado para decirle: «Esto no es ninguna broma, mi vida, te echaba de menos tanto que he tenido que volver al mundo de los vivos».

—¿Puedo preguntarle por qué continúa mirándome de esa forma? —Hugh supo que con esa pregunta se lo estaba jugando todo a una carta.

Sophie volvió su rostro huyendo de su mirada, huyendo de esos mismos ojos que durante años la habían estado mirando como si fuese la única mujer sobre la faz de la tierra.

—¿Hay algo que pueda hacer por usted? —insistió él, aun sabiendo de antemano que no podía hacer nada, al menos no en aquel momento.

Sophie negó con la cabeza y se acurrucó bajo las sábanas dándole la espalda. Hugh observó desolado que su delicado cuerpo temblaba. Estaba tratando de ahogar un llanto que luchaba por salir a flote. Sintió deseos de acogerla en sus brazos allí mismo y acallar sus dudas de una vez por todas.

—Márchese, por favor. Quiero estar sola.

Hugh no se movió.

—Por favor —insistió ella abrumada por las lágrimas, negándose a mirarle a los ojos.

Hugh accedió a sus deseos con todo el dolor de su corazón.

—Esta noche estoy de guardia. Estaré aquí si me necesita.

No esperó a que le contestara y salió de allí cerrando la puerta tras él.

535

Ahora era cerca de medianoche y estaba sentado en su consulta posponiendo el momento de tener que volver a enfrentarse a Sophie mientras charlaba con un colega de planta sobre los últimos preparativos de la próxima cena benéfica a la que tendría que asistir en nombre del hospital, y cuyos fondos irían a parar a diversas fundaciones de ayuda contra el cáncer. Él era unos de los organizadores, y dado que había sido secretario honorario de la Fundación Hutchkins, cargo que abandonó voluntariamente para evitar tener acceso a cualquier eventualidad que pudiese guardar relación con la Fundación O'Connor, siempre era requerida su presencia.

—Gallagher —la enfermera de turno irrumpió de inmediato en la sala—, la 204, la paciente que has ingresado esta mañana. Parece que ha tenido una terrible pesadilla y no logramos tranquilizarla.

Sé que no es un caso del que tengas que ocuparte pero Monique me ha dicho que te avise a ti directamente de cualquier eventualidad.

El rostro de Hugh cambió de color. Arrojó a la papelera de inmediato la mitad del café que se estaba tomando con su correspondiente vaso y salió disparado de la consulta ante la mirada atónita de su compañero.

Capítulo veintinueve

$\mathcal{H}$ugh se detuvo unos segundos frente a la habitación 204. Se dio cuenta de que le temblaba el pulso cuando su mano agarró el picaporte. Tomó aire antes de empujar la puerta sigilosamente. Descubrió a Sophie sentada con las piernas flexionadas al lado del hueco de la ventana. Sus ojos se perdían más allá de la arboleda eclipsada por las luces de las farolas y el manto de oscuridad de la noche que se veía a través de los cristales. Monique se dirigió hacia él con intención de decirle algo, pero Hugh le hizo un gesto con la mano pidiéndole que guardase silencio al tiempo que asentía con la cabeza dándole a entender que él se haría cargo personalmente de la situación y que por tanto podía marcharse. Cerró la puerta y vaciló unos segundos antes de dirigirse hacia ella. Tomó asiento en el extremo opuesto del hueco de la ventana de modo que estaban frente a frente y a una distancia mínima. Fue entonces cuando ella levantó sus ojos enrojecidos de llorar hacia él. Hugh sabía lo que estaba pasando por su mente. Deseó confesarle la verdad. Deseó desafiar al destino dando respuesta a las preguntas que no tenían respuesta en su mente, pero supo que no podía hacerlo. No era el momento. Tendría que esperar. No supo por qué lo hizo, lo cierto es que le extendió su mano, una mano que Sophie observó extasiada. Acto seguido volvió a centrar su atención en él. En ese instante en que sus miradas se cruzaron, Hugh habría jurado ver en sus ojos un leve destello de esperanza. Fue algo inexplicable y que le hizo sentir como nunca antes se había sentido en su vida. Sintió el suave tacto de su mano, gesto que Hugh no esperaba. Finalmente se atrevió a cubrirla bajo la suya con extraordinaria sutileza sin apartar sus ojos de ella, que le observaba sin pestañear.

—No quiero despertar de este sueño —le dijo con una voz que le sonó lejana.

—Esto no es ningún sueño, Sophie. Todo va a salir bien. Confía en mí —dijo finalmente Hugh dejando a un lado el formalismo médico-paciente.

Sophie asintió al tiempo que Hugh observaba el nudo que se deslizaba a través de la línea de su garganta.

—Abrázame, por favor —le rogó en un débil murmullo.

Hugh franqueó la mínima distancia que los separaba y pasó un brazo por su espalda para acercarla al refugio de su cuerpo. La mantuvo abrazada con ternura y ella no dudó en acurrucarse en aquellos protectores brazos que la mecían como si de un bebé se tratara. Sintió los labios de él sobre su cabello pero no le importó. Estaba en los brazos de Ben. Su Ben había regresado.

Gabrièlle y Frédérick habían ido a recogerla a primera hora de la mañana. Cuando entraron en la habitación en la que Sophie los esperaba vestida y preparada para abandonar el hospital, y vieron al doctor Gallagher, entendieron de inmediato el motivo del desmayo de su amiga el día anterior. Gabrièlle tuvo que sujetarse del brazo de su esposo cuando fue consciente del increíble fenómeno que estaban presenciando. Buscó con la mirada a Sophie que escuchaba embelesada al doctor.

—... bien eso es todo, entonces. Espero que siga mi consejo y se cuide —le dijo agarrándole suavemente la muñeca—. ¿Lo promete?

—Lo prometo.

—Bien, siento tener que dejarla pero tengo asuntos que atender antes de cambiar la guardia. Veo que han venido a recogerla —dijo consciente de la pareja que lo miraba fascinada en el umbral de la puerta de la habitación—, así que la dejo en buenas manos. Hasta pronto, Sophie.

—Gracias por todo, doctor Gallagher.

—Puedes llamarme Hugh —dijo con una amplia sonrisa desde el umbral de la puerta antes de salir. Gabrièlle tuvo que sentarse para no desmayarse del susto.

Una azafata de Air France caminaba charlando animadamente junto a Alex. Sophie los distinguió inmediatamente de entre la multitud de pasajeros en la terminal donde llevaba esperando más de una hora dado que el avión venía con retraso. Sophie les hizo un gesto a ambos y Alex no dudó en acelerar el paso a su acompañante para correr en busca de su madre. Sophie lo acogió en sus brazos, consciente de que cada día que pasaba su estatura y forma de ser nada tenían que ver con la de un niño que aún no había cumplido los diez años. Sophie se despidió de la azafata agradeciéndole su impecable servicio de atención y, en cuanto se encaminaron hacia los ascensores para ir en busca de su vehículo, comenzó a parlotear en lengua paterna todas las cosas que había hecho. Se había olvidado de que ya estaba en suelo parisino. Lo mismo le sucedía cuando regresaba de Madrid, el español fluía de sus labios con una facilidad asombrosa. Mientras Sophie escuchaba atenta las mil y una aventuras que su hijo le relataba, no advirtió la presencia de Hugh Gallagher que acababa de regresar de un vuelo de Praga, donde había asistido a un congreso de trasplantes. Hacía varias semanas que no había tenido noticias de ella. No había acudido a la cita que le había dado en su consulta. No había podido quitársela de la cabeza desde ese día y, por mucho empeño que pusiese en pensar, sencillamente, no fue capaz. La había telefoneado un par de veces pero siempre saltaba su preciosa voz en el contestador automático. Estuvo tentado de dejarle un mensaje pero optó por no hacerlo. Prefería no forzar la situación porque sabía muy bien que su sexto sentido jamás se había equivocado. Tenía la absoluta certeza de que en esta ocasión el destino le estaba echando una mano. Tarde o temprano Sophie volvería a estar entre sus brazos. Disfrutó del placer de observarla sin que ella lo supiese. No pudo evitar sentir admiración ante esa sonrisa y ese brillo de sus ojos cuando su hijo había salido a su encuentro. Sabía que le quedaba un largo camino por recorrer hasta poder llegar a ese lugar de su corazón que le proporcionase una de esas sonrisas.

—*N*ecesito que asistas a esa cena benéfica, Sophie, te lo ruego —le suplicó de nuevo Natalie. Estaba sentada frente a ella con los codos apoyados sobre la mesa y dejando descansar su mentón sobre la palma de la mano con gesto decepcionado.

Sophie levantó la vista del documento que revisaba.

—No me vas a engatusar con esa cara de perrito abandonado.

—Por favor —le rogó sin cambiar un ápice su expresión.

—Ya te dije que no contaras conmigo para esto. El hecho de que mi marido haya fallecido de un cáncer no me obliga a ir a todas las galas y eventos que tengan lugar en esta ciudad. Me da igual que la Fundación O'Connor forme parte de esto.

—Deberías estar orgullosa de formar parte de una familia que tanto bien hace por encontrar una vía de cura.

—El hecho de que la encuentren no devolverá a mi marido a la vida.

—Sé cómo te sientes y sé que no es fácil pasar página.

Sophie guardó silencio. Natalie sabía que ya había logrado hacerle cambiar de opinión.

—Tengo planes —concluyó centrando la vista en la pantalla de su ordenador.

Natalie se equivocó pero aun así no cesó en su intento de hacerla razonar.

—Vamos, no me vegas con rollos. ¿Planes? ¿Alquilar una película de vídeo? Sabemos que tu vida social no es muy activa. No se puede decir que seas la reina de la noche.

—Eso ha sido un golpe bajo. No tiene gracia.

—Está bien, está bien. Lo siento, pero por favor, necesito que lo hagas.

—No puedo.

—Sé que cada vez que asistes a un evento de este tipo, te ves obligada a recordar. Y comprendo perfectamente tu actitud, pero lo quieras o no eres la viuda del primogénito de Patrick O'Connor y por tanto formas parte de una fundación que destina cantidades desorbitadas de dinero para la investigación de la enfermedad. Sabes de sobra que será un orgullo para los asistentes que estés allí y también para esta editorial de la que ya eres una parte muy importante, por no decir imprescindible.

—Serías capaz de venderle un frigorífico a un esquimal, ¿lo sabías?

—Eso es un sí, supongo.

—¿Tengo otra alternativa? Tendré que hacerlo si no quiero verme de patitas en la calle —dijo con media sonrisa.

—Eso sí que es un golpe bajo. —Natalie no pudo evitar echarse a reír—. Poner de patitas en la calle a una persona que trabaja por el amor al arte no tiene mucho sentido.

Se puso en pie y se encaminó hacia la puerta antes de que su compañera cambiase de opinión.

—Me debes una —le recordó Sophie—. No lo olvides.

—No lo olvidaré. Te conozco y ya me hago a la idea —bromeó antes de salir del despacho.

541

El Carrousel del Louvre dejó de ser el epicentro de los desfiles de moda de la capital francesa para convertirse en la sede de una gala benéfica extraordinariamente organizada que registraba un lleno absoluto. Sophie compartía mesa con dos directivos de los diarios *France Soir* y *Le Figaro*, un par de médicos parisinos de renombre, el director creativo de la casa Givenchy, una condesa y su esposo y la editora británica de la revista *Times*. Antes de sentarse a disfrutar de la excelente cena, tuvo la ocasión de saludar a algunos personajes conocidos del mundo de la comunicación. El organizador de la gala, Jean Claude Arquette, dio la bienvenida a todos los asistentes con unas calurosas palabras. Sophie tuvo que reconocer que estaba disfrutando de una velada muy agradable y agradeció en silencio a la obstinada de Natalie por su insistencia. Después de todo, Ben habría querido que estuviese allí aquella noche.

Minutos después de poner fin a los postres, Jean Claude Arquette subió al improvisado escenario para dedicar a todos los asistentes unas palabras de agradecimiento por su contribución a tan justa causa. Habló de la enfermedad, de los que dedicaban como voluntarios parte de su tiempo a apoyar psicológicamente a aquellos que la padecían y a sus familias.

—Pero no nos podemos olvidar de la importancia del factor económico. Sabemos de sobra que todos los fondos que se destinen a la investigación son pocos y esa es una de las razones que nos han traído aquí esta noche. Hay muchas personas anónimas a lo largo y ancho del planeta que no cesan en la búsqueda de una solución que ponga fin a esta despiadada dolencia y debemos ser conscientes de que, gracias a ellos y a extraordinarios científicos, hemos dado pasos gigantescos en este campo. El camino es y será largo pero todos tenemos que seguir al frente sin desviarnos en ningún momento del propósito marcado. Hoy tenemos el placer de tener entre nosotros a una persona que pertenece a una fundación que cumple todos estos objetivos con creces. Desgraciadamente ha pasado por el trance de perder a un ser querido en esta ardua lucha y, si hay alguien que conoce de primera mano este tema, es ella. Jean Claude desvió sus ojos hacia Sophie que permanecía sentada rogando en silencio que la tragase la tierra en ese preciso instante. Si Natalie tenía algo que ver con esa encerrona, iba a ser ella quien le debiese una y bien grande.

La totalidad del público asistente al auditorio movió sus cabezas hacia donde el presentador de la gala dirigía su atención.

—Sophie O'Connor. Sería un placer para todos que nos dedicara unas palabras —le dijo.

En el extremo opuesto de la sala, Hugh Gallagher no daba crédito a lo que acababa de oír. Sophie se levantó de su asiento. Su tímida sonrisa no consiguió encubrir la inesperada e, incluso, se habría atrevido a decir, incómoda sorpresa ante la improvisada invitación de Arquette. Sophie trató de olvidarse de todos aquellos ojos que apuntaban hacia ella. Tenía que hacerlo. Su compañero de mesa de *Le Figaro* se puso en pie para apartar su silla y Sophie rodeó la mesa para encaminarse al escenario mientras oía los aplausos de los asistentes. No quiso mirar atrás. No le atraía la perspectiva de tener que hablar en público y menos aún sin tener un discurso preparado. Jean Claude Arquette la besó cariñosamente en la mejilla y le dejó vía libre. Se hizo el silencio y todo el mundo se dispuso a escucharla. En esos instantes no sabía que Hugh Gallagher se encontraba atónito contemplándola desde su asiento.

542

Sophie se vio rodeada de rostros desconocidos que le tendían cariñosamente la mano cuando la velada hubo concluido. Tenía las emociones a flor de piel. Solo deseaba escapar de toda aquella vorágine de sentimientos contradictorios y regresar a casa. Esperaba que le entregasen su abrigo cuando alguien le rozó ligeramente el hombro. Sophie se dio la vuelta para descubrir a una persona que había intentado borrar de su pensamiento sin resultado.

—Doctor Gallagher... —logró decir sin poder ocultar su sorpresa. Allí estaba de nuevo frente a ella, vestido de etiqueta, rostro inexplicablemente bronceado que combinaba con absoluta perfección con aquellos ojos, esa sombra de barba de varios días, esas suaves ondas de su cabello que ya mostraba algunas atractivas canas que le conferían un aire irremediablemente seductor. Aún seguía convencida de que todo aquello era una cruel broma del destino.

—Puedes llamarme Hugh —le recordó haciéndole saber que no pensaba andarse con formalismos.

—Hola, Hugh —repitió pronunciando su escueto nombre de una manera extremadamente sutil.

—¿Por qué tengo la repentina sensación de que cada vez que me ves es como si tratases de huir de algo? —le preguntó con media sonrisa en los labios dispuesto a sacar provecho del anhelado encuentro. Se sintió cruel al haberle planteado semejante cuestión pero le seducía el hecho de querer provocar en ella algún tipo de reacción.

—Lo siento, no pretendía causarte esa impresión. Es que... no esperaba verte aquí.

—Bueno, teniendo en cuenta que soy médico y estamos en una cena benéfica contra el cáncer... Supongo que eso puede considerarse una curiosa coincidencia.

—Tienes razón.

—Su abrigo, señora. —Hugh se adelantó a Sophie y fue quien tomó el abrigo en sus manos.

—¿Me permites? —le rogó mirándola a los ojos.

Sophie asintió tímidamente dándole la espalda mientras él le ayudaba a ponerse la prenda. Notó de nuevo que sus manos rozaban ligeramente sus brazos a través del tejido. Hugh juraría haber advertido un leve temblor

—Gracias, muy amable.

—No debería dejarte marchar. Desobedeciste mi consejo de venir a mi consulta.

—Lo siento. Sé que debí hacerlo, pero no lo consideré necesario. Me encontraba perfectamente.

543

—Eso es evidente. Estás preciosa esta noche y debo decir que has estado fantástica con tu pequeño discurso.

—Ha sido toda una jugada. No estaba preparada para esa pequeña encerrona. —Esbozó por primera vez una sonrisa comedida.

—Lo has hecho estupendamente y confieso que agradezco a Arquette lo que ha hecho. Había mucha gente y yo estaba sentado en el polo opuesto de la sala. Habría sido un milagro que nos hubiésemos encontrado. Si no hubiera sido por él no habría tenido el placer de estar frente a ti en este momento.

Sophie le sonrió en agradecimiento por su cumplido. El breve instante de silencio entre ambos se hizo incómodo.

—Creo que es un poco tarde —le dijo—. He de marcharme.

—¿Puedo invitarte a un café? —preguntó de repente. Fue lo único que se le ocurrió para retenerla. No quería dejarla escapar.

—Son casi las once de la noche y estoy agotada. He tenido bastantes emociones por esta noche.

—Lo sé, pero es viernes y conozco un lugar muy acogedor de la Rue Rivoli que permanece abierto hasta más tarde.

Sophie se encontró en una nube. Una nube de la que debía bajar a la mayor brevedad posible si no quería darse de bruces con la realidad. No podía engañarse a sí misma. Aquello era una ilusión, una incomprensible ilusión que no se podía permitir.

—Verás, he prometido a mi hijo dedicarle todo el sábado al completo y no quiero fallarle. Mejor lo dejamos para otra ocasión.

Sophie vio la decepción dibujada en el rostro del médico. La misma decepción de Ben cuando algo no salía acorde a sus deseos.

—¿Has traído tu coche? —intentó Hugh nuevamente.

—No. Tomaré un taxi.

—Permíteme al menos que te deje sana y salva dentro del taxi.

—De acuerdo —accedió dedicándole una tímida sonrisa.

Sophie se volvió hacia él antes de encaminarse hacia el taxi. Hugh la acompañó y le abrió la puerta caballerosamente.

—Muchas gracias, Hugh. Me he alegrado mucho de volver a verte.

—Yo también, Sophie. Más de lo que imaginas. —Hugh no dudó en apretar su brazo con afecto y ella le volvió a sonreír, pero en esta ocasión fue una sonrisa marcada con cierto matiz de tristeza. Se metió en el taxi y bajó la ventanilla—. Cuídate. Confío en que volveremos a encontrarnos —insistió Hugh sin apartar sus ojos de ella. Supo que aquellas palabras habían causado el efecto que buscaba. Ese irreflexivo movimiento de su laringe fue prueba de ello. El taxi desapareció calle abajo. La primavera no había llegado aún a la ciudad de la luz. Hugh no fue consciente de los dos grados que señalaba el termómetro que estaba instalado a unos doscientos metros del lugar en el que se encontraban. Permaneció allí largos minutos ajeno al viento gélido que se había levantado, preso de un solo pensamiento. Sophie.

Una semana más tarde Sophie se hallaba sumida en el característico silencio de la última hora de la tarde de los viernes en su despacho. Tenía que finalizar la traducción de varios contratos y, pese a la hora, prefería dejarlo todo listo para no tener que pensar en el trabajo pendiente durante el fin de semana. Eran cerca de las ocho de la tarde y ya había anochecido. Alex le había telefoneado para decirle que se quedaría a cenar en casa de su compañera Dominique, de modo que estaba tranquila. Los padres de Dominique vivían en el edificio vecino al suyo. Por los despachos adyacentes y pasillos solo se oía el familiar trajín del servicio de limpieza y el ronroneo de alguna fotocopiadora. Suponía que no era la única que estaba echando horas extras. Estaba tan concentrada en su tarea que no advirtió los pasos de alguien que se encaminaba hacia su despacho. Ese alguien dio un suave golpe en la puerta que estaba entreabierta, pero Sophie ni se inmutó.

—Creo que esta vez sí que necesitas un café. —Aquel tono de voz le era familiar. Levantó la vista del teclado. Allí estaba de nuevo Hugh Gallagher, sonriéndole con las cejas alzadas. Tenía un aspecto magnífico—. ¿Te he pillado en mal momento?

Sophie no supo qué responderle y permaneció inmóvil mirándolo.

—No me lo digas —continuó él—. Es viernes y seguro que tu jefe te ha pringado con algún asuntillo de última hora.

Hugh reparó en la súbita palidez de Sophie y por un momento se sintió confuso.

—Bueno. —La aparente seguridad que irradiaba pareció desvanecerse de repente y sus ojos adquirieron un cariz taciturno—. No quiero molestarte con una visita inoportuna.

—Pero ¿cómo...? —Sophie no supo qué decir.

—Vaya, creí que te alegrarías de verme —le dijo sin moverse de la entrada del despacho encogiéndose de hombros.

—Oh, lo siento. —Sophie se puso en pie y le sonrió despertando de aquel momentáneo estado de abstracción—. Es solo que me ha sorprendido que me hayas encontrado.

—Sabía que trabajabas aquí. El día de la gala del Louvre tuve oportunidad de conocer a lo que te dedicabas. Sabía que la sede de Alliance se había trasladado a este edificio. Pasaba por aquí, se me ha ocurrido mirar hacia arriba y, ya se sabe, es lo que tienen estos edificios modernos de fachadas acristaladas. Cuando anochece y con las luces encendidas se acaba la intimidad y te conviertes en un escaparate al mundo.

Sophie volvió a sonreír sin apartar sus ojos de él. Hugh prefirió no imaginar lo que debía de estar pasando por su cabeza en aquellos instantes.

—Tienes muy buena vista —fue lo único que se le ocurrió comentar.

—Me lo has puesto fácil. Estabas hablando desde esa esquina por tu móvil, ¿me equivoco? —le preguntó señalando el lugar en el que creía haberla visto.

Sophie asintió, aún abrumada por su presencia.

546

—Tengo la impresión de que necesitas comer algo y ya. No quiero que sufras otro desmayo como el de hace varias semanas y si tú no te cuidas seré yo quien lo haga, aunque sea durante un par de horas. Nos vamos a cenar.

Hugh tenía ese mismo aire desenfadado de Ben. Y su pretexto para convencerla y sacarla de aquel despacho parecía ser indiscutible.

—Bien, ¿aceptas mi invitación? Esta vez no hay excusas.

—Es evidente que no tengo escapatoria —dijo Sophie. Le dirigió una mirada suspicaz.

—Eso me temo. —Y torció la boca en una perfecta sonrisa. La misma sonrisa de Ben.

—De acuerdo, has ganado. —Sophie se rindió y con una sonrisa algo reprobadora dejó caer el bolígrafo sobre la mesa. Apagó el ordenador, ordenó varios papeles a los que puso un clip e introdujo en una carpeta que deslizó dentro de un cajón. Todo bajo la atenta mirada de él. Acto seguido rodeó su mesa para descolgar del perchero su abrigo y su bolso. Se detuvo frente a la puerta, preguntándose si lo que estaba haciendo era lo correcto.

—No lo lamentarás, te lo prometo —le aclaró él como si le hubiese leído el pensamiento mientras se apartaba para dejarla pasar.

Sophie esperó de corazón que estuviera en lo cierto.

Y

Cuando se dio cuenta, llevaba casi hora y media compartiendo mesa con Hugh Gallagher en Chez Gérard. Era un asiduo del lugar y así se demostró cuando Maurice, el propietario, le trató con una mezcla de cortesía y tosca cordialidad que en principio sorprendió a Sophie.

Ambos acariciaban distraídamente sus copas de vino. Hasta ese momento su primera conversación se había limitado a frases cortas. Era evidente que existía mucha tensión en el ambiente. Hugh habría deseado ir al grano pero sabía que eso era algo imposible. Por primera vez en mucho tiempo no sabía cómo reaccionar frente a una mujer, pero es que aquella mujer y la circunstancia que la rodeaba no eran algo habitual.

—No sé si te lo he dicho —dijo Sophie rompiendo el incómodo silencio— pero te agradezco lo que hiciste por mí aquel día, no solo en la tienda sino también en el hospital.

—No hice nada especial. Me limité a cumplir con mi obligación.

—No todos los médicos cumplen con su obligación de la misma manera. Aquella noche me encontraba muy mal de ánimos.

—Eso era fácil de adivinar. Sophie —intuyó que era el momento de plantearlo—, no quiero inmiscuirme en tu vida. No soy nadie para hacerlo, pero si necesitas hablar te escucharé. Estoy aquí para ayudarte.

—¿Qué te hace pensar que necesito ayuda? —El tono de su pregunta parecía de reproche.

—Perdona, pero es la impresión que me causaste. Había tal desolación en tu mirada y tu sonrisa. Incluso cuando sonríes pareces triste, de modo que me hice preguntas. —Hugh se sintió estúpido al plantearle todo aquello. Estaba claro que había perdido a su marido. Supuso que esa era razón más que suficiente para no tener muchas ganas de sonreír, pero ya no había marcha atrás.

—Soy feliz a pesar de las apariencias —le dijo.

—¿Estás segura?

—Sí, lo estoy —repuso con firme convicción. Esta vez fue ella la que bebió un sorbo de su copa pero solo para disimular el enorme nudo que tenía en la garganta—. Creo que estás monopolizando la conversación en torno a mí y no es justo. Mi vida no es nada interesante. Apuesto a que la tuya sí lo es.

—No lo creas. —Hugh decidió seguir su ritmo. Estaba claro que no podría sacarle nada, al menos no en aquel momento.

547

—Un médico reconocido y apuesto. —Y fijó los ojos en sus manos—. No veo ningún anillo. No puedo creer que estés libre.

—Pues lo creas o no, lo estoy.

—Mientes.

—En toda mi vida he sido más sincero que ahora. En realidad, soy divorciado.

—Ah, vaya, lo siento, no…

—No pasa nada. Hace mucho tiempo de eso. Me he convertido en un tipo bastante aburrido.

—Te subestimas.

—¿De veras? —Y alzó la vista hacia ella frunciendo el ceño en un simpático gesto.

—Creo que eres un tipo bastante agradable.

—¿Solo bastante? —preguntó con rostro melancólico—. Y yo que creía que era irresistible.

Sophie sonrió y pensó que sí que era irresistible por la sencilla razón de que era el vivo recuerdo de su difunto marido. Sophie dio por sentado que conocía perfectamente su estado de viudedad. Había sido la comidilla de la gala del Louvre. Todo el mundo estaba deseando volver a emparejarla.

—¿Cómo has acabado en París? —se interesó ella—. No logro identificar tu acento. Supuse que al estar prestando tus servicios en ese hospital, eras un expatriado estadounidense, pero tu acento te delata.

—Soy irlandés.

Sophie abrió los ojos de par en par.

—Juraría haber visto cierta sombra de decepción en tus ojos —le recriminó con media sonrisa.

—Nada de eso —respondió ella tratando de recomponerse ante aquella extraordinaria revelación. Desvió la vista hacia su plato—. Es solo que… mi marido también era de ascendencia irlandesa.

—Lo sé. Tu apellido de casada es O'Connor.

—¿Y qué hace un irlandés ejerciendo la medicina en un hospital americano de París?

—Hice mi residencia en Dublín porque fue allí donde estudié la carrera de medicina. Cuando estaba finalizando aquel período viajé a París con motivo de un congreso de trasplantes. Allí coincidí con un reconocido cirujano belga al que le habían llegado buenas valoraciones de mi trabajo, de modo que me ofreció un puesto en su equipo del Hospital Americano de Neuilly. Solo pretendía probar suerte y pasar alguna temporada en esta ciudad, pero me gustó cómo me trataron.

—Nunca he estado en Dublín.

—Pues es una pena. Irlanda es un país que merece más de una visita.

Quiso decirle que Ben le había prometido mostrarle la tierra de sus antepasados, sin embargo jamás llegaron a hacerlo.

—Lo imagino.

—Hay que verlo y no imaginarlo.

—Hablas como si echases aquello de menos.

—Bueno, la verdad es que regresé hace tiempo. No llevo toda la vida en París. Mi madre falleció y no me pareció oportuno dejar a mi padre solo. Así que decidí quedarme a trabajar en el Saint Vincent de Dublín, me casé, mi padre murió, me divorcié y hace un año decidí hacer las maletas para regresar al punto de partida. Así pues, no hay mucho más. —Se llevó un bocado a la boca y bebió un sorbo de su copa—. ¿Y qué hay de ti?

—No hay mucho que contar. Lo que ves es lo que hay.

—Permíteme que lo dude. Algo me dice que tienes mucho que contar. Una mujer nacida en España, de apellido francés, de pasaporte diplomático y casada con un estadounidense de ascendencia irlandesa.

Sophie dedujo que toda esa información la había sacado a consecuencia de su paso por el hospital y de sus seguros médicos.

—El pasaporte ya no es diplomático. Estuve trabajando en la ONU. Soy traductora e intérprete.

—Otra cosa interesante que añadir a tu currículum —le dijo pese a que ya conocía su profesión desde el mismo día en que habló con ella por primera vez.

Sophie rio.

—¿Por qué París? Quiero decir. Vivías en Nueva York —le preguntó con ojos aparentemente curiosos aunque sabía de sobra la respuesta. Aun así quería oírla de sus labios.

—No sabría que responderte a eso.

La sombra de melancolía volvió a hacer acto de presencia.

—Perdona si...

—No, no te preocupes —le interrumpió ella—. No tiene importancia. Es normal que me lo preguntes. Te aseguro que no eres la primera persona que lo hace. Mucha gente no entiende que haya venido a vivir aquí.

—Pero espero ser el primero al que le respondas con absoluta sinceridad. —Esta vez clavó sus ojos en ella. Sophie no tuvo más remedio que volver la cabeza hacia otro lado y suspiró profundamente antes de hablar. Hugh sabía que no podría aguantar mucho más.

—En París comenzó todo. —Y apretó los labios para no echarse a llorar—. En Nueva York he pasado los años más felices de mi vida al lado de mi marido y de nuestro hijo Alex. Y al mismo tiempo han sido los más duros. Necesitaba comenzar de nuevo y elegí el lugar que cambió mi vida para siempre. —Volvió su rostro hacia él. Una solitaria lágrima comenzó a deslizarse por su mejilla pero en un gesto rápido la hizo desaparecer con el extremo de la servilleta—. Es así de simple, Hugh. Espero haber respondido a tu pregunta.

—Lo siento. No sabía que os hubierais conocido en París.

Desde luego que lo sabía y ahora lo entendía. Se preguntó a cuál de ellos dos habría conocido antes.

—Así fue.

—Es un lugar perfecto para comenzar una historia de amor.

—Pero no para recordarla.

—Debisteis ser el típico matrimonio que todo el mundo envidia. Ricos, guapos y felices.

—No todo era perfecto. Lo nuestro no fue fácil desde el principio pero creo que nuestros cimientos eran más fuertes que cualquier contratiempo con el que la vida quisiese atizarnos. A veces me sigo preguntando si Dios no consideraba justo que tuviese a mi lado a un hombre como él.

—Él no tiene nada que ver con estas cosas. Tenemos un día para nacer y otro para morir y nada ni nadie puede hacer nada para impedirlo.

—¿Cómo estás tan seguro?

—Porque he perdido en la mesa de operaciones a gente que tenía muchas posibilidades de salir adelante. Sin embargo ha habido otras que inexplicablemente han escapado de una muerte aparentemente muy segura.

—Debe de ser duro perder a un paciente.

—Lo es, Sophie. Nunca llegas a acostumbrarte a ello. Sí que es duro, pero considero que debe de ser aún peor perder a alguien a quien se ama con locura.

Sophie asintió sin mirarle a los ojos. No se sentía con fuerzas para continuar y él lo intuyó al instante tal y como Ben había intuido todos y cada uno de sus pensamientos desde el día en que se encontraron.

—¿Quieres que te lleve hasta casa? —le preguntó con evidente preocupación.

—Sí, por favor —respondió ella en un débil susurro.

Sin más dilación, Hugh dejó el importe aproximado de la cuenta encima de la mesa mientras hacía una seña al camarero para no perder tiempo. Antes de salir se ocupó de ayudarle a ponerse el abrigo y pudo comprobar por el simple roce de sus hombros que volvía a estar temblando.

—¿Te encuentras bien?

—Sí, tranquilo, es solo que estoy algo cansada. Ha sido una semana intensa de trabajo.

Anduvieron calle abajo durante unos minutos en dirección adonde estaba aparcado su vehículo. Condujo en silencio hasta la Rue Poissoniers sin atreverse a pronunciar palabra porque sabía de sobra lo mal que lo debía de estar pasando. Detuvo el vehículo en el lugar que ella le indicó.

—Siento haberte estropeado la velada —le dijo Sophie.

—No digas eso. Yo soy quien debe disculparse por haber entrado en un terreno en el que no tengo derecho a entrar.

—Eres la primera persona ajena a mi mundo diario con la que hablo del tema.

—¿Y no te has sentido aliviada al hacerlo?

—Tengo miedo a sentirme aliviada. Es como... como si le estuviera traicionando.

—No te veo capaz de traicionar a nadie —le dijo firmemente convencido de sus palabras.

—Gracias por haberme escuchado, Hugh.

—Voy a estar ahí siempre que me necesites. —Supo que no debería haber pronunciado aquellas palabras pero le habían salido directas del corazón.

—Me siento halagada.

El silencio se instaló momentáneamente en aquel reducido espacio. Hugh abrió la puerta, bajó del vehículo y lo rodeó para acercarse a abrir la de ella. Sophie le hizo un gesto de agradecimiento ante tan considerado detalle. Ambos se quedaron de pie junto a la acera.

—¿Volveré a verte mañana? —se atrevió a preguntar Hugh.

Sophie no hizo ningún esfuerzo por ocultar la sombra de la duda alojada en sus ojos.

—Hugh, creo que no es lo más apropiado en estos momentos.

—¿Por qué?

—Estoy algo confusa. Eres el primer hombre con el que salgo a cenar desde que Ben falleció y...

551

Era la primera vez que se refería a su marido ante él con su nombre de pila.

—No será porque no hayas tenido ofertas —la interrumpió.

—Las he tenido, pero no me he sentido con ánimos. He pasado una velada muy agradable contigo pero no logro habituarme a ello.

—Lo harás con el paso del tiempo. No me daré por vencido —le mostró una sonrisa confidente.

—No quiero que pierdas tu tiempo con una viuda devota a la memoria de su marido.

—Mi intención está lejos de hacerte olvidar a tu esposo. —Sabía que nunca podría hacerlo porque la persona que tenía delante en aquel instante era probablemente como tener a su marido de nuevo entre el mundo de los vivos—. Solo quiero que empieces a sentir de nuevo. No puedes negarte eso.

—Se hace tarde. Mis vecinos deben de estar preguntándose dónde estoy. Alex no está muy acostumbrado a que llegue a estas horas.

—Pero si todavía no son las once —se quejó.

Sophie le dedicó una suave sonrisa que le llenó el alma y algo más. El esfuerzo que su cuerpo estaba haciendo para no reaccionar ante semejante alarde de innata sensualidad lo estaba dejando agotado. No había nada peor para un hombre que estar delante de una mujer que no era consciente del poder que ejercía sobre él. De modo que trató de frenar sus impulsos y optó por inclinarse para depositar un casto beso en su mejilla.

—Buenas noches, Sophie —le dijo en apenas un susurro antes de apartar sus labios de aquel lugar.

Sophie recuperó la compostura más rápido de lo que él pensaba.

—Buenas noches, Hugh.

Sophie tecleó su código y la puerta se abrió automáticamente. Ella desapareció en el interior del portal no sin antes darse la vuelta para mirar una vez más a Hugh. Después cerró la puerta. Hugh se quedó allí, esperando a que la sangre comenzase a circularle nuevamente por las venas.

Sophie despertó arropada por el ruido de la PlayStation del salón. Se había quedado completamente dormida después de una noche de sueños inquietos provocados en parte por su inesperada cita con Hugh Gallagher. Agradeció que su hijo no le hiciese muchas preguntas con respecto a su hora de llegada la noche anterior. De-

552

testó tener que mentirle diciéndole que había salido a cenar después del trabajo con Natalie, pero consideró que en aquel momento era lo más adecuado. Después de haber disfrutado de un suculento almuerzo en casa de Gabrièlle, cumplió con su promesa de llevar al cine a su hijo y a sus inseparables François, Chloé y Claire, compañeros de la escuela. A la salida y pese al enorme paquete de palomitas que los tres habían engullido, se los llevó a comer pizza. Llegaron a casa pasadas las nueve de la noche. Alex estaba exhausto pero contento. Después de la ducha se empeñó en sentarse a ver una película de aventuras y Sophie terminó cediendo a condición de que tomase un vaso de leche antes de irse a la cama. No habían pasado ni quince minutos cuando Alex empezó a bostezar. Lo dejó adormilado en el sofá para llevar el vaso de leche vacío que le acababa de obligar a tomar, cuando vio la chispeante luz del contestador. Se había olvidado de ver si tenía algún mensaje. Se llevó el teléfono hasta la cocina mientras pulsaba la tecla para escucharlos. El primero era de su madre. Si supiera de los últimos acontecimientos de su vida se echaría a temblar. El segundo era de Natalie preguntándole con picardía en la voz cómo había transcurrido la velada del viernes junto a ese caballero atractivo con quien la había visto salir de la oficina. Vaya, parecía que su cita del viernes iba a terminar siendo de dominio público. Si Natalie hubiese alcanzado a ver de cerca sus facciones, preferiría no imaginar lo que habría pensado. Ni siquiera se lo había contado a Gabrièlle pese a haber estado tentada de hacerlo. El último mensaje lo habían dejado hacia el mediodía. Le sorprendió por el ruido de fondo.

—Sophie, soy Hugh. Me olvidé de pedirte tu número de móvil. Siento haberme aprovechado del privilegio de mi acceso a tus datos personales. Estoy en el hospital, turno de guardia. Mañana tengo el día libre y me preguntaba si… En fin —titubeó— no… no quiero presionarte. Es solo que me apetecía escuchar tu voz y me gustaría repetir pronto otra velada como la de ayer. —Se oyó con claridad el ritmo de su respiración—. Puedes llamarme a este número. Cuídate.

Sophie colgó el auricular y se dejó caer sobre una silla de la cocina con el vaso de leche vacío entre las manos. Sin poder evitarlo, su vista se fijó en una foto de Ben que Alex adoraba y que estaba sujeta a la puerta del frigorífico por medio de un imán en forma del Empire State. Miraba sonriente al objetivo de la cámara con Alex montado sobre sus hombros. Los dos llevaban el mismo sombrero de un color verde chispeante con motivo del día de Saint Patrick. No pudo reprimir el llanto que se ahogaba en su garganta y luchaba por

553

salir. Se echó a llorar desconsoladamente. Dios, ¡cómo lo echaba de menos! Vendería su alma por estar de nuevo en sus brazos aunque fuese solo durante unos escasos segundos. Lo necesitaba más de lo que podía soportar. ¿Por qué había aparecido Hugh Gallagher en su vida para hacérselo recordar todo de nuevo? ¿Quién era Hugh en realidad? ¿A qué se debía ese parecido inexplicable? Era todo un enigma. El hecho de que fuese irlandés le abría unas posibilidades incalculables. No había parado de analizarlo durante la cena de la tarde anterior. Cada detalle de sus facciones quizá más definidas que las de Ben, sus manos, sus ojos del mismo celeste intenso aunque habría jurado que con algunas motas grisáceas, la voz si no igual sí parecida aunque supuso que ello se debía al hecho de que había nacido y crecido en Irlanda. Era de constitución más delgada y no por ello menos atlética que Ben. Dejó de pensar en ello. No podía permitirse pensar en Hugh Gallagher. Ese hombre había entrado en su vida de sopetón y en ningún momento esperaba que su sola presencia provocase en ella tal marea de sentimientos confusos. Se ayudó de una servilleta para hacer desaparecer las lágrimas cuando escuchó de nuevo la voz insistente de Alex advirtiéndole de que la película ya iba a empezar. Sophie no pudo evitar reprimir una sonrisa. Daba la impresión de que su grandullón había despertado. Se recompuso, se puso en pie y regresó al salón.

554

Hugh no se dio por vencido. Llevaba varios días sin saber nada de ella. Se preguntaba si había escuchado el mensaje que le dejó en el contestador porque no le había devuelto la llamada. Él no se lo había tomado como una negativa a volver a verle. Tenía la absoluta certeza de que ella estaba tan confundida como él. La diferencia estribaba en que era ella quien había perdido a un ser querido. Un ser querido que ahora parecía haber regresado al mundo de los vivos con el objeto de desmontar su estatus de joven viuda respetable.

—Sophie —Claudette la llamaba por la línea interna—. Hay alguien que quiere verte pero no está entre tus citas de esta mañana.

—¿De quién se trata? —preguntó extrañada por el tono de voz empleado por su secretaria.

—Hugh Gallagher.

Sophie tragó saliva. Ese hombre no se daba por vencido. Otro detalle más que añadir a la interminable lista de similitudes entre él y Ben. Respiró antes de responder.

—¿Hugh Gallagher? Sí, dile que puede pasar, por favor.

—De acuerdo. —Claudette colgó el auricular e indicó al tipo impresionante que tenía delante cuál era la entrada al despacho aunque era evidente que ya conocía el camino.

Se abrió la puerta del despacho y apareció ante ella. Parecía que hacía siglos que no se veían, sin embargo apenas hacía dos semanas. Se miraron durante unos escasos segundos que parecieron detener el tiempo.

—Hola —dijo cerrando la puerta tras él.

Sophie se levantó de su asiento y rodeó la mesa. Lo miró fijamente. Su aspecto no era el de unas semanas atrás. Parecía cansado.

—¿Va todo bien? —preguntó ella. No supo por qué lo hizo pero ya no podía tragarse las palabras.

—Una guardia movida. Llevo cerca de cuarenta y ocho horas sin pegar ojo.

—¿Y qué haces que no estás en casa? Deberías descansar.

Hugh no pudo ocultar el placer que le provocó escuchar ese comentario. Le había sonado tan cercano que no pudo evitar esbozar una sonrisa.

—Tranquila. Estoy más que acostumbrado. Además no es el trabajo lo que me quita el sueño. —Dio un par de pasos hacia ella—. He pensado mucho en ti.

—Siento no haber respondido a tus mensajes —se disculpó ella con voz queda.

Hugh no se movió. Era evidente que estaba esperando algo más. Sophie se acercó a él y le apretó suavemente el antebrazo.

—¿Estás seguro de que todo va bien? —le preguntó.

Hugh negó con la cabeza dando el último paso que la colocaba a una distancia mínima de ella.

—No. No estoy nada bien. Te he echado mucho de menos —le dijo llevando una mano hacia su mejilla. Sus palabras salieron con un ligero temblor de labios, acompañadas de una mirada que Sophie supo interpretar, una mirada que descubría más de lo que hubiera deseado.

—Hugh… yo —comenzó a decir Sophie.

Estaban demasiado cerca. Sophie pudo sentir la respiración entrecortada de él. Sintió un leve estremecimiento por su proximidad.

—He pensado mucho en ti y en nosotros —repitió.

Sophie no lo miraba a los ojos, sino que se fijaba en el ancho pecho. Sin saber cómo Hugh advirtió que esa mirada perdida descubría algo para lo que ni ella misma estaba preparada. Rozó su mejilla con un dedo acariciador.

—No creo que sea buena idea.

555

Él posó las manos sobre los hombros de Sophie con incierta ternura.

—Sé cómo te sientes. Sé perfectamente cómo te sientes, de modo que no dudes en exteriorizar tus dudas.

Sophie tragó saliva. Lo sabía. Ya conocía de antemano la causa de su ansiedad. Como le había dicho, tenía información privilegiada sobre ella y por lo tanto de su familia después de haberse enterado de quién financiaba la Fundación O'Connor. Sabía la razón de su desazón aquella noche en el hospital y el porqué de su desmayo en aquel establecimiento.

Entonces de forma irreflexiva él abrió sus brazos para acercarla más. Sintió las manos de ella apoyadas en su jersey mientras la atraía hacia sí. Parecía como si de repente hubiera abandonado una lucha interna y se dejara llevar por una fuerza inexplicable. La posición de sus delicadas manos le transmitían un sentimiento de súplica y al mismo tiempo de resistencia. Permanecieron en silencio. Ella estaba inmóvil, con el rostro inclinado para ocultarse contra el pecho de Hugh sintiéndolo respirar, percibiendo los latidos de su corazón mientras la abrazaba.

556

Y sin más preámbulos se separó ligeramente de ella y le sujetó el mentón con una mano para acercar su hambrienta boca hacia aquellos labios que hacía tiempo pedían ser besados. Al principio notó la tensión en su cuerpo y Hugh decidió apartarse. Ella, abrumada por lo que acababa de suceder, inclinó la cabeza y la dejó caer sobre la fría solapa de su gabardina. Sus fuertes brazos la volvían a rodear. Hugh sintió que temblaba bajo su abrazo. Sabía que estaba llorando y la comprendía. Se limitó a acariciarle suavemente el pelo mientras la mecía con su cuerpo.

—Es tarde, ¿por qué no nos marchamos de aquí? —le susurró al oído con indecisión en la voz.

Sophie no respondió, pero el cuerpo apretado ligeramente contra el suyo le dio a Hugh una respuesta que no podía ignorar. Levantó la cabeza para mirarle.

—Aún no estoy preparada... yo... —le dijo Sophie temiendo dónde pudiera desembocar aquello.

Hugh acarició sus labios con el pulgar para acallarla.

—Solo quiero estar contigo. Necesito estar a tu lado, es lo único que te pido —le dijo.

Sophie no le respondió. El sonido del móvil la salvó de la comprometida situación. Se apartó de él para regresar a su mesa.

—Dime, cariño —dijo al colocar el celular en su oreja. Él no se había movido y la contemplaba sin pestañear. Sophie se dio la vuelta dándole la espalda rehuyendo su mirada observadora—. ¿Y a qué hora? Habíamos quedado en que iba a por ti cuando saliese de trabajar y después dejábamos a Claire en casa. De acuerdo, dile que se ponga. Sí, hola, Claire. Bueno, pero no más tarde de las ocho porque mañana hay que madrugar. Trato hecho. Adiós, Claire.

Apagó el móvil y lo dejó sobre la mesa. Se apoyó sobre el borde de la misma antes de enfrentarse a Hugh.

—Era mi hijo.

—Lo he imaginado.

Se acercó a la mesa y se colocó frente a ella.

—¿Es él? —le preguntó desviando la vista hacia un marco de fotografía.

Sophie asintió.

—Es un chaval muy guapo. Se parece mucho a ti.

Sophie sonrió. Sabía que mentía. Se parecía mucho más a él y eso quedaba patente.

—Espero conocerlo algún día.

Sophie no dijo nada. Volvió a rehuir su mirada pero no lo logró porque él interceptó su mentón para llevar su rostro frente a él.

—¿Vas a dejar que sea yo quien siga hablando? Porque empiezo a tener la impresión de que estoy solo en esta habitación. Lo mío no son los monólogos —confesó dedicándole una sonrisa indulgente que le hizo perder la cordura.

—No, no sé qué decir.

—En ese caso aprovecharé tu silencio para hacer esto —le dijo con voz sensual inclinándose sobre ella y volviendo a perderse en su boca.

Se apartó antes de que ella lo hiciera, alargó su mano y la tomó entre la suya.

—Te espero en aquella cafetería —le dijo señalando con la vista a través de las cristaleras.

Sophie abrió la boca para decir algo, pero él se lo impidió con un nuevo beso. Acto seguido salió de su despacho sin mirar atrás.

557

Capítulo treinta

$\mathcal{H}$ugh entró en el salón de su apartamento con un par de copas en sus manos. Vio a Sophie sentada en el sofá que daba a la ventana. Acababa de verla soltar su móvil sobre la mesa. Sus ojos eran la viva expresión de la incertidumbre.

—¿En qué piensas? —le preguntó sentándose al borde de la mesa frente a ella.

—No debería estar aquí, Hugh —le dijo sin levantar la cabeza. Tenía miedo de estar tan cerca de él.

Hugh suspiró y dejó ambas copas al lado de donde se hallaba sentado.

—Puedes marcharte si es eso lo que deseas. No soy nadie para obligarte a permanecer aquí, pero quisiera aclararte algo.

—¿Qué? —la voz de Sophie sonó completamente ahogada y él lo percibió de lleno.

—Desde el día en que te tuve en mis brazos no he pensado en otra cosa que no haya sido en cómo entrar en tu vida. He tratado de olvidarte, Sophie. De veras que lo he intentado pero de repente me he vuelto visceral. Quizá lo más racional habría sido mantenerme apartado de ti, sin embargo para bien o para mal el concepto razón ha quedado relegado a un segundo plano. Ahora entiendo tus temores y sé a lo que te enfrentas. Me pregunto cómo reaccionaría yo en tu situación porque no estoy ciego y he visto las reacciones de la gente. En la oficina, en el hospital el día que estaban allí tus amigos, todo parece un sueño del que te preguntas si quieres o no despertar. Pero soy real y tú eres real. Te aseguro que yo estoy igual de aterrorizado ante la perspectiva de entrar en tu vida como el tipo que es prácticamente una reproducción del hombre que todavía amas.

Sophie lo miró aturdida. Meditó las palabras que él ya debía estar imaginando.

—No sé si me siento atraída hacia a ti porque estar contigo es como volver a estar con él —le confesó—. Te pareces tanto a él… que a veces me pregunto si estoy aún soñando.

Hugh tomó sus manos entre las suyas como si con ese gesto le diese a entender que nada de aquello era producto de su imaginación.

—Tengo un miedo horrible a despertar de este sueño. Aquel día… —prosiguió—, el día que entraste en aquella tienda… Dios… Hugh, creía que eras una aparición. Era como si Ben hubiera regresado… es como volver a revivirlo todo de nuevo.

Hugh la miraba atentamente en silencio mientras veía la lágrima que descendía por su mejilla y desaparecía bajo su cuello.

—Maldita sea, tengo un hijo que es tu vivo retrato, ¿cómo crees que me siento?

Hugh no se lo pensó dos veces, se levantó y se sentó a su lado rodeándola con sus brazos para calmarla. Sabía que no era el momento más adecuado para confesarle quién era en realidad. De aquella manera desaparecerían sus dudas sobre el inexplicable parecido con Ben que tanto la preocupaba. Esperó a que sus temblores cediesen para hacerle la pregunta que luchaba por salir de sus labios.

—¿Hay alguna posibilidad aunque sea mínima de que sientas algo por mí?

—No deberías hacerme esa pregunta. No es el momento más apropiado… ahora mismo me siento tan confusa y perdida como tú —le respondió ella aún acoplada a su abrazo.

—Debe haber alguna razón para que hayas venido hasta aquí.

—He venido porque me has pedido que estuviera a tu lado.

—¿Y si te pidiese que estuvieses a mi lado más tiempo del que estás dispuesta a admitir? —En el tono de su voz reinó la ternura.

Sophie se separó lentamente de él sin perder el contacto visual ni el roce de sus protectores brazos.

—Acabamos de conocernos.

«Te equivocas», pensó Hugh.

—No sabes nada de mí.

—Sé lo que tengo que saber. No necesito nada más.

—No quiero hacerte daño.

Hugh deslizó una de sus manos por su mejilla.

—No te veo capaz de hacer daño a nadie.

—Es demasiado pronto.

—Pronto... ¿para qué? ¿Para volver a amar? Sophie, el corazón no entiende el concepto del tiempo —le dijo profundamente conmovido, y sin darle oportunidad de respuesta posó los labios sobre los suyos. El beso fue ingenuo al principio e incluso torpe porque ambos sabían a lo que conduciría aquello si seguían adelante. Se separaron unos segundos, el tiempo suficiente para saber que ya no se podrían detener. Hugh volvió a fundirse en su boca saboreándola con generosidad, dilatando ese instante de perfecta afinidad. Mientras, Sophie elevaba inconscientemente sus brazos y le rodeaba el cuello. Esta vez fue Hugh quien se estremeció cuando sintió sobre su nuca sus expertas y hasta ahora dormidas manos. Él recorrió las líneas de su cuello con su mano suavemente mientras conducía la que le quedaba libre hacia la cinturilla de su falda. La deslizó bajo su liviano suéter y dejó escapar un gemido en el momento en el que rozaba su tibia piel.

Cuando se dio cuenta ya le estaba subiendo la falda y ahora se entregaba a la tarea de bajarle las medias. Cuando volvió a tomar posiciones se deshizo de su camiseta conservando solo los tejanos. A Sophie se le quedó la boca seca cuando contempló la perfecta musculatura de su torso desnudo. Aquella pequeña cicatriz en sus pectorales captó su atención y Hugh fue consciente de ello. No era buen momento para hablar de su pasado así que antes de que dijese algo la volvió a cubrir con su boca perdiéndose en la sensual curva de su cuello, presionando contra ella buscando el ángulo perfecto. Por un instante ambos dejaron de moverse, cada uno sintiendo las respuestas que sus cuerpos comenzaban a manifestar. Hugh levantó la cabeza y la miró para encontrarse con esos ojos ambarinos que descubrían una curiosa mezcla de asombroso desconcierto y febril deseo. La liberó despacio del peso de su cuerpo y se puso en pie.

—Aquí no —fue lo único que dijo.

En un rápido y ágil movimiento la elevó entre sus brazos. Los dedos de ella acariciaron su nuca lo que provocó en él una ola de deseo que sabía no podría dominar por más tiempo. Se detuvo en el umbral de la puerta de su dormitorio.

—¿Estás segura? —le dijo con voz ronca pero con una mirada tierna—. Una vez que entres en mi cama, ya no podrás salir de mi vida.

Sophie no dijo nada. Sus manos se aferraron a él con una energía inusitada. Sus dedos se enredaron entre las ondas de su cabello. A Hugh le bastó con aquel gesto. El corazón le martilleaba violentamente el pecho y por un instante pensó que no saldría bien parado de aquello y sin embargo nunca se había sentido más vivo que en aquel precioso instante. Había soñado tantas veces cómo sería que cuando la tendió sobre su cama para terminar de desnudarla supo que era aún mejor que en sus sueños. Era perfecta y el momento era perfecto. Completamente desnudos se deslizaron bajo las sábanas. Sophie volvió a perderse en sus besos y embriagadoras caricias. Los labios de Hugh moldearon y saborearon todas y cada una de las curvas de su anatomía arrancándole pequeños gemidos que a punto estuvieron de acabar con su autodominio. Solo cuando fue consciente de que estaba al límite se deslizó suavemente dentro de ella ahogando un ronco gemido ante el mero pensamiento de haber culminado algo con lo que había soñado tantas veces. De repente llegó la calma y Hugh se mostró delicado en sus movimientos. Entró en ella al igual que había entrado en su vida, con paciencia y con mesura. Sophie no había imaginado que un hombre pudiera entregarse de aquel modo. Abrió los ojos y allí estaba él mirándola con absoluta adoración a medida que el ritmo de sus movimientos aumentaba. Sophie supo que estaba cambiando el rumbo de su vida y no quiso pensar en las consecuencias. Hugh no quería hacerla pensar y a juzgar por su mirada estaba pensando cuando todo lo que quería era hacerla sentir. Y eso fue lo que hizo. El resultado se produjo de inmediato. Comenzó a sentir la reacción de ella cuando contempló como salía a su encuentro pidiéndole más y él no escatimó en darle todo cuando pedía. No se detuvo hasta que notó la rigidez de ese delicioso cuerpo bajo el suyo, esa rigidez que anunciaba la plenitud. Fue entonces cuando se dejó arrastrar librando esa última batalla, perdiéndose y fundiéndose con ella en la misma medida.

561

Cayó extenuado, depositando en su frente un reguero de cálidos besos mientras sentía la respiración agitada de ella contra su cuello. La liberó tendiéndose junto ella y cobijándola bajo su brazo, paladeando ese momento de laxa placidez que precedía al intenso éxtasis. Sophie guardó silencio pero el simple gesto de su mano buscando su contacto fue suficiente para Hugh. Por primera vez en años se sintió a salvo de sí mismo. Este era su sitio, donde se suponía que debía estar y ella por fin estaba en el lugar correcto. En sus brazos.

Abrió los ojos de repente. Hugh dormía plácidamente a su lado. Con cuidado retiró su brazo que descansaba sobre su vientre. Cambió el ritmo de su respiración y Sophie rogó para que no despertase pero sucedió todo lo contrario.

—Me quedé dormido, lo siento —se disculpó él.

—Yo también. Debo marcharme, es tarde.

Sophie se incorporó y se quedó sentada al borde de la cama. Hugh observó la sinuosa elasticidad de la línea de su columna mientras se inclinaba para recoger su ropa interior. Una ola de deseo lo inundó y aprovechó el instante en el que ella se volvía a enderezar para rodearla con sus brazos desde atrás. Percibió la tensión de su espalda contra su torso. Depositó un beso en su cuello.

—Quédate, por favor —le susurró al oído.

—Alex llegará de un momento a otro a casa. Prefiero estar allí cuando aparezca.

La tensión no había desaparecido. Él relajó sus brazos y ella aprovechó para escabullirse. Rescató el resto de prendas y salió de allí. Hugh se levantó y se vistió rápidamente. La siguió al salón.

—¿He hecho algo mal? Dime en qué me he equivocado —le preguntó sorprendido con su actitud.

Ella se giró.

—No has hecho nada malo. Soy yo la que quizá se ha equivocado.

—¿Me estás diciendo que esto ha sido un error? ¿Es eso lo que pretendes decir?

—Hugh no es eso lo que…

Hugh se acercó a ella. Estaba dolido y eso la hundió aún más en la miseria.

—No puedes calificar de error lo que hemos compartido.

—Hugh… todo esto me supera. Vamos demasiado rápido.

—De acuerdo —accedió él—. Comprendo que necesites tiempo.

Hugh la sujetó por los hombros con ternura y le habló directamente al alma.

—Mírame a los ojos y dime que no sientes nada.

Sophie le miró pero no fue capaz de articular palabra.

—Por favor, Hugh. No lo hagas más difícil.

Hugh se apartó y Sophie le volvió a dar la espalda para recoger el resto de sus cosas. Se puso la gabardina y agarró el bolso.

—¿Volveré a verte?

—Deja que el tiempo lo ponga todo en su lugar.

Ella depositó un casto beso en su mejilla sin afeitar. Hugh captó la indirecta pero aun así todavía le quedaba algo por decir.

—Respóndeme una pregunta, ¿lamentas simplemente el hecho

de haber sido infiel a la memoria de tu difunto esposo haciendo el amor con otro hombre o te sientes culpable por el hecho de haber disfrutado del placer que Hugh Gallagher te ha proporcionado?

Sophie apretó los labios formando una delgada línea. Hugh supo que se había pasado de la raya, pero era algo que quería dejar claro desde un principio. Él no era Ben O'Connor.

—No tienes ningún derecho —le respondió con los ojos cargados de desidia.

Hugh reaccionó y fue tras ella.

—Lo siento. Tienes razón, ha sido…

—Adiós Hugh —le interrumpió ella abriendo la puerta y cerrándola ante sus narices sin darle ni una sola oportunidad de réplica.

Cerró la puerta y deslizó los cerrojos con fuerza como si con aquel gesto lograra espantar el sentimiento de culpabilidad que la invadía en aquellos momentos. Se dejó apoyar sobre ella y se vio reflejada en el espejo de la esquina del vestíbulo. Cerró los ojos horrorizada y se dirigió hacia su dormitorio, no sin antes pasar por la habitación de Alex. Aún no había llegado. Entró en el cuarto de baño y abrió con fuerza el grifo de la ducha mientras se desnudaba. Cada poro de su piel desprendía el aroma que el cuerpo de Hugh había dejado en ella. Dejó que el fuerte chorro de agua caliente la apresara.

—Lo siento, Ben. No sabes cómo lo siento —murmuraba mientras el agua que desprendía la ducha se unía a las lágrimas que desprendían sus ojos.

Aquella nublada tarde de junio que sin duda anunciaba tormenta Hugh comenzó a pensar que tendría que educar su corazón. Tenía que modelarlo para hacerlo ajeno a cualquier tipo de sentimiento. Se sentía exiliado de sí mismo desde la tarde en que la única mujer por la que verdaderamente había sentido algo en su vida, decidió echarlo todo por la borda. Había estado tentado de llamarla en muchas ocasiones. La había visto salir del trabajo alguna que otra vez pero se cuidó de que no le viese. Lo que menos le apetecía en aquel momento era precisamente que lo considerase un tarado.

Fiona Harris, que hacía un año se había unido al equipo de cirugía del hospital, notó su ausencia.

563

—¿Va todo bien, Gallagher? —le preguntó acercándose al mostrador de ingresos.

Hugh pareció despertar y prosiguió con las firmas de altas que Marlene acababa de entregarle.

—Hola Fiona.

—Para mí que al irlandés al final lo han cazado —dijo Marlene en tono jocoso desde el otro lado del mostrador.

Hugh sacudió la cabeza esbozando una escueta sonrisa sin levantar la vista de sus papeles.

—¿Es eso cierto? Corren rumores. La paciente americana ¿es ella? —insistió Fiona.

Hugh terminó de firmar documentos, metió el bolígrafo en el bolsillo delantero de su bata y le devolvió la carpeta a la enfermera de recepción que al igual que la doctora Harris esperaba una respuesta del irresistible e inaccesible doctor.

—No es americana. Es francesa y es viuda. Su marido, que en paz descanse, era mi hermano gemelo. Por circunstancias que no pienso contar aquí fuimos separados al nacer. El colapso que causó su ingreso en este hospital se debía a que se cruzó conmigo en una tienda, de modo que os podéis imaginar la surrealista e incómoda situación en la me vi envuelto.

Se detuvo para observar las caras de estupefacción de sus compañeras. Había dado en el blanco. Dicho aquello sabía que no se les ocurriría volver a preguntar. Se estaba divirtiendo de lo lindo. Ambas intercambiaron miradas.

—¿Estás de coña? —preguntó Marlene.

Hugh no pronunció palabra. Fiona y ella se miraron.

—Definitivamente está de coña —anunciaron las dos al unísono soltando una sonora carcajada al tiempo que regresaban a sus quehaceres.

Hugh fue interceptado por otra enfermera que no conocía o al menos no recordaba haber visto con anterioridad. La cédula plastificada la identificaba como Régine Vartan.

—¿Está Lécrerc? —preguntó con voz acelerada.

—Creo que salía de guardia —respondió Fiona.

—Tenemos un chaval que ha entrado en urgencias. Una caída mientras jugaba un partido de baloncesto. Creyeron que era una simple lesión pero cuando comenzó a quejarse de dolores fuertes lo han traído hasta aquí. Estamos hasta arriba en radio.

—Pásalo a trauma. Que Parker se encargue de él —intervino Hugh.

—Parker está en quirófano y Mouchet no responde al busca —le informó.

—¿Lo has llamado por megafonía? —insistió.

La enfermera asintió.

—¿Por qué no te ocupas tú, Hugh? Tienes buena mano con los chiquillos. Mientras, trataré de localizar a Parker.

—Le ha traído su profesor y el tipo está un poco irritable. No se explica cómo no le han hecho aún una radiografía, de modo que enviadme a alguien rápido. Ya ha logrado localizar a la madre y viene de camino. Más nos vale tener esto resuelto antes de que llegue si no queremos tener problemas.

Dejó allí la ficha recién abierta del ingreso de urgencias y se fue por donde había venido.

—Ya lo has oído. No me apetece aguantar a ningún profesor irritable y menos aún a una madre histérica —concluyó Hugh.

Marlene tenía la vista fija en la hoja de ingreso. Fiona terminaba con todo su papeleo. Hugh se disponía a marcharse cuando Marlene le detuvo.

—Eh, Gallagher, ¿cómo se apellidaba tu paciente?

—¿Qué paciente?

—La del desmayo.

Hugh regresó sobre sus pasos hacia el mostrador con una súbita alarma en los ojos que captó la inmediata atención de Fiona y Marlene. Sin mediar palabra le arrebató el papel de ingreso a la enfermera: ALEXANDRE O'CONNOR. Se le hizo un nudo en el estómago. No era posible. Se lo devolvió.

—No es necesario que localices a Parker. Yo me hago cargo.

Alex estaba sentado en una camilla mientras una enfermera le inyectaba algo para calmar el dolor que debía ser agudo a juzgar por su rictus. Y allí estaba el supuesto profesor, a su lado, sujetándole la mano mientras aguantaba el leve pinchazo.

—Listo —le dijo la enfermera mostrándole una tranquilizadora sonrisa.

—Pronto pasará el dolor, ya lo verás —le dijo el profesor.

Régine apareció por detrás de la cortina corredera.

—Vaya, Alex. Parece que hemos tenido suerte. Aquí viene el doctor Gallagher.

El profesor se apartó aliviado mientras se disponía a responder a una llamada de su móvil. Alex se olvidó del leve dolor originado por el reciente pinchazo, aún más si cabe del terrible calvario por el que pasaba su rodilla y su tobillo. Todos sus sentidos se centraron en la figura del médico que acababa de hacer acto de presencia. El murmullo y el trajín que acontecía a su alrededor se perdieron en la distancia. Hugh trató de no sentirse cohibido por la mirada atónita del muchacho. Dios, detestaba tener que hacerle pasar por semejante trance emocional.

—Hola… veamos… qué tenemos por aquí —trató de ocultar su estado de nervios disimulando mirar distraídamente la hoja de ingresos—. Alexandre O'Connor.

—¿Te encuentras bien, Alex? —preguntó Regine alarmada al ver la súbita palidez del rostro del chaval.

No le dio lugar a responder porque Hugh se situó rápidamente frente a Alex. La enfermera se retiró a la espera de instrucciones y corrió la cortina.

—Hola, Alex. Cuéntame cómo te has caído —logró decir Hugh.

El profesor terminó con su llamada y se disponía a relatar los hechos cuando sucedió algo que nadie esperaba. Alex bajó de la camilla olvidándose del latente dolor del posible esguince de su tobillo y sin que mediase palabra alguna se aferró al cuerpo de Hugh en un repentino abrazo. Hugh no se movió. El abrazo de Alex se afianzó aún más. Los brazos de Hugh quedaron en suspenso. Estaba paralizado. Levantó la vista para encontrarse con los rostros estupefactos de Regine y el profesor. Acto seguido y en un acto reflejo sus brazos descendieron, acogiendo al hijo de su hermano en un cálido abrazo. Ese simple gesto bastó para que Alex comenzase a temblar lo que provocó en Hugh un instintivo y feroz sentido de protección estrechándolo aún con más fuerza, mientras hacía un ademán con los ojos a los allí presentes para que desapareciesen de su vista.

—No te vayas, por favor. No vuelvas a dejarnos —oyó decir a Alex con voz trémula.

Hugh maldijo en silencio la tragedia por la que aquel niño se había visto obligado a pasar. Aquel niño por cuyas venas corría su misma sangre. No pudo impedirlo. No pudo dejar que la emoción y la verdad no aflorasen.

—No pienso irme a ninguna parte, Alex —le prometió mientras le atusaba el pelo distraídamente.

No se había percatado de la llegada de Sophie. Alzó la vista sin liberar a Alex de su abrazo y allí estaba frente a él afrontando lo que había querido evitar a toda costa, conmocionada por todo lo que entrañaba aquella escena que se desplegaba ante sus ojos.

Alex se separó gradualmente de su abrazo, como si hubiese presentido la presencia de su madre. Se limpió el resto de sus lágrimas con el dorso de la mano, repentinamente desconcertado por su reacción. Sophie observó la mano de Hugh aún posada en un gesto paternal sobre el hombro de su hijo cuya mirada era un mar de turbulentas confusiones, una búsqueda de la respuesta que ni siquiera ella podía darle. Hugh también buscó una señal en los ojos de Sophie. ¿Debía dirigirse a ella o prefería mantener las distancias debido a que su hijo estaba delante en aquellos momentos? Sophie no pudo contener ni un minuto más la angustia que la devoraba. Aquello no tenía sentido. No podría ocultarlo por más tiempo y por mucho que quisiese no lograría escapar de lo inevitable. Hugh no se merecía aquello, no después de la extraordinaria muestra de afecto que acababa de presenciar. Hugh Gallagher se había mostrado claro y contundente en lo referente a sus sentimientos hacia ella y en vez de responderle en la misma medida no había hecho más que comportarse como una mujer insegura que solo había dado rienda suelta a su libido sin importarle lo más mínimo los efectos que su egoísta actitud podrían haberle causado. No era esa la imagen que pretendía ofrecerle. En ningún momento había existido inseguridad en su decisión de entregarse a él aquella tarde. Había sido consciente de cada electrizante instante de principio a fin. Nunca pensó que sentiría con otro hombre lo que le hizo sentir Ben. Sin embargo, se equivocaba. Se había equivocado de pleno y eso fue lo que provocó su desacertada reacción. Reacción que podía remediar en aquel preciso instante aún estando su hijo delante.

567

—Hola Hugh —le dijo Sophie con una mirada que solo él podía interpretar.

—¿Qué tal, Sophie?

Sophie dio un par de pasos adelante y enterró a su hijo en sus brazos.

—Lo siento, cariño. ¿Cómo estás?

Alex no lograba articular palabra. Aún estaba conmocionado.

—Todo va a ir bien —le tranquilizó posando sus ojos en Hugh.

—Creía que... se parece a... —comenzó a decir Alex pero no pudo continuar porque un desagradable nudo atravesó su garganta.

—Vamos, será mejor que vuelvas a la camilla si no queremos que tu hinchazón empeore. Deja que inspeccione ese tobillo —intervino Hugh ayudándole a tomar asiento para tranquilizarlo.

Alex asintió tímidamente sin apartar la vista de él.

—Creo que la enfermera se ha equivocado, no es el tobillo lo que te has fracturado. Creo que te han fracturado la lengua.

—Una caída estúpida por culpa de un pase equivocado —logró decir finalmente.

—Bien, problema de fractura de lengua resuelto. ¿Te has golpeado en la cabeza?

Alex negó con la cabeza mirando de reojo a su madre con una tímida sonrisa ante el hábil comentario de Hugh.

—Dejé caer todo el peso sobre el pie y el hombro… también me duele.

—Se lo toma siempre todo demasiado en serio. Se trata de un simple partido. Se lo he repetido hasta la saciedad, pero nunca me hace caso —añadió Sophie.

—¿Es eso cierto?

Alex asintió.

—Bueno, nunca está de más ser competitivo, pero estoy de acuerdo con tu madre en que debes tomártelo con calma. Veo que ya te han curado las heridas —le dijo mientras le inspeccionaba el hombro.

Régine regresó tras comprobar que las aguas se habían calmado. Traía consigo una silla de ruedas para llevar a Alex a radiología.

568

—No parece que presente fractura. Aun así que le hagan otra de la clavícula —le indicó. Volvió a centrar sus ojos en Alex—. Bien, Alex, Régine te llevará a hacerte una radiografía pero nosotros no podemos entrar.

—¿Voy a ir solo? —preguntó a su madre.

—Serán solo un par de minutos. Te esperaré aquí —le aseguró ella.

—Menos de un par de minutos. Es como cuando vas a hacerte una foto para el pasaporte. No puede haber nadie a tu lado porque solo debes salir tú en la imagen. Después esperaremos a que esa hinchazón baje un poco y procederemos a inmovilizarte el pie.

—¿Inmovilizarme?

—Así la próxima vez pensarás de antemano lo de jugarte la vida haciendo cosas imposibles —le dijo con una traviesa sonrisa—. Reposo absoluto y muletas.

—Ya has oído al doctor —añadió Sophie.

—Tranquilo, Alex. Ya no es como antes. Ahora el proceso es mucho más rápido y como mucho en unas tres semanas estarás caminando. Bien ¿estás listo?

Alex asintió, aún impresionado por la presencia de Hugh. De nuevo esa mirada interrogante ante el fenómeno inexplicable que ambos tenían ante sus ojos.

—Hablaremos de regreso a casa —le dijo Sophie en voz baja respondiendo a sus dudas.

—Vamos, Alex —le animó Régine mientras entre ella y Hugh lo ayudaban para sentarlo en la silla de ruedas.

La enfermera empujó la silla en dirección a los ascensores. Sophie los siguió con la vista hasta que desaparecieron tras el ascensor. Después se giró hacia Hugh. Él, en vez de mirarla a ella desvió su vista hacia el suelo.

—Gracias por todo lo que has hecho —le dijo ella.

—Es mi obligación —le respondió dirigiéndole una mirada fugaz.

—Me refiero a...

—Sé a lo que te refieres. Enviaré a alguien para que me releve. Y ahora si me disculpas... entro en quirófano dentro de veinte minutos y tengo aún cosas que preparar. Ha sido un placer volver a verte.

Se marchó dejándola allí sola. Sophie no tuvo oportunidad de decir nada más. Él se había encargado de decirlo todo y lo había dejado muy claro. No volvería a cruzar la línea. La pelota estaba en su campo y si quería que el juego continuase ella sería la responsable de marcar el siguiente tanto. Se marchó dejándola allí sumida en una marea de sentimientos contradictorios que se sentía incapaz de controlar. Tomó asiento sobre la camilla en la que Alex había estado sentado minutos antes mientras trataba de estabilizar esas momentáneas palpitaciones que solo tenían un calificativo. Se había enamorado. Perdidamente, tal y como le sucedió con Ben pero había una cuestión primordial a lo que debía hacer frente. ¿Se sentía atraída hacia Hugh por ser prácticamente un fiel reflejo de Ben? ¿En quién había pensado en realidad cuando había hecho el amor con Hugh? No tenía clara la respuesta y ahí residía el problema. La única forma de erradicarlo era exponiéndose ante Hugh con toda su vulnerabilidad. Sería un riesgo. Volver a amar implicaba el riesgo de volver a perder y ni ella ni Alex estaban dispuestos a pasar dos veces por el mismo infierno.

569

Hugh se despidió de su colega Didier Légard. Esperó a que las puertas del ascensor se cerrasen pero el mecanismo interceptó una nueva presencia. Sophie acababa de entrar en el mismo ascensor que él. Parecía acelerada.

—Necesito hablar contigo.

No se lo esperaba y Sophie lo adivinó. Justo cuando él estaba a punto de abrir la boca, su mirada se perdió en algún punto detrás de ella. Tenían compañía y tenía que ser precisamente Fiona. Sophie se apartó dejando espacio para la doctora cuya mirada fugaz e indiscreta dirigida hacia Hugh y hacia ella no pasó inadvertida.

—¿Problema resuelto? —le preguntó Fiona.

Hugh se aclaró la garganta mientras maldecía en silencio a Fiona por su falta de tacto.

—¿Problema?

—Sí. He oído que Ibrahim sustituye finalmente a Campbell.

Se sintió aliviado al ver que su colega había procedido con cautela.

—Eso me acaban de decir. Cambio de última hora, esto está empezando a convertirse en una mala costumbre.

—Después saldremos a celebrar el ascenso de Coben. ¿Te unes?

—Lo dudo. Tengo ganas de acabar y regresar a casa.

Las puertas volvieron a abrirse. Fiona se dispuso a salir pero vaciló.

—¿No vienes? —le dijo.

Hugh trató de mirar al frente para no sentirse cohibido por la presencia de Sophie.

—Voy enseguida.

Fiona lanzó una mirada curiosa a ambos y reanudó su camino. La puerta se cerró ante ellos. Pulsó nuevamente el número de planta al que se dirigía.

—No creo que este sea el momento ni el lugar adecuados para hablar.

—Es el único que he encontrado. Quería disculparme por mi desacertada reacción de aquel día.

El incesante soniquete de la llegada a la planta elegida les avisó de que las puertas iban a volver a abrirse. Cuando así fue salió fuera situándose frente a ella, cuan alto y condenadamente atractivo era.

—No tienes que disculparte por nada pero si te vas a sentir mejor, disculpas aceptadas.

Las puertas volvieron a cerrarse pero esta vez no fueron solo las del ascensor sino las del corazón. De ambos.

Eran cerca de las siete de la tarde y había comenzado a llover con fuerza. La vio atravesando la puerta de salida acompañada de su hijo que acababa de levantarse de la silla de ruedas que empujaba un enfermero. Se levantó con ayuda de su madre. Portaba muletas. Por lo visto habían tenido que esperar más tiempo del que pensaba. Era evidente que los analgésicos habían tardado en bajar la inflamación de Alex y de ahí la demora. En el quirófano se había estado maldiciendo a sí mismo por su infantil reacción. Ella fue dura con él, no había tenido en cuenta sus sentimientos, pero él acababa de hacer lo mismo sin tener en cuenta un factor fundamental. Su hijo. Dadas las circunstancias Sophie estaba en una posición claramente inferior a la suya debido a la delicada situación personal por la que había pasado. A eso había que añadir que tenía un hijo con la edad suficiente para poder explicarle muchas cosas y más aún, para comprenderlas. Ella lo había intentado. Había ido tras él y él como un estúpido le había denegado el divino derecho de redimir su pequeña culpa, cuando no era culpable de nada salvo de ser objeto de su pensamientos durante muchas horas al día.

Aceleró el paso para detenerla cuando vio que iba directa a la fila de taxis mientras Alex la esperaba en la puerta. La agarró con suavidad del codo y la obligó a girarse hacia él.

—Vuelve con Alex. Voy a por mi coche que está aparcado ahí detrás y os llevo a casa.

Sophie sin duda se llevó una sorpresa y antes de decir nada él le impuso silencio con su genuina mirada.

571

—Os llevo a casa y no hay más que hablar. Y espero que me invites a cenar.

Sophie asintió y regresó con Alex para resguardarse de la lluvia.

El trayecto desde el hospital hasta la Rue Poissoniers era muy corto, pero tardaron en llegar a causa de unas obras. A eso había que añadir el hecho no solo de la hora sino de que además fuese viernes. Hugh no había cruzado muchas palabras con Sophie. Sin embargo no cesó de hacerle preguntas divertidas e interesantes a Alex, lo que despertó en su hijo un inusitado interés y una insólita mirada que hacía tiempo no observaba cuando un adulto estaba cerca. Sobre todo un adulto que no ocultaba el interés por su madre. Teniendo en cuenta que ese adulto le recordaría a su padre, Sophie supo que quizá por esa razón estaba resultando más fácil de lo que se habría atrevido a pensar. De repente todo parecía ir como la seda, lo que provocó en ella sentimientos contradictorios.

Hugh había aprovechado la ocasión para mirarla cada que vez que se detenían frente a un semáforo en rojo. Esa mirada llena de intenciones se desviaba después en dirección a Alex que parecía sentirse a gusto en aquel triángulo. Hugh no pudo evitar ver un reflejo de sí mismo en Alex. Le vino a la memoria aquella tarde lluviosa en Kilkenny en la que Alan Gallagher había cambiado sus vidas y por alguna razón que aún desconocía tuvo el presentimiento de que quizá la historia volviera a repetirse.

—Gracias una vez más por la cena —le dijo colocándose detrás de ella y dejando varios platos vacíos sobre el fregadero—. En serio, estaba deliciosa.

Sophie se giró y se secó las manos con un paño. Se apoyó contra la encimera.

—Soy yo quien debe darte las gracias. Lo que has hecho con Alex ha sido ejemplar.

—Cualquier otro médico lo habría hecho, Sophie. Aunque te parezca raro todavía hay médicos que actúan como tales.

—Yo no me refería a eso.

Hugh la miró interrogante.

—No has actuado como un médico. Hoy has sido lo más parecido a un padre que he visto en mucho tiempo.

Hugh no supo qué decir al respecto. No quería que las palabras de Sophie le impresionaran. No estaba dispuesto a volver a pasar por lo mismo. Esta vez no. En vez de enfrentarse a su comentario prefirió desviar la mirada hacia la terraza del salón. La lluvia acompañada de un fuerte viento se estrellaba sin piedad contra los cristales.

—Será mejor que me vaya —fue lo único que dijo.

—Puedes quedarte en la habitación de invitados si quieres —le dijo sin mirarlo a los ojos mientras retiraba los platos del fregadero y Hugh los iba metiendo en el lavaplatos.

—No creo que sea buena idea...

—¿Tienes una oferta mejor? —Sophie se arrepintió inmediatamente de sus palabras—. Lo siento... eso no ha sonado muy bien.

—En realidad no tengo una oferta mejor, pero no quiero causar problemas. —Mientras lo decía centró la vista hacia el sofá del salón en el que Alex estaba sentado con el pie escayolado descansando sobre un cojín colocado sobre la mesa.

—Si es por Alex, no te preocupes. Es él quien me ha preguntado si te ibas a quedar y a juzgar por su expresión cuando me hacía la pregunta me da la impresión de que esperaba que la respuesta fuese afirmativa. Parecer ser que le has gustado.

Terminaron con el lavaplatos y ambos permanecieron en silencio durante unos instantes.

—Escucha, Sophie. Lamento sinceramente la reacción tan poco afortunada que he tenido contigo en el hospital. No pretendía ser tan brusco.

Hugh no quería forzar la situación. No en ese momento en el que parecía haberla recuperado. Pese a ello no quería dar ningún paso en falso. No estaba muy convencido del todo. Dormir bajo el mismo techo que ella lo consideraba un tanto arriesgado.

—Descuida —le dijo en un tono que evidenciaba su despecho. Parecía que le había leído el pensamiento—. Puedes echar el cerrojo. De ese modo evitaré caer en tus brazos.

Hugh entró en el dormitorio de invitados después de haber dado las buenas noches a Alex y de haber sido el primero en poner su firma sobre la pequeña superficie escayolada. Sophie se limitó a darle un seductor beso en la mejilla antes de mandarle a dormir. Se desnudó. Permaneció un rato sentado en el borde de la cama en calzoncillos y camiseta escuchando el ruido de la lluvia. De repente y sin saber por qué sintió un calor sofocante pero no se atrevió a levantarse para abrir la ventana. Empezó a hojear un ejemplar del *ParisMatch* que había sobre la mesita de noche pero había pasado ya media hora y no había logrado leer dos renglones seguidos. Apagó la luz para tratar de dormir. Pasaron más de dos horas. El reloj de la mesita no era digital y en el silencio de la noche, acompañado tan solo del silbido del viento y el aguacero veraniego, le iba marcando los segundos, lo que le sirvió para controlar su pulso. El corazón le latía aceleradamente.

573

Se levantó, se puso el pantalón y salió al pasillo. La puerta de la habitación de Sophie estaba entornada. Quiso pensar que era una invitación, de modo que la abrió sigilosamente. La estancia estaba a oscuras pero a través de la ventana entraban las luces de la calle. Se quedó un momento en el umbral observándola allí tendida en la cama, de espaldas a él con tan solo una sábana encima que dejaba adivinar la insinuante curva de su cintura. Sophie advirtió su presencia y se movió, observando cómo él la miraba. Hugh entró cerrando la puerta, vacilando, como si fuese la primera vez que se metía en el dormitorio de una mujer. Ella prefirió no decir nada y él interpretó ese silencio como un sí.

Se deshizo del pantalón y se tendió al lado de ella. Sophie se le acercó tímidamente, como no queriéndole ofrecer la oportunidad de pensárselo dos veces. Estaba desnuda. La calidez de su cuerpo lo envolvió. Se besaron, levemente al principio como si fuera la primera vez y luego con más profundidad. Ella le levantó la camiseta para acariciarle el torso cuando habían juntado sus cinturas. Hugh le apartó la mano y le sujetó las muñecas. Extendió sus brazos sobre la almohada regalándole un torbellino de besos. Mientras la lluvia golpeaba contra los cristales levantó el cuerpo y se colocó sobre ella.

Sophie se despertó temprano. Los primeros rayos de sol asomaban por el alféizar de la ventana. La tormenta de la noche anterior había dejado un delicioso aire fresco y un cielo de un gris rosado que en una hora se teñiría de un profundo tono azul. Estiró el brazo para tocarle y descubrió que no tenía a nadie al lado. Se incorporó rápidamente y echó un vistazo a la habitación. Se colocó una camiseta holgada y un pantalón. Se fue hasta la habitación de los invitados. Vacía. El baño también. Presa de una extraña incertidumbre, se fue hacia el salón pero se detuvo en la puerta de la cocina con una sonrisa en los labios.

574

Contempló cómo Hugh se servía un café mientras con otra mano añadía más leche al bol de cereales de Alex. Observó cómo se dio la vuelta para verter en una sartén unos huevos a los que después añadió queso rallado. Acto seguido metió dos piezas de pan de molde en el tostador. Sophie permaneció un momento apoyada en el marco de la puerta mientras el exquisito olor de aquellos ingredientes al fuego llegaban hasta ella. Hugh estaba vestido y llevaba el pelo mojado tras la ducha. Al volverse para abrir la puerta del frigorífico la vio.

—Buenos días —dijo Sophie.

—Buenos días, mamá. —Alex levantó la vista de su bol de cereales. Parecía totalmente relajado ante la presencia del inesperado huésped.

Sophie pasó al lado de Hugh. Agradeció que le estuviese dando la espalda a Alex porque esa mirada cargada de deseo habría hecho enmudecer a cualquiera. Se dirigió a Alex. Inspeccionó su pie y le dio unos ligeros masajes desde la rodilla.

—¿Cómo has pasado la noche?

—Esto es una lata. Espero que pase pronto —se quejó.

Sophie se inclinó para depositar un beso en su sien.

—Pasará pronto. Antes de que te des cuenta estarás corriendo y camino de Nueva York. —Levantó la vista hacia Hugh que seguía con sus tareas culinarias.

—Pensaba que te habías ido —le dijo.

—No quise despertarte. Parecías agotada.

«Tú fuiste la razón de mi agotamiento», quiso decir ella pero no lo hizo.

—¿Qué tal? —le preguntó con la máxima despreocupación que pudo disimular, pues aún no se veía capaz de interpretar los sutiles mensajes que podía esconder él tras sus palabras, sus movimientos, sus expresiones. En especial en lo referente a algo tan reciente como haber hecho el amor después de todo lo sucedido.

—Mejor que nunca. —Sonrió demostrándole de esa forma que lo decía sinceramente.

Ella le devolvió la sonrisa.

—No sé qué preparas, pero huele que alimenta.

—Nada del otro mundo. Una tortilla de queso para ti. Toda tuya —le dijo mientras la sacaba de la sartén y la depositaba en un plato.

—Vaya… gracias.

Alex los miró a ambos reprimiendo una sonrisa.

—Necesito un café bien cargado.

—Eso está hecho.

Cuando se dio cuenta Hugh estaba sentado frente a ellos con una taza de café, unas tostadas recién hechas para Sophie y la apetitosa tortilla.

—Necesitas reponer fuerzas.

—Gracias —le dirigió una mirada intensa.

—De nada. ¿Alguna cosa más?

—No, creo que ya has hecho bastante.

Sophie vio como se levantaba y salía de la cocina. Bebió un sorbo del café mientras su hijo la observaba sin perder detalle. Estaba hambrienta, de modo que comenzó a dar cuenta del improvisado desayuno preparado por Hugh.

—Mmmm —musitó deleitándose con el sabor de tan sencillo pero riquísimo manjar.

—¿Te gusta? —preguntó Alex.

—Está deliciosa.

—No me refiero a la tortilla —corrigió Alex.

Sophie casi se atragantó al escuchar tan directa declaración de intenciones. Hugh apareció de nuevo en el umbral de la puerta con la gabardina en la mano.

—¿Te marchas? —le preguntó Sophie con un brillo de decepción en sus ojos que Hugh captó de inmediato.

Se acercó hasta ella.

—Tengo que pasar por el hospital.

—Creía que librabas hoy.

—Lo sé, pero tenía una llamada. No es nada urgente. Por lo visto ha surgido un problema con el cambio de guardia de un compañero. Voy a cubrirle mientras llega su relevo. No serán más de un par de horas. —Se inclinó para depositar un tenue y casto beso en su mejilla, quizá por respeto a Alex. Ese simple beso la dejó paralizada por el contexto en el que se lo había dado—. Te llamaré en cuanto acabe, ¿te parece bien?

Sophie solo consiguió asentir con la cabeza. Él la fulminó con una sonrisa que la desarmó. Después se acercó a Alex y con un afectuoso gesto le alborotó el cabello.

—Pórtate bien y gracias por todo.

Y sin más desapareció de allí. Cuando se aseguró de que Hugh había salido de casa, Sophie lanzó una mirada interrogante a su hijo. ¿Por qué razón le había dado las gracias Hugh? Sophie tragó de un solo bocado media tostada. Por primera vez en su vida prefería tener la boca llena para no tener que enfrentarse a la indiscreta mirada de su hijo y sus posibles preguntas.

La tarde de aquel lunes, 23 de julio, casi cuatro semanas después del pequeño accidente de Alex, Sophie lo dejaba en manos de una nueva azafata de Air France para viajar a Estados Unidos. Por motivos de trabajo ella no podría tomarse vacaciones hasta dos semanas más tarde y sería entonces cuando se uniría a Alex y permanecería junto a él hasta finales de agosto. Regresarían a París días antes del comienzo de las clases. Hugh se las había arreglado para salir un poco antes y él mismo se había encargado de recogerlos para llevarlos al aeropuerto. En esas semanas ambos habían logrado un acercamiento que ni ella misma esperaba. Creía que hasta ese momento lo estaba haciendo bien con Alex, pero la aparición de Hugh había producido en él un efecto reparador. Era como si estuviese más relajado, como si se hubiese quitado un peso de encima. Una carga que quizá le había impuesto Ben, una carga difícil de llevar para un chaval que pierde a su padre antes de cumplir los nueve años y que no consigue ver a su madre levantar cabeza. Ahora que Hugh les veía con moderada frecuencia, Alex estaba feliz quizá por el indudable hecho de que su madre había comenzado a ver la luz al lado de un hombre que estaba seguro que su padre habría aceptado. Sophie se había dado cuenta de hasta qué punto la figura paterna era un referente para Alex. Hugh se había encargado de supervisar el avance de su malograda fractura hasta que le quitaron la escayola y le pusieron unos bien ceñidos vendajes para que pudiese empezar a caminar poco o poco sin forzar los músculos y ligamentos. Incluso se había molestado en llevárselo al Bois de Boulogne a hacer ejercicios de rehabilitación para que la recuperación fuese más rápida.

Mientras Sophie terminaba de prepararle el equipaje Alex había entrado en su habitación. Se sentó a su lado, en la cama.

—¿Nervioso? —le preguntó Sophie.

—No. Ya lo he hecho muchas veces. Ahora me resulta raro viajar contigo.

Sophie rio con ganas.

—Menudo granuja estás hecho.

—Mamá…

—¿Sí?

—Hugh, quiero decir, los abuelos. ¿Qué crees que pensarán los abuelos cuando le conozcan?

—Hemos acordado que todavía no íbamos a contarles nada.

—Ya, pero…

Sophie se sentó a su lado.

—¿Algún problema?

—Me gustaría contárselo.

—A mí también, Alex, pero todavía es pronto.

—Se lo tomarán bien. Es igual que papá, así que les va a parecer bien.

Sophie le comprendió y le sonrió. Estaba a punto de cumplir los diez años. Era tremendamente avispado para muchas cosas pero para otras agradecía que siguiese conservando ese resquicio de inocencia.

—Por supuesto que se lo tomarán bien. Ellos quieren que sea feliz, que tú y yo seamos felices. El asombroso detalle de que Hugh sea tan parecido a papá es lo de menos. Lo importante es el hecho de que ha entrado alguien en nuestras vidas que nos hace sentir bien, como en casa, tal y como nos hacía sentir papá.

—Creo que me ha terminado haciendo caso.

—¿A qué te refieres?

—A papá, me dijo que él se encargaría de todo. Él decía que ha-

577

ría lo posible por mandarte a alguien como él para que así no le echases de menos.

Sophie luchó para que las emociones no se abriesen paso justo en aquel momento.

—Hugh no ha venido para sustituir a papá. Debemos quererlo por quién es y no por lo que representa por su aspecto físico. Tu padre siempre ocupará su lugar porque siempre lo echaremos en falta.

Alex asintió.

—Escucha, haremos un trato. Hugh y yo tendremos tiempo para estar a solas durante estas dos semanas. Vamos a ver cómo va yendo la cosa.

—Creo que le gustas mucho —le hizo saber.

—Lo sé y por esa razón es bueno que vayamos paso a paso.

—¿Entonces?

—Una vez esté en Nueva York, le contaremos a todos lo de Hugh. Pero lo haremos los dos y quizá para Acción de Gracias podamos llevarlo con nosotros para que le conozcan.

—¿De veras?

—Si todo va como hasta ahora…

La alegría parecía haber regresado al rostro de su hijo.

—Genial. Trato hecho.

Capítulo treinta y uno

Sophie se acababa de levantar. Como era ya costumbre Hugh se le había adelantado. El olor a café recién hecho la llevó hasta el pequeño y luminoso salón de su apartamento en el que había pasado su segunda noche. Él no se había percatado de su presencia y eso le dio a Sophie la oportunidad de observarlo en silencio mientras lo veía echar un vistazo al periódico. Le cautivaron sus gestos, ese rictus fruncido de aparente concentración cuando algo de lo que estaba leyendo había captado su atención. Sabía lo que iba a hacer ahora. Las gafas graduadas se le habían resbalado un poco y volvió a ajustarlas correctamente sobre el puente de la nariz. Sin apartar los ojos del diario bebió un sorbo de su taza de café. Cuando volvió a dejarla sobre la mesa fue cuando la descubrió.

—Buenos días, dormilona.

Dobló el periódico y lo dejó a un lado.

—No. Continúa. No pretendía interrumpirte.

Se acercó hasta él. Hugh tiró de su mano con suavidad y la sentó sobre sus rodillas. Sophie lo besó y después se apartó ligeramente para seguir contemplándolo. Deseaba decirle tantas cosas y, sin embargo, no le salían las palabras. Sabía que a él le sucedía exactamente lo mismo.

—¿Echas de menos a Alex?

Sophie asintió al tiempo que él retiraba un rebelde mechón de su frente.

—Pasado mañana estarás camino de Nueva York y seré yo quien te eche de menos a ti —le confesó pasándole los brazos alrededor de la espalda.

Sophie también acarició las ondas de su cabello. Deslizó los dedos a lo largo de la mejilla hasta los vestigios de su escasa barba y

Hugh sintió un ramalazo de intenso deseo con ese mero contacto.

—Yo también te echaré de menos —le dijo sin apartar los ojos de él mientras la misma mano se deslizaba hasta sus pectorales. Acarició su torso a través del tejido de su camiseta, deteniéndose en el punto justo en el que estaba alojada su cicatriz. Sophie notó cómo se tensaba bajo su contacto.

—Hay algo que no me has contado, ¿verdad? —preguntó al fin.

«Ni te lo imaginas», pensó Hugh.

—¿Qué quieres saber?

—Esto. —Presionó con el pulgar sutilmente el lugar de la marca—. Nunca dejas que te acaricie aquí. Siempre me apartas.

—No tiene nada de erótico besar o acariciar una cicatriz.

—¿Qué te sucedió?

Hugh aflojó su abrazo y la obligó a levantarse. Sophie se puso en pie.

—Hay cosas que simplemente es mejor no recordar —le respondió mientras se levantaba y pasaba al otro lado de la barra de la cocina para llenar otra taza de café.

—Esta semana me he sentido más cerca que nunca de ti, sin embargo en ocasiones me da la impresión de que impides que acceda a ciertas parcelas de tu intimidad. Cuando rozo con mis dedos esa pequeña herida veo algo en tus ojos que todavía soy incapaz de descifrar.

Hugh le entregó la taza de café. Era para ella.

—Nunca me has hablado de tu familia —insistió Sophie.

—No tengo familia. Ya te lo he dicho. Soy hijo único. Mi madre falleció en un accidente y mi padre murió de un ataque al corazón. No hay nada más que contar —reiteró Hugh regresando a su asiento.

Sophie bebió un poco de su taza y después se fue hacia una de las estanterías para contemplar una de las pocas fotografías que Hugh tenía colocadas en aquel lugar.

—¿Son ellos?

Hugh asintió.

—Me resulta extraño. Nunca conocí a nadie que no tuviera ni un solo pariente en el mundo.

—Hay muchos más de los que crees.

—Tú eres el primer caso que conozco.

—No me gusta hablar de este tema —le advirtió con la vista fija en el periódico.

Sophie se sentó frente a él y dejó la taza sobre la mesa.

—No siempre es agradable hablar de determinadas cosas. Para mí ha sido muy duro hablarte de la enfermedad de mi marido.

Hugh respiró hondo. No quería alterarse. Dejó el periódico sobre la mesa y se quitó las gafas.

—De acuerdo. Has ganado. De pequeño sufrí de arritmia supraventricular. Es una variación del ritmo cardiaco según la respiración, de origen fisiológico y, por lo tanto, no era preciso tratarla, pero llegó a complicarse por otras causas y terminé en quirófano siendo operado a corazón abierto.

Hugh advirtió una súbita sombra de pánico en los ojos de Sophie. Atrapó su mano para detener ese ligero temblor.

—Estoy bien. Eso sucedió hace mucho tiempo. Tengo una salud de hierro.

—Si no era preciso tratarlo por qué razón terminaste en el quirófano.

—Era un niño. Solo estábamos divirtiéndonos, pero aquella broma estuvo a punto de costarme la vida. Me quedé atrapado en una especie de zulo que resultó ser una trampa mortal. Fue tal el ataque de ansiedad que padecí al ver que no podía salir de allí que no recuerdo nada hasta que me metieron en una ambulancia de camino al hospital.

Solo le había contado la verdad a medias. Esperaba que fuese suficiente porque todavía no estaba preparado para revelarle las verdaderas razones de aquel ataque de ansiedad, esos minutos que había pasado allí atemorizado creyendo que el plan de su madre jamás daría resultado. No podía confesarle todo aquello. Sabía que tendría que hacerlo tarde o temprano, pero no en aquel momento.

Sophie se deshizo de su mano y se puso en pie. Se quedó de espaldas a él frente a la ventana contemplando sin ver el ir y venir de los transeúntes de la Rue Saint Placide.

—¿Y quién me garantiza que no puedas sufrir otro ataque de ansiedad que pueda conducirte a lo mismo?

Hugh se levantó y se colocó tras ella rodeándola con sus brazos.

—La única razón por la que mi ritmo cardiaco podría sufrir cambios es por el hecho de tenerte cerca. Te aseguro que eso es precisamente lo único que me da la vida. —Y depositó los labios sobre su cabello.

—No podría volver a pasar por lo mismo —le dijo ella con voz hueca.

Él la afianzó en su abrazo.

—No puedo garantizarte nada. Nadie puede garantizarlo, ni si-

581

quiera el ser humano más sano sobre la faz de la tierra, pero en este instante de mi vida no hay nada que me apetezca más que envejecer a tu lado. —Hizo que se pusiera frente a él—. Dime, ¿qué es lo que te apetece a ti?

—Me conformaría con un beso.

—Me lo has puesto fácil —le dijo curvando los labios en una sugestiva sonrisa y cumpliendo su deseo con absoluta entrega.

Sophie se apartó ligeramente.

—También me gustaría que me tuvieras abrazada así toda la vida.

—Podemos estar aquí toda la eternidad, pero hay necesidades fisiológicas. Ya me entiendes.

Logró arrancarle una sonrisa en el momento que sonaba el pitido del busca.

—No —se quejó ella agarrándolo con fuerza del cuello.

Hugh la obsequió con otro largo beso.

—Lo siento, cariño —le dijo liberándose de sus brazos y elevando los suyos en señal de derrota.

Fue a comprobar la urgencia de la llamada y, a juzgar por su semblante, no eran buenas noticias. Dejó el busca sobre la mesa.

—Me temo que nuestra jornada campestre tendrá que esperar. Un choque múltiple. Hay una decena de heridos graves. No me habrían llamado si no fuese estrictamente necesario.

—Entiendo. Me he enamorado perdidamente de un médico que adora su profesión —se lamentó, resignada.

Para Hugh aquella repentina declaración sonó como música para sus oídos. Era lo más parecido a un «te quiero» que le había oído decir.

—Si te sirve de consuelo creo que si te hubiese conocido antes jamás se me habría ocurrido elegir la carrera de medicina. —Y la envolvió otra vez entre sus brazos obsequiándola con un beso que la dejó fuera de juego.

Cinco minutos después salía del apartamento, no sin antes detenerse una vez más para besarla.

—Prometo compensarte en cuanto regrese —le susurró al oído.

Habían transcurrido solo dos horas desde que se había marchado. Se entretuvo leyendo el periódico y maldiciendo el cambio de horario respecto a Nueva York porque añoraba a su hijo. Después del exceso de noticias que había absorbido su cerebro, se levantó para estirar las piernas y aprovechó para retirar los platos y tazas del desayuno. Después de finalizar esa tarea se volvió a tender en el sofá y encendió el televisor, cambió de canal varias veces y volvió a apagarlo. No había nada interesante. Decidió conectarse a Internet para revisar su correo electrónico. Clavó la vista en la mesa que había debajo de la ventana y que hacía las veces de despacho. La luz del portátil de Hugh centelleaba, lo que significaba que lo había dejado hibernando. Se sentó frente a la mesita y abrió la cubierta. Tuvo que renunciar a su pretensión cuando el sistema operativo le volvía a pedir una contraseña. Tras su desconcertante confesión de hacía unas horas no había podido librarse de esa inevitable sensación de incertidumbre que había comenzado a dominarla.

En aquel instante se le ocurrió una descabellada idea. Si había algo que describía a una persona era el lugar en el que vivía de modo que encontró una forma de pasar el rato y curiosear. No le parecía apropiado fisgonear en su ausencia. Era una forma de traicionar su confianza, pero no tenía por qué enterarse.

De un rápido vistazo exploró la estancia. Comenzó por los objetos esparcidos en aquel escritorio. Un lapicero cargado de bolígrafos y rotuladores, la mayoría de ellos propaganda de laboratorios farmacéuticos. Libretas en las que había anotados algunos términos que escapaban a su entendimiento, un par de tomos de medicina legal que parecían haber sido objeto de su consulta por los marcadores adhesivos de colores que sobresalían de varias páginas. Abrió varios cajones para encontrarse con documentos como recibos de la luz, contrato de alquiler, un paquete mediano de velas de Ikea, folletos de agencias de viajes, antiguos justificantes de vuelos gestionados por Internet, uno de ellos a Hamburgo y otro a Nueva York. Se entretuvo en echar un vistazo a las fechas y un extraño cosquilleo le subió por el estómago cuando comprobó que ambos viajes se habían producido con muy poco tiempo de diferencia. Poco antes y poco después de la muerte de su marido, para ser más exactos. Lo consideró una chocante coincidencia que la devolvió al doloroso recuerdo de los últimos días de Ben. Cerró aquel cajón y abrió otro en el que no encontró nada interesante salvo lo que parecía a simple vista un par de álbumes de fotografías. En el primero pudo ponerle por fin rostro a Amanda, la exmujer de Hugh. Era atractiva y no le cabía duda de que Hugh había estado enamorado de ella. Había bastantes instantáneas de ambos, solos o acompañados de amigos, salidas nocturnas y escapadas vacacionales. En varias de ellas aparecía el padre de Hugh. Ambos sonreían ante el objetivo. Parecían felices

583

todos ellos en aquellas fechas. Hugh estaba diferente pero esa diferencia radicaba en algo más. Esas imágenes le provocaron una punzada de agudo dolor. La similitud entre Ben y Hugh había pasado de ser una enigmática coincidencia a convertirse en un hecho que no tenía más que una explicación plausible. Eran idénticos, una analogía rayana en la perfección. Algo que solo se conoce con un término. Una palabra que ni siquiera se atrevía a pronunciar en voz alta por lo que todo ello implicaba. Dejó el álbum en su lugar tratando de alejar de sus pensamientos las mil y una teorías que su mente comenzaba a barajar. Se dispuso a echarle un vistazo al otro álbum en el que pudo recrearse contemplando las fotos de su infancia y preadolescencia. Sus ojos eran la viva expresión del recelo y, tras sus preciosas sonrisas, se escondía siempre una sombra de tristeza. Conforme pasaba de página su mirada se iba tornando más segura, sus sonrisas más sinceras, sus ojos más vivos. Era como si se hubiese quitado de encima alguna losa que no le dejaba expresar sus sentimientos.

Sophie guardó el álbum y cerró el cajón súbitamente invadida y apesadumbrada por un cúmulo de dudas a las que no sabía cómo hacer frente.

584

Tiró del último cajón que le quedaba por inspeccionar pero estaba cerrado. Su vista interceptó un pequeño cofre plateado de indudable antigüedad que abrió. Se encontró con billetes de metro, algunos vales descuento del Monoprix o la Fnac, tarjetas de visita, varios botones, unas pequeñas tijeras, un enjambre de clips y varias llaves, entre ellas un duplicado de la de su vehículo. Solo tuvo que ver el tamaño y forma para saber que no servían para abrir el cajón que le quedaba por investigar. Rebuscó más al fondo y tropezó con otros tantos recibos de tintorería y de restaurantes cuya cuenta había sido pagada con tarjeta a juzgar por los extractos grapados a las facturas. Había otros recibos sueltos que iba a devolver a su lugar cuando por el rabillo del ojo algo captó su atención por las letras del logotipo. Apartó dos de ellos del resto para examinarlos. Conocía aquellas letras. El café Dante de MacDougal Street. Comprobó las fechas de ambos recibos. Aunque estaban algo desdibujadas por el paso del tiempo aún se podían averiguar detalles como la hora y el día. Databan del 14 y 15 de septiembre de 2005, a las 19.14 y 11.41 horas respectivamente. Tres semanas después del fallecimiento de Ben. El corazón comenzó a golpearle de forma violenta en el pecho. ¿Qué demonios estaba haciendo Hugh sentado en el mismo café durante dos días seguidos? ¿Había elegido deliberadamente ese lugar o debía considerar fortuito el hecho de que el café Dante quedara justo enfrente de su domicilio?

El sonido del móvil la hizo saltar de su asiento. Se levantó para ver quién llamaba. Era Hugh. Respiró con toda la fuerza que le fue posible. No le convenía que notase nada fuera de lo normal. Respondió al tercer timbrazo.

—Hola, me pillabas camino del baño —le mintió.

—Espero que no te estés aburriendo demasiado.

«No imaginas lo entretenida que estoy», pensó.

—Escucha, tardaré todavía algo más de una hora.

—¿Ha sido muy grave? Lo del choque múltiple, quiero decir.

—Ha sido una locura pero afortunadamente no hay que lamentar víctimas.

—Gracias a Dios.

—Parece que el día se está nublando un poco y la verdad, estoy agotado. ¿Te parece que tomemos algo en casa tranquilos?

—Claro, te entiendo. Me parece buena idea.

—¿De veras? ¿No te enfadas?

—No tonto, ¿por qué habría de enfadarme?

—Te había prometido un fin de semana campestre y mira dónde vamos a acabar —le dijo entre risas.

—Bueno, el tiempo no parece que nos vaya a acompañar así que después de todo es de agradecer que te hayan estropeado el día libre.

—Lo siento, cariño.

—Descuida. Estoy bien. Cumple tu promesa de compensarme y todo solucionado.

Escuchó su risa relajada al otro lado de la línea.

—No me he olvidado de mi promesa. Aprovecha para descansar mientras tanto. Te hará bien. Te veo en casa.

—Ya estás tardando en venir.

Se cortó la comunicación. Por un instante el hecho de escuchar su voz le había hecho olvidar la tensión soportada. Cuando colgó el móvil una ola de calor la inundó y tuvo que abrir las dos ventanas del salón para ventilar el ambiente. La suave brisa que anunciaba un nuevo aguacero estabilizó un poco su temperatura corporal. Trató de calmarse mientras se dirigía nuevamente al escritorio para restablecer un poco el orden tras el trasiego de unos minutos atrás. Volvió a guardarlo todo en el cofre y cuando se disponía a colocarlo en su lugar, resbaló y cayó al suelo esparciendo todo el contenido.

—Maldita sea —masculló.

Se agachó para volver a meterlo todo dentro, pero cuál fue su

585

sorpresa al descubrir la doble base de la peculiar cajita. Se había desplegado y había dejado escapar una llave. Sopesó el nuevo hallazgo en su mano durante unos segundos. Su vista se desvió hacia aquel cajón que estaba pidiendo a gritos ser abierto. ¿O era más bien ella quien lo estaba pidiendo a gritos? ¿Qué esperaba encontrar en aquel cajón? ¿Por qué quería indagar en el pasado de Hugh? ¿Quién era ella para poner en tela de juicio su historia? ¿A qué venían aquellas sospechas infundadas? ¿Por qué no podía ser una mera casualidad su innegable parecido con Ben? ¿Por qué no podía considerar coincidencia el hecho de que Hugh estuviese sentado dos días consecutivos en la terraza de una cafetería que estaba a tan solo varios metros de su casa?

Vaciló. Se puso en pie y depositó el cofre en su lugar. La llave aún la tenía en la mano, pero la curiosidad pudo con ella. Volvió a tomar asiento, se inclinó y la introdujo en la cerradura. Un par de giros y el maravilloso *clic* la avisó de que el objetivo había sido conseguido. Deslizó con suavidad el cajón hacia fuera. A primera vista solo había varias publicaciones de corte científico pero al retirarlas se topó con un par de carpetas plastificadas con el logo y la marca del hospital Saint Vincent de Dublín. Las sacó del cajón y las depositó sobre la mesa. Al abrir la primera se encontró algunos documentos que tenían todo el aspecto de ser confidenciales dado que eran del FBI. Leyó por encima hasta que vio el nombre de Alan Gallagher. Supuso que se trataba del padre de Hugh. A continuación le seguían varios folios unidos por una grapa. En la primera página se detuvo en las letras WitSec. Más abajo se hablaba del programa de protección de testigos del FBI. Leyó por encima tratando de no alarmarse porque no entendía qué tenía que ver todo aquello con Hugh.

PRESCRIPCIÓN DE LOS DELITOS COMETIDOS

«¿Delitos? Dios mío», pensó.

Pasó a la siguiente página. Su vista recorrió los textos con rapidez deteniéndose en algunas frases.

Tribunal Penal del Estado de Kansas. Testigo de cargo. Claudia Valeri, de nacionalidad italiana es exonerada de los cargos que se le imputan a cambio de testificar en el juicio contra Dieter Steiner por los delitos del asesinato de Roger Thorn, suplantación de identidad, falsificación de documento público, lesiones, agresión sexual, secuestro y homicidio en grado de tentativa. La testigo sufre un ataque de pánico en el estrado y el juez autoriza a la fiscalía que le tome declaración a través de una cámara de seguridad.

«¿Steiner?¿No era ese el apellido de soltera de Julia?», se preguntó.

El siguiente fajo de documentos contenía algunos recortes de periódico.

Dieter Steiner cumple condena en la Prisión Federal de Leavenworth. Reo alemán aparece ahorcado en su celda.

En el resto aparecían otros nombres.

Karl Dreinmann se encarga de dar con el paradero de Steiner. Alan Gallagher entrega informe detallado a Edward O'Connor.

—Edward O'Connor. Dios mío, Hugh ¿Qué demonios es todo esto? —dijo en voz alta mientras se afanaba en seguir leyendo por encima toda la documentación que tenía ante sí.

Cortona, 1953. Suicidio de Hilda Steiner y Hans Steiner. Repatriados a Alemania, Dieter y Julia Steiner.

Caso Mailerhaus. Año 1965. Desmantelamiento de la clínica. Orden judicial de registro. Sospechas de prácticas ilegales. Posible intercambio de bebés a cambio de sumas astronómicas de dinero. Caso cerrado por falta de pruebas.

Sophie comenzó a sentir un sudor frío por todo el cuerpo. No pudo continuar. Decenas de datos se agolpaban en su cabeza mientras buscaba una forma de entender todo aquello. Abrió la segunda carpeta que desplegaba algunas fundas separadoras de plástico transparente. Ante sus ojos fueron apareciendo excelentes copias digitalizadas de imágenes de incuestionable antigüedad. Al pie de cada una había anotado un nombre. Werner Hirsch, Heinrich Wilgenhof, Sarah Liebermann, Erin E. Lévy, Gary Owen, Johanna Lindenholf, Hans Steiner, Samuel Gallagher, Edward P. O'Connor y, por último, alguien cuyo rostro no podría olvidar jamás por una razón muy sencilla. Era Pascal Savigny, su abuelo, varias décadas más joven. Buscó algún parecido entre Samuel Gallagher y Alan. Se levantó un instante para observar de cerca una de las fotografías enmarcadas que Hugh conservaba expuesta en el salón. No le cupo duda de la similitud de facciones entre padre e hijo, facciones que no se habían traspasado a la tercera generación a no ser que Hugh...

«¡Oh, Dios mío, no puede ser, dime que no es lo que estoy pensando!», pensó.

Prosiguió con la búsqueda de más detalles que la condujesen a un esclarecimiento racional de toda aquella insensatez, pero no tardó en darse cuenta de que conforme avanzaba se iba adentrando en un túnel cada vez más estrecho del que sería imposible salir victoriosa. Se detuvo en el sobre en el que estaba anotado el nombre de Hans Steiner. Tropezó con la fotografía real que debía de contar con varias décadas de antigüedad. Dedujo que era la misma de la que se habían extraído el resto de las anteriores imágenes individualizadas. Ahogó un grito al descubrir el texto del reverso.

PASCAL SAVIGNY

REFUGIUM, GENDARMENMARKT, MARS 1942

Estaba escrito de puño y letra de su abuelo. En la siguiente funda de plástico archivada aparecían varios documentos en los que el denominador común era el nombre de la Rosa Blanca, el movimiento de resistencia que lideró su abuelo durante la ocupación nazi en Francia. Lo que venía a continuación a punto estuvo de hacerla caer de la silla por el impacto emocional que le produjo. Era un recorte original del periódico *France Soir*, concretamente de un ejemplar del día 13 de julio de 2005, dos días después del homenaje póstumo realizado a su abuelo por su lucha por las libertades. En la página que le seguía, Hugh o quienquiera que estuviese tras todo aquel tinglado, se había encargado de sacar una copia detallada de su rostro cabizbajo durante aquella mañana en el Elíseo. Una marca roja, la de un rotulador, rodeaba el colgante que llevaba puesto ese día. Más abajo la misma marca en otra fotografía de las primeras que había visto en la carpeta. Volvió a buscarla. Era Erin Elisabeth Lévy, esposa de Edward P. O'Connor, ejecutada en el campo de concentración de Mauthausen junto a otros miembros de la Rosa Blanca a manos de Hans Steiner, agente infiltrado de la Gestapo. Instintivamente se llevó las manos al cuello, recordando aquella preciosa joya que su abuela materna le había regalado al cumplir la mayoría de edad. Steiner, O'Connor, Gallagher, su abuelo, la Rosa Blanca, el FBI, programas de protección de testigos, caso Mailerhaus.

—Hugh, ¿qué tienes que ver tú con todo esto? —dijo para sí en voz alta sin advertir que el tiempo se le había pasado volando.

—Qué tengo que ver con qué —oyó Sophie a sus espaldas.

¿Cómo había podido ser tan rematadamente estúpida? Se le había ido el santo al cielo. Era tal la ansiedad que todo aquel galimatías había despertado en ella que ni siquiera se le había ocurrido pensar que las agujas del reloj corrían y ella estaba aún enfrascada en una serie de documentos que el hombre en el que había empezado a confiar tenía cuidadosamente custodiados bajo llave. Su exceso de concentración le había hecho bajar la guardia y no se había percatado de su llegada.

Tardó unos segundos en reaccionar antes de darse la vuelta hacia él. Allí estaba tras la barra de la cocina con varias bolsas de un *delicatessen* de la esquina. Miró el reloj de la pared. Eran cerca de las tres de la tarde. Hugh dejó la compra encima de la barra. Sophie siguió el movimiento de sus ojos. Primero hacia el cajón entreabierto, acto seguido hacia los documentos esparcidos sobre la superficie de la mesa y, por último, a ella.

—Veo que no te has aburrido durante mi breve ausencia.

Sophie quiso replicarle pero no estaba en situación de decir nada. Por Dios, la había dejado a solas en su casa durante varias horas y había atentado contra su intimidad de forma descaradamente deshonrosa. ¿Qué iba a decirle?

«Sí, Hugh, soy una pretenciosa cotilla a la que has pillado in fraganti.»

Hugh no se movió, ni habló. No dijo nada más, ni la atosigó a preguntas. Se limitó a aguantar el tipo mientras ella libraba su propia lucha interna.

—Estaba buscando unas pequeñas tijeras con las que arreglarme las uñas y encontré este cofre.

Sonó a excusa patética pero él no se pronunció.

—Se resbaló al suelo y antes de ver la llave algo llamó mi curiosidad —prosiguió Sophie sabiendo que iba de mal en peor—. A veces me da la sensación de que hay una parte de tu vida de la que no quieres que forme parte y me he visto en la necesidad de saber algo más de ti.

—Y por esa razón has decidido ponerte a fisgonear. Has escogido la vía más fácil.

—Es la única que me has dejado.

589

La boca de Hugh se curvó en una sonrisa que no acompañó en absoluto a sus ojos.

—Tu carácter obstinado no deja de sorprenderme. Has estado entrometiéndote en asuntos que no te conciernen y aun así tienes la desfachatez de decirme que no tenías elección.

—No pude evitarlo.

—Me haces preguntas sobre mi pasado, te respondo con evasivas y ya te crees con derecho a registrar en mis cajones.

—Dime, ¿qué habrías hecho tú en mi lugar?

—¿No te has parado a pensar que para mí lo que importa es el aquí y el ahora? ¿No te has parado a pensar que quizás el hecho de que no quiera hablar de mi pasado es porque necesito tiempo para sincerarme contigo?

A Sophie le vinieron a la mente las mil y una incoherencias que había descubierto a lo largo de aquellas últimas dos horas.

—¿Qué es lo que no me has contado? ¿Quién eres en realidad? —le preguntó. Hugh habría jurado notar cierto temblor en su voz—. El FBI, prescripción de delitos, para empezar ¿qué has hecho, Hugh?

Hugh no podía creer lo que estaba oyendo.

—Por Dios, Sophie. ¿No creerás que he cometido algún delito? Te estás precipitando en tus conclusiones.

Hugh salió de detrás de la barra y se fue hacia ella. Sophie retrocedió varios pasos, quedándose tras la silla del escritorio.

—No te acerques, por favor. No hasta que me expliques qué hacías en Nueva York sentado en el café Dante, que dicho sea de paso está frente al edificio en el que Ben y yo vivíamos —le dijo mientras abría el cofre y depositaba sobre la mesa los dos recibos de la cafetería.

—No sabía que estuviese prohibido tomar un par de cafés y menos aún viajar a Nueva York.

Hugh pensó que aquello se le iba a ir de las manos si no ponía freno.

—Tres semanas después de la muerte de mi marido, con el que por cierto guardas un parecido asombroso que raya en la perfección genética. ¿Y qué me dices de esto? —Y le mostró la fotografía de los miembros de la Rosa Blanca—. Está firmada por mi abuelo. ¿De dónde has sacado esta fotografía?

—Estaba en la casa de campo de mis padres. En Irlanda.

—¿Y cómo demonios llegó hasta allí? ¿Qué sabes de la Rosa Blanca?

—Mucho más que tú. De eso puedes estar segura.

—Te recuerdo que mi abuelo fue la cabeza pensante de la red francesa.

—Tu abuelo solo te habló de la parte filantrópica y altruista.

—Te equivocas.

—Si supieras la verdad no me estarías cuestionando.

Sophie se quedó callada unos instantes pero enseguida volvió a la carga.

—¿Y la fotografía del diario *France Soir* y la de Erin Lévy? Viajaste a Nueva York cuando no habían pasado ni dos meses desde que se publicó esta foto. ¿Y qué hay de todo esto? —le preguntó exasperada y comenzando a perder la paciencia mientras abría la primera carpeta y comenzaba a hablar atropelladamente a medida que iba sacudiendo un fajo de documentos tras otro—. Tribunal Penal de Kansas, asesinato de Roger Thorn, Caso Mailerhaus, investigación del paradero de Steiner por un tal Karl Dreinmann que entrega informe detallado a Alan Gallagher, suicidio de Hilda y Hans Steiner, Julia y Dieter Steiner repatriados a Alemania, Steiner aparece ahorcado en su celda. ¿Qué es todo esto? La madre de Ben era alemana y de apellido Steiner. El nombre de Edward O'Connor no deja de aparecer. ¿Qué relación tiene mi familia política con todo este tinglado?

—Déjalo estar, Sophie.

—No. Quiero saberlo todo y quiero saberlo ahora. Te lo voy a preguntar una vez más ¿Quién demonios eres, Hugh Gallagher?

—Jamás te he mentido sobre mi identidad.

—¿Eres alguna clase de impostor? Sabes que soy la viuda del hijo de uno de los hombres más ricos de Nueva York y te has aprovechado de tu aspecto físico para...

—Sophie, deja de decir estupideces. Todo esto no tiene nada que ver con lo que siento por ti. Mis sentimientos son sinceros —dijo tratando de convencerla. Se acercó a ella y la tomó con suavidad por los hombros, pero ella lo rechazó.

—Lamento reconocer que te ha salido bien la jugada. Si lo que pretendías era engatusarme, lo has conseguido porque estaba empezando a sentir algo por ti, cosa que creía que nunca lograría volver a hacer.

Hugh sabía que tenía poco tiempo para enderezar las cosas. Era la segunda vez en varias horas que exponía de manera tan clara sus sentimientos hacia él.

—¿Y qué hay de las imágenes en las que está marcado el colgante? ¿Es eso lo que buscabas? ¿Es un tesoro por el que alguien te va a pagar varios miles de libras? Dime, ¿es eso? Porque si es así has tenido oportunidad de robarlo cuando has estado en mi casa.

—Esa joya solo tendrá el valor sentimental que tu familia haya querido darle. No busco tu dinero.

—Permíteme que lo dude.

—Sophie, todo tiene una explicación. Ese colgante no tiene ningún valor económico. Tan solo ha sido la última pieza del complicado rompecabezas que ha sido mi vida.

Ella mantuvo una vez más las distancias. Se quedó a la espera. Hugh se desplazó hacia un lado. No quería que ella contemplara todo su rostro mientras le relataba su tragedia.

—Es cierto. Elegí aquella cafetería que estaba frente a tu edificio de apartamentos. —No se molestó en mirarla para observar la rigidez de su semblante—. Elegí el café Dante al igual que elegí el Café Hugo hace casi diez años. Y en cuanto a quién soy, realmente he de confesarte que ni yo mismo lo sé. No nací en Kilkenny el 25 de octubre de 1965 sino en Múnich el 13 de diciembre del mismo año. Mi verdadero nombre era Peter Thorn, aunque ese apellido también era falso. Después pasé a llamarme Hugh Connelly. Fue el nombre que eligió mi madre para que el FBI nos sacase de Estados Unidos bajo un programa de protección de testigos. —Se detuvo unos instantes y alzó la vista para ver la expresión de Sophie, la viva imagen de la incógnita.

—¿Qué hacías en Estados Unidos? ¿Qué sucedió para que tuvieseis que huir?

—Mi madre testificó contra mi padre en el juicio tras haber recibido una paliza que casi le cuesta la vida. Estuvo sufriendo maltrato físico y psicológico hasta que yo tenía doce años. Estuvo durante muchos meses urdiendo un plan de huida pero la noche que íbamos a marcharnos algo salió mal.

—¿Nunca lo denunció?

—No. Si lo hacía se habría destapado todo y mi madre sabía que si eso sucedía las autoridades me apartarían de ella.

Antes de que Sophie dijera nada él continuó con el relato de los hechos.

—El caso Mailerhaus. Mi madre y su marido, Dieter Steiner, traficaban con bebés. Lo habrás leído en uno de los documentos de la carpeta.

—Dios Santo, Hugh. ¿Con qué clase de monstruos...?

—Mi madre no era un monstruo —la corrigió dolido—. Fue

un instrumento a manos del malnacido de Dieter Steiner, hermano de la que actualmente conoces como Julia O'Connor. Ambos, hijos de Hans Steiner, el maldito nazi infiltrado en la red creada por tu abuelo, y que acabó con la vida de todos los miembros de la Rosa Blanca, incluida Erin Lévy, la esposa de Edward O'Connor. Sin olvidar a los padres biológicos de Sarah y André Savigny, a los que como ya sabrás dejó huérfanos. Tu abuelo Pascal los adoptó legalmente junto a tu abuela María. Edward O'Connor juró venganza. No sé qué demonios ocurrió en Cortona en el año 1953. El caso es que Edward consiguió dar con el paradero de Steiner gracias a Alan Gallagher, el hombre que cambió la vida de mi madre y el único padre que he conocido y de cuyo apellido estoy orgulloso. Edward maquinó un laborioso plan. Hans Steiner y Hilda, su esposa, tras entender que su pasado de criminales de guerra iba a salir a la luz, se suicidaron. Edward cumplió su promesa de vengar a todos los que cayeron bajo el mando de Steiner. Tu abuelo siempre estuvo al tanto. Julia y Dieter también quedaron huérfanos y vuelta a empezar.

—¿Vuelta a empezar? —Hugh supo que Sophie estaba a punto de claudicar y salir huyendo de allí si no le aclaraba de una vez por todas aquel incomprensible caos.

593

—Dieter también juró vengarse de Edward. Le responsabilizaba de la muerte de sus padres. Por eso me odiaba por lo que yo representaba. Y ese odio que sentía hacia mí lo proyectaba sobre mi madre. Fue un alivio descubrir que no era mi padre biológico porque el mero hecho de pensar que podría convertirme en un ser tan depravado como él me aterraba —afirmó, clavando sus ojos en Sophie que lo miraba desconcertada.

—¿Qué es lo que representabas?

—Yo era el objeto de su venganza, Sophie.

Sophie tragó saliva. El peor de sus presagios estaba a punto de culminar en la mayor de las catástrofes.

—Julia creció rodeada de cariño por una familia que la adoptó en Alemania pero Dieter no cuajó en ningún hogar de acogida. Creció al margen del sistema y su sed de venganza lo llevó a convertirse en un despiadado criminal sin escrúpulos. Hizo de mi infancia y preadolescencia un infierno y todavía me pregunto si me quedan secuelas.

—¿Por qué quería vengarse de ti? ¿Eras solo un niño? —le preguntó, pero mientras lo hacía se llevaba la mano a la boca para no dejar escapar un grito de espanto ante la escalofriante facilidad con la que todas las piezas estaban comenzando a encontrar su lugar en el tablero.

—Yo era el niño que llevaba la sangre del hombre al que había jurado venganza. La que creía mi madre biológica tampoco resultó serlo. Mi madre era estéril y Dieter nunca perdonó a su hermana Julia el hecho de haberse quedado embarazada del hijo del asesino de sus padres. Vio en Julia a la víctima perfecta para cumplir las abominables prácticas de la clínica Mailerhaus.

Un silencio esclarecedor se apostó entre ellos.

—Julia nunca supo que traía gemelos. La drogaron para provocar el parto antes de tiempo y si no hubiese sido por las sospechas de Ludwig, su hermano adoptivo, Patrick O'Connor no habría llegado a tiempo a la sala de partos y solo Dios sabe lo que habría sido de Ben.

A Sophie le flaquearon las piernas, una gigantesca sensación de vértigo se asentó en su vientre. Palideció y se agarró al respaldo de la silla. Tuvo que tomar asiento. La crónica de los últimos diez años de su vida desfilaron ante ella como una película. Escenarios, conversaciones, lugares, personas. Todo un conglomerado de recuerdos que habían quedado relegados a un segundo plano en su memoria pero que ahora adquirían tal envergadura que lo que se derivase de aquella revelación solo le hizo pensar en la catástrofe que se avecinaba.

Hugh se postró ante ella. No soportaba verla en ese estado. No tendría que haber sido de aquella forma, todo de golpe y porrazo, sin haberle dado tiempo a asimilar la totalidad de los acontecimientos. La tomó de las manos para calmar aquel súbito temblor que la había invadido.

—Lamento que hayas tenido que enterarte de todo de esta forma. Lo he intentado pero no he logrado encontrar el momento adecuado para hacerlo.

Sophie tenía la vista puesta en las manos que la cubrían. No se atrevía a encontrarse con esos celestes ojos que la envolvían. No quiso pensar en esa primera frase. Esa primera frase que lo cambiaba todo.

«Elegí el Café Dante al igual que elegí el Café Hugo hace casi diez años.»

Todo cuadraba. Aquellos leves cambios que había notado en él durante sus breves encuentros, pequeñas diferencias que habían captado su atención pero en las que no había llegado a reparar. Su reacción aquella noche cuando se lanzó a sus brazos en el pub O'Brien's. El hotel Intercontinental. No era Ben quien había pasado la noche en la habitación contigua vigilando su sueño. Había sido él. Había sido Hugh. Le vino a la memoria el último día de vida de Ben. Creyó que se debía al terrible deterioro que ya estaba sufriendo. No recordaba el Café Hugo y ella lo había atribuido a un fallo de sus recuerdos debido a la enfermedad.

—El Café Hugo —musitó ella con voz ahogada, temerosa de alzar la vista para no tener que enfrentarse a la verdad—. Esa noche en el pub y el hotel.

—Y en Múnich durante tus vacaciones. Ahí fue donde me crucé contigo por primera vez, en el restaurante Haxnbauer y, días más tarde, en el aeropuerto, cuando tú volabas de regreso a París. Y aquel día que te vi en la avenida Charles de Gaulle cuando yo salía de comprar unos billetes de avión de la agencia Forum Voyages —logró decir Hugh sin poder contener la irremediable conmoción del momento. Ella todavía no se había dignado a mirarlo—. No pude creer en mi buena suerte cuando te encontré deambulando por la Place des Vosges y finalmente te sentaste en aquel café. Pensaba que era mi día de suerte, pero estaba equivocado. Tonto de mí, no imaginé que alguien aún más afortunado iba a ocupar mi puesto.

—¿Desde cuándo lo sabías? —le preguntó aún desorientada esquivando sus indagadores ojos.

—Fue en abril de 2005.

Las manos de Sophie volvieron a vibrar bajo las suyas y Hugh las aprisionó aún más en un acto reflejo.

—Fue cuando a Ben volvieron a diagnosticarle un nuevo tumor —recordó sobrecogida.

—Mírame, Sophie.

Sophie no se movió.

—Mírame, te lo ruego —insistió tomándola suavemente del mentón e inclinando su rostro hacia él.

A Hugh no le gustó lo que vio. La imborrable opacidad de sus ojos no presagiaba nada bueno.

—Todo sucedió a raíz de una nimia contrariedad originada en el programa de perfiles genéticos de la Fundación Hutchkins de la que yo ostentaba el cargo de secretario honorario cuando residía en Dublín. En ese programa aparecen perfiles de donantes y receptores, perfiles celosamente custodiados. Alguien de confianza me comunicó la existencia de una secuencia de ADN exactamente igual a la mía. Ahí comenzó todo.

—Ben estaba en el programa de donantes hasta que le diagnosticaron el tumor —le aclaró.

—Lo imaginé. Cuando ese perfil desapareció de la base de datos es cuando me planteé seriamente que tenía que empezar a buscar.

Sophie dudó de su capacidad para afrontar lo que tenía ante sí. Supo que tendría que alejarse de allí cuanto antes. Inconscientemente separó sus manos de las de Hugh.

—No puedo enfrentarme a esto, Hugh. Sencillamente, no puedo.

Se puso en pie y abandonó el salón. Hugh la imitó y, resignado, la siguió hasta la habitación.

—Me marcho. No tiene sentido permanecer aquí por más tiempo —le dijo ella mientras se ponía una chaqueta de lino y se calzaba sus zapatos.

—No puedes marcharte así como así. Tenemos que solucionar esto.

—Ahora mismo no me puedes pedir algo semejante. Necesito digerir toda esta sinrazón.

Cogió su bolso y cruzó en dos pasos el escueto pasillo hasta el vestíbulo.

596

—¿Crees que para mí ha sido fácil de asimilar? —le censuró él.

Ella se detuvo a un paso de la puerta de salida.

—¿Cómo se supone que debo reaccionar ante tu revelación? Pasado mañana viajo a Nueva York. ¿Cómo voy a mirarlos a la cara después de haber tenido conocimiento de esta macabra historia?

—Macabra o no, es una historia real y, lo queramos o no, formamos parte de ella.

—¿Cómo crees que me encuentro? ¿Cómo se supone que debo reaccionar? ¿De quién me enamoré en realidad? ¿De ti o de tu hermano?

—No lo sé, Sophie. Nunca lo sabremos. Lo único que me queda claro es que los dos nos enamoramos de la misma mujer y aunque pueda parecer cruel lo que voy a decirte, quizá las paradojas del destino nos han dado a ambos la posibilidad de ser parte de tu vida.

—En ese caso tú habrías salido ganador —sentenció ella plenamente consciente del efecto de sus palabras.

—¿De veras piensas que existe un ganador? —le replicó en tono agrio sin ocultar el agravio producido por su hiriente afirmación—. Mi vida ha sido un montaje desde el mismo día de mi nacimiento. Me apartaron de mi hermano y de mis padres biológicos. Me arrancaron de mi entorno y, en vez de haber crecido como un chiquillo normal, rodeado de hermanos con los que jugar y compartir confidencias, me vi obligado a vivir bajo el mismo techo de un criminal que maltrataba a la única persona que conocí como madre. Noche tras noche, durante casi doce años, sin saber si al día siguiente su furia se descargaría contra mí. Pero incluso cuando crees que todo ha acabado, cuando crees que la pesadilla ha quedado atrás, siempre sigues mirando por encima del hombro porque nada me garantizaba que estuviese a salvo.

—Ben tampoco tuvo una infancia fácil y tampoco una vida que se pueda calificar de perfecta —le rebatió.

—Apuesto a que no tenía necesidad de dormir con un ojo puesto en la puerta esperando a que su padre la derribase en cualquier momento.

Sophie tragó saliva. Las palabras estaban comenzando a cobrar suma importancia pero ella había sido la primera en cruzar la delgada línea, de modo que no había vuelta atrás. No le cabía duda de la posición delicada en la que ambos se encontraban. Tenía que poner tierra de por medio si no quería que aquello desembocara en un desastre.

—Es mi marido el que yace enterrado en un cementerio de Brooklyn.

—Eso no ha sido impedimento para que te hayas acostado conmigo. ¿Pensabas mantenerme al margen de tu otra vida en Nueva York? ¿Hasta cuándo, Sophie?

Sophie soportó con gallardía la rudeza de sus comentarios, pero sabía que no era más que una coraza para impedir el despliegue de sentimientos contradictorios que la abrumaban y, de no haber sido por lo que aún sentía, lo habría abofeteado allí mismo.

—No puedes culparle a él ni a ninguno de los O'Connor de lo que te sucedió —reiteró.

—Ni yo tengo la culpa de que el cáncer lo eligiese a él.

Sophie prefirió guardar silencio. No podían continuar en aquella dirección. No si no querían terminar haciéndose daño. No podía tolerarlo porque ninguno de los dos se lo merecía.

—Creo que es el momento de que me marche —logró decir tratando de enderezarse, como si con aquel gesto pudiese solapar el súbito ataque de hostilidad que la embargaba.

—Sophie, lo siento. Me he dejado llevar por...

—No, no lo sientas —le dijo con toda la entereza de la que fue capaz—. En el fondo andas sobrado de razones para decir todo lo que has dicho. Aquí no hay ganador. Todos hemos salido perdiendo.

597

Hugh la sujetó del hombro cuando vio que abría la puerta para macharse.

—¿Qué se supone que va a suceder a partir de ahora? No podemos continuar con nuestras vidas como si nada de esto hubiera sucedido.

—Estamos en manos del destino, Hugh. Una vez más.

Capítulo treinta y dos

Nueva York, 6 de agosto de 2007

*E*rin O'Connor echó un último vistazo al salón del apartamento de su hermano Ben. Todo estaba a punto para la llegada de Sophie, quien había cambiado de opinión a última hora. No le apetecía la idea de trasladarse a Rhinecliff el mismo día de su llegada. Decidió permanecer en el West Village durante las tres semanas de estancia en la ciudad. «Necesito estar en casa», le había dicho. La había notado muy rara al teléfono y Erin lo consideró preocupante teniendo en cuenta que dos días antes creyó haber advertido cierto grado de aparente satisfacción y armonía. El repentino cambio de actitud lo achacó a algo a lo que los tenía acostumbrados. Las primeras horas en el hogar que había compartido con su hermano siempre se le habían presentado como una dura prueba. Era como una puerta a los recuerdos y entendían perfectamente ese breve período de adaptación que necesitaba. Parecía haber dado un paso importante a juzgar por la extraña petición que le había hecho.

—Quisiera pasar sola un día en casa —le dijo.

—¿Sola?

—Erin, necesito pensar. Han sido dos años de muchos cambios para mí y para Alex y necesito quedarme a solas en casa, con sus recuerdos.

—Cariño, no es recomendable que vuelvas a rodearte de todo lo que te recuerde a él.

—Quiero hacerlo. Es hora de dejar a un lado los amargos recuerdos. Estoy preparada para hacer lo que él me pidió. Estoy preparada para dejar espacio a todo lo nuevo que comienza en esta etapa.

—Deberías comenzar llevando toda su ropa a otro lugar. Esa es la mejor terapia.

—Pensaba hacerlo pero necesito tiempo y necesito hacerlo sola.

—Despréndete de lo meramente material. Su mejor legado es su memoria. Eso es lo único que quedará intacto pese al paso de los años.

Roberto había sido de una gran ayuda. Dado que llevaba allí instalado más de una semana, él mismo se había ocupado de entretener a su sobrino Alex robando el tiempo de los abuelos, que clamaban por un poco más de tiempo junto a su anhelado nieto. Había cargado de provisiones el frigorífico y la despensa. Erin lo había dejado todo ultimado para la celebración del décimo cumpleaños de Alex.

Erin oyó el *clic* de la puerta del apartamento.

—Ya he vuelto —anunció Roberto.

Erin asomó la cabeza por la puerta corredera del salón que daba al vestíbulo.

—He dejado a Alex con tu padre.

—¿Y esa socarrona sonrisa?

Roberto se fue directo a la cocina. Abrió el frigorífico y sacó un par de Budweisers. Entregó una a Erin.

—Creo que traigo información privilegiada —dijo después de beber un trago largo.

—¿Información privilegiada?

—Alex.

—¿Qué sucede con Alex?

—¿No has reparado en esa pequeña lucecilla que hay en sus ojos?

—Siempre que regresa a Nueva York está feliz.

—No me refiero a eso. Ha abandonado por fin esa tensión. Es un chiquillo que ha vivido muy de cerca el deterioro y la muerte de su padre.

—El tiempo pasa y son precisamente los niños quienes más acusan el paso del tiempo. Es bueno para Alex que empiece a comportarse como lo que es. Un chaval que está a punto de cumplir diez años.

—Creo que Sophie se está viendo con alguien.

—¿De veras? El caso es que…

—¿Qué?

—No sé. Durante estas dos semanas he charlado con ella varias veces y me ha dado la impresión de que algo ha cambiado. La he notado diferente.

—¿En qué lo has notado?

—Es fácil adivinar cuando estás hablando ante alguien que no quieres que te escuche. Ya me entiendes, parecía que tenía a alguien delante.

—¿Le has preguntado?

—No. La verdad, no me ha parecido apropiado. Creo que te lo contará antes a ti, ya que al fin y al cabo eres su hermano.

—Lamento decirte que no ha soltado prenda. Sin embargo, a Alex se le ha escapado en más de una ocasión el nombre de alguien llamado Hugh y cuando le he preguntado me ha respondido con evasivas. «Un compañero de clase», ha sido su respuesta. Hoy ha vuelto a hacerlo. Cuando me enseñaba en su cámara un par de fotos de su pie escayolado. Alguien con el nombre de Hugh había firmado con grandes letras y con graciosos dibujos su recién estrenada escayola. Cuando le pregunté de quién se trataba se puso colorado como un tomate.

—Pobrecillo. No debiste hacerlo.

—Por lo visto ese tal Hugh era el médico que le atendió en el hospital.

—Vaya, ¿y no has aprovechado para sonsacarle algo más?

—Lo he intentado y cuantas más negativas me da más convencido estoy de que nuestra Sophie está empezando a ver la luz de nuevo.

—Dios te oiga. No hay nada que me gustase más que verla rehaciendo su vida junto a alguien. Se lo merece, Roberto. Ha sufrido demasiado y, aunque es una mujer independiente y no necesita a nadie, le haría bien tener a alguien a su lado.

—Tendremos que esperar a que ella se pronuncie. Sé que lo hará cuando esté segura. —Se bebió lo que le quedaba de cerveza y lanzó el botellín vacío al contenedor de vidrio—. Bien. Voy a acercarme a por las cajas para las cosas de Ben. No tardaré.

Roberto se marchó y Erin decidió hacer lo mismo que Sophie. Aprovechó la nostalgia del momento para reencontrarse a solas con los recuerdos de su hermano.

A Erin se le hizo un nudo en el estómago. Estaba allí de pie dentro del estudio de su hermano, impregnándose de la fragancia que emanaba la estancia. Pese al paso del tiempo y al olor a madera recién encerada, su particular esencia seguía latente y eso la envolvió en un estado de añoranza que se le hizo difícil de sobrellevar. Se detuvo un instante frente a su amplia mesa inclinada de trabajo, cubierta aún por diseños inacabados. Era como si Sophie no hubiera

601

querido tocar nada. Como si estuviese esperando el momento en el que Ben regresase para concluir aquello que no pudo terminar. Centró la vista en algunas fotografías en blanco y negro de Sophie, Ben y Alex enmarcadas y colgadas sobre la pared. No pudo evitar dejar escapar una leve sonrisa. Se le veía tan feliz. Su hermano había vivido cada día de su vida como si hubiese sido el último. Era como si él mismo hubiese presentido lo que le esperaba. Se limpió una lágrima con el dorso de la mano mientras trataba de recomponerse de la intensidad emocional del momento. Alzó la vista hacia las estanterías repletas de libros y fijó la atención en un grueso ejemplar que resultó ser *Los pilares de la tierra*. Recordaba que su hermano siempre lamentaba habérselo dejado a un antiguo vecino quien jamás se lo devolvió. Sophie logró localizar por ebay un ejemplar de la primera edición y se lo regaló a Ben meses antes de su fallecimiento. Abrió el libro por la primera página para leer la dedicatoria.

Para mi amor, mi arquitecto favorito, para el pilar de mi vida.

Si hubieses vivido en la época en la que transcurre esta preciosa historia, estoy convencida de que habrías sido un visionario.

Te quiero,

SOPHIE

26 de junio de 2005

Aquellas palabras volvieron a conmoverla y tuvo que hacer un esfuerzo sobrehumano para no echarse a llorar. Le llamó la atención algo que sobresalía de entre las páginas justo en el lugar en el que el libro alcanzaba su ecuador. Lo abrió y encontró un sobre. Escrito de puño y letra de Ben leyó:

HUGH GALLAGHER

Saint Vincent's University Hospital

Elm Park, Dublín 4

Irlanda

Tenía los sellos puestos, pero sin embargo estaba sin cerrar. En principio no encontró nada anormal en ello. Podía tratarse de un tema de trabajo. Fuese quien fuese ese Gallagher, era evidente que nunca llegó a recibir aquella carta. Dentro del sobre descubrió un sobre abierto cuyo anverso parecía garabateado con su misma letra. Una palabra a la que no le encontró sentido. «Origen.» El sobre era de la Fundación Hutchkins y el matasellos procedía de Dublín. En el interior del mismo había un CD. Volvió a meterlo todo en su lugar y extrajo la cuartilla escrita a mano por su hermano. Estaba fechada el 13 de julio de 2005.

Comenzó a leer.

Roberto dejó las cajas apiladas contra la pared del vestíbulo. Llamó a Erin pero no respondió.

—Oh, Dios mío —la oyó decir.

El sonido de su voz ahogada parecía proceder del despacho de Ben. Alarmado se dirigió hasta allí. Se la encontró con la vista fija en la pantalla mientras se llevaba una mano hasta la boca con gesto de estupor.

—¿Qué sucede? —preguntó Roberto.

Erin pegó un respingo en la silla. Estaba tan ensimismada en su tarea que no le oyó entrar.

Su cara era la viva imagen de la conmoción. Estaba blanca como la pared y los ojos parecían salírsele de las órbitas.

—Erin, por Dios. No me asustes. ¿Qué te pasa?

—Ven a ver esto —logró decir.

Erin decidió que tenía que compartir el hallazgo. Ya había conseguido la clave para abrir lo que quiera que fuese que había en ese maldito CD. Después de largos minutos comiéndose la cabeza descubrió que la clave la tenía justo delante de sus narices, escrita y redondeada por Ben de forma manifiesta. Lo que ese CD acababa de revelarle terminaba de aclarar el contenido de la carta escrita por su hermano semanas antes de morir. Roberto desvió la vista hacia la pantalla. Aparecían unas instantáneas de Ben, con el cabello algo más largo, al lado de un grupo de amigos que desconocía. Tenía un aspecto distinto, quizá más bohemio. Dedujo que serían antiguas. En otra aparecía con varios personajes disfrazados de médicos y enfermeras.

—¿Qué pasa? ¿Te preocupa ver a tu hermano celebrando el carnaval?

—No va disfrazado y no es mi hermano.

Roberto no entendió nada. Buscó una respuesta en los ojos de Erin pero la sombra de congoja que los envolvía lo estremeció. Volvió a centrarse en las imágenes de la pantalla.

—Lo siento pero me he perdido. Ese tipo es tu hermano —insistió sin perder la paciencia.

Erin salió de la pantalla para desplazar el cursor por el otro icono.

603

—Atento a lo que voy a mostrarte.

Erin repitió el procedimiento. Veía el rostro de Roberto pasar por distintas fases. Fascinación, inquietud, sobresalto y, finalmente, la captación. Acto seguido minimizó la pantalla y abrió la anterior en la que volvían a aparecer las sorprendentes imágenes.

—¿Lo entiendes ahora?

—¿Vas a explicarme de una maldita vez lo que está pasando aquí? —Estaba nervioso y se vio obligado a tomar asiento.

Erin se movió sobre la silla y abrió el libro de Ken Follet.

—Este libro se lo regaló tu hermana en junio de 2005.

Roberto sopesó el libro en sus manos y abrió la primera página. Leyó la dedicatoria y no pudo evitar que la emoción acudiese a sus ojos.

—He encontrado una carta escrita por Ben. Estaba metida en este sobre. —Se lo mostró—. También había un CD cuyo contenido acabo de mostrarte.

Roberto la miró intranquilo.

—Me estás asustando.

—Cuando la leas lo comprenderás.

Roberto desdobló el papel.

—Léela y no digas nada hasta el final.

604

En el transcurso de la lectura de la carta Roberto pensó que se trataba de una broma. Una broma muy cruel. El indudable contenido emocional de las palabras escritas por una persona que sabía de antemano el poco tiempo que le quedaba, le tocó la fibra sensible y tuvo que respirar hondo cuando acabó con su cometido para ahogar ese llanto que luchaba por salir a flote. Cuando logró hablar ni él mismo reconoció su voz.

—Has dicho que estaba metida en un sobre con el sello ya puesto —consiguió decir, aún afectado por lo que acababa de descubrir.

—Así es.

—Lo que significa que tenía intención de contactar con él. Quería enviarla.

—Eso parece, pero no lo hizo. Quizá cambió de opinión en el último momento.

—Si hubiese cambiado de opinión, no lo habría dejado a la vista.

—Lo sé. Yo también lo he pensado. Lo ha dejado en un libro significativo. En un libro del que sabía que Sophie jamás se desprendería por la magnitud sentimental que conlleva. Durante las últimas semanas estaba muy olvidadizo. Sophie llegó a pensar en ocasiones que ni siquiera la conocía. Tardaba en reaccionar ante su presencia —prosiguió Erin.

—Puede que hubiese decidido postergar el momento y a lo mejor después se olvidó, pero algo me dice que sabía perfectamente lo que hacía cuando lo depositó en ese lugar. Quería que lo viéramos. Quería que Sophie lo viera, delegando en ella la decisión que él no se atrevió a tomar en un momento tan delicado.

—Desde luego que es una decisión compleja. No me habría gustado estar en su piel por nada del mundo. No quiero ni imaginar cómo tuvo que sentirse.

Roberto advirtió la incertidumbre alojada en los ojos de su cuñada.

—También me imagino cómo debes de sentirte tú. Descubrir algo así después de tantos años.

—¿Qué vamos a hacer?

—Tenemos que reunirlos a todos. Organizaré una cena.

—No es necesario. Se lo diré a mi madre. Mejor nos vamos a casa de mis padres. Les diré simplemente que tenemos un asunto de suma importancia que tratar y que tenemos que hablar de ello. Tenemos que estar todos sin excepción.

—No disponemos de mucho tiempo. Sophie llega mañana.

—Tiene que ser esta noche. Antes de que llegue Sophie —concluyó Erin.

La noche del 6 de agosto de aquel año quedaría grabada a fuego en los corazones de toda la familia O'Connor y parte de los Savigny, representada en ese momento por Roberto. Todos bromearon durante la cena creyendo que era otra clase de noticia la que habían venido a comunicarles. Andrew ironizó sobre la relación de cuestionable amistad que Roberto y Erin habían forjado. Teniendo en cuenta que Roberto estaba soltero y que aquel era su tercer viaje a Nueva York en menos de siete meses a nadie le habría pillado por sorpresa que hubiese aprovechado la ruptura de Erin con Rick para intentar un acercamiento. Siempre se habían llevado bien y habría sido una buena noticia. Lo curioso es que ambos parecieron incómodos ante la mera insinuación y Margaret habría jurado ver un leve destello de decepción en los ojos de su hermana cuando Roberto desvió con maestría la conversación en otra dirección. Cuando

605

descubrió las miradas furtivas de ambos cuñados, Margaret supo que las intenciones de Roberto eran claras. Sus viajes a Nueva York tenían un motivo.

Erin los emplazó a todos en la biblioteca después de los postres. Cuando se aseguró de que Alex estaba entretenido frente a la espectacular pantalla de plasma con dos antiguos compañeros de Regis, listos para ver una película en 3D, se dispuso a cerrar la puerta de la biblioteca no sin antes avisar a María para que echara un vistazo a los chicos.

Depositó el ordenador portátil encima de la mesa e introdujo el CD en el lector. Repitió el mismo procedimiento de apertura de iconos que había realizado por la mañana frente a Roberto. Cuando las conocidas letras de la Fundación Hutchkins inundaron la pantalla, Patrick fue el primero en tomar la palabra. No pudo disfrazar la aprensión dibujada en su rostro.

—¿Cómo demonios has accedido a ese programa?

—Por medio de una clave. Una clave que Ben dejó entrever en este sobre.

—Es un programa internacional de registro de donantes y receptores. Es algo muy serio por no decir arriesgado. Está penado con la cárcel. Es un delito federal. Estás atentando contra el derecho fundamental a la intimidad.

Patrick arrebató el sobre a su hija. Examinó su procedencia.

—Irlanda. ¿Quién ha enviado esto?

—No lo sé, papá. Como verás no viene ningún remitente. Tan solo las letras y logotipo de la fundación. En este instante no me interesa quién lo ha enviado. Es el contenido lo que me preocupa aparte de la carta.

—¿Carta? —preguntó Andrew.

—Sí. Una carta escrita de puño y letra por Ben semanas antes de morir, dirigida a Hugh Gallagher. Bueno, os voy a mostrar las imágenes ahora mismo, si me dejáis continuar.

—¿Gallagher? —insistió Patrick.

—¿Conoces a alguien apellidado Gallagher?

—Sí, pero de hace mucho tiempo. Era un amigo de vuestro abuelo.

Patrick y Julia intercambiaron miradas, pero sus hijos no se percataron de ese gesto cómplice porque tenían la vista puesta en la pantalla. Roberto fue el único que lo advirtió.

—¿Podemos continuar? —preguntó Margaret en tono aburrido.

—Prestad atención —rogó Erin.

Todos guardaron silencio mientras atendían paso por paso a las explicaciones que se impartían en cada nueva ventana que se abría. Erin solo se interesó en la reacción de sus padres, particularmente en la de su madre.

—¿El programa encontró un candidato para un isotrasplante? ¿Gemelos univitelinos? —Patrick comenzó sentir un sudor frío que le recorría todo el cuerpo. ¿Qué significaba todo aquello? Su hija lo miró y asintió.

—¿Isotrasplante, univitelinos? ¿Podéis hablar en cristiano, por favor? —reclamó Andrew.

—A veces una imagen vale más que mil palabras —dijo Roberto.

Las instantáneas que horas antes habían dejado sin habla a Erin y a Roberto no parecieron sorprender a ninguno de los presentes, salvo a Julia que contempló angustiada las imágenes de su malogrado hijo.

—Está diferente. Nunca le había visto con ese corte de cabello. Está muy guapo. —Se dio cuenta de que seguía hablando en tiempo presente—. Patrick le pasó el brazo por los hombros y la atrajo hacia él con objeto de aliviarla y reconfortarla ante la desgarradora añoranza.

—¿Y esa en la que lleva gafas? ¿Gafas graduadas? Si Ben tenía una vista de águila —rectificó Andrew.

—Nunca lo habéis visto así porque no se trata de Ben sino de Hugh Gallagher. Es cirujano y, a juzgar por la carta que Ben le había escrito, parece que vive en Dublín y trabaja en el hospital Saint Vincent.

Todos se quedaron paralizados. Nadie reaccionó ante la barbaridad que acababan de escuchar por una sencilla razón. No tenía sentido. Era incomprensible.

Erin entregó la carta a su madre quien desdobló el papel con trémulas manos al tiempo que Patrick se colocaba las gafas para hacerlo al tiempo que ella. Todos esperaron en silencio hasta el final. Julia aguantó las lágrimas de forma serena hasta que terminaron brotando de sus ojos en silencio, pero no eran lágrimas de dolor sino de rabia al rememorar aquella fría noche de diciembre en la clínica en la que dio a luz a Ben. Ese pequeño y moderno hospital que en un principio le había parecido un privilegio, pero que el día de su parto se convirtió en el más lúgubre de los rincones. El lugar que días después del nacimiento de Ben en tan extrañas circunstancias,

607

había sido desmantelado por sus propios fundadores ante las sospechas de una nueva orden de registro inducida por las dudosas prácticas llevadas a cabo en su interior.

Julia se agarró a Patrick destrozada.

—Me lo quitaron, Patrick. Se llevaron a mi niño. Se lo llevaron y nosotros jamás llegamos a imaginarlo. Creíamos que nos habíamos librado, pero ellos ya se lo habían llevado. Cuando tú entraste en la sala de partos ya se lo habían llevado. Ludwig tenía razón. En la última visita que le hice en la residencia antes de morir, juró haber visto a mi hijo. Lo tomaron por loco. Nadie lo creyó pero estaba en lo cierto.

—Tranquila, cariño. Tranquilízate —le decía Patrick mientras sus hijos y Roberto tenían la vista clavada en ellos, horrorizados.

—¿De qué estáis hablando? ¿Quiénes son *ellos*? ¿Quién es Ludwig? ¿De qué niño estáis hablando? —Andrew estaba comenzando a perder la paciencia.

—El tipo de las fotos no es Ben sino su hermano gemelo —explicó Erin.

—Vuestro hermano —aclaró Roberto.

Patrick entregó la carta a Andrew y Margaret para que la leyeran. Fue difícil describir la expresión de sus rostros a medida que lo hacían. Una vez acabada la carta, todos los presentes dirigieron sus miradas perplejas hacía los progenitores. Quedó patente que esperaban una explicación.

—Roberto, ¿qué tal si nos preparamos unas copas? Mamá y yo tenemos una historia que contaros sobre las circunstancias que rodearon el nacimiento de Ben. Solo así podréis encontrarle sentido a lo que acabáis de presenciar.

Todos continuaban en la biblioteca, aún aturdidos por el escalofriante relato. Patrick acababa de poner fin a la llamada que había realizado a Irlanda en presencia de todos ellos que le observaban expectantes.

—Hugh Gallagher ya no presta sus servicios en el Saint Vincent de Dublín. Recibió una interesante oferta del Hospital Americano de Neuilly. Ha regresado a París.

—¿Qué quieres decir con eso de que ha regresado? —preguntó Erin.

—Por lo visto estuvo allí trabajando hace casi diez años, pero se vio obligado a regresar a Dublín por la inesperada muerte de su madre. No quiso dejar a su padre solo y optó por quedarse a trabajar en el Saint Vincent.

Todos centraron sus ojos en los de Julia preguntándose, al igual que ella, quién habría sido la mujer que se hizo pasar por su madre. Patrick comprendió el alcance del comentario y apretó con afecto la mano de su esposa.

—Debió de ser feliz, Julia. Si regresó a Dublín para no dejar solo a su padre, eso significa que también debió de ser un buen hijo.

—Eso espero. No soportaría que alguien le hubiese hecho daño.

—Un momento —interrumpió Roberto—. ¿Has dicho que está trabajando en un hospital del barrio de Neuilly?

—Esa es la información que me han facilitado —respondió Patrick.

Todos fueron partícipes del cambio radical en la expresión de Roberto.

—¿Hay algo que no sepamos? —preguntó Julia alarmada.

—Es solo una corazonada. Tenemos que llamar al hospital y preguntar por el médico que atendió a Alex el día de su ingreso en urgencias cuando se fracturó el tobillo.

—¿Y por qué no se lo preguntamos directamente a él? —le preguntó Erin.

Por la cara que le puso Roberto, era evidente que no era lo más adecuado. Erin comprendió.

—¿No estarás pensando lo que imagino? —insistió.

Roberto asintió con la cabeza.

—El médico que le firmó y realizó unos dibujos en el pie escayolado se llamaba Hugh —le dijo.

—Os recuerdo que seguimos aquí —recordó Andrew.

—Él es cirujano. No creo que atendiese el caso de Alex —añadió Margaret.

—Por esa razón quiero asegurarme del papel de ese tal Hugh en todo esto —dijo Roberto mirando a Erin.

—¿Estáis hablando del mismo Hugh? —preguntó Julia.

Roberto lanzó una mirada a Erin, como solicitando su permiso para sacar a la luz la pequeña sospecha que le había comentado a ella esa misma mañana. Erin asintió dándole el visto bueno y Roberto lo hizo. Cuando acabó de exponer su teoría, Julia tomó la palabra sin poder ocultar su acusada ansiedad.

—¿Y piensas que puede tratarse de la misma persona?

Mientras tanto Patrick había tecleado en Google la búsqueda del Hospital Americano de Neuilly y estaba apuntando un par de números de teléfono. Arrancó la hoja de la libreta y se la entregó a Roberto.

—Adelante. Haz esa llamada. Tú eres quien habla francés.

Roberto hizo un par de intentos hasta que alguien le respondió. Todos siguieron con expectación su conversación con quien quiera que estuviese al otro lado de la línea. La espera se les hizo eterna.

—Efectivamente —dijo cuando puso fin a la llamada—. Hugh Gallagher presta sus servicios en este hospital. No podían pasarme con él porque ahora mismo está en quirófano.

Todos centraron su atención en Patrick. Imaginaban lo que pasaba por su cabeza en aquel instante. Su hijo, el hijo cuya existencia desconocían, había seguido sus pasos. Esta vez fue Julia quien apretó su mano con fuerza.

—El doctor Gallagher se ofreció personalmente a hacerse cargo del caso de Alex por el cúmulo de pacientes que había esa tarde en urgencias, aunque después delegó la tarea en un tal George Parker que fue quien se encargó del examen posterior de las radiografías y quien firmó la salida. Algo me dice que lo hizo por motivos personales.

—Explícate —dijo Patrick.

—Cuando he preguntado por el ingreso de Alex O'Connor le ha salido en pantalla un ingreso anterior de Sophie.

—No sabíamos nada de eso —dijo Julia preocupada.

—Sufrió una lipotimia. Se desmayó y quien la ingresó fue el doctor Gallagher.

Todos se miraron estupefactos.

—¿Qué es eso de que la ingresó el doctor Gallagher? —preguntó Patrick.

—Me refiero a que la llevó personalmente al hospital. La enfermera me leía textualmente el informe que tenía en pantalla.

—¿Y cómo has logrado que te responda todo eso? —preguntó Erin, alucinada.

—Soy abogado. Me daba la sensación de que la enfermera que me ha atendido estaba en prácticas y, por lo tanto, ha sido muy fácil de manejar. He llamado en nombre de la compañía del seguro médico de mi hermana. Ya sabes, una mera insinuación de negligencia por parte de los médicos que atendieron el caso y el seguro pediría responsabilidades. Han colaborado encantados cuando les he dicho que la familia del paciente quería agradecer personalmente al doctor que le atendió el inmejorable trato dispensado.

—Me pregunto si estaba con Hugh Gallagher en el momento

610

del desmayo o si su desmayo se produjo precisamente por encontrarse con Hugh Gallagher —añadió Andrew.

—Apostaría mi cabeza a que fue lo segundo —respondió Roberto.

Sophie caminó apresurada hacia la salida entre la marabunta de viajeros del aeropuerto JFK. El caos emocional que había sufrido su vida durante las últimas cuarenta y ocho horas no había hecho más que anticipar su deseo de marcharse de París cuanto antes. Después de lo sucedido necesitaba un respiro. Apartarse de esa avalancha de enredadas emociones era la única fórmula que conocía para seguir adelante. Afortunadamente Hugh no la había presionado y quizá por eso estaba aún más furiosa. Era condenadamente perspicaz y sabía que si la forzaba a tomar una decisión la perdería de forma definitiva, de modo que las palabras que le había dejado en el buzón de voz de su móvil todavía resonaban en sus oídos como un regalo, como un recordatorio de que pese a la complejidad de la situación en la que ambos se hallaban envueltos, merecía la pena intentarlo.

«Estaré esperándote. Llámame cuando estés preparada», le había dicho.

611

Su ataque de súbita nostalgia fue sustituido por el optimismo cuando entre la concurrida terminal distinguió el risueño rostro de su hijo, que venía acompañado de su tío Roberto y de sus primas Katie y Rachel. Los abrazó a todos con entusiasmo. Alex se agarró con fuerza a su cuello y le susurró algo al oído. Algo que la dejó momentáneamente paralizada.

—Creo que lo saben. Lo de Hugh —le dijo en un débil murmullo.

Sophie se separó de él ligeramente con la finalidad de ver en su rostro algún indicio de culpabilidad.

—Vaya, hermanita. Estás radiante —le dijo Roberto con una sonrisa sospechosa.

Sophie intercambió una rápida mirada con su hijo.

Los ojos de Alex solo le decían: «Yo no he sido. Te lo juro».

Roberto estaba apoyado sobre el marco de la puerta de su habitación. Desde que habían llegado a casa Sophie no había parado de hablar atropelladamente de trabajo y de temas de dudable trascendencia. No paraba de un lado a otro ordenando y organizando lo que ya estaba más que ordenado y más que organizado. Iba lanzada y

Roberto supo que aquello solo tenía una explicación. Estaba eludiendo algo, evitando algo o al menos postergando algún tema de conversación que obviamente no deseaba que saliese a colación.

—¿Eh? ¿Por qué no te tomas un respiro? Deja eso para más tarde.

—Antes de ir a casa de los abuelos tengo que salir a comprar un regalo para Camille. Su cumpleaños fue la semana pasada y no le he traído nada.

—Eso puedes hacerlo mañana.

—Alex, ¿has hablado con tu amigo Luke? Olvidé decirte que ayer hablé con su madre y van a estar aquí para el día de tu fiesta de cumpleaños —le dijo a voces desde el umbral de la puerta.

—Sí —gritó Alex desde el salón.

—¿Quieres parar de una vez? —le reprendió Roberto sujetándola por los hombros.

Sophie le dedicó una mirada indecisa.

—Acabas de llegar de un largo viaje. Hace tiempo que no nos vemos. Lo más natural del mundo es que hubieses mandado el equipaje a hacer puñetas, que te olvidaras de todo lo que tienes que hacer por un instante y te sentaras a charlar con tu hermano. Relájate, por el amor de Dios. Estás de vacaciones.

—¿Vacaciones? Llegar al hogar que he compartido con mi marido fallecido para pasar tres semanas. ¿Crees que me tomo esto como unas vacaciones?

—Deberías hacerlo. Hay gente que daría el sueldo de un año por tener la oportunidad de pasar tres semanas en esta ciudad y bajo un techo semejante a este, por muy plagado de recuerdos que esté.

—Bien. Me queda la satisfacción de que al menos tú puedes aprovecharlo.

Se apartó gradualmente de él y se marchó en dirección a la cocina. Roberto la siguió. Abrió la nevera y sacó un par de cervezas.

—Subamos a la terraza. Aquí no quiero fumar —le ordenó.

Sophie accedió porque sabía que si no lo hacía tenía todas las de perder.

Se fijó en el ejemplar de *Los pilares de la tierra* que descansaba sobre la mesa de la azotea. Tomaron asiento bajo la pérgola con medio cuerpo expuesto al sol. Sophie bebió casi la mitad de la cerveza mientras observaba en silencio a Roberto hacer lo mismo mientras se fumaba el cigarrillo.

—Por fin he conseguido que te lo leas —dijo finalmente Sophie.

—Que me lea qué.

—El libro —señaló ella con la vista.

—Ah, el libro. No, en realidad no lo estoy leyendo. El libro está sobre esta mesa por otro motivo.

—Bien, pues no me apetece que lo dejes a la intemperie. Es un ejemplar de una primera edición. Sabes la importancia que le doy a estas cosas y deberías valorarlo.

—Lo haré, descuida. En cuanto te muestre algo que he encontrado entre sus páginas.

Sophie extendió su brazo para llegar al libro pero su hermano lo deslizó hasta su lado de la mesa. Apagó el cigarrillo sobre el cenicero y arrastró la silla para situarse frente a su hermana. Se inclinó hacia ella tomándola de las manos.

—Me gustaría oírte decir que estás empezando a pasar página. Nunca pienses que por hacerlo vas a traicionarle.

Sophie supo que estaba al corriente. No imaginaba que ambos compartían informaciones muy dispares.

—Veo que no puedo mantener mi vida privada al margen. Parece ser que cada paso que doy es objeto del escrutinio de los que me rodean —se quejó fastidiada.

—Nadie pretende examinarte. Solo nos preocupamos. Y en cuanto a Alex, no seas dura con él porque ha sido muy discreto. Se le escapó el nombre de Hugh en un par ocasiones pero es muy listo y salió airoso de la situación. Es otra la causa que nos ha llevado a descubrir la existencia del doctor Gallagher.

Sophie se deshizo de sus manos en un acto reflejo. Tenía los ojos abiertos de par en par.

—¿Cómo sabéis que…?

Roberto abrió el libro por la primera página, allí donde dos años antes su hermana había plasmado esas bellas palabras. Observó cómo apretaba los párpados después de haberla leído.

—En la mitad del libro encontrarás un sobre con una carta —le indicó.

Sophie extrajo el sobre. Cuando descubrió el nombre de Hugh Gallagher y aquella dirección de Dublín escrita de puño y letra de Ben creyó desplomarse. Su hermano la sujetó con afecto.

—Pero ¿cómo? Quiero decir, ¿él lo sabía?

Roberto asintió y Sophie se llevó las manos hasta la boca para amortiguar un grito.

—Recibió la información poco antes de su muerte. Un remi-

613

tente desconocido le envió un CD con información confidencial concerniente a un programa internacional de perfiles genéticos. Desde Dublín —especificó.

De modo que ya estaba al tanto de todo.

—¿Pudo haberlo mandado Hugh?

—Lo dudo.

Sophie también lo dudaba.

—¿Por qué no llegó a enviarla?

—Eso nunca lo sabremos. Lo único que nos ha quedado claro es que aunque ahí ponga el nombre de Gallagher, esa carta también iba dirigida a ti y la dejó en un lugar bien visible. Quería que tuvieses acceso a esa información. Lo que nunca imaginaría es que el destino se le adelantaría. Creo que simplemente lo dejó en tus manos. Fue una sabia decisión.

Sophie abrió el sobre con manos temblorosas. Su hermano se puso en pie.

—Es mejor que lo hagas sola. Yo estaré abajo. —Se inclinó para besarla en la frente.

Roberto esperó pacientemente en la cocina. Se preguntaba si habría sido adecuado dejarla a solas con aquel enjambre de frases rebosantes de una inmensa carga emocional apuntando directamente a lo más profundo de su corazón. Escuchó sus pasos y se dio la vuelta para indagar en sus ojos, en busca de signos que le indicasen que apoyaba la decisión de Ben de haber compartido esa información con ellos.

—¿Saben Patrick y Julia todo esto? —preguntó con voz aún convulsa pues todavía estaba digiriendo el alcance del contenido de la carta.

—Lo saben todo.

Sophie se acercó indecisa a su hermano. Roberto sabía lo que necesitaba y su hermana tembló entre sus brazos.

—Comprenden que me haya enamorado de él. Lo comprenden, ¿verdad?

—Lo comprenden, Sophie. Todos lo comprenden perfectamente.

La dejó llorar. Sabía que era la única forma posible de aplacar las dudas que la devoraban. Alex no tardó en aparecer en el umbral de la cocina y Roberto alzó su mano para indicarle con un gesto que todo estaba bien. Sophie intuyó la presencia de su hijo y se separó del reparador abrazo de su hermano para acudir a él.

—¿Te has peleado con Hugh? —le preguntó.

—No, Alex. Solo nos hemos dado un tiempo para poner ciertas cosas en orden.

—Excusas. La gente que dice eso termina siempre separada.

—Ves demasiada televisión —apuntó su tío con media sonrisa tratando de aplacar los ánimos.

Sophie buscó el beneplácito de Roberto. Sabía perfectamente cuál era el siguiente paso y un simple movimiento de ojos le bastó para saber que iba en la dirección correcta.

—Escuchad los dos. Creo que deberíamos sentarnos a hablar largo y tendido.

—¿De qué? —preguntó Alex.

—De papá y de Hugh.

615

Capítulo treinta y tres

—¿*C*ómo se lo ha tomado Alex? —le preguntó Julia mientras volvía a llenar de té helado el vaso de Sophie.

Llevaban más de tres horas sentadas en la terraza de su residencia de Central Park West, compartiendo y calibrando la trascendencia de todos los cambios sufridos en sus vidas en las últimas horas.

—Sinceramente, Julia, me interesa mucho más cómo os lo habéis tomado vosotros —le dijo apretándole el brazo con ternura—. Alex piensa que somos una familia de película.

—Esa habría sido la respuesta de su padre —respondió Julia mostrando una tenue sonrisa. Se detuvo para tomar aire. No quería que sus emociones aflorasen de nuevo—. Es Patrick quien me preocupa.

—Lo sé. No ha estado muy comunicativo. Para él también ha sido un gran golpe, Julia. Para todos lo ha sido. Aún estamos conmocionados por todo esto.

—Se siente culpable.

—¿Culpable?

—Culpable por no haberse dado cuenta de lo que había sucedido en la sala de partos. Se culpabiliza de no haber reaccionado.

—Julia, por lo que me habéis contado, llegó en pleno mes de diciembre, de madrugada, a diez grados bajo cero en un país extranjero cuya lengua desconocía y le dicen que la mujer que ama está a punto de dar a luz a su hijo. Pese a todo, Patrick y tu hermano reaccionaron a tiempo. Si no lo hubiesen hecho jamás habrías llegado a tener a Ben en tus brazos.

—¿Y yo? ¿Cómo no sentía a mis dos bebés? ¿Qué clase de madre no nota algo así?

—Te drogaron, Julia. Te utilizaron. Ni tú ni Patrick sois responsables de lo sucedido.

—Patrick culpa a su padre, culpa a aquella maldita guerra en la que no tuvo que haber metido sus narices. Nada de esto habría sucedido. Él habría crecido con su madre y no bajo la tutela de un padre que se abandonó a sí mismo con la sola idea de tomarse la justicia por su cuenta. Y yo culpo a los míos. Me avergüenza pensar que viví bajo el mismo techo que dos asesinos nazis que se hacían llamar mis padres.

—No has sido la única, Julia. Estoy convencida de que hay cientos de historias como la tuya a lo largo y ancho del planeta. Piensa en esos otros padres que te dieron una vida mejor y que han hecho de ti una mujer llena de valores, valores que has inculcado a cada uno de tus hijos.

—No pude inculcarle esos valores a Hugh.

—Alguien se encargó de hacerlo por ti.

Julia no quiso hacerlo pero sabía que tenía que dar el paso.

—¿Te ha hablado él... de su familia? Quiero pensar que terminó en manos de una buena familia.

Sophie supo que había llegado el momento pero no sabía por dónde empezar. No ganaba nada con disfrazarle la realidad de modo que trató de ser lo más suave posible.

—Hugh no tuvo una infancia fácil. Ha sido un hombre que se ha hecho a sí mismo.

Patrick acababa de entrar en la terraza. La miraba fijamente, a la espera de que prosiguiera con aquello que tan trabajosamente se esforzaba por contar.

—Hugh se crio con Dieter y Claudia. Nunca se deshicieron del bebé. Esa fue la forma en la que tu hermano perpetró su venganza.

—Oh, Dios mío —susurró Julia horrorizada.

Patrick no daba crédito a lo que acababa de escuchar. Su cuerpo estaba allí pero su mente comenzó a divagar hacia el pasado, hacia esa noche de diciembre en la que recibió la llamada de una voz desconocida. La llamada que lo había puesto en alerta y de cuyo rastreo se había encargado Alan Gallagher. Regresó a aquella mañana de febrero. El artículo del periódico en el que se anunciaba el aparente suicidio de Dieter Steiner. El telegrama. La cita con Alan en el Empire State. La carta. Su despedida. Sus últimas palabras.

> No olvides que con su... marcha... yo también he resultado beneficiado.
> Cierra esta etapa de tu vida y no vuelvas a mirar atrás. Jamás.
> Abraza a Ben de mi parte y protégelo porque ese hijo tuyo es un milagro. No lo olvides nunca.

He jurado protegerla a ella y a ese niño que ya considero como mi propio hijo aunque eso implique mi condena.

«Hugh. Gallagher», pensó.

—Creo que es el momento de que os cuente su historia —dijo finalmente Sophie.

—Antes de eso, quiero saber algo y quiero saber la verdad —exigió Patrick—. Dime que Alan lo protegió de Steiner. Dime que lo hizo o juro por Dios que me plantaré en su tumba y no quedará nada de ella.

Julia no supo si era furia o dolor lo que expresaban sus ojos.

—Ambos lo protegieron, Patrick. Lo protegieron hasta el punto de jugarse la vida en el intento.

El 14 de agosto, tres días después de la celebración del cumpleaños de Alex, Sophie volvía a estar sentada dentro de un avión de Air France de regreso a París. Sus planes de permanecer en Nueva York hasta final de mes se habían visto trastocados por una causa de fuerza mayor. El factor tiempo había sido una especie de postulado durante los últimos años de su vida. El tiempo que perdió estando apartada de Ben, el tiempo que estuvo a su lado, el tiempo de vida que le quedaba, los años que Hugh había estado lejos de sus padres biológicos, el tiempo que había necesitado para curar las heridas de la ausencia. El tiempo, el maldito tiempo que pasaba por delante de todos ellos recordándoles que en cualquier momento las agujas del reloj se detendrían.

Esta vez no regresaba sola. Julia y Patrick la acompañaban en ese nuevo periplo hacia el encuentro con el hijo cuya existencia nunca conocieron, y que fue arrancado de sus raíces para ser depositado en manos de un demente. No le cabía duda de que tras los extraordinarios acontecimientos era primordial que diesen el paso a la mayor urgencia. El destino había jugado a su antojo y no estaban dispuestos a postergar ni un minuto más el anhelado desenlace. No deseaban delegar en Sophie la responsabilidad de convencer a Hugh para que viajase a Estados Unidos. Sophie sabía que para Hugh el simple hecho de pensar en una reunión familiar de bienvenida habría sido algo estresante. Pese a su corta relación, y teniendo en cuenta sus antecedentes personales, era preferible hacerlo todo de forma más pausada. Paso a paso. Por fases. En su entorno sería más fácil de sobrellevar la adaptación de la nueva situación para ambas

618

partes. Empezarían por el núcleo familiar. De ese modo no se veía presionado por el hecho excepcional de pasar de ser hijo único y huérfano a formar parte de una familia numerosa.

Había dormido como una marmota. Después de la tensión acumulada de los últimos días, su cuerpo respondió obligándola a caer desfallecida sobre la almohada. Por la mañana se levantó muy temprano para comprar pan recién hecho mientras Julia y Patrick aún dormían. Terminó de reponer fuerzas preparando un completo desayuno. El aroma del café despertó a sus huéspedes y aprovechó mientras se hacían las tostadas para telefonear a sus padres con los que había hablado largo y tendido sobre el nuevo miembro de la familia. Su madre no daba crédito aún a la sorprendente historia. Su padre, conociendo parte de la historia de la Rosa Blanca, dijo algo en lo que se había puesto a pensar durante los días precedentes.

Su abuelo Pascal había sabido desde el principio quién era John Benjamin O'Connor. No olvidaría jamás aquellos días en Madrid antes de su boda. Fue consciente de cómo sus sagaces ojos danzaban sonrientes cada vez que Ben y ella andaban cerca dándose muestras de cariño. Los contemplaba con una curiosa mezcla de orgullo y satisfacción. De nuevo el factor tiempo hacía acto de presencia. Si su abuelo hubiese vivido más tiempo, podría haberle hecho muchas preguntas y quizás así habría podido comprender la historia desde sus comienzos. Se había llevado esa parte de la historia con él a la tumba, al igual que se la había llevado Edward O'Connor. Ese hombre que había llevado el amor por su esposa hasta sus últimas consecuencias. Ahora cobraban sentido las palabras confesadas por su abuelo a Ben el día que contrajeron matrimonio.

619

Estaba orgulloso de que alguien apellidado O'Connor hubiese entrado a formar parte de la familia Savigny.

Me dijo que ya podría morirse tranquilo porque si hacía honor a mi apellido y a mis orígenes, sabía que te protegería.

—Saldremos a tomar el aire y daremos un paseo por el barrio mientras tú te organizas —le dijo Julia.

—No es necesario. Os podéis quedar aquí.

—Estamos en París. Para ti es normal porque haces aquí tu día a día pero para nosotros es una excepción. Estamos solos en una ciudad espectacular y sin nietos dando la lata.

Sophie sonrió.

—Supongo que querrás telefonearlo antes de ir a verle. Tómate tu tiempo, Sophie. Nosotros hemos esperado cuarenta y dos años. Podemos esperar un día más —la tranquilizó.

—De acuerdo. Iré a darme una ducha. Necesito estar despejada para llamarle.

Patrick le dio un abrazo.

—Todo va a salir bien —le dijo convencido de que así sería.

—Eso espero. No imaginas las ganas que tengo de veros a todos juntos, aunque falte Ben.

—Hugh ha sido el regalo de Ben. Recuerda sus palabras en la carta —añadió Julia.

—Una cosa más —añadió Sophie—. Quisiera quedarme esta noche... con él. Espero que...

—Cariño, no necesitas nuestro consentimiento para algo semejante —le reprendió Julia con aire indulgente.

—Hugh sigue siendo nuestro hijo —aclaró Patrick.

—Lo sé pero de todos modos prefería decíroslo.

—Pues dicho queda. Y ahora despéjate y vete cuanto antes para decirle lo mucho que le quieres —concluyó Julia con una maternal sonrisa cargada de emotividad.

620

Lo telefoneó al móvil pero no respondió. Esperó pacientemente a que le devolviera la llamada. Lo hizo pasados diez minutos.

—Lo siento. Estaba con un paciente. ¿Qué tal estás?

—Estoy en París. He regresado.

—¿Va todo bien? ¿Ha sucedido...?

—No, tranquilo. Estoy bien.

—¿Y Alex?

—Alex se ha quedado en Nueva York.

Se produjo un breve silencio.

—Me dijiste que te llamase cuando estuviese preparada.

—Termino dentro de un par de horas ¿Quieres que me pase por casa?

—Preferiría que fuese en la tuya.

—¿Tienes visita?

Ella vaciló antes de responder.

—Te veo en casa sobre las siete. Descansa.

—No necesito descansar. Necesito verte.

—Tendrás que esperar hasta las siete.

Otro breve silencio volvió a inundar la línea telefónica.

—De acuerdo. Estaré contando los minutos —dijo él finalmente.

Sophie puso fin a la llamada. Permaneció abstraída unos instantes pensando en los cambios que se producirían en las vidas de todos en las próximas veinticuatro horas.

Al primer timbrazo le abrió la puerta. Se quedó paralizada. Todavía le resultaba inconcebible que sus vidas se hubiesen vuelto a cruzar de aquella manera tan rocambolesca. Verse expuesta ante esos serenos ojos azules que no armonizaban en absoluto con la evidente incertidumbre que lo absorbía, era algo para lo que no había estado preparada. Se suponía que era él quien debía aplacar sus recelos, quien debía decirle que ambos estaban predestinados a vivir el momento que estaban viviendo, a culminar el deseo de comenzar una vida en común, enfrentándose juntos a cualquier contingencia que pudiera depararles el futuro. Pero teniendo siempre presente que el pasado era el que los había unido y sin olvidar jamás que no era una nueva historia la que comenzaban sino la continuación de un nuevo capítulo del mismo libro de la vida, de la vida de Ben, la de Hugh, la de ella.

Las miradas de ambos se quedaron en suspenso. Fue Hugh quien extendió su brazo y tomó de la mano a Sophie. Entrelazaron los dedos mientras que con la mano que le quedaba libre cerraba la puerta.

—No te imaginas lo que te he echado de menos —le dijo al tiempo que tiraba ligeramente de ella para franquear la mínima distancia que los separaba—. Jamás creí poder añorar a alguien como te he añorado a ti.

Él no la soltó de la mano. Sus dedos seguían perfectamente acoplados a los de ella.

—Si algo te pasara yo… —comenzó a decir ella.

Hugh condujo la mano con ternura hacia sus labios y se la besó. La atrajo suavemente hacia él aprisionándola en un embriagador abrazo que pareció durar una eternidad.

—No importa el tiempo, Sophie. Me conformaría con vivir este instante mil veces.

Ella iba a abrir la boca pero él la silenció con un prolongado beso que resucitó en ella un acuciante deseo. Se apartó jadeante.

—Antes quiero…

621

—Ahora no —la interrumpió al tiempo que la elevaba en sus brazos acallando nuevamente sus labios con los suyos.

La llevó al dormitorio, abandonando la lucha interna que ambos habían mantenido, dejándose llevar, rindiéndose y entregándose sin tregua, arrinconando toda traba emocional arbitrariamente impuesta. Cuando Hugh volvió a fundirse en ella pensó en sus palabras la primera noche de hacía ya unos meses atrás. «Una vez que entres en mi cama ya no podrás salir de mi vida.»

Los ojos de Sophie eran en ese instante un espejo de su alma y Hugh supo que se quedaría para siempre.

Hugh fue el primero en despertar y un simple movimiento bastó para que Sophie ronroneara contra su cuello.

—Estoy hambriento. Voy a preparar algo de comer —le dijo después de depositar un beso en su frente—. Me has dejado sin energías.

Sophie sonrió adormilada ante su comentario mientras lo veía escabullirse de la cama exhibiendo con extraordinaria familiaridad su excepcional desnudez. Se metió en el baño y Sophie dilató un poco más ese momento de holganza bajo las sábanas. Una palmada en el trasero volvió a despertarla.

—Vamos, deja de hacerte la remolona. Te quiero en la cocina en cinco minutos.

Los cinco minutos se convirtieron en quince cuando Hugh se vio atrapado por los brazos de ella desde atrás.

—Mmm…

—¿Ese «mmmmmmm» va por mí o por la cena que estoy preparando?

—Por ambas cosas —respondió con voz melosa.

Él se apartó un instante para alcanzar el bol de la ensalada. Se lo entregó y depositó un beso fugaz en sus labios.

—Llévalo a la mesa y ve abriendo la botella de vino para que se oxigene.

Sophie obedeció mientras él retiraba de la sartén dos lomos de salmón fresco y los depositaba en sus correspondientes platos. Lo vio añadir una salsa con esmero. Se acercó a la mesa y los sirvió.

—*Voilà*.

—Tiene una pinta excelente.

Hugh levantó la vista hacia ella. Se quedó mirándola unos instantes y acto seguido deslizó una mano para cubrir la suya.

—Me gusta tenerte aquí —le confesó luciendo una relajada sonrisa.

—Me gusta estar contigo —le respondió ella.

Hugh retiró la mano y alcanzó la botella de vino. Vertió una generosa cantidad en ambas copas. Alzó la suya sin apartar los ojos de ella.

—Brindo por el futuro —dijo.

—Por un futuro lleno de buenos cambios —añadió Sophie.

Sophie lo detuvo cuando se ponía en pie para retirar los platos.

—Yo me encargo. Tú has cocinado.

—Entre los dos terminaremos antes —protestó él haciendo caso omiso.

—Espérame en el sofá. Ni se te ocurra moverte.

—Con una condición —le dijo tomándola por cintura—. Quédate esta noche.

—Me he bebido media botella de vino. No estoy en condiciones de conducir hasta casa.

Hugh reprimió una risa. La observó mientras trasteaba en la cocina. Se le hizo eterna la espera hasta que pasó por su lado.

—¿Dónde vas?

—Creo que ha llegado el momento de mostrarte algo.

Hugh la miró con rostro interrogante mientras ella salía al vestíbulo y extraía algo de su bolso. Regresó al sofá y se sentó a su lado con un sobre sellado en la mano.

—¿Qué es eso?

—Una carta que Ben dejó escrita. Es para ti.

—¿Para mí?

Sophie se la entregó y observó la rigidez de su rostro al ver su nombre escrito a grandes trazos por su hermano fallecido.

—Hospital Saint Vincent —musitó sorprendido y aturdido—. ¿Cómo sabía…?

—Alguien le mandó la información del programa Hutchkins. Descubrió lo mismo que tú con la salvedad de que a él se lo sirvieron en bandeja. Un CD encriptado en el que se revelaba vuestra secuencia genética idéntica así como unas fotografías tuyas que confirmaban dicha teoría.

Hugh se quedó sin habla. Se le hizo un desagradable nudo en la garganta que no pudo disimular. Su mente comenzó a trabajar con rapidez mientras trataba de ponerle nombre y apellidos a la persona

623

que podía haber estado detrás de todo aquello. No supo por qué pero le vino a la cabeza la imagen de Arthur Downey que por aquel entonces había mostrado estar más obsesionado que él con la búsqueda de la pista que llevase hasta el paradero de su hermano. Prefirió no imaginar qué tipo de eminencia informática le había ayudado en tan arriesgada pesquisa como para no dejar ninguna huella fraudulenta. Ahora comprendía por qué había aceptado un puesto en el Hospital King's College de Londres.

—¿Ben lo sabía?

—Se enteró semanas antes de su muerte.

—¿Y hasta ahora no me lo habías contado?

—Mi hermano Roberto y tu… tu hermana Erin lo descubrieron mientras estaban en mi apartamento el día antes de mi llegada a Nueva York. Ben lo dejó en un libro que le regalé y le dediqué mientras estábamos en Rhinecliff durante su tratamiento.

Hugh no supo qué decir. Todo aquello comenzaba a asemejarse cada vez más a un interminable drama. Se preguntó qué otras sorpresas le tenía guardado su paradójico destino.

—Puedes leerla cuando quieras. No tienes que hacerlo ahora.

Hugh permaneció en silencio observándola unos instantes. Acto seguido desdobló la cuartilla y comenzó a leer.

Querido Hugh:

Confieso que he meditado durante horas sobre este paso que voy a dar. Un paso que probablemente no produzca cambios sustanciales en mi vida ya que mis días están contados debido a un tumor que pronto entrará en fase terminal. No me explico aún cómo logro mantener el pulso para escribirte estas palabras pero hago lo imposible por sacar fuerzas de donde ya no queda más que el desaliento ante el inevitable desenlace. No sé si cuando termine de redactar esta carta llena de confesiones seré capaz de hacértela llegar. Quizá para cuando logre terminarla ni siquiera recuerde el motivo por el que comencé a escribirla.

Esta extraordinaria información ha llegado a mis manos en un momento de mi vida que no sabría cómo calificar. Quizá como inoportuno o quizás ha llegado como la respuesta a una plegaria imposible. Me he remontado al pasado, supongo que es un acto reflejo de todo ser humano que sabe con certeza que su final está cerca. Ambos nacimos en una gélida noche de diciembre de 1965 en la ciudad de Múnich. Mi abuelo nunca quiso saber de nosotros ni del resto de mis hermanos, tus hermanos, por razones que nunca alcancé a comprender. Todos necesitamos crecer para comprender ciertas actitudes de los adultos. Siempre imaginé que lo excepcional de las circunstancias que rodearon mi nacimiento tenía que ver con esas cosas que solo entendían los adultos. Lo que nunca imaginé es la hostilidad que nuestra llegada a este mundo provocaría en algunas personas. La primera vez que vi a mi abuelo ya contaba con edad suficiente para presentir determinadas cosas.

Crecí rodeado de todas las comodidades, cobijado por el calor de una familia y unos valores que han pasado de generación en generación, teniendo siempre presente esas raíces irlandesas y alemanas que han hecho de mí el hombre que soy.

No puedo negar que viví una infancia feliz, al menos eso es lo que la mayor parte del tiempo trataba de hacer creer a todos. No me malinterpretes. Crecí creyendo que había algo en mí que fallaba. Pesadillas, noches en vela, premoniciones, recuerdos que no tenía por qué recordar porque no los consideraba como míos. Pasé por psicólogos e incluso por alguna sesión de hipnosis en la que fue la primera vez que pude controlar mi mente para no despertar más alarmas en mis profesores ni en mi familia. Ahora, después de todos estos años, he comprendido lo que me sucedía. No eran sueños imposibles y menos aún pesadillas. Estaba viviendo tu realidad, una realidad de la que yo huía porque no me pertenecía pero que estuvo ahí, acechándote sin que yo pudiese hacer nada para remediarlo porque solo era un chiquillo y los chiquillos no entienden nada. Pero crecí, me convertí en un hombre y tú fuiste creciendo conmigo sin que yo lo supiese. Si a ti te ha sucedido lo mismo, solo ruego a Dios que no hayas tenido que sentir lo que yo estoy sintiendo en este preciso instante. La aceptación de que he perdido la batalla, la aceptación de que tarde o temprano me convertiré en un recuerdo para la mujer que he amado y amaré por encima de todas la cosas, la aceptación de que he fracasado estrepitosamente en mi promesa de ver crecer a nuestro hijo a su lado. Siempre me decía que yo era insustituible, que, a no ser que apareciese alguien exactamente igual a mí, jamás se volvería a enamorar. Sophie, cariño, sé que vas a leer esta carta y lamento decirte que una vez más te has convertido en esclava de tus propias palabras. Alguien como tú no puede dejar de amar y de dar como tú das, sin esperar recibir nada a cambio. Si lo hicieses dejarías de ser la excepcional mujer de la que me enamoré y que me ha hecho disfrutar de cada minuto de mi vida como si fuese el último.

Hugh, si has sentido lo que yo he sentido, no me cabe duda de que eres la única persona que podrá hacer en vida lo que yo no pude hacer.

625

Sé que Sophie se cruzará en tu camino más pronto de lo que imaginas. Es hora de cederte el puesto que de forma caprichosa te arrebató el destino. Es hora de que ocupes el lugar que siempre debiste ocupar. No eres un relevo. Una vida es irreemplazable y jamás podrá ser sustituida por otra pero me reconforta saber que al menos tu presencia logrará llenar ese vacío.

Aunque no hayamos crecido juntos hemos sentido juntos. Lamento no haber estado a tu lado. Lo único que me consuela es que no lo estaré lamentando durante el resto de mi vida, porque mi vida ya tiene una fecha inmediata de caducidad. Ser feliz será una tarea fácil teniendo a Sophie a tu lado. Prométeme que la amarás y cuidarás tal y como yo lo he hecho. Para eso solo tendrás que sentir tal y como alguna vez probablemente sentiste.

Tu hermano,

BEN

A Hugh le tembló el pulso mientras doblaba el papel. Ni siquiera atinó a introducirlo en el sobre. Tardó en reaccionar si bien no logró ocultar el torrente de emociones que se abrían paso a través del resplandor de sus ojos. Su voz amenazó con desintegrarse y tuvo que aclararse la garganta, pero ni aun así fue capaz de articular palabra. Fue Sophie quien lo hizo por él.

—Sabía que ese libro era especial y por eso lo eligió expresamente. Imagino que probablemente tenía intención de enviártela pero nunca sabremos por qué razón no lo hizo. He llegado a la conclusión de que prefirió dejar la decisión en mis manos.

—¿Qué decisión?

—La decisión de quedarme a tu lado para siempre.

Hugh guardó silencio quedando a la espera de que su cerebro y su corazón se pusiesen de acuerdo para asimilar el alcance de aquellas palabras.

—¿Es esta carta lo que te ha ayudado a decidirte?

Sophie negó con la cabeza.

—Ben te da su aprobación ¿Es por esa razón por la que has regresado a París antes de tiempo?

—No necesito la aprobación de nadie para saber lo que siento. Lo tenía decidido desde mucho antes y, lo creas o no, no era de ti de quien huía sino de mí misma. Me asustó reconocer que te necesitaba y por eso me marché.

Sophie observó como él se levantaba, dándole la espalda y apoyándose sobre el marco de la ventana. No supo cómo interpretar ese dilatado silencio bajo el cual parecía haberse refugiado, dejándola a ella al otro lado de una línea invisible que no sabía si se atrevería a cruzar. Sophie le hizo la pregunta que él estaba esperando.

—¿Sentiste alguna vez lo que él sintió? —se atrevió a preguntar con cautela.

Hugh no se movió de su lugar, tan solo inclinó la cabeza hacia un lado. Sophie pudo contemplar desde aquel ángulo su agraciado y seductor perfil aún acentuado por la leve tensión alojada en su mandíbula. Él asintió con firmeza.

Sophie no pudo resistirse por más tiempo y se puso en pie. Permaneció tras él un breve instante, esperando una señal que le demostrase que ese momento de reclusión había finalizado.

—¿Lo saben ellos? —preguntó él sin arriesgarse aún a ese contacto visual.

—Lo saben. No he viajado sola. Patrick y Julia están aquí, en París, y esperan el momento de reencontrarse contigo —le confesó de golpe sabiendo que ya no sería capaz de postergar ni un minuto más la intolerable ansiedad que empezaba a mermar su disfrazada entereza.

Esta vez Hugh sí se permitió el lujo de alzar la vista hacia ella, sobresaltado, conmocionado, pero sobre todo atrapado por la incertidumbre. Sophie se acercó a él franqueando definitivamente la distancia.

627

—No sé si estoy preparado. No creo que pueda hacerlo.

—Tarde o temprano tendrás que hacerlo y cuanto antes lo hagamos mejor será para todos.

—¿Y si… y si no soy lo que ellos esperan?

—No esperan nada de ti, Hugh. Solo quieren recuperar el tiempo perdido.

—No es tan fácil, Sophie.

—Lo sé, pero Patrick y Julia te allanarán el camino. Erin, Andrew y Margaret te ayudarán a hacerlo. Incluso Alex pondrá de su parte.

—Soy un desconocido para ellos.

—Te equivocas. Han experimentado a través de Ben muchas de las cosas que te han sucedido a ti y a las que nunca encontraron explicación. Estás más unido a tus padres de lo que piensas.

—¿Y si no logro hacerte feliz? ¿Y si no logro hacerlo tal y como él lo hizo? —quiso saber al tiempo que atrapaba su rostro con ambas manos.

—Ahora es mi turno.

—¿Tu turno?

—Soy yo quien debe hacerte feliz a ti.

Hugh colocó su boca sobre la de ella como un regalo mientras con una creciente presión acariciaba la línea de su espalda atrayéndola a él suavemente al principio para después atraparla entre sus brazos con enérgico entusiasmo.

—¿Eso significa que te quedas conmigo? —le preguntó con voz entrecortada a tan solo un centímetro de sus labios.

—De alguna manera siempre he estado contigo, Hugh.

Ambos permanecieron unos instantes mirándose a los ojos sin decir nada. Entonces Sophie pronunció las palabras con las que Hugh había soñado cientos de veces. La diferencia estribaba en que en aquel instante, él era el destinatario de las mismas y no su hermano.

—Te quiero —le dijo.

—Yo también, Sophie, más de lo que jamás he estado dispuesto a soportar.

Hugh se desplazó inconscientemente al otro lado de la cama. Abrió los ojos para asegurarse de que nada de lo sucedido era un sueño. Respiró tranquilo cuando observó la silueta de Sophie bajo las sábanas. Su sueño debió de ser tan ligero como el suyo porque ella también se despertó. Hugh aprovechó para arrastrarla hasta sus brazos y ella le dedicó una aletargada sonrisa.

—Sigue durmiendo. Me gusta contemplarte mientras duermes.

Sophie se acurrucó contra él descansando el rostro al abrigo de su cuello al tiempo que su mano avanzaba inconscientemente hacia la solidez de su torso desnudo, volviendo a tropezarse con el delgado trazado de su cicatriz. Sus dedos moldearon la delgada línea con tal delicadeza que Hugh se vio obligado a reaccionar cuando esos dedos fueron sustituidos por la tersura de sus labios.

—Fue el día de tu duodécimo cumpleaños, ¿no es cierto? —le dijo alzando la vista hacia él que la miró sorprendido.

Hugh se tomó su tiempo para responder.

—Así es. No estaba jugando al escondite. Mi madre me escondió en aquel zulo construido con sus propias manos para apartarme de la ira de mi padre.

—No era tu padre, Hugh.

—Para mí era el único que conocía en aquel momento.

Sophie elevó su rostro para depositar un beso sobre sus labios y regresó a su posición original.

—Ben tuvo una terrible pesadilla esa noche. Sus aterradores gritos despertaron a Julia y a sus hermanos —prosiguió ella—. Patrick estaba de guardia en el hospital y antes de regresar a casa recibió una llamada de tu madre, de Claudia. Le avisó del peligro que corría Ben y de la sed de venganza de Steiner. Alan Gallagher fue quien siguió el rastro de aquella llamada hasta que alguien del FBI a quien debía más de un favor le dio el chivatazo de que estabais bajo un programa de protección.

—Un momento. ¿Alan terminó en Kilkenny porque Patrick lo había enviado? —preguntó alterado, cambiando de posición y permaneciendo con la espalda apoyada contra el cabecero.

—No. Fue quien le encargó que investigara el origen de aquella llamada desconocida. Alan nunca imaginó lo que se encontraría y menos aún que terminaría enamorado de la mujer que era objeto de su investigación.

—Alan lo sabía. Lo sabía y sin embargo...

—Y sin embargo se quedó a vuestro lado y os hizo felices, a ti y a tu madre.

—Sí, pero de todos modos él lo sabía y nunca... —comenzó a decir con la mirada fija en un punto perdido.

Sophie alcanzó su rostro y le obligó a mirarla.

—Alan Gallagher fue tu padre y llevas su apellido. No cuestiones jamás lo que hizo. Se enamoró de la mujer que te había arrebatado de los brazos de tu madre, mujer que pagó con creces su penitencia protegiéndote como lo hizo.

—Traicionó a Patrick.

—Te salvó de Steiner y si no hubiese sido por él ahora yo no estaría aquí contigo. Todo encaja. Este maldito juego del destino por fin ha terminado. Prométeme que no volveremos a mirar atrás salvo para recordar los buenos momentos, prométeme que mañana abrazarás a tus padres como si te fuese la vida en ello. Y no lo hagas por mí, ni por Ben. Hazlo por ti.

—Lo haré, Sophie. Te prometo que lo haré.

Patrick sintió que el corazón galopaba bajo su pecho como si de un momento a otro fuese a salírsele disparado. Al mismo tiempo Julia sujetaba su mano con fuerza para que su esposo no apreciase ese ligero estremecimiento del que no había podido deshacerse durante toda la mañana.

Hugh descendió del vehículo. El sol le cegó la vista y agachó inconscientemente la cabeza mientras tímidamente tomaba de la mano a Sophie para cruzar la calle. Julia supuso que él sabía que ambos estarían haciendo tiempo tras los cristales de la ventana esperando su llegada. Quizá por esa razón parecía tenso y no quería mostrarse tal y como era en su intimidad con Sophie.

Julia y Patrick intercambiaron miradas.

—Dios Santo —musitó Patrick incapaz de creer aún que algo semejante les estuviese sucediendo.

—Es… como… Santo cielo, Patrick. Esto es demasiado.

Era como ver una versión mejorada de aquella otra versión que desafortunadamente había quedado grabada en sus retinas. La desoladora imagen de su hijo Ben durante aquellos últimos días de su vida. Una versión exacta aunque con pequeñas puntualizaciones que lo diferenciaban. Julia se sintió invadida por una impetuosa marea de sentimientos encontrados. La vida había sido benévola con ellos pero ahora tenían ante sí el vivo recuerdo de las aberraciones cometidas por su hermano y por aquella mujer que finalmente decidió salvar la vida del hijo robado en detrimento de la suya propia. Claudia le había puesto uno de los nombres que ella había barajado cuando se había quedado embarazada. Había respetado ese último deseo suyo. Eso la honraba, como la honraba el hecho de haber logrado hacer de Hugh un hombre lo suficiente justo y honesto como para que Sophie le hubiese dado la oportunidad de dar una vuelta de tuerca a su vida. Solo por eso estaba dispuesta a perdonar. Sin embargo, no olvidaría jamás que el acto egoísta de esa mujer fue lo que llevó a Hugh a no vivir la vida a la que estaba predestinado desde su nacimiento sino a vivir otra completamente distinta que sin duda había dejado huella tras esos celestes ojos que, aunque profundos y sugestivos, carecían de ese fulgor chispeante que en contadas ocasiones desprendían los de su hermano.

Ben se había llevado muchas cosas con él, dejándolos a ellos con la sola esperanza y consuelo de esos otros hijos que seguían siendo los pilares de sus vidas. Pero un hijo era un todo que formaba parte de algo indivisible y por tanto insustituible.

Ahora la vida les brindaba la posibilidad de proyectar esa compleja felicidad de la que aún disponían en aquel ser que había estado refugiado y protegido de todo mal en su vientre durante ocho meses. Aquel bebé que les había sido injustamente arrebatado con la sola idea de cumplir una macabra venganza. Ese bebé se había convertido en el hombre que había amado durante años a la misma mujer que su hermano fallecido. Ese hombre que había removido cielo y tierra para encontrarle sentido a un pasado plagado de dudas que nadie se molestó en resolver. Ese hombre que había seguido los mismos pasos que su verdadero padre sin siquiera imaginarlo y que en aquel instante atravesaba la puerta de aquella estancia dispuesto a afrontar el reto más significativo de su vida.

Hugh no pudo evitar clavar los ojos en su madre en primer lugar. Acto seguido lo hizo con su padre. Ambos lo observaban boquiabiertos, con los ojos húmedos de las lágrimas que luchaban por mantenerse al margen, fascinados y embaucados por la corriente de energía que de forma súbita parecía impregnar el ambiente.

Fue Julia quien se acercó hasta él tendiéndole la mano. Hugh no vaciló cubriéndola con firmeza bajo la suya. Jamás olvidaría aquella sonrisa que le dedicó la mujer que lo había engendrado y que le había dado la vida. La mujer que sabía que habría puesto patas arriba la mitad del planeta para encontrarlo de haber sabido que existía.

—Bienvenido a casa, Hugh —logró decir Julia.

Hugh se tragó un desagradable nudo en la garganta. Apretó los labios para reprimir las lágrimas pero fue imposible evitar que alguna brotara de sus ojos. Alzó la vista hacia su padre, que al igual que él luchaba por mantener a raya sus emociones. Entonces Julia entreabrió los brazos y Hugh se fundió en ellos. Patrick se unió a su esposa y su hijo en aquel histórico momento.

—No sé qué decir —fue lo único que a Hugh se le ocurrió responder intercambiando una mirada rebosante de franqueza.

—Habrá tiempo para charlar, hijo —le dijo Patrick plenamente convencido de sus palabras.

Los tres se olvidaron de que Sophie no se había movido de su lugar. Fue Hugh quien se apartó ligeramente para extender su brazo hacia ella.

—Gracias —le dijo Hugh al tiempo que la tomaba de la mano.

—¿Por qué? —le preguntaron los tres prácticamente al unísono.

—Por demostrarme que no estoy solo en el mundo.

631

Cementerio de Greenwood, Brooklyn
Nueva York, Día de Acción de Gracias, noviembre de 2007

*E*l día había amanecido soleado en la ciudad de Nueva York. Los termómetros se habían mantenido constantes, oscilando entre los cinco y ocho grados a lo largo de la mañana. Al estar en un espacio abierto la sensación térmica se le hizo a Hugh aún más difícil de soportar, no por el clima en sí, sino por la frialdad que envolvía un lugar como aquel.

Perdió la noción del tiempo. Aún estaba al pie de la lápida de John Benjamin O'Connor, abstraído, totalmente ajeno al resto del universo, tratando de gobernar los mil y un pensamientos que se amontonaban en su cabeza. Divisó a lo lejos a una mujer que podría ser de la misma edad que Julia. Estaba convencido de que estaba a solas en aquella área del cementerio, la más bonita del lugar, si es que un cementerio podía merecer tales calificativos cuando la realidad era bien distinta. Para él era sinónimo de pérdida, desolación y soledad.

—Lleva viniendo cada día desde hace más de diez años —oyó a sus espaldas.

Se dio la vuelta sobresaltado. Era un sacerdote quien le hablaba. Tras él, a unos trescientos metros, contempló a la comitiva que desfilaba frente a los familiares de algún desafortunado que había terminado convirtiéndose en huésped permanente de ese paraíso de calma en el que solo se oía el leve rumor del viento levantando la hojarasca del suelo y rozando los árboles.

—¿Se refiere a ella? —le preguntó Hugh.

—Sí, su hijo falleció en medio de un tiroteo policial. Se encontraba en el lugar inadecuado y en el momento más inoportuno.

Hugh volvió a contemplarla. La mujer se arrodilló junto a la tumba y pudo ver como movía los labios.

—¿Y usted?

—¿Yo?

—¿Ha rezado ya por su hermano?

—¿Cómo dice? —preguntó Hugh aturdido al tiempo que miraba la lápida y después al sacerdote.

—Aquí no hay secretos, hijo.

Hugh palideció de repente con la vista otra vez fija en la lápida.

—Yo... hace tiempo que no rezo. No logro recordar ninguna oración.

—No hace falta. Limítese a hablar. Las palabras más espontáneas y sinceras salen directamente del alma.

—No sabría qué decir —murmuró más para sí mismo que para el sacerdote.

Se dio la vuelta, incómodo, pensando que el sacerdote continuaba allí, tomando en consideración su extraña actitud, pero había desaparecido. Se preguntó si se había tratado tan solo de su imaginación. Recorrió con la vista los alrededores para comprobar si le observaba alguien. La mujer continuaba arrodillada frente al recuerdo de su hijo perdido y se dio cuenta de que su mera presencia en aquel lugar tan triste le reconfortaba. Una repentina ráfaga de viento frío le azotó el rostro.

Quiso hacer balance de su vida y pese a las terribles experiencias de su infancia y las huellas que todo ello habían dejado en su adolescencia y juventud, fue consciente de que el balance había sido positivo. Pensó en Claudia y en Alan, en todo lo que le habían dado, en cómo se la habían jugado día tras día sin esperar nada a cambio. Pensó en Edward O'Connor y el destino. Finalmente el rompecabezas estaba completo. No quedaban piezas a las que encontrar su hueco. Era un hombre feliz que tenía todo lo que se podía desear, pero su felicidad se debía a que su hermano yacía allí enterrado. Eso lo tenía muy claro. Si Ben continuase vivo todo habría sido diferente.

Más allá de los dos metros de tierra veía con toda claridad el rostro de aquella otra parte de su ser. No tardó en notar el temblor, una especie de resquemor que se instaló en su pecho, en el mismo lugar de su cicatriz. Era un dolor que no iba a acabar con él y, sin embargo, era infinitamente superior a cualquier otro que hubiese experimentado con anterioridad. Todo lo que había descubierto últimamente sobre su hermano no hacía más que resaltar lo injusto que había sido haber estado apartado de su vida. Ahora él ya no estaba y, gracias a su ausencia, sus sueños se habían visto realizados. Ben no iba a volver. Tenía que despedirse de su hermano sin haber podido agradecerle aquellas palabras escritas semanas antes de abandonarlos para siempre y no quería hacerlo. No quería decirle adiós.

Tuvo la impresión de que el corazón iba a estallarle si no sacaba todo aquello. Aguantó las ganas de gritar su rabia a todos aquellos seres que no podían oírle. Notó que el cuerpo le fallaba. Las lágrimas afloraron con tal fuerza que no pudo dejar escapar un ahogado lamento. Creyó que se desplomaba cuando una mano agarró la suya con vigor. Con los ojos empañados por las lágrimas descubrió a Sophie. Había salido en su búsqueda intuyendo sus intenciones cuando le había dicho aquella mañana que necesitaba hacer algo y que necesitaba hacerlo solo. A poca distancia descubrió a Julia y a Patrick. De repente se sintió como un intruso pero ella siguió sujetándole la mano con firmeza sin decirle nada. Mientras él contemplaba los serenos rostros de sus padres pensó en lo reconfortante que debía de ser aferrarse a la idea de que el hijo al que has perdido está en un lugar que quizá, solo quizá, es mejor porque está al cuidado eterno de algo superior.

Hugh no pudo evitar desviar la vista hacia la lápida, percibiendo la calidez de los dedos de Sophie acariciando la palma de su mano. Él la miró intensamente buscando el consuelo que no podía darle. Y se abrazó a ella con los ojos cerrados, aún cegados por las lágrimas, pensando en su hermano que estaba allá abajo, y agradeció al irónico destino la divina recompensa de estar con ella allí arriba.

Epílogo

Berlín, Gendarmenmarkt, marzo de 2008

*L*a primavera no parecía tener la intención de instalarse en la capital alemana hasta ese mediodía en el que unos nubarrones de aspecto amenazante aplazaron la incipiente descarga de lluvia para dejar paso a un tímido sol que fue adquiriendo fuerza con el paso de los minutos.

Bernard Wilgenhof los había citado en Berlín con motivo de la publicación de su libro *Die Weiße Rose*. Meses antes, y a razón de una llamada de Hugh para felicitarle las fiestas navideñas, el profesor no había dudado en refrescarle la memoria recordándole la petición que le había hecho la tarde de la impactante visita a su domicilio de Hamburgo.

Cuando Hugh le puso al día de los acontecimientos, Bernard no dudó en viajar a París aprovechando el permiso que la autoridad competente le había concedido para acceder a determinados archivos y registros que sin duda reforzarían la reconstrucción de parte de la historia desde el punto de vista de Pascal Savigny. Sophie le había sido de gran ayuda así como André, su padre, sin olvidar a Patrick y Julia, que eran quienes mejor podían relatar los hechos vividos en primera persona porque habían residido bajo el mismo techo que los dos hombres que se juraron venganza. Se llevaron una gran sorpresa cuando el anciano Karl Dreinmann atravesó las puertas de la librería para unirse a la recepción que de forma inesperada se había convertido en el punto de encuentro de todos aquellos curtidos combatientes por las libertades, encuentro que no dejó de ser conmovedor para todas las partes implicadas en lo que la Rosa Blanca había supuesto en sus vidas y las de sus familias.

—¿Por qué has elegido Berlín? —le preguntó Hugh.

—Eso es algo que me reservo para más tarde.

Después de la exitosa presentación de la novela en una librería de la Unter den Linden, y mientras dejaban al profesor atendiendo a la prensa berlinesa, Hugh y Sophie aprovecharon para recorrer las tiendas de la amplia avenida hasta la Puerta de Brandemburgo, donde los esperaban sus respectivas familias y donde habían quedado en encontrarse con Ally y su marido, Bradley. Habiendo sido Ally la primera persona que orientó a Hugh en la enredada búsqueda de sus verdaderos orígenes, no se lo pensaron y tanto ella como Bradley acordaron trasladarse desde Bremen hasta Berlín haciendo un cambio en sus vacaciones germanas.

En ese instante Patrick, Julia, André y Alicia se detuvieron a pocos metros del lugar que había dividido las dos Alemanias. Sophie se quedó contemplando sus semblantes pensativos mientras se dejaban llevar por los amargos recuerdos del pasado. Lamentó que a última hora su hermano Roberto no hubiese podido acudir a aquel fin de semana especial en el que todos parecían haberse puesto de acuerdo para encontrarse, salvo Andrew y Margaret. Pero lo cierto es que se alegró dado que su hermano se había escapado unos días a París para encontrarse con Erin. A Alex no le pareció buena idea estar bajo el cuidado de los dos nuevos tortolitos, pero al menos ella estaba tranquila.

636

Después de despedirse de Ally y su marido, reanudaron el camino de regreso hasta el lugar en el que Wilgenhof los había citado. El restaurante Refugium de la Gendarmenmarkt. Descubrieron una vez más con infinita fascinación el resucitado esplendor de aquella plaza erigida de las cenizas y coronada de nuevo por los hermosos monumentos que hicieron de ella en el pasado uno de los lugares más bellos de la ciudad.

—Es todo tan diferente a como lo recordaba —manifestó André dejándose llevar por los terribles acontecimientos de su niñez que aún perduraban en su memoria dado que era el único de los allí presentes junto con Julia que había nacido en Berlín.

Julia lo agarró del brazo con gesto cariñoso dejándose llevar al igual que él por las imágenes de la devastación que de la misma manera subsistían en el rincón más remoto de su mente.

—Afortunadamente todo ha cambiado —añadió Julia.

—Tuviste suerte de salir de aquí a tiempo. No es buen lugar para un niño crecer rodeado de tanta atrocidad.

—Habría sido mejor que él no hubiese aparecido en la vida de mi madre —confesó hastiada—. Habría preferido haber sido abandonada en la puerta de un orfanato. Por lo menos no tendría que haber vivido el resto de mi vida soportando el peso de todas las barbaridades que cometieron.

—Todo sucede siempre por alguna razón. Nos guste o no, es así.

—Bueno, dejémonos de sentimentalismos —le dijo Hugh a su madre sorprendiéndola desde atrás y pasándole afectuosamente un brazo alrededor de los hombros—. Parece que Bernard ya está dentro del restaurante y tengo mucha curiosidad por saber qué es lo que nos tiene preparado.

Hugh no habría imaginado jamás lo que Bernard Wilgenhof se había guardado bajo la manga. Justo antes de sentarse a la mesa y con la excusa de hacer un brindis especial, los condujo a todos por los laberínticos pasillos del restaurante para llegar hasta unas escaleras que descendían a las mismas entrañas del establecimiento. Estaban a un par de plantas bajo el suelo de la ciudad de Berlín. Estaba convencido de que aquello había sido un refugio durante la guerra y comprendió de inmediato la razón del nombre con el que habían bautizado aquel lugar. Por suerte, todas aquellas instalaciones subterráneas estaban perfectamente iluminadas y acondicionadas, pero aun así era como si hubiese algo impregnado en el ambiente que no les hacía olvidar donde se encontraban. Las mentes de todos trabajaban veloces y sabían a ciencia cierta que esos subsuelos habían servido para algo más que salvaguardarse de los bombardeos. Habían servido de escondite.

Bernard no se hizo esperar y golpeó suavemente una puerta. Alguien esperaba al otro lado porque oyeron voces. El profesor abrió y les hizo un gesto a todos para que pasasen a otra habitación que estaba prácticamente diáfana. Las voces que había oído debían pertenecer a los dos hombres que esperaban al lado de una puerta antigua que no casaba en absoluto con el resto de la minimalista ornamentación. Ambos aparentaban ser de la misma generación de Patrick.

—Es un placer para mí presentaros a Otto Hirsch y George Owen.

Todos, especialmente Hugh, intercambiaron miradas con el profesor antes de responder al saludo de los inesperados invitados.

—¿Hijos de Werner y Gary? —les preguntó Hugh al tiempo que les tendía la mano deteniéndose más tiempo del necesario en el rostro de George Owen que juraría haber visto con anterioridad.

—Así es —respondió el hijo de Werner Hirsch, aquel valiente

profesor de la Universidad de Múnich que comenzó repartiendo octavillas literarias de propaganda antinazi junto al dramaturgo irlandés Samuel Gallagher.

—¿Cómo has logrado dar con ellos? Ni Ally ni yo logramos hacerlo.

—Ellos se pusieron en contacto conmigo a raíz de una entrevista en el *Berliner Morgenpost*. Otto es uno de los mejores restauradores de Berlín. El Refugium es de su propiedad. En cuanto a George...

—Supongo que todos esperaban que me hubiese dedicado al periodismo, al igual que mi padre —prosiguió George, el hijo de Gary Owen—. Soy piloto jubilado y ahora me dedico a viajar y no a volar, que son dos conceptos bien diferentes.

—Ahora lo recuerdo —dijo Hugh de repente clavando los ojos en Owen. Nos vimos en un vuelo que iba de Dublín a Hamburgo.

—En efecto, aquello comenzó a despertar mi curiosidad porque su parecido con el hijo de Edward era asombroso. Pese al paso del tiempo, nunca he podido olvidar los ojos de esa familia.

A continuación se dirigió a Patrick.

—Recuerdo a su padre cuando era joven —dijo dirigiéndose a Patrick—. Aún conservo en Londres algunas instantáneas de los viajes de mi padre a Nueva York como corresponsal.

—Recuerdo esas visitas —añadió Patrick—. Se encerraban en la biblioteca y charlaban durante horas. Yo no imaginaba lo que se traían entre manos, era demasiado pequeño para entender aquellos entresijos, pero sabía que algo sucedía y no querían que estuviese al tanto. Es solo un ínfimo recuerdo.

—Bien, Karl, amigo, ¿qué tal si haces los honores?

Las cabezas apuntaron en dirección al diligente expolicía alemán. Bernard extrajo una llave del bolsillo interior de su americana, una llave que Hugh reconoció al instante. La llave que encontró escondida en el engranaje de aquel viejo reloj de la buhardilla en la casa de Wallslough. El profesor alzó la vista hacia Hugh.

—La llave que abre la puerta al recuerdo —le dijo una vez abierta.

Y tenía razón. Era una puerta al pasado, al lugar en el que la historia de todos ellos se había comenzado a gestar. El lugar en el que se había tomado aquella fotografía. El mismo mobiliario, la bodega al fondo, los mismos cuadros colgados de sus paredes. Todo se había detenido en el tiempo. Hugh se quedó sin habla, al igual que el resto. A medida que iban traspasando el umbral iban siendo conscientes de la verdadera importancia de aquel punto de encuentro.

Todos fueron tomando posiciones, sentándose en las mismas sillas y ante la misma mesa de sus antepasados. Otto utilizó los mismos vasos, no copas, para verter una pequeña cantidad de vino de una botella que ya se había encargado de abrir minutos antes.

Brindaron por los ausentes. Otto brindó por Werner Hirsch; George brindó por Gary Owen; Karl brindó por Johanna Lindenholf; Sophie, André y Alicia brindaron por Pascal Savigny, María Schroder y Sarah Liebermann; Patrick brindó por Edward O'Connor y Erin Elisabeth Lévy; Bernard brindó por Heinrich Wilgenhof; y Hugh lo hizo por Samuel y Alan Gallagher. Julia se mantuvo en silencio observando el lugar que su padre había ocupado hacía sesenta y seis años y que afortunadamente en aquel instante nadie ocupaba.

—Por mi madre Julia y por mi hermano Ben —dijo Hugh volviendo a alzar su vaso— porque gracias a ellos estamos aquí reunidos esta noche.

En la relajada conversación que precedía a la sobremesa de la suculenta y deliciosa cena de la que todos habían dado buena cuenta, el profesor se excusó para retirarse. Había sido una jornada de muchas emociones y su agotamiento comenzaba a hacer mella. Después de despedirse de todos, Hugh se ofreció a escoltarlo hasta la salida.

—¿Estás seguro de que no quieres un taxi? —insistió Hugh ante las puertas del restaurante.

—Ni hablar. Hace una noche magnífica y el hotel está a menos de un kilómetro. Será un paseo agradable y me hará bien bajar la copiosa cena antes de meterme en la cama.

—Está bien, como quieras.

—Gracias por haber venido. Gracias por haber hecho posible este momento.

—Tú has hecho la mayor parte, Bernd. No olvides que fui yo quien se presentó en tu casa con la cabeza atestada de preguntas que no tenían respuesta.

—Tu hermano habría estado orgulloso de ti.

—¿De veras? No sabría qué decirte. He terminado quedándome con su mujer —le advirtió con una frágil sonrisa que aún delataba cierta sombra de culpabilidad.

—No has ocupado su lugar. Has ocupado el vacío que quedaba en el corazón de Sophie tras su pérdida.

—Me alegra saber que piensas así.

Bernd le dedicó una indulgente sonrisa. Los dos se unieron en un paternal abrazo. Hugh se apartó ligeramente, de repente mostrándose pensativo.

—Aquella tarde en Hamburgo —comenzó a decir—. ¿Recuerdas cuando me dijiste que tus abuelos se habían instalado en la pequeña Alemania de Manhattan a finales del siglo XIX?

—Lo recuerdo.

—Hablaste de tu abuelo, el doctor Wilgenhof, recién enviudado.

Bernd curvó sus labios en una elocuente sonrisa. Sabía lo que el joven Gallagher se proponía.

—Veo que no has perdido esa inquietud historiadora e investigadora.

—Llegué a la conclusión de que tus lazos con los O'Connor eran más fuertes de lo que pensaba.

—No te equivocaste.

Hugh abrió los ojos de par en par. El profesor reprimió una reveladora sonrisa.

—Amigo, mucho me temo que esa es otra larga historia que tendremos que reservar para más adelante.

640

FIN

Agradecimientos

Cada libro conlleva una ajetreada labor plagada de múltiples anécdotas que le imprimen ese carácter que lo hace diferente, al menos esa es la intención de todo aquel que se sitúa frente a un teclado dispuesto a contar una historia, la originalidad. Siempre he sido de la opinión de que nada sucede por casualidad y de que el ser humano es producto de sus experiencias si bien la esencia que le define es algo que queda intacto. Estoy convencida de que lo mismo sucede con el proceso creativo. *La herencia de la Rosa Blanca* ya estaba plasmada en papel hace una década, si bien con título diferente, sin embargo tanto los personajes como las circunstancias que en principio rodeaban a esta novela han ido creciendo, desarrollándose, extendiéndose y analizándose en la misma medida que lo hacía yo. Pese a todo he procurado que la esencia permanezca inalterable. La autocrítica nunca termina, es algo constante. Aun habiendo acabado un trabajo del que estoy plenamente satisfecha siempre me quedo con la sensación de que podría haberlo hecho mejor, pero por el momento no conozco mejor forma de hacerlo.

Si mi anterior trabajo nunca quedó exento de curiosidades que demostraban la teoría de que la realidad superaba la ficción, *La herencia de la Rosa Blanca* no se ha quedado atrás. Recuerdo el día en el que me esforzaba por encontrar un nombre significativo para el movimiento de resistencia antinazi iniciado a instancia de un profesor de la Universidad de Múnich.

Cuando el nombre de La Rose Blanche vino a mi mente decidí ocupar el lugar de Hugh Gallagher. Me puse frente a la pantalla del ordenador para comenzar a teclear en Google el nombre que yo creía era producto de mi imaginación. Cuando descubrí la existencia de un movimiento de similares características y con el mismo nombre me invadió una sensación muy difícil de explicar. Incluso me planteé cambiarlo pero decidí dejarme llevar por mi primera corazonada. Aprovecho la ocasión para agradecer y dedicar ese momento decisivo de mi relato a los verdaderos fundadores de Die Weiße Rose en Múnich: el profesor Kurt Huber y sus valerosos estudiantes: Alexander Schmorell, los hermanos Hans y Sophie Scholl, Cristoph Probst y Willi Graf así como los miembros de la red en Hamburgo. Es evidente que lo que rodea la historia de La Rosa Blanca no se asemeja en algunos datos con el verdadero movimiento de resistencia aunque he tratado de mantener el mismo espíritu de lucha que les definió. Me he limitado a mantener el nombre cambiando fechas y datos con la finalidad de adaptarla a las vidas de mis personajes.

Igualmente rindo homenaje y mis respetos a todos aquellos que de forma anónima luchan por encontrar una cura para hacer frente a las enfermedades ante las cuales alguien de nuestro entorno ha luchado heroicamente hasta el final, incluso sabiendo de antemano que quizá iban a perder la batalla.

Espero haber sido fiel a la mayor parte de la terminología médica utilizada porque como profana en la materia que soy he podido cometer fallos en este campo y en muchos otros.

642

Pese a que muchos opinan que en la ficción todo vale he de puntualizar que me he saltado un poco las reglas en relación al programa de protección de testigos. El WitSec tiene como campo de aplicación el territorio estadounidense, si bien con excepciones en casos muy específicos. Aun así me he tomado la libertad de mantener a Emma Connelly y Hugh bajo la protección de este programa pese a haber huido a tierras irlandesas.

Como habrán podido comprobar la historia de los O'Connor ha sido un ajetreado viaje a través de muchas ciudades, todas ellas dispares. Nada ha sido casual. Todos y cada uno de estos lugares me han aportado algo significativo a nivel personal.

Comienzo nombrando a Patrick y Kathy Murphy, los primeros irlandeses que conocí hace ya más de veinte años y que me acogieron en su hogar como una hija más. Los abuelos de Patrick llegaron al puerto de Nueva York en el año 1907 en busca de mejores oportunidades de vida. Desde entonces siempre deseé visitar Irlanda. Tardé muchos años en hacerlo y no he dudado en homenajear a esta tierra y a la familia Murphy, con los que afortunadamente aún sigo manteniendo el contacto y sueñan con ver mis novelas publicadas en su lengua para poder tener acceso a ellas.

París también ha sido el eje fundamental de la historia, punto donde convergen momentos cruciales de la vida de algunos de los protagonistas. París me lo dio todo en un momento de mi vida en el que necesitaba un cambio. Y ese todo tiene nombres y apellidos. Bernard y Christine Lévy, a los que considero como mis hermanos, y a la familia Salgado, gracias a la cual pude disfrutar de la fortuna de vivir en un encantador ático abuhardillado del barrio de Nevilly. Ha sido una grata tarea rememorar a través de esta historia los momentos inolvidables vividos en la capital gala.

Alemania, otro pequeño gran homenaje a un país con el que he conectado desde el principio y en el que ya voy dejando amigos entrañables. Desde Berlín a Múnich pasando por Hamburgo y otras muchas ciudades, no podría dejar de mencionar a Hans y Lydia Vo, que estoy convencida se convertirán en los perfectos embajadores de mis historias en tierras germanas si alguna de estas llegase a traspasar fronteras.

Continuaré con esta preciosa labor de tratar de contar historias. Mientras tanto, sean felices y sigan leyendo.

643

Este libro utiliza el tipo Aldus, que toma su nombre
del vanguardista impresor del Renacimiento
italiano Aldus Manutius. Hermann Zapf
diseñó el tipo Aldus para la imprenta
Stempel en 1954, como una réplica
más ligera y elegante del
popular tipo
Palatino

***
**
*

La herencia de la Rosa Blanca
se acabó de imprimir
en un día de invierno de 2012,
en los talleres gráficos de Rodesa,
Villatuerta
(Navarra)

***
**
*